ハヤカワ文庫 SF
〈SF2266〉

氷と炎の歌

# 七王国の騎士

ジョージ・R・R・マーティン
酒井昭伸訳

JN003477

早 川 書 房

*8458*

日本語版翻訳権独占
早　川　書　房

©2020 Hayakawa Publishing, Inc.

A KNIGHT OF THE SEVEN KINGDOMS
by
George R. R. Martin
Copyright © 2015 by
George R. R. Martin
Translated by
Akinobu Sakai
Published 2020 in Japan by
HAYAKAWA PUBLISHING, INC.
This book is published in Japan by
arrangement with
THE LOTTS AGENCY, LTD.
through JAPAN UNI AGENCY, INC., TOKYO.

本文イラスト／鈴木康士

本書の物語は、『七王国の玉座』で語られる時代を遡ること
約百年前のできごとをつづったものである。

ラーヤ・ゴールデンに

その晴れやかな笑顔とすてきなイラストに対して

——ジョージ・R・R・マーティン

わたしたちみんなの中にある気高い志とサー・ダンクに

——ガリー・ジアーニ

# 目次

# 主要登場人物

**ダンク**　〈長身のサー・ダンカン〉を名乗る大柄な草臥《くさぶ》しの騎士。気は優しくて力持ち

**エッグ**　ダンクの従士となり、ともに旅をする少年。出会ったときは八歳くらい

**銅貨の樹《ペニーツリー》のサー・アーラン**　ダンクが従士として仕えていた老騎士。風邪で死亡

## 「草臥《くさぶ》しの騎士」

**タンセル**　人形遣い一座の娘。〈背が高すぎのタンセル〉

**〈鋼《はがね》のペイト〉**　職人気質《かたぎ》の具足鍛冶《かじ》

**サー・ステッフォン・フォソウェイ**　赤林檎《リンゴ》の紋章を持つ名家の騎士

**レイマン・フォソウェイ**　ステッフォンの従弟《いとこ》で従士

**アッシュフォード公**　アッシュフォード城城主。馬上槍試《ばじょうやりじ》合《あい》を主催

## 「誓約の剣」

**サー・ユースタス・オズグレイ**　塔館《とうかん》・不落《ふらく》城の城主

**サー・ベニス**　〈茶色の楯のサー・ベニス〉

**レディ・ローアン・ウェバー**　冷濠《ひやぼり》城の女城主。通称〈紅後家蜘蛛《べにごけぐも》〉

**サー・ルーカス・インチフィールド**　〈紅後家蜘蛛〉の城代を務める大男。通称〈ロングインチ〉

**司祭《セプトン》セフトン**　冷濠城の司祭《セプトン》。〈紅後家蜘蛛〉の義兄。酒好きで肥満

**学匠《メイスター》セリック**　冷濠城の若き学匠《メイスター》

「謎の騎士《ミステリ・ナイト》」

**サー・ジョン**　〈弦楽器《フィドル》弾きのサー・ジョン〉を名乗る草臥しの騎士

**ゴーモン・ピーク公**　星嶺《せいれい》城の城主。サー・ジョンの後ろ盾

**アリン・コクショー公**　サー・ジョンの友人

**アンブローズ・バターウェル公**　白亜《はくあ》城の城主。みずからの婚礼に際して馬上槍試合を主催

**サー・トマード・ヘドル**　バターウェル公の城兵隊長。通称〈黒のトム〉

**サー・カイル**　草臥しの騎士。〈霧深き湿原の猫のサー・カイル〉。〈猫のカイル〉

**サー・メイナード・プラム**　草臥しの騎士。プラム家の遠戚

**サー・グレンドン・ボール**　草臥しの騎士。若いが武勇に優れる

**サー・ユーサー・アンダーリーフ**　遍歴の騎士。ひとくせあり

●ターガリエン家

**エイゴン四世**　第十一代国王。下劣王。夥しい数の庶子を儲けて、国内に争乱の種を蒔《ま》く

**デイロン二世**　第十二代国王。有徳王《うとくおう》。エイゴン四世正嫡《せいちゃく》の長子

**ベイラー太子**　デイロン二世の第一王子。武勇に優れる。〈槍砕きのベイラー〉

**ヴァラー**　ベイラーの第一王子

**マターリス**　ベイラーの第二王子

**エイリス**　デイロン二世の第二王子。愛書家

**レイゲル**　デイロン二世の第三王子。気病み

**メイカー**　デイロン二世の第四王子。武勇に優れる

**デイロン**　メイカーの第一王子。軟弱者。予知夢を見る

**エリオン**　メイカーの第二王子。〈赫奕《かくやく》の炎〉、〈赫奕のプリンス〉

**エイモン**　メイカーの第三王子。〈知識《シタ》の城《デル》〉で学匠《メイスター》に

**エイゴン**　メイカーの第四王子

**デイモン・ブラックファイア**　エイゴン四世の庶子。黒のドラゴン。ブラックファイアの叛乱《はんらん》を起こす。父より王家の宝剣〈黒き炎《ブラックファイア》〉を譲り受ける

**〈鋼の剣《ビタースティール》〉**　エイゴン四世の庶子。本名エイゴル・リヴァーズ。デイモン（黒竜）の右腕。〈黄金兵団《ゴールデン・カンパニー》〉の創立者

**ブリンデン・リヴァーズ**　エイゴン四世の庶子。通称〈血斑鴉《けつぱんガラス》〉。デイロン（赤竜）側。エイリス一世の〈王の手〉。妖術師とのうわさあり。無数の密偵を放って王国を監視する

**●〈王の楯《キングズガード》〉**

**サー・ローランド・クレイクホール**

**ダスケンデールのサー・ドネル**

**サー・ウィレム・ワイルド**

**●有力諸公・騎士**

**デイモン・ラニスター公**　〈灰色の獅子〉。キャスタリーの磐城《・ロック》の城主

**サー・タイボルト・ラニスター**　〈灰色の獅子〉の長子

**レオ・タイレル公**　〈長き棘《とげ》のレオ〉。ハイガーデン城の城主

**サー・ライオネル・バラシオン**　〈笑う嵐〉

**サー・オソウ・ブラッケン**　〈ブラッケンの荒馬〉

# 七王国の騎士

# 草《くさ》臥《ぶ》しの騎士

The Hedge Knight

　打ちつづく春雨で地面が軟らかくなっていたため、墓穴を掘るのに苦労はいらなかった。ダンクが埋葬地に選んだのは、低い丘の西側の斜面だ。息を引きとったばかりの老騎士は、夕陽を眺めるのが好きだったのである。

「やれやれ、きょうも一日、生きながらえたか」それが老騎士の口ぐせだった。「とはいえ、あすはなにが待っておることやら、油断はできん。そうじゃろ、ダンク？」

　そんな〝あす〟のある日のこと、豪雨に降られて、ふたりは濡れねずみになった。翌日は湿気を含む強風にあおられ、その翌日には寒風にさらされた。四日めになると、老人は衰弱はなはだしく、馬に乗ることもできなくなった。そしていま、とうとう――。ほんの数日前までは、ふたりして馬を進めながら、老騎士は歌を歌っていたのである。それは〝鴎の町《ガルタウン》へ〈麗《うるわ》しの乙女〉に会いにいく〟という古謡《こよう》だった。ただし老騎士は、ガルタウンのところを〝梣林のほとりの浅瀬《アッシュフォード》〟と変えていたが。

〝いざいざ行《ゆ》かん、アッシュフォードの町へと、〈麗しの乙女〉に会うために、ハイホー、ハイホー〟

墓穴を掘りながら、ダンクは心の中であの古謡を思い返した。胸が張り裂けそうなほどに悲しい気分だった。

墓穴が充分に深くなると、両手で老騎士の亡骸《なきがら》をかかえあげ、穴に近づいた。ただでさえ小兵《こひょう》で細身の老騎士は、長い鎖帷子《ホーバーク》、兜、剣帯《けんたい》をはずしてしまうと、枯れ葉を詰めた布袋も同然の軽さだった。ダンクは十六歳か十七歳で（じっさいにどちらなのかはだれにもわからない）、齢《とし》には不釣り合いなほど背が高い。歩くときには足を引きずりぎみに歩き、全体に毛深く、骨太だ。身の丈は二メートルに近いが、このごろになってようやく、背丈に見合う肉がつきだしたところだった。老騎士にはよく、腕力を褒められた。老騎士は、褒めるときには惜しみなく褒めたが、これはほかに、惜しみなく与えられるものがなかったからである。

ダンクは亡骸を穴の底に横たえさせ、しばし穴の縁に立ち、遺体を見おろした。ふたたび、空気が雨のにおいを含みはじめている。降りだす前に埋めてしまわないと。そうとわかっていても、老人のくたびれた顔に土をかけることには抵抗があった。

（ほんとうなら、どこかの司祭《セプトン》になにがしかの祈禱《きとう》をあげてもらいたいところだが……老士にはこのおれしかいないからな）

老騎士は、剣、楯、騎槍《ランス》について、知っているかぎりの知識を伝授してくれた。しかし、ことばにかかわることを教えるのは、あまり得意ではなかった。

「あなたの剣をいっしょに埋めていきます。土の中で錆びてしまうでしょうが」

やっとのことで出てきたことばが、これだった。申しわけなさが声ににじむ。

「きっと神々が新しい剣をくださるでしょう。それにしても……死んでほしくなかった」

口ごもる。ほかにいうべきことばを思いつかなかった。祈禱文はろくに知らなかったし、知っていても断片程度だ。老士はあまり祈りをあげない人物だったのである。

「あなたは真《まこと》の騎士でした。ぶたれてもしかたないことをしでかしたのでないかぎり、一度たりともおれをぶったことがなかった」

どうにかこうにか、ことばを絞りだす。

「いや、一度あったか。あれは乙女の池《メイドンプール》の町でのことでしたね。未亡人のパイを食ったのはおれじゃない、宿屋のボーイだったんだ。おれはちゃんとそういったのに。でも……いまとなっては、もうどうでもいい。どうかあなたに、神々の護りがありますように」

足で一度、土を墓穴に押しこむ。それからあとはもう、穴の底に目を向けることもなく、淡々と、機械的に埋葬をつづけた。

（長生きな人だったな）とダンクは思った。（五十よりも六十に近かったはずだ。それほど高齢になるまで生きられる人間が何人いる？）

すくなくとも老士は、人生二度めの春を経験するくらいには長く生きたのである。

太陽が西に大きくかたむくなか、馬たちに餌をやった。馬は三頭いる。ダンク用の脊柱《せきちゅう》が曲がった老去勢馬、栗《チェスナット》と、老士の乗用馬であるスウィートフット、そして、老士が馬上《ばじょう》槍試合《やりじあい》や軍《いくさ》に出るときだけ乗る軍馬、雷《サンダー》だ。大柄な栗毛の牡馬《おうま》は、もうむかしほど速くは走れず、力も強くないが、いまなお目は活力にあふれ、猛々《たけだけ》しい魂を持っている。加えて、ダンクが持っているどんな財産よりも価値が高い。

（サンダーと老いた乗用馬のチェスナット――それに、二頭ぶんの鞍《くら》と馬勒《ばろく》を売れば、そこそこの銀貨は手に入る。しかし……）

　ダンクは眉をひそめた。自分が知っている暮らしは草臥《くさぶ》しの騎士としての暮らしだけだ。城から城へと渡り歩き、あの城主に仕え、この城主に仕え、要請に応じて軍《いくさ》に加わり、逗留《とうりゅう》する城の大広間で飲み食いし、軍がおわればつぎの城へ向かう。ときどきは――さほど頻繁ではない――馬上槍試合に参加することもある。なかには、食糧事情の悪い冬を迎えると、盗賊稼業に鞍替えする草臥しの騎士もいるが、老士はけっして盗みを働いたりはしなかった。

（ほかに仕えるべき草臥しの騎士を見つけてもいい。馬の世話や鎖帷子《くさりかたびら》磨きに従士を必要としている騎士なら、そういう雑用と引き替えに、こんなおれでも道連れにしてくれるだろう。でなければ、どこかの都にいくか。ラニスポートなりキングズ・ランディングなりにいって、そこの〈都市の守人《シティ・ウォッチ》〉に入ってもいい。でなければ……）

　老士の持ちものを、オークの樹の根本に積みあげていく。布の財布の中に入っていたのは、牡鹿銀貨が三枚に、一ペンス銅貨が十九枚、柘榴石《ガーネット》の小塊がひとつだけだった。たいていの草臥しの騎士と同じく、老士の主要財産は馬と武器に関わるものばかり。これまでダンクが一千回も磨いて錆を落としてきた長い鎖帷子《ホーバーク》は、この先、ダンクのものになる。それから、大きな鼻当てのある鉄の半球形兜。これは左の側頭部に凹みがあった。ほかに、ひび割れた茶色い革の剣帯《けんたい》が一本、木と革の鞘《さや》に収めた長剣がひと振り。短剣、剃刀《かみそり》、砥石《といし》が一本ずつ。脛《すね》当てに喉《のど》当てと、長さ二メートル半の、旋削《せんさく》して丸く削りだした梣《トネリコ》の騎槍《ランス》が一本。その先端には、鋭利な鉄製の穂先が取りつけられている。最後に、オーク材で造った楯が一枚。その外周を縁どる鉄枠は傷だらけだ。楯の表面にあしらわれているのは、銅貨《ペニー》の樹《ツリー》のサー・アーランの紋章――茶色の紋地に銀で描かれた翼つき酒杯の絵だった。

楯をしげしげと眺めてから、やおら剣帯を拾いあげ、ふたたび楯を眺める。剣帯は老士の細い腰用にあつらえたもので、ダンクの太い腰には使えない。細身用のホーバークにも同じことがいえた。やむなく、腰のまわりに麻縄を巻きつけて縛り、それに鞘を結わえ、長剣を抜いてみた。

剣身はまっすぐで重かった。城鍛冶《しろかじ》の鍛えた良質の鋼《はがね》だ。木製の柄《つか》は軟らかな革が張ってあり、柄頭《つかがしら》は黒石をぴかぴかに磨きあげたものだった。質素な拵《こしら》えながら、手にしたときの収まりぐあいやバランスは申し分ない。何夜も何夜も、就寝前に研《と》ぎにかけ、油布で拭いてきたので、この剣の切れ味が鋭いことはよく知っている。

（老士の手になじんだように、おれの手にもよくなじむ）とダンクは思った。（そして――もうじきアッシュフォードの牧草地で、馬上槍試合が開催される）

ダンクがまたがる若い牝馬《めすうま》スウィートフットは、老馬チェスナットよりも元気があったが、ダンク自身は気落ちしているうえ、もうくたくただった。その疲労にいよいよ耐えきれなくなるころ、行く手に旅籠《はたご》が見えた。小川のそばに建つ、木造漆喰《しっくい》塗りの大きな建物だった。いくつもの窓からはあたたかく黄色い光があふれ、自分を差し招いているようだ。これではとても素通りできない。

（ふところには三枚、銀貨がある。上等の食事をとって、好きなだけエールを飲める額だ）

旅籠の手前で馬を降りたとき、いきなり、付近の小川から水をしたたらせて全裸の少年があがってきたかと思うと、粗織《ラフスパン》りの茶色いマントでからだを拭きはじめた。

「おまえ、厩番《うまやばん》か？」ダンクは声をかけた。

見たところ、少年は八、九歳、顔は青白く、からだはガリガリで、むきだしの足には足首までも泥がへばりついている。ひときわ異様なのは頭だった。髪の毛が一本もなかったのである。

「この乗用馬にブラシをかけてくれ。それから三頭ぜんぶに燕麦《オート》を。どうだ、できるか？」

少年はぶしつけな視線を送ってきた。

「できるよ。その気になれば」

ダンクは眉をひそめた。

「そういう態度は感心しないな。いっておくが、おれは騎士だぞ」

「ちっとも騎士には見えないね」

「騎士のみんながみんな、同じように見えなくてはならんのか？」

「そんなことはないけどさ。でも、そんななりの騎士なんて見たことないよ。剣帯なんて、ただの縄じゃないか」

「鞘さえ吊れるなら、なんだっていい。さあ、いいから、馬の面倒を見ろ。ちゃんと世話ができるなら銅貨一枚をくれてやる。できないなら、くれてやるのは拳固だ」

　そのあとは、厩番の少年の反応も待たず、くるりと背を向け、旅籠の扉を肩で押しあけた。時分どきなので、旅籠はさぞ混みあっているだろうと思いきや、食堂は無人に近かった。一卓には上等なダマスク織のマントをはおった若い貴族がすわっており、こぼれたワインの池につっぷして小さくいびきをかいている。ほかにはひとりも客がいない。不安の面持《おもも》ちで食堂を見まわしていると、厨房からずんぐりと背が低く、顔色の悪い女が出てきた。ここの女将《おかみ》らしい。

「好きな席にすわっとくれ。注文はエールかい、料理かい？」

「両方だ」

　ダンクは答え、眠っている若者から距離を置くことにして、窓ぎわの席にすわった。

「いい仔羊があるよ。香草をたっぷりまぶしてローストしたやつ。でなきゃ、うちの息子が狩ってきた鴨か。どっちがいい？」

「どっちもたのむ」

　旅籠で食事をするのは半年ぶり――いや、それ以上か。

　女将は笑って、

「まあねえ、あんたはガタイがいいからねえ」というと、蓋つきジョッキ《タンカード》にエールをついで、テーブルまで持ってきた。「今夜の宿はいるかい？」

「いや、いらない」ダンクとしても、せめて下には藁布団《わらぶとん》が——上には屋根があったほうがありがたかった。しかし、いまは懐具合を気にしなければならない。野宿でもなんとかなる。

「食いものとエールさえ出してくれればいい。そうしたらアッシュフォードへ向かう。あの町まで、あとどれくらいかな？」

「馬で一日だね。道をまっすぐ進むと、焼けた水車小屋のところで分かれ道になってるから、そこで北に曲がればいいよ。あんたの馬、うちのどら息子が世話させてもらってるかい？　それとも、あいつ、またどっかに逃げちまったかね」

「いいや、息子さんなら厩にいる。しかし……ずいぶん客がすくないな」

「このあたりの連中、半分がた馬上槍試合を見にいってるからね。あたしがいっていいっていってたら、うちの子たちも勇んで出かけてたところさ。あたしが死んだらこの宿はあの子たちのものになるのに、息子ときた日にゃ、兵隊といっしょにふんぞりかえって歩きたがる、娘は娘で、どこかの騎士さまが通りかかるたんびに、ためいきついたり、くすくす笑うしで。なんでああものぼせられるか、あたしにゃさっぱりだ。いくら騎士さまだって、ほかの男とおんなじ人間だよ、馬上槍試合をやったからって、卵の値段が変わるわけじゃなし」女将はそこで、ダンクに好奇の目を向けた。剣と楯はそこそこ立派なのに対して、剣帯は麻縄だし、上着はラフスパンの粗末なしろものだからだろう。「あんたも馬上槍試合に出るのかい？」

答える前に、ダンクはひとくち、エールを口に含んだ。色は榛《ハシバミ》色で、舌にとろりと濃い。好きな味だった。

「ああ。守護闘士《チャンピオン》になってやろうと思ってる」

「へーえ？　あんたがかい？」女将はあからさまに、無理だろうという声を出した。

そのとき、食堂の向こう端で、例の若い貴族がワインだまりから顔をあげた。血色の悪い、不健康そうな顔だった。亜麻色の髪はひどく乱れ、あごには淡い鳶《とび》色の不精髭が生えている。

貴族は口をぬぐい、ダンクを見て目をしばたたきながら、

「きみの夢を見た」といった。ダンクを指し示すその指は震えていた。「遠いな、聞こえているか？　ずいぶん遠くにいるが」

ダンクは不安の面持ちで貴族を見つめた。

「わたしに、なにか？」

女将が耳元に顔を近づけてきた。

「あんなの、相手にしちゃだめだよ。やっこさん、しじゅう飲んだくれちゃ、夢の話をするばっかりでね。いま、料理を持ってきてやるからさ」

それだけいって、女将はそそくさと立ち去った。

「料理だと？」汚いことばでも吐き捨てるような口調だった。貴族はよろよろと立ち上がり、倒れないよう、テーブルに片手をついた。「ううっぷ、吐きそうだ」

貴族の上着の前は前々からのワインのしみで赤くごわごわになっている。貴族はつづけた。

「娼婦がほしい。なのにここには、ひとりもいない。だれもがアッシュフォードの牧草地にいってしまった。神々よ、後生です、わたしにワインを」

いいながら、危なっかしい足どりで、ふらふらと食堂を出ていった。歌をうなりながら、階段を昇っていく足音が聞こえた。

(あわれな男だな)とダンクは思った。(しかし、なぜおれを知っている人間だと思ったんだろう?)

エールを飲みながら、そのことをしばし考えた。

やがて運ばれてきた仔羊は、いままで食べたどの仔羊にも劣らぬ旨さだった。鴨のほうは、どんな鴨よりもはるかに旨かった。ローストしてチェリーとレモンのソースを添えてあり、いままでの鴨ほどには脂がしつこくない。豌豆豆《エンドウマメ》のバター炒めも運ばれてきた。オーブンで焼きたての燕麦《オート》のパンもだ。

(騎士でいるというのは、こういうことなんだな)骨についた最後の肉片を歯でこそぎとりながら、ダンクは思った。(いつでも好きなときに、旨いメシとエールが手に入る。だれに頭を殴られることもない)

料理がやってきたついでに、二杯めのエールを注文して一気に飲み干し、三杯めで料理を流しこんだ。四杯めをたのんだのは、もうそのへんにしておけという者がいなかったからである。食事をおえると、差し出した牡鹿銀貨一枚に対し、銅貨ひとにぎりのお釣りがきた。

旅籠の外に出たときには、とっぷりと暗くなっていた。腹はぱんぱん、財布はすこしだけ

軽くなっていたが、すっかりいい気分で厩へ歩いていく。と、行く手の厩から馬がいななく声が聞こえてきた。そして、

「どうどう」と男の子の声。

ダンクは眉根を寄せ、足を速めた。

例の厩番の少年が、老士の長い鎖帷子《ホーバーク》を身にまとい、軍用馬のサンダーにまたがっていた。ホーバークは少年の背丈よりも長い。半球形の兜《かぶと》の前縁を大きく持ちあげて、禿頭《とくとう》の上からあみだにかぶっているのは、そうしないと目におおいかぶさって、前が見えないからだろう。はなはだ真剣そうなようすが、かえってはなはだ滑稽だった。ダンクは厩の戸口をくぐったところで足を止め、思わず笑い声をあげた。

少年がはっと顔をあげ、赤面し、あたふたと鞍から飛び降りた。

「あの、ごめん、でも、けっして――」

「〝盗みを働くつもりはなかった〟か？」ダンクはできるだけ厳しい声を出そうとした。「さっさと鎖帷子《くさりかたびら》を脱げ。その軽率な頭をサンダーに蹴られなくて、助かったと思うんだな。サンダーは軍馬だ。子供用の小型馬《ポニー》じゃない」

少年は兜を脱ぎ、藁山の上に放り投げて、こういった。

「でも、あんたと同じくらい、うまく乗れるよ」

生意気なことをいう小僧だ。

「口をつぐめ。増上慢《ぞうじょうまん》は聞きたくもない。そのホーバークも脱げ。こんなところで、なにを

しているつもりだったんだ？」

「口をつぐんだままで、どうやって答えろっていうのさ」

　いいながら身をよじり、ホーバークが下に落ちるにまかせる。

「答えるときだけ口を開いてもいい。さ、ホーバークを拾え。泥をちゃんと払い落として、元あったところにもどすんだ。兜もだぞ。言いつけたとおり、馬たちに餌をやったのか？　スウィートフットにはブラシをかけたか？」

「やったよ、ちゃんと」鎖帷子の藁屑《わらくず》を払い落としつつ、少年は答えた。「ねえ、アッシュフォードにいくんでしょ？　ぼくもいっしょに連れてってよ」

　これは女将が嘆いていたとおりだ。

「それを聞いたら、おまえの母親はなんというだろうな」

「母親？」少年は眉根を寄せた。「もう死んでるもの。だから、なにもいわない」

　これには驚いた。女将はこの子の母親ではないのか？　ということは、この子はたんなる、旅籠の奉公人なのか？　しこたまエールを飲んだせいで頭の働きが鈍い。いまひとつ判然としないまま、ダンクはたずねた。

「するとおまえ、親なしか？」

「そういうあんたは？」少年が問い返す。

「むかしはな」ダンクはうなずいた。

（老士に引き取られるまではそうだった）

「ぼくを連れてってくれるんなら、従士になってやってもいいけど？」

「従士はいらん」

「どんな騎士にだって、従士は必要だよ」と少年はいった。「とりわけあんたは従士がいたほうがよさそうに見えるしね」

ダンクは威嚇するようにこぶしを振りあげた。

「そういうおまえは、耳に拳固を食らったほうがよさそうに見えるぞ。いいから、さっさと飼葉《かいば》用の燕麦《オート》を用意しろ。ひと袋だ。おれはいまから、アッシュフォードへ旅立つ……おれひとりでな」

たとえ驚いたとしても、少年はそれをうまく隠し通した。つかのま、少年は腕組みをし、挑戦的な態度でその場に立っていた。が、ダンクが業を煮やし、自分でやろうと動きかけたとたん、身を翻《ひるがえ》して燕麦《オート》の用意をはじめた。

ダンクはほっとした。

（連れていってやれないのはかわいそうだが……この旅籠にいたほうがまだましな暮らしを送れる。草臥《くさぶ》しの騎士の従士になるよりも、ずっとまっとうな暮らしがな。この子を連れていくのは、親切でもなんでもない）

とはいえ、少年の失望は手にとるようにわかった。スウィートフットの鞍にまたがって、サンダーの手綱を引きながら、ダンクは思った。この子に一ペンス銅貨の一枚でも与えれば元気が出るかもしれない。

「取っておけ、坊主。駄賃だ」

微笑を浮かべて、ダンクは銅貨を放った。だが、厩番の少年は受けとるしぐさをいっさい見せず、銅貨は素足のあいだの地面に落ちた。それを拾おうともしない。

(おれが去ったら、すぐに拾うだろう)

ダンクは自分に言い聞かせ、スウィートフットの馬首《ばしゅ》をめぐらし、もう二頭の馬の手綱を引きつつ、厩をあとにした。月光のもとで樹々が明るく見えている。夜空は雲ひとつなく、降るような星がちりばめられていた。が、夜道を進んでいくあいだ、背中にはずっと視線が感じられた。あの少年が、ことばもなく、仏頂面《ぶっちょうづら》でダンクの背中を見送っているのだ。

午後の影が長く伸びるころ、ダンクは広々としたアッシュフォード牧草地の外《はず》れに到達し、手綱を引いて馬をとめた。すでに草地には、六十張りもの天幕が立てられていた。小ぶりの天幕もあれば、大きな天幕もある。四角い天幕もあれば、円形の天幕もある。帆布《はんぷ》の天幕もあれば、亜麻布の天幕も、シルクの天幕もある。だが、どれもこれも派手に彩られており、各々の中央支柱の上に翻る旗は、野の花々が咲き誇る牧草地よりもあでやかで、豊かな赤に華やかな黄、さまざまな色合いの緑に青、深い黒と灰色と紫などに染めあげられていた。

ここに集まった猛者《もさ》のなかには、かつて老士と轡《くつわ》を並べたことがある騎士たちもいるし、あちこちの食堂や焚火《たきび》の周囲で耳にするうわさ話に出てきた騎士たちもいる。紋章を見ればそれとわかった。老士は読み書きという魔法こそ習得したことがない人だが、こと紋章学にかけては容赦を知らぬ師で、馬上の旅をするあいだ、徹底的にたたきこまれたからである。たくさんの小夜啼鳥《さよなきどり》がならんだ紋章は〈境界地方《マーチズ》の長《おさ》〉ことキャロン公は騎槍《ランス》の名手であるばかりか、ハイハープの名手としても知られる。冠を戴く牡鹿紋は、〈笑う嵐〉ことサー・ライオネル・バラシオンのもの。そのほかには、ターリー家の狩人の紋や、ドンダリオン家の紫電の紋、フォソウェイ家の赤林檎《リンゴ》紋も見える。真紅の地に金色で描かれた咆哮《ほうこう》する獅子はラニスター家の紋章だし、薄い緑の地色を背に泳ぐ暗緑色の海亀はエスターモント家の紋章だ。とある茶色い天幕上に翻る赤い牡馬の旌旗《せいき》は、サー・オソウ・ブラッケン――〈ブラッケンの荒馬〉の異名をとる猛者のものにほかならない。この異名は、三年前、キングズ・ランディングで開催された武術大会において、クェンティン・ブラックウッド公を死なせたことに由来する。聞くところによれば、サー・オソウのふるう長柄《ながえ》斧《おの》は、刃《は》をつぶしてあるにもかかわらず、あまりにも強烈な打撃を与えたために、ブラックウッド公がかぶった大兜の面頬《めんぼお》ごと顔を打ち砕いてしまったという。そのブラックウッド家の旗も幾旒《いくりゅう》か見えるが、その下の天幕は、サー・オソウの天幕を避けるように、できるだけ距離をとり、牧草地の西の端に立ててあった。ほかにも多彩な家々の旗が見える。マーブランド、マリスター、カーギル、ウェスタリング、スワン、マレンドア、ハイタワー、フロレント、フレイ、ペンローズ、ストークワース、ダリー、パレン、ワイルドといった、各名家の旗だ。どうやら、西部と南部の諸公がこぞって、〈麗しの乙女〉を拝み、その守護者となる栄誉を賜わるために、ひとりないし三人の騎士をアッシュフォードへ派遣してきていると見える。

だが、目にもあでやかなあの天幕の数々に自分の居場所がないことを、ダンクはちゃんと心得ていた。今宵、夜露から身を守ってくれるのは、みすぼらしいウールのマント一枚のみ。諸公や大身《たいしん》の騎士たちが去勢鶏や哺乳《ほにゅう》仔豚の饗宴《きょうえん》にふけるのをよそに、ダンクがとる夕食は、固くて筋張った塩漬け牛肉《ビーフ》の乾《ほ》し肉《にく》でしかない。華麗な天幕のあいだで夜営しようものなら、無言の侮蔑と露骨な嘲罵《ちょうば》に耐えねばならないだろう。それは先刻承知している。親切にしてくれる者もすこしはいるだろうが、それはかえってみじめさをつのらせる。

草臥しの騎士というものは、矜持《きょうじ》を保たねばならない。矜持がなければ傭兵と同じだ。

（とにもかくにも、馬上槍試合に参加する資格を得ないとな。参加して立派な闘いを披露しさえすれば、どこかの城主が取り立ててくれるかもしれない。そうなったら、貴族の郎党に仲間入りできる。毎晩、城の大広間で新鮮な肉が食えるし、馬上槍試合で自分の天幕を立てられるようにもなる。しかし、なにはともあれ、腕前を披露するのが先決だ）

後ろ髪を引かれる思いで、槍試合会場に背を向け、樹々のあいだに馬を進めた。

広大な牧草地の外《はず》れの、アッシュフォードの町と城から一キロ近く離れた付近で、小川の屈曲部にできた、深い淀《よど》みを見つけた。淀みの縁には葦《アシ》が密生しており、その上からおおいかぶさるようにして、楡《ニレ》の高木が多数の枝葉を広げている。まわりに生える春草はいかなる騎士の旗にも劣らず勢いがあり、それでいてさわると軟らかい。野宿をするにはおあつらえむきの場所で、しかもいまだ、だれも場所取りをしていなかった。

（よし、こいつをおれの〝天幕〟にしよう）とダンクは思った。（枝葉は天幕の屋根布だ。

タイレルやエスターモントの旗の地色より濃い緑の）

　まず、馬の世話をする。それがすむと服を脱ぎ、小川に身を沈め、旅のほこりを落とした。〝真《まこと》の騎士は、聖職者のごとく、つねに身ぎれいにしておかねばならん〟というのが老士の口癖で、からだがにおっていようがいまいが、月がひとめぐりするたびに、全身をくまなく洗わねばならない、といつも聞かされていた。騎士を名乗るからには、ダンクもそれを励行すると誓っている。

　小川からあがり、全裸のまま楡の樹の根本に腰をおろして、からだが乾くのを待つ。春のあたたかい空気が肌に心地よい。そのあいだは漫然と、葦のあいだをものうげに飛ぶトンボを眺めて過ごした。

（トンボ《ドラゴンフライ》、か。どうしてこんな名前をつけたんだろう。ちっともドラゴンになんて似てないのに）

　そう思うダンク自身は、ドラゴンの実物を見たことがない。が、老士はある。そのときの話は五十回も聞かされていた。なんでも、サー・アーランが小さいころ、祖父にキングズ・ランディングへ連れていかれたことがあり、そのとき、最後のドラゴンを拝んだのだそうだ。それはドラゴンが死ぬ前年のことだった。そのドラゴンは牝の緑竜で、小柄で発育が悪く、翼も萎《しな》びていたという。牝竜が産んだ卵はひとつとして孵《かえ》らなかった。

　〝エイゴン王が毒を盛ったという流説もあってな〟その話のたびに、老士はそういったものだった。〝といっても、これはディロン二世王の父君《ちちぎみ》、エイゴン四世王のことではないぞ。

エイゴン三世王――滅竜王または不運王の異名をとった、かの王のことだ。エイゴン三世はドラゴンを恐れておられた。叔父君であるエイゴン二世のドラゴンにより、母君《ははぎみ》が呑まれる場面を見てしまったからじゃ。最後のドラゴンが死んで以来、季節がめぐるごとに夏は短くなり、冬は長く、過酷になってゆく〟

　夕陽が樹々の樹冠の下に沈んでしまうと、空気がひんやりとしてきた。寒さで腕に鳥肌が立ちはじめる。ダンクは上着と乗馬用ズボンを楡の幹にたたきつけ、ひときわひどい汚れを落としてから、身につけた。あすになったら、試合管理者を見つけて、名前を登録しよう。だが、大会に参加しようと思うなら、今夜のうちにしておかねばならないことがある。

　水面《みなも》に映った自分の姿を検《あらた》めるまでもない。自分がぱっとしない騎士に見えることは承知している。ゆえにダンクは、サー・アーランの楯を背にかけた。紋章を誇示するためである。ついで、馬たちの脚同士を縄で結わえ、動きにくくしてから、楡の樹の下に密生した緑草を食《は》ませ、馬上槍試合の会場に向かって歩きだした。

　この牧草地はふだん、川向こうにあるアッシュフォードの町の民が共用する入会地《いりあいち》として使われている。だが、いまではすっかりさまがわりし、一夜にして第二の町が出現していた。町といっても、石造りではない、シルクでできた町だ。姉ともいうべき川向こうの町と比較して、規模は大きく、彩りも美しい。牧草地のはずれには、何十人もの商人が立てた露店がずらりとならんで、フェルトに果実、ベルトに長靴《ちょうか》、皮革製品に左官の鏝板《こていた》、陶器、貴石、白鑞《しろめ》の道具、香料、羽根、その他諸々の品々を売っていた。おおぜいでくりだした客たちのあいだを、投げ物曲芸師《ジャグラー》、人形遣い、手妻《てづま》遣いが歩きまわり、仕事に精出している。それは娼婦や巾着切《きんちゃくき》りも同様だった。ダンクは用心深く、財布をずっと握りしめていた。

　歩くうちに、香ばしいにおいに鼻孔をくすぐられ、よだれが出てきた。もうもうたる煙をたてて、ソーセージを炙《あぶ》っている露店がある。財布から銅貨を一枚取り出し、ソーセージを一本と、それを流しこむために、角杯《つのさかずき》一杯のエールを買いもとめた。食べながら、木偶《でく》の騎士と、彩色を施した木偶のドラゴンとが戦う人形芝居を見物する。見る価値があるのは、ドラゴンを操る人形遣い本人もだった。すらりと背の高いすこぶるつきの美女で、肌の色は浅黒く、特徴的な黒髪からすると、どうやらドーン人らしい。からだつきは槍のように細く、いうにたるほどの胸はなかったが、なんといっても顔が好みだ。それに繰《く》り糸を操る技術もすばらしい。鮮やかな指の動きに合わせて、ドラゴンがガチッとあぎとを咬《か》みあわせては、禍々《まがまが》しく這いまわる。懐に余裕があれば、銅貨の一枚も投げていたところだった。しかし、この先のことを考えれば、手持ちの金は温存しておかなければならない。

　露店のなかには、期待にたがわず、武具をあつかっている店があった。青く染めた顎鬚《あごひげ》を二股に分けたタイロシュ人は、装飾的な兜《かぶと》を売っていた。並んでいるのは、さまざまな鳥やけものを象《かたど》った立物《たてもの》をつけ、黄金や白銀で打ち出し模様を施した、豪華な兜ばかりだった。別の露店では刀剣鍛冶が安物の鋼《はがね》の剣を呼び売りしていた。もっと拵《こしら》えの上等な剣を売っている刀剣鍛冶の露店もあったが、いまのダンクに欠けているのは、剣ではない。

　求める品は、露店の列のはずれにある店で売っていた。いまのダンクに必要なものの一部――上等の鎖帷子《くさりかたびら》と、鋼で造った自在継手《つぎて》の籠手《こて》一組だ。それが目の前の露台においてある。ダンクはしげしげと検分し、売り子の鍛冶にいった。

「いい仕事をしているな」

「これ以上のもんはないぜ」

　鍛冶はずんぐりした体格で、背丈はせいぜい一メートル半しかないが、胸と腕はダンクと同じほどあった。黒い顎鬚をたくわえていて、手は両方とも大きく、その態度には控えめなところがまったくない。

「馬上槍試合の具足一式がいるんだ」とダンクはいった。「上等の鎖帷子、胸当て、喉《のど》当て、脛《すね》当て、大兜がいる」

　老士の半球形兜にも頭が収まりはするが、馬上槍試合をする以上は、顔面を保護するのに、鼻当てよりもましな防具がほしい。

　鍛冶は上から下まで、じろじろとダンクを見まわした。

「でっかいな、あんた。だけどまあ、もっとでっかいやつの具足を仕立てたこともあるぜ」そういって、露台の奥から手前に出てきた。「両ひざをついてくれ、肩幅を測る。それと、その太い首まわりもだ」

　ダンクは地に両ひざをついた。具足鍛冶は一定間隔で結び目を設けた生皮を肩から肩へとあてがい、ひとつうめくと、こんどはそれで首まわりを測り、またもやうめいた。

「腕をあげてくれ。ちがう、右腕だ」

　三度めのうめき声。

「もう立ってもいいぞ」

　こんどは、股下、脹脛《ふくらはぎ》まわり、胴まわりを測り、そのつど、うめき声を漏らした。

「うちの作業車には、どうにかあんたが収まりそうな具足がある」ひととおり採寸がすむと、鍛冶はいった。「金銀細工で飾りたてたしろものじゃないから、そいつは承知しといてくれ。飾り気はない。ただし、鋼は上等で頑丈だ。おれが造るのは、兜らしい兜でな、羽の生えた豚だの、異国の珍妙な果物だの、そういう飾りはつけない。顔面に騎槍《ランス》の直撃を食らっても平気なくらい頑丈なことだけが取柄なのさ」

「そんな鎧《よろい》がほしかったんだ」とダンクはいった。「いくらになる？」

「大負けに負けて、牡鹿銀貨八百枚」

「八百枚？」予想よりもはるかに高かった。「手もとに……古具足《ふるぐそく》がある。これを下取りに出せないか？　もっと小柄な人間用のものなんだが。半球形兜に、長い鎖帷子《ホーバーク》に……」

「この〈鋼の頭《スティーリー・ペイト》〉さまはな、自分でこさえたものしか売らないんだ。頑固一徹《スティーリー・ペイト》の名は伊達じゃない」鍛冶はきっぱりといった。「しかし、古具足の鉄は再利用できるかもしれん。錆がそんなにひどくないようなら、古具足の下取り価格を差っ引いて、銀貨六百枚で譲ってやってもいいぞ」

　掛け売りにしてくれないかと頼んでみてもいいが、結果は知れている。老士と長いあいだ旅をしてきて、商売人がとりわけ草臥しの騎士を信用しないことは、身をもって知っていた。じっさい、世の中には盗っ人より多少ましなだけの騎士も存在するのだ。

「前金として、銀貨を二枚渡しておこう。古具足と不足額は、あすになったら持ってくる」

鍛冶はしばし、ダンクを見つめた。

「銀貨二枚じゃあ、一日待つのがせいいっぱいだぜ。一日が過ぎたら、つぎの客に売る」

ダンクは財布から銀貨を二枚取り出し、胼胝《たこ》ができた鍛冶の手に握らせた。

「心配しなくても、耳をそろえて払うさ。こんどの試合で守護闘士《チャンピオン》になるつもりだからな」

「あんたが?」ペイトは銀貨の片方を噛んだ。「するとあれかい、これだけの騎士連中が、あんたを応援するためにここへ集まってるってのかい？　あきれたもんだぜ」

楡《ニレ》の下へ引き返しだしたときには月が高く昇っていた。背後に広がるアッシュフォードの牧草地は、無数の松明《たいまつ》の灯りで煌々《こうこう》と燃えたっている。草地ごしに歌声や笑声がただよってくるが、ダンクの気分は重く沈んでいた。具足一式を手に入れる方法はひとつだけしか思いつかない。そして、もし試合に負けたなら……。

「必要なのは、たった一度勝つことだけだ」と、声に出してつぶやいた。「一勝だけなら、たいして高望みじゃない」

とはいえ、老士ならば、そんな望みそのものさえいだきはしなかっただろう。何年も前に、嵐の果て《ストームズ・エンド》城で開かれた馬上槍試合でドラゴンストーン城のプリンスに落馬させられて以来、サー・アーランはこの手の試合にいっさい出なくなっていたのだ。

〝七王国最高の騎士を相手に仕《し》合《あ》って七本もの騎槍を折るなど、だれにでもできることではないぞ〟存命だったなら、サー・アーランはそういっただろう。〝われながら、あれ以上にあっぱれな試合は二度とできまい。とすれば、もう試合に出る必要などなかろう？〟

サー・アーランが槍試合に出ないのは、ドラゴンストーン城のプリンスを相手に善戦したからというより、寄る年波による衰えが大きいのではないかと思うのだが、それはいわずにおいた。最後の最後まで、老士は誇り高い人物だったからである。

（わしは敏捷で力も強い、と老士はよくいっていたが、あのひとにとっての真実が、おれにとっても真実であるとはかぎらないからな）

心の中で、ダンクは頑固につぶやいた。

頭の中でさまざまな方針を検討しつつ、草をかきわけて進んでいく。進むうちに、草葉の茂みをすかして火《か》光《こう》が見えた。

（あれはなんだ？）

足をとめ、とるべき行動を考えたりはしなかった。気がついたときには、早くも剣を引き抜き、草をかきわけて進んでいた。

うおーっ、と怒号と罵《ば》声《せい》を発して、楡の下に勢いよく飛び出す。が、そこで、たたらを踏んで立ちどまった。焚火のそばにいたのは、なんと、あの少年だったのである。

「おまえか！」ダンクは剣を下げた。「こんなところでなにをしている？」

「魚を焼いてるんだよ」禿頭《とくとう》の少年は答えた。「分けてほしい？」

「どうやってここにきたのかときいているんだ。馬でも盗んだのか？」

「馬車の荷台に乗せてもらったんだ。アッシュフォードの領主の食卓に出すために、仔羊を届ける人がいたんで」

「その人物がもう帰ってしまっていないか、たしかめたほうがいいぞ。でなければ、ほかの荷馬車をさがせ。ここにいさせるわけにはいかん」

「追っぱらおうったって、そうはいかないよ」少年は憎さげな口をきいた。「あんな旅籠、もう飽きたもん」

「それ以上、生意気な口をきくな。いますぐつまみあげて、馬の背に乗せてやる。家に送りとどけてやらないと」

「家に？　だったら、キングズ・ランディングまで延々と乗せていくことになるよ？　馬上槍試合に出られなくなるけど、それでもいいの？」

（キングズ・ランディングだと？）ダンクは一瞬、からかわれているのかと思った。だが、ダンクがキングズ・ランディング生まれであることを、この少年が知っているはずはない。

（こいつもまた、〈蚤の溜まり場〉出の貧民小僧か。あそこから逃げだしたがったとしても、だれに責められよう）

　八歳の孤児を前に抜き身の剣を引っさげて突っ立っているのが、馬鹿みたいに思えてきた。剣を鞘に収めながら、少年をぐっとにらみつけたのは、〝おまえのたわごとに耳を貸す気はない〟という意志を伝えるためだ。

（ここはひとつ、きびしくお仕置きしておくべきなんだろうな）

　とはいえ、見るからに哀れを誘う子供をぶつというのも気が引ける。ひとまず、野営地のようすを見まわした。焚火は石を円形に組んだ竈《かまど》の中で勢いよく燃えている。三頭の馬にはみなブラシをかけてあり、焚火の上にせりだした楡の枝には洗濯物が干してあった。

「あれはなんのまねだ？」

「洗濯したんだよ」と、少年は答えた。「馬たちの手入れもすませたし、焚火も起こして、魚も釣った。天幕も立てておこうと思ったんだけど、どこにも見つからなくて」

「天幕なら、あそこにある」

　ダンクは頭上に手をひとふりし、真上にそびえる楡の高木と、その枝々を指し示した。

「これ、樹だよ？」少年はさらりと答えた。

「真《まこと》の騎士にとってはな、これで充分、天幕になるんだ。煙たい天幕の中で眠るくらいなら、星空の下で眠ったほうがいい」

「雨が降ったら？」

「樹の枝葉がしのいでくれる」

「雨がすりぬけてくるでしょ？」

　ダンクは笑った。

「たしかにな。ま、正直なところは、天幕を買う金がないんだ。その魚、そろそろひっくり返したほうがいいんじゃないか？　でないと、尻尾が焦げて、頭は生焼けになってしまうぞ。そんなんじゃ、とても厨房の小僧は務まるまい」

「務まるよ、その気になれば」

　少年は答えたものの、とにもかくにも、魚をひっくり返した。

「その髪はどうした？」ダンクはたずねた。

「学匠《メイスター》たちに剃られた」

　少年はそこで、はっとした顔になり、茶褐色のマントについたフードを頭に引きかぶった。そんな話は、ときどきダンクも耳にする。虱《シラミ》や髪切り虫を退治したり、特定の病気を治療するとき、頭髪を剃ってしまうそうだ。

「おまえ、病気なのか？」

「ううん。それより、ねえ、名前、なんていうの？」

「ダンク」

　貧民の少年は声をたてて笑った。こんなに可笑《おか》しいことを聞くのははじめてだ、といわんばかりの大笑いだった。

「投込《ダンク》み？　サー・ダンク？　そんなの、騎士の名前じゃないよ。もしかして、ダンカンを縮めた？」

　そうだったろうか。記憶にあるかぎり、老士からはずっとダンクと呼ばれてきた。老士と出会う以前のことはほとんど記憶にない。

「ダンカン——そうだ」とダンクは答えた。「サー・ダンカン……」

ダンクにダンク以外の名前はない。家名もない。〈蚤の溜まり場〉の雑踏と路地で浮浪児じみた暮らしを送っていたところをサー・アーランに拾われたのである。父も母も知らない。だとしたら、なんと名乗ればいい？　〈蚤の溜まり場のサー・ダンカン〉では、あまりにも騎士らしくない。サー・アーランと同じく、銅貨の樹《ペニーツリー》の出であると名乗ってもいいが、その名を聞いた者たちから〝それはどこだ〟ときかれたらどうする？　ダンクはペニーツリーにいったことがないし、老士からも、あまりくわしい話は聞かされていない。眉をひそめて、しばし考えてから、腹を決め、こう口にした。

「〈長身のサー・ダンカン〉だ」

事実、背は高いから、だれにも反論の余地はない。それに、けっこう力強い響きがある。しかし、人の野営地へ勝手に入りこんできた小僧は、そうは思わないようだった。

「〈長身のサー・ダンカン〉なんて聞いたこともないや」

「するとなにか、おまえは七王国じゅうの騎士をひとり残らず知っているというのか？」

少年は自信たっぷりの顔をダンクに向けた。

「優秀な騎士はね。ひととおり知ってる」

「おれだって、どんな騎士にも劣らず優秀だぞ。馬上槍試合がおわれば、満天下にこの名が知れわたることになる。ところで、そういうおまえはなんというんだ、泥棒小僧？」

少年はためらい、

「エッグ」と答えた。

ダンクは笑わなかった。

(こいつの頭は、たしかに卵《エッグ》に見える。そんな渾名《あだな》をつけられたのか。男の子というのは、ときに残酷だからな。それは男の大人でも変わらないが)

「エッグか」とダンクはいった。「ほんとうならば、しっかり折檻《せっかん》して放りだすべきところだが、正直にいうと、おれには天幕もないし、従士もいない。言いつけを守ると誓うんなら、馬上槍試合がおわるまで仕えさせてやってもいいぞ。試合がすんだら、そうだな、そのときまた考えよう。そばに置いておく価値があると判断したら、着るものも与えてやるし、食いものの心配もせずによくなる。服といってもラフスパンだ。食いものはもっぱら、塩漬けのビーフや塩漬けの魚で、森林監督官がいない地では、ときどき密猟した獲物を食うことにもなる。しかし……なにはともあれ、以後は飢えることがない。それに、約束しよう。悪さをしたとき以外、ぶったりはしない」

エッグはほほえんだ。

「それでいいよ、ご主人《マイ・ロード》」

「敬称はサーだ」ダンクは正した。「おれはただの、草臥《くさぶ》しの騎士だからな」

老士はいま、天から自分を見つめているだろうか。

(あなたが教えてくださったとおり、この子に戦い方を教えます。なかなかに見こみのありそうな子供ですし。いつの日か、騎士になれるかもしれません)

　ふたりして魚を食べはじめた。中まで完全には火が通っていなかったし、骨の取り残しも多かったが、それでも固い塩漬けビーフの乾し肉よりはずっと旨かった。

　ほどなくして、エッグは火勢の衰えた焚火のそばで眠ってしまった。ダンクはその近くで仰向けになり、大きな両手を頭の下で組んで夜空を見あげた。一キロ弱離れた試合会場から、遠い調べが聞こえる。星々は夜空を埋めつくしていた。何千何万もの星々がまたたいている。見ているうちに、そのうちのひとつが流れ、つかのま、黒い天に明るい緑の条《すじ》を引いたのち、ふっと消えた。

（流れ星を見た者には幸運が訪れる）とダンクは思った。（しかし、ほかの人間はみんな、いまごろはもう天幕の中に入っていて、夜空ではなくシルクの天井を見あげているはずだ。だとしたら、幸運が訪れるのは、おれひとりということになる）

　翌朝、雄鶏が時をつくる声で目が覚めた。エッグはまだ同じ場所にいて、老上の二番めに上等なマントにくるまり、眠っていた。

（ほほう……夜のうちに逃げださなかったか。出だしは上々だな）

　足でつついて、少年を起こす。

「起きろ。仕事だ」

　少年は目をこすりながら目を覚ました。起きあがるのがわりと早い。まずまず、合格点だ。ダンクは指示した。

「スウィートフットに鞍をつけるのを手伝え」

「朝食は？」

「塩漬けビーフの乾し肉だ。ただし、食うのは鞍つけのあとにしろ」

「それよりも、馬に飼葉《かいば》を食わせたいな……おっと、食わせたいです、だね」

「言いつけどおりにしないと、耳に拳固を食らわせてやるぞ。ブラシを出せ。鞍袋に入れてある。そう、それだ」

以後はふたりして乗用馬の栗毛にブラシをかけ、サー・アーランが持っていた最良の鞍を背中につけてから、腹帯《はるび》をぎゅっと締めた。その気になって動きだすと、エッグはなかなか優秀な働き手であることがわかった。

「きょうはおおむね留守にする」馬にまたがりながら、ダンクは少年にいった。「おまえは残って、この野営地を見張っていろ。ほかの盗っ人に荒らされないよう、気をつけろよ」

「盗っ人を追いはらうのに、長剣をふるってもいい？」

たずねるエッグの目は、朝陽のもとで見ると、青い色をしていることがわかった。かなり濃い青だ。紫といってもいい。禿頭《とくとう》のせいか、なんとなく目が大きく見える。

「だめだ」ダンクは答えた。「短剣で充分だろう。おれが帰ってきたとき、ちゃんとここにいろよ、いいな？　なにか盗んで逃げようものなら、かならず狩りたてて、とっつかまえてやる。犬どもを連れてだ」

「犬なんて持ってないくせに」

「手に入れるさ。おまえをつかまえるだけのために」

そう言い残すと、ダンクはスウィートフットの馬首《ばしゅ》をめぐらし、牧草地に向かって速足で進ませた。いまの威《おど》しが効いて、めったなことをしないでくれればいいんだが。身につけた衣類と、鎧袋に収めた具足一領、それにいま乗っている馬を除けば、ダンクの全財産はあの野営地に置いてあるのだから。

（あんな子を信用するとは、おれも大馬鹿だな。しかし、老士は同じようにおれも信用してくれた。あの子は老士に借りを返すために〈慈母〉が差し向けてくれた子かもしれん）

牧草地を横切っていくあいだ、川縁《かわべり》からは鎚の音が聞こえていた。大工連が馬上槍試合の柵を立て、階段状に高くなった観覧席を築いているのだ。牧草地の外れでは、新たな天幕もいくつか立てられようとしていた。きのうのうちに天幕を設営しおえた騎士たちは、昨夜のどんちゃん騒ぎでまだ眠っているのだろうが、なかにはもう起きだして、朝食をしたためている騎士もいる。薪の燃えるにおいがした。ベーコンを炙《あぶ》るにおいもだ。

牧草地の北の端には、大河マンダー河の一支流、〝さざ波の川〟が走っている。アッシュフォードの町と城は、この川の浅瀬を越えた向こう側にあった。老士とつづけてきた旅で、ダンクはたくさんの市場町を見てきた。ここの町は、たいていの町よりも瀟洒《しょうしゃ》だ。家という家には水漆喰《しっくい》が塗ってあり、屋根は茅葺《かやぶ》きで雰囲気がある。もっともっと若いころは、こういう町での暮らしはどんなものだろうとよく夢想したものだった。毎晩、頭上に屋根のある部屋で眠り、毎朝、いつもと同じ壁で囲まれた部屋で目覚めるのは、どんな気分がするものだろう。

（もうじき、その気分を知ることになるかもしれないな。それに、そう、エッグも）

可能性がないとはいえなかった。もっと奇妙なことだって毎日起きている。

アッシュフォード城は石造りで、真上から見ると三角形をなす石積み幕壁《まくへき》で囲まれていた。三角形の各頂点には高さ十メートルの円塔がそそりたち、その三塔を、矢狭間《やざま》つきの部厚い幕壁が結ぶ構造だ。胸墻《きょうしょう》の上には、オレンジ色の旗幟《きし》が幾旒《いくりゅう》もはためいている。各旗幟にあしらわれているのは城主の家紋——オレンジの地色に染めぬいた白い日輪と楔《くさび》紋様だった。城門の外には、オレンジ色と白の制服を着た門衛らが矛槍《ほこやり》を携えて立ち、人々の往来に目を向けていたが、城内に胡乱《うろん》な者を立ち入らせない本来の職務よりも、愛らしい顔の搾乳婦とじゃれあうほうに注意が向いているらしい。背の低い顎鬚《あごひげ》の男が門衛頭《がしら》だろうと見当をつけ、ダンクはその男の前まで馬を進めて、馬上槍試合の管理者はどなただろうとたずねた。

「それだったら、プラマーだな。ここの家令だ。いま連れてってやる」

郭《くるわ》に入ってすぐ、厩番の少年がやってきて、スウィートフットの手綱を取った。ダンクはサー・アーランの傷だらけの楯をいっぽうの肩にかつぎ、門衛頭のあとについて厩の裏手にまわりこむと、幕壁と幕壁の一角にそびえる塔に向かった。塔の中には急角度の螺旋《らせん》階段が設けられており、これを昇りつめれば城壁の上へあがれる仕組みになっている。

階段を昇りながら、門衛頭がたずねた。

「あんた、あるじの名前を登録しにきたのか？」

「自分の名前を登録しにきたんだよ」

「へえ？　だいじょうぶなんかね」この男、薄笑いを浮かべていないか？　薄暗いのでよくわからない。「あそこの扉だ。あとは適当にな。すんだら、またおれのところにきてくれ」

ダンクは扉を押しあけた。室内では架台テーブルに家令がつき、羽根ペンで羊皮紙に書きものをしていた。ごま塩の頭髪が薄くなった男で、顔の幅がせまい。

「うん？」顔をあげて、家令はたずねた。「なんの用かね？」

ダンクは扉を閉じた。

「あなたが家令のプラマーどのか？　馬上槍試合の件できた。登録するために」

プラマーは唇をすぼめた。

「わが君が主催する馬上槍試合は騎士のためのものだ。貴兄は騎士か？」

ダンクはうなずいた。もしや、耳が赤くなってはいないだろうか。

「なんという騎士どのか、うかがってもよろしいか？」

「ダンク」しまった、なんて馬鹿なことを。「〈長身のサー・ダンカン〉だ」

「出身はどこだね、〈長身のサー・ダンカン〉？」

「全国各地というか……五歳か六歳のとき、銅貨の樹《ペニーツリー》のサー・アーランの従士になったので。これがサー・アーランの楯だ」肩にかけてきた楯の絵を家令に見せた。「サー・アーランは、馬上槍試合に参加するためにここへ向かっていたんだが、風邪を引いて亡くなってしまった。なので、かわりにおれが出場しにきた。ご自身の剣でおれを騎士に叙されたのは、亡くなるまぎわのことだ」

　ダンクはそういって長剣を引き抜き、彼我のあいだの、傷だらけになった木製テーブルに載せた。

　出場者登録台帳の管理人は、剣身にちらりと目をやっただけだった。

「たしかに、剣ではある。だが、ペニーツリーのアーランという人物は聞いたことがない。その人物の従士だったといったな？」

「サー・アーランはつねづね、おれを騎士にするつもりだとおっしゃっていた。そしてそのとおりのことをなさった。息を引きとるまぎわ、その長剣を抜いて、おれをひざまずかせて。その剣身を、まずおれの右の肩に、つぎに左の肩にあてて、叙位のことばを口にしたんだ。儀式がすんで、おれが立ちあがったとき、これでおまえは騎士だとおっしゃった」

「ふうむ」プラマーという家令は鼻をこすった。「いかなる騎士も人を騎士に叙することはできる。それはたしかだ。だが、通常は立会人を立て、司祭《セプトン》に聖油を塗ってもらったうえで宣誓のことばを口にする。貴兄が騎士位を授与されるところを見ていた者はいないのか？」

「駒鳥《コマドリ》だけが見ていた。茨《イバラ》の樹の上のほうから。そのとき老士がいったことばは憶えている。良き騎士、真《まこと》の騎士となり、〈七神〉にしたがい、弱き者、無辜《むこ》の者を護るべし、主君には誠実に仕えよ、死力を尽くして王土を護れ——。それに応えて、おれはそのとおりにします、と誓った」

「そうだろうとも」プラマーはダンクのことをあえて〝騎士どの〟とは呼ばないようにして

いた。ここにいたっては、さすがのダンクも、そのことに気づかざるをえない。「この件、アッシュフォード公にご相談する必要がある。貴兄または、亡くなられた貴兄の主人どのは、当地に集まられた騎士どののどなたかと面識があるかね？」

　ダンクはすこし考えた。

「ドンダリオン家の旗が翻る天幕があったろう？　黒地に紫の稲妻が走る紋章の旗が」

「サー・マンフレッドだな、ドンダリオン家の」

「サー・アーランは、ドーンでサー・マンフレッドのお父君に仕えたことがある。三年前のことだ。サー・マンフレッドなら、おれを憶えておられるかもしれない」

「それなら、相談しにいくことを勧める。サー・マンフレッドが貴兄の話を真実と保証してくださるようなら、明日、この時刻に、ここへお連れしてくれ」

「わかった、家令どの《ム＝ロード》」くるりと背を向け、扉に向かって歩みだした。

「サー・ダンカン」背後から家令の声がかかった。

　ダンクはふりかえった。

「念のためにいっておこう。試合に敗れた者は、勝者に対して、武器、具足、馬を差しだす決まりだ。それを取りもどすためには、買い戻し金を払わねばならん。知っているな？」

「知っている」

「それだけの金の持ち合わせがあるのかね？」

　こんどははっきりと、耳が赤くなるのがわかった。

「そんな金が必要になることはない」

ダンクはそう答え、そのとおりになることを祈った。

(一勝だけでいい。最初の槍試合に勝ちさえすれば、敗者の武具と馬、または買い戻し金が手に入る。そうなったら、二戦めは負けても、買い戻しができる)

ゆっくりと石の階段を降りていった。つぎにすることを思うと、気が進まない。ともあれ、郭《くるわ》に出たのち、厩番《うまやばん》の少年のひとりを呼びとめ、こういった。

「アッシュフォード公の厩舎《きゅうしゃ》長と話をしたいんだが」

「いま探してきます」

厩の中はひんやりとして暗かった。奥に進んでいく途中で、気性の荒い葦毛《あしげ》の牡馬が嚙みつこうとしてきたが、無視して通りすぎる。愛馬の前にたどりつき、鼻づらに手をあてた。スウィートフットは小さくいなないて、鼻づらを手のひらにすりつけてきた。

「おまえはいい娘《こ》だな」と小声で語りかける。

老士はつねづね、騎士たるもの、馬を愛してはならん、またがった馬はすくなからぬ数が死んでいくのじゃからな、といっていたが、そのくせ自分は、そんな持論を守らなかった。老士が最後の一銭をはたいて老馬チェスナットに林檎《リンゴ》を食べさせたり、スウィートフットやサンダーに燕麦《オート》を与えたりするところを、ダンクはたびたび目にしてきたのだ。スウィートフットはサー・アーランの乗用馬で、七王国の北から南まで何千キロという距離を、老士を乗せて、倦《う》むことなく踏破してきた。ダンクとしても、旧友を裏切るようでせつなかったが、ほかにどうしようがあろう。チェスナットは老いすぎていて担保にはならないし、サンダーには試合で乗せてもらわなくてはならない。

　厩舎長はなかなか姿を見せなかった。待つうちに、城門のほうで何本もの喇叭《ラッパ》が鳴り響き、郭でざわめきが起こった。好奇心をそそられて、ダンクはスウィートフットの手綱を取り、厩の入口まで引いていって、外のようすを覗いた。大人数の騎士と弓兵の一行が馬を進め、城門からぞくぞくと入ってきつつあった。総勢はすくなくとも百名。騎士がまたがった馬のなかには、ダンクがこれまで見たなかで最高に美々《びび》しい馬が何頭もいた。

（ははあ、どこかの大物貴族が入城してきたな）

　さっきとはちがう厩番の少年が、目の前を小走りに通りかかったので、その腕をつかみ、きいてみた。

「あれはどなたただ？」

　少年はけげんな顔でダンクを見あげて、

「あの旗標《はたじるし》が見えないのかい？」というと、腕をふりほどき、いそいそと走り去っていった。

（旗標……？）

　ダンクは一行のほうにこうべをめぐらした。おりしも、一陣の風が吹きわたり、長い槍の螻蛄《けら》首《くび》に結んだ黒いシルクの槍旗《そうき》を翻《ひるがえ》らせた。旗にあしらってあるのはターガリエン家の紋章だった。急に翻ったため、獰猛《どうもう》な三頭《みつくび》ドラゴンが勢いよく翼を広げ、かっと炎の息吹《ブレス》を吐いたかに見えた。旗持ちは長身の騎士で、白の小札鎧《こざねよろい》、それも金線の象嵌《ぞうがん》が施された鎧に身を包み、両肩からうしろに純白のマントをなびかせている。そのほかに二騎、頭から足の先まで、まったく同一のいでたちで、白一色に身を固めた騎士が同行していた。

（〈王の楯《キングズガード》〉の騎士。あれは……王家の旗じゃないか）

アッシュフォード公とその息子たちが、あわてて天守の大扉から出迎えに現われた。城主たちといっしょに、〈麗《うるわ》しの乙女〉もだ。これは小柄な娘で、髪は黄色く、ピンク色の顔は丸みを帯びている。

（あまり麗しくは見えないな）とダンクは思った。

ゆうべ見た人形遣いの娘のほうが可愛かったくらいだ。

「――厩番。そんな駑《ど》馬《ば》は放りだして、おれの馬を世話しろ」

ふいにそう声をかけてきたのは、厩の前で騎馬を降りた、ひとりの男だった。

（おれに話しかけているのか）とダンクは気づき、答えた。

「わたしは厩番ではありません、高貴《ム＝ロード》なお方」

「厩番になるだけの頭もないか？」

男がはおっているのは、真紅の繻子《サテン》で縁どった黒いマントだったが、マントの下の衣装は燃えたつ炎のようにあでやかで、色は赤、黄、金のみが用いられていた。身は細く、背筋を短剣のようにまっすぐ伸ばしているものの、背丈は平均的で、年格好はダンクにほぼ等しい。カールしたシルバー・ゴールドの髪に縁どられた顔は、整っている反面、ひどく尊大そうだ。額は高く、頬骨は鋭く、鼻筋はまっすぐに通り、白くてなめらかな肌にはしみひとつない。

目の色は濃い菫色《スミレ》だった。

「馬の世話ができんのなら、ワインを持ってこい。いい女もだ」

「わたしは……ム＝ロード、失礼ながら、わたしはここの使用人でもありません。騎士たる名誉をになわせていただいております」

「昨今は、騎士の質もここまで落ちたか」

　王族《プリンス》らしき人物が蔑《さげす》むようにそういったとき、厩番のひとりがあわてて駆けつけてきた。プリンスは少年に乗用馬の手綱を預けた。血の色を思わせる、緋毛《あかげ》の駿馬《しゅんめ》だった。ダンクの存在はたちまち忘れ去られた。ほっとしながら、厩の奥にもどり、厩舎長がやってくるのを待つ。それにしても、気まずかった。諸公が収まった天幕のあいだを進むだけでもあれほど居心地が悪かったのだ。プリンスを相手に口をきくなど、とてもとても。

　あの美貌の青二才がプリンスであることはまちがいない。ターガリエン家は、海の彼方、失われたヴァリリアの貴紳《きしん》の血を継いでおり、そのシルバー・ゴールドの髪と菫色の目は、ふつうの人間とは一線を画している。太子であるプリンス・ベイラーはもっと年上だから、あの若いのは、息子のうちのどちらかである可能性が高い。父のプリンスと区別するため、しばしば〈若きプリンス〉と呼ばれるヴァラーか――でなければ、〈もっと若きプリンス〉マターリスだろうか。後者の呼び名は、以前、スワン老公の道化師が剽《ひょう》げて使ったものだ。ほかにもプリンスと呼ばれる資格のある者たちはいる。ヴァラーとマターリスの従兄弟《いとこ》たちである。デイロン有徳王《うとくおう》には、成人した息子が四人いて、そのうち三人は、それぞれ自分の子供を儲けていた。父王の時代、ドラゴン王の血筋はもうすこしで途絶えるところだったが、だれしもが認めるように、有徳王ことディロン二世とその息子たちのおかげで、いまはもうすっかり安泰になっている。

「そこのおまえ――おれに用があるって？」ふりかえると、アッシュフォード公の厩舎長が立っていた。ぶっきらぼうなしゃべりかたをする男だった。ただでさえ赤い顔が、オレンジ色のお仕着せのせいでさらに赤く見える。「なんの用だ？　おれは忙しい。こんなところで油を――」

「この乗用馬を売りたい」厩舎長に追いだされないうちにと、急いで口をはさんだ。「いい馬なんだ。健脚で――」

「忙しいといったろうが」厩舎長はちらりとスウィートフットに目を向けただけだった。「わが君アッシュフォード公は、こんな馬になんか用はない。町へ持っていけ。ヘンリーのところなら、金貨一枚、うまくすれば三枚で引きとってくれる」

「そうか。すまないな」ダンクは礼をいったが、背を向けてあわただしく立ち去ろうとする厩舎長に、ひとつたずねた。「ところで、国王陛下はこられたのか？」

厩舎長は笑った。

「いいや、ありがたいことにな。プリンスたちのご入来だけで、この騒ぎだぞ。あれだけの数の馬をどこに収容しろってんだ。飼葉《かいば》はどうする」

厩舎長はそう言い残し、厩番たちに指示を怒鳴りながら、足早に歩み去っていった。

　ダンクが厩をあとにするころには、アッシュフォード公に案内されて、プリンスの一行は大広間の中に入っていたが、純白の鎧と雪白のマントを着用した〈王の楯《キングズガード》〉のうちの二名はまだ郭に残り、衛兵長と話をしていた。ダンクはそのそばで足をとめ、話しかけた。

「失礼、わたしは〈長身のサー・ダンカン〉という者です」

「お初にお目にかかる、サー・ダンカン」白騎士のうち、大柄なほうが応じた。「わたしはサー・ローランド・クレイクホール、こちらはわが誓約の兄弟で、ダスケンデールのサー・ドネル」

〈王の楯《キングズガード》〉は七王国全土でもっとも腕の立つ七人の戦士で構成される。この七人に勝るのは、おそらくただひとり、〈槍砕きのベイラー〉こと王太子そのひとくらいのものだ。

「方々《かたがた》も馬上槍試合に出場しにこられたのですか？」おそるおそる、ダンクはたずねた。

「お護りすると誓った相手と闘うのは、われらの立場がゆるさぬよ」

　答えたのは、サー・ドネルのほうだった。これは赤毛で赤鬚《あかひげ》の人物だ。

「プリンス・ヴァラーは、アッシュフォード家令嬢の守護闘士《チャンピオン》の一員となる栄誉をになっておられる」サー・ローランドが説明した。「そして、プリンスの従兄弟《いとこ》どののおふたかたが、プリンスに挑戦する気でおられる。われわれ警護の者は見ているだけさ」

　ダンクはほっとして、親切に教えてくれたふたりの白騎士に礼をいい、つぎの王族一行が入ってきて、ほかのプリンスに声をかけられないうちにと、馬にまたがって城門の外へ出た。

（三人のプリンスか）乗用馬をアッシュフォードの町の街路へ向けつつ、ダンクは思った。

ヴァラー太子の長子で、〈鉄の玉座〉に対する王位継承権第二位の人物ながら、騎槍と剣で天下無双と謳《うた》われる父太子の武勇をどの程度まで受け継いでいるかはわからない。ほかのターガリエン家のプリンスたちについては、わかっていることはもっとすくなかった。（プリンスのひとりと懸け合うことになったらどうしよう。そもそも、そんな高貴な人物と対戦することがゆるされるものか？）

わからない。老士にはよく、〝おまえというやつは、ほんとうに頭の働きの鈍い男じゃな、鈍なること城壁のごとしじゃ〟といわれたものだが、いまはそれを実感するばかりだった。

町の馬商のヘンリーは、はじめのうち、スウィートフットを見て〝いい馬だな〟といっていたが、ダンクが売りたいといったとたんに豹変し、粗さがしをはじめた。つけた買値は、牡鹿銀貨が三百枚。それに対して、ダンクは三千枚が妥当だと切り返した。それから先は、価格交渉と罵倒の応酬がつづき、最終的に銀貨七百五十枚で決着がついた。自分が希望した売値より、相手が最初につけた買値に近い値段となったので、ダンクとしては馬上槍試合に敗れたような気分だったが、ヘンリーは頑として、それ以上の上乗せには応じようとせず、そこで手を打つほかなかったのである。ところが、いったん決着がついたあとで、またもや価格交渉が再開された。売値には鞍の値段を含まない、とダンクがいいきったのに対して、ヘンリーは鞍込みの値段だといいはったのだ。

ともあれ、それにもどうにか決着がついた。ヘンリーが金を取りにいっているあいだに、ダンクはスウィートフットの鬣《たてがみ》をなで、元気でいてくれよと語りかけた。

「試合に勝ったら、かならず買い戻しにくるからな。約束する」

もっとも、いったん売ってしまったら、ヘンリーがあれだけあげつらったこの馬の欠点はすべてないことになり、値段は売ったときの倍になっているだろう。

ヘンリーがもどってきて、まず金貨三枚を渡し、残りは銀貨で支払った。ダンクは金貨の一枚を噛み、思わず笑みを浮かべた。いままで、金貨を噛むどころか、手にしたことすらもなかったのである。巷間《こうかん》では〝ドラゴン〟、とこの金貨は呼ばれている。金貨の一面には、ターガリエン家の紋章である三頭《みつくび》ドラゴンが刻印されているからだ。反対の面に刻印されているのは王の肖像で、ヘンリーから受けとった金貨のうちの二枚にはデイロン王の横顔が、磨耗の激しいもう一枚には、もっと年配の、デイロン王とはちがう王の横顔が描かれていた。下のほうには名前が書いてあるが、ダンクには字が読めない。よくよく見ると、その金貨は縁を削り取られた跡があったので、それを声高にいいつのった。ヘンリーはぶつぶついったものの、欠けた重量を補うために、銀貨をもう何枚かと、ひとにぎりの銅貨を差しだした。

ダンクはそのひとにぎりの中から数枚を取ってヘンリーに渡し、スウィートフットにあごをしゃくった。

「これはスウィートフットのために。今夜は燕麦《オート》を食わせてやってくれるか。ああ、それと、林檎《リンゴ》もな」

売却後は、楯を腕にはめ、古具《ふるぐ》足《そく》の袋を肩にかつぎ、アッシュフォードの町のさんさんと陽が降りそそぐ通りを歩きだした。懐中の財布が貨幣でずしりと重いと、なんだか不思議な感じがする。相好が崩れそうになる反面、ひどく落ちつかなくもあった。老士には金銭面で信用されておらず、いちどに二枚までの貨幣しか持たせてもらったことがない。これだけの金があれば、一年は暮らせるだろう。

（しかし、この金が尽きたときはどうする？　サンダーを売るのか？）その果てに待つのは、物乞いか追い剝《は》ぎの道だ。（こんな機会は二度とない。すべてを試合に賭けなくては）

　水しぶきを立てて浅瀬を渡り、さざ波の川の南岸にあがるころには、午前も終わりに近く、試合会場付近はふたたび活気づいていた。何人ものワイン売りやソーセージ作りが威勢よく呼び売りをしている。そして、熊遣いの合図に合わせて踊りまわる熊が一頭。そのそばでは吟遊詩人が『熊と美女』を歌い――「熊だ、熊だ、麗しの乙女！」――投げ物曲芸師《ジャグラー》たちはジャグリングの曲技を披露し、ゆうべの人形遣い一座はもう一幕、騎士とドラゴンの戦いをおえようとしていた。

　ダンクは足をとめ、木偶《でく》のドラゴンが退治される場面を眺めた。人形の騎士がドラゴンの頸《くび》を斬り落とす。斬られた頸の断面から赤いオガクズが噴きだし、草の上に撒き散らされる光景に、ダンクは声をたてて笑い、人形遣いの娘に二枚の銅貨を投げ、こう叫んだ。

「一枚は昨夜のぶんだ！」

　娘は空中で銅貨を受けとめて、微笑を投げ返した。これまでに見たこともない、愛らしい笑みだった。

(ああしてほほえんでくれるのは、おれに対してか、それともカネの見返りか？)

ダンクは女の子と過ごした経験がない。そのため、そばにいると落ちつかなくなってくる。三年前、老士が盲目のフロレント公のもとで半年間の務めをおえて、懐が豊かだったとき、おまえもそろそろ娼館にいって、男になってもいいころだな、とダンクにいったことがある。ただ、そのとき老士は酔っていて、しらふにもどったあとには、そう口にしたことを忘れていた。ダンクとしても決まりが悪かったので、結局、いいだせずじまいとなった。そもそも、自分は娼婦を抱きたいのかどうかわからない。ただ、ちゃんとした騎士のように、高貴なる生まれの乙女といっしょになるのは望めなくとも、カネ目あてではなく、自分自身を好いてくれる娘とつきあいたい気持ちはあった。

「どうだい、エールでも一杯？」娘が血代わりの赤いオガクズを掬《すく》っては、ドラゴンの中に詰めはじめると、ダンクは声をかけた。「つまり、いっしょに飲まないか、ということさ。でなければ、ソーセージは？　ゆうべ旨いソーセージを食ったんだ。あれはポークだったと思う」

「ありがとう、ム＝ロード。でも、つぎのショーがあるから」

娘は立ちあがり、騎士の人形を操っていた女、見るからに烈女らしい、太ったドーン女のもとへと走っていった。あとに残されたダンクは、なんだか馬鹿みたいな思いで、その場に立ちつくしていた。もっとも、娘の走りかたは気にいった。

(可愛い娘《こ》だな。それに、背も高い。あれならキスをするのにひざをつかなくてすむ)

キスのしかたは知っている。一年前のある晩に、ラニスポートの居酒屋で、給仕の娘から教わったのだ。といっても、そうとう背の低い娘だったので、ダンクの唇にキスするには、テーブルに腰かけねばならなかったが。あのときのことを思いだすと、耳が真っ赤になる。そこではっと、自分が置かれている立場を思いだした。おれはなんて大馬鹿だ。いま考えるべきは馬上槍試合のことであって、キスのことじゃないぞ。

　アッシュフォード公の大工たちが、腰高の木柵に白い水漆喰《しっくい》を塗っていた。この柵は馬上槍試合で懸けちがう騎士たちが衝突することのないように、両者の走路を隔てる役をする。しばらくのあいだ、ダンクは大工たちの仕事ぶりを眺めていた。走路はぜんぶで五本あった。すべて南北に走っているのは、馬を駆る競技者たちが太陽に目をくらまされないようにするためだ。試合場の東側には、階段形式に三列の座席を設けた観覧席が建てられていた。雨や陽射しから諸公や淑女たちを護るため、上にはオレンジ色の天蓋《てんがい》が架けてある。ほとんどの観客はベンチにすわることになるが、観覧席の中央には、背もたれの高い椅子が四席、用意してあった。あれはアッシュフォード公、〈麗《うるわ》しの乙女〉、来臨したプリンスたちがすわる特等席だ。

　牧草地の東側の端には、回転式の槍的《やりまと》が設置されており、十人強の騎士が槍試合の練習をしていた。騎士が馬を駆り、騎槍《ランス》を構えて的に突進する。騎槍の先端が横棒の先にぶらさげられた楯をみごと突くたびに——楯はもう、ぼろぼろになっている——横棒が勢いよく回転する仕組みだった。ダンクが見物しているうちに、〈ブラッケンの荒馬〉が槍的を突いた。

そのつぎは、境界地方《マーチズ》のキャロン公の番だった。

（どの騎士もみな、おれよりずっと巧みだ）

そう思うと、不安がこみあげてきた。

ほかの場所では、徒歩《かち》軍《いくさ》の練習をしている者もいた。騎士たちが木剣で斬り結ぶかたわら、各々の従士たちが野卑な声援を送っている。ふと、筋骨隆々たる騎士と、その猛攻を凌《しの》いでいる、ずんぐりとした若者が目にとまった。騎士は山猫のように動作がしなやかで、動きもすばやい。どちらの楯にもフォソウェイ家の赤林檎《リンゴ》の紋章が描かれているが、若者のほうの楯は、たびかさなる斬撃《ざんげき》を受け、またたく間にばらばらになってしまった。

「この林檎、熟すのはまだまだ先だな」

若者の兜を打ちすえつつ、年かさのほうがいった。若いほうのフォソウェイは、降参するころには打ち身だらけで、血だらけになっていたが、年かさのほうは息も切らしていない。と、年かさのほうが面頬《めんぼお》をはねあげ、周囲を見まわし、ダンクに目をとめて、こういった。

「そこのおまえ。そうそう、おまえだ、でっかいの。翼の生えた酒杯の騎士よ。腰に下げているそれは長剣か？」

「これは正当なるわが剣だ」ダンクは挑戦的に答えを返した。「わが名は、〈長身のサー・ダンカン〉」

「おれはサー・ステッフォン・フォソウェイ。どうだ、おれと立ち合ってみぬか、〈長身のサー・ダンカン〉？　はじめての相手と剣を交わすのはいいものだぞ。いまも見たとおり、おれの従弟《いとこ》はまだ熟しておらん」

「やってくれ、サー・ダンカン」打ち負かされたほうのフォソウェイが、大兜を脱ぎながらいった。「たしかにおれはまだ熟していないかもしれないが、わが従兄《いとこ》は芯まで腐れきっている。この腐れ林檎から種をたたきだしてやってくれ」

ダンクはかぶりをふった。名家の子弟ども、なぜ身内の喧嘩《けんか》におれを巻きこむ？　こんなことには関わりたくない。

「お誘いはありがたいが、急ぎの用事があるのでね」

こんなにも多額の金を懐に入れたままでは、どうにも落ちつかない。早いところ、〈鋼《はがね》のペイト〉に支払いをすませて、武具を受けとらなくては。

サー・ステッフォンは蔑みの目をダンクに向けた。

「草臥《くさぶ》しの騎士どのにおかれては、急ぎのご用事がおありとな」おもむろに周囲を見まわし、付近を通りかかった手ごろな練習相手を見つけた。「おお、サー・グランス、いいところにきた。おれと闘わんか？　従弟のレイマンが身につけた姑息《こそく》な剣技は知りつくしているし、そこなサー・ダンカンは草臥し暮らしにもどりたいそうだ。さあさあ、勝負、勝負」

ダンクは顔を真っ赤にしてその場をあとにした。姑息なものであれ、大胆なものであれ、ダンクが会得している剣技は多くないし、馬上槍試合に臨むときまで、だれにも闘いぶりを見られたくない。老士はつねづねいっていた——敵を知れば知るほど、倒すのが楽になると。サー・ステッフォンのような騎士は、ひと目で相手の弱点を見ぬく鋭い観察眼を持っている。

ダンクは力が強く敏捷で、体重でもリーチでも分《ぶ》があるが、自分の技倆《ぎりょう》がほかの騎士たちのそれに匹敵するとは、一瞬たりとも思ったことがない。老士からは、できるかぎりの教えを受けたが、サー・アーランは若いころでさえ、最強の騎士に数えられることはなかったろう。偉大な騎士ならば、灌木《ヘッジ》の下で草臥《くさぶ》すこともないし、泥道の脇でのたれ死ぬこともない。（あんなふうにはならないぞ）と、ダンクは心に誓った。（一介の草臥しの騎士なんかじゃないことを世に知らしめて、きっと見返してやる）

　そのとき、若いほうのフォソウェイが小走りに追いついてきた。

「サー・ダンカン——従兄にけしかけるようなまねをして申しわけない。あいつの傲慢《ごうまん》さに腹がたっているところへ、そんなに大きな体軀《たいく》の持ち主を見たものだから、つい……おれの落ち度だ。あなたは鎧もつけていないし、あのまま立ち合っていたら、隙をついて手や膝を壊されていただろう。あの男、立ち合い稽古で相手を傷つけるのが好きなんだ。いざ本番のとき、相手が打ち身だらけで、力を発揮できないようにしておくんだよ」

「あんたを打ちのめしはしなかったじゃないか」

「たしかに。だけどおれは縁者だからね。向こうのほうが林檎の樹の上位にいて、しじゅうそれを笠に着るいやなやつだけどさ。ああ、おれはレイマン・フォソウェイ」

「会えてうれしい。あんたとあの従兄どのも馬上槍試合に出るのか？」

「従兄は出る、確実に。おれのほうは、出られるんなら出たいところだが、まだ従士だから。従兄のやつ、騎士にしてやると約束したくせに、まだ熟していないからといって先延ばしにするんだ」四角い顔、低い鼻、短く刈ったもじゃもじゃの髪。そんな容貌ではあるものの、レイマンは人好きのする笑顔を浮かべる男だった。「あなたは試合に、挑戦者として臨むんだろうけれど。だれの楯を突くつもりだい？」

「だれの楯だろうと、かまいはしない」ダンクは答えた。ここはそう答えるべき場面だからだが、じっさいには、おおいにかまうところではあった。「試合に参加するのは三日めだ」

「そのころには、ある程度まで、強豪が敗退しているだろうしね。それじゃあ、騎士どの、〈戦士〉があなたにほほえまれますように」

「あんたにもな」

（従士らしくふるまうこの男に対して、騎士らしくふるまうおれか。要するに、おれたちの片方が道化というわけだな）

一歩進むごとに、財布に詰めこんだ銀貨が触れ合う音がしている。が、失うときは一瞬だ。それは承知していた。それに、この馬上槍試合のルールも、ダンクには不利なようにできている。まだ青い敵や弱い敵とあたる率は非常に低い。

武術大会には十種以上もの開催方式があり、どの方式を採るかは、主催する領主の考え方ひとつで決まる。騎士隊同士の集団戦で模擬合戦《メレー》を催す場合もあれば、相手かまわぬ乱戦で最後まで立っていた戦士に優勝の栄誉が与えられる場合もある。いっぽう、一騎《いっき》相《あい》の闘いが主となる形式の大会では、組み合わせが籤《くじ》で決められる場合もあれば、試合管理者の一存で決められる場合もある。

アッシュフォード公はこの大会を、愛娘《まなむすめ》十三歳の命名日を迎える記念として催すという。娘は〈麗《うるわ》しの乙女〉となり、仮初《かりそ》めの〈愛と美の女王〉の役を担って父親の横に座すことになっていた。〈愛と美の女王〉の寵愛《ちょうあい》を得てその身を護るのは、守護者を務める代理闘士《チャンピオン》の五名だ。そのほかの参加者はすべて挑戦者となるが、守護闘士《チャンピオン》のひとりを打ち破った者は、自動的に守護闘士となり、ほかの挑戦者に敗れるまでは、その地位がたもたれる。そして、三日におよぶ馬上槍試合がすべておわると、勝ち残った守護闘士五人は、〈麗しの乙女〉に〈愛と美の女王〉の冠をかぶらせたままにするか、それとも別の乙女にかぶせるかを決める。

ダンクは草におおわれた槍試合会場と、観覧席上の、まだだれもすわっていない椅子席を見つめ、自分が勝ち残れる可能性はどれくらいあるのだろうかと考えた。一勝だ。一勝さえあげればいい。そうすれば自分は、アッシュフォード牧草地の守護闘士のひとりとして名を残せる。たとえ一時間後には敗れてしまってもだ。老士は六十年近くを生きて、守護闘士になったことは一度もなかったが……。

（守護闘士を夢見るのは、そこまで高望みではないはずだ――神々が嘉《よみ》したまうならば）

これまでに聞いたさまざまな英雄の頌歌《しょうか》を思いだす。盲目であった〈星の目のシメオン〉、高貴なる〈鏡の楯のサーウィン〉や、〈ドラゴンの騎士〉と呼ばれたプリンス・エイモン、サー・ライアム・レッドワイン、〈道化師フロリアン〉。いずれも、これからダンクが直面するどんな対戦相手よりはるかに恐ろしい敵を討ったことで知られる猛者《もさ》たちだった。

（とはいえ、どの騎士も偉大な英雄で、高貴な生まれの勇者たちだからな――フロリアンを別にすれば。それに引き替え、このおれはどうだ？〈蚤の溜まり場のダンク〉じゃないか。それとも、〈長身のサー・ダンカン〉というべきか？）

　遠からず、真実はわかるだろう。ダンクは地面に降ろしていた具足袋をやおら持ちあげて、露店の列に足を向けた——〈鋼《はがね》のペイト〉を探すために。

　野営地に帰ってみると、エッグはきちんと言いつけをまもっていた。ダンクは安堵《あんど》した。またぞろどこかへいってしまってはいないかと、心中、ひやひやしていたのである。

「あの乗用馬、高く売れた？」少年がたずねた。

「どうしてあれを売ったとわかるんだ？」

「馬に乗って出ていって、歩いて帰ってきたんだもの。賊に奪われたなら、もっとぷりぷりしてるはずでしょ」

「これを購《あがな》える程度の金にはなった」

　ダンクはそういって、具足袋から新しい鎧を取りだし、少年に見せた。

「騎士になりたいのなら、いい鋼と悪い鋼を見分けられるようになっておいたほうがいいぞ。ここを見ろ、みごとな仕上げだ。この鎖帷子《くさりかたびら》は二重綴《つづ》りでな、各環が二個ひと組ずつ、別の組と連結されている。ほらな？　こういう造りだと、一重綴りより丈夫なんだ。それにこの兜。ペイトは頭頂部に丸みを帯びさせてる。この曲面が見えるか？　剣や戦斧《せんぷ》で打たれてもすべってしまうのさ。平坦だったら、刃先が食いこんで、中の頭にまで届きかねない」

　ダンクは大兜を頭からすっぽりとかぶった。

「どうだ、見た目は？」

「面頬《めんぽお》がないね」エッグが指摘した。

「そのかわり、目穴と空気穴がある。面頬は弱点となるからな」

　これは〈鋼のペイト〉の受け売りだった。あのときペイトは、つづけてこういった。

〝新鮮な空気を吸おうとして面頬をあげてるときにな、片目を矢に貫かれた騎士がどれだけいると思うんだ？〟

「頭立《ずだて》もないね」とエッグはつづけた。「まるっきり飾り気がないや」

　ダンクは大兜をはずした。

「飾り気なんてものはないほうが、おれみたいなのにはちょうどいいんだよ。この鋼の光沢、わかるな？　この光沢を失わないよう、せっせと磨くのがおまえの仕事だ。鎧兜の磨き方は知っているな？」

「砂の樽に入れてこするんでしょ。でも、そのための樽がないね。それから、天幕は買ってきたの、サー・ダンカン？」

「天幕まで買える値段では売れなかったんだ」

（この小僧、はばかりもなく大胆にものをいうやつだな。ほんとうなら、ぶん殴って性根を正してやったほうがこの子のためになるんだろうが……）もちろん、そんなことはしない。大胆なやつは好きだ。それにダンクは、いっそう大胆にならないといけない局面でもある。

（もっとも、大胆さでは、おれの従士どののほうが上か。頭の回転の速さでも）

「よく言いつけを守った。感心したぞ、エッグ」とダンクはいった。「あしたはいっしょにこい。馬上槍試合の会場をじっくり見ておけ。そのあと、馬の飼料に燕麦《オート》を、自分たち用に焼きたてのパンを買う。チーズも少々だな。露店のひとつでいいチーズを売っていたから」

「城の中へは入らなくてもいいよね？」

「かまわんよ。いずれはおれも城住みとなる身だ。死ぬまでには、上座側にすわれるようになりたいものだが」

少年は黙っていた。

（たぶん、城の大広間に入るのが怖いんだろうな）とダンクは思った。（まあ、むりもない。いずれ成長するさ）

ダンクはふたたび具足を愛《め》ではじめた。これを着用するときが待ちどおしい。

サー・マンフレッドは細身で、苦虫を嚙みつぶしたような顔の男だった。鎖帷子《くさりかたびら》の上から着ている黒い外衣《サーコート》にはドンダリオン家の紋章である紫の稲妻が走っている。が、たとえその紋章がなくとも、鬣《たてがみ》のような赤金色の蓬髪《ほうはつ》だけで、ダンクにはすぐにこの人物の見分けがついた。

「サー・アーランは、かつてお父上にお仕えしていました。お父上がキャロン公と協力して、〈赤の山脈〉から〈禿鷹《ハゲタカ》の王〉をいぶりだしたときのことです」床に片ひざをついたまま、ダンクはいった。「当時、わたしは子供も同然でしたが、従士を務めておりました。ペニーツリーのサー・アーランの従士です」

サー・マンフレッドは眉をひそめた。

「知らんな。そんな男は知らん。おまえもだ、若僧」

ダンクは老士の楯を見せた。

「これはサー・アーランの紋章──翼の生えた酒杯です」

「城主たるわが父は、騎士八百、徒士《かち》四千を率いて山脈へ乗りこんだ。それだけの兵の顔、いちいち憶えていられるものか。その兵たちの楯もだ。おまえもたしかに、そのなかにいたかもしれん。だが……」

それだけいって、肩をすくめた。

ダンクはつかのま、ことばを失った。

（サー・アーランは、あんたの父親のために軍働《いくさばたら》きをして傷を負ったんだぞ。どうしたら忘れられるというんだ？）

「騎士か諸公のどなたかに身元を保証してもらわないかぎり、挑戦者として出場する資格を得られないのです」

「それがおれとなんの関係があるんだ？」とサー・マンフレッドはいった。「貴殿にはもう、充分におれの時間を割《さ》いた」

だが、サー・マンフレッドをともなわずに城へ返れば、出場資格を得られない。ダンクはサー・マンフレッドの黒いサーコートに刺繍《ししゅう》された紫の稲妻に目をやり、いった。

「野営地でお父上が語ったその家紋の由来、憶えています。ある嵐の晩、貴家の開祖どのが伝書を携えてドーンとの境界地方《マーチズ》を越えたさいに、飛んできた一本の矢で開祖どのの乗馬は射殺《いころ》され、ご当人は地に投げだされました。そこへ闇の中から敵が二名、飛びだしてきた。環帷子《リングメイル》に羽飾りつきの兜はドーン兵のしるし。剣は落馬したときに下敷きになって、折れてしまっている。それに気づき、もうだめか、と覚悟した開祖どのを斬り刻もうとドーン兵が迫りきたそのとき、突如として天に稲妻が閃《ひらめ》き、まばゆい紫に輝く稲妻はふたつに分かれ、ドーン兵が身につけていた鋼を打ちすえて、立ったまま即死させました。かくして、伝書は嵐の王《ストーム・キング》のもとにぶじ届けられ、ドーンに対する勝利をもたらされたのです。それに対する報賞として、王は伝令に貴族の位を授けられました。そして、開祖どのは初代ドンダリオン公となり、新たな紋章として、〝星々をちりばめた黒地に走る、二股に割れた紫の稲妻〟を採用されたのでしたね」

　これでサー・マンフレッドが感銘を受けると思っていたなら、大まちがいだった。

「父に仕えた者は、給仕の小僧から厩番にいたるまで、早晩、かならずその話を聞かされる。それを知っていたからといって、貴公が騎士であることの証拠にはまったくならん。早々に引きとられよ」

　どんよりと沈んだ気分で、ダンクはアッシュフォード城に引き返した。家令のプラマーになんといえば挑戦者の権利を認めてもらえるだろう、と思案しながら。しかし、家令は塔の自分の部屋にはいなかった。衛兵にたずねてみると、大広間にいるかもしれないという。

「ここで待っていていいか？」ダンクは衛兵にたずねた。「もどってくるまで、どのくらいだろう」

「おれが知るか。好きにしな」

　ここの大広間は、よその城とくらべてそれほど大きくはなかった。もっとも、もともと、アッシュフォード城は小さな城なのである。ダンクは横の扉から大広間に入り、目で家令を探しもとめた。家令はすぐに見つかった。アッシュフォード公以下、十人強の男とともに、大広間の奥に立っている。壁の高みにかかっているのは、果実や花々をあしらったウールのタペストリーだ。その下を、ダンクは一行のもとへ歩いていった。

「――あれらが兄者の子なら、もっと心配しているはずだろうが」

　近づいていくと、ある男が憤然といきまく声が聞こえた。男の頭髪は直毛だ。その髪も、角張った形に整えた顎鬚《あごひげ》も、かなり明るい色で、暗い大広間の中では白く見える。しかし、近づくにつれて、それが白ではなく、金色を帯びた淡い銀色であることがわかってきた。

「デイロンには前科があるしな」別の声が応じた。プラマーのからだで陰になっているため、声の主は見えない。「おまえも、あれに槍試合出場を命ずるべきではなかったのだ。あれは武術大会向きの人間ではない。われらが兄弟のエイリスよりも、レイゲルよりもな」

「要するに、馬《ホース》に乗るよりも娼婦《ホー》に乗っているほうがふさわしいということか」と、最初の男がいった。がっしりした体格の、見るからに屈強そうな王族《プリンス》は——あの人物はプリンスにちがいない——前面にびっしりと銀鋲《ぎんびょう》を打った革の小札鎧《こざねよろい》を身につけており、山鼬《オコジョ》の毛皮の縁どりがある厚地の黒いマントをはおっていた。両の頬はあばただらけで、銀色の顎鬚でも隠しきれてはいない。「指摘されるまでもない、兄者、あれがわが息子《デイロン》の過失であることはもとより承知の上だ。しかし、あれはまだ十八——これから変われる。いいや、変わらねばならん。なにがなんでもだ。変われなかったときは、誓っておれみずから引導をわたす」

「血迷ったことをいうでない。デイロンもああいう男だが、あれはおまえの、そしてわしの血を引く者でもあるのだぞ。なに、白騎士サー・ローランドがかならず見つけてきてくれる。エイゴンもいっしょにいるにちがいない」

「馬上槍試合がおわってしまったそのあとにか」

「エリオンもきているではないか。あれはつねづね、騎槍《ランス》のあつかいにかけてはデイロンの上をいく男だった。おまえが案じているのが馬上槍試合のことなら、その点は心配いらん」

ここでやっと、ダンクにも第二の人物の姿が見えるようになった。城主用の立派な椅子にすわって、片手に羊皮紙の束を持っている。肩のそばにはアッシュフォード公が控えていた。ああしてすわっていても、男の背の高さは一目瞭然だ。前に伸ばしている、長くまっすぐな脚から判断して、ほかの者たちより頭ひとつぶんは高いだろう。短く刈った黒髪にはだいぶ白いものが混じり、力強いあごはきれいに鬚を剃っている。鼻の曲がりぐあいから察するに、一度ならず折れたことがあるようだ。服装はごく地味な緑の胴衣《ダブレット》と茶色のマント——それに履き古した長靴《ちょうか》というものだったが、不思議に重厚さをただよわせており、全身に力強さと自信がみなぎっていた。

　うっかり入りこんで、聞いてはならないやりとりを聞いてしまった――そういう思いは、ダンクにもあった。

（ここはいったん引きあげて、話がすんだころ、また出なおしたほうがいい）

が、そう思ったときには、もう手遅れだった。銀の顎鬚のプリンスが、いきなりダンクに視線を振り向けたのだ。

「きさま、何者か。何用でわれらの話に闖入《ちんにゅう》してきた」

　苛烈な声だった。

「あれはな、われらが家令どのが来訪を待っていた騎士だ」ダンクに温顔を向けて、公座につく人物がいった。そのほほえみようからすると、ダンクが大広間に入ってきたときから、早くもこちらに気づいていたらしい。「闖入者はむしろわれらのほうだぞ、弟よ。騎士どの――近う」

　どうして近くへこいといわれたのかわからないまま、ダンクはにじるように歩を詰めた。プラマーに目を向けたが、助け船はない。きのうはあんなにも力強く見えた顔の細い家令は、いまは無言でその場に立ちつくし、うつむいて床の敷石を見つめている。

「高貴なる方々」ダンクはいった。「わたしの用とは……馬上槍試合に出場するため、サー・マンフレッド・ドンダリオンに身元保証をお願いしにいったのですが、断わられましたと報告することです。おまえなど知らぬとあの方はいう。しかし、サー・アーランはたしかに、あの方にお仕えしたことがあります。誓ってほんとうです。わたしはサー・アーランの剣と楯を譲り受けた者で――」

「楯と剣が騎士を作るわけではないぞ」大柄で禿頭《とくとう》、赤ら顔で丸顔の男がいった。アッシュフォード公だった。「プラマーより、そのほうの話は聞いた。その剣と楯がペニーツリーのサー・アーランなる者の所有物であることまでは認めるにしても、そのほうがたまたまサー・アーランの亡骸《なきがら》を見つけ、剣と楯を盗んだ可能性は否定できん。そのほうの言を裏づける、もっとこう、強力な証拠がないかぎりはな。たとえば、なんらかの書きつけか――」

「ペニーツリーのサー・アーラン。それならば、よく憶えておる」公座にすわった人物が、静かに口をはさんだ。「わしの知るかぎり、かの者が馬上槍試合で優勝したことはない。が、騎士の名に恥じぬ人物であったことはたしかだ。十六年前、キングズ・ランディングの武術大会では、模擬合戦《メレー》にて、ストークワース公と〈ハレンの巨城《ホール》の落とし子〉を倒したこともある。さらに、それよりずっと前には、ラニスポートの武術大会にて、かの〈灰色《グレイ》の獅子〉そのひとを落馬させたこともあった。当時はまだ、あの獅子どのも半白《グレイ》ではなかったがな」

「その話、何度も聞かされました」とダンクは答えた。

長身のプリンスはまじまじとダンクを見つめた。

「ならば当然、〈灰色の獅子〉の本名も知っていよう」

一瞬、頭の中が真っ白になった。

（サー・アーランから一千回も聞いた話じゃないか。獅子、獅子、あの獅子の名前、名前、名前……）

だめだ、どうしても思いだせない――あきらめかけたとき、唐突に名前が浮かんできた。

「サー・デイモン・ラニスター！」思わず、大声が出た。「〈灰色の獅子〉です！　いまはキャスタリーの磐《・ロック》城城主の！」

「そのとおり」長身のプリンスは顔をほころばせた。「その〈灰色の獅子〉も、あすの試合には出場する」

そういって、手にした羊皮紙の束をばさばさと振ってみせた。

銀の顎鬚のプリンスがいった。

「よくもまあ、十六年前といったか、たまたまデイモン・ラニスターを落馬させた名もなき草臥《くさぶ》しの騎士など憶えていられたものだな、兄者」

「槍試合で騎槍《ランス》を交わした手練《てだれ》は、かならず憶えておくことにしているのさ」

「しかし、兄者、草臥しの騎士ごときと、なにゆえ槍試合をする機会が？」

「あれは九年前、嵐の果て《ストームズ・エンド》城でのことであったよ。バラシオン公が新たな孫息子の誕生を祝って、武術大会を催すことになってな。籤《くじ》の結果、わしは第一試合にてサー・アーランと対戦することになったのだ。たがいの騎槍が折れること四たび、やっとのことであの騎士を落馬させられたのは、五度めの懸け合いでのことであった」

「七たびです、失礼ながら」ダンクは思わず異論を唱えていた。「相手はドラゴンストーン城のプリンスでした！」

しまった、ではこの方は――と思ったときには、もう手遅れだった。

〝うつけ《ランク》のダンク、鈍なること城壁のごとし〟。老士の叱声が聞こえるようだった。

「いかにも、そのとおり」鼻の折れたプリンスは鷹揚《おうよう》にほほえんだ。「ま、話には尾ひれがつくものだからな、わかっておる。貴殿の老いたあるじどのを責めてはならんぞ。しかし、回数については、残念ながら、あれは四たびだった」

大広間が薄暗いことがありがたかった。耳が真っ赤になっている自覚があったからである。

「閣下《マイ・ロード》」（いかん、この呼びかけはまちがいだ）「殿下《ユア・グレイス》」

ダンクはすっとひざまずき、こうべをたれた。

「おっしゃるとおり、四たびでした。わたしはけっして……話を誇大には……老士から――サー・アーランからは……おまえは鈍なること城壁のごとく、鈍重なること野牛《オーロクス》のごとし、といつもいわれていましたので……」

「しかも、オーロクスのごとく屈強そうだ、その体格からするに」〈槍砕きのベイラー〉がいった。「苦しゅうない。立つがよい」

ダンクは立ちあがった。まだこうべをたれたままでいるべきかどうか、それとも、いまのことばで太子のご尊顔を拝することを許されたのかどうか、いろいろとまどいながら。

（おれが話をしている相手は、かのベイラー・ターガリエンさま――ドラゴンストーン城のプリンスにして、〈王の手〉、エイゴン征服王が創始された〈鉄の玉座〉の法定相続者――

お世継ぎだ）

一介の草臥しの騎士ごときが、これほどの方に、いったいなにをお話しするというのか。

「その、殿下は――敗れたサー・アーランの馬と武具を返還され、代償もとられなかったと聞いております」口ごもりながらも、ダンクはいった。「老士は――サー・アーランは――殿下こそ騎士の鑑《かがみ》、と口癖のようにいっていました。いつの日か、七王国は殿下のご治世のもとで安泰を迎えるであろう、とも」

「まだまだ先の話であってほしいものだがな」とベイラー太子はいった。

「いえ、そんなことは」答えてすぐに、ダンクの血の気は引いた。もうすこしで〝いまのはけっして、国王陛下が早く死ねばよいという意味ではありません〟といいそうになったが、すんでのところで危険なことばを呑みこみ、かわりにこういった。「申しわけありません、ム＝ロード。ああ、いえ、その、殿下」

遅まきながら、ダンクはここにおいて、銀の顎鬚のがっしりした人物が、ベイラー太子を〝兄者〟と呼んでいたことを思いだした。

（だとしたらこの方も、ドラゴンの血を引く王子《プリンス》に決まっているじゃないか。おれはなんて阿呆なんだ）

この人物は、プリンス・メイカー――ディロン王の四人の王子のうち、最若年のプリンス以外の人物であろうはずがない。プリンス・エイリスは本の虫、プリンス・レイゲルは気を病み、内向的で病気がちというから、王土を半分越えてまで、わざわざここへ馬上槍試合に出場しにくるとは思えない。しかしプリンス・メイカーは、最年長の兄の陰に隠れがちではあるが、太子とはまたちがった形で恐るべき戦士だといわれている。

「出場資格を得たいのだな？」ベイラー太子がたずねた。「それを決めるのは試合管理者の管轄だが、わし自身は、貴殿の参加を拒む理由を見いだせん」

　家令は深々とこうべをたれた。

「御意に、殿下」

　ダンクがもごもごと礼をいおうとしたとき、プリンス・メイカーがさえぎった。

「貴殿の謝意、よくわかった。では、早々に退出願おう」

「弟の無礼を大目に見てやってくれ」ベイラー太子がいった。「弟の息子のうちのふたりがここへ向かったはずなのに、まだ到着しておらぬゆえ、はなはだ胸を痛めておるのだ」

「春の雨で各地の川が増水しています」ダンクはいった。「おそらく、おふたりとも遅れておいでなだけでしょう」

「おれは草臥しの騎士の助言を受けにきたのではない」プリンス・メイカーが兄にいった。

「もう下がってもよいぞ、騎士どの」ベイラー太子がダンクにいった。冷たい声ではない。

「かしこまりました、閣下」ダンクは一礼し、背を向けた。

が、大広間を退出しないうちに、背後から太子の声がかかった。

「騎士どの、もうひとつ——。貴殿はサー・アーランの実子ではないのだな？」

「ちがいます、ム＝ロード。いや、つまり、おっしゃるとおりです。実子ではありません」

　太子はそれを受けて、ダンクが肩にかけている傷《いた》んだ楯にあごをしゃくった。楯の表には翼の生えた酒杯が描かれている。

「法により、騎士の紋章を受け継げるのは実子のみと定められておる。したがって貴殿は、新たな図案を用いた自分自身の紋章を新調せねばならん」

「そうします」とダンクは答えた。「あらためてお礼を申し上げます、殿下。きっと勇敢に闘いますので、ごらんになっていてください」

（老士がよくいっていたように、〝〈槍砕きのベイラー〉のごとく勇敢に〟だ）

　何人ものワイン売りやソーセージ作りがにぎにぎしく呼び売りをし、娼婦たちがなれなれしく客引きしながら、露店や天幕のそばを歩きまわっている。娼婦のなかにはずいぶん器量よしもいた。とくに、ある赤毛の娘はかなりの色女で、蠱惑《こわく》的にしないを作って目の前を通りかかったとき、ダンクは思わず、ゆるいドレスの下でゆれるおっぱいに見とれてしまった。懐に残った銀貨の数を考える。

（抱こうと思えば抱くことはできる。この女も、おれの銀貨の響きは好きだろう。その気になれば野営地に連れて帰って、ひと晩じゅういっしょにいることだってできる）

　いまだかつて、女と寝たことはない。そして、最初の懸け合いで死ぬかもしれないことは重々承知している。馬上槍試合は危険な競技なのである。だが……娼婦というものも危険な場合がある、と老士からは教わっている。

（眠っている隙に盗みを働かれるかもしれない。そうなったら、どうする？）

赤毛の娘が肩ごしにふりかえった。だが、ダンクはかぶりをふり、その場から歩み去った。

ふと見ると、エッグが人形芝居を見物していた。地べたに脚を組んですわりこみ、禿頭《とくとう》を隠すためだろう、頭にマントのフードを引きかぶっている。少年は城に入るのをいやがった。それはたぶん、照れくさいし、恥ずかしいからだろう。

（諸公や公妃と同じ場所にいる価値など、自分にはないと考えているんだろうな。ましてや、王国の王子《プリンス》たちといっしょなど、もってのほかだと）

子供のころは自分もそうだった。〈蚤の溜まり場〉の外は、たんに刺激的なだけではなく、恐ろしい場所でもあったのだ。

（時がたてばエッグも平気になるさ。心配いらない）

当面は、いやがる少年を引きずって城に連れていくより、銅貨を何枚か握らせて、露店を気ままに冷やかさせてやったほうが親切というものだろう。

ゆうべの人形遣い一座は、けさはフロリアンとジョンクィルの物語を演目に選んでいた。例の太ったドーン女が操るのは、道化のまだら服に似せた鎧姿のフロリアン、背の高い娘が操っているのはジョンクィルだ。

「そなたは騎士ではありません」ジョンクィルの口をぱくぱく動かしながら、背の高い娘が声色を使った。「そなたのことはよく知っています。〈道化師フロリアン〉ですね」

「いかにも、マイ・レディ」もう一体の人形がひざまずく。「かつて世にいでた、もっとも偉大な道化であると同時に、もっとも偉大な騎士でもありまする」

「道化《フール》にして騎士？」とジョンクィル。「そのような者のこと、聞いたこともありません」

「麗しのレディ」とフロリアンはいった。「こと女性《にょしょう》に関するかぎり、すべての男は愚者《フール》であり、すべての男は騎士なのです」

いい芝居だった。甘くせつなく、終幕付近で派手な立ちまわりもあり、美しく彩色された巨人も登場した。芝居がおわると、太ったドーン女が客のあいだをまわって見物料をもらうあいだ、背の高い娘は人形たちをしまいにかかった。

ダンクはエッグをともなって、娘のもとへ歩いていった。

「あの、なんでしょう？」

横目でこちらを見やり、すこし不安そうな笑みを浮かべて、娘はたずねた。頭ひとつぶん、ダンクより低いが、それでも、これまでに見たどんな女よりも背が高い。

「すごかったね」エッグが感激の口調でいった。「人形の動かしっぷりがとってもいいよ。ジョンクィルもドラゴンも、ぜんぶ最高だった。去年も人形芝居を見たけど、動きがもっとカクカクしてた。こっちのがずっとなめらかだ」

「どうもありがとう」娘は少年に、丁重に礼をいった。

ここで、ダンクもいった。

「人形の彫刻もすばらしい出来だ。とくにドラゴンがいい。恐ろしさがよく出てる。あれは手製かい？」

　娘はうなずいた。

「彫ったのは叔父なの。色はわたしが塗ったんだけど」

「ひとつ、色塗りを頼めないだろうか。手間賃はちゃんと払うから」そういって、肩の楯を降ろし、表を娘に向けて見せる。「この杯の上に、別の絵を描かなきゃいけないんだ」

　娘はちらりと楯の絵を見てから、ダンクに視線を向けた。

「どんな絵がご希望かしら」

　そこまでは考えていなかった。老士の紋章が翼の生えた酒杯としたら、自分のはなんだ？　なにも思いつかない。

〝うつけ《ランク》のダンク、鈍なること城壁のごとし〟

「それが……なにを描けばいいのやら」みじめな思いで気がついた。耳がまたぞろ赤くなりかけている。「さぞかし愚かなやつだと思ってるだろう？」

　娘はほほえみ、答えた。

「〝すべての男は愚か《フール》であり、すべての男は騎士なのです〟」

「色は何色がある？」それがヒントになるかと思って、ダンクはたずねた。

「色は混ぜて作るから、どんな色でもお好みのままよ」

　老士の茶色い紋地を、ダンクはいつも、くすんでいると思っていた。

「地の色は夕陽の色がいいな」気がつくと、口がそう動いていた。「おれの老士は、夕陽が好きだったんだ。図案は……」

「楡《ニレ》の樹はどう？」エッグがいった。「大きな楡の樹。あの小川のほとりに立ってる、あれみたいな。幹は茶色に塗って、枝に緑の葉を散らしてさ」

「それだ。それがいい。そうか、楡の樹……ただし、樹の上にひとつ、流れ星を描き加えてくれないか。どうだい？」

娘はうなずいた。

「その楯、預かりましょう。今夜のうちに描きあげて、あすにはお返しするわ」

ダンクは楯を差しだした。

「おれは〈長身のサー・ダンカン〉と呼ばれている」

「わたしはタンセル」そういって、娘は笑った。「〈背が高すぎのタンセル〉って、男の子たちから呼ばれたものよ」

「背が高すぎるなんてことはないさ」ダンクは本音を口にした。「ちょうどいい背丈だよ、おれ……」

〝おれには〟といってしまう寸前に気づき、思いとどまった。顔が真っ赤になっていた。

「なににちょうどいいの？」小首をかしげて、タンセルがたずねる。

「その、人形操りにな」といって、ダンクはあやふやにごまかした。

馬上槍試合の初日は快晴のうちに夜明けを迎えた。ダンクは袋に一杯の食料を買いこんできており、朝食には鵞鳥《ガチョウ》の卵、鍋でトーストしたパン、ベーコンを食べるつもりでいたが、いざ調理をおえると、まったく食欲がないことに気がついた。きょうは試合で馬に乗るわけではない。第一試合で守護闘士《チャンピオン》に挑戦する権利は、高貴な血筋の騎士や高名な騎士、諸公とその子弟、これまでの馬上槍試合で守護闘士を務めた者にのみ与えられる。そうとわかっていても、腹が岩のように固く張っていた。

朝食のあいだじゅう、エッグはずっとしゃべりどおしで、あの騎士がどうの、この騎士がどうのと論評し、どんな闘いぶりをするかを説明していた。

（七王国じゅうの優秀な騎士をひとり残らず知っているといっていたが、あれはまんざら、誇張でもなかったようだな）

少々癪《しゃく》にさわった。こんなに痩せて筋張った子供の講釈に耳をそばだてるのは、どうにも情けない。しかし、エッグの知識は、講釈を受けた騎士のひとりと馬上槍試合で闘うことになれば、役にたつかもしれない。

牧草地にはどっと見物人がくりだして、より試合場の近くで闘いを見物しようと押しのけあっていた。ダンクは人ごみをかきわけるのに慣れていたし、たいていの人間よりも大きい。見物人たちを押しのけつつ、隙間をすりぬけて前に進み、柵から六メートルほど手前にある小高い隆起で足をとめた。エッグが人の尻しか見えないと文句をいうので、やむなく肩車をしてやった。

試合場を隔てた向こうに観覧席が見える。高貴な生まれの諸公や淑女たち、少数の裕福な町民、本日は試合に出ないことにした約二十名の騎士でぎっしりだ。プリンス・メイカーの姿はどこにも見えなかったが、ベイラー太子の姿はアッシュフォード公のとなりにあった。陽光のもと、マントを肩のところで留めた黄金の留め具や、こめかみの位置で頭のまわりを取りまく細い小冠がきらめいているが、服装は貴族たちよりもずっと簡素だ。

（ちっともターガリエンらしく見えないな。髪も黒髪だし）

ダンクはそう思い、それをエッグにいってみた。

「母親似だっていうよ」少年は答えた。これはダンクも知っていて当然の知識ではあった。

「その母親はドーンの公女《プリンセス》だったんだってさ」

五人の守護闘士は、試合場の北の端に、川を背にして天幕を立てていた。ひときわ小さな天幕二張りはともにオレンジ色で、入口の垂れ幕の外に立ててある楯には、白い日輪と楔《くさび》の紋章が描かれている。だとしたら、あの天幕はそれぞれ、アッシュフォード公の息子であり、〈麗《うるわ》しの乙女〉の兄弟である、アンドロウとロバートのものだ。両者の武勇をはかの騎士がうわさするところは聞いたことがない。とすれば、守護闘士のうちで早々に倒されるのは、あのふたりである可能性が高い。

オレンジ色の天幕のとなりには、ずっと大きく、濃い緑に染められた天幕が立っていた。その中央支柱上には、ハイガーデン城を示す金の薔薇《バラ》の旗が翻《ひるがえ》っている。天幕の垂れ幕の外に立てられた大きな緑地の楯にも、やはり同じ紋章が描かれていた。

「あれはレオ・タイレルだよ、ハイガーデン城主の」エッグが説明した。

「それくらい知ってるさ」いらっとして、ダンクは答えた。「老士についていて、ハイガーデン城に仕えたことがあるんだ。おまえが生まれるよりも前の話だぞ」

　その当時のことは、じつはよく憶えていないが、サー・アーランからはよく、〈長き棘《とげ》のレオ〉の話を聞かされていた。ときどき老士は、〝髪はもう半白《はんぱく》のくせに、いまなお無双の槍試合巧者《やりじあいごうしゃ》〟と呼んでいたものだ。

「天幕のそばに立っているあの細身の人物——緑と金の装いに身を固めた半白鬚《はんぱくひげ》の人物は、レオ公にちがいないな」

「うん、あってる」エッグが答えた。「前にキングズ・ランディングで見たことがあるんだ。あれはあんまり挑戦したくなる人物じゃないよ」

「あのな、小僧——だれに挑戦しようと、おまえの助言はいらん」

　四張りめの天幕は、紅白の菱形の布を交互に縫い合わせたものだった。ダンクは見覚えのない柄だったが、エッグによると、あの柄はサー・ハンフリー・ハーディングという名の、〈アリンの谷間《ヴェイル》〉に封地を持つ騎士に特有のものだという。

「昨年、乙女の池《メイドンプール》の町で一大模擬合戦《メレー》が開催されたときに、優勝したのがあの人物なんだ。それも、ダスケンデールのサー・ドネルばかりか、アリン公やロイス公を打ち破っての優勝だよ」

　最後の天幕は王孫《プリンス》ヴァラーのものだった。布地は黒のシルクで、天布からは先端の尖った長大な真紅の三角旗がたれさがり、それが一条の長い炎のように見える。天幕の外に立ててある楯は漆黒で、ターガリエン家の紋章である三頭《みつくび》ドラゴンが描かれていた。楯のそばには

〈王の楯〉《キングズガード》の騎士がひとり立っている。その光沢ある純白の鎧が、天幕の黒い生地にはよく映えた。天幕のそばに控える白騎士を見て、ダンクはいぶかしんだ。はたして、ドラゴンの楯に馳せ向かう勇気のある挑戦者はいるのだろうか。なんといっても、ヴァラーは現国王の孫であり、〈槍砕きのベイラー〉の子息なのだから。

だが、喇叭《ラッパ》が吹き鳴らされ、挑戦者の名乗り出をうながし、〈麗しの乙女〉を守る五人の守護闘士に集合の合図が発せられたとき、それは無用の心配であるとわかった。おおぜいの見物人から興奮のざわめきがあがるなか、試合場の南端から、ひとり、またひとりと、挑戦者たちが現われたのである。紋章官が順番に、挑戦する騎士の名を呼ばわっていく。名前を呼ばれた騎士は、順次、観覧席の前に馬を進めていき、騎乗のまま、アッシュフォード公、ベイラー太子、〈麗しの乙女〉に槍先を下げ、あいさつをし、くるりと馬首《ばしゅ》をめぐらして、走路の北端に向かっていった。戦う守護闘士を選ぶためである。まずキャスタリーの磐城《ロック》の〈灰色の獅子〉が、騎槍《ランス》の先でタイレル公の楯を突いた。ついで、その金髪の世継ぎであるサー・タイボルト・ラニスターがアッシュフォード公の長子の楯を突く。リヴァーラン城のタリー公は、サー・ハンフリー・ハーディングの楯を――赤と白の小菱が交互にびっしりと並ぶ楯を突き、サー・アベラー・ハイタワーはプリンス・ヴァラーの楯を突いた。アッシュフォード公の次子の楯を突いたのは、〈笑う嵐〉の異名で知られる騎士、サー・ライオネル・バラシオンだった。

選択がすむと、挑戦者たちは南端に帰ってきて対戦相手の登場を待った。銀色と暗灰色の甲冑《かっちゅう》に身を固めたサー・アベラーは、頂《いただき》で炎が燃える石積み望楼を描いた楯を持っている。全身赤備《あかぞな》えのラニスターふたりが携えているのは、キャスタリー・ロック城の紋章である、黄金の獅子を描いた楯だ。金色《こんじき》の外衣《サーコート》も艶《あで》やかな〈笑う嵐〉は、胸と楯に黒い牡鹿の紋章を宿し、一対の鉄の鹿角《ろっかく》を植えこんだ大兜をかぶっていた。タリー公がまとった青と赤の縞柄マントは、両肩のところを銀の鱒《マス》で留めている。この五騎が、長さ三メートル半もの騎槍をいっせいに真上に立て、空中に高くそそりたたせた。おりしも吹いてきた突風が、各騎槍の先端に結わえられた槍旗《そうき》を荒々しくはためかせだす。

いっぽう、試合場の北の端では、従士たちが壮麗な馬鎧《うまよろい》をつけた軍馬の手綱をとっていた。五頭の軍馬に打ちまたがるのは守護闘士たちだ。五人とも、すでに大兜をかぶって、騎槍と楯を携えており、その偉容は挑戦者にも劣らない。アッシュフォード公の子息らはオレンジ色のシルクのサーコートを風にはためかせている。サー・ハンフリーがまとうのは、紅白の小菱《こびし》がびっしりとならんだサーコートだ。レオ公がまたがった白い軍馬には、緑色の繻子《サテン》に金の薔薇《バラ》をいくつもちりばめた馬衣《うまぎぬ》がかぶせてある。そしてもちろん、しんがりはヴァラー・ターガリエンの番だった。〈若きプリンス〉の乗る軍馬は夜のように黒く、主人の甲冑、騎槍、楯、サーコートと同じ色をしている。頭にかぶる大兜の上で大きく翼を広げ、燦然《さんぜん》と輝いているのは、鮮烈な赤の琺瑯《ほうろう》を引いた三頸《みつくび》のドラゴンにほかならない。同一の意匠は、黒い楯の光沢を帯びた表にも描かれていた。守護闘士のひとりひとりが片腕にオレンジ色のシルクをつけているが、これは〈麗しの乙女〉が手ずから結んだものだ。

　守護闘士が位置につくと、アッシュフォード牧草地じゅうがしんと静まり返った。ついで、一本の喇叭が高らかに吹き鳴らされ――鼓動半分のうちに静けさは破れて、一転、大歓声が湧き起こった。一千の観客たちが声をかぎりに叫び、声援を送るなか、十組の足にきらめく金鍍金《きんときん》の拍車が、十頭の堂々たる軍馬の腹に食いこむ。たちまち、四十の鉄蹄《てってい》がいっせいに地を蹴り、草を踏みにじり、試合場を震撼《しんかん》させて疾駆しだした。十本の騎槍がすっと前方に倒され、固定される。守護闘士と挑戦者はたがいに馳せ向かい――木と鋼の塊となって激突した。一瞬ののち、双方とも懸けちがい、いったん馬足《ぱそく》をゆるめてから、つぎの突撃のため、すばやく馬首を返す。タリー公は鞍上《あんじょう》でよろめいたものの、かろうじて落馬をまぬがれた。見ると騎槍は、十本が十本とも折れている。それに気がついた庶民たちの口から、咆哮《ほうこう》にも似た大歓声があがった。これは本馬上槍試合の成功をほのめかす吉兆であり、競技者たちの腕前のあかしでもあるからだ。

　騎士たちが折れた騎槍を横に放り投げる。すぐさま従士たちが駆けよって、替えの騎槍を手渡した。各騎士はふたたび各自の拍車を馬腹《ばふく》に食いこませた。ダンクは靴底を通し、足の下の大地が鳴動するのを感じとった。エッグは肩の上で興奮して叫び、小枝のような細腕をふりまわしている。〈若きプリンス〉がいちばん手前側の走路を駆けぬけた。と、ダンクが見まもる前で、黒い騎槍の先端が敵の楯に描かれた望楼の絵に触れ、楯の表をすべっていき、相手騎士の胸当てに激突して――同時に、サー・アベラー・ハイタワーの騎槍もしたたかにヴァラーの胸当てを突いたが、これはばらばらに砕け散り、衝撃を与えそこねた――銀色と暗灰色の馬鎧におおわれた葦毛《あしげ》の牡馬が衝撃で棹立《さおだ》ちしたため、サー・アベラーのからだは鐙《あぶみ》から浮きあがり、勢いよく地に転落した。

　サー・ハンフリー・ハーディングの騎槍を受け、タリー公も同様に落馬したが、こちらはすばやく跳ね起きて、すらりと長剣を引き抜いた。それを見たサー・ハンフリーは、騎槍を投げ捨て――これはいまだ折れていない――下馬して徒《かち》の闘いを挑んだ。サー・アベラーのほうは、タリー公とちがって地に伏したままだ。従士が急いで駆けより、大兜を脱がすと、大声で助けを呼んだ。すぐさま、ふたりの従者が駆けつけてきて、ぐったりと動かぬ騎士を両脇からかかえ、ハイタワーの天幕のほうへ連れていった。試合場のほかの走路では、もう六騎の騎士がなおも馬上にあり、三度めの懸け合いを行なおうとしている。さらに何本かの騎槍が砕けた。今回はレオ・タイレル公が、騎槍の先で器用に〈灰色の獅子〉の大兜を狙い、頭から脱がしてのけた。顔がむきだしになったキャスタリー・ロック城の城主は、手を突きだして合図を出し、馬を降りて敗北を認めた。このころにはサー・ハンフリーがタリー公を降参させており、騎槍だけではなく、剣技にも長《た》けていることを証明していた。

　タイボルト・ラニスターとアンドロウ・アッシュフォードは、その後もなお、馳せ向かうこと三度におよび、ついにサー・アンドロウが楯を破られ、馬上の安定を破られて、勝負に破れた。弟のほうのアッシュフォードはさらにもうすこし粘りを見せ、〈笑う嵐〉ことサー・ライオネル・バラシオン相手に九度もの懸け合いを持ちこたえた。十度めでともに落馬し、立ちあがって剣を引き抜きざま、相手の鉄棍《てっこん》と渡りあいこそしたものの、結局、さんざんに打ちのめされて、とうとうサー・ロバート・アッシュフォードも負けを認めた。だが、息子たちが敗れても、観覧席上の父公は意気消沈どころか、得意満面の顔をしていた。たしかにアッシュフォード公の息子は、ふたりとも守護闘士の地位を失いはした。とはいえ、七王国でもひときわ傑出した騎士二名を相手に、かくも雄々しく善戦してみせたのだ。

（あれよりみごとな闘いぶりを見せねばならないわけだ）勝者と敗者が抱擁し合い、ともに試合場から歩み去るのを眺めながら、ダンクは思った。（だが、善戦しようとも、負けてはなんにもならない。すくなくとも一勝は、挑戦者として勝ちをあげねば。一勝できなければ、すべてがおわる）

かくして、敗れたアッシュフォード兄弟二名に代わり、サー・タイボルト・ラニスターと〈笑う嵐〉が守護闘士の立場に加わった。北端に立つオレンジ色の天幕はもう撤収されつつある。そこから一メートル離れたところでは、大きな黒い天幕の前で、〈若きプリンス〉が一段高く設置された将几《しょうぎ》に悠然と腰かけているのが見えた。大兜は脱いでいる。髪は父親とちがって茶色だが、そこにひとすじ、明るい色をした条《すじ》が入っていた。ひとりの従者が銀のゴブレットを差しだすと、プリンスはぐびりと中身を飲んだ。

（あれは水のはずだ——あの人物が賢明ならば）とダンクは思った。（もしもワインだったなら……感心できたことではない）

気がつくとダンクは、プリンスの技倆に疑いを持ちはじめていた。ヴァラーはほんとうに父太子殿下の武勇を受け継いでいたから勝てたのか。それとも、たんに、いちばん弱い敵に当たっただけなのか。

　そのとき、いくつもの喇叭が鳴り響いて、さらに三騎の挑戦者が入場したことを告げた。紋章官が三人の名前を呼びあげていく。

「キャロン家のサー・ピアース――〈境界地方《マーチズ》の長《おさ》〉」

　楯に描かれているのは銀の竪琴《たてごと》だが、サーコートには多数の小夜啼鳥《さよなきどり》があしらわれている。

「マリスター家のサー・ジョーゼス――海の護り城《シーガード》所属」

　サー・ジョーゼスの大兜には左右に翼が取りつけられていた。楯には藍色の空に銀の鷲が飛ぶ絵が描かれている。

「スワン家のサー・ガウエン――怒りの岬《ケープ・ラス》の石兜城《ストーンヘルム》城主」

　左腕にはめた楯は、中央の縦線の左右で地色が白と黒に塗り分けられ、黒地には白鳥が、白地には黒鳥が描かれており、はげしく争っていた。ガウエン公の甲冑や、マント、馬鎧も、同じく白と黒の模様がせめぎあい、長剣の鞘や騎槍までもが白黒の縞に塗ってある。

　著名な竪琴奏者であり、吟唱者であり、騎士でもあるキャロン公は、騎槍の先端を使ってタイレル公の薔薇の楯を突いた。サー・ジョーゼスはサー・ハンフリーの赤白菱形の楯を、黒と白の騎士ガウエン・スワン公は、白騎士に護られた黒のプリンスの楯を突いた。それを見て、ダンクはあごをなでた。ガウエン公は老士よりも齢《とし》がいっている。老齢で体力が衰え、命を落とした、あの老騎士よりもだ。ダンクは肩の上のエッグにたずねた。少年はこの騎士たちについてもよく知っているようだったからである。

「エッグ――この挑戦者のなかで、いちばん手ごわくないのはだれだろう？」

「ガウエン公だね」少年は即座に答えた。「ヴァラーの敵の」

「プリンス・ヴァラーといえ」ダンクは叱った。「従士たるものは、ことばづかいにも気をつけねばならないぞ、小僧」

三人の挑戦者が所定の位置につくあいだに、三人の守護闘士は馬にまたがった。ダンクのまわりで賭けがはじまった。観客はそれぞれ気にいりの騎士に声援を送っている。しかし、ダンクはひたすらプリンスだけに視線を注いでいた。最初の懸け合いで、プリンスの騎槍はガウエン公の楯をななめに突き、丸めた槍の先端は、サー・アベラー・ハイタワーの場合と同じく、楯の上をすべっていったが、今回すべった先は、胸当ての側ではなく、なにもない空中の側だった。ガウエン公の騎槍は、プリンスの胸当てに当たってきれいに砕け、一瞬、ヴァラーは突きあげられて落馬しかけたのち、危ういところで鞍に腰を落とした。

二度目の懸け合いで、ヴァラーは騎槍を前より左に振り向け、敵の胸当てを狙ったものの、騎槍が突いた場所は肩だった。それでも充分な打撃があったと見えて、老齢の騎士は騎槍を取り落とし、片腕を振りまわして体勢を整えようとしたが、結局、こらえきれずに落馬した。〈若きプリンス〉は鞍を飛びおり、剣を抜いた。そのとたん、落馬したガウエン公は両手を振り、面頬《めんぽお》をはねあげて、

「降参する、殿下」と大声で叫んだ。「その闘いぶり、みごとなり」

観覧席の貴賓たちも大声でそれに倣《なら》い、こぞって「みごとなり！　みごとなり！」と誉め

そやしだすなか、ヴァラーは地にひざをつき、半白の老城主が立ちあがるのに手を貸した。

「ちっともみごとなんかじゃないや」エッグが文句をいった。

「口をつぐんでいろ、エッグ。さもないと、野営地に帰すぞ」

ヴァラーたちの向こうでは、サー・ジョーゼス・マリスターが気を失い、試合場から運び出されようとしていた。さらにその向こうでは、竪琴の騎士と薔薇の騎士とが刃をつぶした長柄《ながえ》斧《おの》で派手派手しく打ち合っており、観客は大喜びで声援を送っていた。しかしダンクは、ヴァラー・ターガリエンの槍試合ぶりを顧みるのに手いっぱいで、ほかの競技者のようすがまるで目に入ってこなかった。

（いっぱしの騎士ではある。しかし、それ以上の騎士ではない）気がつくと、そんなことを考えていた。（あのプリンスが相手なら、勝ち目があるかもしれない。神々が嘉《よみ》したまえば、落馬さえさせられるかもしれないな。ひとたび徒立《かちだ》ちの闘いとなったら、おれの体重と力がものをいう）

「やっつけろぉ！」エッグがうれしそうに叫び、ダンクの肩の上で身をよじった。すっかり興奮しているようだ。「やっつけろ！　ぶったたけ！　そうだ！　そこだ、そこ、やれ！」

どうやら、応援している騎士はキャロン公らしい。竪琴の騎士ことキャロン公は、いまは竪琴を使わぬ調べを奏でており、鋼の歌を響かせながら、レオ公をどんどん後退させている。観客の支持はほぼ二分されているようだ。朝の空気の中で、声援と罵声が奔放に交錯した。ピアース公のふるう斧がレオ公の楯を打ちすえるたびに木片が飛び散り、一枚、また一枚と黄金の薔薇の花びらが削られていって、とうとう楯そのものが割れた。ところが、打擲《ちょうちゃく》をつづけるうちに、つかのま、斧頭《ふとう》が楯板にめりこんで抜けなくなり……その一瞬を逃さず、レオ公の斧が敵の斧の長柄に襲いかかり、手から三十センチと離れていないところで斧頭を断ち切った。レオ公は割れた楯を放りだし、以後は攻める側にまわった。時を置かずして、竪琴の騎士は地に片ひざをつき、降伏の歌を歌った。

　午前の残りと午後のかなりの時間を費やして、そんな調子の闘いがつづき、挑戦者たちは二騎、三騎、ときには五騎そろって守護闘士に挑んだ。そのつど喇叭が鳴らされ、紋章官が挑戦者の名を呼ばわり、軍馬が突撃し、観衆は歓声をあげ、騎槍が小枝のように砕け散り、長剣が大兜や鎧を打つ音が響く。庶民も貴族もこぞって、みごとな馬上槍試合がつづくこの日に快哉を叫んでいた。ハーディング家のサー・ハンフリーと、対するビーズベリー家の、これも同じくサー・ハンフリーは——後者は黄と黒の縞柄の装いで統一し、三つの蜂の巣が描かれた楯を持つ、豪胆な若者だ——騎槍が砕けること十二度という、稀代の白熱戦をくりひろげた。庶民たちはすぐさま、この名勝負を〈ハンフリーの闘い〉と呼びはじめた。

　サー・タイボルト・ラニスターは、サー・ジョン・ペンローズに落馬させられ、そのさい剣を折ってしまったが、それでも楯だけで闘いぬき、守護闘士の座を護りぬいた。

　片目のサー・ロビン・ライスリングという、ごま塩の顎鬚をたくわえた半白の老騎士は、レオ公の騎槍により、最初の懸け合いで大兜を飛ばされたものの、頑として降参することを拒否した。それから懸け合うこと三度、サー・ロビンは、向かい風に半白の髪をなびかせ、砕けた槍の破片の雨が、むきだしの顔に木の短剣のごとく降りかかるのもかまわず、敢然と槍試合をつづけた。エッグによれば、サー・ロビンは五年たらず前に、砕けた騎槍の破片がやはりむきだしの顔に当たり、片目を失ったという。それでもなお、ああして兜をかぶらず、試合をつづけられることが、不思議ですらあった。騎士道精神に富むレオ・タイレル公は、防護のないサー・ロビンの頭をけっして狙わないようにしてはいるが、いくら相手の配慮があるとはいえ、それでも試合を放棄しようとしないサー・ロビンの頑迷なまでの勇猛さに（それとも愚かさか？）、ダンクは終始、驚かされどおしだった。

やっとのことで、ハイガーデン城の城主レオ公が、サー・ロビンの胸当ての、心臓の真上あたりを突いた。ここにおいて、サー・ロビンはうしろに吹っとび、くるくる回転しながら地に落下して、勝負に決着がついた。

サー・ライオネル・バラシオンも、この日は数度、世に謳われる名勝負を演じた。相手が実力で劣ると見るや、〈笑う嵐〉は敵の槍が自分の楯に触れる瞬間、哄笑《こうしょう》をほとばしらせることが多い。そしてその哄笑は、以後、馬を駆り、突進し、敵手の足を鐙《あぶみ》から浮かせ、落馬させるところまで、ずっとつづく。挑戦者が大兜になんらかの立物《たてもの》をつけていると、サー・ライオネルはわざとその立物に槍を打ちつけて、観衆のほうへ弾き飛ばす。立物はふつう、凝った装飾品であり、木彫や成型した革の飾りが多く、ときに金鍍《きんと》金《きん》をかぶせたものや琺瑯引きのものもあるし、なかには純銀を鋳造したものさえもあるので、立物を弾き飛ばされた騎士はけっしてこの癖を歓迎しないが、見物の庶民たちには大好評をもって迎えられた。

　ほどなく、サー・ライオネルを選ぶ挑戦者は、兜にいっさい立物をつけていない者だけとなった。もっとも、〈笑う嵐〉がことあるごとに大声で笑いながら挑戦者を退ける姿を見るうちに、ダンクは心中、本日のほんとうの殊勲者は、いずれも手練《てだれ》の騎士十四人を破った、ハンフリー・ハーディングだと思うようになっていた。

　この間、〈若きプリンス〉はおおむね黒い天幕の外で将几にすわって、銀のゴブレットでなにかを飲んでおり、ときおり馬にまたがって、たいしたことのない相手を倒すことに終始していた。あげた勝利は九勝だったが、ダンクにはどの勝利も実《じつ》のないものに思えた。

（あのプリンスが倒すのは、老人や、特例で出場をゆるされた従士、生まれは高貴だが腕の悪い貴族ばかりだ。ほんとうに危険な敵は、プリンスの楯が見えないかのように素通りして挑戦しない）

　同日後刻、ファンファーレが高らかに鳴り響き、新たな挑戦者が試合場に入ってきた旨を告げた。新たな挑戦者がまたがっているのは大きな緋毛《あかげ》の軍馬で、その黒い馬鎧には随所に切れ目があり、その下の黄色、真紅、オレンジ色の下地を覗かせている。挑戦者が観覧席に近づいて礼をしたとき、はねあげた面頰《めんぼお》の下から覗いた顔を見て、ダンクにはそれがだれかわかった。アッシュフォード公の厩で遭遇したあのプリンスだ。

　いきなり、エッグの脚がぐいぐいとダンクの首を締めつけてきた。

「こらこら、締めるな」ダンクは叱りつけ、少年の両脚をぐいと開いた。「絞め殺す気か」

「〈赫奕《かくやく》の炎〉、プリンス・エリオン」と紋章官が呼ばわった。「キングズ・ランディングの赤の王城《レッド・キープ》所属、ターガリエン家の夏の城館《サマーホール》のプリンスにてあられるメイカー王子のご令息にして、アンダル人・ロイン人・〈最初の人々〉の王、七王国の統治者たるデイロン有徳王《うとくおう》のご令孫、ご入場」

　エリオンの楯にも三頭《みつくび》ドラゴンが描かれていた。だが、こちらの絵はヴァラーのそれよりずっと色彩が鮮烈だ。ひとつの頸はオレンジ色、ひとつの頸は黄色、ひとつの頸は赤に塗り分けられており、各々のあぎとが吐く炎の息吹《ブレス》は、金箔の輝きを帯びている。サーコートは煙の色と炎の色の糸を織りあげたもので、黒塗りの大兜の上には、燃えあがる炎を模した、真っ赤な琺瑯引きの頭立《ずだて》が屹立《きつりつ》していた。

　ベイラー太子の前で馬をとめ、騎槍の先を軽く下げてあいさつし——ほんのつかのまの、おざなりともいえるあいさつだった——プリンスは駆け足で試合場の北端へ馬を進めていき、レオ公の天幕の前を通過し、〈笑う嵐〉の天幕の前を通りすぎ、プリンス・ヴァラーの天幕までできて、ようやく馬足《ばそく》をゆるめた。〈若きプリンス〉は腰をあげて、楯の横にぎごちなく立った。ダンクは一瞬、エリオンがヴァラーの楯を突くつもりなのかと思ったが……そこでエリオンは笑い、速足で馬を進めさせ、サー・ハンフリー・ハーディングの、紅白菱形紋の楯を音高く突いた。

「立ち合え、立ち合え、チビの騎士」エリオンは朗々と響く声で歌った。「ドラゴンと闘《や》るお時間だ」

　サー・ハンフリーは、プリンス・エリオンにぎくしゃくと会釈し、自分の軍馬が引かれてくると、エリオンに目を向けぬまま馬にまたがって、大兜をかぶり、兜の緒《ひも》を締め、騎槍と楯を手にとった。観客たちが固唾《かたず》を呑んで見まもるなか、ふたりの騎士が各自の位置につく。ダンクの耳がガシャンという金属音をとらえた。プリンス・エリオンが面頬を閉じた音だ。喇叭が吹き鳴らされた。

　サー・ハンフリーはゆっくりと駆けだし、すこしずつ速度をあげていった。それに対してエリオンは、はなから左右の拍車をぐっと馬腹《ばふく》に食いこませ、緋毛《あかげ》の軍馬を猛進させていた。エッグがまたもや、両脚でダンクの首を締めつけたかと思うと、いきなり叫んだ。

「殺せ！　そいつを殺せ！　もう目と鼻の先だ、殺せ、殺せ殺せ！」

　ダンクには、エッグがどちらの騎士に叫んでいるのかわからない。

　プリンス・エリオンの騎槍には、槍先に黄金がかぶせてあり、全体が赤、オレンジ、黄の縞模様で彩られている。その騎槍を、双方の走路を隔てる柵ごしに、ぐっと突きだした。

（低い、低すぎる）その動作を見るなり、ダンクは思った。（あれではサー・ハンフリーに当たらない、当たるのは騎馬のほうだ。もっと上に向けなくては）

　そのとき——慄然《りつぜん》たる思いとともに、エリオンの真意がそこにはない可能性に気がついた。

（まさか、そんな……）

　避けられるぎりぎりの瞬間、迫る槍先から逃れるため、サー・ハンフリーの牡馬が恐怖で白く目をむき、棹立ちになった。が、そのときにはもう手遅れだった。エリオンの騎槍は、馬の胸の骨を保護する馬鎧の上をとらえ、頸に突き刺さり、頸のうしろから鋭く突きだしたのだ。すさまじい量の鮮血が奔出した。馬が悲鳴をあげて横倒しになり、もろともに木柵を押し倒して、ひしゃげさせる。馬が倒れる寸前、サー・ハンフリーは鞍から飛びおりようとしたが、片足が鐙にかかって抜けず、へし折れた柵と倒れた馬のあいだに左脚をはさまれ、押しつぶされた。騎士ののどから、壮絶な悲鳴がほとばしった。

　アッシュフォード牧草地はたちまち叫喚の巷《ちまた》と化した。サー・ハンフリーを救出するため、おおぜいが試合場に駆けつけていく。が、断末魔にのたうつ牡馬に蹴られるため、近づくに近づけない。惨劇の現場を迂回して、いったん試合場の端にまで達したエリオンは、そこで馬首をめぐらし、駆け足で馬を進めさせ、現場に引き返してきた。エリオンもなにごとかを叫んでいる。しかし、死にゆく馬が発する、ほとんど人間の悲鳴にも似た声にはばまれて、ダンクにはなんといっているのか聞きとれない。と、エリオンが鞍からひらりと飛びおり、長剣を引き抜くなり、倒れている対戦相手のほうへ歩みだした。エリオンの従士たちとサー・ハンフリーの従士のひとりが、エリオンを引きとめにかかる。エッグはダンクの肩の上で身をよじり、

「降ろして」といった。「あのままじゃ、馬がかわいそうだ。降ろして」

　ダンクは吐き気をもよおした。

（サンダーがあんな目に遭ったとき、おれならどうする？）

　おりしも、矛槍《ほこやり》を持った兵士のひとりがサー・ハンフリーの牡馬に慈悲のとどめを刺し、身の毛もよだつ悲鳴を断ち切った。ダンクは惨劇に背を向け、人ごみをかきわけてうしろに

進んだ。ようやく人垣の外に出ると、エッグを肩の上から持ちあげて地面に降ろす。少年のフードはうしろに落ちており、目は真っ赤になっていた。

「たしかに、恐ろしい光景ではあった」ダンクは少年を諭した。「だが、従士というものは強くあらねばならないんだ。これからもほかの馬上槍試合で、もっと悲惨な事故を目にするだろう」

「事故なんかじゃないよ、あれ」唇をわななかせながら、エッグは否定した。「エリオンのやつ、わざとやったんだ。見てたでしょ」

ダンクは眉をひそめた。ダンクの目にも、たしかにそのように見えた。しかし、それほど騎士道にもとる行為をできる騎士が存在するとは、いくらなんでも考えにくい。とりわけ、ドラゴンの血を引く王族に、そんな外道《げどう》がいるとは思えなかった。

「あれはな、夏草のように青いひよっこ騎士が騎槍を操りそこねただけだ」ダンクは頑《かたくな》にいった。「おまえの糾弾はもう聞きたくない。きょうの馬上槍試合はもうこれまでだろう。いくぞ、小僧」

本日の試合が終わると判断したのは正しかった。混乱がようやく収まるころには、夕陽が西に低くかかっており、アッシュフォード公がきょうの催しの閉会を宣言したのである。

夕べの影が牧草地に忍びよるなか、露店の列には百本もの松明《たいまつ》が灯《とも》されていた。ダンクは自分用に角杯《つのさかずき》一杯、エッグ用に半杯のエールを買った。エッグがこれで気をとりなおしてくればいいが。ふたりはしばらく露店をひやかし、あたりにただようにぎやかな笛太鼓の調べに耳をかたむけ、いつもの人形芝居を見物した。今宵の演《だ》し物は、戦士でもあった女王ナイメリアと一万隻の船の物語だった。芝居に出てくる船は二隻だけだったが、それでも荒々しい海戦をうまく演じてみせていた。ダンクとしては、楯をもう塗りおえたのかどうか、あの娘、タンセルにききたいところではある。だが、忙しいことは見ればわかるので、声をかけるのがはばかられた。

（今夜の芝居が跳ねるまで待つしかないな）とダンクは思った。（タンセルもそのころには、のどが渇いているかもしれないし）

「サー・ダンカン」ふいに背後から声がかかった。そしてもういちど、「サー・ダンカン」

唐突に、ダンクは思いだした。これは……あの男の声だ。

「きょう、庶民のあいだに混じって、試合を見物しているところが見えたよ。その子を肩車していたね」ほほえみを浮かべて近づいてきたのは、例のレイマン・フォソウェイだった。

「じっさいの話、よく目だってた。見つけるなというのがむずかしいくらいに」

「この子はおれの従士なんだ。エッグ、このひとはレイマン・フォソウェイという」

ダンクは少年を前に押しだした。それでもなお、エッグはうつむいて、レイマンの長靴を見つめ、ぼそぼそとあいさつしただけだった。

「はじめまして、坊や」レイマンは気さくにいった。「しかし、サー・ダンカン、どうして観覧席で見なかったんだい？　騎士はみんな歓迎されるのに」

ダンクは庶民や使用人といっしょにいたほうが安心できるたちだった。諸公や淑女、土地持ちの騎士といっしょにいると思うと、なんだか落ちつかなくなる。ダンクはいった。

「結果的にはよかったな。最後の槍試合、観覧席で間近から見たくはなかった」

レイマンは眉根を寄せた。

「おれもだよ。アッシュフォード公はサー・ハンフリー・ハーディングの勝利を宣言して、プリンス・エリオンの軍馬を召しあげたうえ、報償としてサーに与えたけど、あれではもう試合は続行できないな。左脚が二カ所で折れていたんだ。ベイラー太子がみずからの学匠《メイスター》を差し向けて治療させたほどさ」

「サー・ハンフリーの代わりの守護闘士は加わるのか？」

「アッシュフォード公としては、キャロン公か、あるいは、もうひとりのサー・ハンフリー——ハーディングと名勝負をくりひろげたビーズベリーを代わりの守護闘士につけるつもりだったんだが、ベイラー太子が、かかる状況でサー・ハンフリーの楯と天幕を片づけるのはよろしくないといいだしてね。おそらくは、守護闘士は五人ではなくて、四人だけで試合がつづけられると思う」

（四人の守護闘士か）とダンクは思った。（レオ・タイレルに、ライオネル・バラシオン、タイボルト・ラニスター、プリンス・ヴァラー、この四人）

初日の試合を見ただけで、最初の三人を相手に勝てる見こみがないことはよくわかった。とすると、残りはひとりだけだが……。

（一介の草臥《くさぶ》しの騎士ごときが、プリンスに挑戦していいわけがない。なにしろヴァラーは、〈鉄の玉座〉の王位継承権第二位の王族だ。〈槍砕きのベイラー〉の総領息子であり、その血統は、エイゴン征服王や、デイロン若竜王、〈ドラゴンの騎士〉ことプリンス・エイモンにも連なる。それに引き替え、おれは老士が〈蚤の溜まり場〉のシチュー屋の裏で見つけた、どこぞの小僧にすぎない）

　考えただけで頭が痛くなってきた。

「あんたの従兄《いとこ》どの、だれに挑戦するんだ？」ダンクはレイマンにたずねた。

「サー・タイボルトだよ、すべての条件を勘案するとね。いい勝負になるだろう。もっとも、従兄はすべての試合を注視しているんだ。あしたの試合で、守護闘士のだれかが負傷したり、疲労や弱気の兆しを見せようものなら、ステッフォンは迷わず、その守護闘士の楯を突く。この点は確実だと思ってくれていい。いまだかつて、騎士道精神にあふれる人物といわれた例《ためし》のない男だからな、あれは」そこで、自分のことばの毒をやわらげようとするかのように、レイマンは笑った。「ときに、サー・ダンカン、ワインでも一杯どうだい？　いいワインの用意があるんだけど」

「悪い、用事があるんだ」

　断わったのは、返礼できないとわかっているのに、厚遇を受けるのが気まずかったからだ。

「いっておいでよ、サー・ダンカン。ぼくはもうしばらく、ここで待っていて、人形芝居がおわったら楯を受けとってくるから」エッグがいった。「このあと〈星の目のシメオン〉が出てきて、ドラゴンとの闘いがまたあるはずなんだ」

「そうら、これでもう用事はかたづいた。さあさあ、いいワインが待ってるぞ」レイマンがうながした。「なんといっても、アーバー産のヴィンテージだ。断わる手はないだろう？」

口実がなくなったため、ダンクとしても、エッグを人形芝居のところに残し、レイマンについていかざるをえなくなった。

レイマンが従士として随行している従兄の天幕は金織《きんおり》の布張りで、上に翻《ひるがえ》っているのは、フォソウェイ家の赤林檎《リンゴ》の旗だった。天幕の裏手では、ふたりの従者が山羊《ヤギ》肉に蜂蜜を塗り、香草をまぶし、小さな炊事用の焚火で炙《あぶ》っている。

「食事も出せるよ、腹がへっているんなら」

ダンクが通れるよう、天幕の垂れ布をあげたままで、レイマンが無頓着にいった。火鉢に石炭がくべられているため、天幕の中は心地よくあたたかい。レイマンはワイン用に二脚のカップを取りだした。

「なんでもエリオンが、アッシュフォード公の裁定に対して怒ってるんだと。自分の軍馬を勝手にサー・ハンフリーに与えたという理由で」カップにワインをつぎながら、レイマンはいった。「だけど、賭けてもいい、そうしろと勧めたのは、エリオンの伯父上だぜ」

いいながら、ワインをついだカップをダンクに差しだす。

「ベイラー太子は名誉を重んずる方だからな」

「まるで〈赫奕《かくやく》のプリンス〉はそうじゃないみたいじゃないか」レイマンは笑った。「ああ、そう不安そうな顔をしなくてもいいよ、サー・ダンカン、ここにはほかにだれもいないから。エリオンの出来が悪いのは、だれ知らぬ者とてない有名な話だしさ。継承権の順位がずっと下なのがありがたいかぎりだね」

「やはり、あのプリンスがわざと馬を殺そうとしたと思っているのか？」

「疑いの余地はないだろう？　父親のプリンス・メイカーがいれば、まったくちがう展開になっていただろうけど。うわさがほんとうなら、父親が見ている前では、エリオンはずっと愛想よく笑って、騎士道にもとらない行動をとっていたはずなんだ。ところが父親がいないところでは……」

「そういえば、プリンス・メイカーの椅子は空席だったな」

「ほかの息子ふたりを探しにアッシュフォードを出てる。〈王の楯《キングズガード》〉のサー・ローランド・クレイクホールを連れてね。騎士たちの集まった盗賊団が跳梁跋扈《ちょうりょうばっこ》しているといううわさがあるんだよ。だけど、賭けてもいい、プリンスはまた飲んだくれて、どこかにしけこんでるだけだ」

　ワインは上等で、フルーティだった。こんなに旨いワインは飲んだことがない。舌の上でころがし、のみこんでから、ダンクはたずねた。

「そのプリンスというのは、この場合、どのプリンスだ？」

「メイカーの跡継ぎ、デイロンのことさ。現国王にちなんで命名されたというのに、ついた渾名《あだな》が〈酔いどれデイロン〉。まあ、父親のいる前じゃ、だれもそうは呼ばないがね。末の息子もデイロンに同行していると見られてる。夏の城館《サマーホール》をいっしょに出ているから。なのに、ふたりとも、いつまでたっても、アッシュフォードに到着しやしない」レイマンはワインを飲み干し、カップを横に置いた。「しかし、メイカーも気の毒にな」

「気の毒？」意外なことばに、ダンクは驚いた。「王子なのに？」

「王子といっても、四番めじゃないか。ベイラー太子ほどには豪胆じゃないし、プリンス・エイリスほど切れ者でもなくて、プリンス・レイゲルほど温厚でもない。しかも長兄である太子の息子たちにくらべて、メイカーの息子たちの見劣りすること。デイロンはのんだくれ、エリオンは虚栄心が強くて残酷だし、三番めの息子は王族としての資質がないから、学匠《メイスター》にするために〈知識の城《シタデル》〉へやってしまった。そのうえ、末の息子にいたっては――」

「たいへんだ！　サー・ダンカン！」突然、エッグが天幕に飛びこんできた。息を切らし、フードがうしろに落ちている。火鉢の光を浴びて、暗い色合いの大きな目が光って見えた。

「すぐにきて！　あのひとが乱暴されてる！」

とまどいつつ、ダンクは立ちあがった。酒が入っているので、すこし足がふらつきぎみだ。

「乱暴？　だれに？」

「エリオンにだよ！　あいつに乱暴されてるんだ。あのひとが。人形遣いの娘。急いで！」

それだけいうと、少年はくるりと背を向け、夜の闇に飛びだしていった。

ダンクはあとをついていきかけたが、レイマンにぐっと腕をつかまれ、引きとめられた。

「サー・ダンカン。エリオン――とあの子はいったな。相手は王族だ。気をつけろ」

もっともだ。それはわかっている。老士とて同じことをいっただろう。しかし、だからといって、見過ごしにできるはずもない。ダンクはレイマンの手をふりほどき、肩で垂れ布を押しのけ、天幕の外へと飛びだした。露店の列のほうから叫び声が聞こえている。エッグの後ろ姿がかろうじて見えた。ダンクはそのあとを追いかけた。ダンクの脚は長いし、少年の脚は短い。あっという間に距離が縮まった。

　人形遣い一座のまわりには人垣ができていた。ダンクはそのあいだを押し通った。文句をいわれても歯《し》牙《が》にもかけない。人垣を抜けると、王家の制服を着た兵士がひとり寄ってきて、行く手をはばんだ。ダンクはその兵士の胸に大きな手をあて、どん、と押しやった。兵士は両手をばたつかせてうしろに吹っとび、尻もちをついた。

　人形遣いの舞台は横倒しになっていた。あの太ったドーン人の女が地べたにへたりこみ、泣いている。兵士のひとりが操り糸を持ってフロリアンとジョンクィルの人形をぶらさげ、別の兵士が松明で火をつけようとしていた。もう三人の兵士は人形棚をあけて、中の人形を地にばらまき、踏みつけにしている。例のドラゴンの人形はばらばらにされて、折れた翼がここに、ちぎれた頭があそこに、三つに折られた尻尾があちこちに散らばっているありさまだった。そのただなかに、プリンス・エリオンが立っていた。長い袖がゆるくたれた、赤いベルベットの胴衣《ダブレット》という派手な服装をした王孫は、タンセルの片腕を両手でつかんでねじりあげている。タンセルはひざまずき、ゆるしてくださいと懇願していたが、エリオンは耳を貸そうともしていない。

と、エリオンが娘の片手をむりに開かせ、指の一本をぐっと握った。自分の目が見ているものが信じられず、ダンクは阿呆のように、その場に突っ立っていた。つづいて聞こえた、ボキッという音――。タンセルが悲鳴をあげる。

兵士のひとりがダンクを取り押さえようと近づいてきて、突き飛ばされ、横に吹っとんだ。ダンクは大股の三歩で歩みより、プリンスの肩をつかむなり、大きくふりまわすようにして横に放りだした。長剣も短剣も意識にない。老士から教わったことはみな頭から抜け落ちている。

鉄拳で殴りつけた。エリオンが吹っとんでいく。地に倒れたところで腹を蹴りつけ、長靴の爪先をめりこませた。

エリオンが短剣を抜いた。ダンクは短剣を握った手の手首を踏みつけるなり、反対の足でもういちど蹴りつけた。こんどは口をだ。とめる者がいなければ、その場でプリンスを蹴り殺していたかもしれない。ここでようやく、兵士たちがまわりから飛びかかってきた。両の腕を、左右からひとりずつ、兵士がつかむ。別の兵士には背中を殴られた。荒々しく両腕をふりまわし、ひとりを振り飛ばしたとたん、さらにふたりが飛びかかってきた。

とうとう地に押しつけられ、両腕両脚を動けなくされた。見るとエリオンが立ちあがっている。その口は血まみれだ。一本の指を口の中に入れて、プリンスはいった。

「歯が一本、ぐらついている。お礼をしてやらねばならんな。手始めにきさまの歯をぜんぶ折ってやろう」そこで、目にかかった髪をかきあげて、「ん？　おまえ、見覚えがあるな」

「厩《うまや》で厩番とまちがわれた」

　エリオンは血にまみれた口で、凄絶《せいぜつ》な笑みを浮かべた。

「おお、思いだしたぞ。おれの馬の世話を断わったやつか。なぜにそうもたやすく命を投げ捨てる？　こんな娼婦のために？」タンセルは地にころがって身を丸め、指を折られた手を押さえて、苦痛にあえいでいる。そのタンセルを、プリンスは長靴の先でつついた。「命を賭して助ける価値がこの女のどこにある。こいつは叛逆《はんぎゃく》者だぞ。ドラゴンが負けることなどあってはならない。たとえ人形芝居でもだ」

（この男、狂ってる）とダンクは思った。（それでも、王子の息子だ。そして、おれを殺す気でいる）

　場合によっては〈七神〉に祈っていたかもしれない――まとまった祈りのことばを知っていれば。だが、そもそも祈る時間がなかった。祈るどころか、恐怖をいだく時間すらもだ。

「このうえまだ、いうことはあるかな？　おまえにはもう飽きた」エリオンはそういって、血まみれのあごをしゃくり、部下に命じた。「金鎚を持ってこい、ウェイト。こいつの歯をぜんぶたたき折るんだ。それがすんだら腹をかっさばいて、自分のはらわたの色をこいつに見せてやれ」

「だめだ！」だしぬけに、少年の声が飛んできた。「傷つけるな！」

（神々よ、なんということだ、あの子の声じゃないか。勇敢ではある。だが、なんと愚かな――）

ダンクは自分の腕を固めている兵士を押しのけようとした。びくともしない。やむなく、エッグに向かって叫んだ。

「口をつぐめ、この馬鹿！　さっさと逃げろ！　ひどい目に遭わされるぞ！」

「いいや、遭わされないね」エッグは歩みよってきた。「そんなまねをしたら、父上に処罰される。伯父上にもだ。そのひとを放せ。聞こえただろう。ウェイト、ヨーケル、この顔を見わすれたか。早くいわれたとおりにしろ」

左腕から、押さえつけていた手が離れた。ついで右腕からも。さらに両脚からも。なにが起きているのか、皆目わからなかった。兵士たちがあとずさりだす。ひとりは地に片ひざをついている。そのとき、群衆が左右に分かれて、レイマン・フォソウェイが姿を現わした。鎖帷子《くさりかたびら》と兜《かぶと》を着用しており、剣の柄《つか》に手をかけている。そのすぐうしろに控える従兄のサー・ステッフォンは、すでに剣を抜いていた。さらにそのうしろからは、胸に赤林檎の紋章を縫いつけた兵士六名がつづいている。

プリンス・エリオンは、そちらには目もくれず、エッグにいった。

「小生意気なクソチビめ」そして、少年の足もとにぺっと血を吐いた。「髪はどうした？」

「剃ったのさ、兄上」とエッグは答えた。「あんたに似てるといわれるのがいやだからね」

馬上槍試合二日め、空はどんよりと曇り、西から強風が吹いていた。

(こんな日は観客がすくないだろうな)とダンクは思った。だとしたら、より外柵に近く、間近から馬上槍試合を見物できる場所をとりやすかったろう。（エッグを柵の手すりの上にすわらせて、おれはそのうしろに立って見ることもできたはずだ）

かわりにエッグは、きょうはシルクと毛皮の服を身にまとい、特等席で試合を観戦するにちがいない。かたやダンクは、アッシュフォード公の兵らの手で塔の独房に閉じこめられている。見えるのは四囲の壁ばかり。独房には窓もあったが、試合場のほうには向いていない。それでもダンクは、昇る朝陽の下で窓ぎわの椅子に腰をかけ、沈鬱な面持ちのまま、城外の町並みと、その向こうに広がる野や森を見つめていた。麻縄の剣帯は取りあげられた。剣と短剣もいっしょにだ。銀貨も取りあげられてしまった。エッグとレイマンがチェスナットとサンダーのことを憶えていてくれればいいが。

「エッグか」と、ぼそりとつぶやいた。

自分の従士、キングズ・ランディングの路地から流れてきた、哀れな子供。そんな素性を鵜呑《うの》みにするほど愚かな騎士が、かつていただろうか。

〝うつけ《ランク》のダンク、鈍なること城壁のごとく、鈍重なること野牛《オーロクス》のごとし〟

人形遣いの舞台の前でアッシュフォード公の兵士らに拘束されて以来、エッグと口をきくことは許されていない。レイマンともタンセルとも、ほかのだれとも、アッシュフォード公本人ともだ。今後、人に会わせてもらえる機会はあるだろうか。ダンクにわかるかぎりでは、この小さな独房に死ぬまで閉じこめられていてもおかしくはない。

（どういう事態になると思ってたんだ）と苦い思いで自問した。（おれは王子の息子を殴り

倒したあげく、顔を蹴りつけたんだぞ）

　この鉛色の空の下では、高貴な生まれの諸公や偉大な守護闘士たちの華美な衣装も、昨日ほどには美々《びび》しく見えないだろう。太陽は雲の天井の上にずっと隠れていて、きょうは鋼の兜《かぶと》を輝かせることも、金銀の打ちだし模様をきらめかせることもないはずだ。たとえそうであっても、見物の群衆に混じり、馬上槍試合を見てみたかった。安物の鎖帷子《くさりかたびら》を身につけ、馬鎧もつけていない馬を駆る草臥《くさぶ》しの騎士には、これはちょうどよい観戦日和《びより》ではないか。

　すくなくとも試合会場の喧噪《けんそう》は聞こえていた。紋章官たちの吹き鳴らす喇叭《ラッパ》がこだましている。ときどき聞こえる観衆のどよめきは、だれかが落馬したか、立ちあがったか、なにか格別に雄々しいことをしたか、そのいずれかを示しているのだろう。馬蹄《ばてい》の轟《とどろ》きもかすかに聞こえた。ごくまれに、剣と剣が打ち合う響きや、騎槍がへし折れる音もだ。その音が響くたびに顔をしかめる。エリオンの手にかかり、タンセルの指がへし折れる音を思いださせるからである。ほかにもいろいろ音がしていた。すぐ近くからの音が多い。独房の外の廊下を歩く足音、下の郭《くるわ》で土を踏む馬蹄の音、城壁から聞こえる叫び声と話し声――。ときどき、そうした音や声が、槍試合の喧噪を呑みこんでしまう。それはかえって幸いなことに思えた。

「草臥しの騎士というのは、騎士のなかでも格別、自分の心に正直な部類に属するのじゃ、ダンク」ずっとずっとむかし、老士からそういう教えを受けたことがある。「ほかの種類の騎士が仕えるのは、自分を扶持《ふち》してくれるあるじ、あるいは、自分の所領を安堵してくれるあるじにほかならん。しかしわれらは、おのが心のあるがままにしたがい、自分が信ずるに足ると見た大義を持つ者にのみ仕える。騎士なる者は例外なく、弱き者、無辜《むこ》の者を護ると誓うものじゃが、その誓いをもっとも固く遵守《じゅんしゅ》する者こそ、われわれじゃとわしは思う」

このことばがこんなにもくっきりと記憶の底に焼きついていたことが、なんだか不思議に思えた。なにしろ、いまのいままで、このことばをすっかり忘れていたのである。晩年には老士自身も忘れていたふしがある。

午前はやがて午後になった。遠い馬上槍試合の音は小さくなっていき、ついには途絶えた。夕闇が独房内に忍びこんできたが、ダンクはそれでもなお、窓ぎわの椅子にすわったまま、深まりゆく夕闇のもとで屋外を眺めつづけ、空腹から気をそらそうと努めた。

そのとき、廊下を足音が近づいてきて、ジャラジャラという鉄の鍵束の音がした。独房の錠前をあけようとしているらしい。ダンクが窓から向きなおり、椅子から立ちあがったとき、扉が開いた。房内に入ってきたのは、ふたりの衛兵だった。ひとりは片手にオイルランプをかかげている。ふたりのあとから、召使いが食事を載せたトレイを持って入ってきた。そのうしろには、エッグの姿もあった。

「ランプと食事を置いて、外へ」少年が兵士たちに命じた。

兵士たちはいわれたとおりにしたが、重い板扉をすこしあけたままにしていったことを、ダンクは見のがさなかった。料理のにおいを嗅《か》いだとたん、空腹が一気に頭をもたげてきた。トレイの上には、焼きたてのパンと蜂蜜、豌豆豆《エンドウマメ》のかゆ《ポリッジ》、一本の串焼きが載せられている。串に刺してあるのは、火の通った玉葱《タマネギ》と、こんがり焼けた肉だ。ダンクはトレイの前に腰をすえると、パンを両手で持ってちぎり、ちぎったひとときれを口に放りこんだ。

「ナイフがないな」トレイの上を見て、ダンクはいった。「おえらがたは、おれがおまえを刺すとでも思ってるのか？」

「どう思っているかなんて話してくれないけどね」エッグはからだにぴったりしたウールのダブレットを着ていた。腰の部分がきゅっと締まって、袖は長く、赤い繻子《サテン》の縁どりがある。胸にはターガリエン家の三頭《みつくび》ドラゴンの縫い取りがあった。「ただ、伯父上にいわれたんだ。あなたをだましていたことについて、心から詫びてこいって」

「伯父上か」とダンクはいった。「つまり、ベイラー太子だな」

少年は見るも哀れな顔になった。

「うそをつく気はなかったんだけど……」

「だが、げんにうそをついた。なにもかもうそだった。そもそも、名前からしてでたらめだ。プリンス・エッグなんて聞いたこともない」

「これ、エイゴンの略称なんだよ。エッグって呼ぶようになったのは、兄のエイモンなんだ。いまはもう、〈知識の城《シタデル》〉にいっちゃって、学匠《メイスター》になるための勉強をしてるけどね。長兄のデイロンも、ぼくのことをときどきエッグって呼ぶ。それに、姉と妹も」

ダンクは串焼きを取りあげ、肉にかぶりついた。山羊の肉だった。はじめて味わう、貴族御用達《ごようたし》の香料で風味がつけられていた。融けた脂があごをたれ落ちていく。

「エイゴンか」ダンクはエッグのことばをくりかえした。「それはそうだな——エイゴンに決まってる。エイゴン竜王にあやかって。これまで王になったエイゴンは何人いるんだ？」

「四人」と少年は答えた。「四人のエイゴン王がいる」

ダンクは肉を咀嚼《そしゃく》し、嚥《の》みこんでから、もうひときれ、パンをちぎった。

「なんだって、あんなまねをした？　あれは悪ふざけだったのか？　馬鹿な草臥しの騎士をからかうための？」

「ちがうよ」少年は目に涙をにじませながらも、堂々と背筋を伸ばして立った。「ぼくね、ほんとうは、デイロンの——うちの長兄の従士になるはずだったんだ。だから、いい従士になるために必要なことを徹底的に学んだ。でも、デイロンはあまりいい騎士じゃなくって。馬上槍試合にも出たがらないし。こんども出たくないものだから、夏の城館《サマーホール》を出たあとで、ぼくだけを連れて、護衛隊を撒いてしまってさ。そのまま家へ引き返すかわりに、まっすぐアッシュフォードへ向かったんだ、こっち方面は探さないだろうからといってね。この髪を剃ったのはデイロンなんだよ。デイロンは父上が捜索隊をよこすことを知ってた。兄の髪はこれといった特徴のない薄い茶色の髪なんだけど、ぼくのはエリオンや父上の髪に似ていて、人目を引くからって」

「ドラゴンの血か」とダンクはいった。「シルバー・ゴールドの髪と紫の目——。だれでも知っている」

〝鈍なること城壁のごとしだな、ダンク〟

「うん。デイロンがぼくの髪を剃ったのはそのため。それで、ふたりして、槍試合がおわるまで身を潜めているつもりだったんだけどね。そしたら、あなたがぼくを厩番とまちがえて、それから……」目を伏せた。「デイロンが槍試合に出ようと出まいと、どっちだっていい。ただ、ぼくはだれかの従士になりたかったんだ……。ごめんなさい。ほんとうに悪かったと思ってる」

ダンクは考えこんだ顔になり、エッグを見つめた。自分にも覚えがある。なにかをひどくほしいときには、ついつい、とんでもないうそをついてしまうものだ。

「てっきり、似た境遇かと思ったが」ダンクはいった。「じっさい、似ているところはあるかもしれん。おれが思っていたのとはちがう形でだが」

「両方ともキングズ・ランディング出身なのは同じだよ」少年は期待のにじむ口調でいった。

これにはダンクも苦笑するほかなかった。

「たしかにな。おまえは〈エイゴンの高き丘〉の頂《いただき》の、おれは〈蚤の溜まり場〉の出だ」

「そんなに離れてないでしょ」

ダンクは玉葱を齧《かじ》った。

「おまえのことは、わが君《ム＝ロード》なり、殿下なり、敬称をつけて呼ばねばならんのか？」

「宮廷ではね」少年は認めた。「でも、ほかの場所では、エッグと呼んでくれてかまわない、もしよかったら、だけど」

「それで、上の方々はおれをどうする気なんだ、エッグ？」

「伯父上が会いたがってる。食事がすんだら」

ダンクはトレイを押しのけ、立ちあがった。

「たったいま、食事はすんだ。なにしろ、プリンスの口を蹴るなどという無礼を働いた身だ。このうえ別のプリンスをお待たせする無礼は犯したくない」


アッシュフォード公は、ベイラー太子の滞在中、城内の自室をすべて提供していたので、エッグが——いや、エイゴンだ、こっちの名称に慣れねばならない——連れていった先は、公の居間だった。ベイラーは椅子にすわり、蜜蠟《みつろう》の蠟燭《ろうそく》の灯りで本を読んでいた。ダンクは太子の前に片ひざをついた。

「立ちなさい」太子はうながした。「ワインでもどうだね？」

「そうお望みでしたら、殿下」

「サー・ダンカンに、ドーン産の甘い赤ワインをついでやれ、エイゴン」太子は命じた。「うっかり騎士どのにワインをひっかけるなよ。おまえはもう、充分に失礼を働いているのだからな」

「ひっかける心配はありません、殿下」とダンクはいった。「この子はなかなか優秀な少年、良き従士です。それに、わたしに仇《あだ》なす意図がなかったことも承知しています」

「当人にはその気がなくとも、結果的に仇なすことはある。エイゴンはな、兄が人形遣いに暴行を働く場面を見たとき、ただちにわしのもとへ駆けつけてくるべきだったのだ。なのに、貴殿のところへ走った。この行為はけっして、貴殿のためになるものではない。いっぽう、貴殿がしでかしたことだが……立場が同じならば、わしとて貴殿と同じことをしただろう。とはいえ、わしが王国の太子であるのに対して、貴殿は草臥しの騎士だ。事情はどうあれ、怒りにまかせて王の孫息子に暴力をふるうのは、けっして賢いことではない」

ダンクは悄然《しょうぜん》とうなずいた。ここでエッグがなみなみとワインを注いだ銀のゴブレットを差しだしたので、それを受けとり、長々とかたむけた。

「エリオンのやつなんか、大きらいです」エッグが激した口調で口をはさんだ。「それに、あのときは、サー・ダンカンのところに走るしかなかったんです、伯父上。城はあまりにも遠かったから」

「エリオンはおまえの兄だ」太子はきっぱりといった。「司祭《セプトン》たちも、汝の兄弟を愛せよというではないか。エイゴン、しばし席をはずせ。サー・ダンカンとふたりだけで話したい」

少年はワインの細口瓶を置き、ぎくしゃくと一礼した。

「かしこまりました、殿下」

そして、居間の出口に歩いていき、外に出て、そっと扉を閉めた。

それから長いあいだ、〈槍砕きのベイラー〉は、まじまじとダンクの目を覗きこんでいた。

「サー・ダンカン、ひとつ、たずねたい。貴殿の騎士としての実力はどの程度だ？　武技の腕前はどれほどのものだ？」

ダンクには、なんと答えていいのかわからなかった。

「サー・アーランからは、剣と楯の手ほどきを受けました。環《わ》的《まと》や槍的《やりまと》の突き方もです」

　ベイラー太子はこの答えに困惑したようだった。

「数時間前、弟のメイカーが城に帰ってきた。この城から馬で南へ一日いったところにある旅籠で、跡継ぎが飲んだくれているのを見つけたそうだ。メイカーはけっして認めまいが、わしの見るところ、弟はひそかに、こんどの馬上槍試合で、自分の息子たちがわしの息子をしのぐ光景が見られはせぬかと期待していたふしがある。ところが、息子のうちふたりは、メイカーに恥をかかせただけにおわった。メイカーとしては、その恥辱に甘んじるほかない。自分の血を引く者がしたことだからな。ともあれ、メイカーはかんかんだ。ゆえに、自分の怒りの捌《は》け口を必要としている。その捌け口に、メイカーは貴殿を選んだ」

「わたしを？」ダンクは力ない声でいった。

「エリオンはすでに、父親の耳にあることないことを吹きこんでいる。デイロンとて貴殿の助けにはならん。自分の臆病さをごまかすために、デイロンはわが弟にこう言い訳したんだ――たまたま道中で、大柄な盗賊騎士と遭遇して、その者にエイゴンを連れ去られてしまいました、とな。その盗賊騎士は貴殿だということにされている。デイロンの作り話によると、あれは弟エイゴンを取りもどすため、貴殿を追いかけて、あちこちを探しまわっていたのだそうな」

「しかしそれは、エッグが父君に真実を話せばすむことではありませんか。エッグ……いや、つまり、エイゴンさまが」

「エッグは真実を話すだろうさ、そこは疑っておらん。しかし、あの子はうそつきとしても知られておるのだ。そう呼ばれてもしかたないことは、貴殿もその身をもって知っているな。わが弟はどちらの息子のいうことを信じると思う？　人形遣いの件については、エリオンは自分に都合のいい話を作りあげて、大逆罪《たいぎゃくざい》に持っていくだろう。ドラゴンは王家の紋章だ。そのドラゴンが殺されて、頸を斬り落とされた胴体からオガクズの血が噴き出たとあっては……悪気はなかったにせよ、およそ賢明とはいいがたい。エリオンはこれを、ターガリエン家に対する婉曲《えんきょく》的攻撃であり、叛乱を指《し》嗾《そう》する行為と決めつけている。メイカーもおそらく同意するだろう。弟は激しやすい性格でな。デイロンがあんなありさまだから、もっぱら、エリオンに期待をかけているのだよ」太子はワインを口に含み、ゴブレットを脇に置いた。

「弟がなにを信じようと信じそこねようと、議論の余地なき事実がひとつだけある。貴殿がドラゴンの血を引く者に手をかけたということだ。その罪ゆえに貴殿は裁判を受け、判決を下され、処罰されなければならん」

「処罰？」このことばの響きが、ダンクは気にいらなかった。

「エリオンは貴殿の首を所望するだろう。歯が残った状態か、すべて折った状態かは問わずにな。首はとらせぬ。それは約束する。だが、裁判の要求を退けることはできん。そして、父王が何百キロもの遠隔地にいる以上、貴殿の審理は、弟とわしとが、この地の領主であるアッシュフォード公およびその主君であるハイガーデン城主のタイレル公、彼らと協議して行なわざるをえん。前回、王族の者に手を出して有罪とされた者には、暴力をふるった手を斬り落とすべしとの判決が下された」

「では、わたしの手を？」慄然《りつぜん》として、ダンクはいった。

「貴殿の場合、足もだな。プリンスを蹴ったのだろう？」

ダンクには、いうべきことばを見つけられなかった。

「これは請けあうが、ほかの審判者たちには、わしから慈悲のある処置をもとめるつもりだ。わしは〈王の手〉であり、玉座を継ぐ者でもあるから、わしのことばにはそれなりの重みがある。しかし、重みがあるのは弟のことばも同様でな。危険はそこにある」

「わたしは……」とダンクはいった。「わたしは……殿下、わたしは……」

（人形遣いに叛逆の意図などあったはずがない。あれはただの、木偶《でく》のドラゴンだ。王家のプリンスにあてこすったものじゃない）

そういってやりたかった。しかし、こんどもまた、ことばがひとことも出てこなかった。そもそもダンクは、しゃべるのが堪能だった例《ためし》がない。

「ただし——もうひとつ選択肢がある」ベイラー太子は、静かにつづけた。「それが貴殿にとって、よりよい選択か、より悪い選択なのかはわからぬ。しかし、思いだすがよい、罪を糾弾されたいかなる騎士にも、決闘裁判を要求する権利があることを。ゆえに、いまいちど、たずねる。〈長身のサー・ダンカン〉——貴殿の騎士としての実力はどれほどか？　掛け値ないところを教えてくれ」

「〝七尽くし〟をおねがいしましょう」薄笑いを浮かべて、プリンス・エリオンはいった。

「それを要求する権利がわたしにはあると思うのですがね」

ベイラー太子は眉をひそめ、テーブルを指先でとんとんとたたいた。その左で、アッシュフォード公がゆっくりとうなずいた。

「なにゆえだ？」プリンス・メイカーが息子のほうに身を乗りだし、たずねた。「これなる草臥しの騎士と単騎で懸け合って、おまえの告発の正しさを神々に裏づけていただくことが怖いのか？」

「怖い？」とエリオン。「なにゆえに怖がらねばならないのですか。ばかなことをいわんでください、父上。これは愛しい兄上の立場を気づかっての発案なのです。兄デイロンもまた、これなるサー・ダンカンに被害をこうむった。だとしたら、この者の血をもとめる最優先の権利がある。われらがふたりともこの者と対決するためには、七尽くしの試合をするほかにないでしょう」

「おれのことは気づかってくれなくともよいぞ、弟よ」デイロン・ターガリエンがぼそりといった。プリンス・メイカーの長子は、ダンクが旅籠で遭遇したときよりもいっそう体調が悪そうに見えた。今回はしらふで、赤と黒のダブレットにもワインのしみがついてはいない。しかし、目は赤く血走り、額にはうっすらと汗の膜がにじんでいる。「おれは声援する側にまわって、おまえがこの暴漢を討つところを眺めるだけでかまわん」

「なんと心のやさしい人だ、愛しき兄上は」満面の笑みを浮かべて、プリンス・エリオンはいった。「しかしながら兄上には、みずからのからだを張って、ご自分のことばの正しさを証明する権利があるのですよ。それを奪うのは、勝手が過ぎるというもの。ここはやはり、七尽くしの試合による審判を願わずばなりますまい」

　ダンクはすっかり途方にくれて、

「殿下、閣下各位」と、公壇に向かって問いかけた。「わたしにはよくわかりませんが……。七尽くしの審判とはなんなのでしょう？」

　ベイラー太子は、公座の上で居心地悪そうにからだを動かした。

「これもまた決闘裁判の形式でな。上古《じょうこ》より伝わる形式ながら、実行されたことはめったにない。元来は〈狭い海《ナロー・シー》〉を越えて、東方よりアンダル人とその七柱《ななはしら》の神々とともに伝わってきたものなのだ。いかなる形式の決闘裁判であれ、告発人と被告人は神々に審判を委《ゆだ》ねて、相互の問題を解決していただく。アンダル人は、七騎の代表闘士《チャンピオン》を出すことにより、七柱の神々に敬意を表わさば、神々もいっそう快く神意をお示しになり、しかるべき結果を出してくださると信じていたのさ」

「あるいは、たんに派手な剣戟《けんげき》を見たかっただけなのかもしれませんがな」レオ・タイレル公が唇に皮肉な笑みをよどませた。「背景はどうあれ、それがサー・エリオンの権利であることはまちがいない。ここは七尽くしの審判を行なうべきでしょう」

「するとわたしは、ひとりで七人を相手に闘わねばならないのですか？」

　問いかけるダンクの声には絶望がにじんでいた。

「ひとりのはずがあるか」プリンス・メイカーがいらだたしげな口調で否定した。「阿呆のまねをしてとぼけるな、そんなことをしてもむだだぞ。七対七で闘うに決まっておろうが。おまえはこれより、肩をならべて闘ってくれる助勢の騎士《チャンピオン》を六人、見つけださねばならん」

（六人の騎士）とダンクは思った。

これは六千人の騎士を見つけてこいといわれたも同然だ。兄弟はいない。従兄弟《いとこ》もいない。ともに闘ったことのある古馴じみもいない。面識すらない六人もの騎士が、王の孫ふたりに告発された草臥しの騎士を護るためにみずからの命を賭す理由など、どこにあろう。

「殿下、閣下各位」とダンクはいった。「ともに闘ってくれる者がだれも見つからなかった場合、どうなるのです？」

メイカー・ターガリエンは、冷たい目でダンクを見おろした。

「おまえが正しくば、かならずや良き者どもがおまえのために闘ってくれる。助勢の騎士《チャンピオン》を一名も見つけられなかったとすれば、それはおまえが有罪だからだ。これ以上明白なことがあるか？」

ダンクはかつてこれほど強く孤独を感じたことはなかった。茫乎《ぼうこ》としてアッシュフォード城の城門を歩み出てすぐ、背後で落とし格子の閉じる音がした。やわらかな雨が降っている。肌に触れる雨粒は朝露のように軽い。それでも、ぶるっと身ぶるいが起きた。川向こうでは、色を帯びた光暈《こううん》がぼうっと光って見える。いまもなお焚火を燃やしている数少ない天幕が、その照り返しを受け、闇に浮かびあがっているのだ。すでにもう、真夜中をまわってかなりたつ。あと数時間で夜明けだろう。

（そして、夜明けとともに、死が訪れる）

剣と銀貨は返してくれた。だが、浅瀬を渡るダンクの心は重く沈んでいた。もしや自分は、馬に鞍をつけて逃げだすことを期待されているのだろうか。その気にさえなれば、そうすることはできる。ただしそれは、騎士の身分をあきらめることを意味する。逃げてしまったら、自分は以後、ただの法外の者《アウトロー》でしかなくなる。そして、その立場はずっとつづく――いつの日か、どこかの領主にとらえられ、首を刎《は》ねられるそのときまで。

（そんなふうに生きるくらいなら、騎士として死んだほうがましだ）

ダンクは頑《かたくな》に、自分にそう言い聞かせた。ひざまで濡れた状態で川をあがり、がらんと人けのない試合場の横を重い足どりで通っていく。ほとんどの天幕では灯が消えて、持ち主たちはとうのむかしに寝入っていたが、そこここにはいまも、内側で何本かの蠟燭を灯《とも》しているものがあった。ある天幕の中からは、押し殺した呻き声と嬌声《きょうせい》が聞こえてきた。それを聞いて、ダンクは思った。自分はこのまま、女を知らずに死ぬんだろうか……。

そのとき――馬が鼻を鳴らす音が聞こえた。なぜかしら、すぐにわかった。この音の主はサンダーだ。足を速めて小走りになり、音のしたほうへと急ぐ。やっぱりサンダーだった。チェスナットといっしょに、とある円形状の天幕の外につながれていたのである。内部には明かりが灯されて、天幕全体がぼうっと金色《こんじき》の輝きを放っている。中央支柱に結わえた旗は雨に濡れて垂れていたが、それでも、暗闇の中、フォソウェイ家の林檎《リンゴ》の曲面は見てとれた。

それは希望の象徴に思えた。

「決闘裁判か……」レイマンが険しい声を出した。「それはたいへんなことだぞ、ダンカン。そうなると、使われるのは実戦用の騎槍《ランス》だ。星球棍《モーニングスター》や戦斧《せんぷ》も使われるし……剣だって刃をつぶしたものじゃない。わかっているのか？」

「さすがに〈後込《しりご》みレイマン〉と呼ばれるだけのことはある」従兄のサー・ステッフォンが嘲《あざけ》るようにいった。黄色いウールのマントを肩で留めているのは、黄金と柘榴石《ガーネット》でこさえた林檎の留め具だ。「案ずるな、従弟よ、これは騎士の闘いだ。おまえは騎士ではないから、その身に危険がおよぶ恐れはない。サー・ダンカン。貴公の陣営には、すくなくともひとり、フォソウェイの者が加わるぞ。熟したほうがな。エリオンがあの人形遣いたちに暴行を働くところは見た。おれは貴殿の味方だ」

「もちろん、おれもだよ」レイマンがむっとした口調でいった。「おれはただ——」

従兄は押しかぶせるようにして語をついだ。

「ほかにわれらとともに闘う者はだれかな、サー・ダンカン？」

ダンクは所在なげに両手を広げてみせた。

「ほかに知り合いはいないんだ。せいぜい、サー・マンフレッド・ドンダリオンくらいだが、あのひとは、おれが騎士であることの保証さえしてくれようとはしなかった。おれのために命を懸けてくれるはずがない」

サー・ステッフォンはすこし動揺したようだった。

「となると、もう五人、優れた騎士がいるな。おれにはさいわい、五人以上の友がいる。〈長き棘《とげ》のレオ〉、〈笑う嵐〉、キャロン公、ラニスター家のふたり、〈荒馬〉サー・オソウ・ブラッケン……それから、ブラックウッド家の者たちもだ。もっとも、ブラックウッドとブラッケンの連中を同じ模擬合戦で同じ側に参加させることはできんがな。どれ、いまから出かけて、話をしてこよう」

「真夜中に起こされたら、機嫌が悪くなるんじゃないか」従弟が反対した。

「かえってよかろうさ。腹をたてればむしろ果敢に闘おうというものだ。おれをあてにしてくれていいぞ、サー・ダンカン。従弟よ、夜明けまでにおれが帰らねば、わが鎧を用意したうえで、愛馬の忿怒《ラス》に鞍と馬鎧をつけておいてくれ。挑戦者の小馬場で落ちあおう」そこで、サー・ステッフォンは笑った。「本日はきっと、長く記憶される日になるぞ」

大股に天幕を出ていく従兄は、楽しくてしかたがないという顔をしていた。

しかしレイマンのほうは、楽しいどころではないようすで、従兄が出ていくなり、「五人の騎士か」と、陰鬱な声でいった。「ダンカン、あなたの希望を打ち砕きたくはないけれど……」

「従兄どのが、さっき名をあげた騎士たちを説得できたら……」

「〈長き棘のレオ〉を？　〈ブラッケンの荒馬〉を？　〈笑う嵐〉をか？」レイマンは立ちあがった。「さっき名をあげた騎士たちを、従兄がみんな知っていることはまちがいない。

しかし、あのなかのひとりでも、従兄を知っているかどうか怪しいものだ。ステッフォンはこれを栄達の機会としか見なしていないが、懸かっているのはあなたの命だからね。やはり、自力で助っ人をかき集めたほうがいいだろう。おれも手伝おう。そろえる助勢の騎士《チャンピオン》の数は、すくなすぎるよりも多すぎるくらいがいい」そのとき、天幕の外で物音がした。レイマンがさっとふりむく。「そこにいるのはだれだ？」

垂れ幕をくぐって現われたのは、ひとりの少年だった。背後には、雨に濡れそぼった黒いマントをまとう痩せた男がひとりいる。

「エッグか？」ダンクは驚いて立ちあがった。「こんなところでなにをしている？」

「ぼくはあなたの従士だもの」と少年は答えた。「槍試合で武器を渡す人間がいるでしょ」

「お父上は、おまえが城を出たことをごぞんじなのか？」

「——神々のご加護あらば、知らずにいてほしいものだな」

雨で濡れて重くなった黒マントを薄い肩からすべり落とさせながら、エッグが連れてきた人物が答えた。それはだれあろう、エッグの長兄、デイロン・ターガリエンだった。

「あなたもか？　こんなところへくるなんて、気でも狂ったのか！」ダンクは鞘から短剣を引き抜いた。「こちらとしては、これをあなたの腹に突きたてても当然の立場なんだぞ」

「そうだろうとも」プリンス・デイロンはうなずいた。「しかしだな、そんなことよりも、ワインを一杯くれないか。見たまえ、この手を」

デイロンはそういって片手を差しだし、わなわなと震える手を天幕の一同に見せた。酒が切れたのだ。

ダンクはうなりながら、デイロンに詰め寄った。

「あなたの手など関係ない。あなたはわたしについて偽証したんだぞ？」

「弟はどこにいったと父に問いつめられてな。なにか返事をせぬわけにはいかなかった」とプリンスは答えた。ダンクにも短剣にも目をやらず、将几《しょうぎ》にすわって、デイロンはつづけた。「ほんとうのことをいえば、エッグがいなくなっていたことにも気づいていなかったのさ。なにしろ、ワインカップの底にはいないし、ほかの場所は見てもいない。だから……」

嘆息するデイロンの横から、エッグが口をはさんだ。

「——サー・ダンカン、父は七人の告発者に加わろうとしてる。やめてくださいと頼んだんだけど、聞きいれてくれなくって。エリオンの——それにデイロンの名誉を挽回するには、ほかに方法がないというばかりなんだよ」

「名誉を挽回してくれと頼んだ覚えはないのだがな」プリンス・デイロンが、げんなりした声でいった。「わたしに関するかぎり、だれがわが名誉を担っているにせよ、取りもどしてもらう必要はさらさらないよ。さて、そこでだ。気休めになるかもしれないのでいっておく。わたしも七騎士の一角を占めるわけだが、わたしのことはまったく脅威と見なくてもよい。馬より苦手なものといえば、武器だけという人間だからな。武器は重いし鋭いし、危なくてかなわん。最初の突撃では、雄々しく見せるべく努力してみるが、二回め以降は……大兜の側面にでも派手な一撃をたのむ。大きな音を響かせてくれ。ただし、わが意を汲んでくれるなら、あまり大きすぎても困る。わが弟たちは、闘い、舞踏、思考、読書についてわたしのことを知りつくしてはいるが、死んだふりのうまさは知らん。泥にまみれてじっと横たわる技倆にかけては、どんな人間とて、わたしの足もとにもおよぶまい」

　ダンクにはディロンを見つめていることしかできなかった。この王族、自分をからかっているんだろうか。ダンクはたずねた。

「いったい、なにをしにここへ？」

「警告するためさ、きみが裁判で闘う相手についてな」とディロンは答えた。「父は自分とともに、〈王の楯〉《キングズガード》の騎士たちにも闘うようにと命じたんだ」

「〈王の楯〉《キングズガード》？」愕然として、ダンクはおうむがえしにいった。

「〈王の楯〉《キングズガード》のうち、三人がここにきている。さいわい、ベイラー伯父は、われらが祖父王警護のため、四人をキングズ・ランディングに残してきたがね」

　エッグが名前をあげた。

「サー・ローランド・クレイクホール、ダスケンデールのサー・ドネル、サー・ウィレム・ワイルド、この三人だよ」

「三人とも、いやもおうもないさ」ディロンがいった。「王と王族の身命を護ると誓約した以上はな。そして、わが弟たちとわたしは、幸か不幸か、ドラゴンの血を引く王族だ」

　ダンクは指折り数えた。

「それで六人。残るひとりは？」

　プリンス・デイロンは肩をすくめた。

「エリオンがだれか適当に見つくろうだろう。必要とあらば、名だたる騎士を金で購《あがな》える。黄金にはことかかぬ身だ」

「サー・ダンカンの味方は？」エッグがたずねた。

「レイマンの従兄の、サー・ステッフォン」

「ひとりだけか？」デイロンが眉をひそめた。

「いま、サー・ステッフォンが友人たちをあたってくれている」

「ぼくが何人か連れてくる」エッグがいった。「有力な騎士たちを。ぼくならできる」

「エッグ」ダンクはたしなめた。「おれはな。おまえの実の兄たちと闘うんだぞ」

「でも、デイロンは傷つけないでしょう、わざと倒れるというんだから。それにエリオンは……忘れないよ、ぼくがずっと小さいころ、あいつが夜になると寝室の中に入ってきては、ぼくの股間のそばに短剣を突きたてたことを。〝おれには兄弟が多すぎる〟——そのとき、エリオンはそういったんだ。〝いずれ適当な晩に、おまえを妹にしてやろう、そうすれば、おまえと結婚できるからな〟ともね。ぼくの猫を井戸に放りこんだのもあいつだ。ちがうといってたけど、あいつはいつもうそばっかりつく」

　プリンス・デイロンは、うんざりした顔で肩をすくめた。

「この点はエッグのいうとおりだ。エリオンというやつは、とんでもない怪物でな。あれは自分が人の姿をしたドラゴンだと思っているんだ。あの人形芝居にあれほど激昂《げっこう》した理由もそこにある。あれがフォソウェイの家に生まれなかったのが残念だ。そうであれば、自分を林檎だと思ってくれるから、われわれはみんな、ずっと安心して暮らせたろうに。しかし、いまはきみの件だな」立ちあがり、落ちていたマントを拾いあげ、ばさっと振って、ついていた雨の滴《しずく》を払った。「そろそろ、こっそり城に帰らねばならない——いつまで剣を研《と》いでいるんだと、父がいぶかりださないうちに。しかし、帰る前に、ふたりきりで話がしたい、サー・ダンカン。ちょっと歩かないかね？」

　ダンクはつかのま、王の孫に疑念の目を向けた。

「お望みのままに——殿下」ダンクは短剣を鞘に収めた。「どのみち、楯を取りにいかねばならないので」

「エッグとふたりで、助っ人の騎士を探しておくよ」レイマンが請けあった。

　プリンス・デイロンはマントをはおり、首のまわりで留めてから、フードを引きかぶった。ダンクはそのあとにつづき、霧雨の中に出た。露店の列に向かって歩きだす。

「きみの夢を見た」おもむろに、プリンスがいった。

「旅籠でもそういっておられたが……」

「そうかね？　まあ、そうなんだろう。ただし、わたしの夢はきみたちの夢とはちがうんだ、サー・ダンカン。わたしの夢は現実になるんだよ。それゆえ、夢が恐ろしい。きみのことも恐ろしい。夢に見たのは、きみと——死んだドラゴンだ。これがまた、とてつもなく巨大な怪物でな。広げた翼は、この牧草地を蔽《おお》いつくせるほどに大きい。その怪物が、きみの上にのしかかっている。しかし、きみは生きていて、ドラゴンは死んでいた」

「おれが殺したと？」

「それはわからない。しかし、きみはたしかに、夢の中にいた。ドラゴンもだ。われわれの一族は、かつてドラゴンを使役していた。われらターガリエン一族はな。いまやドラゴンは滅び去り、われわれだけがあとに残された。わたしとしては、きょう死んでもかまわない。神々のみぞ知る理由で、そう思っている。しかしだ、かなうことならわたしに慈悲を施して、ぜがひでも、きみが討つ相手をエリオンに定めてはくれまいか」

「おれだって、死んでもかまわない」

「なんにせよ、わたしにはきみを殺す気はないよ。告発も取りさげる。しかし、エリオンが取りさげんことには、わたしだけ取りさげても意味がない」ためいきをついた。「わたしのついたうそで、きみを死なせることになるかもしれん。そうなるとしたら、先にあやまっておこう。自分がいずれかの地獄に堕《お》ちることはわかっている。それはおそらく、酒なし地獄だろうな」

デイロンはそういって身ぶるいした。冷たい霧雨の中、ふたりはそこで別れた。

商売人たちが露台兼運搬車を連ねている場所は、牧草地の西のはずれ——樺《カバ》の木と梣《トネリコ》の木立ちの手前だった。ダンクは木立ちの下に立ち、以前は人形芝居の移動舞台があった跡をむなしく見つめた。

（いなくなっている）こうなることを恐れていたのだ。（おれだって逃げていただろうさ。城壁のごとく鈍でなければ）

とはいえ、楯をどうしたものか。手持ちの銀貨で新しい楯は買える。だが、まずは売りに出されている楯を見つけないといけない。はたしていまから見つかるかどうか……。

「——サー・ダンカン」

ふいに、暗闇から声がかかった。ふりかえると、背後にあの具足鍛冶、〈鋼《はがね》のペイト〉が立っていた。片手には鉄のランタンをかかげている。短い革のマントの下は上半身はだかで、黒い剛毛でおおわれた広い胸と太い腕が見えた。

「楯を取りにきたんなら、おれが持ってるぜ。あの娘がおれに預けていったんだ」ペイトはそういって、じろじろとダンクの全身を見まわした。「手が二本に、足も二本——ちゃんとそろってる。てことは、決闘裁判か？」

「七尽くしの審判だ。なぜ決闘裁判とわかった？」

「思わずキスしたくなるほどの、そりゃあもう貴族に取り立ててほしくなる大活躍だったが、そうなるわけがないからな。決闘裁判でなきゃあ、手足のどこかが足りなくなってるはずだ。さ、ついてきてくれ」

ペイトの運搬車はひと目で見分けがついた。側面の板に剣と鉄床《かなとこ》の絵が描いてあったからである。ペイトにつづいて、ダンクも運搬車に入る。鍛冶はランタンをフックにかけ、肩をゆすって濡れたマントをぬぎ、頭からラフスパンの上着をかぶった。壁の一面には蝶番《ちょうつがい》で板が留めてあり、倒すとテーブルになる仕組みだった。

「ま、すわってくれや」低い腰かけを押しだして、ペイトはうながした。

ダンクは腰をおろした。

「あの娘、どこへいった？」

「ドーンに発《た》ったよ。娘の叔父が聡《さと》いやつでな。早々に消えりゃあ、早々に忘れてくれる。もたもたして姿を見られたら、またあのドラゴンに祟《たた》られちまうだろう。それに、あんたが死ぬところをあの娘に見せたくなかったんだろうな」ペイトは運搬車の突きあたりにいって、しばらく影のなかをあさってから、楯を持ってもどってきた。「縁の金枠は安物の鋼だった。古びてもいたし、錆びて脆《もろ》くもなってたんでな。新しくこさえておいた。厚さは倍だ。板の裏には補強の帯金《おびがね》を取りつけてある。前より重いが、前より頑丈だ。絵はあの娘が描いた」

期待していたよりも、娘はずっといい仕事をしてくれていた。ランタンの灯のもとでさえ、豊かで多彩で燦然《さんぜん》たる夕陽の色合いがよくわかる。中央の樹は、高く、力強くそそりたち、気高さをも感じさせた。オーク材の空をよぎる明るい線は、ひとすじの流れ星だ。しかし、両手で持った楯絵を眺めて、ダンクは強い違和感をおぼえた。流れ星は落ちている。紋章として、これはどんなものか？　自分も流れ星のように速く落ちるということか？　それに、日没は夜の先触れでもある……。

「酒杯のままにしておけばよかったかな」ダンクはみじめな思いでいった。「せめて翼でもあれば、飛んで逃げることもできたろうに。それに、サー・アーランがよくいっていたよ。

この酒杯は信頼と親睦に満ちている、これは飲むのによいものじゃぞ、とな。この楯の絵は死の象徴にあふれてる」

「おいおい、この楡《ニレ》は生きてるぜ」ペイトがいった。「見ろよ、葉なんて青々としてるじゃないか。どう見たって夏の葉だ。それにな、髑髏《どくろ》や狼や鴉を描いた楯だって見たことがある。吊るされた男や血まみれの首を描いた楯だってあるんだ。それでも立派に役にたつんだから、これだって役にたつさ。そういや、楯の古謡《こよう》を知ってるかい？　こんなやつだ。〝オークよ鉄よ、この身を護れ〟……」

「……〝さなくばおれは死んじまう、地獄の底までまっさかさま〟」

ダンクはあとを受けた。この古謡を思いだすのは、数年ぶりのことだった。ずっとむかし、老士から教わった歌だ。

　ペイトにたずねた。

「新しい鉄枠その他の費用として、いくら取る？」

「あんたからかい？」ペイトはぽりぽりと顎鬚《あごひげ》を掻いた。「じゃあ、銅貨一枚」

　東の空が白々と明るみだすころには、霧雨はほぼやんでいたが、地面はひどくぬかるんでいた。アッシュフォード公の下働きの者たちが、きのうのうちに走路同士を仕切る柵を取り除いていたため、試合場は灰茶色の泥と踏みにじられた草が作る、広く混沌とした泥濘地《でいねいち》と化していた。いくすじもの霧の触手が、淡い色をした白蛇のように地表を這いまわるなか、ダンクは試合場へ向かった。〈鋼《はがね》のペイト〉もいっしょに歩いている。

観覧席はすでに埋まりつつあった。朝の寒さにマントをしっかりかきよせて、諸公や淑女たちがつぎつぎに着席していく。庶民たちが試合場へと向かう流れもできていた。試合場の外柵のまわりには、すでに何百人もが立っている状況だ。

（こんなにもおおぜいが、おれが死ぬところを見にきたわけだ）

苦い思いがこみあげてきた。

だが、それは思いちがいだった。何歩か先で、ひとりの女がこう呼びかけてきたのである。

「どうか、ご武運を」

こんどは老人が進み出てきて、ダンクの手をとった。

「あなたさまに神々のご加護がありますように、騎士さま」

ついで、ぼろぼろの茶色いローブを着た托鉢の修道士《ブラザー》がダンクの剣に祝福をし、どこかの乙女が頬にキスをしてくれた。

（みんな、おれを応援してくれてる……）

「なぜだ？」ダンクはペイトにたずねた。「みんなにとって、おれは何者なんだ？」

「〝騎士の誓いを憶えていた騎士さま〟さ」と具足鍛冶は答えた。

レイマンは試合場の南端にある挑戦者用の小馬場の外にいて、従兄とダンクの馬の手綱を取り、待っていた。サンダーは落ち着きがなく、しきりに頭を上下に振っている。馴れない馬鎧《うまよろい》の頸当てや、馬面《ばめん》、ずしりとのしかかる馬衣《うまぎぬ》状の馬鎧が重いのだろう。ペイトは馬鎧を見て、あれを鍛えたのはおれじゃないが、いい仕事だと断言した。だれがこの馬鎧をつけてくれたにしろ、ダンクは感謝するのみだった。

そこで、ともに闘ってくれる助勢者《チャンピオン》たちが目に入った。ごま塩の顎鬚《あごひげ》を生やした、片目の騎士がいる。黄色と黒の縞模様のサーコートを着て、蜂の巣の紋章を描いた楯を持つ騎士もいる。

（ロビン・ライスリングとハンフリー・ビーズベリーだ）

驚愕して、ダンクは思った。

（それに、サー・ハンフリー・ハーディングも）

ハーディングは、元はエリオンのものだった緋毛《あかげ》の軍馬にまたがっていた。ただし軍馬は、赤と白の菱形を連ねた馬鎧をまとっている。

ダンクは三人のもとへ歩み寄った。

「方々《かたがた》――恩に着ます。わたしへの貸しとして、ありがたく」

「貸しがあるのはな、エリオンに対してだ」サー・ハンフリー・ハーディングが答えた。

「われらはそれを取り立てるのみ」

「左脚が折れたと聞きましたが」

「そのとおり、折れた。ゆえに歩けぬ。だが、こうして馬に乗っているかぎりは闘える」

レイマンがダンクを脇に引っぱっていった。

「ハーディングならエリオンと再戦したがるだろうと思って声をかけたところ、みごと図に当たったんだ。たまたま、もうひとりのハンフリーは、結婚を通じてハーディングと義理の兄弟関係で、やはり助勢してくれることになった。サー・ロビンを連れてきたのはエッグだ。いつぞやの馬上槍試合で知り合ったらしい。これで五人」

「いいや、六人だ――」ダンクは驚愕した声で一カ所を指さした。ひとりの騎士が小馬場に入ってきたのである。そのすぐうしろには、軍馬の手綱を取って、従士がついてきていた。

「――〈笑う嵐〉」

レイマンより頭ひとつ高く、ダンクにせまる背丈のサー・ライオネルは、胸にバラシオン家の〝冠を戴く牡鹿〟の紋章も鮮やかな金衣《きんい》のサーコートを身につけており、一対の鹿角《ろっかく》を取りつけた兜《かぶと》を腋にかいこんでいた。ダンクは思わず手を差しだし、礼をいった。

「サー・ライオネル――ご助勢をいただき、感謝のことばもありません。貴殿を連れてきてくれたサー・ステッフォンに対してもです」

サー・ライオネルはけげんな顔になった。

「サー・ステッフォン？　わしを呼びにきたのは貴公の従士だぞ。あの子供、エイゴンだ。うちの息子が追い払おうとしたが、足のあいだをすりぬけて飛びこんできおってな、わしの頭に細口瓶のワインをひっかけおった」そういって、〈笑う嵐〉は笑った。「知っているか。七尽くしの審判はもう百年以上も行なわれたことがない。万難を排してでも参加すまいでか。あまつさえ〈王の楯《キングズガード》〉の騎士たちと槍を交え、プリンス・メイカーの鼻をひねるという余禄つきだ」

「これで六人」ほかの助勢者らのもとに加わるサー・ライオネルを見送りながら、ダンクは期待のこもった声でレイマン・フォソウェイにいった。「これで、従兄どのがあとひとりをつれてくれれば、七人になる」

　そのとき、観衆から大歓声があがった。牧草地の北端に、川霧をつき、一列縦隊をなして、騎士が現われたのである。先行する三騎は全員、〈王の楯《キングズガード》〉の騎士だった。光沢を放つ白い琺瑯引きの鎧をまとい、長い純白のマントをうしろになびかせた姿は、まるで亡霊のようだ。楯でさえも白く、降雪したばかりの雪原のごとき白無地には汚れひとつない。その後方には、プリンス・メイカーと息子ふたりがつづいていた。エリオンがまたがっているのは、葦毛《あしげ》の軍馬だ。一歩ごとに、飾り馬衣《うまぎぬ》の切れ目からは、オレンジ色と赤の布地がちらついている。兄ベイロンが乗る軍馬は、ひとまわりは小さな鹿毛《かげ》で、黒と金の金属板が重なり合う馬鎧をつけていた。大兜の頂《いただき》からは、緑のシルクで仕立てた頭立《ずだて》がひと流れ。しかし、だれより恐ろしい装いをしていたのは、王孫たちの父親だった。肩当てから肩当てにかけて、漆黒のドラゴンの湾曲した歯が連なり、大兜の頂から背甲《はいこう》にかけても同じ歯列が走っている。鞍に結わえつけられた巨大な棘《とげ》つき鉄棍《てっこん》は、かつてダンクが目にしたなかでももっとも恐ろしげな武器だった。

「六人だ！」唐突に、レイマンが叫んだ。「六人しかいない！」

　ダンクも気がついた。たしかに、そのとおりだ。

（黒騎士が三騎、白騎士が三騎。向こうもひとり足りないのか）

しかし、エリオンが七番めの騎士を見つけられなかった？　そんなことがあるものか？　それはなにを意味している？　どちらも七番めの騎士を見つけられなかった場合、六対六の闘いとなるのか？

　懸命に頭をひねっていると、エッグがそばにすべりよってきて、うながした。

「もう時間だから、鎧をつけないと」

「すまんな、従士よ。では、着つけに手を貸してくれるか？」

〈鋼《はがね》のペイト〉も手伝ってくれた。長い鎖帷子《ホーバーク》に喉《のど》当て、脛《すね》当てに籠手《こて》、鎖頭巾に股当て。ふたりはダンクを鋼の塊へと仕立てあげ、すべての締め金と留め金を三度ずつたしかめた。そのあいだ、サー・ライオネルは砥石の前に座して剣を研いでおり、ふたりのハンフリーは静かな声で語り合い、サー・ロビンは祈りを捧げていた。四人のかたわらでは、レイマン・フォソウェイがひとりやきもきして行ったりきたりしていた。従兄はどこにいったのかと、気が気ではないのだ。

　ダンクが鎧を完全に一縮《いっしゅく》しおえたころ、ようやくサー・ステッフォンが姿を現わした。

「レイマン」サー・ステッフォンは従弟にうながした。「すまんが甲冑《かっちゅう》の着つけをたのむ」

レイマンの従兄は詰め物をしたダブレットに着替えていた。これは鎧下に着るものだ。

「サー・ステッフォン」ダンクは声をかけた。「探すといっていた友人はどうなったんだ？　七人そろうには、まだひとり騎士が足りないが」

「ふたり、だろうな――気の毒だが」

答えたサー・ステッフォンの背後では、レイマンがホーバークの背中のひもを結んでいる。

「ム＝ロード？」ダンクにはわけがわからなかった。「ふたりとは？」

サー・ステッフォンは、自在接合式に鋼板を継ぎ合わせた上等の籠手を取りあげ、左手を差しこみ、指を曲げ伸ばしした。

「見たところ、ここには五人しかおらぬ」そういうサー・ステッフォンの腰に、レイマンが剣帯《けんたい》を締めた。「ビーズベリー、ライスリング、ハーディング、バラシオン、そして貴殿」

「それと、あなただ」ダンクはいった。「それで六人」

「ちがうな。おれは七人めだ」薄く笑って、サー・ステッフォンはいった。「ただし先方の、陣営の。おれはプリンス・エリオンと告発者の側で闘う」

従兄に大兜を渡そうとしていたレイマンが、いきなり殴られでもしたかのように、動作の途中でぴたりと凍りつき、いった。

「うそだ……」

「うそではない」サー・ステッフォンは肩をすくめた。「きっとサー・ダンカンにはわかるだろう。おれにはわがプリンスに対する義務がある」

「あてにしてくれていい、とサー・ダンカンにいったじゃないか」

レイマンは蒼白《そうはく》になっている。

「そうだったかな？」サー・ステッフォンは従弟の手から大兜を取りあげた。「まあ、そのときはそう思っていたんだろうさ。さ、馬を引け」

「自分で引いていけ」レイマンは吐き捨てるようにいった。「こんなことに加担するものか。すると思ってるんなら、おまえはクソ溜めなみのクソ野郎だ」

「クソ溜め？」サー・ステッフォンは舌打ちした。「ことばには気をつけろよ、レイマン。われらはふたりとも同じ樹に生《な》った林檎なのだぞ。しかもおまえはおれの従士だ。それとも、自分が立てた誓いを忘れてしまったのか？」

「忘れるものか。おまえこそ誓いを忘れてしまったんじゃないのか？　おまえは騎士であることを誓ったんだろうが」

「この日がおわる前に、おれは騎士以上の者になる。フォソウェイ公だ。なんとまあ、いい響きではないか」

　薄笑いを浮かべて、右の籠手にも手をつっこむと、レイマンの従兄はくるりと背を向け、小馬場を自分の馬のもとへ横切っていった。ほかの助勢者たちはみんな、蔑みの目でサー・ステッフォンを見ていたが、だれもとめようとはしない。

　やがてサー・ステッフォンは馬にまたがり、試合場を北端へ向かいだした。ダンクはその後ろ姿を見送った。両手はぐっとこぶしを握っている。しかし、のどがふさがったようで、ひとこともことばが出てこない。

（どのみち、なにをいったところで、あの外道はすこしもこたえないだろうがな）

「騎士にしてくれ」突然、レイマンがダンクの肩に手をかけ、自分のほうへふりむかせた。

「おれが従兄の代わりを務める。サー・ダンカン、おれを騎士にしてくれ」

そういって、地に片ひざをついた。

眉をひそめて、ダンクは腰に差した長剣の柄《つか》に手を持っていったが――そこでためらった。

「レイマン、おれは……これはおれごときがしていいことじゃない」

「しなきゃだめだ。おれがいなかったら、五人になってしまう」

「この若いののいうとおりだ」サー・ライオネル・バラシオンがいった。「騎士にしてやれ、サー・ダンカン。いかなる騎士も、人を騎士にすることができる」

「おれの勇気を疑うのか？」レイマンがいった。

「いや、そんなことはない。しかし……」やはりダンクはためらった。

おりしも、朝靄《あさもや》の立つ空気をつんざき、ファンファーレが鳴りわたった。エッグがダンクたちのもとに駆けよってきた。

「サー・ダンカン。アッシュフォード公が呼んでる」

〈笑う嵐〉がじれったそうにかぶりをふった。

「よし、おまえはいけ、サー・ダンカン。従士レイマンはおれが騎士にしてやる」

いうなり、鞘から剣を引き抜き、ダンクを肩で押しのけ、おごそかな口調で叙位の儀式をはじめた。

「フォソウェイ家のレイマン」

いいながら、従士の右肩に剣の平をあてがう。

「〈戦士〉の名において、我は汝に勇敢なることを課す」

剣身が右の肩から左の肩に移動した。

「〈厳父〉の名において、我は汝に公正なることを課す」

右肩にもどり、

「〈慈母〉の名において、我は汝に若年の者、無辜《むこ》の者どもを護ることを課す」

また左肩にもどって、

「〈乙女〉の名において、我は汝にすべての女性《にょしょう》を護ることを課す……」

ダンクは両者をその場に残し、馬に乗って領主のもとへ向かうことにした。ほっとすると同時に、うしろめたい気持ちもあった。

（しかし、まだひとり欠けている）エッグが手綱を取り、押さえているあいだ、サンダーの背中にまたがりながら、ダンクは思った。（もうひとりを、どこで見つけよう……）

馬の向きを変え、観覧席のほうへゆっくり進める。そこにはアッシュフォード公が立って待っていた。試合場の北端からは、プリンス・エリオンがこちらに馬を進めてくる。

「サー・ダンカン」快活な声で、エリオンが呼びかけてきた。「どうやらそちらの陣営には、五人の助勢者《チャンピオン》しかおらぬようだな」

「六人だ」ダンクは答えた。「サー・ライオネルがいま、レイマン・フォソウェイを騎士に叙している。そちらの七騎に対して、こちらは六騎で闘うことになる」

世の中には、はるかに分の悪い闘いで勝利した者たちもいるのだ。

だが、アッシュフォード公は首を横にふった。

「それは許されぬ。もうひとりの騎士を見つけられねば、貴公は自分が告発されている罪について、有罪を宣告されることになる」

（有罪か）とダンクは思った。（歯を一本、ぐらつかせた咎《とが》で有罪か。そのために死なねばならないのか）

「ム＝ロード、しばしの猶予を」

「認める」

ダンクは柵ぞいにゆっくりと馬を進めた。観覧席にはおおぜいの騎士がすわっている。

「方々《かたがた》に申しあげる！」

ダンクはその騎士たちに呼びかけた。

「このなかに、ペニーツリーのサー・アーランをご記憶の方はおられぬか。これなるはその従士を務めておりし者。われらは方々の多くに仕え、方々のテーブルで食事をとり、方々の大広間で眠った」

いちばん上の列に、マンフレッド・ドンダリオンが座しているのが見えた。ダンクは呼びかけた。

「サー・マンフレッド。サー・アーランはかつて、領主であられるお父上に仕え、そのさい傷を負った」

サー・マンフレッドは一顧だにせず、となりにすわる貴婦人になにごとかを話しかけた。

ダンクは先へ進まざるをえなかった。

「ラニスター公。サー・アーランはかつて、馬上槍試合で公を落馬させた」

〈灰色の獅子〉は手袋をはめた両手に視線を落とし、視線をあげることを拒んだ。

「サー・アーランは立派な人物だった。このわたしに、騎士のなんたるかを教えてくれた。剣や騎槍のあつかいだけでなく、名誉のありようについてもだ。騎士たるもの、無辜の者を護らねばならぬ、とサー・アーランはいった。わたしがしたことは、まさしくそれに尽きる。わたしにはもうひとり、ともに闘ってくれる騎士が必要だ。ただひとり——それだけでいい。キャロン公？　スワン公？　いかがか？」

　キャロン公になにごとかを耳打ちされて、スワン公が静かに笑った。

　ダンクはサー・オソウ・ブラッケンの目の前に馬を進ませ、声をひそめて話しかけた。

「サー・オソウ、貴殿が偉大な騎士であることはだれひとり知らぬ者がない。伏して助勢をお願い申しあげる。古き神々と新しき神々の名においてお願いする。義はわれにある」

「かもしれん」と〈ブラッケンの荒馬〉は答えた。すくなくともこの人物には、返事をするだけのたしなみがあった。「しかしそれは、貴殿の義だ。わしの義ではない。それにわしは、貴殿のことを知らぬ、若者よ」

　気落ちしつつも、ダンクはサンダーの馬首《ばしゅ》をめぐらし、観覧席の反対端まで駆けもどると、ふたたび引き返しながら、座席にならぶよそよそしい騎士たちを見まわした。絶望のあまり、思わず叫び声が出た。

「**貴公らのなかに、真《まこと》の騎士はおられぬのか！**」

返ってきたのは沈黙のみ——。

試合場の向こうのほうで、プリンス・エリオンが笑い、叫んだ。

「ドラゴンに背く者など、おりはせぬわ」

そのとき、別の声がいった。

「——わしがサー・ダンカンの側につこう」

声がしたほうをふりかえると、川霧を割って、黒毛の牡馬がぬっと現われたところだった。背には黒騎士を乗せている。楯にはドラゴンの意匠が描かれており、漆黒の兜の上では赤い琺瑯引きのドラゴンが三つの頭をかかげ、咆哮を放っていた。

（〈若きプリンス〉か。これは驚いた——しかし、ほんとうにあの人物なのか？）

アッシュフォード公もダンクと同じ勘ちがいをしたらしく、こう呼びかけた。

「プリンス・ヴァラーであられるか？」

「ちがう」漆黒の騎士は兜の面頬《めんぽお》をはねあげた。「アッシュフォード公の馬上槍試合に出る予定はなかったゆえ、領主どの、自分の甲冑を持ってきてはおらぬ。そこで、貸与を頼んでみたところ、快く貸してくれたのだ——わが息子がな」

ベイラー太子はそういって、悲しげにも見える微笑を浮かべてみせた。

告発側の陣営に動揺が走るのがダンクにもわかった。プリンス・メイカーが乗馬に拍車をかけ、血相を変えて飛んできた。

「兄者、いったいなにを血迷う？」鎖手袋をはめた指をダンクに突きつけて、「この者はな、わが息子を襲ったのだぞ」

「この者がしたことは、弱き者を護ることにほかならぬ。真《まこと》の騎士ならば、きっとそうするようにな」ベイラー太子は答えた。「そのふるまいが正しかったのかまちがっていたのか、それは神々に決めていただこうではないか」

いうなり太子は、手綱をぐいと引き、ヴァラーの巨大な黒毛の軍馬に向きを変えさせて、試合場の南端をめざし、速足で進ませだした。

ダンクは急いでその横にサンダーを寄りそわせ、南端まで並走してもどった。すぐさま、ほかの助勢者ら四人が集まってきた。ロビン・ライスリング、サー・ライオネル、ふたりのハンフリー。

（みんな優れた騎士たちだ。しかし、あの強敵たちに勝てるほど優れているだろうか）

ダンクは問いかけた。

「レイマンはどこに？」

「サー・レイマンと呼んでくれ、よかったら」馬を緩駆《ゆるが》けにして、レイマンがやってきた。大兜の上には羽根飾りの頭立を高くそそりたたせている。はねあげた面頬の下に、つかのま、ひきつりぎみの笑みを浮かべて、レイマンはつづけた。「遅れてすまない。紋章にちょっと細工をしないといけなかったのでね——不名誉の塊の従兄とまちがわれないように」

そういって、レイマンは一同に楯を見せた。光沢のある金の地色は同じで、フォソウェイ家の林檎も描いてあるが、この林檎は赤ではなく、緑《あお》だった。

「まだ熟してはいないおれだけど……虫食いの林檎よりは、青いほうがましだろう？」

サー・ライオネルが大笑し、こんな状況の中、ダンクも思わず破顔した。ベイラー太子でさえも好感をいだいたようだった。

そのとき、アッシュフォード公の司祭《セプトン》が観覧席の最前部にやってきて、クリスタルを高くかかげ、祈るようにと群衆にうながした。

「一同、耳を貸せ」ベイラーは静かに語りかけた。「最初の懸け合いにて、告発側は軍《いくさ》用の重騎槍を用いると見てよい。長さ二メートル半におよぶ梣《トネリコ》材の騎槍だ。簡単に割れぬよう、随所に金環《かなわ》をかけてあり、鋼《はがね》の先端は非常に鋭い。軍馬の重みと勢いを乗せて突きかかってこられたら、板金鎧とて簡単に貫かれてしまう」

「こちらも同様の騎槍を使えばよいではありませんか」

サー・ハンフリー・ビーズベリーがいった。

観覧席上では、セプトンが〈七神〉に呼びかけている。〝〈七神〉よ、天より見そなわし、この諍《いさか》いに審判を下したまえ、その義に理ある者たちに、勝利をもたらしたまえ――〟

「だめだ」ベイラーは一蹴した。「われらはあくまで試合用の騎槍で挑む」

「しかし、試合用の騎槍は簡単に折れるようにできています」レイマンが異議を唱えた。

「そのかわり、長さは三メートル半ある。狙いあやまたず的をつけば、敵の槍先がわれらに触れることはない。狙うならば大兜か胸当てにしろ。槍試合では、敵の楯に騎槍を当てて、みごとに折ってみせるが華だが、ここでそれをやれば死に通じる。敵を落馬させ、こちらは騎馬のままで闘えば、勝機は増そう」そこで太子は、ダンクに顔を向けた。「もしもサー・ダンカンが討たれれば、神々が貴殿を有罪と裁定したものと見なされ、決闘裁判はおわる。告発者がふたりとも討たれるか、告発を取りさげるかした場合も、やはり決闘裁判はおわる。それ以外の場合、どちらかの陣営の騎士七名がすべて討たれるまで、あるいは降参するまで、闘いはずっとつづく」

「プリンス・デイロンは闘わないでしょう」ダンクはいった。

「すくなくとも、雄々しくはな」サー・ライオネルが笑った。「あの方はそれでよいとして、問題は白騎士三人を相手に闘わねばならんということだ」

ベイラーはその点を冷静に判断した。

「弟は人選を誤った。〈王の楯《キングズガード》〉の騎士に、息子のために闘えと命じたのは失敗だ。誓約によって、あの者たちは王族にいっさい危害を加えることができぬ。幸いにして、わしはその王族のひとりだ」そういって、ベイラー太子は薄く笑った。「ほかの騎士たちをできるだけ長くわしから遠ざけよ。その間《かん》に、わしが〈王の楯《キングズガード》〉の相手をする」

「わが太子《プリンス》――それは騎士道にかなうことですかな？」

サー・ライオネル・バラシオンがたずねた。

観覧席では、セプトンが祈りをおえようとしている。

「それは神々が教えてくださるだろう」と、〈槍砕きのベイラー〉は答えた。

アッシュフォード牧草地には、期待のこもった深い静寂がたれこめていた。

八十メートル先で、エリオンの葦毛《あしげ》の牡馬が待ちきれないていでいなき、前脚で泥地を掻いた。対照的に、サンダーはどっしりと落ちついている。馬齢も高めで、五十度の闘いをくぐりぬけてきた老練の軍馬だけに、自分に求められていることがわかっているのだろう。

エッグがダンクに楯を手わたした。

「どうかご武運を、サー・ダンカン」と少年はいった。

こうして見ると、楡《ニレ》の樹に流れ星の図象には胸を打つものがあった。ダンクは楯の内側にある革帯に左腕をすべりこませ、持ち手をしっかりと握った。

（オークよ鉄よ、この身を護れ、さなくばおれは死んじまう、地獄の底までまっさかさま）

〈鋼のペイト〉が騎槍を持ってきたが、それをダンクの手に持たせるのは自分の役目だ、とエッグがいいはった。

　助勢の騎士たちは、各々の騎槍を携えてダンクの左右に広がり、長い一列横隊を形成している。右どなりはベイラー太子、左どなりはサー・ライオネルだ。だが、大兜の細い目穴は視界がかぎられるため、周囲のようすはよくわからない。観覧席はもう見えなかった。柵に押しかけた庶民の観衆もだ。見えるのは、ぬかるんだ試合場と、地に白い指を這わせている霧、川、町、北にそびえる城、そして、真正面にいるプリンス——葦毛の軍馬にまたがり、大兜に炎の立物を赤く燃えあがらせ、楯にドラゴンを宿した、プリンス・エリオンだけだ。エリオンの従士が、あるじに軍用《いくさ》の騎槍を手渡すのが見えた。長さは二メートル半で、夜のように黒い槍だった。

（可能なら、あれでおれの心臓を貫くつもりなんだろうな）

そのとき――ついに喇叭《ラッパ》が吹き鳴らされた。

鼓動ひとつぶんのあいだ、ダンクは琥珀《こはく》にからめとられた蠅《ハエ》のように、じっと鞍に座していた。ほかの馬はみな動きだしている。はげしい恐慌が全身を走りぬけた。

（忘れてしまった）恐慌を起こして、ダンクは思った。（やるべきことをなにもかも忘れてしまった。このままでは負ける。なにもかも失ってしまう）

恐慌から救ってくれたのはサンダーだった。大柄な栗毛の牡馬は、乗り手の頭が真っ白になっていても、自分がなすべきことを心得ており、ゆっくりとした跑足《だくあし》で進みだしたのだ。そこから先は、この身にたたきこまれた訓練が引き継いだ。軍馬の腹に拍車の先を軽く当て、騎槍を水平に構える。同時に楯を前に突き出し、左半身《はんみ》の大半を防御した。楯をやや斜めに構えているのは、敵の騎槍の衝撃を受け流すためだ。

（オークよ鉄よ、この身を護れ、さなくばおれは死んじまう、地獄の底までまっさかさま）

観衆の発する歓声は、いまはもう遠い海鳴り程度にしか聞こえない。サンダーが速駆けに移った。荒々しい上下動にともない、噛みしめた歯がきしり音をあげはじめる。鐙《あぶみ》をぐっと踏みつけ、太腿で馬の胴体を強く締めつけて、またがった馬体と一体化し、自分のからだを馬の動きに組みこんだ。

（おれはサンダー、サンダーはおれだ、おれたちはひとつのけもの、人馬一体、おれたちは

ひとつ）

大兜の中の空気は熱を宿して、もはや満足に息もつげなくなっている。

通常の馬上槍試合の場合、敵は仕切り柵で隔てられて、自分の左側をすれちがっていく。ゆえに騎槍は馬の頸《くび》の上を斜めに交差させ、左前方に振り向けねばならない。適正な角度で突きだすと、敵の楯に当たった衝撃により、槍は砕け散る。しかし、本日この日に闘われているのは、ずっと恐ろしい果たし合いだ。彼我を隔てる仕切り柵がないため、双方の軍馬は敵をめがけて、まっしぐらに懸《か》けていくことになる。ベイラー太子の巨大な黒毛の軍馬は、サンダーよりはるかに疾《はや》く、目穴の片隅で猛然と疾駆していく後ろ姿が見えた。ほかの馬の存在は、見えるというよりも、躍動の気配で感じられる。

（ほかの人馬は気にするな。狙うはエリオンただひとり。エリオンのことだけ考えろ）

ドラゴンがみるみる近づいてくる。鉄蹄《てってい》で周囲に泥を蹴散らして、プリンス・エリオンの駆る葦毛は急接近してきた。軍馬の開いた鼻孔も見える。漆黒の騎槍はまだ上に向けられたままだ。ぎりぎりまで槍先を高々とかかげ、激突寸前になって水平に構える騎士は、つねに騎槍を大きく下げすぎる危険ととなりあわせでいる――老士からそう教わったことがある。

ダンクはみずからの騎槍の狙いをプリンスの胸の中央にすえた。

（わが騎槍はわが腕の一部なり）と自分に言い聞かせる。（騎槍はわが指、木でできた指。おれがせねばならないのは、長い木の指で敵に触れることだけだ）

エリオンの黒い騎槍にかぶせられた鉄の槍先が、一歩ごとに膨れあがっていく。ダンクは意識してそれを見ないようにした。

（ドラゴンだ、ドラゴンを見るんだ）プリンスの楯をおおいつくす巨大な三頭のドラゴンを――赤い翼を広げ、黄金の炎を吐くドラゴンを。（いや、ちがう、狙うところだけを見ろ）

はっと要諦《ようてい》を思いだしたとき、すでに騎槍の狙いが目標からずれはじめていた。あわてて元にもどそうとしたが、時すでに遅く、自分の騎槍がエリオンの楯を突くのが見えた。槍の先端がふたつのドラゴンの頭の狭間《はざま》に当たり、彩色された炎の溝にすべりこむ。くぐもったベキッという音とともに、激突の衝撃により、サンダーが大きく突きあげられ、馬体が打ち震えた。鼓動半分ののち、なにかがすさまじい勢いでダンクの脇腹に激突した。馬と馬とが、正面衝突せんばかりの勢いですれちがい、馬体同士が激しくぶつかりあって、双方の馬鎧が高い金属音を響かせる。サンダーが右によろけ、ダンクの手から騎槍が落ちた。つぎの瞬間、敵方の人馬は後方に去っていた。転げ落ちないようにと、必死に鞍をつかむ。試合場の泥でサンダーが足をとられている。後肢がずるっとすべるのがわかった。サンダーがぐらつき、半回転し、後部が勢いよく地面にすべりこむ。

「立て！」馬腹《ばふく》に拍車を食いこませて、ダンクは怒鳴った。「立ってくれ、サンダー！」

どうにかこうにか、老軍馬はふたたび立ちあがった。

脇腹に鋭い痛みを感じる。左の腕がだらんとたれて動かない。下を見ると、脇腹から長さ一メートルの、折れた梣《トネリコ》と鉄の槍先が突きだしていた。エリオンの騎槍が、オークの楯、ウール、鋼を貫いたのだ。右手を伸ばして、突き刺さった部分の根元をつかむと、歯を食いしばり、思いきり力をこめて引き抜く。血が奔出し、鎖帷子《くさりかたびら》の鋼の環と環のあいだに染みていって、サーコートを真っ赤に濡れそぼらせた。世界が揺らぎ、もうすこしで落馬しそうになった。激痛を通して、おおぜいが自分の名を呼ぶ声がかすかに聞こえる。美しかった楯は貫かれて、もう役にはたたない。楡の樹と流れ星の楯を投げ捨て、引き抜いた槍先も捨てて、剣を引き抜いた。しかしこの激痛では、とうてい剣をふるえるとも思えない。

　緊密な円を描き、サンダーをぐるっとひとめぐりさせ、試合場の現況を把握しようとした。サー・ハンフリー・ハーディングは騎馬の頸にしがみついている。怪我をしたようだ。もうひとりのサー・ハンフリーは、泥と混じった血の海で仰向けに倒れ、ぐったりとしており、その鼠蹊部《そけいぶ》からは折れた槍先が突きだしていた。すぐ横をベイラー太子が駆けぬけていく。騎槍はまだ健在だ。つぎの瞬間、〈王の楯《キングズガード》〉のひとりを鞍上《あんじょう》から突き落とした。ほかにもうひとり、白騎士が落馬させられていた。プリンス・メイカーもだ。三人めの〈王の楯《キングズガード》〉は、サー・ロビン・ライスリングの騎槍を撥《は》ねのけていた。

（エリオン――エリオンはどこだ？）

　おりしも、うしろから馬蹄の轟きが聞こえてきた。ダンクはすばやく馬首をめぐらした。サンダーがいななき、棹立《さおだ》ちになり、前脚の蹄《ひづめ》で虚しく宙をかく。その間《かん》にも、エリオンの葦毛は全速力で突進してくる。

　今回はもう、体勢を立てなおす余地などなかった。長剣が手から吹っとび、回転しながら飛んでいく。同時に、地面がぐんぐんせりあがってきた。つぎの瞬間、地面につっぷす形で激突して、全身を強く打った。骨という骨が悲鳴をあげ、肺から空気が絞りだされていく。全身をさいなむ強烈な激痛に、涙が出た。つかのま、ダンクにできるのは、その場にじっと横たわっていることだけだった。口中に血の味が広がっている。

（うつけ《ランク》のダンク、騎士になれるとでも思ったか）

なんとかして、立たねばならない。立たねば死ぬ。それはわかっている。うめきながら、地に両手と両ひざをつき、懸命に起きあがった。息ができない。目も見えない。大兜の目穴には泥が詰まっている。あたりが見えぬまま、ふらふらと立ちあがり、鎖手袋をはめた手で目穴の泥をかき落とした。

（よし、これで見えるように……）

と思ったとたん、指の隙間から、ドラゴンが飛びかかってくるのが見えた。そして、鎖の先端で勢いよく宙を回転している棘《とげ》つきの鉄球も。

頭が粉々に割れたかと思うほどの衝撃が走った。

目をあけると、ふたたび地に横たわっていた。仰向けに伸びた格好だ。衝撃で目穴の泥はすべて吹っとんでいたが、依然として片目は見えない。こんどは血糊《ちのり》で塞がれているのだ。真上に鈍色《にびいろ》の曇天のみが見えていた。顔じゅうが疼《うず》いている。頬とこめかみに濡れた冷たい金属が押しつけられているのがわかった。

（頭を砕かれたんだ。おれは死にかけてるんだ）

もっと悪いのは、助勢者の騎士たちも――レイマンもベイラー太子もほかの騎士たちも、もろともに命を落としかけている可能性だった。

（おれはみんなの期待に応えそこねた。おれは優れた騎士《チャンピオン》なんかじゃない。草臥《くさぶ》しの騎士ですらない。何者でもない）

　そこで思いだしたのは、泥にまみれてじっと横たわる技《わざ》にかけては、自分の右に出る者がないといっていた、プリンス・デイロンのことばだった。

（あのときのプリンスは、うつけ《ランク》のダンクの横たわりっぷりを知らなかったんだな）

　この恥辱は苦痛よりもつらいものだった。

　そのとき、ドラゴンがすぐ上に、ぬっと現われた。

　ドラゴンは三つの頭を持っている。赤と黄とオレンジの翼は炎のように赫奕《かくやく》と燃えていた。

　そして、ドラゴンは笑っていた。

「もうくたばったのか、草臥しの？　慈悲を乞え、罪を認めろ、そうすれば手の一本、足の一本をつぶすだけで勘弁してやる。ああ、それと歯もぜんぶだったな。だが、歯など無用の長物だろう？　きさまのようなやからは、どうせ豆のかゆ《ポリッジ》を食って生きるのが関の山だ」

　ふたたび、ドラゴンは笑った。

「ちがうか？　なら、これを食らえ」

　棘つきの鉄球が空中でぐるぐる回転したかと思うと、ダンクの頭めがけ、流れ星のように猛然と落下してきた。

　打たれる寸前、横に転がった。

　どこにそんな力があったのかわからない。それでもなんとか力を見つけだした。転がった先にはエリオンの脚があった。すかさず、鋼の籠手をはめた腕をエリオンの腿に巻きつけ、罵声を発しつつ泥に引き倒し、そのまま転がってプリンスの上に馬乗りになる。

（その凶悪な星球、振りまわせるなら振りまわしてみろ）

　もちろん、この体勢で振りまわせるはずもない。だからプリンスは、楯の縁を突きあげ、ダンクの頭を攻撃してきた。だが、その打撃からは、へこみだらけの大兜が護ってくれた。エリオンは力が強い。しかしダンクはもっと力が強く、体格も大きく、体重でも勝る。突きあげられた楯を両の手でぐっとつかむなり、エリオンが腕を通している革帯がちぎれるまでひねりあげ、楯を奪いとった。その楯を振りかぶり、プリンスの大兜に振りおろす。そして、もういちど。大兜の頂の、琺瑯引きされた炎をめがけ、何度も何度も何度も打ちおろした。楯はダンクのものよりも部厚く、堅いオークは鉄の帯金《おびがね》で補強されている。ついには、炎の立物《たてもの》が砕け散った。そこへさらに、もう一撃を食らわす。ダンクの息が切れるよりも先に、プリンスの炎の息吹が切れた。

　とうとうエリオンは、この状況では使えない星球棍の柄《え》を放し、腰の短剣を手探りした。ようやく探りあて、鞘から引き抜く。だが、ダンクはその手に、音高く楯をたたきつけた。短剣は手を離れ、泥に落ちた。

（こいつも〈長身のサー・ダンカン〉ならば倒せたかもしれない。だが、〈蚤の溜まり場のダンク〉を倒すのは無理だ）

　馬上槍試合の闘い方と剣技は、老士から教わった。しかし、この手の泥くさい闘い方は、それよりもっと前に、王都の安酒場裏の、影に沈む裏路地や怪しい小路《こうじ》で身につけたものだ。傷だらけの楯を放りだし、ダンクはエリオンの兜の面頬《めんぼお》をもぎとった。〝面頬は弱点となるからな〟と〈鋼のペイト〉がいっていたのを思いだしたのだ。

　プリンスはもうほとんど抵抗していない。紫色の目は恐怖をたたえている。ダンクはふと、鋼で被《おお》われた指を眼窩《がんか》に突っこみ、葡萄《ブドウ》のように目玉を抉《えぐ》りだしてやろうかと思った。だが、それは騎士らしくない。

「降参しろ！」と叫んだ。

「降参する」血の気の引いた唇をかろうじて動かして、ドラゴンはつぶやくように答えた。

　ダンクは目をしばたたき、プリンスを見つめた。一瞬、自分の耳が聞いたことが信じられなかった。

（では、おわったのか？）

　よその状況を見ようと、左右にゆっくり首を振り動かす。目穴は部分的にふさがっている。顔面の左側を星球で殴られて、大兜が歪んだためだ。プリンス・メイカーは、息子のもとに駆けつけるべく鉄棍《てっこん》を振りまわしており、〈槍砕きのベイラー〉がそれを押しとどめている。

　ダンクはよろよろと立ちあがると、プリンス・エリオンに手を差しのべ、助け起こした。それから大兜の緒《ひも》を探りあて、ぐいっと引きちぎり、兜を脱いで放り投げた。たちまち視界が開け、音の荒浪に呑みこまれた。呻き声、罵声、観衆の叫び声、馬の一頭があげている悲鳴。

ほかの一頭は、乗り手を失った状態で試合場を駆けまわっている。あちこちで鋼と鋼を打ちつけ合う音が響いていた。レイマンと従兄はともに下馬し、観覧席の前で斬り結んでいる。どちらの楯もぼろぼろで、青林檎も赤林檎もズタズタのありさまだ。ひとりの〈王の楯《キングズガード》〉の騎士が、傷ついた誓約の兄弟をかつぎ、試合場の外へ連れだそうとしていた。白い鎧に白いマント姿なので、ふたりはうりふたつに見える。三人めの白騎士は地に伏した状態だった。ベイラー太子のもとへ〈笑う嵐〉が駆けつけ、加勢しだした。鉄棍、戦斧、長剣が打ち合い、ぶつかりあい、兜や楯を打つたびに、金属音が響きわたる。メイカーが敵に一撃を食らわすたびに、三撃食らっているようすを見て、もうじき決着がつくことがダンクにもわかった。

(これ以上死人が出ないうちに、早く決着を宣言しなければ)

だしぬけに、プリンス・エリオンがだっと地面を蹴り、星球棍を拾おうとした。ダンクはその背中を蹴りつけ、泥につっぷさせてから、片脚をむずとつかみ、プリンスを引きずって試合場を横切っていった。観覧席の前部にすわるアッシュフォード公の前に到着したとき、〈赫奕のプリンス〉は汚物のごとく、茶色い塊と化していた。ダンクはプリンスを引きずり起こして、がくがくと揺さぶり——泥はねが少々、アッシュフォード公と〈麗しの乙女〉に飛んだ——一喝した。

「いえ！　いうべきことを！」

〈赫奕の炎〉エリオンは、口いっぱいに入った草と泥を吐きだして、いわれたとおりにした。

「告発を……取りさげる」

そのあとのことは、よく憶えていない。自分の足だけで歩いて試合場をあとにしたのか、それとも人の肩を借りたのか。からだじゅうが痛い。ところどころ、とくにひどく痛む。（これでおれは真《まこと》の騎士になれたんだろうか）そういぶかったことを憶えている。（おれは無双の騎士《チャンピオン》になれたのか？）

エッグの手を借りて、脛《すね》当てと喉《のど》当てをはずした。レイマンも、さらには〈鋼のペイト〉までもが手を貸してくれた。しかし、朦朧《もうろう》としていて、だれがだれなのか区別がつかない。わかるのは何本もの指と、親指の感触、そしていくつもの声だけだ。ただ、ぶつぶつ文句をたれているのがペイトであることはわかった。

「見ろよ、この野郎、おれが丹精こめた鎧をこんなにしやがって。どこもかしこもへこみに窪みに傷だらけだ。ああ、わかってるよ、そんなことといってる場合じゃないよな。こりゃあ、あれだ、切り裂かないと、鎖帷子を脱がせらんないぜ」

「レイマン」ダンクは友人の両手を握り、切迫した声でたずねた。「みんなは……助勢者のみんなはどうなった？　死人は出たのか？」

これはどうしても知っておかねばならないことだった。

「サー・ハンフリー・ビーズベリーが討たれた」レイマンは答えた。「最初の懸け合いで、ダスケンデールのサー・ドネルに討たれたんだ。サー・ハンフリー・ハーディングも重傷を負っている。それ以外の者は、打ち身だらけで血まみれだが、とくに重傷でもない。重傷はきみだけだ」

「敵は？　告発者側は？」

「〈王の楯〉《キングズガード》のサー・ウィレム・ワイルドが人事不省で運びだされた。おれも従兄の肋骨《ろっこつ》を二、三本、折ったと思う。すくなくとも、そうであってほしい」

「プリンス・デイロンは？」ダンクは問いかけた。「命に別状は？」

「緒戦でサー・ロビンに落馬させられたあと、そのまま泥地に伏せていた。ただし、片脚が折れたかもしれない。乗り手をなくしたプリンスの馬がむやみに試合場を駆けまわったさい、踏んづけていったから」

朦朧《もうろう》とし、混乱してはいても、ダンクは心の底からほっとした。

「では、プリンス・デイロンの夢はまちがっていたわけだ。ドラゴンが死ぬというあの夢は。エリオンが死んだのでもないかぎり。しかし、あの男、死んではいないのだろう？」

「死んでないよ」エッグがいった。「命を助けてやったでしょ。憶えてないの？」

「あんまりな」すでに闘いの記憶は混沌として、あいまいになっていた。「ある瞬間には、酔っぱらったように感じていた。つぎの瞬間、激痛に見舞われて、自分は死ぬと思った」

ダンクは仰向けに寝かされた。頭上には雨雲がうねっている。そんな鉛色の空を見あげる彼のからだごしに、ほかの者たちのやりとりがつづいた。なんとなく、いまでもまだ午前のような気がする。自分たちはどれだけ長く闘っていたのだろう。

「なんてことだ――槍先で突かれた鎖帷子の破片が、肉に深くめりこんでるぞ」レイマンがいうのが聞こえた。「このままだと壊疽《えそ》になって……」

「酒で酔わせて意識を鈍らせたうえで、傷口に煮立てた油をかけろ」だれかがうながした。

「学匠《メイスター》どもはそうやっている」

「ワインだ」別の声がいった。うつろで金属的な響きをともなう声だった。「油ではいかん、そんなものをかけたら死んでしまう。ワインを煮立てろ。弟の手当てがすみしだい、すぐにメイスター・ヨームウェルを診《み》にこさせる」

見ると、長身の騎士がそばにそそりたっていた。漆黒の甲冑は無数の打撃を浴びてへこみだらけ、傷だらけだ。

（ベイラー太子）

兜の上に乗っている真紅のドラゴンの頭立《ずだて》は、頭をひとつ、翼を両方とも、尻尾の大半を失っていた。

「殿下」ダンクは訴えかけた。「わたしを家臣に――。おねがいです。家臣の末席にお加えください」

「家臣にか」黒騎士はからだを支えるため、レイマンの肩に手をかけた。「王国には優れた人材が必要だ、サー・ダンカン。王国のために……」

声が妙に間延びしていた。たぶん、舌を噛んだのだろう。

ダンクは疲労困憊《ひろうこんぱい》しきっていた。意識をたもっているのがむずかしい。

「殿下の家臣に……」もういちど、つぶやいた。

太子はゆっくりとかぶりをふった。

「サー・レイマンよ……わしの兜を……はずしてくれるか。面頰《めんぽお》が……面頰が割れている。指も……指も棒になったようで……」

「ただちに、殿下」レイマンは両手で太子の兜に手をかけ、持ちあげようとして呻いた。「ペイトどの、すまない、手を貸してくれ」

〈鋼のペイト〉が将几《しょうぎ》を引きずってきて、その上に立った。

「うわっ、後頭部から左側面にかけてべこべこですぜ、殿下。喉当てまでひしゃげてやがる。いい鋼だな、こりゃ。これほどの打撃を食いとめるなんて」

ベイラーはのろのろと答えた。

「弟の鉄棍だ。ほとんどはな。あれは強い」うっと呻いた。「なにか……妙な感じだ……」

「さあ、とれた」ペイトはぐしゃぐしゃになった兜を上に持ちあげて、完全にはずした。

「ひっ――こ、これは――なんてこった、なんてこった、なんてこった……」

ダンクのかすむ目にも、濡れ濡れとした赤い塊が兜の中からぼとっと落ちるのが見えた。かんだかい声で、だれかが魂消《たまぎ》るような悲鳴をあげている。寒々しい鉛色の空のもと、黒い甲冑を着たおそろしく背の高いプリンスは、ぐらぐらと揺らいでいた。

その頭は、後頭部が半分がたなくなっていた。

真っ赤な血と白い頭蓋骨《ずがいこつ》――その内側の、青灰色のどろどろしたものが覗いている。

暗雲が太陽の前をすっとよぎるように、奇妙な困惑の表情が〈槍砕きのベイラー〉の顔をよぎった。片手をあげて、うしろ側に持っていき、二本の指で後頭部に触れる。そうっと、そうっとだ。

そして、倒れこんだ。

ダンクはとっさに上体を起こし、太子を受けとめた。

「立ってくれ」と叫んだ、とあとになってから聞かされた。あの乱戦のさなか、サンダーに叫んだときと同じように。「立ってくれ、立ってくれ」

だが、そのあとのことは憶えていない。そして、太子は二度と立ちあがることはなかった。

ターガリエン家のベイラー、ドラゴンストーン城のプリンス、〈王の手〉にして、王土の守護者にして、ウェスタロスの七王国を統《す》べる〈鉄の玉座〉の跡継ぎは、火葬壇上に亡骸《なきがら》を横たえられていた。場所はさざ波の川の北岸に建つアッシュフォード城の郭《くるわ》の中だ。ほかの大貴族ならば、死者は暗い土中に埋めるか、冷たい緑の海に沈める埋葬法が選ばれただろう。しかし、ターガリエンはドラゴンの血を引く一族であり、その最期は、炎で送られなくてはならない。

ベイラーは当代最高の騎士なのだから、黒一色の鎖帷子と板金鎧とを着させて、両手には剣の柄を握らせ、死に装束とするべきだとの声もあった。しかし、最終的には父王の望みが優先された。そして、父王のデイロン二世は、平和的な人物だったのである。ダンクが足を引きずって棺台《かんだい》に歩み寄ってみると、ベイラーは黒いベルベットの礼装を身につけていた。

その胸には真紅の糸で、三頭のドラゴンが描きだされていた。首にかけてあるのはずしりと重い黄金の鎖だ。愛用の剣は鞘に収め、脇に寝かせてあったが、頭には兜が——薄い黄金の兜がかぶせてあり、顔が見えるよう、面頬をはねあげてあった。

〈若きプリンス〉ことヴァラーは、父の亡骸が横たわる火葬壇のそばにつきそって、寝ずの番に立ち、一夜を明かしていた。父親の背を低く、体格を細くして、美形にしたような息子だった。二度折れて歪んだ父親の鼻は、王族らしさより人間味を感じさせるものだったのに対し、息子は鼻の形も整っている。ヴァラーの髪は茶色い。ただし、ひとすじだけ、明るいシルバー・ゴールドの房が走っており、それはエリオンを思いださせた。だが、それだけであの男と結びつけるのは酷というものだろう。エッグの頭髪はふたたび伸びはじめていた。次兄の頭髪と同系色の、燦然《さんぜん》ときらめくシルバー・ゴールドだ。こうして見ると、エッグはプリンスとして充分に見栄えのする少年だった。

ダンクが立ちどまって、ぎごちなくお悔やみと謝意を述べたとき、プリンス・ヴァラーはひややかな青い目をしばたたき、ダンクを見つめてこういった。

「父はまだ三十九歳だった。存命であったなら、偉大な王になるべき資質をそなえていた。おそらくは、エイゴン竜王以来の大君主になっていただろう。なにゆえに神々は、わが父を召されたのか？　貴殿を生かしたままにして」かぶりをふった。「消えろ、サー・ダンカン。消えてしまえ」

ことばもないまま、ダンクは足を引き引き、城をあとにし、緑の水をたたえた淀みの脇の野営地に帰った。ヴァラーの問いかけに対する答えは出ていない。自分がいだいたあまたの疑問に対する答えも得られてはいない。メイスターたちの手当てと煮たてたワインは、それなりの効果をあげたと見えて、ダンクの傷は治りつつある。が、左腕と左の乳首のあいだの引きつれた深い傷跡は消えそうになかった。この傷を見るたびに、自分はベイラーのことを思いだすだろう。

（あの方は二度、おれを救ってくださった。一度めは剣で、二度めはことばで——それも、死んだも同然の状態であの場に立っておられたにもかかわらず）

　偉大な太子は亡くなり、一介の草臥しの騎士が生き残る——。世界はなんと理不尽なものなのか。

　ダンクは例の楡《ニレ》の樹の根本に腰をすえ、むっつりとふさぎこんで、自分の片足を見つめた。

　同日後刻、王家の制服を着た兵士が四人、野営地に姿を見せた。結局、おれを殺すことにしたのか、とダンクは思った。だが、気力が萎《な》えている。剣に手を伸ばす気も起こらない。なおも樹にもたれてすわったまま、そのときがくるのを待つ。

「われらがプリンスより、内々でお話があるとのことだ」兵長らしき男がいった。

「どのプリンスだ?」力なく、ダンクはたずねた。

「このプリンスだ」

　兵長が答えるよりも早く、そっけない声が返ってきた。楡の樹の陰から歩み出てきたのは、メイカー・ターガリエンそのひとだった。

ダンクはのろのろと立ち上がった。

(太子殿下の弟君《おとうとぎみ》が、いまさらおれになんの用だ?)

メイカーが合図すると、現われたときと同様、兵士たちは一瞬で姿を消した。プリンスは長いあいだ、じっとダンクを観察していたが、やがて背を向け、数歩離れて、小川の淀みのほとりに立ち、川面《かわも》に映る自分の姿を見つめた。

「――エリオンはライス送りとした」唐突に、メイカーはいった。「自由都市で二、三年も暮らせば、良いほうへ変わるかもしれん」

ダンクはどこの自由都市にもいったことがないので、どう答えていいのかわからなかった。正直にいえば、エリオンが七王国からいなくなってくれたことは喜ばしいし、二度と帰ってきてほしくないという思いもある。だが、それは当の息子の父親にいうべきことではない。結局、無言のまま、立っていた。

プリンス・メイカーは向きなおり、ダンクと顔を合わせた。

「世の中には、おれが兄上を意図的に殺したという者も出てくる。そんなはずがないことは神々がごぞんじだが、この身朽ちはてるそのときまで、そんな囁きにつきまとわれることになろう。事実、兄に致命傷を与えたのは、ほかならぬわが鉄棍だ。そこに疑いの余地はない。兄があの乱戦で闘った相手は、おれを除けば、〈王の楯《キングズガード》〉の騎士三名のみ。その誓約ゆえに、あの者どもは身を護るだけで、王族に危害を加えるようなまねはできぬ。だとすれば、手を下したのは、このおれに相違ない。奇妙な話だが、兄の頭蓋を砕いた一撃には記憶がない。それを慈悲と見なすべきか、重荷と見なすべきか。おそらくはその両方、半々なのだろう」

　ダンクを見つめる眼差しからすると、プリンスは答えを求めているようだった。

「なんともいえません、殿下」ほんとうなら、メイカーを憎むべきなのかもしれない。だが、そのかわりなぜか、ダンクはこの人物に対して、奇妙な共感をいだいていた。「鉄棍をふるわれたのは殿下かもしれません、ム＝ロード。しかし、ベイラー太子が亡くなられたのは、わたしが原因です。ですから、わたしもまた、殿下と同じく、太子を死にいたらしめた者ということになります」

「そうだな」プリンスはうなずいた。「貴殿もまた謗《そし》りの囁きにつきまとわれることになるだろう。王もご高齢だ。王が身罷《みまか》れば、父太子に代わってヴァラーが〈鉄の玉座〉に即《つ》く。そして、軍《いくさ》に負けるたびに、あるいは凶作のたびに、阿呆どもはいうだろう――〝ベイラー殿下さえ王になっておられれば、こんな凶事は起こらずにすんだはずだ、それなのに、あの草臥しの騎士が殺してしまった〟とな」

　そこにはたしかに、真実があった。

「わたしが闘わなければ、メイカー殿下はわたしの片手を斬り落としておられたでしょう。それに、片足も。あれから何度も、そこの樹の下にすわって、自分の足を見つめては、樹に問いかけているんです。太子殿下ほどの方の命を失わずにすむのなら、自分ごときの足一本、差しだしておけばよかったのではないかと。それに、もうふたりの騎士の命も――ふたりのハンフリーの命も失わずにすむのでしたら。ふたりとも、あんなによい方々だったのに」

　あのあと、サー・ハンフリー・ビーズベリーだけではなく、もうひとりのハンフリー——サー・ハンフリー・ハーディングも、昨夜のうちに、傷がもとで他界していた。

「で、貴殿の樹が貴殿に返す答えとは？」

「わたしに聞こえる答えはなにもありません。ですが、老士なら——サー・アーランなら、毎夕、こういったことでしょう——〝あすはなにが待っておることやら〟。老士にもそれはわからなかった。わたしたちのだれにもわからなかったのと同じように。いつかの〝あす〟には、失われていたはずのこの足を必要とするときがくるものでしょうか。王国がこの足を必要とするときがくるものでしょうか——プリンスの命よりも切実に」

　メイカーはしばしこの問いを検討した。顔をはなはだ四角く見せている淡い銀色の顎鬚《あごひげ》の下で、唇をぐっと引き結んだまま。ややあって、険しい声でこう答えた。

「それはまずありえんな。王国には灌木《ヘッジ》の数と同じほど、その下で眠る草臥しの騎士《ヘッジ・ナイト》がいる。そしてその全員が、足を二本とも持っている」

「よりよい答えが殿下におありでしたら、ぜひうかがいたく思います」

　メイカーは眉をひそめた。

「神々は残酷な冗談がお好きのようだ。でなければ、そもそも、神々などはおられぬのか。おそらく、こういったことにはなんの意味もないのだろう。折を見て総司祭聖下《ハイ・セプトン》におたずねしてみよう。ただし、前回、お目にかかったときには、いかなる人間であれ、神々の御業《みわざ》をほんとうには理解しておらぬ、とおっしゃっていた。たぶん聖下も、一度でいい、樹の下で眠ろうとしてみられるべきなのだろうな」

　メイカーはそこで渋面を作った。

「ときに、うちの末息子めが、いたく貴殿を好いておるようでな。そろそろあれも、従士になってよい年頃だが、貴殿以外の騎士に仕える気はないとぬかしおる。そのうち、いやでも気づくだろうが、あれはなかなか手に負えん小僧だ。それでも引き受けてくれるか？」

「わたしが、ですか？」ダンクはあんぐりと口をあけ、いったん閉じてから、また開いた。

「エッグ……いやその、つまり、エイゴンさまは……とても気働きのある少年です。しかし殿下、おことばはたいへんありがたく思いますが……わたしは一介の、草臥《くさぶ》しの騎士でしかありません」

「その状態なら変えられる。エイゴンはいずれ、夏の城館《サマーホール》にもどってくる立場だ。望むのであれば、貴殿の居場所も用意しよう。当城館所属の騎士としてな。貴殿がおれの家士として忠誠を誓えば、エイゴンは貴殿の従士になれる。貴殿があれを仕込んでいるあいだ、うちの武術指南に貴殿の武技を仕上げさせてもいい」メイカーはそこで、ダンクに鋭い目を向けた。「貴殿の師サー・アーランが、教えられるかぎりの武技を伝授したのはまちがいなかろうが、貴殿が学ばねばならんことはまだまだ多いぞ」

「承知しています、ム＝ロード」

　ダンクは周囲を見まわした。緑の草、葦《アシ》、楡《ニレ》の高木、陽光に照らされた淀みの水面《みなも》に立つさざ波。以前とは別のトンボ《ドラゴンフライ》が、水面すれすれを飛びまわっている。それともあれは、前と同じトンボか？

（さて、どうする？）ダンクは自問した。（気ままなドラゴンフライか、それとも、定住のドラゴンか）

これが二、三日前なら、即答していただろう。主持《しゅうも》ちとなるのは、長年、夢見てきたことだからだ。しかし、いざ栄達の道が開けてみると、そこへ踏みだすのが恐ろしくもあった。

「ベイラー太子が亡くなるまぎわ、わたしは誓いました。太子殿下の家臣になると」

「ずうずうしいやつもいたものだ」とメイカーはいった。「で、兄はなんと？」

「王国は優れた人材を必要としていると」

「それはそのとおりだな。それで？」

「ご子息はわたしの従士としてお引き受けします、殿下。しかし、サマーホールにはまいりません。すくなくとも、あと一、二年は。エイゴンさまはもう充分な数の城を見たはずです。旅の連れとしてでよければ、お受けします」ダンクはそういって、チェスナットを指さした。「エイゴンさまにはわたしの去勢馬に乗り、わたしの古いマントを身につけ、日々わたしの剣を研《と》ぎ、鎖帷子《くさりかたびら》を磨くということをやってもらいます。夜には旅籠《はたご》や厩《うまや》で眠り、ときどき土地持ちの騎士や小貴族の館の大広間で寝泊まりさせてもらい、必要に迫られれば、樹の下、草の上で野宿する生活を送ります」

プリンス・メイカーは信じられないという面持ちでダンクを見つめた。

「決闘裁判で錯乱でもしたのか？　エイゴンは王国のプリンスだぞ。ドラゴンの血族だぞ。プリンスたる者が路傍で眠り、固い塩漬けビーフの乾し肉など食っていいわけがなかろう」ダンクがためらうのを見て、メイカーは語をついだ。「なにか気おくれして、いえずにいることがあるようだな。それはなんだ？　いってみろ」

「プリンス・デイロンはたぶん、路傍で寝られたことがないはずです」ダンクは静かな――ひどく静かな口調でいった。「それに、プリンス・エリオンがかつて食されたビーフはみな、部厚くて血のしたたりそうなレアであったはずです。好むと好まざるとにかかわらず」

　メイカー・ターガリエン――サマーホールのプリンスは、長いあいだ、〈蚤の溜まり場のダンク〉を見つめていた。淡い銀色の顎鬚の下で、その口が声を出さずに動いている。ややあって、ひとことも発せぬまま、くるりと背を向け、歩み去った。間を置いて、衛兵たちとともに、馬に乗って駆け去る音がした。プリンスたちが去ってしまうと、あたりにはもう、水面をかすめて飛ぶトンボ《ドラゴンフライ》の、かすかな翅音《はおと》しか聞こえなくなった。


　翌朝、朝陽が昇ってすぐに、少年はやってきた。身につけている衣装は、古長靴《ふるちょうか》に茶色の半ズボン、茶色いウールの上着、着古した旅人用のマントだ。

「父上からいわれてきたよ。お仕えするようにって」

「いわれてきました、だろう」ダンクは訂正した。「まずは、馬二頭、両方に鞍をつけろ。チェスナットはおまえが乗っていくんだ。やさしくあつかうんだぞ。おれが乗せないかぎり、サンダーにまたがっているところは二度と見たくないからな」

エッグはすぐさま、近くに置いてある鞍を取りにいった。

「これからどこへいくの……いくんですか？」

ダンクはしばし考えた。

「まだ〈赤の山脈〉の向こうへはいったことがない。おまえ、ドーンの土地を見てみたくはないか？」

にんまりと笑って、エッグはいった。

「ドーンでは、いい人形芝居がかかってるんですってね」

# 誓約の剣
## The Sworn Sword

四つ辻にぶらさがる鉄籠の中で、夏の太陽のもと、ふたつの人間の死体が腐りつつあった。

エッグはその下で、手綱を取っていた騾馬《ラバ》をとめさせ、しげしげと死体を見あげた。

「この死体、何者でしょう？」

騾馬のメイスターは、とまったのをこれ幸いと、道ばたの枯れた行儀芝《ギョウギシバ》を食《は》みはじめた。背には二本の大きなワイン樽を載せているが、たいしてつらくはなさそうだ。

「さあてなあ、盗っ人か——」とダンクは答えた。背が高いダンクは、こうしてサンダーの背にまたがっていると、エッグよりもずっと死体に顔が近い。「——でなければ、強姦魔か、人殺しか」

ダンクの着古した緑色の上着には、両の腋の下に丸く汗じみができていた。大空は抜けるように青く、陽射しは焼けつくほどに熱い。けさがた野営地をあとにしてから流した汗は、もう何リットルにもなるだろう。

　エッグが鍔《つば》の広い、へなへなの麦わら帽子を取った。その下から現われたのは、つやつやした禿頭《とくとう》だった。取った帽子を振り、たかってくる蝿《ハエ》たちを追いはらう。死体に群がる蝿は何百匹もいるうえ、さらに多数の蝿が、そよとも風の吹かないよどんだ空気中をものうげに飛びまわっている。

「鴉用の籠に押しこめられて、死ぬまで放置されるなんて、よっぽどひどいことをしたんでしょうね」

　ものによっては、どんな学匠《メイスター》にも負けぬほど博識のエッグだが、世故にかけてはまだまだ十歳の子供でしかない。

「世の中にはいろいろな領主がいるからな」ダンクは答えた。「なかには、たいした理由もなく人を処刑する領主もいるんだよ」

　鉄の籠は、せいぜい人ひとり入れる程度の大きさしかなかった。それなのに、この中にはふたりも押しこめられている。ふたりはたがいに向きあい、両腕と両脚をからめあっており、背中は陽光で焼けた黒い鉄格子に押しつけられた状態だった。片方がもう片方を食らおうとでもしたのか、首筋にかぶりついている。死体はともに、ついさっきまで鴉についばまれていたらしい。というのは、ダンクとエッグが丘の斜面をまわりこんで、籠が見える位置まできたとたん、鴉の群れがいっせいにこの籠から飛びたったからである。そのようすは黒雲のごとく、あまりにも密集していたため、メイスターが立ちすくんだほどだった。

「何者であれ、すでに餓死寸前だったようだな」

（骨と皮ばかりになっているし、肌は土気色《つちけいろ》に変色して腐りかけている）

そう思いながら、ダンクは語をついだ。

「おおかたパンでも盗んだか、どこかの領主の森に入りこんで、鹿でも密猟したんだろう」

去年につづいて、今年もまた旱魃《かんばつ》に見舞われたため、領主たちは密猟者にきびしくなっている。もともと密猟者には容赦がなかったが、いまはいっそうきびしい。

「法外の者《アウトロー》の一味じゃないかな」とエッグはいった。

ふたりはドスクの町で、とある竪琴《たてごと》弾きが歌う『黒駒鳥《くろコマドリ》が吊るされた日』を聞いたことがあった。以来エッグは、どんな茂みの裏にも、剽悍《ひょうかん》な悪党の影を見るようになっている。

老士の従士を務めていたときには、ダンクも何人か、法外の者に遭遇したことがあった。あの手合いにまた会いたいとは思わない。もっとも、かつて遭遇した法外の者には、とくに剽悍な者はいなかった。よく憶えているのは、サー・アーランが捕縛に手を貸して絞首刑にいたらしめた、ある悪党のことだ。そいつは指輪剝《は》ぎが専門で、指輪を奪うさい、被害者が男の場合は指をナイフで斬り落とし、女の場合は嚙みちぎることを好む男だった。ダンクの知るかぎり、その男のことを歌った歌はない。

（法外の者だろうと密猟者だろうと、どうでもいい。死人は道連れにならないからな）

ゆっくりと軍馬サンダーを歩ませ、鉄籠のまわりを一周させた。軍馬の動きに合わせて、うつろな眼窩《がんか》が〝視線〟を動かし、こちらをじっと見ているかのように感じられた。死体の片方は、首をうなだれさせ、口をあんぐりとあけている。その口を見て、ダンクは気づいた。

（舌がない）

おそらく、鴉たちが食ってしまったのだろう。死体に群がる鴉はいつも、真っ先に目玉をついばむという。そのつぎについばむのが舌なのかもしれない。

（でなければ、なにかを口走ったことに対する罰で、どこかの領主に舌を抜かれたのか）

ダンクの頭髪には、陽射しで退色した筋がそこここに走っている。その頭髪を梳《す》きあげた。死者をじっと眺めていたところで、なんにもならない。そしてダンクたちには、不落《ふらく》城まで運んでいくべき、ワインの樽という荷物がある。

「どっちの道からきたんだっけかな？」道のいっぽうからいっぽうへ目をやって、ダンクは問いかけた。「一回転したら、わからなくなった」

「不落城はあっちです」エッグが指さした。

「だったら、さっさといこう。夕暮れまでには帰りつけるだろうが、ここでぐずぐずと蠅の数を数えていたら、それもおぼつかなくなる」

踵の拍車をサンダーの腹に軽く当てる。大柄な軍馬は左の分かれ道に向きを変えた。

エッグがへなへなの帽子をかぶり、メイスターの手綱をぐい、と強く引っぱった。今回はめずらしく、騾馬は食《は》んでいた行儀芝《ギョウギシバ》から口を放し、おとなしく動きだした。

（こいつも暑いんだな）とダンクは思った。（それに、ワイン樽も重いにちがいない）

真夏の太陽に照りつけられて、道は煉瓦《れんが》のような硬さに焼き固められている。道の両脇にできた細い溝は意外に深く、うっかり踏みこもうものなら馬が脚を折ってしまいかねない。

そのためダンクは、溝からなるべく距離をとり、道の中央のいちばん高い部分をサンダーに進ませた。じつをいうとダンクは、ドスクを発《た》った日の晩、気温が低いうちに距離をかせぐため、馬の手綱を引いて夜道を歩き、自分の足首をひねってしまっている。騎士たるもの、痛みや苦痛とともに生きることを学ばねばならん、というのが老士の口癖ではあったが……。

〝それとな、若僧、骨折や傷ともじゃ。これは剣や楯と同じく、騎士の属性の一部と思え〟

自分はがまんできる。しかし、サンダーが脚を折ろうものなら……。馬なき騎士は、騎士ではない。

エッグはワインを背負うメイスターの手綱を引き、五メートルうしろからついてきていた。素足を溝につっこみ、もう片足は道を踏んでいるため、一歩ごとに、からだがひょこひょこ上下している状態だ。腰には鞘に収めた短剣を下げていた。長靴《ちょうか》は双方のひもを結びつけ、背負い袋の上に掛けわたしてある。ぼろぼろになった茶色の上着は上にたくしあげて、腰のまわりで結んでいた。鍔《つば》の広い麦わら帽子の下にある顔は、土ぼこりで汚れており、帽子で陰になっているせいか、大きな目は暗く見える。年齢は十歳、身長は一メートル半弱。このところ、ぐんぐん背が伸びてきてはいるが、ダンクの長身に近づくのは、まだまだ先のことだろう。こうして見ると、初対面のさい、厩番《うまやばん》の小僧にまちがえたときそのままで、とても本当の身分どおりの者には思えない。

死体はたちまち、ふたりの後方に消えたが、ふと気がつくと、ダンクはそのあともずっと、ふたつの死体のことを考えつづけていた。王土には近ごろ、法外の者《アウトロー》どもが増えてきている。

旱魃《かんばつ》はまったく収まる兆しを見せず、何千何万という農民たちが地元を捨て、まだ雨が降る土地をもとめて、放浪しだしているそうだ。現〈王の手〉である〈ブラッドレイヴン〉——〈血斑鴉《けつぱんガラス》〉公は、それぞれの土地や所属する領主のもとへ復帰するようにと布令《ふれ》を出したが、したがう者はほとんどいないという。長びく旱魃がエイリス王と〈血斑鴉〉のせいだとして糾弾する者も多い。これは神々のご意志なのだ、身内殺しに対しての神意なのだ、とその者たちは指弾する。もっとも、賢明な者は、けっしてそんなことを声高に唱えたりはしないが。

〝〈血斑鴉〉に目の数いくつ？〟そんな謎かけを、エッグはオールドタウンで耳にしている。

〝目の数ぜんぶで、千と一〟

六年前、王都キングズ・ランディングを訪ねたさいに、ダンクは自分自身のふたつの目で〈血斑鴉〉公本人を見たことがあった。公は白馬《あおうま》にまたがり、うしろに弓兵隊〈鴉の歯〉の五十名をしたがえて、〈鋼《はがね》通り〉を進んでいた。いまだエイリス王が〈鉄の玉座〉に即《つ》いておらず、公を〈王の手〉に任命する前のことだったが、公はその当時でさえ、威風あたりを払い、暗灰色に真紅の衣装を身につけ、腰に名剣〈暗黒の姉妹《ダーク・シスター》〉を佩《は》いた姿が印象的だった。ただし、その血色の悪い肌と骨白《こつぱく》の髪の色で、公は生ける死体のように見えた。いっぽうの頬から首にかけては、赤ワインのしみにも似た暗紅色の母斑《ぼはん》があり、それが真紅の鴉の形をしているといわれていたが——二つ名はそこからついたものだ——ダンクの目には、皮膚がそこだけ、奇妙な形に変色しているようにしか映らなかった。食いいるように公を見つめていたせいか、王の妖術師といわれた〈血斑鴉〉もその視線に気がつき、通りすがりにじっとダンクを凝視していった。〈血斑鴉〉は目がひとつしかなく、その目は赤い。もうひとつの目は眼球をなくして、眼窩がむきだしになっている。〈赤草が原〉の合戦で〈鋼の剣《ビタースティール》〉と戦ったさいの傷が原因だという。もっともダンクは、あたかも公の目が両方とも健在であり、肌を透過して魂の底までも見透かされたように感じたものだった。

あのときのことを思いだすと、熱暑のさなかだというのに、いまでも身ぶるいが起きる。

「サー・ダンカン？」エッグが声をかけてきた。「気分でも？」

「いや。ただ、暑くてな、水がほしいだけさ——あれと同じように」

そういって指さしたのは、道の向こうに広がっている甜瓜《メロン》畑だった。何列にも植えられたメロンは、実が生《な》ってはいたが、みな蔓の先で萎《しな》びていた。道ばたの溝にそっては、浜菱《ハマビシ》や行儀芝《ギョウギシバ》がいまなお命脈をたもっているが、メロンはいまにも枯れそうになっている。ダンクにはメロンの気持ちがよくわかった。サー・アーランはよく、草臥《くさぶ》しの騎士が渇きに苦しむことはまずない、といっていた。

〝雨水を受ける兜《かぶと》を持っているかぎりはな。雨水は最良の飲みものじゃぞ、若僧〟

とはいえ老士も、これほどに苛酷な夏を経験したことはないはずだ。ダンクは重たい兜を不落城に置いてきた。こう暑くてはかぶるにかぶれないし、雨水を受けようにも、めったに雨が降らないからである。

（灌木《ヘッジ》でさえ、この熱暑で枯死しかけているというのに、その下で野宿する草臥しの騎士《ヘッジ・ナイト》にどうしろというんだ）

だが、川にたどりつきさえすれば、水を浴びることもできる。水浴びの爽快さを思うと、相好《そうごう》が崩れた。満面の笑みを浮かべ、服を着たまま川に飛びこみ、頭まで水に浸《ひた》る。大量の水が流れ落ちていく頬、もつれた頭髪、肌にへばりつく上着。エッグもきっと喜ぶだろう。しかし、少年はむしろ涼しげで、ほとんど汗をかいておらず、乾いたからだは汗のかわりに、土ぼこりにまみれていた。そもそもエッグは、めったに汗をかかない。暑さに強いのである。ドーンにいたときは上半身はだかで過ごし、まるでドーン人のような褐色の肌になっていた。（これはドラゴンの血のなせるわざなんだろうな）とダンクは思った。（汗かきのドラゴンなんて、聞いたことがあるか？）

かなうことなら、自分も喜んで上着を脱ぎたい暑さではあったが、立場上、いまはそれができない。草臥しの騎士ならば、本人さえよければ、上半身はだかで馬に乗っていてもいいだろう。自分以外に恥じるところはなにもないからだ。しかし、誓約の剣となり、一時的にでも仕える相手がいる以上、話は別だった。

〝ひとたび領主どのの館で肉と蜂蜜酒《ミード》の馳走にあずかったなら、おまえのすることなすこと、その領主どのの体面にかかわると心得よ〟と、サー・アーランはよくいっていた。〝つねに領主どのから期待される以上の働きをあげるのだ。期待を下まわるなどはもってのほかぞ。いかなる仕事にも困難にも怯《ひる》んではならぬ。とりわけ気をつけねばならんのは、領主どのに恥をかかせることじゃ〟

不落城では、〝肉と蜂蜜酒《ミード》〟は〝鶏肉とエール〟だが、館のあるじ、サー・ユースタスもまた、同じ質素な食事をとっていることを忘れてはならない。

　ゆえにダンクは、上着を着たまま馬を進め、だらだらと汗をかきつづけた。


　古びた厚板の橋のたもとで、〈茶色の楯のサー・ベニス〉が待っていた。

「やっと帰ってきやがったか」やや離れたところから、サー・ベニスが呼びかけてきた。

「あんまり帰りが遅いんで、じいさんの銀貨を持ち逃げしたかと思ったぜ」

　ベニスは毛深い小型馬《ガロン》に乗っている。口中が血まみれに見えるのは、数枚のサワーリーフを噛んでいるからだ。

「ドスクまでいかないと、ワインが手に入らなかったんだ」とダンクは答えた。「リトル・ドスクのほうは鉄人《クラーケン》どもに荒らされていたんでな。富も女も掠奪《りゃくだつ》されて、掠奪されなかったぶんのうち、半分は焼きつくされていた」

「ダゴン・グレイジョイのクソ野郎、よっぽど吊るされてえらしいな」とベニスはいった。「もっとも、あの野郎を縛り首にできるやつとなると……。で、〈すけべ《ピンチボトム》のペイト〉じじいには会えたのかよ？」

「亡《な》くなっていた。娘を強奪されるのを阻止しようとして、鉄人《くろがねびと》に殺されたそうだ」

「七つの凄惨な地獄《なんてぇこった》よ」ベニスは顔を横に向け、ぺっとつばを吐いた。「あの娘なら、一回見たことがある。いわせてもらやあ、命を捨ててまで護るほどの器量じゃねぇな。ペイトの馬鹿野郎にゃよ、銀貨半枚ぶんの貸しがあったんだが」

茶色の騎士は、別れたときとすこしもたがわぬ服装をしていた。あいもかわらず、におう。毎日毎日、身につけるのは同じ服ばかり、茶色の半ズボン、くたくたになった粗織り《ラフスパン》の上着、馬革の長靴《ちょうか》だ。具足をつけるときには、赤錆びた胴着形鎖帷子《くさりかたびら》の上から、だぶだぶの茶色い外衣《サーコート》をまとう。

剣帯《けんたい》として使っているのは硬革《ボイルド・レザー》のひもで、傷の縫い痕が走る顔もまた、硬革でできているかのようだった。

（頭にしても、さっき通りかかった、しなびたメロンみたいなありさまだしな）

好んで嚙むサワーリーフのせいで、歯は真っ赤に染まっているが、その赤い色を落としてしまえば、これまた茶色くなっている。全身をおおう茶色のうち、そこだけ色がちがうのは、淡い緑色の小さな目だ。ただし、やぶにらみの目は、ぎらぎらと悪意に満ちた光をたたえていた。

「ちっ、二樽だけかよ」ベニスがいった。「サー・へたれ《ユースレス》は四樽ご所望だったろ」

「二樽見つけられただけでも御の字だと思ってくれ」とダンクは答えた。「旱魃はアーバー島にまでおよんでいるそうだ。葡萄《ブドウ》は蔓に生《な》ったまま、干し葡萄になってしまうと聞いた。おまけに、鉄人《くろがねびと》どもが掠奪を……」

「サー・ダンカン？」エッグが口をはさんだ。「川の水がなくなってます」

ベニスとの話に気をとられていたために気がつかなかったが、乾燥して反った橋の厚板の下には、なるほど、砂と川石しか残っていなかった。

（妙だな。出発したときは、水位が低いとはいえ、川はちゃんと流れていたのに）

ベニスは笑った。この男があげる笑い声にはふたとおりある。鶏のようなケケケケという笑い声と、エッグの騾馬《ラバ》の鳴き声より大きなブヒヒヒという驢馬《ロバ》の笑い声だ。いまのは鶏のほうの笑い声だった。

「おまえらが出かけてるあいだに干あがっちまったのさ。この旱魃だ、むりもねえ」

ダンクはがっかりした。

（くそっ。これでは水浴びができないじゃないか）脚をふりあげ、鞍から降りる。（作物はどうなる？）

河間平野《リーチ》では井戸の半分が干あがっており、川という川は水位が下がっていると聞いた。ブラックウォーター河やマンダー河のような大河でさえもだ。

「川の水ってなぁろくでもねえよな」ベニスがいった。「前にちょこっと飲んだら、えれえ気持ちが悪くなっちまってよ。やっぱワインだわ」

「燕麦《オート》がワインで育つのか？　大麦も。人参《ニンジン》も玉葱《タマネギ》も甘藍《キャベツ》もだ。葡萄でさえも、水がいる」

ダンクは首をふった。「どうしてこんなに早く干あがったんだろう？　留守にしていたのは、たった六日だけなのに」

「もともと、そんなに多くなかったじゃねえかよ、ダンク。おれがションベンしただけでも、目に見えて水量が増えたってくれえだぜ」

「ダンクと呼ぶな。前にもいったろう」どうしてこの男は癇《かん》にさわる言いかたばかりするのだろう。ベニスはひどく口汚い男で、ダンクを馬鹿にしては、おもしろがってばかりいる。

「おれは〈長身のサー・ダンカン〉と呼ばれてるんだ」

「だれによ？　そこのツルピカ小僧にか？」ベニスはエッグを見やり、鶏の笑い声をあげた。「ま、〈銅貨の樹《ペニーツリー》〉のじいさんにくっついてたころよりゃ背が伸びたかもしんねえけどよ、おれの目に映るのは、あいもかわらぬダンクだぜ」

ダンクは首筋を揉みながら、水が涸れて石の露出した川床を見おろした。

「さて、どうしたものか……」

「とにかく、まずワイン樽を届けて、川が干あがってますとサー・へたれ《ユースレス》に報告するんだな。不落城の井戸はまだ生きてっから、老騎士さまが渇きで苦しむこたあねえ」

「あのひとをユースレスと呼ぶな」ダンクはあの老騎士に好感を持っていた。「あのひとの屋根の下で眠らせてもらっているんだ、すこしは敬意を払ったらどうだ」

「おれのぶんまでせいぜい敬意を払ってくれや、ダンク。おれはやっこさんを好きなように呼ぶぜ」

ダンクは橋の上にあがると――銀灰色の厚い板がひどくきしむ――険しい顔で川床の砂と川石を見おろした。川床には、二、三、小さな茶色の水たまりが残っていて、陽の光を反射していた。目のおよぶかぎり、どの水たまりも小さくて、せいぜいダンクの手ほどの大きさしかない。

「魚が死んでいる。あそこ、それに、あそこ。見えるか？」

魚の腐ったにおいは、さっきの四つ辻で遭遇した死体の腐臭を思い起こさせた。

「見えます」エッグがいった。

ダンクは川床に飛びおり、しゃがみこんで、石のひとつをひっくり返してみた。

(表は乾いていて熱い。だが、裏は湿っていて泥がついている)

「干あがってから、そう長い時間はたってないな」

立ちあがり、横手投げで石を土手に放った。石は崩れかけていた土手のオーバーハングにめりこみ、乾いた茶色の土ぼこりを立てた。

「土手際の川床はひび割れているが、中央のあたりはぬかるんでいる。あの魚も、きのうは生きていただろう」

「〝うつけ《ランク》のダンク〟——ペニーツリーのじいさんにゃ、そう呼ばれてたっけなあ」サー・ベニスがサワーリーフの塊を川床に吐き捨てた。どろどろの塊は、陽光を浴びて赤く光っている。「うつけの考え、休むに似たり。うつけの頭は鈍すぎて、考えごとにゃ向かねえよ」

〝うつけ《ランク》のダンク、鈍なること城壁のごとし〟

たしかに、サー・アーランにはよくそういわれたものだったが、老士のことばには愛情がこもっていた。老士は心やさしい人物で、叱っているときでさえ、それが感じられたものだ。同じことを〈茶色の楯のサー・ベニス〉にいわれると、まったく印象が異なる。

「サー・アーランは二年前に亡くなった」とダンクはいった。「いままでは、〈長身のサー・ダンカン〉と呼ばれているんだ」

茶色い騎士の顔面に拳固をたたきこみ、赤く染まった虫歯だらけの歯を残らずへし折ってやりたくてたまらなかった。〈茶色の楯のサー・ベニス〉とて、油断のならぬ相手ではある。が、ダンクのほうが身長では四十五センチ、体重では二十五キロ上まわる。たとえうつけであっても、からだはでかい。ウェスタロスじゅうの扉の半分は、通るとき、框《かまち》に頭をぶつけそうな気がする。ドーンから地峡《ネック》にかけての、ありとあらゆる旅籠《はたご》の梁《はり》はいうにおよばずだ。オールドタウン滞在中、エッグの兄のエイモンに身長を測ってもらったさいは、二メートル十に近かったが、あれはもう半年前のことで、以来、もっと背が伸びているかもしれない。老士がつねづねいっていたように、急激な成長こそは、ダンクのいちばんの取柄なのである。

　サンダーのもとにもどり、ふたたび鞍にまたがった。

「エッグ、ワインはおまえが不落城まで送り届けろ。おれは上流がどうなっているか調べてくる」

「川なんてのは、しじゅう干あがるもんだぜ」ベニスがいった。

「それでも、ちょっとようすを見に――」

「さっきみたく、石をひっくり返してまわんのか？　やめとけ、やめとけ、ランク。なにが這い出てくるか、わかったもんじゃねえ。不落城にいきゃあ、それなりの藁《わら》布団があるんだ。食いものといやあたいてい卵だし、そのむかし、サー・ユースレスがどれだけ偉大だったか承ることとっきゃ、することたねえけどな。水源の件はほっときな。川は干あがることがある。それだけだ」

なにはなくとも頑固なのが、ダンクという人間だった。

「サー・ユースタスがワインを待っているぞ」ダンクはエッグにうながした。「おれの行き先を伝えておいてくれ」

「そうします」

エッグがメイスターの手綱を引いた。騾馬は両耳をぴくりと動かしたが、ただちに進みを再開した。

（いうことをきくのは、さっさとワインの樽を降ろしたいからだな）とダンクは思った。

その気持ちはよくわかる。

この川は、水があったときには北東へ流れていた。だからダンクは、サンダーを南西へと向けた。十メートルほど進んだところで、ベニスが追いかけてきた。

「おれもいっしょにいったほうがいいだろうな、おまえが縛り首にされねえようによ」そういいながら、新しいサワーリーフを口に押しこむ。「あすこの砂柳《スナヤナギ》の木立ち、な——あれを越えた右側の土手は、ぜんぶ〝蜘蛛《くも》〟の一族の土地だぜ」

「こちら側にとどまっているさ」

ダンクとしても、冷濠《ひやぼり》城の城主、女公《レディ》ウェバーとことを構えたくはなかった。不落城ではレディの悪口ばかり聞かされている。すでに何人もの夫を死なせていることから、人呼んで〈紅後家蜘蛛《べにごけぐも》〉。サム・ストゥープス爺《じい》いわく、あれは魔女で、毒使いで、もっと悪い存在なのだそうだ。二年前、レディは川を越えて、手下《てか》の騎士たちを送りこんできた。羊を一頭盗んだ廉《かど》でオズグレイの領民をつかまえるためだったという。

〝ディクを取りもどそうと、ム＝ロードが冷濠城へ乗りこんだとき、あの女にこういわれたそうな――濠の底を浚《さら》うがいい、とな〟その話が出たときに、サム爺はそういった。〝あの蜘蛛女、山ほどの石といっしょに、あわれなディクを袋の中に押しこんでな、袋の口を縫いとめて、濠に沈めちまったんだ。サー・ユースタスがサー・ベニスを傭い入れたのは、そのあとのことだったな。蜘蛛の一族に対する用心棒なんだよ、ありゃあ〟

サンダーはゆっくりと、着実な足どりで、灼《や》けつく太陽の下を進んでいった。

空は青く澄みわたり、視界のおよぶかぎり、ひとかけらの雲も見えない。茶色に変色した丘々と、作物が全滅した畑や枯死しかけた畑をぬって、川床は曲がりくねりつつ、彼方までつづいている。その屈曲部は、岩場になっている場合もあれば、土手にぽつりぽつりと柳が立っている場合もある。

橋から一時間ほど上流に遡ったところ、オズグレイ家の所有になる小さな森のはずれに差しかかった。森の名は〝ワットの森〟という。遠くから見ているうちは、緑の樹々は魅力的で、あそこまでいけば影の深い小谷《おだに》もあり、せせらぎの音を立てる谷川もあるだろうと踏んだが、いざたどりついてみると、樹々は細くて元気がなく、枝々もしんなりとたれていた。大きなオークの樹のうち、何本かはだいぶ葉を落としていたし、松の樹の半分は枯れかけて、サー・ベニスと同じくらい茶色に変色しており、各々の幹の周囲には、枯れ落ちた茶色い松葉が円環状に層をなしていた。

(悪化の一途をたどっているな)とダンクは思った。(火花のひとつでも飛べば、森全体が火口《ほくち》のように燃えあがるぞ、これは)

　だが、いまのところ、市松川《チェキー》ぞいの下生えは繁茂しており、棘《とげ》だらけの蔓草、浜梨《ハマナシ》、若柳《わかヤナギ》の枝葉が絡みあって密生していた。そこをかきわけて進みたくなかったので、ふたりは干あがった川床を渡り、冷濠城《ひやぼり》側の土手にあがった。川向こうは樹々や茂みが伐採されて、開けた牧草地になっていたからである。茶色く枯れた草や、萎《しお》れた野の花々のあいだには、黒鼻羊が何頭かいて、食える草を食《は》んでいた。

「羊ほど馬鹿な動物ってのは、ほかに知らねえな」サー・ベニスがいった。「あいつらよ、おまえの親戚なんじゃねえか?」

　ダンクが返事をせずにいると、ベニスはまたもや、鶏の笑い声をあげた。

　さらに二キロ半ほど南に進んだところで、堰《せき》に出くわした。

　この手の堰としては、さほど大きなものではない。が、堅固に造ってあるように見える。川底に、土手から土手にかけて太い樹をずらりと打ちこみ、いかにも頑丈そうな木柵を造りあげていたのだ。木柵は二重構造になっており、使っている樹は皮を剝いでいない。手前の柵と奥の柵のあいだには、石と土がぎっしりと詰めこまれている。堰の上流側では、流れの向きが変えられて、川水は土手を乗り越え、レディ・ウェバーの畑に水を供給する用水路に引きこまれていた。遠くを見わたそうと、ダンクは鐙《あぶみ》の上で立ちあがった。ぎらつく太陽のもと、あちこちに水光《すいこう》が見える。何本もの小水路が大本の用水路から分岐して、四方八方へ走っているようだ——ちょうど蜘蛛の巣《ウェブ》のように。

（こいつら、サー・ユースタスの水を盗んでる）

　水路網《ウェブ》の光景は強い憤りをもたらした。しかも、堰《せき》に使われている樹は、ワットの森から伐《と》ってきたものにちがいない。それに気づいて、なおさら怒りをかきたてられた。

　ベニスがいった。

「だからいったじゃねえか、うつけ《ランク》、ほっとけってよ。これじゃあ川が干あがらねえわきゃねえ。始まりは水の流れかもしれねえが、最後には血が流れて終わる。それも、十中八九、おまえとおれの血がな」剣をすらりと引き抜いた。「とはいえ、見つけちまったからにゃ、ほっとくわけにもいくめえよ。それ、あすこにクソろくでもねえ水路掘りどもがいやがる。ちょっくら肝を冷やさせてやるとすっか」

　いうなり、茶色の騎士は小型馬の腹に拍車をあて、牧草地を速駆けさせた。

　ダンクとしてはついていかざるをえなかった。腰にはサー・アーランのものだった長剣を佩《は》いている。これは質のいい鋼《はがね》の良剣だ。

（あの水路掘りたちにすこしでも知恵があれば、さっさと逃げだすはずだ）

　サンダーの鉄蹄《てってい》は乾いた土を蹴たてている。

　ふたりの騎士が猛然と突進してくるのを見て、ひとりがシャベルを放りだしたが、反応はそれだけだった。人数はぜんぶで二十人ほどで、背が低い者もいれば高い者もおり、老人もいれば若者もいる。全員、陽光に炙《あぶ》られて褐色に陽灼《ひや》けしていた。ベニスが馬速《ばそく》を落とすと、水路掘りたちは乱れた列のまま、鍬《くわ》や鶴嘴《つるはし》を構えた。ひとりが大声で叫ぶ。

「ここは冷濠《ひやぼり》城の土地だぞ！」

「でもって、あの川はオズグレイ家の川だ」ベニスは長剣の先端で川を指し示した。「あの堰《せき》の責任者、どこのどいつだ？　だれが造った？」

「学匠《メイスター》のセリックだ」若い水路掘りのひとりがいった。

「ちがう」年配の男が否定した。「あの灰色服の青二才め、あちこちを指さしちゃあ、あれしろこれしろといってたが、造ったのはおれたちだ」

「だったら、おまえら、ぶっ壊すこともできるよな」

　水路掘りたちの目に険悪で挑戦的な光が宿った。ひとりが手の甲で額の汗をぬぐう。もうだれも口をきかない。

「どうした、クズども、耳がねえのかよ。耳のひとつふたつ、削《そ》いでやらにゃならんのか？　最初はどいつだ？」

「ここはウェバー家の土地じゃ」そういったのは、ガリガリの老人だった。腰が曲がって、いかにも頑固そうな顔をしている。「あんたらにここへ入りこむ権利なぞないわ。だれかの耳を削いでみろ、女公《ム＝レディ》さまに袋に押しこまれて、溺れ死にさせられるぞ」

　ベニスは老人に馬を近づけさせた。そして、

「はて、ここにゃレディなんかいねえがな。でっけえ口をたたく農夫ならいるが」

というと、老人の褐色に陽灼けした胸を剣尖《けんせん》で軽く突いた。血玉が一滴、にじみ出た。

（やりすぎだ）

「剣を引け」ダンクはベニスを制止した。「その男は堰を造った張本人じゃない。造らせた男はそのメイスターじゃないか」

「作物のためだ」耳の大きな男がいった。「小麦が枯れかけてるってメイスターがいうんだ。梨の樹もだ」

　ベニスがいった。

「梨の樹なんぞ枯らしちまえ、でなきゃ死ぬのはおまえらだぜ」

「威《おど》してもむだじゃ」と、さっきの老人。

「ほほう、そうかい？」いうなり、ベニスが長剣を一閃《いっせん》させた。空気を斬り裂く音とともに、耳からあごにかけ、老人の頬がぱっくりと裂けていた。「いったろ、梨の樹なんざ枯らせろ。でなきゃ、死ぬのはおまえらだ」

　老人の頬から鮮血がだらだらと流れ落ちていく。

（ここまでことを荒だてるとは――）

　ダンクはぐっと怒りをこらえた。いまは怒りを抑えざるをえない。ベニスはオズグレイの者なのだから。

「おまえたち、早く去れ！」かわりにダンクは、水路掘りたちに怒鳴った。「レディの城へ逃げ帰れ！」

「いけっ！」サー・ベニスもうながす。

　三人が工具を放りだし、いわれたとおり、急いで草地を駆けだしていった。だが、別の男、褐色に陽灼けしたたくましい男は鶴嘴を構え、仲間たちにいった。

「こいつら、たったふたりじゃねえか」

「シャベルで剣に抗《あらが》うのは阿呆のするこったぞ、ジョージェン」自分の頬を押さえて老人がいった。その指のあいだからは血がしたたっている。それから、こんどはベニスに向かって、

「あんた、これで終わるとは思わんこったな。けっして終わるとは思いなさんな」

「あとひとことでもしゃべってみろ、終わるのはおまえの命だ」

「危害を加えるつもりはなかった」顔を血にまみれさせた老人に向かって、ダンクはいった。

「われわれはただ、自分のものである水がほしいだけだ。帰ってレディにそう伝えてくれ」

「おうよ、伝えてやるともさ」鶴嘴を握ったまま、例のたくましい男が剣呑《けんのん》な声でいった。

「きっちりとな」


　帰りはワットの森を突っきる経路をとった。樹々の陰で多少は涼をとれるのがありがたい。とはいえ、やはり暑さにうだりはする。この森には鹿が棲息するはずだが、目に入る唯一の生きものは蝿だけだ。おびただしい数の蝿が、馬を進めるダンクの顔のそばを飛びまわり、サンダーの目のまわりを這いまわるため、大柄な軍馬はずっといらいらのしどおしだった。空気はよどんでいて、息が詰まりそうだ。

（ドーンにいたころは、日中は暑くても、じめじめしてはいなかったし、夜は冷えこんで、

マントの中で震えていたものだったがな)

河間平野《リーチ》にきてからは、夜になっても、昼よりそれほど大きく気温が下がるわけではない。これほど北の地でもだ。

頭を低くし、横に突き出た大枝の下をくぐるさいに、一枚の葉っぱを引きちぎり、ぐっと握ってみた。一千年を閲《けみ》して乾ききった羊皮紙のように、手の中で粉々になった。

おもむろに、ダンクはベニスにいった。

「あの男に斬りつける必要などなかったろうが」

「頬に斬りつけた——それだけだ。ことばに気をつけろと教育してやったのさ。ほんとはな、あのクソじじいの喉《のど》を掻っ切っておくべきだったんだ。そうすりゃ、兎みたいに逃げ散ったほかの連中を、ひとりひとり狩りたてて殺すだけですんだのに」

「あの二十人、全員を殺すつもりだったのか」信じられないという声で、ダンクはいった。

「二十二人だよ。おまえが両手と両足の指を使って数えられるより、もうふたり多い数だ、うつけ《ランク》。やつらは皆殺しにしておくべきだったのさ、でなきゃ、ことが明るみに出ちまう」倒木を迂回して、「サー・ユースレスにゃあな、ろくでもねえ川が干あがったのは、旱魃のせいでしたって報告しときゃよかったんだよ」

「サー・ユースタスといえ。それではあるじにうそをつくことになる」

「そうだよ、悪いか？　状況を報告しにいく野郎なんざ、ほかにいねえだろ？　それとも、なにか？　蝿どもがご注進におよぶってのか？」ベニスはねちゃねちゃと糸を引く真っ赤な口の中を覗かせて、にんまりと笑った。「サー・ユースレスが塔館《とうかん》の下に降りてくるこたぁねえ。黒苺畑《ブラックベリー》に眠る若衆を訪ねるとき以外はな」

「誓約の剣たるもの、あるじには真実をもって接するべきだ」

「真実にもいろいろあんだよ、ランク。なかにゃ、黙ってたほうがいい真実ってのもある」

ぺっとサワーリーフを吐き捨てた。「この旱魃を起こしたのは神々だ。人間ごとき、神々の御業《みわざ》の前には、なんもできやしねえ。けどな、相手があの〈紅後家蜘蛛《べにごけぐも》〉でしたと……川の水を盗んだのはあの牝犬でしたと、サー・ユースレスに報告してみろや、名誉にかけて取りもどすと、きっといいだすぞ。まあ見てな。なんとかせにゃならんと絶対にいいだす」

「なんとかして当然だろう。おれたちの農民には作物用の水がいるんだから」

「おれたちの？」サー・ベニスが驢馬《ロバ》の笑い声をあげた。「おれがクソしにいってる間に、おまえ、サー・ユースレスの跡継ぎにでもされたか？　農民っておまえ、どんだけ少ねえと思ってんだよ。ほんのひとにぎりだぞ？　そのなかにゃあよ、〈やぶにらみのジェイン〉の薄馬鹿小僧も入ってんだ。斧の柄《え》と頭と、どっちを持ったらいいかわからねえあのガキがな。かりにあいつらをみんな騎士に仕立てられたとしても、〈紅後家蜘蛛〉のかかえてる騎士の半分にも届きゃしねえ。かてて加えて、向こうには従士やら弓兵やら、いろいろといやがる。あいつら全員を数えようと思ったら、おまえの両手と両足の指の数だけじゃ足りゃしねえよ。おまえのツルピカ小僧の手足の指までいらあ」

「指なんか使わなくても、数は数えられる」

もううんざりだった。暑さにも蠅にも、この茶色の騎士といっしょにいることにもだ。
(むかしはこの男も、サー・アーランと轡《くつわ》をならべて騎士働きをしたのかもしれない。だが、それはもう、何年もむかしの話だ。いまでは、すっかり下種《げす》で、紛《まが》い物で、卑怯《ひきょう》者になってしまっている)
ダンクは馬の腹に拍車をあてて馬足《ばそく》を速めさせ、悪臭を放つ騎士を後方に残し、先行した。

不落《ふらく》城は、城とは名ばかりの石造建築だ。岩石丘の上に雄々しくそそりたち、何キロもの彼方から見えはするものの、実態はたんなる塔館《とうかん》でしかない。何世紀か前、外壁が部分的に崩落して、修理が必要になったため、北面と西面の窓から上の部分については明るい灰色の石に置きかえられたが、そこから下は旧来の黒い石のままだ。修理のさいには、改修された屋根の上にだけ、一対の小塔が設けられた。ほかの二面には角に石造りの怪物像《ガーゴイル》が鎮座しているが、雨風による侵蝕がはなはだしく、どんな怪物を象《かたど》ったものなのかは、もうだれにも判別できない。松の板を張った屋上は平坦ながらひどく歪《ゆが》んでおり、すぐに雨が漏る。

丘の麓《ふもと》から塔館の基部までは、ゆるく曲がった坂道を登っていくことになる。だが、幅がせまいので、一列縦隊でなくては登れない。ダンクは先に馬を進め、坂道を登っていった。ベニスもすぐうしろからついてくる。上のほうに突きでた岩塊の上に、いつものへなへなの麦わら帽子をかぶり、エッグが立っているのが見えた。

塔館の横には、小さな厩《うまや》が母屋にへばりつくようにして建っている。ダンクはその手前で手綱を引いた。厩は漆喰《しっくい》塗りで、屋根は草葺《くさぶ》きだが、紫色の苔に覆いつくされていて、半分がた隠れてしまっている。馬房《ばぼう》のひとつには老騎士の葦毛《あしげ》の去勢馬がつないであった。その横の馬房には、騾馬《ラバ》のメイスターの姿もあった。エッグとサム・ストゥープス爺は、すでにワインの樽を館に運びこみおえたようだ。郭《くるわ》を何羽もの牝鶏が歩きまわるなかで、エッグが駆けよってきた。

「上流でなにがあったか、わかりましたか？」

「〈紅後家蜘蛛〉が塞《せ》きとめていた」馬を降りて、エッグに手綱をあずけながら、ダンクはそう答え、指示を出した。「ああ、あまりいちどきに水を飲ませすぎないようにな」

「だいじょうぶ、やりすぎませんって」

「小僧」サー・ベニスが呼びかけた。「おれの馬の世話もしていいぞ」

エッグはサー・ベニスに不遜《ふそん》な視線を向けた。

「やだ。ぼくはあんたの従士じゃないから」

（こいつ、口のききかたで、いつか痛い目に遭うな）とダンクは思い、エッグにうながした。

「いいから、いっしょに世話してやれ。でないと耳に拳固だぞ」

エッグはふくれっ面をしたものの、いわれたとおりにした。だが、頭絡《とうらく》に手を伸ばそうとしたとき、サー・ベニスが、かーっ、ぺっ、と痰《たん》を吐いた。濡れ光る真っ赤な痰の塊が飛び、少年の足指のうち、二本に当たった。茶色の騎士に氷の視線を向けて、エッグがいった。

「足に痰がかかった」

ベニスは馬から降りながら、少年にいった。

「おうよ。つぎは顔にかけてやろうか。おまえの口のききかたな、クソむかついてしょうがねえんだよ」

少年の目に怒りがよぎるのに気づき、ダンクは急いで口をはさんだ。

「早く馬の世話をしないか、エッグ」これ以上こじれさせてはまずい。「おれたちはサー・ユースタスと話がある」

不落城の中へ入るには、基部から六メートルほど上にある、オークと鉄の扉を通っていくほかない。そこにあがる階段の下のほうはなめらかな黒石の石材を積んだもので、ずいぶん磨耗しており、中央部分が大きくへこんでいた。石段は途中から急な木の階段に切り替わり、いざというときは跳ね橋のように引きあげられる仕組みになっている。ダンクは牝鶏を足で押しのけ、一度に二段ずつ、階段を昇っていった。

不落城は、外見から想像されるより大きな内部空間を持つ。城が建つ岩石丘には、かなり深くまで地下貯蔵室が掘ってあるからである。丘の上にそびえる部分だけを見れば、塔館は四階建てだ。上層二階には窓とバルコニーがあるが、下層二階の壁には細い矢狭間《やざま》しかない。屋内は外よりも気温が低かったが、中は薄暗いので、目が慣れるまでしばらく待たなくてはならなかった。ややあって、暖炉の前で、サム・ストゥープス爺の女房がひざをつき、灰をさらっているのが見えた。

ダンクはたずねた。

「サー・ユースタスは？　上か、下か？」

「上ですよ」老女は答えた。腰がひどく曲がっているため、頭は肩よりも下にある。「ついさっき、黒苺《ブラックベリー》畑の若衆たちを訪ねて、もどってみえたところでね」

　若衆というのは、ユースタス・オズグレイの息子たち——エドウィン、ハロルド、アダム、この三人のことを指す。エドウィンとハロルドは騎士で、アダムはまだ若年の従士だった。三人とも、十五年前、ブラックファイアの叛乱《はんらん》末期に、〈赤草が原〉の合戦で討ち死にしたのだ。

「三人ともな、王のために戦って、立派な最期を遂げた」ダンクは以前、サー・ユースタスからそう聞かされたことがあった。「三人の亡骸《なきがら》はここに連れ帰って、ブラックベリー畑に埋めたよ」

　すでに亡くなったユースタスの夫人もそこに眠っているそうだ。老騎士は、新たにワイン樽をあけたとき、かならず丘の麓まで降りていって、息子たちのひとりひとりに献酒をする。そして、その酒を飲む前に、〝王のために！〟と叫ぶのがいつもの習慣だという。

　塔館の四階部分は全体がサー・ユースタスの寝室で占められており、居間はその下の階を占める。居間にいけば、サー・ユースタスがいて、いくつもの櫃《ひつ》や樽のあいだをうろついているはずだ。居間の部厚い灰色の壁には、サー・ユースタス以外にはもう憶えている者とてない、何世紀も前の戦いで用いられた赤錆びた武器や、その戦いで敵からぶんどったという旗標《はたじるし》、そして戦利品が掛けられていた。旗の半分には白黴《しろカビ》が生えているし、どの旗も傷《いた》みがはげしくて、意匠は薄れ、ほこりが積もり、かつて派手だった色彩は灰色と緑色に退色してしまっている。

ダンクが三階への階段を昇りきると――すぐうしろからは、香ばしいにおいをただよわせ、ベニスもあがってくる――サー・ユースタスは半壊した楯の汚れをぼろ布で落としていた。ダンクの姿を見るなり、老騎士の目はすこし輝いたように見えた。

「わがたのもしき巨人よ。それに、勇敢なるサー・ベニス。ここにきて、これを見てくれ。あそこの櫃の底で見つけたのだ。まったく顧みられぬまま放置されていたが、ちょっとした宝物《ほうもつ》だぞ」

それは楯――というより、楯の残骸だった。かなり小さい。半分は割れてなくなっており、残り半分は灰色でぼろぼろになっている。緑の鉄枠は錆の塊で、板材は虫食い穴だらけだ。表面にはわずかに塗装の名残《なごり》がへばりついていたが、ごくわずかなので、なんの紋章か判別できない。

「わが君《ム＝ロード》」とダンクはいった。オズグレイ家が貴族《ロード》の地位を失ってもう何世紀にもなるが、こう呼ぶと、サー・ユースタスは喜ぶ。この塔館の過去の栄光を思いださせるからだろう。

「それはなんです？」

「〈小さき獅子〉の楯だよ」老騎士は金枠をこすった。赤錆がぱらぱらと剝がれて落ちた。「サー・ウィルバート・オズグレイが戦死したさい使っていた楯だ。おぬしらもこの来歴は知っておろう？」

「いいや、ム＝ロード」ベニスが答えた。「残念ながら、知りませんや。小さい獅子というからにゃ、こびとかなんかだったんですかね？」

老騎士の口髭がひくついた。

「まったくちがう。サー・ウィルバートは、背が高くて力の強い人物であり、偉大な騎士であった。この異名は子供時代に奉られたものでな。五人兄弟の末子であったところからそう呼ばれていたのだ。かつては七つの王国があり、七人の王がいて、そのうち、ハイガーデン城とキャスタリーの磐《・ロック》城は、しじゅう争い合ってばかりいた。そのころ、この地を支配していたのは、緑の園芸王ガードナー家であった。同家は古《いにしえ》のガース・グリーンハンドの血を引く一族で、白地に緑の手《グリーンハンド》をあしらった旗を王旗としていたという。あるとき、ジャイルズ三世がこの王旗を翻《ひるがえ》し、嵐の地《ストームランド》の王に戦争を挑んだ。ウィルバートの兄四人はみな、王につきしたがって参陣した。というのも、当時〝市松模様《チェキー》の獅子〟の一族は、河間平野《リーチ》の王が出陣するさい、つねに〝緑の手〟の旗のもとで戦っていたからだ。

ところが、ジャイルズ王の留守中に、いまこそ河間平野《リーチ》の一部を咬《か》み取る好機と見た磐《ロック》の獅子王が、西部諸公を糾合《きゅうごう》して攻め寄せてきた。オズグレイ家は代々、境界地方北部総監を務めてきた家柄ゆえ、西部の軍勢を迎え討つ役目は〈小さき獅子〉の双肩にかかった。押しよせるラニスター勢を率いてきたのはランセル四世王であったと思うが、あるいは五世王であったかもしれぬ。いずれにせよ、〈小さき獅子〉ことサー・ウィルバートはランセル王の行く手に立ちはだかり、こう言い放った。

〝それ以上は進まれるな。貴公らはこの地に望まれぬ客だ。一歩でも河間《リーチ》に足を踏みいれることは、このおれが許さぬ〟

しかし、ランセル王は容赦なく、麾下《きか》の全旗主《きしゅ》に攻撃を命じた。

黄金の獅子と市松模様の獅子、一騎《いっき》相《あい》の勝負を戦うこと半日。だが、ラニスターの獅子が振るうは、並の鋼の剣ではとうてい抗しえぬヴァリリア鋼の剣。それゆえ〈小さき獅子〉は苦戦を強いられ、楯はぼろぼろになった。最終的に、十カ所以上の深傷《ふかで》から血を流し、手にした剣まで折れた状態で、〈小さき獅子〉は頭から敵に飛びかかった。ランセル王はサー・ウィルバートをほぼまっぷたつに断ち斬った、と吟遊詩人どもは歌う。しかしな、絶命する寸前、〈小さき獅子〉は敵王がまとう鎧《よろい》の腋の下に隙間を見つけ、そこに短剣を突き刺していたのだ。王が討たれるのを見た西部諸公は引き返し、かくして河間《リーチ》は救われた」

老騎士は生きた幼子ででもあるかのように、割れた楯をいとおしげになでさすった。

「それなんですがね、ム＝ロード」ベニスがしわがれた声でいった。「きょうも似たようなことになりましてね。ダンクとおれで川の上流を見てきたんですよ。骨みたく、からっからになってましたぜ。それも、旱魃《かんばつ》のせいじゃねえ」

老騎士は楯を脇に置くと、

「くわしく聞こう」

といって椅子に腰かけ、ふたりにもすわるようにとうながした。茶色の騎士が事情を話すあいだ、老騎士はすわったまま、あごを突きだし、居ずまいをただし、騎槍《ランス》のように背筋を伸ばして、真剣に話に聞きいっていた。

　若い時分のサー・ユースタス・オズグレイは、騎士道の華やかさを体現する人物だったにちがいない。背が高くて、体格もよく、顔だちも整っている。寄る年波と悲嘆とで衰えこそ見えるが、いまでも老騎士は意志堅固にして、骨は太く、肩幅も広く、樽のような胸を持ち、老鷲《ろうしゅう》を思わせる。力強くて鋭い面立《おもだ》ちを維持していた。短く刈った頭髪は乳色に白くなっているが、口元を覆い隠すふさふさした口髭はいまもくすんだ灰色だし、眉毛の色も同様だ。ただ、その下にある目の色はより淡い灰色で、悲しみに満ちていた。

　ベニスが堰《せき》のことに触れると、その目はいっそう悲しみをたたえたように見えた。

「あの川は、一千年以上も前から市松川《チェキー》として知られておる」と老騎士はいった。「わしが子供のころは、あの川でよく魚を獲ったものだ。わしの息子たちもな。きょうのように暑い夏の日には、アリサンは浅瀬で水浴びするのが好きだった」

　アリサンというのは、老騎士の娘で、〝春に亡くなって〟いる。

「はじめて女の子にキスをしたのも、市松川《チェキー》の土手でのことだった。その女の子というのは従妹《いとこ》で、伯父の末娘――〈青葉豊かな湖のオズグレイ〉家の娘であったよ。いまではもう、あの家の者はだれも残っておらん。従妹でさえもだ」

　口髭をひくつかせて、老騎士はつづけた。

「ご両人。かかる横暴、断じて看過することはできぬ。あの女に、わが水を独占する権利はない。あの女に、わが市松川《チェキー》を占有する権利はない」

「あの堰、そうとうがっちり造ってありましたぜ、ム＝ロード」サー・ベニスがいった。「あれだけ頑丈だと、サー・ダンクとおれのふたりがかりでも、一時間程度じゃ壊せねえや。ツルピカ小僧が手伝ってもむりでしょう。壊すとなると、縄に鶴嘴《つるはし》に斧がいる。人数も十人程度か。それも作業に専念する人夫だけでだ。戦う人間は、別途、用意しなきゃならねえ」

サー・ユースタスは〈小さき獅子〉の楯をまじまじと見つめた。

ダンクは咳ばらいをした。

「ム＝ロード、それに関してですが、じつは先方の水路掘り人夫に遭遇して、その……」

「ダンク、瑣末《さまつ》な話でム＝ロードの心配ごとを増やすんじゃねえ」ベニスが口をはさんだ。「おれは阿呆に教訓を与えた――それだけだ」

サー・ユースタスが鋭く顔をあげた。

「教訓？　どのような？」

「剣でちょいとね。頬にひとすじ、軽く赤い筋をつけてやった――それだけのことでさあ、ム＝ロード」

老騎士はまじまじとベニスを見つめた。

「それは……それは軽率なことを。あの女は蜘蛛の心を持っておる。自分の夫となった者を殺すこと、すでにして三人。あの女の弟たちもすべて、産着《うぶぎ》のうちに死んだ。たしか、五人だったか。いや、六人だったかもしれん、よく憶えておらん。城をわがものとするにあたり、弟たちが邪魔だったのだろう。自分の領地の農夫が気分を害するまねをすれば平気で笞刑《ちけい》に処する。ましてや、他家の者に自分の領民を傷つけられたとあっては……そのような侮辱、見過ごしにはすまい。これは覚悟せねばなるまいぞ。あの女、おぬしの身柄を求めてやってくる。レムのときと同じように」

「デイクです、ム＝ロード」サー・ベニスが正した。「おことばですがね……ム＝ロードはその男をごぞんじで、おれは知らんわけだが……男の名前はデイクのはずだ」

　ダンクはいった。

「ム＝ロードさえよければ、わたしが黄金樹林《ゴールデン・グローヴ》城に出向き、ロウアン公にこの堰のことを訴え出ましょうか」

　ロウアン公とは老騎士の主君にあたる貴族だ。そして〈紅後家蜘蛛〉の領地もまた、そのロウアン公から封地として与えられているものである。

「ロウアン？　あのご仁に助けを求めても無駄だな。ロウアン公は、姉か妹が、ワイマン・ウェバー公の従弟《いとこ》、ウェンデル・ウェバーに嫁いでいるから、〈紅後家蜘蛛〉と親戚関係にある。だいいち、あのご仁はわしのことを好きではない。かくなるうえは、サー・ダンカン、明日、わが領地の村々をまわって、戦える年齢に達した身体壮健の男どもをかき集めてくれ。わしも老いたが、いまだ死んではおらぬ。市松《チェキー》の獅子にまだ爪があることを、もうじきあの女に思い知らせてくれようぞ！」

（こっちには、たったふたりしか騎士がいないというのにか）と、ダンクは陰鬱に思った。

（そのうちのひとりは、このおれなんだぞ）

サー・ユースタスの領地には、小さな村が三つあるのみで、各村の小屋、羊小屋、豚小屋、すべて合わせても、ほんのわずかしかない。いちばん大きな村には聖堂《セプト》がある。が、屋根は草葺《くさぶ》きで部屋はひとつしかなく、内壁には木炭で描いた、いたずら描きのような〈七神〉の絵があるだけだ。ここで七日ごとに祈禱《きとう》を主導するのは、マッジという名前の、以前、一度だけオールドタウンにいったことがあるという、背中の曲がった豚飼いの老人だった。年に二度、本物の司祭《セプトン》がひとりで巡回してきて、〈慈母〉の名のもとに、人々の罪を赦《ゆる》す。村人たちは、罪を赦されるのはありがたい半面、セプトンの来訪自体は歓迎していない。滞在中、食わせてやらねばならないからである。

ダンクとエッグの姿を見ても、やはり歓迎するふしはなかった。ダンクも領村で知られていないわけではない。〝サー・ユースタスのところにきた新しい騎士〟という程度の認識であるにせよ、いちおう知られてはいる。それなのに、水の一杯を差しだす気配もない。男はおおむね畑に出ているため、ふたりがくるのを見て小屋から出てきたのは、ほとんど女子供だった。なかには老爺《ろうや》も数人いたが、これはもはやきつい畑仕事に耐えられない者たちだ。エッグはオズグレイの旗標《はたじるし》をかかげていた。そこに描かれているのは、白地に緑色と金色《こんじき》の市松模様《チェキー》で描かれた、〝左後ろ片脚立ち《ランパント》〟の獅子の紋章だった。

「われらは不落《ふらく》城より、サー・ユースタスの召集令を携えてきた」ダンクは村人たちに語りかけた。「十五歳から五十歳までの、身体強壮な者はみな、明日、塔館に集まってくれ」

「軍《いくさ》かい？」痩せた女がたずねた。スカートのうしろにはふたりの子供を隠し、胸に抱いた赤子に乳を含ませている。「またぞろ、黒いドラゴンでもやってきたのかい？」

「今回、ドラゴンは関係ない。黒も赤もな」ダンクは答えた。「これは市松獅子と蜘蛛との戦いだ。〈紅後家蜘蛛〉がおまえたちの水を奪った」

女はうなずいたが、エッグが帽子を脱ぎ、顔をあおぎだすのを見て、けげんな顔になった。

「その子、髪がないね。病気かい？」

「剃ってるんだよ」とエッグは答えた。

そしてまた帽子をかぶり、騾馬《ラバ》のメイスターに向きを変えさせ、ゆっくり村を離れだした。

（あの子、きょうはピリピリしているな）

城を出て以来、エッグはひとことも口をきいていない。ダンクはサンダーに拍車を当て、すぐさま騾馬に追いついた。

「そのふくれっつらは、きのう、サー・ベニスとひと悶着《もんちゃく》起こしかけたとき、おまえの肩を持ってやらなかったからか？」つぎの村に向かいながら、仏頂面《ぶっちょうづら》をしている従士にたずねた。「おれだって、おまえと同じくらい、あの男が好きじゃないさ。とはいえ、あれでも騎士だ。それなりの礼はつくしてもらわないと困る」

「ぼくはあなたの従士であって、あいつの従士じゃないんです」と少年はいった。「あの男、汚いし、口は悪いし、いっつもぼくのことをつねる」

（おまえの正体をほのめかしたら、あの男はちびって、指一本、触れることもできなくなる

だろうがな）

「おれもむかし、よくあいつにつねられたもんだ」

エッグにこのことを持ちだされるまで、ダンクはすっかり忘れていた。そのとき、サー・ベニスとサー・アーランは、ドーン商人の護衛として傭われた騎士の一団に加わっていた。ラニスポートから〈大公《プリンス》の道〉にかけ、道中の安全を守ることがその役目だった。ダンクはまだエッグの齢《とし》に達していなかったが、背はもっと高かった。

（二の腕の内側の肉をぎゅっとつまみあげるものだから、痣《あざ》になったな。あいつの指は鉄のヤットコみたいだった。しかしおれは、サー・アーランに告げ口などしなかったぞ）

あの護衛の旅では、石の聖堂《ストーニイ・セプト》の町の付近で、ほかの騎士のひとりが消えた。うわさでは、ベニスがその騎士と喧嘩《けんか》して、はらわたを引きずりだしてしまったということだったが……。

「こんどつねられたら、おれにいえ。二度とさせないようにする。それまで喧嘩腰はやめておけ。あいつの馬の世話をしてやっても、たいして負担にはならんだろうが」

「だれかが世話をしてやらなきゃいけないですもんね」エッグは認めた。「ベニスのやつ、自分の馬にブラシをかけようともしないんだから。馬房の掃除だってしたことないし。あの馬に名前さえつけてないんですよ！」

「騎士のなかには、自分の乗る馬にあえて名前をつけない者もいる」ダンクは道理を説いた。「そうすれば、軍《いくさ》でその馬が死んでも耐えがたい悲しみにくれずにすむからだ。名前のないただの馬なら、いくらでも乗り換えがきく。しかし、信頼できる友としての馬は、失うのがつらいものだぞ」

（これは老士の受け売りだがな。しかし、老士が馬をただの道具としてあつかった例《ためし》はない。所有する馬には、いつもかならず、ちゃんと名前をつけていた）

　ゆえにダンクも、同じようにしている。

「さて、塔館にどれだけの男がやってくるやら……しかし、くるのが五人であれ、五十人であれ、ちゃんと敬意を持ってその者たちの相手をしてやれよ」

「村人に仕えろっていうんですか！」エッグが憤懣《ふんまん》やるかたない顔でいった。

「仕えるんじゃない。手助けをしてやるんだ。村人たちを戦闘員に仕立てないといけないんだから」（〈紅後家蜘蛛〉がそれだけの時間をくれればだがな）「神々のご加護があれば、なかには何人か、兵役経験者もいるだろう。しかしたいていは、戦いに関しては、夏の草のように青い連中のはずだ。槍よりも鍬を持つのに慣れている。そうはいっても、おれたちの命が村人たちの力にかかる日がいずれくるかもしれない。おまえがはじめて剣を持ったのはいくつだった？」

「小さいころ、でした。木剣でしたっけ」

「庶民の男の子も木の剣で戦うのさ。ただしその剣は、木の棒だったり、折れた枝だったりするがな。いいか、エッグ。召集に応じてくる男たちは、おまえの目にはうすのろに見えるかもしれん。具足の部品の名も知らないだろうし、大貴族の紋章も知らないだろう。領主の初夜権を廃止したのがどの王かも知らないだろう。それでも、ちゃんと敬意を持って接してやれ。おまえは高貴な生まれの従士かもしれないが、まだ子供であることに変わりはない。やってくる男の大半は成人だろう。男というのは自尊心が高いんだ、いくら身分が低くても。おまえだって、急に村へいかされて、いきなり野良仕事をやらされてみろ、どうしていいか途方にくれるし、はたからはうすのろに見えるはずだぞ。うそだと思うんなら、畑を耕して、羊の毛を刈ってみろ。でなければ、ワットの森に生えている草と野の花の名をぜんぶいってみることだ」

　少年はしばらく考えた。

「ぼくは村人たちに、大貴族の紋章のこととか、アリサン王妃がいかにジェヘアリーズ王を説得して初夜権を廃止させたこととかを教えられる。向こうはぼくに、毒薬作りにどの草が適しているのかとか、青い液果のうち、どの種類なら食べても安全なのかとかを教えられる。そういうことですね」

「うむ、そういうことだ」ダンクはうなずいた。「ただ、ジェヘアリーズ王の話をする前に、槍の使い方を教えてやったほうがいいな。それと、おまえの騾馬《メイスター》が食おうとしないものは、いっさい食うなよ」

　あくる日、兵士になるために不落《ふらく》城まであがってきて、鶏のあいだに集合した村人の数は、十二人だった。が、ひとりは齢をとりすぎていたし、ふたりは幼すぎ、ひとりはガリガリに痩せていて、よく見ると女の子であることがわかった。この者らは村に帰したため、残りは八人。内訳は、ワットが三人、ウィルがふたり、レムがひとり、ペイトがひとりで、あとは〈うどの大木ロブ〉だった。

(惨憺《さんたん》たるものだな)とダンクは思った。

歌に出てくるような少年は――生まれの高貴な乙女の心を射とめる、いかにもたくましく、顔だちの整った美形の農民少年は――どこにもいなかった。どの男も、負けず劣らず汚れている。レムはどう若く見積もっても、五十にはなっているだろう。ペイトの目は涙っぽくて赤い。だが、この八人のうち、兵役経験のある者はこのふたりだけだった。ふたりともサー・ユースタスと息子たちにくっついて、ブラックファイアの叛乱《はんらん》にさいし、出征したことがあるという。ほかの六人は、ダンクが危惧《きぐ》していたとおり、ずぶの素人だった。そのうえ、八人が八人とも、みんな虱《シラミ》持ちだった。さらに、三人のワットのうち、ふたりは兄弟同士であることがわかった。

「おまえらの母親、ワット以外の名前を知らなかったんだな」

そういって、ベニスは鶏の笑い声をあげた。

八人が持ってきた武器は、鎌が一挺、鍬《くわ》が三挺、古びた短剣がひとふり、頑丈そうな木の棍棒が数本だった。それと、レムは先の尖った長い棒を持ってきていた。これは槍に使えるかもしれない。ウィルの片方は、投石が得意だと申告した。

「そいつはいいや」ベニスがいった。「これで〝大型投石機《トレビュシェット》〟が手に入ったぜ」

このせりふ以後、投石のウィルは〈投石機《トレブ》〉と呼ばれることになる。

「おまえたちのなかで、長弓《ロングボウ》が得意な者はいないか？」ダンクは問いかけた。

八人は、なにかこう、言いにくそうにするばかりで、返事をしない。そのまわりでは牝鶏たちが、地面の虫かなにかをついばんでいる。ややあって、とうとう涙目のペイトが答えた。

「申しわけねえが、騎士さま、ム＝ロードから長弓は禁じられてんだわ。オズグレイの鹿は市松の獅子のもんで、おれらみてえのは獲っちゃなんねえっていわれててよ」

「なー、剣とか兜《かぶと》とか鎖帷子《くさりかたびら》とか、つけさせてもらえんの？」

三人のワットのうち、最若年の少年がたずねた。

「おうよ、つけられるぞ」答えたのはベニスだった。「〈紅後家蜘蛛〉の騎士をな、ひとりぶっ殺したあとで、血まみれの死体から剝ぎとりゃいいんだ。それと、そいつの馬のケツの穴を調べるのを忘れんなよ。あそこにゃ銀貨を隠してやがるからよ」

ベニスはそういって、最若年のワットの二の腕に手を伸ばし、内側の肉をぎゅっとつねりあげた。少年が痛みで悲鳴をあげた。そののち、ベニスは八人全員を率いて、ワットの森に出かけていった。槍に仕立てられそうな樹を調達するためだ。

帰ってきたとき、八人はそれぞれに槍と楯を備えていた。といっても、槍は細木の先端を火で炙《あぶ》って硬くしただけで、長さはひどくまちまちだったし、楯は細枝を編みあげた粗雑なものだった。サー・ベニスも自分の槍をこさえてきており、その槍を使って、敵に投擲《とうてき》する方法や、長い柄《え》で敵の攻撃を撥《は》ねのける方法……さらに、槍先で敵を突き殺すとき狙うべき場所などを指導した。

「腹と喉を狙うのがいちばんいいんだ、おれの経験じゃな」ベニスはそこでこぶしを作り、自分の胸の一カ所をたたいてみせた。「ここに心の臓がある。ここを突けりゃ効果は高い。ただし、やっかいなことに、ここにゃあ肋骨《ろっこつ》があるんだな。そこへいくと、どてっ腹は狙いやすいし柔らかい。腹を抉《えぐ》れば死ぬまで時間がかかるが、確実に殺《や》れる。はらわたをこぼれさせて生き延びたやつなんぞ、見たことも聞いたこともねえ。でだ、どっかの阿呆が背中を向けて逃げだした場合だがな、槍の穂先を肩胛骨《けんこうこつ》と肩胛骨のあいだか、腎臓に突きたてろ。ここだ。腎臓を貫かれたら、長く生きちゃいられねえ」

しかし、ベニスが説明するうちに、すこし混乱が生じた。三人のワットをはじめとして、同じ名前の者が何人もいたからである。

見かねてエッグが、ダンクに提案した。

「いっそのこと、みんなに村の名前を与えたらどうでしょう。むかしのご主人、銅貨の樹《ペニーツリー》のサー・アーランみたいに」

それも一案ではあった——ただし、各村に名前がありさえすればだ。村に名前がない旨をダンクが説明すると、つぎにエッグはこう提案した。

「だったら、その村の主要作物の名前をつけてみては?」

ある村は豆《ビーン》畑のまっただなかにあった。別の村は大麦《バーリーコーン》畑のただなかに。三つめの村は何列もの甘藍《キャベツ》、人参《ニンジン》、玉葱《タマネギ》、蕪《カブ》、舐瓜《メロン》の畝《うね》に囲まれていた。野菜の名前を名乗りたがる者はいなかったので、三つめの村の出身者はメロンを名乗ることになった。かくして、ビーンがふたり、バーリーコーンが四人、メロンがふたりとなったわけだが、しかしワット二兄弟はともにバーリーコーンなので、さらに識別する手段が必要だった。これについては、年下のほうのワットが、〝むかし、村の井戸にボチャンと落ちたことがある〟といったことから、ベニスが〈ワットぼっちゃん〉と渾名《あだな》をつけて、以後はその名で区別されることになった。徴募兵たちは貴族のように姓が持てたことで興奮していた。例外は〈うどの大木ロブ〉だけだった。というのも、この男、自分がビーンなのか、バーリーコーンなのか、憶えていられなかったからである。

　全員が名と槍を与えられると、やっとのことでサー・ユースタスが、一同に訓辞を述べるために、不落城の中から姿を現わした。塔館の扉の外に立った老騎士は、鎖帷子《くさりかたびら》と板金鎧を着用し、その上に長いウールの外衣《サーコート》を着ていた。本来は白かったはずのサーコートは、長い年月を経てかなり黄ばんでしまっている。その前身ごろと後ろ身ごろには、緑と金の小さな四角い布を組みあわせた、市松《チェキー》模様の獅子が縫いつけてあった。

「皆の者」とサー・ユースタスは語りかけた。「おまえたちはみな、ディクを憶えているであろう。〈紅後家蜘蛛〉に袋に入れられて、溺死《できし》させられた、あの男だ。あの女はかつて、ディクの命を奪った。そしていまは、われらの水を奪おうとしている。われらの作物に水を供給する市松《チェキー》川を奪うつもりでいる。だが……そうはさせぬ！」

　サー・ユースタスはここで、抜き身の剣を高々と振りあげて、

「オズグレイのために！」と、朗々と響く声で叫んだ。「不落城のために！」

「オズグレイのために！」ダンクは応唱した。エッグと徴募兵の村人たちも、大声で叫ぶ。

「オズグレイのために！　オズグレイのために！　不落城のために！」

　豚や鶏がうろつくなか、ダンクとベニスはささやかな部隊の兵士たちに訓練を施しだした。サー・ユースタスは上のバルコニーから訓練ぶりを眺めている。サム・ストゥープス爺は、何枚かの古い布袋に濡れた藁を詰めたものを用意していた。この袋を敵に見たて、槍で突く訓練を行なうのだ。訓練を開始した兵士たちに向かって、ベニスが怒鳴った。

「刺したらひねる、引き抜く。刺す、ひねる、抜く。このとき、はらわたを引きずり出してやれ！　いいか、つぎはもっとうまくやれよ。遅い遅い、〈投石機《トレブ》〉、それじゃ遅すぎる。もっと手早くできないなら、もう投石の練習にもどれ。レム、突くときは体重をのせるんだ。ようし、よくできた。さあ、突いて、抜いて、突いて、抜いて。気合いをこめてぶっ刺してみろ、そうそう、それでいい、突いて、抜いて、裂いて、裂いて、裂いて」

　五百回も槍で突かれつづけて袋がずたずたになり、中身の藁がぜんぶ地面にこぼれ落ちてしまうと、ダンクは鎖帷子と板金鎧を身につけ、木剣を持ち、兵士たちが生きた敵を相手にどれだけ戦えるものかを試してみた。

　あんまり期待できないな、というのが結論だった。ダンクの楯をすりぬけるほどすばやく槍を突けたのは〈投石機《トレブ》〉だけで、それも一回だけだった。兵士たちが順ぐりに、へっぴり腰で突きかかってくる。ダンクはそのつど槍を撥ねのけ、相手が近づいたところで、木剣で軽く打つ。この剣が松材ではなく、鋼でできていたなら、兵士全員、五、六回は死んでいただろう。

「これが実戦であれば、おれが槍の切っ先をかわした時点で、おまえたちの命はないぞ」

　そういいながら、ダンクは兵士の足や腕を木剣で打ちすえた。下手を打てば死ぬことを、痛みで憶えこませるためだ。〈投石機《トレブ》〉とレムと〈ワットぼっちゃん〉は、いちおう、身に危険がおよべば退くことをすぐに憶えた。そのうちに、〈うどの大木ロブ〉が槍を放りだし、逃げだしたので、ベニスは急いであとを追い、涙を流して懇願する大男を引きずってこねばならなかった。日が暮れるころになると、兵たちはみな打ち身と傷だらけになり、槍を握りどおしの手には水ぶくれができていた。手にはじきに槍胼胝《だこ》ができるだろう。ダンク自身に怪我はなかったが、エッグの手を借りて兜と鎧をはずしたときには、汗でなかば溺れそうなありさまになっていた。

　夕陽が沈むなか、ダンクは小部隊を連れて地下室に入り、全員に湯浴みさせた。なかには、湯浴みするのは冬以来だという者もいた。湯浴みがすむと、全員にサム・ストゥープス爺の女房が作ったシチューがふるまわれた。人参、玉葱、大麦がたっぷり入ったシチューだった。みんな骨の髄まで疲れきっていたが、話を聞いていると、どの男も、いまにも〈王の楯《キングズガード》〉の騎士の倍は強くなれそうな口ぶりで、早く勇敢な姿を見せたくてしかたがなさそうなようすだった。サー・ベニスは、兵隊になったらいいことばかりだぞといって、おいしい話だけを吹きこんだ。おもに掠奪と女の話だった。兵士のうちで、出征の経験があるふたりは、そのとおりだとみんなに請けあった。なんでもレムは、ブラックファイアの叛乱のさい、短剣をひとふりと、上等の長靴《ちょうか》一足を持って帰ったのだそうだ。長靴は小さすぎて、レムの足には合わなかったので、小屋の壁に飾ってあるという。ペイトのほうは、ドラゴンの軍勢に同行していた非戦闘従軍者、つまり娼婦と、たっぷりいい目を見たと吹聴した。

サム・ストゥープス爺は、地下室に八つの藁布団を用意してくれていたので、腹がくちくなった兵士たちは、すぐさま眠りについた。しかし、ベニスはなおもテーブルに居残って、ダンクにげんなりした目を向けた。

「サー・ユースレスもなあ、古びてしぼんだ金玉に子種が残ってるうちによ、農婦を何人か、孕《はら》ませときゃよかったんだよ。そしたら、落とし子の小僧が何人か生まれて、ちったあ使いものになる兵隊がすこしはそろったろうによ」

「あの八人、どこの農民徴募兵とくらべても、そう見劣りはしないように思えるが」

ダンクはむかし、サー・アーランの従士時代に、この手の徴募兵と行軍したことがある。

「まあな」とサー・ベニスはいった。「二週間も仕込みゃあ、そこそこ戦えるようにはなるだろうさ――ほかの農民兵相手ならよ。けど、騎士が相手じゃどうだ？」

ベニスはそういって、かぶりをふり、ぺっとつばを吐いた。

不落城の井戸は地下の一室に――石壁《いしかべ》と土壁で囲まれたじめつく部屋の中にある。サム・ストゥープス爺の女房はそこで洗濯をし、ごしごし洗って布をたたいてから、陽に干すため屋上まで持っていく。洗濯に使う大きな石盥《いしだらい》は、湯浴み用としても使われる。湯浴みをするには、井戸から何杯も桶で水を汲んで、鉄の大鍋に入れ、それを火床《ひどこ》にのせて湯を沸かし、沸いた湯を石盥に移しては、それをまた最初からくりかえす。大鍋を満たすのに必要な水は桶四杯ぶん、石盥を満たすのに必要な水は大鍋三杯ぶんだ。大鍋で三杯めの湯が沸くころになると、一杯めの湯はもうぬるくなっている。サー・ベニスは、そんなまどろっこしいことなんかしてられるかといって、湯を使わないそうだ。あれほど虱と蚤にたかられて、腐ったチーズのような悪臭をただよわせているのは、きっとそのせいもあるのだろう。

ダンクのほうは、これはからだを洗ったほうがいいなと思うときは、エッグに手伝わせて湯浴みをする。今夜がそうだった。エッグはむすっとして水を汲み、湯を沸かすあいだも、ずっと口をきこうとしなかった。

「エッグ？」最後の大鍋が沸くころ、ダンクは声をかけた。「どうかしたのか？」

エッグが返事をしないので、ダンクはことばを重ねた。

「鍋を持つのを手伝ってくれ」

ふたりして火床から大鍋をかかえあげ、はねる熱湯が自分たちにはかからないように気をつけながら、石盥に運んでいく。

「サー・ダンカン」少年はいった。「サー・ユースタスはなにをする気だと思います？」

「堰を壊す。〈紅後家蜘蛛〉の兵がとめようとしたら、それと戦う」

大きな声で答えたのは、湯がはねる水音でかき消されないようにするためだった。石盥に湯をあけるさい、湯気が白い幕となって立ち昇り、熱でダンクの顔を赤く染めた。

「農民兵の楯、枝を編んだものでしょう。騎槍《ランス》で簡単に貫けちゃう。弩弓《クロスボウ》の太矢でも」

「まともに戦えるようになったら、簡単な鎧を見つくろってやってもいい」

徴募兵に望めるのは、それがせいいっぱいのところだ。

「あんなんじゃ皆殺しになっちゃいます。〈ワットぼっちゃん〉なんて、まだ子供じゃないですか。ウィル・バーリーコーンは、こんど司祭《セプトン》がきたとき、結婚するんですよ。〈うどの大木ロブ〉にいたっては、右足と左足の区別もつかないし」

からになった鉄の大鍋を、固く踏み固められた土間に音高く放りだして、ダンクはいった。

「銅貨の樹《ペニーツリー》のロジャーが〈赤草が原〉の合戦で倒れたときは、〈ワットぼっちゃん〉よりも年下だった。そのとき、おまえの父親が率いていた軍勢の中にも、結婚したばかりの人間はいたはずだ。女の子にキスひとつしたことのない者だっていただろう。右足と左足の区別がつかない人間だって何百人もいたにちがいない。いや、何千人もか」

「それとこれとは話がちがいます。あれは戦争だったんだから」

「こんどのもな。こんどのも戦争なんだ、規模が小さいだけで」

「小さいだけじゃなくて、もっと愚劣だ」

「それを判断するのはおまえじゃないし、このおれでもない」とダンクは答えた。「サー・ユースタスが戦争準備のために徴募をかけたら、それに応じるのは領民の務めだ。出征して……いざとなれば死ぬことも含めてな」

「だったら、名前なんかつけなきゃよかったのに。あの兵隊たちが死んだら、名前をつけたことで、いっそう悲しみが増してしまう」そこで眉根を寄せて、「このさい、ぼくの長靴を使えば……」

「だめだ」ダンクは片足で立ち、片方の長靴を脱いだ。

「でも父上は――」

「だめだ」同じようにして、反対の長靴も脱ぐ。

「でも――」

「だめだ」ダンクは汗まみれの上着を頭から脱ぐと、エッグに向けて放り投げた。「サム・ストゥープスの女房に頼んで、こいつを洗ってもらえ」

「それはやります、でも――」

「だめだといってるだろうが。耳に拳固を食らわないと、聞きわけがよくならないのか？」半ズボンのひもをほどきはじめる。その下にはなにもつけていない。暑すぎて、下着を穿《は》く気になれないのだ。「ワットとワットとワットと、ほかの兵隊たちを心配してやるのはいいことだがな。あの長靴は、ほんとうに急を要するときにのみ使うものだ」

〈血斑鴉〉に目の数いくつ？　目の数ぜんぶで、千と一

「おれの従士にさせるべく、おまえを送りだしたとき、父君《ちちぎみ》はなんといった？」

「つねに髪を剃るか、染めるようにしろ、だれにもほんとうの名を告げるな、と」

不承不承のようすで、少年は答えた。

エッグがダンクに仕えるようになって、すでに二年にはなるだろうか。けっこう長い期間

だが、ときどき二十年もいっしょにいるような気がすることがある。ともに〈大公《プリンス》の道〉を登り、ドーンの広大な砂漠を越えた。赤砂漠も、白砂漠もだ。グリーンブラッド川に達してからは、棹船《さおぶね》に乗ってプランキー・タウンまで下り、そこからはガレアス船《白き淑女》でオールドタウンに渡った。陸路では、厩で寝ることもあれば、旅籠で寝ることも、溝で寝ることもあった。修道士《ブラザー》、娼婦、役者らとパンを分かち合い、百もの人形芝居を観てまわった。その間、エッグはかいがいしくダンクの馬を世話し、長剣を研《と》ぎ、鎖帷子を磨きつづけた。どんな人間も、これほど気働きのある道連れは望めまい。そして、草臥《くさぶ》しの騎士ダンクは、いつしかエッグのことを、弟のように思いはじめていた。

（だが、弟ではない）

この子はドラゴンの卵《エッグ》だ、鶏の卵とはちがう。エッグは草臥しの騎士の従士ではあるかもしれないが、同時に、ターガリエン家のエイゴン——夏の城館《サマーホール》のプリンスたるメイカーの、四番めの子息でもある。そのメイカーは七王国の王族であり、故デイロン有《う》徳王《とくおう》の、これも四番めの子息にあたる。かの先王は、デイロン王としては二世にあたり、すぐる春に猛威をふるった〈春の疫病大流行〉で身罷《みまか》るまで、二十五年にわたって〈鉄の玉座〉にあった人物である。

「一般庶民の知るかぎり、アッシュフォード牧草地の馬《ば》上槍試合《じょうやりじあい》がすんだあと、エイゴン・ターガリエンは長兄のデイロンとともに、夏の城館《サマーホール》へ帰還したことになっている」ダンクは少年に思いださせた。「父君としては、おまえがどこぞの草臥しの騎士などにくっついて、七王国をさまよい歩いていることを知られたくない。だから、もう長靴のことはいうな」

返ってきたのは、承服できないという視線だった。ただでさえ大きなエッグの目は、頭を剃っているせいで、いっそう大きく見える。ランプしか光源のない、薄暗い地下室では黒く見えるが、もっと明るいところで見えるほんとうの目の色は、深くて濃い紫だ。

（ヴァリリアの貴紳《きしん》の目だな）とダンクは思った。

ウェスタロスでは、ドラゴンの血を引く者以外にこの色の目を持つ人間はいない。金線に銀線を編みこんだような、燦然《さんぜん》ときらめく髪を持つ人間も同様だ。

棹船でグリーンブラッド川を下っていたとき、〈孤児〉の娘たちが、きれいに剃りあげたエッグの頭をなでれば幸運になるという遊びをはじめた。ここで〈孤児〉というのは本物の孤児のことではなくて、ドーンに定着したロイン人のうち、故郷の母なるロイン河を偲《しの》び、〈グリーンブラッド川の孤児〉を名乗る者たちを指す。少年は頭をなでられるたびに、柘榴《ザクロ》よりも顔を赤くして憤った。

「若い女って、大馬鹿だ」船の上で、エッグはよくそういって文句をたれていたものである。「こんど頭にさわったやつは、川に突き落としてやる」

ダンクとしては、たしなめざるをえなかった。

「そんなまねをしたら、おれがさわってやるぞ——この拳固でな。耳に思いきり食らわせてやる。月が変わるまで、ずっと耳鳴りがしていることだろうな」

それはかえって、エッグをむきにさせただけだった。

「馬鹿な女にさわられるより、耳鳴りのほうがましです」

エッグはむすっとしてそう答えた。だが、結局、だれも川に突き落としたりはしなかった。

ダンクは石盥に足を踏みいれると、あごが水面にふれるまでからだを沈めた。下のほうはだいぶぬるくなっていたが、上のほうは火傷しそうなほどに熱く、声をあげないようにするには、歯を食いしばらねばならなかった。声をあげればエッグに笑われてしまう。エッグは火傷しそうなほど熱い湯が好きなのである。

「もっと湯を沸かしますか？」

「いや、これでいい」ダンクは両腕をこすった。灰色の泥が細長くたなびき、剝《は》がれ落ちていく。「石鹼《せっけん》をとってくれるか。ああ、柄の長いブラシもだ」

エッグの頭のことを考えているうちに、自分の頭髪が汚れていることを思いだした。髪をしっかり濡らすため、大きく深呼吸をし、湯船にざぶんと頭までつかる。水しぶきとともに、頭を水面から出してみると、石鹼と柄の長い馬毛《ばもう》ブラシを手にして、エッグが石盥のそばに立っていた。

「お、頬に髭が生えてる」石鹼を受けとりながら、しげしげとエッグの顔を見て、ダンクはいった。「二本だ。そら、耳の下に。こんど頭を剃るとき、ちゃんと処理しておけよ」

「そうします」髭が生えたのを見つけられて、エッグはうれしそうだった。

（髭が生えたら一人前だと思ってるんだな）自分の唇の上にうっすらと髭が生えてきたのを見つけたときは、やはりダンクもそう思ったものだ。（短剣で髭を剃ろうとして、あやうく

鼻を削ぎ落としかけたんだっけか）

「きょうはもう眠るといい」とエッグにいった。「あすの朝まで、してもらうことはない」

　からだじゅうの泥と汗をすっかり落とすのに、もうすこし時間がかかった。汚れを落としおえると、石鹸を脇に置き、石盥の中で可能なかぎりのびをして、目をつむる。湯はもう、かなりぬるくなっている。昼の苛酷な暑さのあとでは、ほっとするほど心地よい。そのあと、からだをこすりながら、足の指も手の指もしわしわになるまで石盥につかりつづけるうちに、ついに湯は冷めきって水になり、汚れですっかり灰色に濁ってしまった。そこでしぶしぶ、湯船を出た。

　ダンクとエッグは、地下室に部厚い藁布団を与えられていたが、ダンクとしては、屋上で寝るのが好きだった。屋上のほうが空気が新鮮でいい。ときどき、心地よい風も吹く。雨に降られる心配は、まずしなくてもいい。この旱魃《かんばつ》だ。雨の心配をするのは、屋上で寝ていて降られてからで充分だろう。

　ダンクが屋上にあがったとき、エッグはもう眠っていた。ダンクは屋上で仰向けになり、頭の下に両の手をあてがって夜空を見あげた。満天の星々だ。何千何万もの星がきらめいている。この夜空は、馬上槍試合がはじまる前に、アッシュフォード牧草地で見あげた夜空を思いださせた。あの晩は、星が流れるのを見た。流れ星を見た者には幸運が訪れるという。だから、あの人形遣いの娘タンセルにも、楯には流れ星の絵を描いてくれるようにと頼んだ。だが、アッシュフォードはダンクに幸運をもたらしはしなかった。馬上槍試合がおわるまでには、もうすこしで片手と片足を失いそうになり、立派な騎士が三人も、命を落とすことになったのだから。

（もっとも、あれを機に、従士を得た。アッシュフォードの地を馬で離れるとき、エッグはいっしょについてきてくれた。あの地で起きたいろいろなできごとのなかで、あれは唯一の幸運だったな）

　今夜は星が流れないでくれればいいが……。


　はるか遠くに〈赤の山脈〉が連なり、足の下には白い砂地が広がっている。ダンクは熱く乾燥した砂に鋤《すき》を入れ、掘った細かい砂を肩ごしに放《ほう》った。穴を掘っているのだ。

（墓穴だ）とダンクは思った。（希望を埋める墓穴だ）

　そばにはドーンの騎士が三人立って、あきれたようにささやきあいながら、穴掘り作業を眺めている。三人の向こうには、騾馬《ラバ》の引く荷馬車と砂漠橇《ぞり》のそばで商人たちが待っていた。早く出発したくてじりじりしているようだが、ダンクが乗用馬の栗《チェスナット》を埋めないうちは、動くに動けない。とはいえダンクとしては、旧友を砂漠に放置し、蛇や蠍《サソリ》や砂漠犬の餌食にしていくまねはできなかった。

　老馬はエッグを背に乗せたまま、〈大公《プリンス》の道〉からヴェイス城にかけての長く乾ききった経路上で死んだ。急に前脚の力が抜けたかと思うと、がくりと前脚を折り、横にどうと倒れ、そのまま息絶えてしまったのだ。亡骸はまだ穴のそばに横たわっている。すでに死後硬直がはじまっていた。まもなく腐臭を放ちだすだろう。

　ドーンの騎士たちは好奇の目で見ていた。穴を掘りながら、ダンクが泣いていたからだ。

「砂漠では、水は貴重だ」騎士のひとりがいった。「水を無駄にするべきではないぞ」

　別の騎士はのどの奥で笑い、こういった。

「なにを泣く？　ただの馬ではないか。それも、あの状態だ」

（チェスナットだ）掘りながらダンクは思った。（名前はチェスナットというんだ。何年もおれを乗せてくれた。跳ね落とそうとしたことも嚙んだことも、一度もなかった）

　ドーンの騎士たちがまたがっている砂漠馬はみな毛艶がよく、頭の形も優美で、頸《くび》は長く、流れるような鬣《たてがみ》を持つ。その横にならぶと、老馬は貧弱に見えるが、それでも立派に任をはたしてくれた。

〝なんじゃい、脊柱《せきちゅう》の曲がった馬のために泣いてやるのか？〟

　心の中で、老士サー・アーランの声がいった。

〝おまえを背中におぶってやったわしが死んでも、涙のひとつも見せなかったくせにのう〟

　そういって、老士は笑った。本気で責めているわけではないことを示すためだ。

〝まったくもって、うつけ《ランク》のダンク、鈍なること城壁のごとし、じゃな〟

〝この男、わしのためにも涙を流さなかったぞ〟墓穴から〈槍砕きのベイラー〉がいった。

〝わしはこの国の太子《プリンス》で、ウェスタロスの希望であったというのにだ。神々もこんなに若くしてわしを死なすおつもりはなかった〟

〝父はまだ三十九歳だった〟太子の子、プリンス・ヴァラーはいった。〝存命であったなら、偉大な王になるべき資質をそなえていた。おそらくは、エイゴン竜王以来の大君主になっていただろう〟

そこでプリンス・ヴァラーは、ひややかな青い目をダンクにすえて、

〝なにゆえに神々は、わが父を召されたのか？　貴殿を生かしたままにして〟

〈若きプリンス〉は、黒髪の父太子と異なり、茶色い髪をしていたが、ひとすじだけ走る、シルバー・ゴールドの房があった。

（あなたは死んだ）ダンクは叫んでやりたかった。（あなたがたはみんな死んでいる。三人ともだ。死人なのに、なぜ放っておいてくれないんだ？）

サー・アーランは風邪で死んだ。ベイラー太子はダンクの七尽くしの審判にさいし、弟の振るった鉄棍《てつこん》に打たれて死んだ。太子の長子であったヴァラーは〈春の疫病大流行〉で命を落とした。

（プリンス・ヴァラーの死については、おれが責められる理由はない。おれたちはドーンにいて、疫病のことは知らなかったんだから）

〝いかれたやつじゃな〟老士がいった。〝こんな愚行でおまえが命を落としても、わしらは墓穴を掘ってやるまいぞ。砂漠の奥地では、体内の水を大事にせねばならんのじゃ〟

〝消えろ、サー・ダンカン〟ヴァラーがいった。〝消えてしまえ〟

墓穴掘りはエッグも手伝ってくれた。鋤がひとつしかなかったので、手を使って砂を掘る。

しかし、砂地で穴を掘るのはむずかしく、掘るそばから周囲の砂が穴の中に落ちこんできた。潮の満ちた浜で砂を掘ろうとするのも同然だった。

（砂を掘りつづけなければ）腰も肩も穴掘りで痛んでいたが、ダンクはみずからにそう言い聞かせた。（深く掘って埋めてやらなければ。砂漠犬に見つかって掘り返されないように。でないと……）

〝……死んじゃう？〟墓穴の底から、〈うどの大木ロブ〉がきいた。

穴の底でじっと横たわったロブのからだは氷のように冷たく、腹にはぎざぎざの裂け目がぱっくりと口をあけ、血を流していた。こうして見ると、あまり大柄には見えない。

ダンクは穴を掘る手をとめ、ロブを見つめた。

「死にはしない。地下室で眠っているだけだ」そういって、そばのサー・アーランに助けをもとめる。「老士、あなたからもいってやってください。この墓穴から出てこいと」

だが、そばに立っていたのは、銅貨の樹《ペニーツリー》のサー・アーランではなく、〈茶色の楯のサー・ベニス〉だった。茶色の騎士は鶏の笑い声をあげ、こういった。

〝うつけ《ランク》のダンク——。腹を抉《えぐ》れば、死ぬまで時間がかかるが、確実に殺《や》れる。はらわたをこぼれさせて生き延びたやつなんぞ、見たことも聞いたこともねえ〟

ベニスの口の端には赤いあぶくが生じている。横を向き、ぺっと赤い塊を吐いた。白砂がそれを呑みこんだ。ベニスの背後には目に矢の刺さった〈投石機《トレブ》〉が立っており、ゆっくり垂れる血の涙を流していた。〈ワットぼっちゃん〉もいた。頭をまっぷたつに割られている。

レムじいさんも涙目のペイトも、ほかのみんなもいた。はじめのうちは、徴募兵がベニスといっしょにサワーリーフを噛んでいるのかと思ったが、口の端からしたたっているものは、よく見ると血だった。

（死んでるんだ）とダンクは思った。（だれもかれもが死んでいる）

茶色の騎士が驢馬《ロバ》の笑い声をあげた。

〝そうともよ、だからな、大急ぎで掘れよ？　掘らなきゃいけねえ墓穴はまだまだあるぞ、ランク。兵隊のために八つ、おれのためにひとつ、サー・ユースレスのためにひとつ。残るひとつはおまえのツルピカ小僧のためだ〟

ダンクの手から鋤が落ちた。

「エッグ」と叫ぶ。「走れ！　走って逃げろ！」

だが、足の下で砂が崩れ落ちていく。少年は穴から這いあがろうとしたが、穴の縁がつぎつぎに崩れ去り、どうしてもあがれない。見ているうちに、少年のからだに砂が崩れかかり、叫ぼうと口をあけるエッグを埋めだした。ダンクは砂をかきわけ、エッグのもとへ急ごうとした。が、周囲で砂が盛りあがり、ダンクをも墓穴に引きずりこんでいく。砂は口に入り、鼻に入り、目にも……。

夜が明けると、サー・ベニスはまず、徴募兵たちに〝楯の壁〟の作り方を教えることからはじめた。八人全員が、肩を接するようにして横一列にならび、楯を緊密に連ね、その隙間から槍を突きだし、長く鋭い木の歯列を形成する。そうしてできた〝楯の壁〟に、ダンクとエッグが騎馬突撃をかける。

　槍ぶすまに恐れをなして、メイスターは三メートルほども手前でいきなり立ちどまったが、サンダーはこうした突撃の訓練を受けている。大柄な軍馬は速度をあげ、猛然と槍ぶすまに突進した。その脚の下を、牝鶏たちがけたたましく鳴き叫び、ばたばたと翼をはばたかせて逃げまどう。その恐慌が兵士たちにも伝染したにちがいない。今回も、真っ先に槍を捨てて逃げだしたのは〈うどの大木ロブ〉だった。そのため、〝楯の壁〟の中央にぽっかりと穴があいた。その穴を埋めるかわりに、不落城の兵士たちはロブといっしょになって逃げだした。ダンクは手綱を引いたが、勢いのついたサンダーは惰性でもうしばらくは駆けつづけ、放りだされた楯を踏みしだいた。楯状に編みこまれた枝々が鉄蹄《てってい》にかかってへし折れ、砕け散る。サー・ベニスが辛辣な罵言を浴びせても、農民兵たちは鶏とともに、四方八方へ逃げ散っていくばかりだ。エッグは笑いをこらえようと雄々しく戦っていたが、とうとう戦いに敗れてしまった。

「笑うのはそのへんにしておけ」ダンクはようやくサンダーをとまらせ、緒《ひも》を解いて大兜を脱いだ。「本番であんなふうに総崩れになったら、皆殺しになるのは必至だぞ」

（殺される人員のなかには、おまえもおれも含まれるんだ、ほぼ確実にな）

　朝はすでに暑くなってきていた。早くもからだじゅうが土ぼこりと汗にまみれて、ゆうべ湯浴みをしたのがうそのようだ。頭痛がしだしている。ゆうべ見た夢が頭に残り、なかなか離れない。

(あんなできごとは起こってない)ダンクは自分に言い聞かせようとした。(現実に起きたことは、あんなふうじゃなかった)

たしかにチェスナットは、ヴェイス城にいたる長く乾いた経路上で死亡した。そこまではほんとうだ。ゆえにダンクとエッグは、エッグの兄から騾馬《ラバ》のメイスターを与えられるまで、サンダーにふたりで乗っていかなければならなかった。しかし、その他の部分は……。

(おれは泣かなかった。泣きたくはあったかもしれないが、泣かなかった)

チェスナットを埋めてやりたかったのも事実ではある。だが、ドーン人は待っていてくれなかっただろう。

〝砂漠犬も食わねばならんし、仔に餌を与えねばならん〟そういったのは、ドーンの騎士のひとりだ。ダンクがチェスナットの鞍や頭絡《とうらく》をはずすのを手伝いながら、騎士はつづけた。

〝この馬の肉は犬の餌となり、砂漠の養分となる。一年のうちには、この馬の骨はきれいな白骨になっているだろう。ここはドーンなのだ、わが友よ〟

いま、あのときのことばを思い浮かべて、ダンクは考えずにはいられなかった。ワットとワットとワットの屍《し》肉《にく》を食らうのは、どんな動物なのだろう。

(もしかすると、市松川《チェキー》の川底には、市松模様の魚がいるかもしれないな)

ダンクはサンダーを塔館のそばにもどし、下馬した。

「エッグ、逃げた連中をサー・ベニスがかき集めてここに連れもどすのを手伝ってくれ」

そういいながら、エッグに大兜を渡し、扉にあがる階段へ歩いていく。

　サー・ユースタスは居間の薄暗がりの中で待っていた。

「とうてい誉められるざまではなかったな」

「おっしゃるとおりです、ム＝ロード」ダンクは答えた。「あのままでは使えません」

（誓約の兵士は、あるじに対し、軍務と服従の義務を負う。しかし、あれではあんまりだ）

「とはいえ、まだ訓練をはじめたばかりだ。あの者たちの父も兄も、訓練を開始した当初は同じくらいか、もっとひどかった。その者たちには、王の軍勢に加わるに先だって、わしの息子たちが訓練を施した。二週間ほどのあいだ、毎日だ。出発までには、だれもが一人前の兵士に仕あがっていたぞ」

「ですが、実戦での戦いぶりはどうでした？」ダンクはたずねた。「どの程度の働きを示しました？　ム＝ロードといっしょに帰ってきたのは何人です？」

　老騎士は長々とダンクを見つめた。

「まず、レムだ」やっとのことで、老騎士は答えた。「それに、ペイト、そして、デイク。デイクは糧秣《りょうまつ》の調達に長《た》けていた。ああも優秀な調達者はほかに知らん。おかげでわれらは、一度たりとも空腹で行軍したことがない。帰ってきたのはその三人だけだった。その三人と、このわしだけだ」老騎士の口髭がひくついた。「訓練には、二週間では足りまいな」

「ム＝ロード。〈紅後家蜘蛛〉は全軍を率いて、あすにも押しかけてくるかもしれません」

（みんな気のいい連中だ。だが、冷濠《ひやぼり》城の騎士勢を相手に戦えば皆殺しは避けられない）

「事態を打開するには、ほかの方法があるはずです」

「ほかの方法か……」サー・ユースタスは、〈小さき獅子〉の楯にそっと指先を這わせた。

「しかし、ロウアン公に公正は期待できん。それに、現国王にも……」

そこで老騎士は、なにかを思いついた顔になり、ダンクの前腕をぐっとつかんだ。

「そういえば、はるか遠き古《いにしえ》の日々、緑の諸王がこの地を統治していた時代には、相手の家畜なり農民なりに危害を加えたとき、血の代価でもって償う習わしがあった」

「血の代価？」ダンクはけげんな声を出した。

「ほかの方法、とおぬしはいったな。わしにも多少の蓄えはある。サー・ベニスがいうには、相手の農夫の頬にほんの小さなかすり傷を負わせただけだとか。その男には牡鹿銀貨一枚、〈紅後家蜘蛛〉には詫び料として、銀貨三枚を支払ってもよい……あの女が堰《せき》を壊すなら」

老騎士はそこで、眉をひそめた。

「だが、わしはあの女のところへはいけぬ。冷濠《ひやぼり》城へはな」

一匹の肥えた黒蠅が老騎士の頭の周囲を飛びまわり、その腕にとまった。

「あの城は、かつてはわれらのものであった。知っておるか、サー・ダンカン？」

「知っています、ム＝ロード」その話は、サム・ストゥープス爺《じい》から聞いたことがある。

サー・ユースタスは語をついで、

「エイゴン竜王による征服に先立つこと千年のあいだ、当家は境界地方北部の総監を務めてきた。われらに忠誠を誓っていた小領主は二十、土地持ちの騎士は百を数え、所有していた城は四城に達し、敵の接近を警告する望楼も各所に設けられておった。なかでも、冷濠城は最大の城でな。築城者はパーウィン・オズグレイ公——人呼んで〈誇り高きパーウィン〉という先祖だ。

〈火炎が原〉の戦いののち、ハイガーデン城の主権は王家から執政の家系へと移り、それにともなってオズグレイ家は縮小され、権力を限られた。われらから冷濠城を召しあげたのはエイゴン竜王の子、メイゴル王であった。きっかけは、当時の統主オーモンド・オズグレイ公が、〈七神正教〉の〈星〉と〈剣〉と呼ばれていた聖戦士団、〈窮民《プア・フェローズ》〉と〈戦士の子ら〉の抑制を声高に唱えたからだ」

　サー・ユースタスの声はかすれていた。

「冷濠城の大手門には、上部の石壁に市松模様の獅子の紋章が彫られていてな。父に見せてもらったことがある。老レイナード・ウェバー表敬のため、はじめてあの城を訪ねたときのことだった。代がかわって、わしもわが息子たちに見せにいったものだ。そののち、わが子アダムは……アダムは……冷濠城に仕えるようになった。最初は小姓として、のちに従士として。やがて……ある種の……好意が、当時の城主、ワイマン・ウェバー公の息女とアダムとのあいだに芽生えた。そこで、ある冬の日のこと、わしはもっとも上等の装いをこらしてワイマン公を訪問し、どうか息子をご息女と結婚させていただきたいと申し入れた。丁重に断わられたよ。丁重ではあった。しかしわしは、公がサー・ルーカス・インチフィールドと笑いあう声をたしかに聞いた。それ以後は二度と冷濠城を訪れてはおらん。いや、一度だけ訪れたか。あの〈紅後家蜘蛛〉が不遜にもわが領民を攫《さら》ったときだ。あわれなレムの亡骸を見つけたくば、濠の底を浚《さら》うがいいといわれたとき、わしは――」

「ディクでしょう」とダンクはいった。「ベニスからは、ディクだと聞いています」

「ディクとな？」黒蠅は袖を這い降り、蠅特有のしぐさで前脚の先をすりはじめた。サー・ユースタスはその蠅を払いのけ、口髭で隠れた唇をこすった。「そうとも、ディク――そういったではないか。あれはじつに頼りになる男でな、よく憶えておる。戦争中は糧秣《りょうまつ》を調達してくれた。おかげでわれらは、一度も空腹で行軍したことがない。で――サー・ルーカスから、わしのあわれなディクの身になにが起こったかを聞かされたとき、わしは二度とあの城に足を踏みいれぬと聖なる誓いを立てた。占領するときを除けばだ。それゆえに、わしはあの城にはいけんのだよ、サー・ダンカン。血の代価を払うためであれ、ほかのどのような理由であれ、いくことができんのだ。このわしはな」

　ダンクは老騎士の意図を察した。

「では、わたしがいきましょう。わたしはそのような誓いを立てていませんから」

「おぬしはいい男だな、サー・ダンカン。勇敢なる騎士、真《まこと》の騎士だ」サー・ユースタスはダンクの腕をぐっと握った。「神々がわが娘アリサンを生き長らえさせてくれておればな。おぬしはまさに、わしがつねづねアリサンの婿にほしいと願っておった類《たぐ》いの人物だ。真の騎士、サー・ダンカン。真の騎士だ」

　ダンクは顔を赤らめた。

「レディ・ウェバーにム＝ロードのおことばを伝えます。血の代価の件を。しかし……」

「サー・ベニスがデイクと同じ運命をたどらぬよう交渉してくれるな？　わしにはわかっておるぞ。人を見る目はあるつもりだ。おぬしは正真正銘の鋼《はがね》にほかならぬ。冷濠城も凶行を思いとどまるであろうさ、おぬしの偉丈夫《いじょうふ》ぶりを見たならばな。あの〈紅後家蜘蛛〉とて、不落城に無双の騎士《チャンピオン》ありと知れば、向こうから進んで堰を取りはらうやもしれぬ」

ダンクにはなんと答えていいのかわからなかった。やむなく、片ひざをついた。

「ム＝ロード。では、あす出発して、できるかぎりのことをしてきます」

「あすだな」蠅がまたもどってきて、サー・ユースタスの左手にとまった。老騎士は右手をあげて、ぴしゃりと蠅をたたいた。「うむ、では、あすに」


「また湯浴みですか？」エッグがいやそうな顔をした。「きのうも湯浴みをしたのに」

「きょうも丸一日、鎧を着て、自分の汗の中で泳いでいたんだぞ。しのごのいわずに大鍋の用意をしろ」

「サー・ユースタスに召しかかえられた晩にも湯浴みをしましたよね」エッグはいった。「ゆうべも、そして、今夜も。これで三度めです」

「貴婦人に面会せねばならないんだ。おれがサー・ベニスみたいに悪臭ふんぷんで、女公の公座の前に罷《まか》り出てもいいのか？」

「あんなにひどい悪臭となると、メイスターの糞をためた盥《たらい》の中でころげまわらなきゃ無理ですよ」エッグは大鍋に水を満たした。「サム・ストゥープス爺の話では、冷濠城の城代、あなたと同じほど大柄だとか。名前こそルーカス・インチフィールドと小さい感じですが、あんまり体軀《たいく》が大きいんで〈ロングインチ〉と呼ばれてるそうです。ほんとにあなたくらい大きいのかな」

「そんなことはないだろう」

ダンクはもう何年も、自分と同じほど背の高い人間に会ったことがない。ダンクは大鍋の持ち手をつかんで持ちあげ、火床の上にぶらさげた。

「〈ロングインチ〉と闘うことになるんでしょうか」

「それもないな」

ダンクは本音では、闘いになったらおもしろいと思っていた。自分はけっして、七王国で最強の戦士ではないかもしれない。が、この体格と膂力《りょりょく》は、数々の弱みを補ってあまりある気がしている。

（もっとも、頭が弱いのは補いようもないがな）

ダンクはことばが巧みなほうではない。相手が女となると、ますます口が動かなくなる。巨漢だという〈ロングインチのルーカス〉とやらに相対するよりもずっと気が進まないのは、〈紅後家蜘蛛〉と相対することのほうだった。

「〈紅後家蜘蛛〉と話をつけにいく――それだけだ」

「なんていうつもりです？」

「堰を撤去してもらわねばならないと」

（あの堰を撤去してもらわねばなりません、ム＝レディ、さもないと……）

「つまり、堰を撤去してください、とたのむのさ」

（われわれの市松《チェキー》川を返してください）

「もしよろしければ、とな」

（すこしの水でいいんです、ム＝レディ、もしよろしければ）

だが、サー・ユースタスは、こちらから願う形にはしたくないだろう。

（だったら、いったいなんていえばいいんだ？）

ほどなく、大鍋の水が湯気を立てて沸騰しはじめた。

「手伝ってくれ、こいつを石盥に持っていく」ダンクは少年にうながすと、ふたりで大鍋を炉床の上からはずし、地下室を横切って大きな石盥まで運んでいった。ふたりで鍋をかかえ、熱湯を流しこみながら、ダンクは本音をいった。「しかし、貴婦人に対する口のききかたは知らないからな。ドーンにいたとき、うっかりレディ・ヴェイスにいったことばがもとで、もうすこしで殺されそうになっただろう、おれたちは」

「だって、ヴェイスの女公、いかれてたじゃないですか」エッグがいった。「でも、もっと丁重な態度をとってもよかったかも。貴婦人というのは丁重で騎士らしい態度が好きだから。〈紅後家蜘蛛〉を救わなきゃいけないような状況があったら、あの人形遣いの娘をエリオンから救ったときみたいに、騎士らしく、さっそうと……」

「エリオンはライスにいるし、〈紅後家蜘蛛〉は救いを必要としていない」

タンセルの話はしたくなかった。

（みんなに〈背が高すぎのタンセル〉と呼ばれるが、おれにとっては高すぎない女《ひと》だった）

「とにかくね」と少年はいった。「騎士のなかには、淑女に雄々しい歌を歌う者もいれば、リュートでその手の調べを奏でる者もいるってことです」

「リュートなんか持っていないぞ」ダンクはむすっとして答えた。「それにだな、あの晩、プランキー・タウンで飲みすぎた晩の翌日に、おまえはいったじゃないか――おれの歌声が泥浴びで転げまわる牡牛の鳴き声みたいだって」

「あのことなら、忘れました」

「忘れた？　よくも都合よく忘れられるもんだな」

「だって、忘れろっていわれたんだもん」エッグはあっけらかんと答えた。「こんどそれをいったら、耳に拳固を食らわせてやるっていったでしょ」

「とにかく歌は歌わない」かりに、聴くに耐える歌声を出せるとしても、最初から最後まで歌える歌は一曲しか知らない。〝熊だ、熊だ、麗しの乙女！〟で知られるあの歌だ。あれを歌ったところで、ウェバー女公の歓心は買えないだろう。大鍋の水がふたたび沸騰しだした。ふたりは重たい鍋を懸命に石盥まで運んでいき、湯をあけた。

エッグは三たび、大鍋に水を満たし、四杯めを汲むために、桶を持って井戸へもどった。

「冷濠城では、絶対に飲食をしないほうがいいですよ。なにしろ〈紅後家蜘蛛〉、結婚した相手をみんな毒殺しちゃったそうだから」

「〈紅後家蜘蛛〉とは結婚するもんじゃないな。そもそも、相手は高貴な生まれで、おれは〈蚤の溜まり場のダンク〉だ、憶えてるだろう?」そこでふと眉をひそめて、「ところで、〈紅後家蜘蛛〉が結婚した夫というのは何人いるんだ? 知ってるか?」

「四人です」エッグは答えた。「でも、子供はなし。子供を産むたびに、夜になると魔物がやってきて、その子を連れていってしまうんだって。サム・ストゥープスの奥さんの話だと、〈七つの地獄の王〉に売りわたしてしまったんだそうですよ——黒魔術を教わる代償に」

「貴婦人なんて連中は、黒魔術に手を出したりしない。踊って歌って刺繡《ししゅう》するだけだ」

「魔物たちと踊って、黒魔術の呪文《じゅもん》を刺繡しているかもしれないでしょ」エッグはこの話をおもしろがっているようだった。「それに、貴婦人のこと、よく知らないよね。いままでに会ったことのある貴婦人といったら、レディ・ヴェイスだけだもん」

　失礼な物言いではあるが、事実ではあった。

「貴婦人のことは知らないが、耳に拳固を食らいたがってる小僧ならよく知ってるぞ」そういいながら、首筋を揉む。一日じゅう鎖帷子《くさりかたびら》を着ていると、いつも首筋が木になったように固く凝ってしまう。「おまえ、王妃や王女たちをよく知っているよな。その貴婦人たちは、魔物と踊って、黒魔術の練習をしていたりしたか?」

「レディ・シエラはしてましたね。〈血斑鴉《けっぱんガラス》〉公の愛人の。美しさをたもつ目的で血風呂につかるし。それから、一度、妹のレイがぼくの飲みものに惚れ薬を入れたことがありました。

ぼくが姉のデイラとは結婚しないで、自分と結婚するようにって」

　エッグは近親婚をごくあたりまえのもののようにいう。

（じっさい、この子にとってはそうなんだろうな）ターガリエンの一族はドラゴンの純血を維持するために、何百年にもわたって兄弟姉妹間の婚姻をくりかえしてきた。魔獣のほうのドラゴンは、ダンクが産まれる前に最後の一体が死んでしまったが、そのあともドラゴンの王朝はつづいている。（きっと神々は、ドラゴン一族の男が姉妹と結婚しようと、なんとも思わないんだろうな）

「で、その惚れ薬とやらは効いたのか？」

「効き目はあったのかもしれないけれど……でも、吐きだしちゃったから。ぼくは妻なんてほしくない。ぼくがなりたいのは〈王の楯《キングズガード》〉の騎士だもの。王を護るために仕えたいんです。〈王の楯《キングズガード》〉の騎士は、結婚しない誓いを立てるものなんですよ」

「気高い心がけだが、もっと大きくなれば、白いマントよりも女の子のほうがよくなるかもしれんぞ」そこでふっと思いだしたのは、〈背が高すぎのタンセル〉と、あの娘《こ》がアッシュフォードで自分に向けてくれたほほえみだった。「サー・ユースタスがな、おれのことを、〝つねづね娘の婿にほしいと願っていた類いの人物だ〟といってくれたんだ。娘さんの名はアリサンというそうな」

「でも、もう死んじゃってるし」

「亡くなったのは知ってる」いらっとして、ダンクは答えた。「お嬢さんが生きていたらの話だよ。生きていたら、おれと結婚させたかったということだ。でなければ、おれのような類いの男とな。土地持ちから〝娘と結婚させてもよかった〟なんていわれたのは、こんどがはじめてだ」

「だから、もう死んじゃった娘なんでしょってば。それにオズグレイ家は、前は領主だったかもしれないけど、いまはただの土地持ちの騎士ですよ」

「あのひとの身分くらい知っている。またぞろ耳に拳固を食らいたいのか？」

「うーん……妻をもらうよりか、拳固をもらったほうがいいかな。とりわけ、死んじゃった娘を妻にもらうよりかはね。ところで、もう湯が沸いてますよ」

　ふたりは大鍋を運び、石盥に湯をあけた。ダンクがシャツを脱ぐようにして頭から上着を脱ぐ。

「冷濠城へはドーンの上着を着ていこうと思うんだ」

あれはサンドシルクで、手持ちの服ではいちばんいい。楡《ニレ》と流れ星の絵も描いてある。

「道中、あれを着ていったら、着いたときには汗でびしょびしょになってますよ」エッグがいった。「着ていくのはきょうと同じ上着にして、サンドシルクのはぼくが持っていきます。城に着いてから着替えればいい」

「着替えるなら城に着く前だ。城の跳ね橋の上で着替えるなんて、馬鹿みたいじゃないか。だいたい、だれがいっしょにきてもいいといった？」

「騎士たるもの、従士を連れていたほうが箔がつくでしょ」

それはそうだ。こういうことにかけては、この子は目端がきく。

（それもそのはず、キングズ・ランディングで二年間、小姓をしていたんだからな）

それはそれとして、あまりこの子を危険な地に連れていきたくはなかった。冷濠城でどのような歓迎を受けるか、わかったものではないからだ。みんながいうほど〈紅後家蜘蛛〉が剣呑《けんのん》な相手なら、四つ辻で見たあの死体——鴉の鉄籠に閉じこめられたあのふたりのような最期を迎える可能性もある。

「おまえはここに残って、ベニスが農民兵の訓練をするのを手伝え」とエッグに命じた。「それからな、おれの前でそんな仏頂面をするな」

脚を振って半ズボンを脱ぎ、湯気を立てている石盥に入る。

「さ、おまえはもう寝《やす》め。ゆっくり湯につからせろ。おまえは留守番。それで決まりだ」


朝陽に顔を照らされてダンクが目を覚ましたとき、エッグの姿はなかった。先に起きて、なにかをしにいったようだ。それにしても陽射しがきつい。

（なんてことだ。夜が明けたばかりだというのに、こんなにも暑いのか）

上体を起こし、のびをして、あくびをする。それから、よっこらせと立ちあがり、屋内に入ると、眠さの残る足どりで、井戸のある地下室まで降りていった。そこで太い獣脂蠟燭《ろうそく》を灯《とも》し、冷たい水で顔を洗ってから、服を着る。

陽光のもとに出ると、サンダーが厩の前で待っていた。鞍も頭絡《とうらく》もすっかり用意が整っている。用意が整っていたのはエッグもだった。騾馬《ラバ》メイスターの手綱をとり、いつでも出発できるようすで、立って待っている。

足には自分の長靴《ちょうか》を履いていた。けさのいでたちは、どこに出しても恥ずかしくない従士そのものだ。上等な緑金市松模様の胴衣《ダブレット》を身につけて、脚にはぴっちりとした白いウールの半ズボンを穿《は》いている。

「半ズボンは鞍で擦れてたけど、サム・ストゥープスの奥さんが繕《つくろ》ってくれたんです」

「ともにアダムの服だ」厩から自分が乗っていく葦毛《あしげ》の去勢馬を引きだしてきながら、サー・ユースタスがいった。老騎士の肩からたれているシルクのマントは、あちこちがほつれているが、これにも緑金市松模様の獅子が描かれている。「行李《こうり》から出したばかりで、すこし黴《カビ》くさいかもしれんが、用はなすだろう。騎士たるもの、従士を連れていたほうが箔がつくでな、エッグも冷濠《ひやぼり》城へ同行させることにした」

(くそっ、十歳の小僧っ子にだしぬかれたか)

ダンクはエッグをにらみつけ、声には出さず、口だけ動かした。

〝あとで、耳に拳固〟

少年はにんまりと笑ってみせた。

「おぬしにもそれなりのものが用意してある、サー・ダンカン。ここにきなさい」

サー・ユースタスはマントを取りだし、さっと振って広げてみせた。

白いウールのマントだった。緑色のサテンと金色のシルクの四角い布を交互に縫いつけた縁どりがある。この暑さだから、ウールのマントは遠慮したいところではあったが、サー・ユースタスに得意満面のようすで肩にかけられては、とても断われるものではない。

「ありがとうございます、ム＝ロード」

「よく似合っておるぞ。できればもっといろいろ着飾らせてやりたいところだが」老騎士の口髭がひくついた。「サム・ストゥープスを地下室にやって息子の持ちものを調べさせたが、エドウィンもハロルドもおぬしより小柄で、胸板も薄いし、脚にいたっては、ずっと短い。残念ながら、おぬしに合う衣類は一着もなかった」

「このマントだけで充分ですよ、ム＝ロード。このマントに恥じぬ働きをしてきます」

「その点は疑っておらんさ」老騎士は馬の頸をそっとたたいた。「途中まで送っていこう。おぬしさえよければだが」

「もちろんです、ム＝ロード」

エッグはメイスターの背に堂々と背筋を伸ばしてすわり、先頭に立って丘を下っていった。

「あの子のへなへなの麦わら帽子、あれはどうしてもかぶっていかねばならんのか？」サー・ユースタスはダンクにたずねた。「少々、馬鹿みたいに見えるとは思わんかね？」

「陽に灼けて頭の皮が剝《む》けるよりましでしょう、ム＝ロード」

朝陽が地平線に顔を出して間もないというのに、すでにかなり暑くなっている。

（午後には鞍が熱く焼けて、水ぶくれができるな）

亡くなった少年の正装を借用したエッグは、いまのうちこそ立派に見えるものの、日暮れまでには茹で卵《エッグ》のようになっているだろう。すくなくとも、ダンクは着替えられる。上等の上着は鞍袋の中に入れてあるし、古い緑の上着は背中の背負い袋に入れてある。

「〈西の道〉を通っていこう」サー・ユースタスがいった。「もう何年もめったに使われたことがないが、不落城から冷濠城へいくにはいちばんの近道だ」

〈西の道〉を通るということは、丘をまわりこんでいくことを意味する。途中で、老騎士が妻と息子たちを埋葬した墓のそばを通った。墓は密生した黒苺《ブラックベリー》畑の中に設けられていた。

　老騎士は目尻を下げ、ほほえみを浮かべて、いった。

「息子たちはここでブラックベリーを摘むのが好きでなあ。小さかったころ、顔をベタベタ、腕を傷だらけにしてやってくるたびに、それまでどこにいたのかが一発でわかったものさ。おぬしのエッグには末息子のアダムを思いださせるところがある。アダムは勇敢な子だった――あんなに齢若かったのにな。とうとう戦線が間近に迫ったとき、アダムは負傷した兄、ハロルドを護ろうとしたのだ。楯に六つの団栗《どんぐり》の絵を描いた河川地帯《リヴァーランド》の兵のひとりが、斧でハロルドの片腕を斬り落としたときのことだよ」悲しげな灰色の目がダンクの目をとらえた。「おぬしのあるじであったという老士どの、銅貨の樹《ペニーツリー》のサー・アーランだが……そのご仁、ブラックファイアの叛乱で戦ったことは？」

「あります、ム＝ロード。わたしを引きとる前のことでした」

　当時のダンクは、どれほど上に見積もっても三、四歳。男の子というよりも動物に近く、半裸で〈蚤の溜まり場〉の路地を駆けまわっていた。

「どちら側について戦ったのかね？　赤竜か、黒竜か？」

（赤か、黒か？）

　これだけ長い年月を経ても、いまのは危険な問いかけだった。エイゴン竜王の御世《みよ》以来、ターガリエン家の紋章は、黒地に赤の三頭《みつくび》ドラゴンだ。僭王《せんおう》デイモンは、多くの落胤《らくいん》たちがそうするように正規の配色を反転させ、赤地に黒のドラゴンを自分の旗標《はたじるし》に用いたのである。

（サー・ユースタスはおれのいまの主君だ、たずねる権利がある）

「老士はヘイフォード公の旗標のもとで戦いました、ム＝ロード」

「というと、金色の紋地に緑の斜帯格子が走り、中央に淡い緑の波形紋様がある旗か？」

「そうかもしれません、ム＝ロード。エッグなら知っているでしょう」

　なにしろあの子は、ウェスタロスの騎士の半数について、その紋章を憶えているのだ。

「ヘイフォード公は王統派の忠臣として名を馳せていた人物でな。戦いのまぎわ、デイロン二世王は、ヘイフォード公を〈王の手〉にすえた。前〈王の手〉であったバターウェル公は、失策につぐ失策で、おおぜいがその忠誠心に疑いをいだいていたが、ヘイフォード公の王に対する忠誠心たるや、最初から筋金入りだったよ」

「ヘイフォード公が討ち死にされたとき、サー・アーランはすぐそばにいたのだそうです。ヘイフォード公を討ったのは、楯に三つの城を描いた大物貴族だったとか」

「あの日は多くのすぐれた男が命を落としたものだ。両陣営ともにな。合戦が始まるまで、あの草原の草は赤くなかった。サー・アーランからその話は聞いておるかね？」

「サー・アーランはあの合戦の話をするのがあまり好きではありませんでした。あの戦いで従士を失ったからです。名前は銅貨の樹《ペニーツリー》のロジャーといって、サー・アーランの姉妹の息子でした」

この名前を口にしただけで、ダンクはなんとなくやましさをおぼえてしまう。

(なにしろおれは、ロジャーのいるべき場所を盗んだも同然なんだからな)

ふたり以上の従士をかかえていられるのは、王侯や大貴族の血筋の騎士だけだ。エイゴン下劣王が宝剣を譲渡した相手が、落胤のデイモンではなく、正嫡《せいちゃく》のデイロンであったなら、ブラックファイアの叛乱は起こらなかっただろうし、ペニーツリーのロジャーもまだ生きていたかもしれない。

(きっと、どこか大家《たいけ》の騎士になっていただろうな。おれよりもずっと立派な真《まこと》の騎士に。かたやおれは、あのままでいたら、そのうち絞首刑になるか、〈冥夜の守人《ナイツ・ウォッチ》〉送りにされて、死ぬまで〈壁〉の上を歩きまわっていたにちがいない)

老騎士がいった。

「大規模な合戦というのは壮絶なるものだが、しかし流血と殺戮《さつりく》のさなかにも、ときに美が——胸がつぶれそうになるほどの美があるものだ。沈む夕陽が〈赤草が原〉に現出せしめたあのときの光景を、わしはけっして忘れまい……一万もの兵が命を落として累々《るいるい》と横たわり、一帯が呻き声と嘆きの声に満ちあふれるなか、頭上の夕空は金色と茜《あかね》色とオレンジ色に染めあげられて……あまりの美しさに、わしは思わず涙したものだよ。わが息子らがその光景を見られぬのかと思うと、なおのこと泣けてきた」ためいきをついた。「当節、こんなことをいっても信じられまいが、あれは両軍の実力が伯仲《はくちゅう》した、ぎりぎりの戦いであった。ああ、あの〈血斑鴉《けつぱんガラス》〉さえおらねば……」

「あの合戦を勝利に導いたのは〈槍砕きのベイラー〉だった、といつも聞かされていました。太子とプリンス・メイカーの武勲が大であったと」

「〝鉄鎚《てっつい》と鉄床《かなとこ》〟かね？」老騎士の口髭がひくついた。「吟遊詩人どももずいぶんと盛ってくれるものだよ。当時にあって、〈戦士〉が降臨したかのごとき真の剛の者は、デイモンであった。何者もあの武威《ぶい》には抗しえなかった。アリン公の前衛軍を粉砕し、前衛中の猛者《もさ》、〈九星《きゅうせい》城の騎士〉と猛将ウィル・ウェインウッドを討ちとったのは、またたく間のことでな。そこへ、〈王の楯《キングズガード》〉の騎士、サー・グウェイン・コーブレイが駆けつけてきて、デイモンと死闘をはじめた。両雄は小一時間、馬首《ばしゅ》をめぐらし、たがいの周囲をまわりあい、斬りつけあって、騎馬の舞をくりひろげたものだ。そのあいだも、まわりでは多くの戦士が討ち死にしていく。デイモンの振るう〈黒き炎《ブラックファイア》〉と、コーブレイの振るう〈孤独の淑女《レディ・ファローン》〉——この二振りの名剣が打ち合うたびに、はるか五キロの彼方まで戛然《かつぜん》たる音が響きわたったそうな。その音はなかば歌声であり、なかば絶叫でもあったという。しかし、〈淑女〉がよろめいたとき、〈黒き炎〉はサー・グウェインの大兜をまっぷたつに断ち割って、敵手の視力を奪い、大量に出血させるにいたった。

デイモンは即座に下馬し、倒れた強敵が馬に蹂躙《じゅうりん》されぬよう手配したうえで、股掌《こしょう》の臣、

〈赤い牙《レッドタスク》〉に命じてメイスターたちのいる後方へ運ばせた。が、これが致命的な失敗だった。この時点で、王側の〈血斑鴉〉が率いる弓兵隊〈鴉の歯〉が、〈泣き濡れる高地〉の頂《いただき》を占領していたからだ。腹違いの兄弟がかかげる王旗がほんの三百メートル先に翻《ひるがえ》り、その旗標《はたじるし》のもとにデイモンとその息子らが集《つど》っているのを見た〈血斑鴉〉は、ここぞとばかりに矢の雨を降らせた。真っ先に討ちとられたのは、デイモンの双子の息子のうち、兄のほうのエイゴンだった。なぜに子息を狙ったかといえば、たとえ子息がもう息をしていなくとも、亡骸《なきがら》があたたかいうちは、白い矢柄《やがら》が雨あられと降り注ごうと、デイモンがその場から撤退する人間ではないことを知っていたからだ。事実、デイモンは撤退せず、その結果、七本の矢に射貫《いぬ》かれることになる。その矢はすべて〈血斑鴉〉の弓から放たれて、妖術により誘導されたものだった。死にゆく父の手から〈黒き炎〉が落ちると、その剣をエイゴンの双子の弟エイモンが拾ったが、〈血斑鴉〉はこれもまた矢嵐の餌食とした。かくしてここに、黒きドラゴンに加え、その息子のうち双子ふたりの命脈が尽きる。

その後も合戦はつづいた。一部はわしもこの目で見ておるよ……潰走《かいそう》する叛乱軍……そのなかにあって、総崩れの味方を叱咤して反転させ、狂気の突撃を敢行した〈鋼の剣《ビタースティール》〉……〈鋼の剣〉と〈血斑鴉〉との一騎討ちは、デイモンとグウェイン・コーブレイの一騎討ちにつぐ熾烈《しれつ》なものであった……さらには、叛乱軍の後方を強撃するベイラー太子勢の鉄鎚や、おめき叫び、空中を投げ槍の雨で満たすドーン勢も目にしたが……しかし、つまるところ、もはやそういった個々の戦いは意味を失っておった。デイモンが討ち取られた時点で、軍《いくさ》はおわっていたのだ。

大接戦ではあったとも……もしもデイモンがグウェイン・コーブレイを圧倒しておれば、〈血斑鴉〉が尾根を奪取するのに先立って、メイカーの左翼を突き破っていたかもしれん。その場合、勝利は黒竜側のものになっていたであろう。〈王の手〉は討たれて、キングズ・ランディングへの道も開かれていたであろう。ベイラー太子が麾下《きか》の嵐の諸公と、ご母堂の後ろ盾であるドーン人の軍勢を連れて駆けつけてくるころには、デイモンが〈鉄の玉座〉にすわっておったかもしれん。

吟遊詩人が〝鉄鎚と鉄床〟の頌歌《しょうか》を歌うのは勝手だがな、合戦の潮目を決定づけた人物は身内殺しだ。その白き矢柄の矢と、黒き妖術だ。〈血斑鴉〉はいまも同様の手段でこの国を牛耳っておる。ゆめゆめ見誤ってはなるまいぞ。現エイリス王は〈血斑鴉〉の傀儡《かいらい》にすぎぬ。それどころか、〈血斑鴉〉が国王陛下に妖術をかけ、思いどおりに操っているのだとしても、わしは驚かん。このところ凶事つづきなのも、むりもないわい」

サー・ユースタスはかぶりをふると、以後は考えこんだようすで沈黙に陥った。この話、どの程度までエッグに聞こえていただろう。ダンクはいぶかったが、いまはたずねるすべがない。

（〈血斑鴉〉に目の数いくつ？）とダンクは思った。

すでに暑さは、ますますひどくなってきている。

（蝿でさえ物陰に身を潜めるありさまだ。蝿のほうが騎士よりも理性があるということか。

ちゃんと太陽を避けているんだから）

　はたして自分とエッグは、冷濠城《ひやぼり》で歓待を受けられるのだろうか。蓋つきジョッキ《タンカード》一杯の冷えたブラウンエールでも飲ませてもらえれば、おおいに助かるのだが。そこでダンクは、エッグが話していたあのうわさ――〈紅後家蜘蛛〉が夫を毒殺したとのうわさを思いだした。のどの渇きはすぐに消えた。いくらのどが渇いていても、毒を飲まされるよりはましというものだ。

「そのむかしオズグレイ家は、東はナニーから〈丸石の入江〉にいたるまで、この地一帯に広大なる所領を有しておってな」ふいに、サー・ユースタスがいった。「冷濠城もわれらのものであったよ。馬蹄《ばてい》丘陵も、洞窟群を擁するデリング丘陵も、ドスク、リトル・ドスク、ブランデーの澱《ボトム》の各町村も、〈青葉豊かな湖〉の両岸もだ……オズグレイ家の乙女たちは、フロレント家、スワン家、ターベック家、さらにハイタワー家やブラックウッド家に嫁いでいったものだった」

　ワットの森の林縁《りんえん》が見えてきた。ダンクは額に手をかざし、目を細めて緑の樹々に視線を注いだ。いまばかりは、エッグのへなへな帽子がうらやましい。

（まあ、森に入れば木陰がある）

「ワットの森は、かつては冷濠城まで広がっていたのだが」サー・ユースタスがいった。

「ワットが何者かは記憶にない。もっとも、竜王による征服より前、あの森には野牛《オーロクス》がいたそうな。角が二十以上にも分岐した大篦鹿《ヘラジカ》もだ。人が一生涯に狩れるよりたくさんの赤鹿《アカシカ》もいたが、それはあの森で狩りをする権利を持つ者が王家と市松模様の獅子のみにかぎられておったからでな。父の時代でさえ、森は市松《チェキー》川の両側に広がっていたものだよ。ところが、蜘蛛の一族は大々的に樹を伐採してしまった。牛や羊や馬の牧草地とするために」

ダンクの胸を、細い汗の条《すじ》がつたい降りていく。気がつくと、いいかげん、この仮初《かりそ》めの主君が口をつぐんでくれないかと、本気で願っていた。

（こう暑いと、話をする気になれない。馬に乗る気もしない。とにもかくにも暑すぎる）

森に入ると、大きな茶色の木登り猫の腐爛《ふらん》死体に出くわした。死骸には大量の蛆《ウジ》が湧いていた。

「うわ」メイスターを大きく迂回させながら、エッグがいった。「サー・ベニスよりもっと臭いや」

サー・ユースタスが手綱を引き、馬をとめた。

「木登り猫だな。この森にまだ残っているとは知らなんだ。はて、死因はなんであろう」

だれも返事をしないので、老騎士は語をついだ。

「わしはこのあたりで引き返すとしよう。このまま〈西の道〉をまっすぐいけば、冷濠城にたどりつく。金《かね》の持ち合わせはあるかね？」

ダンクはうなずいた。

「よろしい。では、首尾よくわしの水を流れさせて帰ってくるよう、期待しておるぞ」

老騎士は馬《ば》首《しゅ》を返し、きた道を速足で引き返していった。

老騎士が去ってしまうと、エッグがいった。

「ウェバーの女公《レディ》に会ったらどういえばいいかを考えてたんですけど。騎士らしく華やかなことばで相手を持ちあげて、まず好感を持ってもらわないといけませんよね」

市松模様の上着を着た少年は涼しい顔をしており、汗ひとつかいていないように見える。マントを着たサー・ユースタスもそうだった。

(やれやれ、汗だくなのはおれだけか)

「華やかなことばで持ちあげる?」ダンクはおうむがえしにいった。「持ちあげるったって、おまえ、どういえばいいんだ」

「わかるでしょ? なんと麗《うるわ》しいとか、なんとお美しいとか」

ダンクはけげんな思いで聞き返した。

「夫が四人も先立っているんだろう? だったらヴェイス城の女公《レディ》と同じくらい齢をとっているにちがいない。齢をとって疣《いぼ》だらけの女に、麗しいだの美しいだのいってみろ、心にもないことをいうやつだと、かえって不興を買ってしまうじゃないか」

「相手を誉めるには、なにかほんとにある長所を見つけないとね。兄のデイロンはそうしてますよ。兄がいうには、どんなに醜くて老いた娼婦にも、美しい髪や形のいい耳があるものだって」

「形のいい耳?」けげんな思いはつのるばかりだ。

「でなければ、きれいな瞳ですねとか。そのガウン、お目の色を引きたてていますねとか」

少年はすこし考えた。「といっても、〈血斑鴉〉公みたいに、片目しかない相手にはだめだけど」

（マイ・レディ、そのガウン、お目の色を引きたてていますね、か？　まあ、そこで片目の色などといおうものなら、たいへんなことになるな）

　ダンク自身、騎士や小貴族が貴婦人に対し、このような美辞麗句をいうのを聞いたことがあるが、ふつうはこんなにそっけない言いかたはしない。

〝お美しいレディ、とても美麗なガウンをお召しでいらっしゃる。あなたさまのおきれいな双眸《そうぼう》の色をとてもよく引きたてています〟――いうなら、こんなふうにだ。

　レディのなかには、老齢で筋張っている者もいれば、太っていて血色のよい者も、あばただらけで不器量な者もいる。が、ふつうはガウンを着てふたつの目を持っており、ダンクの記憶にあるかぎり、このような美辞麗句を聞かされるとたいそう喜ぶ。

〝なんと華麗なガウンをお召しであられることでしょう、マイ・レディ。お美しい色を宿すあなたさまのつぶらな瞳を、とてもよく引きたてています〟

「草臥《くさぶ》しの騎士の命は安いものでな」ダンクは沈んだ口調でいった。「うっかりしたことを口走れば、山ほどの石といっしょに袋に閉じこめられて、濠に放りこまれるのがおちだ」

「あなたが入るほど大きな袋なんて、持ってるもんかな。それに、そういうときは、ぼくの長靴を使えば……」

「だめだ」ダンクはうなるように否定した。「それだけはいかん」

ワットの森を通りぬけると、堰のずっと上流にきていることがわかった。ダンクが夢見たとおり、川水には楽々と水浴びができるほどたっぷりの水量がある。

（人ひとり、簡単に溺れさせることのできる深さだな）

川の向こう岸では、土手の一ヵ所が崩され、用水路が切られて、西方向へ灌漑《かんがい》用水を流す構造になっていた。用水路は道ぞいに走っており、そこから分岐する多数の小水路は広大な畑を蛇行している。

（川を越えれば、そこはもう〈紅後家蜘蛛〉の土地だ）

自分はなんというところへ乗りこんでいこうとしているのだろう。こちらの戦士はたったひとり、背中を護るのは十歳の男の子だけしかいないというのに。

エッグがぱたぱたと手で顔に風を送りながら、ダンクにたずねた。

「ねえ？　どうして進まないんです？」

「進まないわけじゃないさ」

乗馬の腹に拍車を当て、水しぶきをたてて川に乗りこませる。エッグも騾馬《ラバ》にまたがってついてくる。水深はサンダーの腹にまで達したのち、そこからしだいに浅くなりはじめた。ほどなくダンクとエッグは、水をしたたらせながら、〈紅後家蜘蛛〉領の土手にあがった。行く手には用水路が槍のごとくまっすぐに延び、陽射しを浴びて緑色と金色に輝いている。

数時間ほど進んで、冷濠《ひやぼり》城の塔群が見えてくると、ダンクはいったん馬をとめてドーンの上着に着替え、鞘に収めた長剣の鯉口《こいぐち》を切った。いざというとき、もたつかずに剣を抜けるようにだ。エッグも短剣の鯉口をわずかにゆるめて、いつでもすばやく抜けるようにした。へなへな帽子の下の顔は真剣そのものだ。そこから先、ふたりは轡《くつわ》をならべて道を進んだ。ダンクは大型の軍馬にまたがり、少年は騾馬に乗って、ものうげにはためくオズグレイ家の旗標を、旗竿の上に高くかかげながら。

サー・ユースタスから立派だ立派だと聞いていたせいか、いざ目《ま》のあたりにしてみると、冷濠《ひやぼり》城は少々肩すかしだった。嵐の果て《ストームズ・エンド》城やハイガーデン城など、これまでにダンクが見てきた大貴族の居城とくらべて、ずいぶんつましい城だったのだ。それでも城であり、防備を固めただけの塔館とはわけがちがう。矢狭間《やざま》つきの城壁は高さが十メートル、城壁の角には塔がそびえ、いずれも不落城の一倍半の高さがあった。各小塔と尖塔の上にはウェバー家の黒紋地の旗が重くたれている。旗に描かれているのは、銀色の蜘蛛の巣《ウェブ》に乗った斑紋のある紅《あか》い蜘蛛の紋章だ。

「あ、あそこ」エッグがいった。「水路が。流れこむ先を見て」

用水路が走っているのは、冷濠城の東の城壁の手前までで、そこから先は城壁を取りまく濠に流れこんでいた。冷濠城の名前はこの濠に由来する。用水がザーッと濠に流れこむ音を聞いて、ダンクは思わず歯がみした。老騎士のことばが思いだされたのだ。

〝あの女に、わが市松《チェキー》川を占有する権利はない〟

「いくぞ」とエッグにうながす。

アーチをなす大手門の上には、蜘蛛旗がずらりと立っていたが、よどんだ空気のもとで、いずれもだらりとたれさがっていた。アーチの要石《かなめいし》の部分には、深く彫りこまれた、蜘蛛紋よりも古い紋章が見えた。何世紀にもおよぶ風雨で侵蝕されてはいたが、いまでもはっきりその意匠が見てとれる。色のちがう四角い石を交互に嵌《は》めこんで、市松模様で描きだした、〝左後ろ片脚立ち《ランパント》〟の獅子だ。アーチの下で、大手門は開いていた。馬蹄の音を響かせつつ、跳ね橋を渡っていくさい、下を覗きこんでみて、ダンクは濠がかなり深いことに気がついた。

（二メートル近くはありそうだな）

　落とし格子の手前には、槍を手にしたふたりの門衛が立っており、ダンクたちの行く手を塞いだ。片方はたっぷりと黒い顎鬚《あごひげ》をたくわえているが、もうひとりには鬚がない。黒鬚のほうが来城の目的をきいてきたので、ダンクはこう答えた。

「わが主君オズグレイ公より遣わされてきた。レディ・ウェバーにお話し申しあげたき儀がある。わたしは〈長身のサー・ダンカン〉と呼ばれる者」

「ま、ベニスでないことはわかってたぜ」鬚なしの門衛がいった。「あいつだったら、遠くからでもにおいでわかるからな」

　鬚なしの門衛は歯が欠けている。制服は心臓の上に斑紋のある紅蜘蛛の紋章が縫いつけてあった。

　顎鬚の門衛が目をすがめ、胡乱《うろん》な者を見る目つきでダンクを見あげた。

「〈ロングインチ〉どのの許可がない者は、何人《なんぴと》たりとも、女公閣下にお目通りすることがかなわん。いっしょにこい。あんたの厩番《うまやばん》は、馬といっしょに、ここに残していけ」

「ぼくは従士だ、厩番じゃない」エッグが語気を強めた。「おまえ、目が見えないのか？　それとも、阿呆なだけか？」

　鬚なしの門衛が大声で笑った。顎鬚のほうが槍先をエッグの喉元に突きつけて、

「小僧、もういっぺん、ぬかしてみろ」とすごんだ。

　ダンクはエッグの耳に拳固を見舞った。

「よさんか。口を閉じて馬の面倒を見てろ」馬を降りる。「おれはサー・ルーカスに会ってくる」

　顎鬚が槍を下げた。

「〈ロングインチ〉どのは郭《くるわ》におられる」

　鋭い鉄の棘《とげ》が下向きにならぶ落とし格子の下をくぐり、岩石を落とす殺人孔の下を通って外郭《そとぐるわ》に入った。犬舎で何頭もの猟犬が吠えている。木造の七角聖堂《セプト》には鉛硝子《なまりガラス》を嵌《は》めた窓がならんでおり、その窓ごしに聖歌が聞こえていた。鍛冶場の前では、城鍛冶《しろかじ》が弟子の少年に手伝わせ、軍馬に蹄鉄《ていてつ》を打っていた。そのそばでは、矢場の的めがけて矢を射かける従士がひとり。その横には、長い髪を一本編みに束ねたそばかすのある女の子もおり、やはり矢の練習をしている。別の場所では、槍的《やりまと》が騎槍《ランス》に突かれて頻繁に回転していた。詰め物入りの練習着を着た騎士が六人、交替で馬上槍試合の練習をしているのだ。

〈ロングインチのサー・ルーカス〉は、槍的を眺める一団に混じって、うんと太った司祭《セプトン》と

話をしていた。丸々と肥えた白い焼き菓子《プディング》のような体形のせいか、セプトンはダンクよりもひどく汗を流しており、ローブがもうびしょびしょで、まるで服を着たまま湯浴みしてきたかのようだ。そのとなりに立つインチフィールドは、騎槍のようにまっすぐ背筋を伸ばし、背が高い。といっても、ダンクほどではなかったが。

（二メートルというところか）とダンクは見積もった。（これだけあると、そうとうに背の高さが自慢だろうな）

黒いシルクと銀布の服を着ているというのに、サー・ルーカスは、〈壁〉の上でも歩いているように涼しい顔をしていた。

「失礼します」門衛がサー・ルーカスに声をかけた。「この者、鶏《チキン》の塔館からの使者にて、女公閣下にお会いしたいとのことですが」

先にふりむいたのは、セプトンのほうだった。こちらを見るなり、突然、素っ頓狂な声でぶしつけなことをいいだしたので、この男、酔っぱらっているのかとダンクは思った。

「これは驚きましたな、草臥《くさぶ》しの騎士どのか？　草の上に臥し、灌木の下で野宿をする？　河間平野《リーチ》にはよほど大きな灌木があると見えます」セプトンは祝福を与えるしぐさをした。「〈戦士〉がともに戦ってくださいますように。わたしはセプトン・セフトン。嘆かわしい名前ですが、これが本名でしてね。あなたは？」

「〈長身のサー・ダンカン〉」

「控えめなご仁もおられたものだ」セプトンはサー・ルーカスにいった。「わたしにこうも大きな体軀があれば、〈大巨人のサー・セフトン〉と名乗っているところですよ。あるいは、〈塔のごときサー・セフトン〉とか、〈頭を雲の上に出すサー・セフトン〉とか」

　満月のような顔はほんのりと赤い。ローブにはワインのしみがついている。

　サー・ルーカスはまじまじとダンクを値踏みした。それはこちらとても同様だった。齢は向こうのほうが上だ。すくなくとも四十——たぶん五十はいっているだろう。筋肉質というよりも、細身ながら引き締まったからだつきで、顔は驚くほどに醜い。唇は部厚いし、歯は黄色い乱杙歯《らんぐいば》、鼻は横に広くて肉厚、目は飛び出しぎみだった。

（しかも、なにやら怒っている）

　相手のことばを聞く前から、それはわかった。

「草臥しの騎士など、よくて剣を持った物乞い、悪ければ法外の者《アウトロー》にすぎん。早々に帰れ。きさまのような手合い、ここに立ち入る資格はない」

　ダンクは顔を曇らせた。

「わが主君オズグレイ公のご下命により、不落城から遣わされてきた。レディ・ウェバーにお話し申しあげたき儀がある」

「オズグレイ——ですと？」セプトンはちらり、と〈ロングインチ〉に目を向けた。「あの市松模様の獅子の？　オズグレイ家は廃絶したのではありませんでしたか？」

「廃絶したも同然、ちがいはない。まだ残っているじじいが最後のひとりだ。東へ十数キロいったところの、いまにも崩れそうな塔館を護らせてやっている」

サー・ルーカスは、そういって眉根を寄せ、ダンクをにらみつけて、語をついだ。

「サー・ユースタスがわが女公《きみ》に話があるなら、自分でくればよかろうが」そこで、すっと目をすがめて、「待てよ？　きさま、ベニスといっしょに堰《せき》にきたやつだな？　否定してもむだだ。きさまは縛り首にせねばならん」

「なんということだ」セプトンが驚きの声をあげ、袖口で軽くたたくようにして、額の汗をぬぐった。「この者、山賊ですか？　ずいぶん大きな山賊もいたものだ。騎士どの、悪行を悔い改めなさい、そうすれば〈慈母〉のお慈悲を賜われますよ」しかし、せっかくの敬虔なことばは最後でだいなしになってしまった。大きな音を立てて放屁《ほうひ》したからである。「ああ、なんというまねを。わが失礼を赦《ゆる》したまえ。なにしろ、豆と大麦パンばかり食しておりますものでな」

「わたしは山賊ではない」自分に出せるかぎりの威厳をこめて、ダンクはふたりにいった。

〈ロングインチ〉はダンクの否定を頭から無視した。

「おれの忍耐にも限度があるぞ、草臥しの……そもそも、きさまが騎士だとしてだがな。早々に鶏《チキン》のうろつく臆病者《チキン》の塔館へ取って返し、サー・ユースタスに伝えろ、〈茶色の臭いサー・ベニス〉を差し出せとな。やつを不落城からいぶりだす手間を省かせるのであれば、わが女公《マイ・レディ》の寛大なるご処置も期待できよう」

「サー・ベニスと堰での悶着については、女公閣下ご自身とお話しする。そちらがわれらの水を盗んでいる件についてもだ」

「盗む？　そんなことをわれらがレディにぬかそうものなら、太陽が沈まぬうちに袋に押しこめられて、濠で〝泳ぐ〟はめになるぞ。本気でマイ・レディにお会いしたいなどといっているのか？」

　いまのダンクに確実にいえるのは、このルーカス・インチフィールドの黄色い乱杙歯に、思いきりこぶしをたたきこんでやりたいということだった。

「こちらの望みは、いまいったとおりだ」

「まあまあ、マイ・レディとお話しさせてあげればいいではないですか」セプトンが割って入った。「お引き合わせしたところで、なんの問題もないでしょうに。この炎天下のもと、サー・ダンカンは何時間もかけて馬に乗ってこられた。口上くらいは、伝えさせてあげればよろしい」

　サー・ルーカスはふたたびダンクをじろじろと見た。

「われらがセプトンはまことに懐の深い方だ。こい。ただし、手短に切りあげろよ」

　そして、足早に郭を横切りだした。ダンクは急ぎ足であとを追いかけねばならなかった。

　七角セプトの扉は開放されており、信徒たちがぞろぞろと階段を降りてきていた。騎士もいれば従士もいる。それに子供が十人強、老人が数人、白いローブを着てフードをかぶった司祭女《セプタ》が三人……最後に、いかにも身分の高そうな、ふくよかで楚々《そそ》とした貴婦人がひとり。身につけているガウンは紺青《こんじょう》色に染めたダマスク織で、裾にミア産のレースの縁どりがあり、丈が長すぎるため、裾を地に引きずっている。齢は四十くらいだろう。銀糸のネットの下で、赤褐色の髪はうずたかく結いあげてあった。しかし、髪よりもなお赤いのは、貴婦人のその顔だった。

「マイ・レディ——」貴婦人とセプタたちの前に立つと、サー・ルーカスが声をかけた。

「これなる草臥しの騎士が、サー・ユースタス・オズグレイより、伝言を携えてまいったと申しております。お聞きになられますか？」

「あなたがそう望むのでしたら、サー・ルーカス」

貴婦人は答えて、ダンクにじっと目をすえた。あまりにも強烈な眼差しに、エッグが口にしていた妖術の話がひとりでに思いだされた。

（しかしこれは……美しさをたもつため、血風呂につかっている女とはとても思えないな）

肉づきがよくふくよかな貴婦人は、うずたかく盛った髪では隠しきれない、妙にとがった頭をしていた。顔に比して鼻が大きすぎるし、口は小さすぎる。たしかに目はふたつあり、その点ではほっとしたものの、どれだけ歯の浮く美辞麗句をひねりだそうとしても、これはむりだとあきらめた。

「サー・ユースタスより、つい最近、堰で起こった揉めごとについてお話しさせていただくよう、申しつかってまいりました」

レディは目をしばたたいた。

「いま……堰、とおっしゃった？」

周囲に人が集まりだしている。自分に剣呑《けんのん》な視線が注がれるのが感じられた。

「川の堰です。市松川《チェキー》の。女公閣下におかれては、あの川に堰を設けられ……」

「なにをおっしゃるの、そんなもの、造ってはいませんよ」貴婦人は答えた。「だいいち、わたくし、午前中、ずっとお勤めに身を捧げていたのですもの」

サー・ルーカスがくっくっと笑う声が聞こえた。

「閣下がみずから堰を造られたといっているわけではありません。ただ、その……川の水がなくてはわが領の作物が枯れてしまいますので……農民が畑で育てている豆や大麦、それにメロンも……」

「まあ、ほんとうに？　わたくしメロンが大好物なのよ」レディがうれしそうに小さな口の両端を吊りあげた。

ダンクは不安な思いで周囲を取りまく顔の輪を見まわし、自分の顔が赤らむのをおぼえた。

（なにかがおかしい。〈ロングインチ〉のやつ、おれを笑いものにしようとしているな）

「ム＝レディ、お話のつづきは、もっと……こう、人のいない場所でさせていただけないでしょうか」

「〝銀貨一枚、と〈でかぶつマヌケ〉、いっしょに寝ようと誘いをかける〟！」

歌の文句だろうか、だれかが混ぜっ返した。まわりの人垣からどっと笑い声があがった。レディは怯え、なかば恐れをいだいたようすで両手を持ちあげて、顔をおおった。セプタのひとりがすばやく歩み寄り、保護するようにして、その肩に腕をまわした。

「これはいったい、なんの騒ぎ？」笑い声を切り裂いて、ひややかで凜《りん》とした声が飛んだ。

「いまの冗談、真に受けた者はいないでしょうね。そこの騎士どの、なにゆえにわが義姉《あね》を困らせるの？」

　声の主は、矢場で弓の練習をしていた、あの娘だった。いっぽうの腰には矢立てを吊り、自分の背丈と同じくらいある――といっても、それほど背が高いわけではないが――長弓《ロングボウ》を持っている。ダンクの背が二メートル十にわずかに足りないほど高いのに対して、この娘の背は一メートル五十にわずかに足りないほど低い。腰も細くて、ダンクなら両手でつかめてしまえそうなほどだ。一本編みに編んだ赤毛ははなはだ長く、ゆうに太腿にまで届いている。あごにはくぼみがあり、鼻はすこし上を向いていて、両の頬には軽くそばかすが散っていた。

「どうぞお赦《ゆる》しを、レディ・ローアン」そういったのは、見目のいい貴族風の若者だった。ダブレットにはキャスウェル家の半人半馬《セントーア》の刺繍が見える。「そこな〈でかぶつマヌケ〉が、レディ・ヘリセントを閣下とまちがえたものですから」

　ダンクはふたりのレディを交互に見た。

「あなたが……あの〈紅後家蜘蛛《べにごけぐも》〉？」自分の口がぶしつけなことばを吐くのが聞こえた。

「しかし、それにしては――」

「若すぎると？」娘は長弓をひょろりとした若者に放《ほう》った。これは矢場でともに矢の練習をしていた男だ。「二十五歳よ、これでもね。それとも、小さすぎるといいたいの？」

「――いえ、愛らしいと。可愛すぎる、と」なんと答えてよいかわからなかったが、とにもかくにも、さほど悪くない表現が出てきて、ほっとした。この鼻の形は好きだ。赤みの強い《ストロベリー》ブロンドの髪といい、革の袖なし胴着《ジャーキン》ごしにうかがえる小ぶりながらも形のいい胸といい、好みに合う。「てっきりあなたのことを……つまり、その……ご主人を四回、亡くされたと聞いていたもので、ですから……」

「最初の夫は、わたしが十歳のときに死んだわ。当時、夫は十二歳。父の従士をしていて、〈赤草が原〉の合戦で討ち死にしたのよ。残念ながら、わたしの夫はみんな、長生きしてはくれないみたい。最後の夫は〝春に死んだ〟わ」

これは一般に、二年前に流行った〈春の疫病大流行〉で病死したことを示す表現だ。

（あれで亡くなったのか）

春に大流行した悪疫により、何千何万もの人々が死んだ。その犠牲者のなかには、老賢王ばかりか、将来を嘱望されていたふたりの若き王孫も含まれる。

「か……数々のご不幸、お気の毒に思います、ム＝レディ」（美辞麗句だよ、このうつけ《ランク》、美辞麗句を連ねろ）「わたしがいいたかったのは……その、お召しのガウンが……」

「ガウン？」レディは下に目をやり、自分が身につけている長靴《ちょうか》、半ズボン、ゆったりした亜麻布の上着、革のジャーキンを見おろした。「ガウンなんて着てないわよ」

「いや、その、おぐしが……とても柔らかで……」

「どうして柔らかだとわかるのかしら？　この髪に触れられたのであれば、わたしも憶えていそうなものだけれど」

「いえ、柔らかなのではなく」ダンクはしどろもどろで答えた。「赤です、赤いといおうとしたんです。おぐしがとても赤い」

「とても赤い？　あなたの顔ほど赤くないといいわね」

そういって、レディは笑った。まわりで見ている者たちもいっしょになって笑った。

ただし、〈ロングインチのサー・ルーカス〉だけは例外で、横から口をはさんだ。

「マイ・レディ。この男、不落城に傭われた軍人《いくさにん》です。〈茶色の楯のベニス〉が、堰で水路掘りどもを襲い、ウォルマーの顔に斬りつけたさい、同行していた者と特徴が一致します。

「遣わされてきたのは事実です、ム＝レディ。わたしは〈長身のサー・ダンカン〉今回はマイ・レディにご相談があり、オズグレイ老に遣わされてきたと申しておりますが」

「むしろ〈暗愚のサー・ダンカン〉だろうが」

顎鬚の騎士がいった。これはレイグッド家の三条の稲妻紋をつけた男だ。周囲でふたたび笑い声があがった。レディ・ヘリセントでさえ動揺から立ちなおり、くすくす笑っている。

「──冷濠《ひやぼり》城の礼節は、わが父とともに死んだの？」

目の前の若い娘が、きびしい声で一同に問いかけた。

（いや、これは若い娘などではない、成熟した女性だ）

「そもそも、なぜサー・ダンカンが、わたしとレディ・ヘリセントをまちがえる仕儀に？」

ダンクはじろりとインチフィールドをにらんでから、レディに答えた。

「わたしの早とちりです」

「ほんとうにそうかしら？」

〈紅後家蜘蛛〉はじろじろとダンクを見まわした。とくに長く視線をすえていたのは、胸の紋章だった。

「〝大樹に流れ星〟——はじめて見る紋章ね」

いいながら、ダンクの上着に手を伸ばし、二本の指で楡《ニレ》の樹の大枝の一本をなぞった。

「これは絵だわ、刺繍ではない。ドーン人はシルクに絵を描くと聞いたことがあるけれど。あなたはドーン人にしては大きすぎるわね」

「ドーン人のみんながみんな、小柄というわけではありません、ム＝レディ」

シルクごしにレディの指の感触がわかった。その手にもそばかすが散っている。

(賭けてもいいな。これは全身、そばかすだらけだ)

妙に口が渇くのをおぼえながら、ダンクは語をついだ。

「ただ、ドーンで一年を過ごしました」

「ドーンのオークはみな、これほど大木になるの？」

たずねるレディの指は、いまは心臓付近の枝をなぞっている。

「これは楡を描いたものです、ム＝レディ」

「憶えておきましょう」レディはしかつめらしい顔で指を引っこめた。「この郭は暑いし、ほこりっぽいしで、話をするのに適さないわね。セプトン、サー・ダンカンをわが謁見室へ通してあげなさい」

「かしこまりました、義妹《ぎまい》どの」

「お客人はさぞ、のどが渇いているでしょう。ワインの用意をしてあげて」

「おほっ、このわたしがですか？」太った酔いどれセプトンは相好を崩した。「それはもう、喜んで」

「着替えをおえしだい、謁見室にいきます」レディがベルトと矢立てをはずし、連れの若い男に渡した。「学匠《メイスター》のセリックも同席させたいところね。サー・ルーカス、彼を呼んできてちょうだい」

「ただちにメイスターを連れて謁見室に参上します」〈ロングインチのルーカス〉が答えた。

レディは城代に冷たい視線を向けた。

「あなたは同席しなくともけっこうよ。なにかと城務に追われる身でしょう。メイスター・セリックをよこしてくれればそれでいいわ」

「ム＝レディ」立ち去りかけたレディの背中に、ダンクは呼びかけた。「大手門のところに従士を待たせているのですが。その者を同席させてもよろしいでしょうか」

「従士を？」

レディは微笑を浮かべた。そうやってほほえんでいると、二十五の成熟した女性ではなく、十五の小娘に見える。

（そう、ちゃめっけたっぷりで笑い声の絶えない、可愛い娘にだ）

「あなたがそうしたいのなら、同席させなさい」とレディはいった。

「ワインを出されても、飲んじゃだめですよ」

謁見室で待っているとき、エッグが耳にささやきかけてきた。セプトンはワインを取りにいくといって、席をはずしたところだ。石の床には馨《かぐわ》しい藺草《イグサ》が敷きつめてあり、壁面には馬上槍試合や合戦の場面を描いたタペストリーがかかっている。

ダンクは鼻を鳴らし、

「あのレディがおれに毒を盛る必要があるものか」と答えた。「おれのことなど、脳ミソのかわりに豌豆豆《エンドウマメ》のかゆ《ポリッジ》が詰まった、図体のでかい田舎者だと思ってるぞ、きっと」

「——たまたま、わが義妹どのは、豌豆豆のポリッジがお好きでしてな」ふたたび謁見室に入ってきて、セプトン・セフトンがいった。手にしたトレイにはワインの瓶と水の瓶が一本ずつと、カップが三つ載せてある。「ええ、ええ、聞こえていましたとも。わたしは太っていますが、耳がないわけではないのです」

トレイを置いて、ふたつのカップになみなみとワインをついでから、残るひとつには水をつぎ、そのカップをエッグに差しだす。エッグはそれを受けとったものの、疑わしげな目でまじまじと見つめて、脇に置いた。セプトンはまったく意に介するふうでもなく、ダンクに話しかけた。

「これはアーバー産のヴィンテージ——極上の逸品ですよ。毒の成分がまた、格別の刺激を与えてくれます」セプトンはそういって、エッグにウインクしてみせた。「ふだんは飲酒を控えているのですが、今回は毒入りの有無を証明してみせねばなりますまいて」

いいながら、ダンクにカップを差しだした。

ワインは香り豊かで旨かったが、ダンクは用心深く、すこしだけしか口をつけなかった。それも、セプトンが自分のぶんをがぶがぶと飲み、三回、グビッとのどを鳴らしただけで、カップ半分を飲んでしまうのを見届けてからのことである。エッグは腕組みをしたままで、頑として水に口をつけない。

「レディ・ローアンはね、豌豆豆のポリッジがお好きなのですよ」セプトンはくりかえした。「それに、あなたのことも好いている。わたしはわが義妹どのをよく知っています。初めて郭で姿を見たときには、わたしはなかば、あなたがわざわざキングズ・ランディングから、義妹どのの手をとりにきた求婚者であってくれれば、と期待したものでした」

ダンクは眉をひそめた。

「どうしてわたしがキングズ・ランディングからきたとわかったんです、セプトン？」

「キングズ・ランディングの出身者には独特の訛《なま》りがあるでしょう？」セプトンはワインをがぶりと口に含み、しばらく口中で転がしてから、ごくりと飲みこむと、ぷはっと満足げな吐息を漏らした。「わたしは何年もあそこにいましてね。ベイラー大聖《グレート・セプト》堂で総司祭聖下《ハイ・セプトン》にお仕えしていたのです」

セプトンはためいきをつき、語をついだ。

「〈春の疫病大流行〉以後の、王都のようすはごぞんじないようですな。死体焼きの炎からこちら、王都は変わりはててしまいました。住居の四分の一は焼失して、四分の一は無人と化したありさまです。鼠までもがすっかりいなくなってしまいました。あれはじつに奇妙な光景でしたよ。鼠の消えた都というのは、夢想だにしたことがありませんでした」

　ダンクもそのうわさは耳にしていた。

「〈春の疫病大流行〉のとき、セプトンは王都におられたのですか？」

「ええ、おりましたとも。恐ろしい時期でした、あれは恐ろしい時期でした。早朝に健康で目覚めた壮健な者が、宵にはもう死んでいる。あまりにも多くの者があまりにも早く死んでしまうので、埋葬するひまもない。死体は一時、やむなく〈竜　舎《ドラゴンピット》〉へ放りこまれました。ところが、積みあげられた死体の山が高さ三メートルにおよんだ時点で、〈王の手〉であるリヴァーズ公――あの〈血斑鴉《けっぱんガラス》〉どのが、火術師《かじゅつし》たちに死体を焼けと命じましてね。ために〈竜舎〉の窓という窓が、火葬の光で明々《あかあか》と輝いていたものです――そのむかし、ドラゴンたちが生きていて、あの大円蓋《えんがい》の下で火を吐いていたころのようにね。夜になると、王都のいたるところで暗緑色の火光《かこう》が見える。火術師が死体を焼くのに使う〝鬼　火《ワイルドファイア》〟の色です。あの緑色の色調は、いまにいたるも、目蓋の裏に焼きついています。〈春の疫〉は王都よりラニスポートのほうがひどくて、オールドタウンではいっそう猖獗《しょうけつ》を極めたといいますが、それでも、キングズ・ランディングは全人口の四割をも失いました。老いも若きも関係ない、富裕層と貧困層、貴族と賤民《せんみん》の区別なく、無差別に人が死んでいったのです。現世における神々の声、われらがハイ・セプトン聖下も召されてしまいました――篤信卿《とくしんきょう》の三分の一と、沈黙の修道女《シスター》のほぼ全員とともに。さらには、デイロン有徳王《うとくおう》も、あまつさえ、心やさしきプリンス・マターリスも、勇敢なるプリンス・ヴァラーも、〈王の手〉も……ああ、あれは恐ろしい時期でした。悪疫が終息するまぎわには、王都の半数の者が、〈七神〉のなかでもとりわけ、〈異客《まれびと》〉に祈りを捧げていたものです」もういちど、ワインをがぶりと飲んだ。

「そのころ、騎士どのはどこにおられました？」

「ドーンに」とダンクは答えた。

「では、あなたには〈慈母〉のご加護があったわけだ」〈春の疫病大流行〉は、ドーンにはおよばなかった。おそらくそれは、ドーンが領境と領内の港湾をすべて封鎖したためだろう。アリン家が同様の処置をとった谷間《ヴェイル》もまた、やはり難をのがれている。「これほど人死にが多くては、酒を飲む気も失せようというもの。とはいえ、われらが生きるこの時代、生きる活力を与えてくれるものなどほかにない。いくら熱心に祈ったところで、旱魃は収まらぬ。〈王の森〉は乾燥して巨大な火口箱《ほくちばこ》と化し、昼も夜も森林火災が燃え盛る。〈鋼の剣《ビタースティール》〉とその甥たちは——甥とはすなわち、デイモン・ブラックファイアの生き残った息子たちです——タイロシュで牙を研ぐいっぽう、ダゴン・グレイジョイ率いる鉄《くろがね》のクラーケンどもは、群狼のごとくに日没海を荒らしまわって、はるか南のアーバー島にまで掠奪遠征にくりだす始末。すでにフェア島の富は半分が奪いとられたといわれています。百人もの女性《にょしょう》もです。フェア島の島主ファーマン公は、防衛網の再構築に努めておられますが、わたしの目に映るかぎり、その努力はすでに妊娠した娘に——この腹ほど大きく腹が膨れた娘に——貞操帯をつける行為に等しい。ブラッケン公は三叉鉾《トライデント》河付近の居城で長らく病の床についておられて、その長子もまた、〈春の疫〉により、もうこの世にはいません。したがって、跡を継ぐのはサー・オソウ・ブラッケンということになる。ブラックウッド家の者とて、隣接する領地の当主に、あの〈ブラッケンの荒馬〉が収まってはおもしろくないでしょう。となれば、軍《いくさ》は必至です」

　古来つづくブラックウッド家とブラッケン家の確執は、ダンクも知っていた。

「両家をしたがえる主家は、和平を強制しないのですか？」

「残念ながらね」とセプトン・セフトンは答えた。「タリー公はまだ八歳——まわりを女性ばかりに囲まれています。あれでは、タリー公を戴くリヴァーラン城は動けません。現国王エイリス一世は、もっと動かないでしょう。どこかのメイスターが報告書をまとめぬかぎり、王の意識が現地の件に向くことはないでしょうな。しかも、〈王の手〉たるリヴァーズ公は、いかなるブラッケンとの面会にも応じることはないと見てよいでしょう。どうか思いだしてほしいのですが、われらが〈王の手〉は、半分、ブラックウッドの血を引いているのですよ。あのご仁がすこしでも動くとしたら、従兄弟《いとこ》どのたちが〈荒馬〉を窮状に陥れる方向で——でしょうな。リヴァーズ公が産まれたその日、〈慈母〉は公の顔に赤きしるしをつけられた。そして〈鋼の剣〉は、〈赤草が原〉の合戦において、いまいちど公の顔にしるしをつけたのですからね」

　リヴァーズ公というのが〈血斑鴉《けつぱんガラス》〉であることは、ダンクも知っている。現〈王の手〉である〈血斑鴉〉公は、本名をブリンデン・リヴァーズという。母は名家ブラックウッド家の出身であり、国王エイゴン四世を父に持つ。つまり、王のご落胤のひとりなのである。

　太ったセプトンはぐびりとワインを飲み、さらに饒舌《じょうぜつ》をふるった。

「エイリス王というのは、現実の諸公や法律よりも往古の巻物やほこりくさい予言のほうに興味があるお方でしてね。王妃に跡継ぎの種を蒔《ま》く試みすらもなさらない。日々、エリノア王妃は大聖堂《グレート・セプト》を訪《おとな》われて、どうぞ子供をお授けくださいと〈天なる慈母〉に祈っておられますが、いまだにご本人は乙女のままです。エイリス王はご自分だけの居室に住まわれて、いかなる女と同衾《どうきん》するよりも、本のほうを好まれるといわれているありさまで」セプトンはまたもやカップを満たした。「くれぐれも考えちがいをなさらぬように。七王国を司《つかさど》っているのはリヴァーズ公なのです、その妖術と密偵を通じてね。公に歯向かう者など、おりはしません。王弟プリンス・メイカーは夏の城館《サマーホール》に蟄居《ちっきょ》なさり、兄王に対する不満をかこってふてくされておられる由。もうひとりの王弟プリンス・レイゲルは、常軌を逸した方であるばかりか、なんとも意気地のない方ですし、そのお子たちはといえば……結局、まだ子供にすぎません。リヴァーズ公に歯向かう者など、どこにもいないのです。役所という役所は、リヴァーズ公の友と息のかかった者によって占められており、王の小評議会は公の手を舐め、新任の上級学匠《グランド・メイスター》は公と同じく妖術に傾倒している始末。赤の王城《レッド・キープ》の警備を固めるのは公の弓兵隊〈鴉の歯〉で、公の許可なくしては、いっさい王に目通りかなわぬ状況です」

　ダンクはすわったまま、不安の面持《おもも》ちで身じろぎした。

（〈血斑鴉〉に目の数いくつ？　目の数ぜんぶで、千と一）

〈王の手〉が千と一の耳をも持っていなければいいのだが。セプトン・セフトンが口にしたことばの中には叛逆《はんぎゃく》的な内容も含まれている。いまの話をどう受けとめているだろうと思い、ダンクはエッグに目を向けた。少年はありったけの意志力を動員して、口を開きそうになる自分を必死に抑えているようだった。

　セプトンは椅子の肘かけに手をあてがい、立ちあがった。

「わが義妹どのも、そろそろお出ましになるでしょう。すべての偉大なレディがそうであるように、はじめに合わせてみた十着のガウンは、いまのご気分に合わなかったのでしょうな。もっとワインはいかがです？」

　セプトンはそういって、返事も待たず、ふたつのカップをワインで満たした。

「わたしが女公閣下とまちがえた、あの女性ですが」話題を変えようとして、ダンクは水を向けた。「セプトンどののご姉妹かなにかですか？」

「われらはみな〈七神〉の子ではありますが、宗教的な意味合いを除けば……ちがいます、わが姉妹ではありません。レディ・ヘリセントは、サー・ローランド・アファリングの姉君なのですよ。サー・ローランドというのは、レディ・ローアン閣下の四番めのご夫君で、〝春に亡くなられ〟ました。その前のご夫君は、わたしの弟の、サイモン・ストーントン。おおいに不運なことに、弟は鶏の骨をのどに詰めて死んでしまいましたがね。世間ではさぞ、冷濠《ひやぼり》城には亡霊がひしめいているといわれていることでしょう。夫たちはつぎつぎに死んでしまう。いっぽうで、夫の親族は生き残り、わが義妹どのの菓子を食らう。あたかもシルクとベルベットを着た、福々しいピンクの蝗《イナゴ》の群れのように」口をぬぐった。「それでもなお、わが義妹どのは結婚しなければならないのです。それも、早急に」

「しなければならない？」おうむがえしに、ダンクはいった。

「亡き公父どののご遺志でしてね。先代のワイマン・ウェバー公は、ご自分の血を引く孫を望んでおられました。それゆえに、病床に伏せられたとき、義妹どのを〈ロングインチ〉と結婚させようとなさった。ご自分の愛娘《まなむすめ》を、屈強な男に護られるよう手配したうえで死んでいきたかったのでしょう。ところが、レディ・ローアンは〈ロングインチ〉との結婚を拒否した。そこで先代は、それならばと、厳しい条件を出された。ご自分の二年忌を迎えてなお、レディ・ローアンが結婚していなければ、冷濠城はご自分の従弟《いとこ》、ウェンデルに譲り渡すと決められたのです。ウェンデルなら、あなたも郭で見かけたかもしれません。首に腫れ物のある、あの背の低い男ですよ。あの腫れ物は、おおむね、腹の張りに原因があるものです。しかし、わたしも人のことはいえますまい。しじゅう腹が張って、放屁ばかりしているようではね。ま、それはともかく――サー・ウェンデルは欲深で愚かな人間ですが、その夫人は大貴族ロウアン公の妹で……これがまた、ぽろぽろとよく子を産む女性《にょしょう》でしてな。その点は否定しようがない。いやはや、夫の放屁と同じほど頻繁に子を産んでいますよ。息子たちときたら、欲深さでも愚かさでも放屁癖でも夫に負けず劣らずひどいし、娘たちにいたっては輪をかけてひどい。そんなやからがこぞって、父親が城主になる日を待ち望んでいるのです。

ロウアン公も先代の遺志を支持していますから、義妹どのが城主でいられる期間は、つぎの新月までしかありません」

「どうして早く結婚しないんです」ダンクは疑問を口にした。

　セプトンは肩をすくめた。

「じつをいえば、求婚者がちっとも現われないのですよ。さきほどあなたもごらんになったとおり、義妹どのは、けっして見目は悪くない。ご本人の魅力に加えて、頑丈な城と広大な土地もついてくる。それならば、各家の跡取りでない息子たちや土地を持たぬ騎士たちが、蝿のごとくにこぞって群がってくる、と思うでしょう？　それが、ちがうのですな。前夫が四人も死んだとあって、みな尻込みしているのです。あまつさえ、義妹どのが石女《うまずめ》であるという者たちまでいて……まあ、本人の前ではけっしてそういいはしませんがね、鴉の鉄籠に閉じこめられたいと思う人間でないかぎり。そもそもわが義妹どのは、子供をふたり産んでいる。男の子と女の子です。しかし、ともに一歳の命名日を迎えることなく亡くなりました。さらに、毒を盛っただの妖術を使うだの、そんなうわさなど気にしないわずかな者たちも、〈ロングインチ〉とは関わり合いになりたがらない。先代は死の床で、ろくでもない求婚者から娘を護る役目を〈ロングインチ〉に託したのですが、あの男、それをすべての求婚者と解釈してしまったのです。義妹どのの手をとらんと欲する者は、まずは〈ロングインチ〉と剣で渡り合わなくてはなりません」

　セプトンはワインを飲み干し、カップを脇に置いた。

「だからといって、求婚者が皆無だったわけではないですよ。クレイトン・キャスウェルとサイモン・レイグッドはひときわ熱心でした。しかしご両人は、義妹どの本人よりも土地のほうにご執心でしてね。わたしが賭けごとを許される立場の人間でしたら、求婚者としてはジェロルド・ラニスターに賭けたかったところです。いまだここへは姿を見せていませんが、金髪で頭のまわりも早く、背丈も一メートル八十はあって……」

「……なにより、ウェバーの女公が気にいっているのは、ジェロルドからの手紙ね」

声がしたほうを向くと、当のレディ・ローアンが戸口に立っていた。隣には大きな鉤鼻《かぎばな》を持つ、ずいぶんと地味な若いメイスターが控えている。レディはつづけた。

「賭けたら負けるわよ、義兄《ぎけい》どの。快楽多きラニスポートと、キャスタリーの磐城《ロック》の贅沢な暮らしを捨ててまで、ジェロルドがこんな小さな城に収まるとでも思う？　タイボルト公の弟であり、顧問でいたほうが、わたしの夫になるよりもはるかに大きな影響力をふるえるというものよ。ほかの求婚者たちはといえば、サー・サイモンについては、借金を返すためにわたしの地所の半分を売らねばならないほどの窮乏ぶりだし、サー・クレイトンのほうは、〈ロングインチ〉にじろりとにらまれるたびに、木の葉のごとく震えだすありさまだしね。だいいち、あの男、わたしより可愛いわ。それにあなたは、セプトン、ウェスタロスいちのおしゃべり。よくまあ口の動くこと」

「大きな腹にはよく動く口がいるのです」すこしも動じることなく、セプトン・セフトンは答えた。「さもないと、たちまち腹が縮んでしまう」

「あなたが……あの〈紅後家蜘蛛〉？」エッグが愕然とした顔でいった。「ぼくとそんなに背丈がちがわない！」

「半年たらず前、まったく同じ反応を見せた子がいたわね。背が伸びるようにと、拷問台にかけてやったけれど。手足を引っぱる方式の拷問台に」

レディ・ローアンは公壇上の公座にすわり、長い一本編みの髪を左の肩から前にたらした。かなり長いために、髪の先のほうがひざの上でとぐろを巻いた。こうして見ると、その髪が眠っている猫のようでもある。

「サー・ダンカン、郭ではからかって悪かったわ。あんまりあたふたと讃辞をいおうとするものだから、つい、おもしろくなってしまって。さすがに、あそこまで真っ赤になるとはね……そんなに背が高くなるまで育った村には、あなたをからかう女の子はいなかったの？」

「村というのは、キングズ・ランディングです」〈蚤の溜まり場〉の名は口に出さなかった。

「女の子たちはいましたが、しかし……」

〈蚤の溜まり場〉で行なわれる〝からかい〟は、ときに足の指を斬り落とすことをも含む。

「きっとあなたのことが怖くてからかえなかったのね」レディ・ローアンは一本編みの髪をなでた。「その体格だもの、むりもないわ。でも悪気はない人だから。レディ・ヘリセントのことは悪く思わないで。義理の姉は頭が素朴なの。とても信心深くはあるけれど、セプタたちの手伝いがないと、服も満足に着られないのよ」

「あれはあの方のせいではありません。わたしが早とちりをしたんです」

「潔いこと。でも、それはうそ。サー・ルーカスのしわざであることくらいわかっているわ。あの男は残酷なユーモアの持ち主だもの。それに、あなたを見たとたん、敵愾心《てきがいしん》をいだいたはずよ」

「なぜです？」ダンクはとまどった。「あの人物にはなにもしていませんが」

レディは微笑を浮かべてみせた。思わずどぎまぎしてしまう艶笑だった。

「あなた、あの男の前に立ったでしょう。手のひらひとつぶん、でなくともそれに近い長さだけ、あなたのほうが高かったわ。サー・ルーカスはね、もうずいぶん長いあいだ、自分が見おろせない人間に会ったことがないのよ。あなた、齢《とし》はいくつ？」

「ム＝レディが嘉《よみ》したまうならば、お答えします、二十《はたち》歳近くになります」

ダンクは二十歳という響きが好きだった。じっさいの年齢は、さらに一歳、もしかすると、二歳は下かもしれないが、ほんとうのところは、ダンク自身も含めて、だれにもわからない。ほかのみんなと同じく、父母はいたはずだが、どちらの顔も知らないし、名前すら知らない。〈蚤の溜まり場〉には、いつ、だれがダンクを産んだかなど、気にする者はいなかったのである。

「見かけどおり、強いの？」

「どのくらい強そうに見えますか？」

「そうね、サー・ルーカスが警戒するくらいには強そうに見えるわね。あれはわたしの城代だけれど、わたしが選んだわけではないの。この冷濠城と同じく、父の遺した遺物なのよ。

あなたの騎士の称号は、どこかの戦場で得たものなの、サー・ダンカン？　いってはなんだけれど、そのしゃべりかたからすると、けっして高貴な生まれではなさそうね」

（卑しい貧民の生まれだよ）

「銅貨の樹《ペニーツリー》のサー・アーランなる草臥しの騎士が、わたしが子供の時分、従士に取り立ててくれたのです。騎士道の要諦《ようてい》と戦いの技術は、すべてその人物から教わりました」

「そのサー・アーランが、あなたを騎士に？」

ダンクはもぞもぞと足を動かした。長靴《ちょうか》のかたほうのひもが解《ほど》けかけている。

「ほかに騎士にしてくれそうな人物はいませんでした」

「サー・アーランは、いまはどこに？」

「亡くなりました」視線をあげた。長靴のひもはあとで結べばいい。「とある丘の斜面の、土の中で眠っています」

「軍《いくさ》で雄々しく戦死したの？」

「雨に降られて。風邪で亡くなりました」

「老人は虚弱だものね、知っているわ。二番めの夫で学んだの。あのひとと結婚したとき、わたしは十三。つぎの命名日で五十五歳という人だったから、長生きではあったわね。あのひとが埋葬されて半年後に、あのひとの息子を産んだんだけれど、その子もまた〈異客《まれびと》〉に連れていかれてしまったわ。セプトンたちは父君《ちちぎみ》が幼子をそばに置きたかったのでしょうというばかり。あなたはどう思う？」

「その……」ダンクはためらいがちに答えた。「そうかもしれません、ム＝レディ」

「ばかばかしい。あの子もまた虚弱だっただけ。未熟児でね。乳を含む力さえなかったわ。そうはいっても……神々は父親に五十五年近く長生きさせたのよ。その息子に、もうすこしだけ寿命を与えてくれてもよかったんじゃない？　たった三日だなんて、あんまりだわ」

「おっしゃるとおりです」

ダンクは神々のことをほとんど知らない。たまにセプトを訪ねては、〈戦士〉に対して、いっそうの膂力《りよりよく》をお与えください、武術の腕を高めさせてくださいと祈りはする。とはいえ、その他のことはすべて、〈七神〉の思し召すままだ。

「サー・アーランが亡くなったこと、気の毒に思います」とレディはいった。「それよりも気の毒なのは、あなたがサー・ユースタスに召しかかえられたことかしら。すべての老人がサー・アーランみたいな人物ではないのよ、サー・ダンカン。ペニーツリーに帰ったほうが、あなた、将来性があるのではなくて？」

「わたしが帰る先は、主君のために剣をふるうと誓約を立てた場所です」

ダンクはペニーツリー村を訪ねたことがない。それが河間平野《リーチ》にあるかどうかもはっきりしない。

「では、この城にこそ誓約を立てなさい。いまは情勢不安の時。わたしも騎士を必要としているわ。見たところ、あなたは健啖家《けんたんか》のようね。現状ではどれだけの鶏を食べられるの？冷濠城にいれば、温かい赤身の肉も、甘いフルーツのタルトも、好きなだけ食べほうだいよ。

あなたの従士も栄養が必要な顔をしているわね。こんなにガリガリに痩せて、髪の毛も抜け落ちているじゃない。同年齢のほかの男の子たちと部屋を共有させてあげられるし。本人もそのほうが喜ぶでしょう。うちの武術師範に武術の訓練を施させてもいいのよ」

「この子の訓練はわたしがします」ダンクは思わず、身がまえた言いかたをした。

「ほかにだれが訓練を？　ベニス？　オズグレイ老？　鶏たち？」

じつをいえば、エッグに鶏たちを追いまわさせたことがある。

（敏捷さを鍛える役にたつからだ）

だが、そんなことをいえば、レディには笑われるだろう。それにしても、このレディにはどぎまぎさせられる。ちょっぴり上を向いた鼻といい、そばかすといい、心が騒ぐ。サー・ユースタスにこの城へ派遣されてきた目的がなんだったのかを、ダンクは自分に思いださせなくてはならなかった。

「わが剣は主君オズグレイに捧げると誓約したのです、ム＝レディ。ですから、その誓約にふさわしい行動をとります」

「ま、好きになさい。では、もっと愉快ではない話に移りましょうか」レディ・ローアンは一本編みの長い髪を引っぱった。「わたしたちは冷濠城およびその領民に対する攻撃を看過しません。あなたを袋に閉じこめるべきではない理由があるなら、ただちにおっしゃい」

「わたしは交渉するためにきたのです。それに、あなたのワインを飲みました」とダンクはいった。ワインの味はまだ口中に残っている。豊かで芳醇な味わいだった。一服、盛られていたとしても、いまのところはまだ、毒の影響は出ていない。そのワインのせいもあってか、ダンクは大胆なことばを口にした。「それに、わたしが入る大きさの袋などお持ちではないでしょう」

ほっとしたことに、前にエッグがいった軽い冗談は、レディの顔をほころばせた。

「とはいえ、ベニスが入る程度の袋なら、すでに用意はあるのよ。メイスター・セリックによれば、ウォルマーの頬は、骨に達するまでざっくり斬り裂かれていたとのこと」

「あの男が憎まれ口をたたいたので、サー・ベニスが癇癪《かんしゃく》を起こしたのです、ム＝レディ。ともあれ、サー・ユースタスには、血の代価を支払うよう申しつかってきました」

「血の代価？」レディは笑った。「古風な人間とは思っていたけれど、そこまで古風だったとはね。わたしたちが〈英雄の時代〉に生きているとでも思っているのかしら。そのころは、人ひとりの命が、せいぜい銀貨ひと袋程度の価値しかないと思われていたそうだけど」

「あの水路掘り、命を取られたわけではありません、ム＝レディ。わたしの見ている前ではだれも殺されませんでした。頬を斬られた——それだけです」

レディの指がものうげに、一本編みの髪をもてあそんだ。

「それでは、サー・ユースタスは、ウォルマーの頬にどれほどの価値があると思っているのかしら？　いってごらんなさい」

「牡鹿銀貨一枚。そしてム＝レディには、銀貨三枚を」

「サー・ユースタスも、わたしの名誉にずいぶん安値をつけてくれるものだわ。まあ、銀貨三枚なら、鶏三羽を申し出られるより、まだましではあるけれど。ただし、使者にはむしろ、ベニスを立てるべきだったわね。この者、お好きに罰せられたしとのただし書きをつけて」

「その罰には、さっきおっしゃった袋も含みますか？」

「含むかもしれないわねえ」レディは片手に髪の毛を巻きつけた。「オズグレイは、銀貨を払わなくてもけっこう。血には血でもって贖《あがな》ってもらわなくてはね」

「たしかに、おっしゃるとおりかもしれません、ム＝レディ、ですがそのまえに、ベニスが斬りつけた男のもとに使いを走らせて、銀貨一枚か、袋に詰めたベニスか、選ばせてみてはどうです」

「両方同時に選べないなら、銀貨を選ぶに決まっているでしょう。それはまちがいないわ。けれど、それを選ぶのは、あの者ではないの。これはもう、一農民の頬の問題ではなくて、獅子と蜘蛛の問題。わたしがほしいのはベニスの身柄なのだから、ベニスが引きわたされるべきなのよ。何人《なんぴと》にも、わが領地に馬を乗りいれて、領民のひとりに危害を加えたあげく、笑って立ち去るようなまねをさせはしないわ」

「しかし――かつてム＝レディは不落城の領地に乗りこまれたあげく、サー・ユースタスの領民のひとりに危害を加えられたではありませんか」

深く考える間もなく、ダンクはそう指摘していた。

「わたしが？」レディはふたたび、髪を引っぱった。「それは羊泥棒の件かしら？　あれは札付《ふだつき》の盗人だったのよ。オズグレイには二度、苦情を申し入れたのに、あの老騎士はなんの手も打たなかった。だから、三度めの苦情はなしで、実力行使に出たまでのこと。女は坑《あな》で溺死刑、男は絞首門で絞首刑。これは王法で認められたわたしの権利」

　切り返したのはエッグだった。

「それは閣下の領内では、の話でしょう？　王法が各領主に認める溺死刑と絞首刑の権利は、その領内にかぎってのものです」

「聡《さと》い子だこと。けれど、そこまで知っているのなら、ただの土地持ちの騎士には、主家の許可なく領民を罰する権利がないことも知っているでしょう。不落城とその領地はロウアン公の所有になるものであって、サー・ユースタスは代官的な立場なの。ベニスは流血沙汰を起こした時点で王の平和を破ったのだから、その報いを受けなくてはね」レディはそこで、ダンクに顔を向けた。「サー・ユースタスがベニスを差しだすというなら、鼻を削ぐだけで一件落着としてあげる。こちらから出張ってベニスを捕縛する手間をかけさせるのであれば、そんな約束はできないわ」

　ダンクは急に、みぞおちのあたりが気持ち悪くなるのをおぼえた。

「サー・ユースタスには話してみますが、サー・ベニスを差しだしたりはしないでしょう」そこで、すこしためらってから、「もとはといえば、ことの起こりはあの堰にあるんです。ム＝レディが堰の撤去を呑んでいただけるのでしたら――」

「それはできない」レディ・ローアンの若きメイスターがきっぱりと否定した。「冷濠城は不落城の二十倍の領民をかかえる。マイ・レディの領地に広がる小麦畑、燕麦《オート》畑、大麦畑は、この旱魃で全滅しかけているのが現状だ。そのほかに果樹園が六つある。林檎《リンゴ》に杏《アンズ》に、梨が三種。そのうえ、じきに仔牛を産む牝牛が何頭もいるし、黒鼻羊も五百頭はいる。さらに、マイ・レディは河間平野《リーチ》で最高の馬を繁殖させておられて、仔を産むまぎわの牝馬《めすうま》が十二頭いる」

「サー・ユースタスのところにも羊はいます」ダンクは反論した。「畑もある。メロン畑、豆畑、大麦畑、それに……」

「濠のぶんまで取水してるでしょ！」エッグが大きな声でいった。

（いま、それをいおうとしてたんだ）とダンクは思った。

「濠は冷濠城防衛の観点から不可欠のものだ」メイスターはゆずらなかった。「このように情勢不安な時代にあって、レディ・ローアンを無防備のままにしてもいいというのかね？」

「しかしながら」ダンクはゆっくりといった。「空壕《からぼり》といえども、濠の役は果たす。それにム＝レディには、頑丈な城壁と、その城壁を護るのに充分な兵力があるはずです」

「サー・ダンカン」こんどはレディ・ローアンがいった。「黒のドラゴンが挙兵したのは、わたしが十歳のときだったわ。わたしは父に、みずから戦場には乗りこまないでください、せめて夫は残していってください、と頼んだの。ふたりともが出征してしまったら、だれがわたしを護ってくれるんですといってね。そのとき父は、わたしを城壁の上に連れていって、この冷濠城の強みをひとつひとつ指さしてみせたものよ。〝いずれも強固にたもて〟と父はいったわ。〝さすれば、城がおまえを護ってくれる。防衛態勢の固いことを誇示しておけば、だれもおまえに危害を加えたりはせぬ〟――。そういって、父が真っ先に指し示したのが、あの濠だったのよ」

レディはことばを切り、長髪の毛先で自分の頬をなでてから、語をついだ。

「最初の夫は〈赤草が原〉で戦死したわ。そのあと、父は三人の夫を見つけてくれたけれど、三人とも〈異客《まれびと》〉に連れ去られてしまった。だからわたしは、人をあてにはしない。いくら人数が足りていると思えてもね。わたしがあてにするのは、石であり、鋼であり、水なのよ。わたしは濠を信頼する――ゆえに、わたしの濠を干あがらせることはしない」

「お父上のおことばは、道理にかなった立派なものです」とダンクはいった。「とはいえ、だからといって、オズグレイの水を奪う権利はないでしょう」

レディは髪を引っぱった。

「おおかたサー・ユースタスは、あの川が自分のものだとでもいったのね？」

「一千年のあいだ、オズグレイ家のものであったと。名前が市松川《チェキー》なのですから、その点は明白ではありませんか」

「それはね」といって、レディはまた髪を引っぱった。一度、二度、三度。「マンダー河がいまでもマンダー河と呼ばれているのと同じことよ。河の名前の由来であるマンダリー家があの河岸を離れて、一千年もたつというのによ。ハイガーデン城にしても、いまもなおハイガーデン城のままでしょう。本来の城主であるガードナー家の最後のひとりが、遠いむかし、〈火炎が原〉で戦死してしまったというのによ。キャスタリーの磐城《・ロック》はラニスター家の人間だらけで、キャスタリー家の人間はどこにもいない。それでも名称はキャスタリー・ロック城のまま。世界はうつろうものなのよ、サー・ダンカン。市松《チェキー》川の水源は馬蹄丘陵にあるの。この丘陵は、前に調べたときは、すべてわたしの領地だったわ。したがって、あの川もまたわたしのもの。メイスター・セリック、見せてやりなさい」

メイスターは公壇から下に降りてきた。ダンクよりたいして年上には見えないが、灰色のローブと首にかけた学鎖のせいか、齢に似合わぬ、沈毅《ちんき》で知的な雰囲気をただよわせている。両手にはひと巻きにした古い羊皮紙を持っていた。

「自分の目で見てみればよろしい」

そういって、メイスターは羊皮紙を広げ、ダンクに差しだした。

〝うつけ《ランク》のダンク、鈍なること城壁のごとし〟

またしても頰が赤らむのをおぼえた。メイスターから及び腰で羊皮紙を受けとり、眉根を寄せて、そこに書きつけられた文字に目をこらす。一語も理解できなかったが、下のほうの蠟に装飾的な印章——ターガリエン家を示す、三頭《みつくび》ドラゴンの紋章が押してあることだけはわかった。

（王家の紋章か）

自分が見ているのは、なんらかの勅書なのだ。

あたかも文章を読んでいるかに見えるよう、ダンクはゆっくりと左右に首を振り動かした。

「ここのことば、よく見えないな」ややあって、ダンクは公壇に聞こえるようにつぶやいた。

「エッグ、ここを見てくれるか、おまえのほうが細かい字を見るのは得意だろう」

少年は横から羊皮紙を覗きこんで、

「どの文字です？」ときいた。

ダンクは適当に指さした。

「ああ、これ？　はい」

その間《かん》に、エッグは全体にすばやく目を通し、ダンクの顔を見あげて、小さくうなずいてみせた。

（では、あの川はレディのものなんだ。所有権を示す文書があったんだ）腹に一発、痛撃を食らったような思いだった。（王の勅許状か……。まいったな）

「これは……なにかのまちがいではないでしょうか。老騎士の子息たちは王のために戦って死んだのです。なのになぜ、陛下は川を奪ってしまわれたのです？」

「デイロン王があれほど情け深い方でなければ、サー・ユースタスは首も失っていたところだわ」

鼓動半分のあいだ、ダンクは途方にくれ、ことばを失った。

「……どういう意味でしょう？」

「マイ・レディがいまおっしゃったとおりの意味だよ」メイスター・セリックが答えた。

「つまりサー・ユースタス・オズグレイが、叛乱軍に加担した叛徒《はんと》だったということだ」

こんどはレディ・ローアンがいった。

「サー・ユースタスは、黒竜側についたの、赤竜側ではなくね。ブラックファイアが王権を掌握すれば、ターガリエン王朝のもとで奪われたオズグレイ家の所領と諸城が返ってくると踏んだのでしょう。とくに強く望んだのがこの冷濠城だったそう。息子たちは父親の叛逆にともなう血の代価を、自分の生命で支払ったというわけよ。サー・ユースタスが息子たちの遺骨を持ち帰ってきたあとで、娘を人質として王の兵に差しだしたとき、あのひとの夫人は不落の塔館の屋上から身を投げて死んだわ。サー・ユースタスから聞かされていないの？」

レディは悲しげにほほえんだ。「そうね、聞かされてはいなかったのでしょうね」

「黒竜側……」

（おまえは叛逆者に忠誠を誓ったのか、このうつけ《ランク》。おまえは叛逆者のパンを食い、叛徒の屋根の下で眠ったのか）

「ム＝レディ」ことばを探りながら、ダンクはいった。「黒竜側であれ……叛乱は十五年も前の話です。この揉めごとは現在の問題であり、原因はこの旱魃にあります。たとえサー・ユースタスが元叛逆者だったとしても、水を必要としていることに変わりはありません」

〈紅後家蜘蛛〉は立ちあがり、スカートのしわを伸ばした。

「それではせいぜい、サー・ユースタスには、雨が降るよう祈ってもらうとしましょうか」

ダンクはそこで、きのうの朝、不落城の居間で話をしたさいに、オズグレイが語った話を思いだした。

「サー・ユースタスに水を分けてくださるおつもりがなくとも、サーのご子息のために水を分けてはいただけませんか」

「ご子息？」

「アダムです。お父上の小姓として——のちに従士としてお仕えしたアダムです」

レディ・ローアンの顔が石のようにこわばった。

「そばにきなさい」

この場合、したがうほかはなかった。公壇により、レディの背丈は三十センチほど嵩上《かさあ》げされているが、それでもダンクのほうがずっと高い。

「ひざまずいて」レディが命じる。

ダンクはいわれたとおりにした。

いきなり、頬をひっぱたかれた。渾身《こんしん》の力をこめた平手打ちで、見た目よりレディの力が強いことがわかった。頬がひりひりしている。唇が切れたのだろう、口の中に血の味がした。だが、手ひどいダメージというほどではない。一瞬、この長い赤毛を握って引っぱりあげ、おいたをした子供を叱るように、ひざの上に腹を載せて、尻をぶってやろうかとも思った。

（だが、そんなまねをしたら、レディが叫ぶ。たちまち二十人もの騎士がなだれこんできて、おれは即座に殺されてしまうだろう）

「よくもまあ、わたしの前でアダムの名を口にできたものね」怒りで鼻孔が膨らんでいた。

「冷濠城から出ていきなさい。いますぐに」

「その、わたしはけっして——」

「出ていきなさい、といったの。でないと、その巨体を押しこめられるほど大きな袋に放りこむわよ、たとえ自分の手で袋を縫いあげなくてはならないとしてもね。いいこと、サー・ユースタスに伝えなさい、あすまでに〈茶色の楯のベニス〉を差しだすべし、さもなくば、わたしがみずから出向き、炎と剣をもって処罰を下すと。わたしのいう意味がわかった？　炎と剣よ！」

　セプトン・セフトンがダンクの腕をとり、急いで謁見室の外へ引っぱりだした。エッグもすぐうしろからついてくる。

「はなはだまずいことをいわれましたな」階段へ引っぱっていきながら、太ったセプトンが耳もとにささやいた。「あれははなはだまずい。アダム・オズグレイのことを口にするなど……」

「しかしサー・ユースタスが、アダム少年はレディのお気にいりだったと……」

「お気にいり？」セプトンは憤然と吐息をついた。「レディはあの子を愛していたのですよ。それはアダムのほうも同様でした。せいぜい、キスを一、二回した程度の、淡い関係でしかありませんでしたが、しかし……〈赤草が原〉の合戦ののち、レディが偲《しの》んで泣いた相手は、よく知りもしない最初の夫ではなく、アダムのほうだったのです。アダムが死んだのはサー・ユースタスのせいだとレディは思っている。事実、そうにはちがいない。そしてアダムは、まだ十二でした」

　ダンクは心の傷の痛みをよく知っている。だれかがアッシュフォード牧草地の顚末《てんまつ》を口にするたびに思いだすのは、自分を助勢して命を落とした三人の気高い男たちのことであり、胸の痛みはいまも去らない。

「ム＝レディに伝えてください、傷つけるつもりはなかったのだと。どうかお赦しをと」

「できるだけのことはします」セプトン・セフトンは答えた。「しかしサー・ユースタスに対しては、レディのご意志を伝えてもらうほかありません。サー・ベニスを差しだすように、それも早急に、と。さもないと、サー・ユースタスにとって、たいへんなことになりますよ。とてもたいへんなことにね」

西にそびえる冷濠《ひやぼり》城の城壁と塔が完全に見えなくなると、ダンクはエッグに向きなおり、たずねた。

「あの文書、なんと書いてあった？」

「あれは権利証書でした——王からワイマン・ウェバー公あての。先の叛乱における忠功に鑑《かんが》みて、ワイマン公とその子孫に対し、馬蹄丘陵の水源から〈青葉豊かな湖〉湖岸にいたるまでの、市松川《チェキー》全体に関するすべての権利を与えると書いてありました。それと、ワイマン公とその子孫に対し、ワットの森において、いつでも好きなときに、赤鹿、猪、兎を狩り、年に二十本まで樹木を伐採する権利を与える、とも」少年は咳ばらいをした。「それから、権利証書には付帯条項がついていました。サー・ユースタスが跡継ぎとなる実子の男子なきまま死亡したとき、不落城は王に返還され、それにともない、ウェバー家の権利は消滅するとのことです」

オズグレイ家は千年にわたって境界地方北部の総監だったというのに……。

「老騎士に残るは、死に場所としての塔館ひとつか」

「それと、首もです」エッグがいった。「陛下はサー・ユースタスの首についても斬らずに残したんです——叛徒であったにもかかわらず」

ダンクはまじまじと少年を見つめた。

「納得がいかないか？」

エッグはしばし考えこんだ。

「ときどき、王の小評議会で給仕をしたんですが、よく叛徒の処遇で激論になってましたね。伯父のベイラーはいつも、名誉ある敵に対しては、寛容をもって臨むことが良策、といってました。赦免があると知ればこそ、敗者は剣を置き、ひざを折るものだ、寛容さを示さねば、敗者は死ぬまで戦いつづけて、王に忠実な者や無辜《むこ》の者をいっそう多く殺してしまうぞ、と。それに対して、叛徒を赦そうものなら、つぎの叛乱の種を蒔《ま》くばかりである、というのが、〈血斑鴉《けっぱんガラス》〉公の考えでした」エッグの声は疑念に満ちていた。「それにしても……どうしてサー・ユースタスは、デイロン王に叛旗を翻《ひるがえ》したりなんかしたんでしょう。デイロン王は良き王だった、とだれもがいっているのに。ドーン人とも友好関係を樹立したし」

「それはサー・ユースタスにきいてみるしかないな、エッグ」

ダンクとしては、さっきレディがいっていた話からも真相の見当がついていたが、それを話せば、少年は聞かないほうがよかったと思うだろう。

（サー・ユースタスは、門楼に獅子の紋を刻んだ城がほしかったんだ。そうもくろんで得たものは、結局、黒苺《ブラックベリー》畑の墓だけだったが……）だれかに剣の腕を貸すと誓約するとき、約束事として付随するのは、相手に仕え、その意にしたがい、必要ならばその相手のために戦い、事情は詮索せず、相手の忠誠心を疑わないことだ。だが……サー・ユースタスは誓約したダンクをたばかった。（息子たちは王のために戦って死んだ――そういって、あの川がオズグレイ家のものだと信じさせたんだ……）

ワットの森を通っている途中、夜になってしまった。

これはダンクの判断ミスだった。本来は、きたときと同じ道を通り、まっすぐに帰るべきところ、もういちど堰を見ておきたくて、北に迂回してしまったのである。心のうちには、可能ならば道具なしであの堰を壊し、撤去できないかとの思いもあった。しかし、そうは〈七神〉と〈ロングインチのサー・ルーカス〉が卸さなかった。堰の前には、ジャーキンに蜘蛛のバッジを縫いつけた弩弓《クロスボウ》兵がふたり、見張りについていたのだ。ひとりは土手の上に腰をおろし、盗んだ水に素足をひたしていた。その一事をとっても、縊《くび》り殺すに足る理由といえよう。だが、見張りはダンクたちが近づいてくる物音に気づき、すばやくクロスボウを手にとった。もうひとりの見張りはもっとすばやくて、早くも太矢をつがえ、発射の態勢を整えている。ダンクにできることといえば、ふたりを威圧的ににらみつけることだけだった。

そのあとは、遠まわりであれ、きた道を逆にたどっていくほかなかった。ダンクはサー・ベニスほど土地鑑がなく、へたに近道をしてワットの森程度の小さな森で迷ってしまうのが屈辱だったからである。水しぶきを立てて川を渡るころには、太陽は地平線に低くかかり、夕空に最初の星々が顔を出していた。羽虫の群れも湧いている。黒い高木のあいだに入ると、エッグはやっと、いいたかったことをいう気になったようだった。

「あの太ったセプトン、父が夏の城館《サマーホール》でふてくされてるといいました」

「ことばは風のごとしだよ」

「ふてくされてなんかいません」

「さあ、どうかな。すくなくとも、おまえはたまにふてくされるぞ」

「ぼく、そんなことしないよ」そういってすぐに、エッグは眉をひそめた。「それとも……してます？」

「ときどきな。しょっちゅうじゃない。あまりひどいようなら、いま以上にたくさん、耳に拳固を食らわせているところだ」

「大手門のところでも拳固をくれましたよね」

「ああいうのは、〝ごづく〟というんだ。おれが思いきり拳固を食らわせたら、たいへんなことになるぞ」

「そういえば、〈紅後家蜘蛛〉に思いっきり引っぱたかれてたけど」

ダンクは腫れあがった唇に手をふれた。

「なにもそう、うれしそうにいうことはないじゃないか」

（もっとも、だれもおまえの父親の耳に拳固をくれたことなんてなかったろうがな。だからプリンス・メイカーはああいう人物になったんだ）

ダンクは語をついだ。

「現王が〈血斑鴉《けっぱんガラス》〉公を〈王の手〉に任命したとき、おまえの父上は小評議会の一員になることを拒否してキングズ・ランディングをあとにし、自身の居城に向かったんだろう。以来、サマーホールにこもること一年半――それをふてくされるといわずして、なんという？」

「憤慨してるというんです」エッグは決めつけるようにいった。「陛下は父を〈手〉にしておくべきだったんだ。弟だし、ベイラー伯父が亡くなってからは、王国で最高の将帥だし。〈血斑鴉〉公は、公と名乗れる要件を満たしていません。ああいう立場だから、周囲が馬鹿みたいに、特別に公づけで呼んでるだけで。あれは妖術師で、生まれの卑しい男なんです」

「庶子ではあるが、生まれが卑しくはないだろう」

〈血斑鴉〉公は、公と名乗れる要件を満たしてはいないかもしれないが、父親は王陛下だし、母親は名門ブラックウッド家の淑女であり、エイゴン下劣王の数多い側妾《そばめ》のひとりだった。下劣王の庶子たちは、王が老いて身罷《みまか》って以来、七王国の内憂の種となっている。下劣王はいまわの際《きわ》に、多数の庶子を嫡出子として認知した。〈血斑鴉〉に〈鋼の剣《ビタースティール》〉、デイモン・ブラックファイアといった、貴婦人の母親を持つ大物庶子ばかりか、娼婦、酒場の女給、商人の娘、役者の乙女、たまたま目に入るたびに手をつけた見目のいい農民の娘たちなど、さまざまな女に生ませた下位の落とし子全員もだ。〈炎と血〉はターガリエン家の標語《モットー》だが、ダンクはむかし、エイゴン下劣王の標語はこうであるべきだ、とサー・アーランがいうのをきいたことがある。〈あの女を浄《きよ》めよ、わが閨《ねや》に連れてこい〉。

「エイゴン四世王は〈血斑鴉〉の庶子という身分を改めて、嫡出子としたわけじゃないか」

ダンクはいった。「ほかの庶子たちと同じように」

「だけど、老総司祭《ハイ・セプトン》は父にこうおっしゃいましたよ――世俗の王法では許されても、それは神の法では許されないことだと」少年は頑《かたくな》にいいはった。「嫡出子というものは、婚姻を通じて、〈厳父〉と〈慈母〉に祝福されて生まれるものだが、庶子というものは情欲と弱さゆえに生まれるものだ、とも。エイゴン四世が自分の庶子は庶子ではないと宣言したからといって、庶子の生まれ持つ性質は変えられないんです。ハイ・セプトンがおっしゃるには、庶子は生まれながらの背信者で……デイモン・ブラックファイアしかり、〈鋼の剣〉しかり、〈血斑鴉〉でさえもそうなんだって。リヴァーズ公はほかのふたりよりもとくに狡猾《こうかつ》だ、とハイ・セプトンはおっしゃいました。しかし、最後にはかならず、背信者の本性をあらわにするだろう、とも。断じてあの者を信用してはならない、大物であれ、小物であれ、ほかの落とし子も信用してはならないというのが、ハイ・セプトンが父に与えた助言でした」

（生まれながらの背信者、ときたか）とダンクは思った。（情欲と弱さゆえに生まれるもの。大物であれ、小物であれ、信用してはならない……）

「エッグ」とダンクはいった。「おれがだれかのご落胤《らくいん》かもしれない——そう思ったことはないか？」

「あなたが？」少年はぎょっとした顔になった。「そんなわけ、ないでしょ」

「可能性はあるさ。おれは母親を知らない。名前も素性もだ。おれのからだがでっかすぎて、産んだときに死んでしまったのかもしれない。母親としていちばん可能性が高そうなのは、娼婦か酒場の女給だ。貴婦人が〈蚤の溜まり場〉までくることはまずないからな。そして、母が父と結婚していたとしても、その父は何者だ？」

サー・アーランに拾われる前の自分の暮らしは、あまり思いだしたいものではなかった。

「キングズ・ランディングに、一軒のシチュー屋があってな。おれはよく、つかまえた鼠や猫や鳩をそこへ売りにいっていたものさ。ごった煮《ボウル・オ・ブラウン》に入れるんだ。料理人にはさんざん、おまえの親父は、どこかの盗っ人か巾着切りに決まってるといわれたものだよ。〝縛り首で吊るされたやつは山ほど見てきたがな、どうせそん中にいたんじゃねえか〟と料理人はいう。

〝ま、〈壁〉送りになったかもしんねえけどよ〟ともな。それで、サー・アーランの従士になったあとで、いつの日か、北部を訪ねることはありますか、ウィンターフェル城や北部の城のどれかに仕えることはありますか、ときいてみたんだ。なぜかというと、〈壁〉にいく機会さえあれば、ものすごく背が高くておれによく似たじいさんに出くわすんじゃないかと思ったからだよ。しかし、結局、北部へはいかなかった。サー・アーランが、北部には雨を凌《しの》ぐのに向いた樹がない、森という森には狼がうようよしているといったからだ」かぶりをふる。「要するに、なにがいいたいかというとだな、おまえが従士として仕えている相手は、落とし子である可能性が高いということさ」

　さすがのエッグも、こんどばかりは、いうべきことばを思いつけないようだった。

　ふたりの周囲で闇が濃くなっていく。樹々の合間を何匹もの火影虫《ほかげむし》が舞い、小さな冷光を放ちながら、ゆっくりと飛びかっている。まるで多数の星が動きまわっているかのようだ。夜空には本物の星々も煌《きら》めいていた。その数は、どんな人間だろうと、一生かかっても数えきれないほど多い。たとえ何代も前のジェヘアリーズ老王ほど長生きしても、とうてい無理だろう。ほんのすこし視線を上向けるだけで、すっかり慣れ親しんだ友、いくつもの星座が見える。牡馬《おうま》座に牝豚座、王冠座に〈老媼《ろうう》〉の角灯座、ガレー船座、亡霊座、月の乙女座。だが、北の空には雲が湧いていて、氷竜《アイスドラゴン》座の青い目——北を示す青い目は隠されていた。

　不落城にたどりつくころには、もう月が昇っていた。不落城は行く手の丘の上に、高々とそびえるシルエットとなって見えている。塔館の上階の窓からは、淡い黄色の光がこぼれていた。ふだんなら、サー・ユースタスは夕食をしたためたあと、すぐに寝てしまうのだが、今夜はまだ起きているようだ。ダンクにはその理由がわかった。

（おれたちを待ってるんだ）

　待っていたのは、〈茶色の楯のベニス〉も同様だった。塔館の階段に腰をかけて、サワーリーフを噛みつつ、月光のもとで長剣を研《と》いでいたのだ。ゆっくりと寝刃《ねたば》を合わせる手つきには、年季が入っている。いくら身なりや清潔さには気をつかわなくとも、武器の手入れは怠らないらしい。

「うつけ《ランク》どののお帰りかい」ベニスがいった。「おれぁここにいて、ずっと剣を研いでた。〈紅後家蜘蛛〉の魔手からおまえらを助けにいくために」

「ほかのみんなは？」

「〈投石機《トレブ》〉と〈ワットぼっちゃん〉は屋上で見張りに立ってるぜ。〈紅後家蜘蛛〉が押し寄せてきたときの用心にな。ほかの連中は寝床まで這いずってって、うんうんうなってる。みんなズタボロさ。うんとしごいてやったんでよ。〈うどの大木ロブ〉にゃ、ちっとばかし血を流させた。頭に血を昇らせるためだ。あの野郎め、逆上すると、けっこう戦えるんだ」

いつものとおり、茶色と赤の歯を見せて、ベニスはにっと笑った。「おっ、けっこう派手に唇を腫らしてるじゃねえか。こんどから、考えなしに石をひっくり返したりすんじゃねえぞ。で、あのアマ、なんだって？」

「水の独占をやめる気はないとのことだ。あんたの身柄も差しだせといわれた。堰で人夫に斬りつけた報いをさせるからと」

「そうくると思ったぜ」ベニスはぺっ、とつばを吐いた。「たかが農民ひとりに怪我させたくらいで手間かけさせやがって。むしろあの野郎にゃ感謝してもらいてえくらいだ。女はな、向こう傷のある男が好きなんだよ」

「じゃあ、あんたも鼻を削がれたってだいじょうぶだな」

「馬鹿いうない。鼻を削ぐんなら、自分で削ぎ落とすわ」そこで、親指で上を指し示して、

「サー・コースレスが部屋でお待ちかねだぜ。むかしの自分がいかに偉大だったか思い返しながらな」

　エッグがベニスにいった。

「あのひと、黒竜側で戦ってたんだ」

　なりゆきによっては、拳固を食らわせるべき局面だった。だが、茶色の騎士は笑っただけだった。

「ったりめえだろ。やっこさんを見てみな。勝ち組で戦った人間に見えるか、あれが？」

「それはあんたもご同様だ。さもなければ、こんな塔館でおれたちといっしょにいるはずがない」ダンクはそういうと、エッグに向きなおった。「サンダーとメイスターの世話をしておいてくれるか。それがすんだら、上にあがってこい」

　落とし戸をあけて上階に出る。老騎士はベッドローブを着て暖炉前の椅子に座していたが、火は燃えていなかった。手には父親のものだったカップを持っている。竜王による征服の前、いずれかのオズグレイ公のために造られた、がっしりとした造りの銀製カップだった。その側面には、翡翠《ヒスイ》と黄金の薄片で市松模様の獅子紋が象嵌《ぞうがん》されていたが、翡翠は部分的に欠け落ちていた。ダンクの足音を聞きつけて、老騎士は顔をあげ、夢から覚めたばかりのように目をしばたたいた。

「サー・ダンカン。帰ってきたか。おぬしの偉丈夫ぶりに、ルーカス・インチフィールドはさぞたじろいだことだろう」

「そうは見えませんでした、ム＝ロード。むしろ、怒ったようでした」

ダンクはことのあらましをざっと報告した。レディ・ヘリセントの部分だけ省略したのは、自分が馬鹿のように見えてしまうからだ。顔をはたかれたことも省略しようかと思ったが、唇が切れて、ふだんの倍の大きさに腫れあがっているせいで、いやでもサー・ユースタスの目についてしまう。

事実、ダンクの唇を見つめて、サー・ユースタスは眉をひそめた。

「その唇は……」

ダンクはそっと自分の唇に触れた。

「レディにはたかれました」

「おぬしを……はたいた？」サー・ユースタスがあんぐりと口をあけ、いったん閉じてから、語をついだ。「わが使者をはたいたというのか。市松獅子の紋章のもとに訪ねてきた人物を。あの女みずから、おぬしに手を出したのか」

「片手だけですが。向こうの城をあとにするとき、すでに血はとまっていましたし」ぐっとこぶしを握りしめる。「レディは銀貨ではなく、サー・ベニスを要求しています。それと、堰を撤去する気はないと。それから、いろいろ文言がならんで王の印章を押された羊皮紙を見せられました。それは川がレディの所有になることを示す証書でした。それから……」

ダンクはためらい、口をつぐんだのち、先をつづけた。

「……レディはこうもいいました。あなたが……その……」

「……黒のドラゴンとともに立ったと？」サー・ユースタスはがっくりと気落ちしたように見えた。「向こうがそれをいいだしはせぬかと恐れておったのだ。わしのもとを去りたいというなら、とめはすまい」

　老騎士はカップの中に視線を落とした。そこになにを見ているのか、ダンクとしては知りようもない。

「ム＝ロードはおっしゃった——ご子息たちが王のために戦って死んだと」

「そのとおりだとも。正当な王、デイモン・ブラックファイアのために戦ったのだ。〈宝剣帯びし王〉のためにな」老騎士の口髭がひくついた。「赤のドラゴンをかついだ者たちは、みずからを王に忠実な王統派と呼ぶが、黒のドラゴンをかついだ者もまた、かつては同様に、デイモン王に忠実な王統派というべき存在だったのだ。しかるに、いまでは……プリンス・デイモンを〈鉄の玉座〉に即《つ》かせるべく、わしとともに轡《くつわ》をならべて戦った者たちは、みな散りぢりになり、朝露のように消えはてた。もしかすると、みなはわしの夢の中だけにしかおらぬ存在なのかもしれん。しかしむしろ、〈血斑鴉《けっぱんガラス》〉公と〈鴉の歯〉に恐怖をいだいて、なりを潜めているというのが実情だろう。あの者たちがみな死に絶えたはずがない」

　たしかに、それはそうだろう、とダンクは思った。いまのいままで、僭王のために戦ったことを認めた者には会ったことがない。

（しかし、そうとは知らずに、おおぜい遭遇しているはずだ。叛徒は何千人もいたんだから。王土の半分は赤竜側、半分は黒竜側について戦ったんだから）

「どちらの陣営も勇敢に戦ったよ——と、サー・アーランはいつもいっていました」

ダンクがそういったのは、それを聞けば、この老騎士も喜ぶだろうと思ったからだった。

サー・ユースタスは両手でワインカップを握りしめ、いった。

「もしもデイモンがグウェイン・コーブレイを無視してさえおれば……もしも〈火の玉《ファイアボール》〉が合戦の前夜に殺されておらねば……もしもハイタワー、ターベック、オークハート、バターウェルといった大貴族が二股を掛けたりせず、全兵力を投入しておりさえすれば……もしもマンフレッド・ロストンが裏切らず、忠誠を尽くしてさえおれば……もしもミアの弓兵を乗せたブラッケン公の帆船が嵐で遅れなければ……もしも盗みだしたドラゴンの卵とともに〈神速の指《クイックフィンガー》〉がつかまりさえしなければ……もしもだらけだがな……このうちのひとつでも実現していたならば、内乱の結果は完全に逆になっていたかもしれん。その場合、王統派と呼ばれたのはわれらであり、赤竜派は強奪した玉座に君臨する仮初《かりそ》めの王デイロンの支持に加担したあげく、敗れた者として記憶されていただろう」

「そのとおりかもしれませんが……」とダンクはいった。「しかし、事態は史実のとおりになりました。もう何年も前のできごとですし、ム＝ロードとても、寛大な措置を受けたではありませんか」

「たしかに、寛大な措置を受けはしたとも。ひざを屈して、今後は忠誠を尽くす証《あかし》に人質を差しだすかぎり、デイロンは叛逆者も謀叛人《むほんにん》も赦《ゆる》してくれた」苦々しい口調になっていた。「わしはわが娘の命と引き替えに、この首を購《あがな》ったのだ。キングズ・ランディングへ連れていかれたとき、アリサンは七歳。沈黙の修道女《シスター》として死んだときは、二十歳だった。一度、キングズ・ランディングまで会いにいったことがあるが、実の父親が訪ねてきたというのに、口をきいてもくれなかったよ。王の慈悲とは毒を孕《はら》む贈り物だ。デイロン・ターガリエンはわしに命を残してくれたが、それと引き替えに、わが尊厳と夢と名誉を奪い去ってしまった……」

手がわなないてカップのワインがこぼれ、ひざに赤いしみを作った。しかし老人は、気がついてもいないようだった。

「わしもまた〈鋼の剣〉について国外へ逃れるべきだったのだろう。あるいは、息子たちや敬愛する王とともに死すべきだったのだろう。おおぜいの誇り高き領主と屈強な戦士を輩出してきた市松獅子の子孫として、それこそがふさわしい死に方であったと思う。デイロンの慈悲は、わしを矮小《わいしょう》に貶《おとし》めてしまった……」

ダンクはようやく気がついた。

（このひとの心の中では、黒のドラゴンはまだ死んでいないんだ）

「――マイ・ロード？」

エッグの声だった。サー・ユースタスが自分のあるべき死にざまを語っているあいだに、上へあがってきていたのだろう。老騎士は目をしばたたき、はじめて見るような目を少年に向けた。

「なんだね、少年？　わしになにか？」

「マイ・ロードが嘉《よみ》したまうならば、申しあげます……〈紅後家蜘蛛〉は、マイ・ロードが先方の城ほしさから謀叛に加担したといっています。これはほんとうではないんですね？」

「城？」老騎士は困惑顔になった。「冷濠城のことか。冷濠城は……デイモンに約束されたとも、たしかにな……しかし、こちらから城を求めたことはない……」

「では、なぜです？」とエッグ。

「なぜ、とな？」サー・ユースタスが眉をひそめる。

「なぜ謀叛に加担したんです？　城ほしさではなかったのなら」

サー・ユースタスは長いあいだエッグを見つめてから、やっとのことで答えた。

「おまえはまだ子供だ。いってもわかるまい」

「でも」エッグは食いさがった。「わかるかもしれません」

「謀叛、か……それはたんなることばにすぎん。ふたりのプリンスがひとつしかない玉座をめぐって相争うとき、大貴族も庶民も、どちらかを選ばねばならん。そして、両雄の戦いが終幕を迎えたとき、勝者についた者は忠誠心深き義の人と誉め讃えられ、敗者についた者は叛逆者、謀叛人として永遠に記憶される。後者がわしの運命だ」

　エッグはしばし、そのことばの意味を考えた。

「それはわかります、マイ・ロード。ただ……デイロン王は立派な人でした。それなのに、どうしてデイモンを選んだんです？」

「デイロンはな……」サー・ユースタスが口にしたことばは、もはや呂律《ろれつ》がまわっていないようにダンクの耳には聞こえた。なかば酔っているのだ。「デイロンは、華奢《きゃしゃ》でなで肩で、すこし太鼓腹で、歩くとき、その腹がぷるぷる震えていたものだ。それに対してデイモンは、堂々として誇り高く、腹は平らでオークの楯のように堅かった。しかもデイモンは、戦いに長《た》けていた。戦斧《せんぷ》、騎槍、連接棍《れんせつこん》などのあつかいにかけては、かつてわしが見たどのような騎士にも引けをとらなかったが、とりわけ剣をとらせれば、〈戦士〉もかくやの無双ぶりを示した。プリンス・デイモンが〈黒き炎〉を振るうとき、敵する者はだれもいなかった……〈暁の剣《つるぎ》〉を使うアルリック・デインも、〈暗黒の姉妹〉を使う〈ドラゴンの騎士〉もだ。

人物というのは、友を見ればわかるものでな、エッグ。デイロンはメイスター、セプトン、吟遊詩人たちに取り囲まれていた。いつも耳もとにささやきかける女性《にょしょう》たちをはべらせて、その宮廷にはドーン人があふれていた。そんなデイロンが、ドーン人の女を褥《しとね》に引き入れて、自分の愛しい妹デナーリスをドーンの大公《プリンス》に売りわたしたら、どんな事態になると思う？　そのデナーリスが愛していたのは、ほかならぬデイモンだったのだぞ？　しかも、みずから若竜王と同じ名を持つデイロンは、ドーンの女が自分の息子を産んだとき、その子になんと、ベイラーと名づけた。かつて〈鉄の玉座〉についたもっとも軟弱な王――かの聖徒王の名をいただいての命名だ。

対照的に、デイモンは……デイモンは、王として必要充分に敬虔な方であり、王国全土の偉大な騎士たちがこぞってまわりに集まっていた。〈血斑鴉〉公としては、そういった勇士たちの名は忘れられたほうが都合がいいから、歌に歌うことさえ禁じてしまったが、わしはよく憶えておるとも。ロブ・レイン、〈灰色のガレス〉、サー・オーブリー・アンブローズ、ゴーモン・ピーク公、黒のバイレン・フラワーズ、〈赤い牙《レッドタスク》〉、〈火の玉《ファイアボール》〉……そしてあの〈鋼の剣《ビタースティール》〉！　問おう。これほど高貴にしてこれほど錚々《そうそう》たる英雄が集《つど》った例《ためし》が、かつてあったろうか？

　なぜか、ときくかね、少年よ？　なぜか、とわしに問うか？　それはな、デイモンがより優れた人物だったからだ。老王もそれを見ぬいておられた。なればこそ、デイモンに宝剣を授けられたのだ。あの〈黒き炎〉を――エイゴン征服王が振るい、征服以来、ターガリエン王朝の諸王が振るってきたあの宝剣を、王みずから騎士に叙位なさったその日、デイモンの手に――まだ十二歳であった少年の手に握らせたのだ」

「父によれば、それはデイモンが剣士であって、デイロンはそうではなかったからです」とエッグはいった。「〝馬に乗れぬ者に馬を与えてもしかたあるまい。剣は王国とはちがう〟というのが父のことばです」

　老騎士の手がひどくわななき、ワインが銀のカップの縁からこぼれた。

「おまえの父親は愚か者だ」

「ちがいます」とエッグ。

　オズグレイの顔が怒りに歪んだ。

「おまえは質問をした。だから答えてやった。それなのに、その不遜な態度、がまんならん。サー・ダンカン、この子はもっときつくしつけたほうがよいぞ。この子には礼儀の基礎からたたきこんでやらねばならん。おぬしがしつけぬというなら、このわしが――」

　ダンクは急いで口をはさんだ。

「いいえ、その必要はありません、サー・ユースタス」すでに腹は決まっていた。「今夜はもう暗い。出ていくのは明払暁《みょうふつぎょう》にします」

「出ていく？」サー・ユースタスは身をこわばらせ、ダンクを見つめた。

「不落城をです。おいとまをいただきます」

（あなたはわれわれにうそをついた。どんな理由をつけようが、そこに名誉はない）

　マントを脱ぎ、くるくると丸めて、老騎士のひざに載せる。

　オズグレイがすっと目をすがめた。

「あの女から傭うと誘われたか。わしを放りだして、あの娼婦の閨《ねや》にしけこむ腹か」

「あのひとが娼婦かどうかは知りません」ダンクは答えた。「それに、魔女なのか、毒使いなのか、いずれでもないのかも。しかし、あのひとがどのような人物であるかは関係ない。わたしたちが向かう先は草の臥所《ふしど》です、冷濠城ではなく」

「つまり、路傍の溝ということか。狼どもがうろつく森の中に、わしひとりを残して去るというのだな。善良な者らが道で追いはぎに遭うのもかまわず、立ち去るというのだな」手がわなないている。カップが手から落ち、床の上に転がってワインを撒き散らした。「ならば去れ。いってしまえ。おまえたちなど、いるものか。おまえたちなど、傭うのではなかった。さっさと去れ！」

「仰せのままに、サー・ユースタス」

ダンクは答え、エッグに手招きをし、老騎士の前を離れた。エッグもあとからついてきた。

最後の晩は、なるべくユースタス・オズグレイから離れていたかったので、地下に降り、不落城の貧弱な軍勢といっしょに寝た。あまり寝つけない夜だった。レムと涙目のペイトはいびきがすごい。片方はやたらと大きないびきをかくし、片方はいっときたりともいびきがやむことがない。地下室がじっとり湿っているのは、もう一層下の、井戸を設けた地下室に通じる落とし戸から湿気があがってくるためだ。ダンクはちくちくと肌を刺す藁布団の上で輾転反側《てんてんはんそく》し、ようやくまどろみかけたとき、またもや暗闇の中ではっと目を覚ました。森を通ったとき、あちこち虫に刺されて、それがひどく痒《かゆ》い。藁布団にも蚤がうようよしている。

（こんなところ、さっさと出ていこう。老騎士にも、サー・ベニスにも、ほかの連中にも、早く別れを告げて）

そろそろエッグを夏の城館《サマーホール》の父親のもとへ連れて帰るべき頃合かもしれない。朝になって、ここを充分に離れたら、あの子にきいてみよう。

だが、朝はまだずっと先に思える。頭の中は赤と黒のドラゴンでいっぱいだった。そして、市松模様の獅子でもだ。さらに、無数の古い楯、傷だらけの長靴《ちょうか》……いくつもの川、濠、堰、王の偉大な印章を押された、自分には読めない証書の数々……。

彼女もそこにいた。〈紅後家蜘蛛〉こと冷濠城のレディ・ローアンだ。そばかすの散った顔に、細い腕、長く伸ばした赤毛の一本編み。その姿を目蓋の裏に見たことで、やましさをおぼえた。

（おれはタンセルの姿を見るべきなんだ。みんなに〈背が高すぎのタンセル〉と呼ばれるが、おれにとっては高すぎない女《ひと》の姿を見るべきなんだ）

タンセルは楯に紋章絵を描いてくれた。そのタンセルを、自分は〈赫奕《かくやく》のプリンス〉から救ったが、当人は七尽くしの審判が始まる前に姿を消してしまった。

（おれが死ぬところを見るに忍びなかったんだな）

ダンクはよく、自分にそう言い聞かせる。しかし、ほんとうのところはどうなのだろう。なにしろ〝鈍なること城壁のごとし〟のこのおれだ。こうして〈紅後家蜘蛛〉のことを思い浮かべているだけでも、それは明らかではないか。

（タンセルはおれにほほえんでくれたが、おれたちは抱きあったこともないし、唇を重ねたこともない、頬にキスをしたことさえない）

いっぽう、ローアンは自分に触れた。腫れた唇がその証拠だ。

（寝言はよすんだ。あの女はおまえなんかにはふさわしくない。だいいち、小柄すぎるし、賢すぎるし、あまりにも危険すぎる）

やっとのことで眠りが訪れて、ダンクは夢を見た。ワットの森の中心の、そこだけ開けた草地の上を、ローアンに向かって駆けていく。ローアンは自分に向けて矢を射かけている。一射ごとに矢は当たり、胸を貫く。だが、その痛みは奇妙に甘美だった。背を向けて逃げるべきなのに、それでもローアンに向かって駆けてゆく。夢の中ではいつもそうであるように、ゆっくり、ゆっくりと、空気自体が粘稠《ねんちゅう》な蜂蜜と化したかのように。つぎの矢が飛んできた。そのつぎの矢もだ。ローアンの矢立ては、矢種が尽きることがないようだった。ローアンの目は灰色と緑色で、茶目っけにあふれている。

（そのガウン、お目の色を引きたてていますね）

そういおうとした。だが、ローアンはガウンを着ていない。それ以前に、一糸もまとっていない。小ぶりの胸にはうっすらとそばかすが散っている。乳首は小さな苺のように赤くて固い。全身に矢を浴びて、大きな山荒《ヤマアラシ》のようになりながら、ダンクはふらふらとローアンの足もとまでたどりつき、仰向けに倒れた。それでもまだ、一本編みの髪をつかむだけの力はあった。ぐいと強く引っぱって、ローアンをからだの上に乗せ、口にキスをする……。

そこで唐突に目が覚めた。叫び声があがっていたからである。

暗い地下室内で、だれもが混乱していた。罵声と文句が交錯するなか、男たちはたがいのからだにつまずきながら、槍や半ズボンを手さぐりしている。なにがどうなっているのか、だれにもわからない。エッグが獣脂蠟燭を探りあてて火を点《とも》し、室内に灯りをもたらした。真っ先に階段を駆けあがったのはダンクだった。駆け降りてきたサム・ストゥープス爺《じい》と、もうすこしで正面衝突しそうになった。まるでふいごのように荒い息をしながら、サム爺はわけのわからないことばを口走っている。ダンクは倒れないようにと、老人の両肩を支えてやらねばならなかった。

「サム爺、なにがあった」

「空が」老人は半泣きだった。「空が！」

それ以上は、意味ある反応を引きだせなかったので、全員が屋上に駆けあがり、ようすをうかがった。サー・ユースタスは先にきていて、ベッドローブを着たまま胸壁の前に立ち、はるか彼方を見つめていた。

太陽が西に昇っている。

しばらく呆然と眺めてから、ダンクにもようやく、それが意味するところがわかった。

「ワットの森が燃えている……」かすれ声しか出てこなかった。

塔館の基部付近にいたベニスが毒づき、エイゴン下劣王でさえも赤面しそうなほど下卑た罵倒を撒き散らした。サム・ストゥープス爺は一心に祈りをあげている。

そうとう距離があるので、火の手そのものまでは見えない。だが、赤い光は西の地平線の半分を呑みこんでいた。その上の星々は光をかき消されつつある。王冠座は、立ち昇る煙のベールにより、なかば覆い隠された状態だ。

炎と剣、とレディはいった……。


炎は夜を徹して燃えつづけた。不落城ではだれひとり、まんじりともしていない。やがて、煙のにおいが塔館にまでもただよってくるようになり、炎そのものも見えるようになった。まるで、遠くで真紅のスカートを翻《ひるがえ》す娘たちのようだった。あの炎もいずれはここにまでおよび、この塔館も火に巻かれるかもしれない。ダンクは胸壁の手前に立って、煙が染みる目を見開き、夜闇をついて駆けてくる騎兵はいないかと目をこらしつつ、「ベニス」と声をかけた。屋上にあがってきた茶色の騎士が、サワーリーフを嚙みながら、そばにやってきた。「先方が求めているのはおまえだ。立ち去ったほうがいい」

「なんだ、逃げろってのかい？」ベニスが驢馬《ロバ》の笑い声をあげた。「おれの馬でかよ。下にいるクソ鶏どものどれかに乗って逃げたほうがまだ速いぜ」

「だったら、先方に出頭しろ。そうすれば鼻を削がれるだけですむ」

「鼻を削がれてたまるか、うつけ《ランク》。やれるもんならやってみやがれってんだ。どっちの鼻が削がれるか、目にものみせてやる」

ベニスはそういってあぐらをかき、胸壁の凸壁部分にもたれかかると、袋から砥石を取りだして、剣を研ぎはじめた。サー・ユースタスがその前に立ち、どのようにして戦うべきか、低い声で相談しだした。

「〈ロングインチ〉のやつ、われわれが堰にいくものと見ておろう」老騎士がそういうのが、ダンクの耳にも聞こえた。「かわりに、やつらの作物を焼く。火には火だ」

サー・ベニスは、その手でいこうと答えたが、連中の水車場も焼き討ちする必要があると進言した。

「水車場は冷濠城の三十キロ向こうですからね、〈ロングインチ〉も、おれたちがくるとは思っちゃいねえ。水車場を焼いて、水車場の番人を殺す。それでやつの愛しい女主人さまに痛手を与えられるって寸法で」

　エッグもそれを聞きつけ、咳ばらいをしてダンクを見あげた。闇の中、大きな目の白目が目だつ。

「サー・ダンカン、焼き討ちなんて、させちゃだめだ。とめなきゃ」

「どうやって？」（ほうっておいても、〈紅後家蜘蛛〉が焼き討ちなどさせまい。〈紅後家蜘蛛〉と〈ロングインチのルーカス〉がな）「あのふたり、ああやってできもしないことを大言壮語しているだけさ、エッグ。ああでもしていないと、恐怖でチビってしまうんだろう。それに、いまはもう、おれたちには関わりのないことだ」

　夜明けの空は煤煙で灰色にけぶり、空気も目に染みた。ダンクは早々に出発するつもりでいたが、ろくに眠りもせぬまま夜を明かしたので、ことがはじまらぬうちにどこまで塔館を離れられるのかわからない。とにもかくにも、エッグといっしょに茹で卵の朝食をとった。そのあいだに、ベニスは兵士たちを郭に連れだし、訓練を再開していた。

（あの者たちはオズグレイの兵だ。おれたちはもう、そうじゃない）

ダンクは自分にそう言い聞かせた。たしかにけさは、ここの卵を四つ食べた。だが、サー・ユースタスにたばかられた以上、この程度もらっても罰は当たるまい。エッグはふたつを食べた。そのうえさらに、卵を流しこむため、エールまで飲んだ。

「フェア島にいくって手もありますね」荷物をまとめながら、エッグがいった。「鉄人《くろがねびと》の掠奪を受けているんなら、島主のファーマン公は軍人《いくさにん》を求めてるかもしれない」

いい考えだった。

「フェア島にいったことはあるか？」

「ないんです」とエッグは答えた。「でも、聞くところによると、明媚《フェア》な島だそうですよ。ファーマン公の居城も美麗《フェア》だそうで、美麗城《フェアカースル》と呼ばれてて」

ダンクは笑った。

「そりゃあ、フェア島にあるんだから、フェア城だろうさ」

肩の荷が、すっと軽くなったような気分だった。

「馬の用意はおれがする」

ダンクはそういって、鎧一領をひとまとめにし、麻縄で縛りながら、エッグにいった。

「おまえは屋上にあがって、おれたちの寝袋を取ってきてくれ」

けさ、なによりも避けたいのは、もういちど市松獅子の老騎士とやりあうことだ。

「サー・ユースタスに出くわしても、相手にするなよ」

「はい」

外に出ると、ベニスが兵たちに槍と楯を持たせ、横一列にならばせて、横隊前進の訓練をしようとしていた。ダンクが郭を横切っても、茶色の騎士は見向きもしない。

（この男、兵隊をみんな死なそうとしているのか？　いまにも〈紅後家蜘蛛〉がここを急襲してくるかもしれないんだぞ？）

エッグが塔館の扉を勢いよく開き、木の階段を音高く駆け降りてきた。腕にふたりぶんの寝袋をかかえている。サー・ユースタスは扉の上につきでたバルコニーに立って、手すりに両手をかけ、身をこわばらせていたが、ダンクと目が合うと、口髭をひくつかせて、さっと背を向け、屋内に入っていった。空気は流れてくる煙でけぶっていた。

ベニスは楯をななめがけにし、背中にかけている。爪の形をした縦長の楯は、なんの絵も描いていない木製で、何度もニスを塗りなおしたせいか、黒ずんだ状態だ。縁は鉄枠で補強してあった。紋章がなく、中央にひとつだけ突起があるその表面から、ダンクは固く閉じた巨大な目を連想した。

「どうやって迎え討つつもりだ？」ダンクはたずねた。

（なにも見えていないわけだ……本人と同じように）

サー・ベニスは、サワーリーフで真っ赤になった口を動かしながら、兵隊を眺めやった。

「これだけけっきゃ槍がねえんじゃ、丘を護りようがねえや。塔館に立てこもる。籠城《ろうじょう》戦だ」そういって、塔館の扉にあごをしゃくる。「出入口はあの一ヵ所だけだからよ。木の階段を引きあげりゃ、中に入ってきようがねえ」

「向こうが自前の階段を用意するまではな」とダンクは指摘した。「敵は引っかけ鈎つきのロープを持ってくるだろう。まずは屋上に登って、そこから塔の中になだれこんでくるぞ。でなければ、扉を固守するおまえたちをよそに、弓隊が悠然と弩弓《クロスボウ》を構えて、気長に太矢の雨を降らせつづけるかもしれん」

やりとりのあいだ、メロンたち、ビーンたち、バーリーコーンたちは、会話の内容に耳をそばだてていた。かつての大口は、さほど風も吹いていないのに、どこかへ吹きとばされてしまったらしい。全員、先を尖らせた枝を持ったまま、ダンクとベニスを交互に眺め、顔を見交わしている。

「この連中がいたところで、ものの役にはたたない」ぼろを着たオズグレイの軍勢をあごで指して、ダンクはいった。「塔館の外に配置すれば、たちまち〈紅後家蜘蛛〉の騎士たちにズタズタにされる。といって、塔館の中に立てこもらせたら、あの槍は役にたたない」

「屋上からなにか投げ落とさせるさ」とベニスはいった。「〈投石機《トレブ》〉は石投げが得意だ」

「石礫《いしつぶて》のひとつふたつは投げられるかもしれんな——敵のクロスボウ兵に太矢で射貫《いぬ》かれる前に」

「サー・ダンカン？」エッグがそばにやってきた。「出発するんなら、早くしたほうがいい。〈紅後家蜘蛛〉がきちゃうとまずいですよ」

たしかに、そのとおりではあった。

（ぐずぐずしていたら、丘を降りられなくなってしまう）

それでも、ダンクはためらった。

「この連中、解放してやれ、ベニス」

「なんだと？　われらが勇敢な兵士さまたちをか？」ベニスは農民兵たちを見やり、驢馬《ロバ》の笑い声をあげてから、一同に警告を発した。「おまえら、馬鹿なこと考えるんじゃねえぞ。

逃げようとするやつぁ、おれがはらわたをこぼれさせてやる」

「やってみるがいい、そのまえに、おれがおまえのはらわたをこぼれさせてやる」ダンクは剣を引き抜いた。それから、こんどは農民たちに向かって、「帰れ！　おまえたち全員だ。それぞれの村に帰って、自分の家や畑に森火事の炎が飛び火していないか、たしかめろ」

だれも動かない。茶色の騎士は、くちゃくちゃとサワーリーフを嚙みながら、まじまじとダンクを見すえている。ダンクはベニスを無視し、農民たちにいっそう語気を強めた。

「いけっ！」

まるでいずれかの神が、ダンクの口を通じてことばを発したかのような苛烈さだった。

（神といっても〈戦士〉じゃない。阿呆のための神というのはいないのか？）

「**いかんか！**」

ついには、割れ鐘のような声で怒鳴った。

「槍と楯は持っていってかまわない、とにかく、いけ！　でないと、生きてあすの日の目を見られないぞ。もういちど女房にキスしたくないのか？　子供らを抱きしめたくないのか？　家に帰れ！　どうした、どいつもこいつも耳が聞こえなくなったのか？」

もちろん、そんなことはなかった。全員が雪崩《なだれ》を打って駆けだしたため、驚いた鶏たちがけたたましく鳴いて逃げまどいだす。〈うどの大木ロブ〉は、逃げるさいに牝鶏を踏みつけ、ペイトは自分の槍に足を引っかけて転倒し、もうすこしでウィル・ビーンの腹を裂きそうになった。それでも、とにもかくにも、全員が丘を降りて、駆けだしていった。メロンたちはあっちの道に、ビーンたちはこっちの道に、バーリーコーンたちはまた別の道に――サー・ユースタスが上からなにごとかを叫んでいるが、もはやだれも聞く耳を持たない。

（すくなくとも、サー・ユースタスの声については、耳が聞こえなくなったな）

　とダンクは思った。

　老騎士が塔館の扉の外に現われ、階段を大急ぎで降りてきたときには、鶏たちのあいだに立っているのは、ダンク、エッグ、ベニスの三人だけになっていた。

「もどってこんか！」尻に帆かけて逃げていく農民兵たちに向かって、サー・ユースタスが怒鳴った。「帰っていいとの許可は与えておらんぞ！　だれにもいとまは与えておらん！」

「無駄でさ、ム＝ロード」ベニスがいった。「いっちまいやがった。みいんな」

　サー・ユースタスはくるりとダンクに向きなおった。口髭が怒りでひくついている。

「おまえに兵を帰す権利などない。まったくない！　いってはならん、とわしは叫んだではないか。だめだ、帰らせてはならん、と叫んだではないか」

「だって、聞こえなかったんだもの、マイ・ロード」帽子を脱いで、煙を払いのけながら、エッグがいった。「鶏の鳴き声がうるさくて」

　老騎士は階段の最下段に、がっくりとすわりこんだ。

「ここまでのことをしおるとは……あの女になにをちらつかせられた？」悄然《しょうぜん》とした声で、老騎士はダンクにたずねた。「わしを裏切るために――わしの兵を追いちらして、このわしひとりだけにさせるために――どれだけの黄金を積まれた？」

「ひとりだけではありません、ム＝ロード」剣を鞘に収めて、ダンクは答えた。「わたしは今朝まで、あなたの屋根の下で眠り、今朝もあなたの卵を食べました。その分の恩義をまだ返していない以上、尻尾を巻いて逃げだすわけにはいきません。わたしの剣は、まだここにあります」

そういって、剣の柄《つか》を、とん、とたたいてみせた。

「剣一本でなにができる」老騎士はゆっくりと立ちあがった。「あの女に対して、剣一本でなにができるというんだ」

「手はじめに、あなたの領地から締めだす試みを」

ダンクは自信ありげな口調で答えた。口調とは裏腹に、自信などまるでなかったのだが。

息をするたびに、老騎士の口髭がひくついている。

「たしかに」ややあって、老騎士はいった。「石壁の陰に立てこもっているより、雄々しく出陣したほうがましだな。兎よりも獅子として死ぬほうがいい。一千年の長きにわたって、境界地方北部の総監であったわれらなれば。では――鎧をつけてこねばなるまい」

老騎士は階段を昇りはじめた。

エッグがダンクを見あげ、いった。

「尻尾があるなんて、知りませんでしたよ」

「そんなに拳固がほしいのか？」

「まさか。鎧の準備、します？」

「そうだな」とダンクは答えた。「それと、もうひとつ、準備しておくものがある」

サー・ベニスが同行するとの話も出たが、最後にはサー・ユースタスの判断で、ベニスはここに残していき、塔館を護らせることになった。ベニスの剣の腕では、これから対峙する相手には通用しないし、ベニスが姿を見せると、〈紅後家蜘蛛〉をいっそう刺激しかねないからだ。

そう強く説得するまでもなく、茶色の騎士は指示を受けいれた。ダンクはベニスが階段の木造部を固定する鉄杭を抜くのに手を貸した。ついで、ベニスが階段をあがっていき、扉をあけて中に入ると、壁の金具に結わえてある、灰色に変色した古い麻縄をほどいた。階段を引きあげるための縄である。その端をつかみ、渾身の力をこめて縄を引っぱった。きしみとうめきをあげながら、木の階段が弧を描くようにして、徐々に上へあがっていく。かくして、階段の石造部分の最上段と、塔館唯一の出入口とは、三メートルの空間で隔てられた。サム・ストゥープス爺と女房は、すでに塔館内へ入っている。片がつくまで、鶏たちには自力で生きていてもらうしかない。郭から、葦毛《あしげ》の去勢馬にまたがったサー・ユースタスが、扉に向かって呼びかけた。

「日没までに、われらがもどらねば……」

「……ハイガーデン城に走って、タイレル公に報告しときまさ。あの女がム＝ロードの森を焼いたあげく、ム＝ロードを殺害したってね」

メイスターに乗って先をゆくエッグにつづき、ダンクは丘の斜面を下った。甲冑《かっちゅう》を小さくガチャガチャ鳴らしながら、老騎士もうしろからついてくる。風が吹きつのりはじめており、老騎士のマントがバタバタとはためく音が聞こえた。

ワットの森があった一帯に広がっていたのは、なおも煙をあげてくすぶる焼け野原だった。三人が森の成れの果てにたどりついたときには、樹々はおおむね焼失しており、森林火災はほぼ鎮火していたが、何ヵ所か、灰と炭の海の中で燃える孤島となって、いまも燃えている樹々があった。ところどころで立ったまま黒焦げになっている樹々の幹は、天にそそりたつ黒い槍のようだ。その他の樹々はすべて倒れており、黒焦げの折れ枝で〈西の道〉の通行を困難にしていた。中空になった幹の芯は熾《おき》となって鈍い赤色を宿し、くすぶりつづけている。森の地面にもあちこちに熱い一帯があり、そこには熱い灰色の煙が濃密にたれこめていた。サー・ユースタスがたまらずに咳きこみだす。このままでは老騎士は引き返さざるをえなくなるのではないか、とダンクは危惧したが、なんとか乗りきった。

赤鹿の焼死体の横を通りすぎた。しばらくのち、穴熊のものとおぼしき焼死体に遭遇した。生きている生物は残っていない。例外は蠅だけだ。蠅はどんな状況でも生きられるらしい。

「〈火炎が原〉も、きっとこのようなありさまだったにちがいない」とサー・ユースタスがいった。「われらの塗《と》炭《たん》の苦しみは、二百年前に、あの地からはじまった。最後の緑の王はあの地で命を落とし、それとともに、王の周辺に集《つど》う河間平野《リーチ》で最高の花々も散った。父がいっていたよ――ドラゴンの吐く炎はあまりにも熱く、手にした剣の鋼《はがね》が融けてしまうほどだったとな。〈火炎が原〉の合戦後、敗者の剣は没収され、それで〈鉄の玉座〉が造られた。ハイガーデン城の主権は王から執政に移り、オズグレイ家は縮小され、家格を落とされて、往時の境界地方北部総監は、ロウアン家を主家として忠誠を誓う、一介の土地持ちの騎士に成りさがってしまった」

ダンクとしては、とくになにもいうべきことがなかったので、そのまま無言で馬を進めた。そのうちに、サー・ユースタスが咳きこんで、こういった。

「——サー・ダンカン。わしがしたあの話、憶えておるか？」

「かもしれませんが……どの話です？」

「〈小さき獅子〉の話だよ」

「ああ。憶えています。五人息子の末っ子でしたね」

「うむ」老騎士はふたたび咳きこんだ。「〈小さき獅子〉がランセル・ラニスターを討ったことで、西部勢は撤退した。王なくして軍《いくさ》なし——。わしがいうことの含みがわかるか？」

「はい」と答えたものの、ダンクは気が進まなかった。

（おれにあのレディを殺せるだろうか）こんどばかりは、自分が掛け値なしに〝鈍なること城壁のごとし〟であればよかったのにと思った。（そんな事態は避けねばならない。そんな事態には、このおれがさせない）

〈西の道〉が市松川《チェキー》と交差する一帯では、緑の葉をつけた樹々がまだすこしだけ立っていた。幹の森側は黒く焦げていたものの、かろうじて生き残ったようだ。ただし、樹々の向こうに見える青い川面《かわも》は、いまは陽光を浴びてきらめいてはいない。

（市松模様の由来となった色のうち、青と緑の色は残ったが）とダンクは思った。（金色は消えてしまったな）

それというのも、ただよう煙が太陽を覆い隠しているためだ。

土手の上まできたとき、サー・ユースタスが馬をとめた。

「わしは聖なる誓いを立てた――この川はけっして越えないと。川向こうの土地があの女のものであるかぎり」

老騎士は、黄ばんだサーコートの下に鎖帷子《くさりかたびら》と板金鎧を着用している。腰には剣を吊っていた。

「向こうがこなかったらどうします？」エッグがたずねた。

（〝炎と剣〟だからな）とダンクは思い、いった。

「くるさ」

読みどおり、一時間もたたぬうちに〈紅後家蜘蛛〉はやってきた。最初に聞こえたのは、レディの手勢が立てる馬蹄の轟きだった。ついで、甲冑の各部が触れ合う金属音がかすかに聞こえてきた。音はしだいに大きくなってくる。濃厚にたれこめる煙が邪魔して、向こうがどの程度まで近づいてきているかは判別しづらい。

そのとき――きれぎれにただよう灰色のとばりを割って、レディの旗手がぬっと出現した。

旗手がかかげる旗竿の上端には、白と赤で彩色された鉄の蜘蛛飾りが載せてあり、その下にウェバー家の黒地の旗標《はたじるし》がだらりとたれている。こちらの姿を認めるや、旗手は土手の上で馬をとめた。鼓動半分ののち、サー・ルーカス・インチフィールドが姿を現わした。騎士は頭から爪先まで、板金鎧で完全に防備している。

ここにおいてようやく、レディ・ローアンが姿を見せた。またがった漆黒の牝馬《めすうま》は網状《ウェブ》の馬衣《うまぎぬ》をまとっている。銀のシルクを編んで蜘蛛の巣《ウェブ》を模したものだ。レディのマントも同じ〝蜘蛛の巣〟でできていた。肩と手首のところで留めたマントはふわりとうしろにたなびき、重さがないかに見える。レディもやはり鎧を身につけていた。美麗な小札鎧《こざねよろい》で、一枚一枚の小札に緑の琺瑯《ほうろう》を引き、金と銀の象嵌《ぞうがん》が施してあった。鎧は薄手の手袋のごとく、レディのからだにぴったりとフィットして、まるで夏の青葉をまとっているかのようだ。一本編みにした長い赤毛は前にたらし、それが馬の上下の動きに合わせて跳ねている。そのとなりでは、赤ら顔のセプトン・セフトンが大柄な葦毛《あしげ》の去勢馬を走らせていた。反対側のとなりでは、若きメイスターのセリックが騾馬《らば》を駆っている。

そのうしろには、さらに多数の騎兵がつづいていた。騎士が六騎、それぞれの従士が六騎。やはり騎馬の弩弓兵《クロスボウ》も一列縦隊でつづいている。市松《チェキー》川の土手に到達し、こちら側の土手にならぶダンクたちを見るや、弩弓兵は川にそって横一列に展開した。セプトン、メイスター、レディ本人を除けば、騎馬の戦闘員は総勢三十三名。騎士のひとりがダンクの目をとらえた。ずんぐりとして頭の禿げた、樽のようなからだつきの男で、鎖帷子と革鎧を着用しており、怒りに燃える顔をこちらに向けている。首には醜い腫れ物ができていた。

〈紅後家蜘蛛〉は水際《みずぎわ》まで牝馬を進ませ、川ごしに呼びかけてきた。

「サー・ユースタス、サー・ダンカン。夜天《やてん》を焦がす汝らの付け火、しかとこの目で見た」

「見た、とな？」サー・ユースタスが叫び返す。「おお、見ただろうとも、火をつけたそのあとで」

「恥知らずにも、難癖までつけるか」

「わしは恥知らずの所業を告発しておるまでだ」

「昨夜は閨《ねや》で寝ていた。側役《そばやく》の淑女もみないっしょにだ。飛び起きたのは、城壁で叫び声があがったからだった。城中の大半の者はその叫びで目を覚ました。老人たちはなにごとかと、急な階段を昇って塔の上に駆けあがり、胸に抱かれた赤子たちは夜空を照らす赤い光を見て恐怖に泣き叫んだ。それもこれも、汝らの付け火が引き起こしたことだ」

「火をつけたはそちらであろうが、女」サー・ユースタスは言い返した。「わしの森は焼失した。もはや焼け野原だ！」

セプトン・セフトンが咳ばらいをし、大声で呼びかけてきた。

「サー・ユースタス。〈王の森〉でも火事は起きました。〈雨の森〉でもです。この旱魃で、森という森が焚《た》きつけも同然になっているのです」

レディ・ローアンが片手をあげ、周囲を指さした。

「わが畑を見よ、オズグレイ。からからに乾ききっている。かかる状況で火をつけるような愚行を、このわたしがすると思うか。風向きが変われば、炎は川を飛び越えて、わが作物の半分を焼いていたかもしれぬのだぞ」

「かもしれぬ、であろうが」サー・ユースタスは叫んだ。「だが、げんに燃えたのはわしの森で、燃やしたのはおまえたちだ。おおかた黒魔術でも使って風を起こしたのであろう――夫や兄弟たちを殺したときのように！」

　レディ・ローアンの表情がますます険しくなった。この表情は冷濠《ひやぼり》城で見たことがある。ダンクを引っぱたくまぎわの顔つきだ。

「無駄だな」とレディは老騎士にいった。「これ以上、汝に理を説くは無駄というものだ。ただちに〈茶色の楯のベニス〉を差しだせばよし。さもなくば、そちらの領地に乗りこみ、捕縛する」

　サー・ユースタスはいっそう声を張りあげた。

「そんなことはさせぬ――断じてさせぬ」口髭がひくついている。「それより先に進んではならん。川のこちら側はわが領地――そなたらは望まれざる客だ。わしの歓待は受けられぬものと思え。パンも塩も与えぬ、日陰や水すらも与えぬ。わが領に入らば侵入者と見なす。オズグレイ領には、一歩とて足を踏みいれることを許さぬぞ」

　レディ・ローアンは、背中にまわっていた一本編みの赤毛を手前に引きだし、ひとこと、いった。

「サー・ルーカス」

それを受けて、〈ロングインチ〉がさっと合図を出した。クロスボウ兵がいっせいに下馬するや、鉤と足掛け金具を利用して弓弦《ゆづる》を引き、矢立てから太矢を引き抜く。

「さあて、サー・ユースタス」すべてのクロスボウに太矢がつがえられ、構えられ、射出の準備が整うと、レディ・ローアンは呼ばわった。「なにを許さぬというのかな？」

ダンクはそろそろ割って入るべき頃合だと判断し、サー・ユースタスに代わって叫んだ。

「許可なく川を渡れば、王の平和を破ることになる」

こんどはセプトン・セフトンが、馬を一歩、前に進ませた。

「この紛争が王の耳に入ることはありません。たとえ入っても、気にもとめられますまい。われらはみな〈慈母〉の子です。〈慈母〉のためにも、そこをおどきなさい」

ダンクは眉根を寄せ、応じた。

「神々のことはよく知らぬがな、セプトンどの……われわれは〈戦士〉の子でもあるのではないか？」頭のうしろに手をまわし、首筋を揉む。「どうあっても押し渡るというのなら、このおれが阻む」

〈ロングインチのサー・ルーカス〉が高笑いし、

「ここに山荒《ヤマアラシ》のごとき姿になりたい山臥《やまぶ》しの騎士がおりますぞ、マイ・レディ」と〈紅後家蜘蛛〉にいった。「いまのことば、もういちどぬかしてみろ。十本の太矢がきさまを貫こう。この距離ならば、その板金鎧とて、シルクの布のようにやすやすと貫く」

「まだ早い。待て」レディ・ローアンは川ごしにダンクのようすをうかがった。「そちらは大人がふたりに子供がひとり。こちらは戦闘員が三十三人いる。どうやってわれわれが川を越えるのを防げるというのか？」

「それは――」とダンクは答えた。「――いま話す。ただし、ム＝レディだけに」

「よかろう」レディ・ローアンは馬腹《ばふく》を軽く蹴り、馬を川に乗り入れさせた。川水《かすい》が牝馬の腹にまで達すると、そこで馬をとめ、じっと待つ。「さあ、ここまできてやった。そちらもくるがいい。袋に縫いこめないことは請けあおう」

ダンクが答える前に、サー・ユースタスが腕をとり、

「いくがいい」といった。「ただし、忘れてはならんぞ――〈小さき獅子〉の話を」

「お心のままに、ム＝ロード」ダンクはサンダーを川に乗り入れさせて、レディのそばまで進ませた。「ム＝レディ」

「サー・ダンカン」レディ・ローアンが手を伸ばしてきて、ダンクの腫れた唇に二本の指で触れた。「これは――わたしがぶったせい？」

「ここしばらく、わたしの頬を張った人はほかにいません、ム＝レディ」

「あれはわたしの短慮。歓待の礼に悖《もと》る行ないだったわね。義兄《あに》のセプトンに叱られたわ」

そこで、川水ごしにサー・ユースタスを見やって、「じつは、アダムのことはもうほとんど憶えていないのよ。十五年もむかしの話だから。ただ、アダムを愛したことだけは憶えてる。いままでに、ほかに愛した人はいないわ」

「サー・ユースタスは、アダムの亡骸《なきがら》を黒苺《ブラックベリー》畑に埋葬なさいました。兄上たちの亡骸と

いっしょに。アダムはブラックベリーが好きだったそうです」

「憶えてる。よくわたしのために摘んできてくれたものよ。生クリームをつけていっしょに食べたわ」

「王陛下はディモンに与《くみ》した老騎士に赦《ゆる》しを与えられました。ム＝レディもアダムのことについて、そろそろ赦してあげてはどうです」

「それなら、まずベニスを差しだすことね。そうすれば考えてあげる」

「ベニスを差しだす立場には、わたしはありません」

レディ・ローアンはためいきをついた。

「できることなら、あなたを殺したくないの」

「わたしだって死にたくはないですよ」

「だったら、ベニスを差しだしなさいな。鼻を削ぎ落とすだけで返してあげる。それで一件落着」

「そうはいきません。まだ堰の件がありますし、火事の件もあります。付け火した者たちを引き渡していただけますか？」

「あの森には火影虫《ほかげむし》がいたわね。あの虫が火をつけたんじゃなくて？　あの小さな火影で」

「冗談はそのへんで、ム＝レディ」ダンクは険しい声を出した。「いまは冗談をいっている場合ではないんです。森を焼いた償いに堰を壊して、サー・ユースタスに水を返す。公正でしょう？」

「公正ね、もしもわたしが森を焼いたのなら。けれど、そんなことはしていない。わたしは冷濠城にいたのよ、ベッドの上でぬくぬくと」川に目をやった。「当方が川を押し渡るのをどうやって防げるというの？　川底に鉄菱《てつびし》でも撒いたのかしら？　それとも、うしろの焼け野原に弓兵でも伏せさせているの？　さあ、おっしゃい、そちらにわたしたちを食いとめるどんな力があるのかを」

「あなたがたは過去のわたしです」ダンクはそういって、片手の籠手をはずした。「〈蚤の溜まり場〉では、わたしはどの悪ガキより大きくて力も強かったので、ほしいものは相手をボコボコにして、力ずくで強引に奪っていました。そこに現われて、そういうまねをしてはいかんと諭してくれたのが、わたしの老士です。そういうことはまちがっておる、だいいち、ほかの子に年上で大きな兄がいたらどうする、とね。ごらんなさい、これを」

ダンクはそういって、指にはめていた指輪をはずすと、レディ・ローアンに差しだした。レディは握っていた一本編みの髪から手を放し、指輪を受けとった。

その重さを手で測ってみて、レディはたずねた。

「黄金？　これがなんなの？」手のひらの上でひっくり返し、しげしげと見る。「印章つき指輪ね。黄金と黒瑪瑙《オニキス》の――」

そこで、はっと気づいた顔になり、緑の目を細め、印章指輪を食いいるように見つめた。

「――どこでこれを見つけたの」

「長靴《ちょうか》の中ですよ。ぼろに包んで、爪先の隙間に詰めてありました」

　レディ・ローアンが指輪を握りしめる。エッグを見やり、サー・ユースタスに目を移した。

「この指輪を見せるとは……ずいぶん大きな危険を冒したものね。とはいえ、これを見せたからなんだというの？　もしもわたしが、うちの者たちに川を渡るよう命じたら……」

「その場合」とダンクは答えた。「わたしは戦わねばなりません」

「死ぬわよ」

「十中八九。そしてエッグはきたところへもどる。そして、ここで起きたことを報告する」

「あの子も死んだら、報告はできないわ」

「ム＝レディは、十歳の子供を殺すような方ではないでしょう」そうであってくれることを祈りながら、ダンクはいった。「とりわけ、あの十歳の子供は。そして、おっしゃるとおり、土手には三十三人の兵がいる。人の口に戸は立てられません。なかでも、あの太ったご仁はとくに。いかに深く墓穴を掘ってわれわれの亡骸を埋めようと、うわさはきっと広まります。そしていずれは……。斑紋ある蜘蛛も、相手が獅子なら毒牙で咬んで殺せるかもしれません。しかし、ドラゴンは次元の異なる生きものです」

「ドラゴンとは友人でいたいものだけれど」レディ・ローアンは、自分の指に指輪をはめてみようとした。親指にさえ大きすぎ、ぶかぶかだった。「相手がドラゴンであれなんであれ、〈茶色の楯のベニス〉は渡してもらうわ」

「お断わりします」

「その大きな図体には、頑固さがみっちり詰まっているようね」

「隅から隅まで」

レディ・ローアンは指輪を返した。

「とはいっても、空手では冷濠城に帰れない。人は〈紅後家蜘蛛〉が毒牙を失った、もはや正義を執行する力はない、領民を護る力は失せたとうわさするでしょう。あなたには事態の深刻さがわかっていないのよ」

「いいえ、わかっていますとも」（あなたよりもな）「かつて、嵐の地《ストームランド》の小貴族が、サー・アーランを召しかかえたことがありました。ほかの小貴族との紛争に備えて、助っ人とするためです。そのとき、わたしは老士にたずねました——あの小貴族たちは、なにをめぐって争っているんですかと。それに対して、老士は答えていわく——〝なんにもじゃよ、ダンク。あんなもの、小便くさい啀《いが》み合いにすぎん〟」

レディ・ローアンは愕然とした顔になった。が、鼓動半分のうちに気持ちを切り替えて、にんまりと笑ってみせた。

「いまの地位に即《つ》いて、一千ものお追従を聞かされたけれどね。わたしの目の前で、〝小便くさい〟などという表現を使った騎士は、あなたがはじめてよ」

　そこですっと、そばかすの散った顔が真剣になった。

「その小便くさい啀み合いで、小物の貴族同士はたがいの力量を測るの。弱みを見せた者が悲惨な運命をたどるのは必定。とくに女は、小便くさい啀み合いで男の倍も奮闘しなければならないわ、領地をぶじ治めようと思えばね。そして、その女がたまたま小柄だったら……

スタックハウス公はわたしの馬蹄丘陵を狙っているし、サー・クリフォード・コンクリンは、むかしから〈青葉豊かな湖〉の所有権を持っているし、陰気なダーウェル家の者ときたら、牛泥棒で生計を立てている始末……。しかも当家の屋根の下には、あの〈ロングインチ〉が住みついているのよ。毎朝、目覚めるの――きょうこそ、あの男がわたしに無理やり結婚を迫りにくるのではないかと、戦々兢々《せんせんきょうきょう》としながらね」

レディの手が、自分の長い一本編みの髪をぐっと握りしめた。まるでそれが、頼みの綱ででもあるかのように――そして、その綱につかまって、断崖絶壁からぶらさがっているかのように。

「あの男がそのつもりでいることはわかっているわ。なのにその一歩手前で踏みとどまっているのは、わたしの怒りを恐れてのこと。〈紅後家蜘蛛〉が関与する件には、コンクリンもスタックハウスもダーウェル一族も、みな慎重になるのと同じことよ。あの連中が一瞬でも、わたしが弱くなった、軟弱になったと見なそうものなら……」

ダンクは自分の指に指輪をもどし、短剣を引き抜いた。

抜き身の剣を見て、〈紅後家蜘蛛〉は大きく目を見開いた。

「なにをするつもりなの？　気でも狂ったの？　十挺以上ものクロスボウがあなたに狙いをつけているのよ？」

「血には血を、とあなたはおっしゃった」おもむろに、短剣の刃先を自分の頬にあてがう。

「あなたが受けた報告はまちがっている。あの水路掘りに斬りつけた人間はベニスではない。

このわたしです」

いうなり、刃《やいば》をぐっと頬に押しあて、鋭く下に引いた。短剣をビュッと振り、刃を濡らす血を払う。そのさい、血飛沫《ちしぶき》がレディの顔にも飛んだ。

（そばかすが増えたな）とダンクは思った。

「これにて、〈紅後家蜘蛛〉による意趣返しはなされました。頬には頬を」

「ほんとうに、いかれた人……」煙が目を刺したのか、レディの目には涙があふれていた。

「生まれさえもうすこし高貴なら、ぜひとも夫に迎えたかったところよ」

「お気持ちはありがたく、ム＝レディ。しかしそれは、豚が翼と鱗《うろこ》を生やして、炎の息吹《ブレス》を吐けるのならば、ドラゴンに変じるというのと同じことです」ダンクは短剣を鞘にもどした。

傷が疼《うず》きだしている。ざっくりと切れた頬を鮮血が流れ、だらだらと喉当てにたれていく。血臭を嗅ぎとってサンダーが鼻を鳴らし、水中で前脚を掻いた。「さ、森を焼いた者たちを引き渡してください」

「だれも森など焼いてはいないの。それに、もしもうちの者が森を焼いたとしても、それはわたしを喜ばせるため。そのような忠義者をどうして差しだせるというの？」護衛の兵らをふりかえった。「このうえは、サー・ユースタスが告発を取り下げるのがいちばんいいんだけれど……」

「それはむりでしょう。豚が火を吐くようになるのを待つほうが、まだ早いくらいですよ、ム＝レディ」

「そうなると、神々と人々の面前で、わたしの無実を証明してもらうほかないわね。サー・ユースタスにわたしが謝罪を要求していると伝えなさい……さもなくば、決闘裁判あるのみ。どちらを選ぶかは、サー・ユースタスしだい」

レディ・ローアンは馬首《ばしゅ》を返し、川岸にならぶ配下たちのもとへ引き返していった。

決闘場は川そのものと決まった。

セプトン・セフトンが、太ったからだでよたよたと川の中まで進み出てきて、祈禱《きとう》を捧げ、神々に願った。〝〈天なる厳父〉よ、下界のこのふたりを見そなわし、公正なる裁きを下したまえ、〈戦士〉よ、大義の正にして真なる者に、その御力《みちから》を貸し与えたまえ、〈慈母〉よ、虚言者に慈悲をたれたまい、その者の罪を赦したまえ――〟

祈禱がすむと、最後にもういちど、セプトンはサー・ユースタス・オズグレイに顔を向け、「サー・ユースタス」と声をかけた。「いまいちど、お願いします、この告発、取り下げてもらえませんか」

「ならん」口髭をひくつかせて、老騎士はきっぱりと拒絶した。

太ったセプトンはレディ・ローアンに向きなおった。

「わが義妹どの、もしもあなたが告発どおりのことをしたのでしたら、罪を告白し、サー・ユースタスに焼けた森の賠償を申し出なさい。さもないと、血が流れますよ」

「わたしの無実は、神々と人々の面前で、わが代理闘士《チャンピオン》が証明してくれるわ」

「決闘裁判だけが解決の道ではありません」腰まで水につかった状態で、セプトンは双方に語りかけた。「当事者同士で、黄金樹林城《ゴールデン・グローヴ》へいきましょう。おふたりのために、わたしが審理をお願いし、ロウアン公に裁定を下してもらいます」

「断わる」サー・ユースタスが拒絶した。

〈紅後家蜘蛛〉もかぶりをふった。

　サー・ルーカス・インチフィールドが、怒りでどす黒く染まった顔をレディ・ローアンに向けた。

「この茶番に片がついた暁には、おれと結婚してもらいますぞ。お父上の望みどおりに」

「生前の父はおまえのことを知らなかったのよ、わたしほどにはね」

　ダンクはエッグのそばに片ひざをつくと、印章指輪を少年の手に返した。三頭《みつくび》ドラゴンが四つならぶ紋所は――全体を四つの象限に分割し、それぞれにドラゴンを収めた意匠は――夏の城館《サマーホール》のあるじ、プリンス・メイカーの紋章にほかならない。

「これは長靴にもどしておけ」とダンクはいった。「もしもおれが死んだ場合は、いちばん近くにいる父上の友人を訪ねて、そこからサマーホールに向かえ。自力で河間平野《リーチ》を越えていこうとするな。忘れずに言いつけをまもるんだぞ、さもないと、おれの幽霊が耳に拳固を食らわしにいくからな」

「わかりました、かならず」とエッグは答えた。「でも、それ以前に……死んでほしくないです」

「こんな暑いところで死ねるものか」

　それを最後に、大兜をかぶった。エッグの助けを借りて、大兜の緒《ひも》をしっかりと喉当てに結わえる。サー・ユースタスがマントの端を切りとり、頬傷の血どめに当ててくれていたが、それでも顔は血でべとついていた。立ちあがってサンダーに歩みよる。足をふりあげて乗馬したとき、焼けた森からの煙があらかた吹きはらわれていることに気づいた。それなのに、依然として空は暗い。

（雲が出てきたのか――雨雲が）ようやくのことで、待望の雨が降ろうとしているらしい。

（これは吉兆かもしれんな。しかし、相手にとっての吉兆か？　おれにとっての吉兆か？）

　ダンクはあまり吉兆に恵まれたことがない。

　川向こうでは、サー・ルーカスも馬上にあった。馬は栗毛の軽軍馬だ。見るからに立派な馬だった。駿足で力が強そうに見える。サンダーほどに大柄ではないが、体格で劣るぶんは馬鎧《うまよろい》で補ってあり、頸《くび》当てと馬面《ばめん》を装着して、胴体は軽量な鎖帷子《くさりかたびら》の馬衣《うまぎぬ》をかぶせてあった。〈ロングインチ〉自身は、黒い琺瑯《ほうろう》引きの板金鎧と、銀色に光る環帷子《リングメイル》とを着こんでいる。大兜の上には黒瑪瑙《オニキス》の蜘蛛という、いかにも禍々《まがまが》しい頭立《ずだて》が飾ってあったが、楯に描かれているのは当人の紋章――淡い灰色の紋地の上で、右上から左下に向かう斜線《ベンド・シニスター》となって走る、太い黒白の市松模様だった。しかしその楯を、サー・ルーカスは従士に手わたした。

（楯を使うつもりはないらしいな）

　かわりに、別の従士がその手に長柄《ながえ》斧《おの》を握らせた。これで楯を手放した理由がわかった。

長柄斧はリーチが長く、破壊力の強い武器で、持ち手にはすべりどめが巻いてあり、斧頭《ふとう》は重く、峰の側には凶悪なスパイクが突きだしており、両手で持って振るう武器なのである。楯がない以上、〈ロングインチ〉としては、防備を鎧の強度に頼らざるをえない。

（あの武器を選んだことを後悔させてやらねばな）

自分の楯を左腕にはめた。タンセルが楡《にれ》と流れ星を描いてくれたあの楯だ。楯の古謡《こよう》が、ふと頭の中に浮かんできた。

（オークよ鉄よ、この身を護れ、さなくばおれは死んじまう、地獄の底までまっさかさま）

鞘から長剣を引き抜いた。剣の重みがずしりと手に心地よい。

左右の拍車を、そっとサンダーの馬腹《ばふく》に当てる。大柄な軍馬が川水に踏みこんでいった。川向こうでサー・ルーカスも同じことをした。ダンクは馬を右寄りに進めようとした。楯でガードできる左側を〈ロングインチ〉に向けるためだ。そうはさせじと、サー・ルーカスがすばやく軽軍馬の向きを変え、ダンクの真正面から近づいてくる。たちまち両者は、緑色の水しぶきを立てて激突した。黒の鋼《はがね》と灰色の鋼がぶつかりあう。サー・ルーカスが長柄斧で打ちかかってきた。ダンクは鞍上《あんじょう》で身をひねり、楯で打撃を受けとめた。強烈な一撃に腕が痺《しび》れ、食いしばった歯がガチガチと鳴った。第二撃を見まおうと、相手が斧をふりかぶる。その刹那、左の腋の下をめがけ、真横から長剣を薙《な》いだ。鋼と鋼がぶつかりあい、金属音の金切り声をほとばしらせた。

〈ロングインチ〉が拍車を入れ、円を描きつつ、ダンクの右、楯がないほうへまわりこみにかかる。それを防ぐべく、サンダーがすばやく向きを変え、敵の馬に噛みついた。すかさず、サー・ルーカスが鐙《あぶみ》の上で立ちあがり、斧頭《ふとう》に体重をのせ、渾身の力をこめて打ちおろしてきた。つぎからつぎへと強烈な攻撃が襲ってくるたびに、楯を動かし、斧を防ぐ。同時に、オークの陰で身をかがめるようにして、インチフィールドの腕、脇腹、足に斬りつけたが、いくら打っても、頑丈な鎧に撥ね返されるばかり。打ち合いは何合もつづき、水面《みなも》が双方の鋼の足を濯《すす》いだ。〈ロングインチ〉が打ちかかる。そのつどダンクが楯で受けとめ、相手の弱点を探る。

　ようやくのことで、相手の弱点が見つかった。サー・ルーカスが打撃を加えようと戦斧をふりかぶるたびに、腋の下に隙間ができるのだ。その隙間は、環帷子と革鎧、詰め物をした鎧下で被われている。だが、鋼板の鎧はない。ダンクは楯をかかげつつ、好機をうかがった。

（もうじきだ。もうじき）

　斧がたたきつけられ、めりこんだ楯の板から引きはがされ、上に振りかぶられた。

（いまだ！）

　拍車をサンダーの腹に食いこませ、相手にずいと肉迫させつつ、腋の下の隙間を刺すべく、長剣を突きだす。

　が、その隙間は、現われたときと同じく、瞬時に消えた。剣尖《けんせん》は腋当てをこすっただけにおわり、ダンクは勢いあまって鞍から転げ落ちそうになった。そこへ戦斧が振りおろされた。すさまじい金属音とともに、斧頭はダンクの楯の鉄枠に当たり、そこですべって兜の側面を打ちすえたのち、さらにサンダーの頸を斜めに打った。

軍馬が悲鳴をあげ、苦痛に白目を剝き——つんと鼻を刺す銅じみた血臭が周囲に広がっていく——棹立《さおだ》ちになった。前脚の鉄蹄《てってい》で空を搔く。そこに〈ロングインチ〉が突進してくる形となったため、片足の蹄がサー・ルーカスの顔を、もう片足の蹄が肩を強打した。ついで、重いサンダーがくずおれ、サー・ルーカスの軽軍馬の上にのしかかった。

それから先は鼓動ひとつのあいだのできごとだった。二頭の軍馬はもつれあい、倒れこみながら、蹴りあい、嚙みつきあい、巨体で川水と川底の泥を搔きたてている。ダンクは鞍を離れようとしたが、左足が鐙に引っかかってはずれない。とうとう顔面から川に落下した。大きく息を吸ったのは、目穴から川の水が流れこんでくるまぎわのことだ。左足はまだ鐙に引っかかったままになっている。死にものぐるいで暴れるサンダーに引っぱられ、左の脚が股関節からはずれそうだった。なんとか鐙から足を引き抜きはしたものの、こんどは水底《みなそこ》へ沈みはじめた。つかのま、水の中でじたばたと手足をばたつかせた。世界は青と緑と茶色に染まっている。

鎧の重みでぐんぐん下へ引きずりこまれていくうちに、肩が川床にぶつかった。

（肩が当たった。これが下——ということは、反対が上だ）

鋼の自在継手《つぎて》でおおわれた両手で川底の石と砂を探り、ぐっと押しつけ、どうにか川底に足をつけて懸命に立ちあがる。全身から泥がたれて、へこみのできた大兜の呼吸孔から水が流れだしていった。ふらふらではあったが、それでもなんとか立てた。思いきり息を吸う。

ぼろぼろになった楯はまだ左腕にはまったままだが、さっきまで握っていた剣はどこにもない。鞘はもちろん、からっぽだ。兜の中は水だけではなく、血でもあふれている。重心をかけかえようとしたとき、左足首に激痛が走り、脚全体を駆けぬけた。馬は二頭とも体勢を立てなおし、川の中で立っている。ダンクはこうべをめぐらして――血の膜がかかっていて片目が見えない――敵の姿をもとめ、あたりを見まわした。

（いない。溺れたのか、それとも、サンダーに鉄蹄で頭の鉢を割られたのか）

そのとたん、水しぶきを跳ねあげて、サー・ルーカスが目の前の水中から飛びだしてきた。手にはダンクの剣を持っている。その剣を、ありったけの力をこめて、ダンクの頸にたたきつけた。首が肩から撥ねられずにすんだのは、ひとえに部厚い頸当ての鋼のおかげだった。だが、反撃しようにも剣がない。あるのは左手の楯だけだ。

じりじりとあとずさる。〈ロングインチ〉が追いすがってくる――おめき、叫び、何度も何度も斬りつけながら。打撃を食らいつづけるうちに、楯をかかげた左腕の、ひじから先が痺れてきた。腰を斬られ、痛みで呻き声が漏れた。あとずさる途中で、踏んだ石がごろりと回転したため、川の底に片ひざをつき、胸まで水につかる格好になった。

とっさに楯をかかげる。こんどの打撃は一段と強烈で、部厚いオークの板がまっぷたつに割れ、木の破片が大兜に降りかかってきた。ひどく耳鳴りがしている。口の中は血まみれだ。そんな状態でも、どこか遠くでエッグが叫ぶ声が聞こえた。

「つかまえて！　すぐそこ、すぐそこだ、目の前にいる！」

　だっと前に飛びだした。サー・ルーカスが楯にめりこんだ剣をひねって抜き、もういちど斬りつけようとふりかぶる。その腰に組みつき、仰向けに押し倒した。双方とも、ふたたび水の中に没する。しかし、こんどはダンクも準備ができていた。片腕を〈ロングインチ〉の腰にまわし、水底にぐっと押しつける。インチフィールドのでこぼこに歪んだ面頬《めんぼお》の下からごぼごぼと気泡があがってきた。それでもまだ相手は抵抗をやめようとしない。川底を探り、石を探りあて、ダンクの頭と手を殴りつけてくる。ダンクは自分の剣帯《けんたい》を探った。

（短剣までなくしたか？）

　いや、あった。短剣の柄《つか》をしっかりと握りしめ、鞘から抜き放ち、あぶくと水流の乱れる川の中をゆっくりと前に動かして、〈ロングインチのルーカス〉の、板金鎧の腋の下に覗く隙間に突きたてた。鉄の環の帷子《かたびら》を貫き、硬革を貫き、その奥までも貫いて、ぐいとひねる。サー・ルーカスが身悶えし、びくびくっと痙攣《けいれん》した。からだから力が抜けていく。ダンクは相手の肉体を押しやると、水面から上体を突きだした。視界が揺れている。肺の中が燃えるように熱い。目の前を魚がよぎっていく。長くて白くて、ほっそりした魚だ。

（これはなんだ？）とダンクは思った。（これはなんだ？　これはなんだ？）

　見知らぬ部屋で目が覚めた。

　目をあけたときには、そこがどこだかわからなかった。ひんやりとしていて気持ちがいい。口中に血の味がする。両目には布を当ててあった。厚手で独特の芳香があり、軟膏を塗ってあるようだ。丁子《クローブ》のにおいだな、とダンクは思った。

ダンクは顔を手さぐりし、布を剝いだ。天井が高い。その天井に、松明《たいまつ》の投げかける光が躍っている。頭上に走る梁《はり》の上を、何羽もの使い鴉が歩きまわり、人の口真似《クォーク》をしながら、小さな黒い目でダンクを見おろしていた。

（すくなくとも、目はつぶれずにすんだわけか）

ここはメイスターの塔らしい。壁には棚がしつらえられ、素焼きの壺や緑色のガラス瓶がずらりとならんでいる。中身は香草や薬だろう。そばに置かれた長い架台テーブルの上は、羊皮紙、書物、奇妙な青銅製の道具などでおおわれていた。あちこちに、梁の上から降ってくる使い鴉の糞も落ちている。使い鴉同士、ぼそぼそと囁きあう声が聞こえた。

上体を起こそうとした。これはよくない判断だった。頭がふらつき、ほんのすこし体重をかけただけで、左脚が激痛に悲鳴をあげたのだ。見ると、左足首が亜麻布でくるまれていた。胸と肩にも細い亜麻布が巻きつけてある。

「じっとしていなさい」

すぐ上に、ひょいと顔が現われた。若い男の顔だ。顔は細くて、鉤鼻の左右についた目は茶褐色だった。この顔には見覚えがある。前に見たとき、この顔の持ち主は灰色のローブに全身を包み、さまざまな金属の輪をつづったメイスターの学鎖を首にかけていた。ダンクはその手首をぐっとつかんだ。

「ここは……？」

「冷濠城だよ」メイスターは答えた。「不落城まで連れ帰るのは無理なほどの重傷を負っていたのでね、レディ・ローアンがここへ運びこむよう指示されたんだ。これを飲みたまえ」

メイスターは、液体の入ったカップをダンクの唇にあてがった。その中身は……なんだかわからない。薬液は酢のように刺激的な味があったが、すくなくとも、口中の血の味を洗い流してくれた。

ダンクは無理をしてぜんぶを飲み干した。それがすむと、まずは剣を持つほうの手の指を曲げ伸ばしし、つぎに反対の手でも同じことをした。

(すくなくとも、手は動く。腕もだ)

「怪我は……怪我は、どこを?」

「ないな。怪我していないところはない」メイスターが鼻を鳴らした。「左足首骨折、左膝捻挫《ねんざ》、鎖骨骨折、打撲傷が無数……上半身はおおむね青色と黄色に変色していたし、右腕は紫黒《しこく》色になっていた。頭蓋骨にもひびが入っているかと思ったが、そうでもなかったようだ。片頰の傷も深傷《ふかで》だよ。それは傷痕になるだろう。ああ、それから、川から引きあげたとき、きみは溺死寸前だった」

「溺死寸前?」

「ひとりの人間があんなに大量の水を飲めるとは知らなかった。いくらきみのように図体が大きな人間でもだ。わたしが鉄《くろがね》の民で、運がよかったと思うことだな。溺神《できしん》の祭司たちは、人を溺れさせて、蘇生させるすべを知っている。わたしは鉄の民の信仰と風習を長いあいだ研究しているんだ」

（溺死寸前……）ダンクはふたたび上体を起こそうとしたが、起きあがる力が出なかった。

（立てば首までも水がない川で、溺れ死にかけたのか）

　思わず笑いだし、すぐに苦痛で呻いた。それから、たずねた。

「サー・ルーカスは？」

「死んだよ。死んでいないとでも思ったかね？」

（思わない）

　ダンクはそう簡単にものごとを鵜呑みにはしないが、それについては疑っていなかった。

〈ロングインチ〉の手足から急に力が抜けたときの感触はよく憶えている。

「エッグ――」はっと思いだした。「エッグは」

「卵《エッグ》か。食欲があるのはいい徴候だな。しかし、いまのきみに必要なものは睡眠のほうだよ、食べものではない」

　ダンクはかぶりをふり、たちまちその動きを後悔した。それだけで激痛に見舞われたのだ。

「エッグとは、おれの従士のことだ」

「ほほう、あの子かね？　あれは勇敢な少年だな、見かけより力も強い。きみを川から引きあげたのはあの子なんだ。われわれがきみの鎧を脱がすときも率先して手伝ったし、きみをここに運びこんだ馬車の中では、ずっときみの横につきそっていた。眠りなさいといっても眠ろうとしないし、きみの剣をひざの上に載せて、ずっときみのそばにすわっていたものだ。

だれかがきみに危害を加えようとした場合に備えていたんだろう。わたしのことさえ疑っていたな。きみの口に入れさせる薬湯の類いは、すべてわたしが毒味してからにしろといってきかないんだ。妙な子ではある。しかし、献身的だ」

「いま、どこに？」

「サー・ユースタスの願いで、婚礼の宴《うたげ》に出席している。サー・ユースタス側には、ほかに関係者がいなかったものでね。さすがに、その願いを断わる非礼は働けなかったのだろう」

「結婚の宴？」わけがわからなかった。

「もちろん、きみが知るはずもないな。あの決闘のあと、冷濠城と不落城のあいだで和解が成立したんだ。レディ・ローアンはサー・ユースタスに、先方の領地に入ってアダムの墓を訪ねる許可を求めて、この願いを了承された。ブラックベリー畑にひざまずいて、レディは泣きだしてしまったよ。その姿に心動かされて、サー・ユースタスはレディをなぐさめた。それから一夜、ふたりは若きアダムとレディの父上のことを語り明かしてね。ワイマン公とサー・ユースタスは、ブラックファイアの叛乱勃発までは、固い友情で結ばれていたそうだ。閣下とマイ・レディは、けさがた、われらが敬虔なセプトン・セフトンの司式のもとで結婚した。ユースタス・オズグレイ公は、いまではもう冷濠城の城主だ。この城の塔という塔はもとより、城壁の各所には、ウェバー家の蜘蛛旗とともに、市松獅子の旗が翻っている」

　ダンクの周囲では、世界がゆっくりと回転しだしていた。

（薬のせいか。眠りにもどす薬を服《の》ませたんだな）

目をつむって、すべての痛みが全身から退いていくのにまかせる。使い鴉たちがたがいに口真似をしあい、叫びあう声が聞こえた。それから、自分の呼吸音も。ほかにもうひとつ、別の音も聞こえる。もっとおだやかな音、いっときも途絶えることがなく、重々しいのに、どこか心を安らがせる音——。

「これは？」と、眠たげな声で、ダンクはつぶやいた。「なんの音……？」

「あれかね？」メイスターは耳をすませた。「ただの雨音さ」

レディに会えたのは、出立《しゅったつ》する日になってからのことだった。

「おやめなさい、馬鹿なまねは」セプトン・セフトンがしきりにいさめた。ダンクはそれにかまわず、松葉杖をつきつき、傷んだ左脚を浮かしては、右脚を地面に引きずるようにして郭《くるわ》を横切っていった。「メイスター・セリックがいうには、まだ半分も傷が癒えていないのですよ。それに、この雨だ……溺れはしないにしても、風邪を引いてしまう。せめて、雨がやむまでお待ちなさい」

「雨がやむまでに、何年もかかるかもしれない」ダンクは太ったセプトンに感謝していた。起きて以来、毎日のように顔を出し、見舞いにきてくれていたからである。表向きは祈りを捧げるためだったが、むしろうわさ話をするのが目的のようなところもあった。この陽気な人物の饒舌が聞けなくなれば、おおいにさびしくなるだろうが、だからといって、気持ちは変わらない。「いかなくてはならないのです」

篠《しの》つく雨は一千本もの冷たい灰色の鞭となり、ダンクの背中を打ちすえていた。マントはすでにびしょびしょだ。これは贈り物の白いウールのマント——緑と金が交互にならんだ、あの縁どりのあるマントだった。サー・ユースタスは、このマントを餞別《せんべつ》に贈ろうといって、前のときと同じように、ダンクの肩にかけながら、こういった。

〝貴殿の勇気と、誠実な働きに対して〟

このマントを肩にとめている飾り留めピンもまた贈り物で——銀製の脚を持った、象牙の蜘蛛だった。蜘蛛の背中には柘榴石《ガーネット》の小片がちりばめられている。

「よもや、ベニスを狩りたてようなどと、無謀なことを考えているのではないでしょうね」セプトン・セフトンがいった。「あなたは満身創痍《そうい》なのですよ。そんな状態のあなたにあの男が遭遇したらと思うと、心配で心配で」

(ベニスか)とダンクは苦々しく思った。(あの外道め)

ダンクが川で孤軍奮闘していたとき、ベニスはサム・ストゥープス爺《じい》と女房を縛りあげ、不落城を徹底的に漁《あさ》りつくし、蠟燭から衣類、武器、オズグレイ家伝来の古い銀製カップ、老騎士が居間にある黴《カビ》の生えたタペストリー裏に隠しておいたわずかな貨幣にいたるまで、見つけられるかぎりの金目のものを持ち去っていったのである。いつの日か、〈茶色の楯のサー・ベニス〉にまた見《まみ》えたいという思いはあった。そして、もしも会ったそのときは……。

「ベニスのことは放っておきますよ」

「では、いずこへ?」

セプトンは肩で息をしていた。松葉杖をついてはいても、ダンクの歩みはそれなりに速く、太ったセプトンはついてくるだけで青息吐息なのだ。

「フェア島。ハレンの巨城《ホール》。三叉鉾河《トライデント》。雨をしのげる灌木《ヘッジ》はどこにでもあるでしょう」肩をすくめる。「そういえば、ずっと〈壁〉を見てみたいと思っていたのでした」

　セプトンはたたらを踏んで立ちどまり、大きな声でいった。

「〈壁〉ですって？　あなたという人は――あきれはてた人だ、サー・ダンカン！」豪雨が周囲の土を打ちすえるなか、セプトンはぬかるみの上に立ちつくし、両手を広げてみせた。

「祈りなさい、サー・ダンカン、〈老嫗《ろうう》〉が行く手を照らしてくださいますようにと！」

　ダンクはそのまま歩きつづけた。

　レディは厩《うまや》の中で待っていた。山と積みあげた黄色い干し草の束の前で、夏を連想させる色鮮やかな緑のガウンをまとい、ひっそりと立っていたのだ。

「サー・ダンカン」扉を押しあけて厩の中に入っていくと、レディ・ローアンは声をかけてきた。一本編みにした長い赤毛をからだの前にたらしており、その先が太腿をこすっている。

「また自分の脚で歩けるようになったのね。元気な姿を見て安心したわ」

（元気でない姿は見にもこなかったくせに）

「ム＝レディ。なぜ厩になど？　こんな雨の日に乗馬でもないでしょうに」

「そのことば、そっくりそのままお返しするわ」

「エッグが教えたんですか？」

（また耳に拳固だな）

「喜びなさい、あの子が事前に教えてくれたことを。さもなければ、あなたが出発したあと、兵に追いかけさせて連れもどしていたところよ。さよならもいわずにこっそり去るだなんて、あんまりじゃないの」

ダンクがメイスター・セリックの手当てを受けているあいだ、レディは見舞いにはやってこなかった。ただの一度もだ。

「その緑、よくお似合いですね、ム＝レディ。お目の色をとても引きたてている」ダンクはそこで松葉杖に体重をあずけ、ぎごちなく重心をかけかえた。「厩にきたのは、自分の馬に用があるからですよ」

「出ていかなくたっていいでしょう。回復したあとの、あなたの地位も用意してあるのよ。わたしの護衛隊長。エッグもほかの従士たちに加わればいいわ。あの子の正体は、だれにも知られないようにするから」

「ありがとうございます、ム＝レディ、しかし、遠慮します」

サンダーは十いくつか奥の馬房にいた。足を引き引き、歩きだす。

「どうか考えなおして。いまは危険な時代なのよ、ドラゴンとその友人たちにとってさえも。せめて傷が完全に癒えるまで待ってはどうなの」レディはとなりをいっしょに歩いている。

「そうすればユースタス公だって喜ぶわ。あのひと、あなたのことをとても気にいっているから」

「とても気にいっている——そうでしょうとも。おじょうさんが亡くなっていなかったら、わたしを婿に迎えていたくらいにね。そうなっていたら、あなたはわたしの高貴なる母上になっていたわけだ。わたしに母はいなかった。まして高貴な母など、いた例《ためし》はありません」

　鼓動半分のあいだ、レディ・ローアンは、もういちどダンクを引っぱたきそうなようすを見せた。

(でなければ、おれの松葉杖を蹴り飛ばすかだな)

「わたしのこと、怒っているのね」怒るかわりに、レディはそういった。「だったら償いをさせてちょうだい」

「償い、ですか。では、サンダーに鞍をつけるのを手伝ってください」

「ほかに考えがあるの」

　レディが手を伸ばしてきて、ダンクの手をとった。その指は力強く、ほっそりしていたが、手の甲にはそばかすが散っていた。

(賭けてもいいな、これは全身、そばかすだらけだ)

　レディは語をついだ。

「馬のこと、どれだけ知っていて?」

「よく知っているのはサンダーだけです」

「あの老馬?　合戦用に改良された重軍馬ね。足は遅く、気性は荒い。旅の足に向く馬ではないわ」

「旅してまわらねばならないのなら、使う足はサンダーか、でなければ、自前のこれです」

　そういって、自分の足を指さしてみせた。

「大きな足ね――それに、大きな手だこと。きっと、どこもかしこも大きいのでしょうね。たいていの乗用馬には大きすぎるわ。あなたにまたがられると、どんな馬も小型馬《ポニー》のように見えてしまう。それでも、もっと脚の速い馬がいたほうがなにかと便利なはず。ドーン産の砂漠馬のように耐久力のある、大型の軽軍馬がね」レディはそこで、サンダーがいる馬房の向かいを指さした。「たとえば、あの牝馬のような」

　示された牝馬は、鮮血のような緋毛《あかげ》で、利発そうな目と、炎の色の長い鬣《たてがみ》を持っていた。レディ・ローアンは、袖から人参を取りだして与え、ぼりぼりと食べる馬の頭をなでながら、馬にいった。

「こらこら、食べるのは人参よ、指を嚙んではだめ」それから、ダンクに向きなおって、

「この馬は炎《フレーム》と呼んでいるの。でも好きな名をつけていいわ。これをわたしからの償いとさせて」

　ダンクはしばし、ことばを失った。松葉杖に寄りかかり、新たな目で緋毛の馬を見つめる。見れば見るほど立派な馬だった。かつて老士が乗ったことのあるどの馬もおよばない駿馬《しゅんめ》だ。すらりと長く、美しい脚を見ただけでも、どれほど速く走れるかがすぐわかる。

「美しさと速さを第一に考えて繁殖させた精華よ」

　ダンクはサンダーに顔をもどした。

「せっかくですが、いただけません」

「なぜ？」

「あの赤い馬は、わたしには華麗すぎる。よく見てごらんなさい」

ローアンの頬が徐々に赤く染まっていった。一本編みの髪をつかみ、もてあそびだす。

「わたしはね、結婚しなければならなかったのよ。それは知っているでしょう。父の遺志で……ああ、もう、馬鹿みたいなまねはやめて」

「そういわれても、馬鹿以外のなにものでもありませんからね。わたしは鈍なること城壁のごとく、親も定かならぬ身ですので」

「いいからこの馬を受けとって。わたしを思いだすよすがとなるものを受けとらないかぎり、この城を発つことは許しません」

「あなたのことはけっして忘れませんとも、ム＝レディ。それだけはたしかです」

「受けとりなさい！」

ダンクはレディの髪を握り、顔をぐいと自分の顔に引きよせた。松葉杖をついているし、身長差もはなはだしいので、ずいぶんと苦しい体勢になり、あやうく倒れそうになったが、それでも、レディの唇に自分の唇を重ね合わせた。思いっきりキスをした。レディが片手をダンクの首筋にまわし、もういっぽうの手を背中にまわす。こうも情熱的なキスをするのははじめてだった。ダンクはこの一瞬のうちに、キスについてこれまで見聞きしたどんなことよりもたくさんの真実を知った。ややあって、ついにおたがいの唇が離れたとき、ダンクは短剣を抜いてみせ、こういった。

「あなたを思いだすよすがは、これでちょうだいすることにしましょう、ム＝レディ」

　エッグは門楼の下でダンクを待っていた。またがっているのは、いかにも姿のいい栗毛の乗用馬だ。手には騾馬《ラバ》メイスターの手綱を握っている。ダンクがサンダーを速足で進ませて合流すると、少年は驚き顔になった。

「レディ・ローアンは、新しい馬を進呈するといってたんですけど」

「高貴な生まれの淑女といえども、望むものがみな手に入るわけじゃないさ」そろって跳ね橋の上を渡りながら、ダンクはいった。「それに、おれがほしかったのは……馬じゃない」

　濠の水位は大きくあがっており、いまにも縁からあふれだしそうになっていた。

「かわりに、レディのことを憶えておくものを手に入れてきた。あの長い赤毛の房だ」

　ダンクはマントの下に手を入れて、赤毛の房を取りだし、ほほえみを浮かべてみせた。


　四つ辻の鉄籠では、いまもなおふたつの死体が抱きあっていた。こうして見ると、ひどくさみしげで、寄《よ》る辺《べ》なく見える。蝿でさえも死体に寄りつこうとはしないようだ。それに、鴉たちも。もっとも、死体の骨に残っているのは、わずかな皮膚と髪の毛しかなかったが。

　ダンクは眉をひそめて馬をとめた。ここまで乗ってきて、左の足首はずきずき痛んでいる。が、それ自体は問題ない。痛みというのは、剣や楯と同じく、騎士の属性の一部をなすものだからだ。

やおら、エッグにたずねた。

「南はどっちだ？」

世界は雨と泥で閉ざされている。雨空は花崗岩《かこうがん》の岩壁のように鈍色《にびいろ》だ。これでは方角などわからない。

「あっちです」エッグが指さした。「北はあっち」

「夏の城館《サマーホール》は南にある。おまえの父上もそこにおられる」

「〈壁〉は北ですよ」

ダンクは少年を見た。

「〈壁〉はうんと遠いぞ」

「でも、新しい馬があるから」

「おまえにはな」ダンクは苦笑せざるをえなかった。「ではなぜ〈壁〉を見にいきたい？」

「それはね」とエッグは答えた。「とても高いって聞いてるからですよ」

# 謎の騎士《ミステリ・ナイト》

The Mystery Knight

夏の小雨がしとしとと降る中、ダンクとエッグは石の聖堂《ストーニイ・セプト》の町をあとにした。

ダンクがまたがるのは年老いた軍馬サンダーだ。エッグはその横で、自分が雨《レイン》と名づけた意気軒昂な若い乗用馬に乗り、片手には荷物運び用の騾馬《ラバ》、メイスターの手綱を引いている。メイスターの背中に積んでいるのは、ダンクの武具一式のほか、エッグの書物、寝袋、天幕、衣類、固い塩漬けビーフの乾し肉がいくつかと、蜂蜜酒《ミード》が半分だけ入った細口瓶一本、水を入れた革袋ふたつ。エッグの使い古した麦わら帽子を──鍔《つば》が広くてへなへなの帽子を──騾馬の頭にかぶせているのは、雨を防ぐためだった。メイスターの耳が通るように、少年は帽子に穴をあけている。エッグ自身は新しいほうの麦わら帽子をかぶっていた。もっとも、騾馬の耳用の穴を除けば、ダンクの目にはふたつの帽子がそっくり同じに見える。

町を出ていく門に近づいたとき、エッグが手綱をぐいと引いた。門楼上の高みに、叛徒《はんと》の首が鉄の大釘に刺されて晒《さら》されていたからである。見たところ、まだ生首で、土気色よりも肌色に近いが、すでに鴉たちがかなり仕事をしており、晒し首は唇も頬も肉をついばまれ、ずたずたになっていた。一対の茶色い穴と化した左右の目から、赤い涙がゆっくりと流れているのは、いったん固まった血が雨に打たれ、流れだしているからだ。晒し首は、下の門を通る旅人に説教をたれるかのごとく、口をだらんとあけていた。

　こんな光景は前にも見たことがある。

「子供のころだ。キングズ・ランディングで、あんな大釘に刺された晒し首を抜いたことがある」ダンクはエッグにそう語りかけた。じっさいに壁を這い登り、首を抜いた張本人は、〈鼬《イタチ》〉だった。レイフと〈焼き菓子《プディング》〉に、そんなことできるもんかと煽られてのことである。そこへ見張りたちが駆けつけてきたため、〈鼬〉は首を下に投げた。それを受けとったのがダンクだったというわけだ。「叛逆した貴族か、盗賊騎士の首だったんだろうな。そこらの人殺しの首だったのかもしれない。とにかく、首は首だ。晒されて二、三日もすると、どの首もそっくりになってしまう」

　ダンクと三人の仲間たちは、その首を使って〈蚤の溜まり場〉の女の子たちを怖がらせてまわった。首を振りかざして路地を追いまわしては、むりやりその唇でキスをさせて、解放してやったものだ。思えばあの首は、ずいぶんたくさんの女の子とキスをした。キングズ・ランディングにはレイフほど脚の速い女の子がいなかったから、追いかければかならず追いつけた。だが、そのへんのことは、エッグには黙っておいたほうがいい。

（〈鼬〉にレイフに〈プディング〉。人でなしの悪ガキ三人。しかし、あの三人よりもさらに

悪かったのが、このおれだった)

仲間たちとダンクは、しばらくその首を手元に残しておいたが、そのうち、とうとう肉が黒変し、ぐずぐずになって崩れだした。これではもう女の子を怖がらせるのに使えないので、ある晩、とあるシチュー屋に忍びこみ、腐れ首をごった煮《ボウル・オ・ブラウン》の大鍋に投げこんで、処分してしまった。

ダンクはエッグに説明した。

「鴉は最初に目玉をほじくりだすんだ。つぎに頬をついばんで、穴をあける。そのころにはもう肌が土気色に変色していて……」そこでダンクは、ずっと目をすがめた。「待てよ――あの顔、見覚えがあるぞ」

「それはそうでしょ」とエッグがいった。「三日前だもの。あれ、あのとき〈血斑鴉《けつぱんガラス》〉公を糾弾する説法をしてた、背中曲がりの司祭《セプトン》ですよ」

あのセプトンか。

(かりにも〈七神〉に仕えることを誓った聖職者だ。いくら謀叛《むほん》を煽動《せんどう》したとはいえ……)

あのとき、市場の広場に集まった聴衆に向かって、背中曲がりのセプトンはこんなふうに語りかけていた。

〝鴉は手が血で濡れている。兄弟の血で濡れている、甥御らの血で濡れている。鴉が送った影により、雄々しきプリンス・ヴァラーの子、妃《きさき》のおなかのお子たちも、日の目を見ずして縊《くび》られた。〈若きプリンス〉、いまいずこ？　弟君《おとうとぎみ》のプリンスの、慈悲のマターリスいまいずこ？　デイロン有徳王《うとくおう》いずこにおわす？　恐れを知らぬ元太子、〈槍砕きのベイラー〉殿は？　だれもかれもが墓の中、ひとり残らず墓の中――なのに血まみれ嘴《くちばし》の、白皙鴉《はくせきガラス》はエイリス王の、肩にとまってのうのうと、その耳元へとカアカアわめく。地獄のしるしぞ、顔にあり、空いた眼窩《がんか》も地獄のしるし、鴉がこの世に招きしものは、旱魃《かんばつ》、疫病、人殺し。起《た》てよ世の人、思いだせ、海の向こうの真王を。七つの神あり、七つの国あり、黒き竜には七子息あり！　起てよ諸公よ、淑女らよ。起てよ雄々しき騎士たちよ、不撓不屈《ふとうふくつ》の郷士らよ、〈血斑鴉《けっぱんガラス》〉を追いはらえ、妖術使いを討ち倒せ、さなくば子らも、その子らも、未来永劫《えいごう》、呪われようぞ！〟

（ひとことひとことが、叛意にまみれていた）

そうはいっても、聖職者が晒し首になり、目玉があった場所にぽっかりと穴があいている光景には、慄然《りつぜん》とさせられるものがあった。

「たしかにあのセプトンだ」とダンクは答えた。「この町を出ていくべき理由がまたひとつ増えたな」

サンダーに軽く拍車を当てて、しとしとと降る雨の音を聞きながら、エッグといっしょに石の聖堂《ストーニイ・セプト》の町の大門を通りぬける。

（〈血斑鴉〉に目の数いくつ？）と謎かけにいう。（目の数ぜんぶで、千と一）

一説によれば、現〈王の手〉は黒魔術に手を染めており、容貌を変えられるらしい。姿を変えて片目の犬になることもできるし、霧になることさえもできる。その指示を受けて敵を襲うのは不気味な灰色狼の群れであり、敵情を探り、敵の秘密を耳打ちするのは、数多くの鴉だ。そうしたうわさのほとんどがお話の域を出ないことはダンクも承知していた。だが、だれにも疑いようがないのは――〈血斑鴉〉への密告者があらゆるところにいるということだった。

　ダンク自身、かつてキングズ・ランディングを訪ねたさいに、自分のふたつの目で本人を見たことがある。〈血斑鴉〉こと、ブリンデン・リヴァーズの肌と髪は骨白《こっぱく》で、そのひとつしかない目の――〈赤草が原〉の合戦で異母兄弟〈鋼の剣《ビタースティール》〉と戦ったさいの負傷により、片目はなくなっている――虹彩は鮮血のように赤かった。頬から首にかけては、赤ワインのしみのような暗紅色の母斑《ぼはん》が見えた。〈血斑鴉〉の異名はそこからきたものだ。

　町を充分に離れると、咳ばらいをして、ダンクはいった。

「非道の行ないもあったものだな、セプトンの首を刎《は》ねるなんて……。セプトンがしたのは説法だけだ。ことばは風のごとしだというのに」

「風のごときことばもあれば、叛逆を煽ることばもあるんですよ」とエッグは答えた。

　エッグは棒のように痩せていて、あばらが浮き出ており、ひじの骨もぽこんと突きだしているが、口はかなり達者なほうだ。

「なんだ、まっとうな王子さまみたいな口をきくじゃないか」

　エッグはこれを、からかわれたものと受けとった。事実、からかったわけだが。

「あのひとはセプトンだったかもしれないけど、うその説法をしてましたからね。旱魃は

〈血斑鴉〉公のせいじゃないし、〈春の疫病大流行〉だってちがいます」

「それはそうかもしれないが、阿呆とうそつきの首をかたはしから刎《は》ねていたら、七王国の町という町の半分が無人になってしまうぞ」


六日ののち、空はあの雨降りがうそのように晴れていた。

陽光のあたたかさを肌でじかに味わえるように、ダンクは上着を脱いでいる。吹いてきたそよ風は涼しくて爽やかで、乙女の吐息のような馨《かぐわ》しさをともなっており、思わずため息が漏れた。

「水だ――わかるか、このにおい？　湖はもうそんなに遠くないな」

「わかるのはメイスターのにおいだけですよ。くさいんだもん、こいつ」

エッグは騾馬の手綱を強く引っぱった。メイスターが勝手に立ちどまって、道ばたの草を食《は》んでいたからである。メイスターはしじゅうこれをやる。

「湖岸に古い旅籠《はたご》があってな」ダンクは以前、老士の従士をしていたころ、そこに泊まったことがある。「サー・アーランはよく、あそこで醸造しているブラウンエールは最高だ、といっていた。渡し船を待つあいだ、一杯味わえるかもしれないぞ」

エッグが期待のこもった目をダンクに向けた。

「エールを味わうついでに、軽食もとっては？」

「どんな軽食を？」

「ローストのスライス一枚。鴨肉ひときれだっていいし、シチュー一杯だっていいし。その旅籠にあるものなら、なんでもいいや」

　最後に温かい食事をとったのは、三日前だった。以来、風で落ちた果実や、木片のように固い乾し肉しか口にしていない。

（北へ向けて出発するのに先立って、ちゃんとした食いものを腹に入れておくのも一案か。〈壁〉はまだうんと遠いんだし）

「そこで一泊するのもありかなー、なんて」

「わが君《ム＝ロード》におかれましては、羽布団をご所望か？」

「藁布団《わらぶとん》でも充分ですよ」からかうようにいわれて、エッグが口をとがらせた。

「宿をとる金などないぞ」

「ええ、残っているのは、一ペンス銅貨が二十二枚に、星紋銅貨が三枚、牡鹿銀貨が一枚、それと、例の古い柘榴石《ガーネット》のかけらがひとつだけですもんね」

　ダンクはぽりぽりと耳を掻いた。

「銀貨は二枚あったんじゃなかったっけか」

「あったけど、天幕を買っちゃったでしょう。だから、残り一枚」

「旅籠に泊まる暮らしなんかはじめたら、おまえ、その一枚だってたちまち消えてしまうぞ。それに、どこかの行商人が使ったままのベッドで寝て、そいつの残した蚤にたかられて目が覚めても平気なのか？」ダンクは鼻を鳴らした。「おれはいやだな。蚤なら間にあってるし。

そもそも旅籠の人間は素性の知れない旅人が好きじゃない。だったら、星の下で寝たほうがいいじゃないか」

「星の下はいいとして」エッグもそこは妥協した。「地べたは固いからなあ。ときどきは、頭の下に枕があるのもいいもんですよ」

「枕はプリンスさまのお使いになるものだ」

エッグという子は、どんな騎士にとっても望めるかぎり最高の従士だが、プリンスっけがよく顔を出すのが珠《たま》に瑕《きず》だった。

(なにしろこいつはドラゴンの血を引く者だ。そいつを忘れるな)

ダンクはといえば、むしろ物乞いの血を引く者だった。すくなくとも、〈蚤の溜まり場〉ではよくそういわれたものである。この罵《ば》倒《とう》がさらにひどくなると、〝おまえなんざ、縛り首になっちまえ〟だったが。

「エール少々と温かい食事、これくらいなら堪能する余裕はあるが、ベッドなんかに貴重な金を使いたくはない。金は渡し守のためにもとっておかないと」

ダンクが前に湖を渡ったとき、渡し賃はせいぜい一ペンス銅貨数枚程度だったが、あれは六年前、もしかすると七年前のことだ。あれ以来、ずいぶんいろいろなものが値上がりしている。

「でも――湖を渡るのに、ぼくの〝長靴《ちょうか》〟を使うこともできますよ」

「使うことはできる。それでも、使わない」

長靴を使うのは、危険ととなりあわせなのである。

（うわさはすぐに広まるだろう。かならず広まる）

エッグは意味もなく頭を剃りあげているわけではない。この従士は伝統あるヴァリリア人特有の紫色の目を持ち、その頭髪は黄金の延べ板に銀線を象嵌《ぞうがん》したような金属光沢を持つ。そういう髪を伸ばすということは、三頭《みつくび》ドラゴンの留め飾り《ブローチ》をこれみよがしにつけることと変わらない。いまのウェスタロスが危険の多い時代を迎えている以上、危険を招きかねない行為は避けるに越したことがなかった。

「あとひとことでも、そのろくでもない長靴のことを口にしてみろ、思いっきり耳に拳固を食らわせて、湖の向こう岸まで吹っとばしてやる」

「吹っとばされるくらいなら、泳いでいったほうがいいな」ダンクとは対照的に、エッグは泳ぐのが得意なのである。そこで、急に鞍上《あんじょう》でうしろをふりむき、少年はいった。「あれ？　だれかがうしろから街道を駆けてくる。この馬蹄《ばてい》の音、聞こえます？」

「耳はちゃんと聞こえてるよ」ダンクには後方の土煙も見えた。「かなりの数だな。しかも、急いでいる」

「もしかすると、法外の者《アウトロー》？」

エッグは鐙《あぶみ》の上で立ちあがった。恐れているというよりも興奮しているようだ。とにかく、こういう子なのである。

「法外の者なら、もっと静かに移動するさ。あんなにも騒々しい音を立てて移動するのは、貴族と相場が決まってる」ダンクは剣の鯉口《こいぐち》を切った。すばやく抜けるようにするためだ。

「なんにせよ、街道の端に寄ってやりすごそう。君子お貴族さまの集団に近よらず、だよ」

多少の用心は、けっして害にならない。ディロン有徳王《うとくおう》が〈鉄の玉座〉についていた時代ほど、昨今の街道は安全ではないのである。

ダンクとエッグは茨《イバラ》の藪《やぶ》の陰に隠れた。ダンクが背中の楯を降ろし、左腕を革帯にすべりこませる。この楯は年代物で、縦長で重く、凧の形をしており、松材の厚板でできていて、鉄の縁があった。

これは石の聖堂《ストーニイ・セプト》の町で手に入れた楯である。〈ロングインチ〉と戦ったさいに、前の楯はズタズタにされてしまったので、新しく買いいれたのだ。楡《ニレ》と流れ星の紋章を描いてもらう時間がなかったため、楯にはいまも前の持ち主の紋章――縛り首の樹に吊るされて土気色になった男の死体、それがぶらさがる絵が描かれたままだ。自分では絶対に選ばない意匠だが、なにしろ安かったので文句はいえない。

隠れてすぐに、最初の二騎が速駆けで猛然と駆けていった。ふたりとも、どこかの貴公子らしい。それぞれが軽軍馬を駆っている。鹿毛《かげ》の馬に乗った男の兜は、鋼《はがね》に金鍍《きんと》金《きん》を施した面頬《めんぽお》のない形式なので、顔が見えた。その頭立《ずだて》に高々とそそりたつのは、三本の羽根飾りだ。羽根の色は、一本が白、一本が赤、一本が金。乗馬の頸《くび》当てにも、同じく三色の羽根飾りが飾られている。鹿毛の横を並走する黒毛の牡馬《おうま》には、これは青と金の馬衣《うまぎぬ》が着せてあった。向かい風に馬衣を翻し、黒毛の馬は音高く目の前を通りすぎていく。となりあって馬を駆るふたりは、背後に長いマントをなびかせて、喚声《かんせい》とともに、高らかに笑い声を放っていた。

二騎のあとからは、いかにも領主風の、泰然とした人物が馬を進めてきた。そのうしろにつづくのは長い行列だ。行列のうちの二十余人は、馬丁、料理人、召使いなどで占められている。そのほかには、随員たちがかしずく相手、つまり先頭の騎士三騎を護る歩兵多数と、騎馬の弩弓《クロスボウ》兵多数がつづいていた。さらに、兵たちの具足や天幕や糧食を満載した荷馬車が十二台。領主らしき人物の鞍には楯がかけてある。そこに描かれた紋章は、暗橙色《あんとうしょく》の紋地に三つの黒い城をあしらったものだった。

この紋章には見憶えがあった。しかし、どこで見たのだろう？　行列の先頭に立つ領主は年配の男で、顔はいかめしく、口を険しく引き結び、短く刈ったごま塩の顎鬚《あごひげ》をたくわえている。

（アッシュフォード牧草地にいたのかもしれない。あるいは、サー・アーランの従士をしていたころ、あの人物の城で一時的に召しかかえられていたのか）

草臥《くさぶ》しの老士は、長い年月にわたって、あまりにもたくさんの要塞や城で騎士働きをしていたので、ダンクにはその半分も思いだすことができなかった。

そのとき、領主が茨の茂みに目を向け、急に手綱を引いて馬をとめた。

「そこのおまえ――茂みの陰の。姿を見せろ」

領主の背後で、ふたりの弓兵が馬をとめ、すばやくクロスボウに太矢をつがえた。行列のほかの者たちは、そのまま街道を進んでいく。

ダンクは丈の高い茂みの陰から歩み出た。左腕は楯をはめたままで、右手は長剣の柄頭《つかがしら》にあてがっている。その顔は、多数の馬が蹴たてる土煙で赤茶色の仮面をつけたようになっており、上半身は裸体だった。さぞや胡乱《うろん》なやつに見えるだろうが、領主が馬をとめた理由は、どうやらダンクの巨軀《きょく》にあるようだ。

領主に向かって、ダンクはいった。

「害意はありません、ご領主《ム＝ロード》。われわれはふたりだけ――わたしとわが従士だけです」

エッグにも出てくるよう、手招きする。

「従士とな？　そのほう、それで騎士だというのか」

相手が自分を見る眼差しが、ダンクは気にいらなかった。

（人の生皮を剝《は》いでしまいそうな視線だな）

どうやらここは、剣から手を離しておいたほうが無難そうだ。

「わたしは草臥《くさぶ》しの騎士。騎士働きする場所を求めて旅をしております」

「いままで吊るしてきた盗賊騎士どもも、みな同じことをぬかしおったわ。その楯の紋章がそのほうの行く末を象徴しておるようだな、騎士どのよ……そもそも、そのほうが騎士だとしてだが。縛り首の樹、吊るされた男……。それがそのほうの紋章か？」

「ちがいます、ム＝ロード。この楯は塗りなおさねばなりません」

「なにゆえだ。死体から剝いできたからか」

「きちんと金を払って購《あがな》ったものです」（黒い城三つ、地色は暗橙色……どこで見た？）

「わたしは盗賊ではありません」

領主の目は一対の燧石《ひうちいし》だった。おそろしく冷たい。

「その頬の傷、どうしてついた？　鞭打ちの痕か？」

「短剣傷です。もっとも、わたしの顔のことは、閣下には関係ないと思いますが」

「関係ないかどうかは、わしが判断する」

ここで、先行の二騎士が駆けもどってきた。なにをぐずぐずしているのかと気になったのだろう。

「なにごとだ、ゴーミー」

呼びかけてきたのは、黒毛の馬に乗った若い騎士のほうだった。身体は細身でしなやか、きれいに髭を剃った顔はなかなかに端整だ。つややかな黒髪を襟までたらしている。胴衣《ダブレット》は紺青色《こんじょう》のシルクで、金のサテンの縁どりがあった。胸には縁が鋸歯状《きょし》になった、大きな十字模様が金糸で刺繍《ししゅう》してある。十字で四分割された各区画のうち、左の上下二区画には黄金の弦楽器《フィドル》が、右の上下二区画には黄金の剣が刺繍されていた。着ているダブレットと色合いの似通った紺青色の目は、おもしろがっているような光をたたえている。若者はつづけた。

「アリンのやつ、あなたが落馬したのではないか心配だといいだしてな。ま、どう考えても言い訳でしかない。おれのほうが競り勝っていたのは確実だ」

「何者です、そこの野盗ふたり？」鹿毛の馬に乗った、三本羽根の騎士がたずねた。

野盗といわれて、エッグはカチンときたようだった。

「野盗呼ばわりされるいわれはありません。あなたがたの行列が立てる土ぼこりを見たとき、これは法外の者かもしれないと思って隠れただけです。こちらは〈長身のサー・ダンカン〉、わたしはその従士です」

貴公子たちは、蛙《カエル》が鳴いただけだとでもいいたげな態度で、エッグのことばなど一顧だにせず、ダンクだけを見つめていた。

「大きいな。これほど図体のでかい男ははじめて見た」三本羽根の騎士がいった。こちらの若者は顔がぽっちゃりして、くせの強い髪は暗い蜂蜜色だ。「すくなくとも二メートル十はあるだろう、賭けてもいい。この男が転んだら、盛大な地響きを立てるぞ」

ダンクはむっとした。顔がうっすらと赤くなっている。

(賭けていたら、あんた、負けてたぞ)

前回、エッグの兄、エイモンに測ってもらったところでは、二メートル十にはすこし足りなかったのだ。

「それはおまえの軍馬か、ばかでかい騎士？」三本羽根の貴公子がいった。「つぶして肉をとるには使えそうだな」

「このアリン公は礼儀を忘れがちな男でな」黒髪の騎士がいった。「心ないことば、赦《ゆる》してやってくれ。アリン、サー・ダンカンにお詫びしろ」

「詫びねばならぬというなら、詫びもしよう。赦せ、騎士どの」

そう言い捨てるなり、三本羽根の騎士は返事も待たず、鹿毛の馬の頭をめぐらせ、速足で街道を走り去っていった。

　黒髪の騎士はその場にとどまった。

「きみも婚礼の儀に向かう口か？」

　相手の口調のなにかに、ダンクは思わず馬鹿丁寧な口調で答えそうになったものの、その衝動に抗《あらが》い、ふつうに答えた。

「渡し船に乗りにいくところですよ、ム＝ロード」

「それはわれらも同じだが……その呼び方はちがうぞ。この場で貴族《ロード》の称号で呼ばれる者は、そこのゴーミーと、いま走り去った礼儀知らずのアリン・コクショーだけだ。おれは諸国をさすらう草臥しの騎士――きみと同じだよ。みんなからは〈弦楽器《フィドル》弾きのサー・ジョン〉と呼ばれている」

　いかにも草臥しの騎士が選びそうな名前ながら、ダンクはいまだかつて、こんなに立派な服と具足に身を包み、こんなにみごとな馬に乗った草臥しの騎士など見たことがなかった。

（黄金の草に臥す騎士さまだな）

「わたしの名はもうごぞんじのはずですね。従士はエッグと呼ばれています」

「会えてうれしい、騎士どの。ところで、ともに騎行していかぬか。われらは白亜《はくあ》城へ赴き、騎槍《ランス》を何本か折ってやる所存だ。バターウェル公の新婚祝いで馬上槍試合《ばじょうやりじあい》が催されるのでな。その巨体、なかなかに腕が立つと見た」

　アッシュフォードの牧草地以来、ダンクはその手の催しに参加したことがない。

（なるほど。何人か落馬させて武具の買い戻し金を手に入れれば、北へ向かう道中、余裕で食えるようになるだろうな）

　だが、城三つの紋章を持つ年配の領主は渋い顔をした。

「サー・ダンカンにはサー・ダンカンの旅があるだろう。われらと同じように」

〈フィドル弾きのジョン〉は、年配の領主のことばなど聞こえなかったようすで、

「ぜひにきみと剣を交えてみたいものだ。これまで、さまざまな土地において、さまざまな民族の者と何たびも立ち合ってきたが、これほど大きな男とは戦ったことがない。お父上もやはり、きみのような偉丈夫《いじょうふ》なのか？」

「父は知らないんです」

「それは気の毒に。おれ自身、幼くして父を亡くした」〈フィドル弾き〉はここで三城紋の領主に顔を向けた。「サー・ダンカンにはぜひとも、われらが一行に加わってもらいたいのだが」

「こういう輩《やから》を同行させる必要はない」

　ダンクはとまどった。金のない草臥しの騎士が、貴族から旅の道連れに誘われる。そんな話はめったにない。

（むしろおれは、この連中の使用人の同類だからな）

　行列はかなりの長さがあった。コクショー公と〈フィドル弾き〉は、馬の世話をする馬丁、食事を作る料理人、武具の手入れをする従士、警護の兵士、それらを何人も引き連れている。

いっぽうのダンクにはエッグしかいない。

「こういう輩？」〈フィドル弾き〉は笑った。「どんな輩だ？　大きな輩か？　見ろ、この偉容。われわれには屈強な者が要《い》る。〝名のある武人も、老いては無名の若き剣に劣る〟というではないか」

「それは馬鹿どもの言いぐさだ。おまえはこやつのことなど微塵《みじん》も知らぬ。じつは野盗かもしれんし、〈血斑鴉〉公の間諜かもしれんのだぞ」

「わたしは間諜などではありません」とダンクはいった。「ム＝ロードはわたしの面前で、わたしが聾者《ろうしゃ》か死者か、はたまたドーンで行き倒れた者ででもあるかのような、ぶしつけな口のききかたをなさるが、そんな必要はないのではありませんか」

一対の燧石《ひうちいし》の目が、じっとダンクを見すえた。

「ドーンで行き倒れるなら、むしろ僥倖《ぎょうこう》というもの。早々にわが前を去り、ドーンへゆけ」

「相手にしなくていいぞ」〈フィドル弾き〉がいった。「この男、甲羅を経た気むずかしいやつでな、だれでも疑ってかかるんだ。ゴーミー、おれはこのご仁に信頼できそうな感触を得た。サー・ダンカン、いっしょに白亜城へいってくれないか？」

「ム＝ロード、わたしは……」このような雲の上の者たちとどうして野営地を共有できよう。この三騎士の使用人は立派な天幕を立て、馬丁は馬の手入れをし、料理人はひとりひとりに肥育鶏や牛の骨付き肉を調理して出す。かたやダンクとエッグは、木片のように固い塩漬けビーフの細切れを延々と噛みつづけなければならない。「遠慮しておきましょう」

　三城紋の領主がいった。

「それ見たことか。この者、自分の居場所を心得ておるわ。われらのもとに居場所はない」そこで馬を街道の先へ向けて、「そろそろコクショー公は二キロ先までもいっておるぞ」

「また追いつめねばならないようだな」〈フィドル弾き〉は、ダンクにすまなそうな笑みを向けた。「縁があれば、いつの日かまた会おう。その日がくることを祈っているぞ。いずれ騎槍《ランス》でお手合わせ願いたいものだ」

　ダンクにはなんと答えていいのかわからなかった。

「馬上槍試合では、ご武運を」

　やっとのことでダンクがそう口にしたときには、サー・ジョンはすでに馬首《ばしゅ》をめぐらし、行列を追って走り去ったあとだった。年配の領主もあとを追いかけていく。二騎の後ろ姿を見送って、ダンクはほっとした。あの領主の無情な目は気にいらない。アリン公の傲慢《ごうまん》さも。〈フィドル弾き〉だけは感じがよかったが、あの男本人にも、なにかしら不可解なところがある。

「フィドルがふたつに、剣がふたつ、それを区切って鋸歯状の十字」二騎が蹴たてる土煙を見送りつつ、ダンクはエッグにいった。「あれはどこの紋章だ？」

「ありません。ああいう楯は、どの紋章の書物でも見たことがないです」

（結局、あの男、ほんとうに草臥しの騎士だったということか……）

　ダンクの紋章にしても、即興で考案したものだ。意匠を思いついたのはアッシュフォード牧草地。〈背が高すぎのタンセル〉と呼ばれる人形遣いに楯絵を描いてもらうとき、どんな図柄がいいかと問われたときだった。

「年配の領主のほう、あれはフレイ家の縁者か？」

フレイ家の楯にも城の絵が描かれている。それに、フレイ家領はここからそう遠くない。

エッグはあきれたように白目を剝《む》いてみせた。

「フレイ家の紋章なら、灰色の紋地に一対の青い塔が橋で結ばれたものでしょ。あのひとの楯は、暗橙色の紋地に黒い城が三つ。橋なんかありました？」

「なかった」（この野郎、おれに八つ当たりしてやがる）「ただし、こんどおれに向かって白目を剝いてみろ、耳に思いきり拳固を食らわせて、一生白目を剝いたままにさせてやる」

エッグは神妙な顔になった。

「ぼくがいおうとしたのは——」

「おまえがなにをいおうとしたのかはどうでもいい。で、あれはどこのだれだ？」

「ゴーモン・ピークです、星嶺《せいれい》城の城主の」

「あれはずっと南の河間平野《リーチ》にある城だ。そうだろう？　あのご仁、ほんとうに城を三つも持ってるのか？」

「楯の上だけでなら。ピーク家も、そのむかし、三つの城を持ってたんですけど、ふたつはすでに失っちゃったので」

「どうしてふたつも城を失った？」

「黒竜側に立って戦ったんですよ」

「ははあ」自分が阿呆のように思えた。（またあれか）

　この二百年というもの、七王国はエイゴン征服王とその二姉妹の子孫によって統治されている。かつて七つあった王国を統一し、〈鉄の玉座〉を造ったのが、右の開祖たちだった。王家の旗に使われているのはターガリエン家の三頸《みつくび》ドラゴンの旗——黒地に赤いドラゴンの旗だ。ところが、十六年前、エイゴン四世王の庶子だったデイモン・ブラックファイアが、正嫡《せいちゃく》の兄弟に対し、叛乱《はんらん》を起こした。デイモンも旌旗《せいき》に三頸ドラゴンの意匠を選んだのだが、そのさいには、多くの庶子がよくやるように、黒と赤を反転させて用いた。それがすなわち、赤地に黒いドラゴンの旗である。この叛乱は〈赤草が原〉の合戦で終焉《しゅうえん》を迎えることになる。かの決戦地において、デイモンとその息子のうちふたり——双子の兄弟が、〈血斑鴉〉公の射かけた矢の雨を浴びて討たれてしまったのだ。合戦に生き残り、ひざを屈した叛徒たちは、赦免されはしたものの、それと引き替えに、土地を失う者、称号を失う者、金銭を失う者と、各々、さまざまな苦汁を嘗《な》めさせられた。さらには、以後の忠誠を担保するとの理由から、全員、人質を差しださせられもした。

（黒い城三つ、地色は暗橙色）

「それで思いだした。サー・アーランは〈赤草が原〉の話をしたがらなかったが、あるとき、酒を過ごして、ぽつりといったことがある。姉妹の子息があの合戦で亡くなったんだ、と」

あのとき聞いた老士の声、あのときの酒くさい吐息が、まざまざと脳裏によみがえってきた。

「子息の名前は、銅貨の樹《ペニーツリー》のロジャー。鉄棍《てっこん》で頭をつぶされて、戦死したんだ。その鉄棍を振るったのが、楯に三つの城が描かれた貴族だった」

（ゴーモン・ピーク公だったのか。老士はその貴族の名を知らなかった。あるいは知りたくなかったのかもしれない）

　この時点でもう、ピーク公、〈フィドル弾きのジョン〉、そしてその行列が立てる土煙は、彼方に立ち昇る、ひとすじの赤い土ぼこりの柱にまで縮んでいた。

（叛乱は十六年前に起きた。僭王《せんおう》は討ち死にし、僭王にしたがった者たちは国外に逃げるか、賠償と引き替えに罪を赦された。いずれにせよ、おれには関係のないことだ）

　それからしばし、ダンクとエッグは、鳥たちの哀調に満ちた鳴き声を聞きながら、無言で馬を進めた。何キロか進んだところで、ダンクはやおら咳ばらいをし、切りだした。

「さっき、あの騎士がいっていたバターウェル家だが……領地は近いのか？」

「湖の向こう側ですよ。バターウェル公は、エイゴン四世が〈鉄の玉座〉についていた当時、財務相を務めていた人物なんです。デイロン王の治世中には〈王の手〉に任命されたこともありましたが、短期におわりました。紋章は、緑、白、黄の横波線を積み重ねたものです」

　エッグは得々として答えた。この子は紋章の知識を披露するのが大好きなのだ。

「おまえの父君《ちちぎみ》の友人か？」

　エッグは眉根を寄せた。

「父はあまり好感を持ってませんね。叛乱にさいして、バターウェル公の次子は僭王側に、長子は国王側について戦ったからです。どちら側が勝っても生き延びるための布石でしょう。バターウェル公本人は、どちらのためにも戦ってません」

「それを用心深いという者もいるだろう」

「父にいわせれば、日和見《ひよりみ》ですよ」

(ああ、あの人物ならそういうだろうさ)

プリンス・メイカーは頑固一徹だ。誇り高く、すぐに人を蔑《さげす》む。

「〈王の道〉に出るには、白亜城を経由していかないといけないな。このさいだ、あの城で腹ごしらえをしていくか」そう思っただけで、急に腹がぐうぐう鳴りだした。「婚礼の儀に招かれた客の中には、居城へ帰るにあたって護衛が要《い》る者がいるかもしれんし」

「だけど、北へ向かうはずだったでしょう?」

「〈壁〉があの地に立って八千年——もうしばらくは立っていてくれるだろうさ。〈壁〉はここから五千キロの彼方だ。もうすこし路銀を蓄えてからでもいい」

ダンクは馬上槍試合に出場した自分を思い描いた。サンダーにまたがり、楯に三つの城を描いた仏頂面《ぶっちょうづら》の領主を落馬させた暁には——。

(さぞ気持ちいいだろうな。〃貴殿を打ち破りしは、かつてサー・アーランの従士であった者なるぞ〃。あの男が買い戻し金を携えて武具を引きとりにきたとき、そういってやろう。〃われこそは貴殿が打ち殺せし従士に代わりて従士になりし者なり〃。老士も喜ぶはずだ)

「まさか馬上槍試合に出ようとか思ってるんじゃないでしょうね」

「そろそろ出てもいい頃合じゃないか？」

「そんなこと、ありません」

「そろそろ、おまえの耳に拳固を食らわす頃合ではあるよな」

（槍試合は二勝するだけでいい。二回ぶんの買い戻し金さえあれば、三回めに負けたぶんの買い戻しに一回ぶん使ったとしても、残る一回ぶんで一年間は王侯のような食事ができる）

「模擬合戦《メレー》もあるなら、そちらに参加するか」

　ダンクの巨軀と怪力は、馬上槍試合よりも模擬合戦のほうに向いているのである。

「婚礼の儀では、ふつう、模擬合戦なんてしませんよ」

「とはいえ、ごちそうがあふれているのはふつうだろうが。行く先はまだまだ遠い。まずは腹を膨らませてから出発したほうがいいんじゃないか」


　湖が見えてくるころ、太陽は西に低くかかっていた。湖面は赤と金に燦然《さんぜん》ときらめいて、まるで銅の延べ板のようだ。何本かの柳の樹ごしに、旅籠の屋根と小塔がかいま見えだすと、ダンクは湖岸に寄って馬を降り、ふたたび汗まみれの上着を身につけ、湖水で顔を洗った。旅のほこりをできるだけ洗い流し、陽に灼《や》けてところどころ変色したぼさぼさの髪を濡れた指で梳《す》く。からだの大きさについては、いかんともしがたい。頰に残る傷痕についてもだ。それでも、盗賊騎士とは思われぬよう、できるだけ身だしなみを整えておきたかった。

　旅籠は記憶にあるよりも大きく、横に長い灰色の建物で、板張りの屋根には小塔が設けてあった。建物の半分は湖底に打ちこんだ支柱杭に支えられる形で、湖の上にせりだしている。湖岸から船着き場までのぬかるんだ一帯にかけては、雑に切った厚板を敷きつめて、板道が作ってあったが、いまは渡し船も船頭も姿が見えない。街道をはさんで旅籠の向かい側には、茅葺《かやぶ》き屋根の厩《うまや》があった。旅籠の敷地は、空積みの石壁《いしかべ》で囲われているが、門は開放されたままだ。門の中には井戸と馬用の水桶が見えた。

「馬を頼む」ダンクはエッグにいった。「あまり水を飲ませすぎるなよ。おれは食いものを調達してくる」

　偶然、旅籠の入口で、女将《おかみ》が上がり段を掃いていた。

「渡し船かい？」女将がたずねた。「遅すぎたねえ。もう陽が沈むからさ。船頭のネッドは、満月が出てるときでないと、夜のうちに湖を渡るのをきらうんだよ。朝陽が出たら、すぐにもどってくるからね」

「渡し賃がいくらか、知ってるかい？」

「おひとりさま、一ペンス銅貨三枚。馬一頭につき、十枚」

「馬は二頭で、騾馬《ラバ》が一頭いるんだが」

「騾馬も十枚だよ」

　ダンクは頭の中で総額を計算した。一ペンス銅貨、三十六枚か。予期していたよりも高い。

「前にここを渡ったときは、人が二枚、馬が六枚だったんだがな」

「それはネッドにいっとくれ、あたしにゃ関係ないこったから。宿をお探しかい？　でも、寝台の空きはないよ。ショーニー公とコスティン公が随員を連れてお泊まりなんでね、もう満杯なんだ」

「ピーク公もやはりお泊まりなのか？」（あいつはサー・アーランの従士を殺した男だぞ）

「コクショー公と〈フィドル弾きのジョン〉もごいっしょのはずだが」

「あのひとたちなら、本日最終の渡しで、ネッドが乗せてっちゃったね」女将はじろじろとダンクを見まわした。「あんたもご一行のお仲間？」

「街道で知り合った——それだけの関係さ」旅籠の窓からはいいにおいが流れてきており、思わずよだれが出た。「なにかを焼いているようだが、分けてもらえるかな？　あまり高くないようなら」

「猪肉をね、しっかり胡椒を擦りこんで焼いてる。玉葱《タマネギ》、茸、つぶした蕪《カブ》も添えてるよ」

「蕪はなくていい。猪肉のスライスを何枚かと、上等のブラウンエールが蓋つきジョッキ《タンカード》に一杯、それだけあれば充分だ。合わせていくらになる？　それから、ひと晩、厩の床にでも泊まらせてもらうことはできるかな？」

　これがまずかった。

「厩ってのは馬を入れとくところだよ。だから厩っていうんでしょうが。たしかにあんたは馬みたいにでっかいけどね、脚は二本しか見えないよ」

　追いだそうとするかのように、女将はさっさと箒《ほうき》を動かした。

「七王国じゅうの人間に食わせろなんて、どだい無理な話なんだよ。猪はうちの客のためのもの。あたしのエールだってそうさ。お泊まりのご領主さまたちには満腹するまでたらふく飲み食いしていただいて、料理や酒が足らないぞ、と文句をいわれないようにしとかなきゃいけないだろ。湖には魚がたんといるし、切株がいっぱいあるあたりには、ほかにも何人か、ごろつきが野宿してる。草臥しの騎士だとさ。ほんとかどうか知らないけどね」

その口調は、ほんとうは騎士だと思っていないことを物語っていた。

「あの連中のところにいけば、食べものを分けてもらえるかもしれないよ。あたしの知ったこっちゃないけどね。さあさ、いったりいったり。あたしゃ仕事があるんだ」

女将は屋内に入ると、バシン、とたたきつけるようにして扉を閉めた。その切株がどこにあるのか、たずねるひまもなかった。

エッグは馬用水桶の縁に腰かけ、足を水につけて、大きなへなへな帽子で顔をあおぎつつ待っていた。

「あれ、豚を焼いてるんでしょ？　そんなにおいがしてる」

「猪だそうだ」ダンクは陰気な口調で答えた。「しかし、せっかく旨い乾し肉があるのに、猪なんか食いたがるやつがいるか？」

エッグは眉をひそめた。

「だったら、かわりに長靴《ちょうか》を食べちゃってもいい？　新しい長靴は乾し肉で作ることにして。乾し肉のほうが固くて丈夫だから」

「こらこら」笑いそうになるのをこらえて、ダンクはいった。「おまえの長靴を食うことは許さんぞ。おおっと、あとひとことでもなにかいってみろ、長靴のかわりに、おれの拳固を食うことになるからな。さあ、桶から足を出せ」

騾馬の背から大兜を取りだし、下手投げでエッグに放り投げる。

「これに井戸の水を汲んで、乾し肉をひたしておくんだ」

そうとう長く水につけておかないと、乾し肉は歯が折れそうなほど固い。エールにつけておくのがいちばん旨く食う方法だが、水でもふやけさせる役にはたつ。

「その桶の水は使うなよ、おまえの足の味つきはごめんだ」

「ぼくの足の味がついたら、むしろ旨くなるってもんですよ」

足の指を動かしながら、エッグはそういったが、いわれたとおりにした。

女将に聞いた草臥しの騎士たちは早々に見つかった。湖岸の樹々の合間にちらつく焚火《たきび》の炎を、エッグがすぐに見つけたからだ。ふたりは馬と騾馬《ラバ》を引いて炎のほうに歩きだした。少年はダンクの大兜を腋にかいこんでおり、一歩ごとに中で水が跳ねている。このころには、夕陽は西の地平線をほんのりと赤く染める程度にまで沈んでいた。ほどなく樹々が途切れて、開けた場所に出た。そこはかつて、ウィアウッドの環状列樹があったところのようだった。〈森の子ら〉がウェスタロスを支配していた当時には、環状にそびえていたはずの樹々も、とうのむかしに一本残らず伐採されて、いまでは白い切株と骨白《こっぱく》の根の名残《なごり》が、大きな円を描いてならぶのみだ。

　切株の輪の中には、一角にふたりの男がすわり、焚火をはさんで、交互にワインの革袋をやったりとったりしていた。ふたりの馬は環状列樹跡の外で草を食《は》んでいる。ふたりとも、武具はきちんと横に積んでいた。ふたりからやや離れたところには、ずっと若い男が単独ですわり、栗の樹にもたれかかっている。

「方々《かたがた》、お初にお目にかかる」ダンクは愛想よく呼びかけた。武器を持った相手に対して、こちらの存在を知らせることなく近づくのは、いかなる状況であれ、けっして賢いこととはいいがたい。「わたしは〈長身のサー・ダンカン〉と呼ばれる者。この子はエッグ。焚火に当たらせてもらってもいいだろうか」

　焚火そばのふたりのうち、中年のずんぐりした男が立ちあがり、ダンクたちを出迎えた。かつては立派だったとおぼしき衣類は、いまはもうぼろぼろになっている。顔を縁どるのは炎のように派手な紅髯《こうぜん》だ。まばらな口髭には猫を思わせるものがあった。

「ようこそ、サー・ダンカン。これはまた大きなご仁だな……もちろん、おおいに歓迎するとも。そちらの少年もだ。卵《エッグ》、といわれたか？　なんでそんな名を？」

「略称なんです」

　心得たもので、エッグはそれだけ答えた。エッグがエイゴンの略であることは、いわないほうがいい。知らない人間に対しては。

「なるほど。では、その頭はどうしたのかね？」

（〝髪切り虫〟といえ）とダンクは思った。（髪切り虫のせいだというんだ）

作り話としては、これがいちばん安全だ。これまで何度も、いろいろな人間にそういってきた。だが、ときどきエッグは、自分の頭のことを子供じみた遊びのネタにしてしまう。

「剃ってるんです。騎士のしるしに拍車をいただくまで、髪は伸ばさないと誓ったので」

「殊勝なり、その誓い。やつがれは〈霧深き湿原の猫のサー・カイル〉。あそこで栗の樹を背にしてすわっているのは、サー・グレンドン・……ええと……ボール。これなるはサー・メイナード・プラム」

最後の名前を聞いて、エッグの耳がぴくりと動いた。

「プラム……というと、ヴィセーリス・プラム公の縁者の方ですか？」

「遠縁ではある」そう答えたサー・メイナードは、背が高くて痩せぎすの、猫背の男だった。髪は長くてまっすぐで、亜麻色をしている。「ま、プラム公がそう認めるとは思えんがね。向こうが甘い紫李《プラム》の出であるのに対して、こっちはすっぱい紫李《プラム》の出だという者もいるかもしれんな」

サー・メイナード・プラムのマントは、その家名のとおりの紫色だったが、縁がほつれているうえに、ひどく色むらがあった。マントを肩のところで留めているのは、鶏の卵ほどもある月長石の留め具だ。マントのほかに身につけているのは、灰褐色の粗織り《ラフスパン》の服と、しみだらけの茶色い革鎧のみだった。

「こちらには塩漬けビーフの乾し肉があるが」とダンクはいった。

「サー・メイナードは林檎《リンゴ》をひと袋、持っていてな」と〈猫のカイル〉がいった。「そしてやつがれは、卵と玉葱《タマネギ》の酢漬けを持っている。ぜんぶ合わせれば、ちょっとしたごちそうになるぞ！　さあさあ、すわりなさい。そこの切株、なかなかにすわり心地がよろしい。わが僻目《ひがめ》でなければ、われらはあすの午前なかばまで、ここにいることになろう。一隻しかない渡し船には、渡し待ちの者を一気に運べるだけの大きさがない。旅籠に泊まっている領主と随員を渡してしまうまで、順番はまわってこまいて」

「失礼――その前に、馬の世話をしてくるので。エッグ、手伝え」

　ふたりして、サンダー、レイン、メイスターの鞍をはずす。それから、三頭に草を食ませ、水を与え、夜のあいだに動きまわらぬよう、馬たちの脚に短い足縄をかけた。

　ダンクがサー・メイナードの差しだすワインの革袋を受けとったのは、この作業がすべてすんでからのことだった。

「酢になりかけたワインだが、ないよりましだ」〈猫のカイル〉がいった。「白亜城でなら、もっと上等のヴィンテージが飲めるぞ。バターウェル公は、アーバー島以北で産する最高級ワインを貯蔵しているそうだからな。あのご仁、父君の父君と同じで、かつては〈王の手〉だったんだ。はなはだ信心深いおひとで、しかもはなはだ裕福だそうな」

「富の源泉は乳牛なんだよ」メイナード・プラムがいった。「公は牝牛の乳房を紋章にするべきだぜ。バターウェル家というのは、血のかわりに乳が流れる腰抜けぞろい。結婚相手のフレイ家の連中もたいして変わりばえはしない。今回の婚儀は、牛泥棒と〈関門橋《クロッシング》〉の料金徴収屋の組みあわせ、守銭奴同士の縁組みだ。黒のドラゴンが決起したとき、あの乳搾り公、ひとりの息子をデイモンのもとへ、もうひとりの息子をデイロンのもとへ送った。どちらが勝ってもバターウェル家が繁栄できるようにな。ところが、どっちの息子も〈赤草が原〉の合戦で戦死してしまったあげく、末の息子も〝春に死んだ〟。だから公は、新たに縁組みをしたんだよ。こんど迎える新妻が息子を産まなければ、バターウェル家は断絶する――公が死んだそのときに」

「断絶してしまえばいいんだ」サー・グレンドン・ボールは、さっきからずっと剣を研《と》いでいるが、いまも砥石《といし》に刃先をひとこすりして、そういった。「〈戦士〉は日和見の臆病者をきらわれる」

その声ににじむ侮蔑が気になって、ダンクはしげしげと若者を見た。サー・グレンドンの服は上等の布で仕立ててあったが、あちこちほつれており、取りあわせもちぐはぐなため、古着を買ったような印象があった。頭にかぶっている鉄の半球形兜からは、暗褐色の頭髪がはみだしている。背丈は低く、ずんぐりとして、間隔のせまい目は小さく、肩の筋肉は盛りあがり、腕も筋骨隆々としていた。眉は春の雨のあとに湧きだす毛虫のようなげじげじ眉で、鼻はだんご鼻、あごはかなり喧嘩《けんか》っ早そうだ。なにより、若い。

(十六くらいか。十八は越えていまい)

サー・カイルが名前にサーをつけて紹介しなければ、従士と見誤っていただろう。若者の頬は、髭ではなく、にきびでおおわれていた。

「騎士になってから、どれくらいになる?」ダンクはたずねた。

「そこそこ長い。つぎに月がひとめぐりして半年。騎士にしてくれたのはタンブラーの滝の町からきたサー・モーガン・ダンスタブルだ。叙位の場には二十人以上が立ち会っている。騎士の訓練は生まれたときから積んできた。歩く前からもう馬に乗っていたし、自分の歯を一本も失うことなく大の大人の歯をへし折りもした。こんど白亜城で催される馬上槍試合で名をあげて、ドラゴンの卵を申し受けるつもりでいる」

「ドラゴンの卵？　それが優勝者への褒賞なのか？　ほんとうか？」

この世で最後のドラゴンは、半世紀も前に死んでいる。しかし、サー・アーランは、その牝ドラゴンが産んだ複数の卵を見たことがあるといっていた。

〝石のように硬いが、あれはとても美しいものであったな〟とは老士のことばだ。

ダンクはたずねた。

「バターウェル公は、どうやってドラゴンの卵を手に入れたんだろう？」

サー・グレンドンのかわりに、サー・メイナード・プラムが答えた。

「バターウェル公の父親の父親の時代、エイゴン王がバターウェル家の古い城を訪ねてきたとき、贈り物としてその卵を渡したそうだ」

「それは……武勇のふるまいに対する褒美としてか？」

サー・カイルがくっくっと笑い、横からいった。

「そう呼ぶ者もいるかもしれんな。おおかた、エイゴン王が訪ねてきたとき、バターウェル老公には三人の若い乙女の娘がいて、あくる朝には、その三人が三人とも、小さな腹に王の庶子を宿していたのだろうて。お盛んな一夜の産物だよ、うん」

そういった話はダンクもいろいろ耳にしている。エイゴン下劣王は、王国じゅうの乙女の半分を褥《しとね》に引き入れて、それだけの数の落とし子たちを儲けたという。もっと悪いことに、老王は死ぬまぎわ、その全員を嫡子として認知した。酒場の女給、娼婦、羊飼いの娘たちに産ませた落とし子も、貴婦人に産ませた高貴な庶子も、以後、すべて正嫡《せいちゃく》あつかいとなったのだ。

ダンクはいった。

「うわさ話が半分でもほんとうであれば、われわれはみんなエイゴン老王の落とし子ということになるぞ」

「そうでないと、だれにいいきれる？」サー・メイナードが混ぜ返した。

「なあ、いっしょに白亜城へいかんかね、サー・ダンカンや」サー・カイルが誘いをかけた。「あんたほどの偉《い》丈夫《じょうふ》だ、きっといずれかの貴族の目にとまる。よい騎士働き先に恵まれることはまちがいあるまい。じつは、やつがれにはつてがあってな。このたびの婚礼の儀には、ビターブリッジ城の城主、ジョフリー・キャスウェル公も参列なさるんだが、なにを隠そう、ジョフリー公が三歳のとき、初めての剣をこさえてさしあげたのは、このやつがれなんだよ。小さな手に収まるよう、松材を削りだしてな。こう見えて、若い時分には、ジョフリー公のお父上に誓約の剣として仕えていたんだ」

「その誓約の剣も松材でできてたのかい？」サー・メイナードがからかった。

〈猫のカイル〉には、笑っていなすだけの度量があった。

「やつがれの剣は鋼《はがね》だったさ、ほんとうだぞ。半人半馬《セントーア》を紋章に持つキャスウェル家のためならば、喜んでまたその剣を振るってみせよう。サー・ダンカン、馬上槍試合には出ないとしても、披露宴にはわれらと参列して、馳走にありついてはどうかね。吟遊詩人に楽師、投げ物曲芸師《ジャグラー》に宙返り曲芸師《タンブラー》、剽《ひょう》げた芸で笑わせるこびとの一座もくるそうな」

ダンクは眉をひそめた。

「エッグとおれは、先行きの長い旅に出るところなんだ。北のウィンターフェル城へ向かうつもりでいる。沿岸から鉄人《クラーケン》を永遠に放逐《ほうちく》すべく、ベロン・スターク公が軍人《いくさにん》を集めているそうだから」

「北の涯《はて》は、おれには寒すぎてだめだな」サー・メイナードがいった。「クラーケンどもを殺したいんなら、西へいってはどうだい？　鉄人《くろがねびと》どもを根城の諸島に追い返さんものと、ラニスター家が続々と軍艦を建造中だぞ。ダゴン・グレイジョイの息の根をとめたければ、海戦を仕掛けるほかない。陸《おか》で戦って打ち破っても、連中、さっさと海へ逃げてしまうから。海の上でたたきのめすしか、根絶の方法はないんだよ」

一理ある。しかし、海の上で鉄人《くろがねびと》と戦うかと思うと、あまりぞっとしない。ドーンからオールドタウンへと向かうガレアス船《白き淑女》に便乗していたときは、ダンクも甲冑《かっちゅう》を身につけ、掠奪者《りゃくだつ》から船を護って戦う乗組員に加勢した。その経験から、船をめぐる攻防が熾烈《しれつ》かつ凄絶《せいぜつ》なものであることは知っている。あの戦いではもうすこしで海に落ちるところだった。へたをしたら、あそこで死んでいたかもしれない。

「〈玉座〉もスタークやラニスターを見習わなくてはいかんな」〈猫のサー・カイル〉が、きっぱりといった。「すくなくとも両家は戦う姿勢を見せている。なのにターガリエン家はどうだ？　エイリス王は書物に埋もれ、プリンス・レイゲルは全裸で赤の王城《レッド・キープ》の廊下を踊り歩き、プリンス・メイカーは夏の城館《サマーホール》でふてくされている始末ではないか」

　エッグは枝の先で焚火の薪をかきまわし、夜空に火の粉を立ち昇らせていた。父親の名を聞いてもエッグが知らん顔をしているので、ダンクはほっとした。

（どうやらこいつも、口をつぐんでおくすべを学びつつあるらしい）

「もとはといえば、〈血斑鴉《けっぱんガラス》〉がいかん」サー・カイルがつづけた。「〈王の手〉のくせに、なにもしようとせんのだからな。クラーケンどもが日没海の沿岸部に跳梁跋扈《ちょうりょうばっこ》して、戦火と恐怖を撒き散らしているというのにだぞ」

　サー・メイナードが肩をすくめた。

「〈血斑鴉〉のひとつしかない目はな、タイロシュだけに注がれているのさ。かの地には、〈鋼の剣《ビタースティール》〉が雌伏して、デイモン・ブラックファイアの生き残った息子たちと再起計画を練っている。そういうわけで〈血斑鴉〉は、王の軍船をひざ元に集中させてるんだよ——〈鋼の剣〉の軍勢が〈狭い海〉を渡ってこられないように」

「うむうむ、そのとおり」サー・カイルはうなずいた。「しかしだな、〈鋼の剣〉の帰還を歓迎する者はおおぜいいるぞ。〈血斑鴉〉こそは諸悪の根源、王国の心臓を蝕《むしば》む白き害虫にほかならん」

　ダンクは眉をひそめた。石の聖堂《ストーニイ・セプト》の町で首を晒《さら》されていた、背中まがりのセプトンを思いだしたのだ。ダンクはいった。

「うっかりしたことを口走ると、首が飛ぶこともある。謀叛《むほん》を煽ったと見なす者もいるかもしれないじゃないか」

〈猫のカイル〉は言い返した。

「真実をいうことが、なぜ謀叛を煽ることになる？　デイロン王の御世《みよ》には、人は腹蔵なく意見をいえたものではないか。しかるに、いまはどうだ？」げっぷをした。「〈血斑鴉〉はエイリスを〈鉄の玉座〉にすえた。しかし、この治世、いつまで持つことやら。エイリスは虚弱だ。エイリスが死ねば、〈血斑鴉〉ことリヴァーズ公とプリンス・メイカーのあいだで王位をめぐる凄絶な内乱が起こるは必定。〈王の手〉と正統の跡継ぎとの争いになるぞ」

「おいおい、プリンス・レイゲルを忘れているぞ、わが友」サー・メイナードがおだやかな口調で異論をはさんだ。「エイリスの跡継ぎとして王位継承権第一位を持つのはレイゲルだ、メイカーじゃない。レイゲルにつぐ継承権は、さらにその息子たちにある」

「レイゲルはあんなふうな状態だからな。いやいや、レイゲルに含むところはなにもないが、しかし、あれではすでに死んでいるのと大差ない。レイゲルの双子の子供たちとて同様だ。メイカーの鉄棍《てっこん》に撲殺されるか、〈血斑鴉〉の妖術で呪殺《じゅさつ》されるか、行く手に待つ運命は、ふたつにひとつ……」

（〈七神〉よ、われらを救いたまえ。この男、自分がなにをいってるのかわかってるのか）

ダンクがそう思ったとき、エッグがかんだかい声で叫んだ。

「プリンス・メイカーはプリンス・レイゲルの弟だぞ！　兄のことは愛してる！　兄や兄の子供たちを殺したりなんかしない！」

「こらこら、吠えてはいかん」ダンクは低くうなるような声で釘を刺した。「こちらの騎士おふたりは、おまえの意見など求めてはいない」

「意見をいう権利はあるはずでしょ」

「ない」ダンクはぴしりといった。「ないんだ、おまえには」

（この子はいつか、この口で身を滅ぼす。十中八九、おれを道連れにして）

「それより、その乾し肉だ。もうふやけただろう。われらが友人がたにひときれずつ分けてさしあげろ。ほら、ぐずぐずするな」

エッグの顔が朱を注いだようになった。鼓動半分のあいだ、エッグがなにかを言い返しはしないかと、ダンクはひやひやしたが、少年はふくれっ面になっただけで――いまの立場もあり、十一歳の少年に示せる怒りは、これがせいいっぱいなのだ――下を向いて、ひとこと、

「わかりました」とだけ答えた。

そして、ダンクの大兜の底をさらいはじめた。騎士たちに塩漬け乾し肉の細切れを分けてまわるとき、つるつるに剃った頭が、焚火の光を浴びて赤く光って見えた。

ダンクは自分の乾し肉に齧《かじ》りついた。水につけていたおかげで、乾し肉は木片ではなく、

革程度には柔らかくなっていたが――それだけだった。肉片のはじを嚙み、唾液に融け出た塩漬けビーフの旨味を味わう。旅籠で出される猪肉のロースト――炙《あぶ》られてパチパチ爆《は》ぜる表面や、したたる脂のことは、あえて考えないようにした。

　黄昏《たそがれ》が深まるにつれ、湖上からは蠅《ハエ》、蚊、蚋《ブヨ》などが大挙して湖岸に引きあげてきた。蠅は好んで馬にたかるが、蚊や蚋は人の肌を好む。虫に刺されないためには、できるだけ焚火のそばにすわって、煙たい思いをこらえ、煙で近寄せないようにするしかない。

（焚火で料理をするか、自分がその煙でいぶされるか、ふたつにひとつだな）げんなりして、ダンクは思った。（まさしく、物乞いの選択だ）

　ぼりぼりと腕を掻きつつ、いっそう焚火に身を寄せる。

　ややあって、ワインの革袋がまたまわってきた。ワインはすっぱいが、度数が高かった。ダンクはぐびりと飲んでから、革袋をほかの者にまわした。その間《かん》に〈霧深き湿原の猫〉が、問わず語りに昔話をはじめた。ブラックファイアの叛乱時、ビターブリッジ城の先代城主、アーモンド・キャスウェル公の命を救ったときの武勇談だった。

「アーモンド公の旗持ちが倒れるのを見て、やつがれはすかさず馬を飛びおり、駆けつけた。まわりはみんな叛徒だらけだ。ひとりそのなかにあって、やつがれは――」

「待った」サー・グレンドン・ボールがいった。「叛徒とは、どちら側のことだ」

「黒竜の――ブラックファイア側のことだよ」

　焚火の光を受けて、サー・グレンドンの手にした剣の鋼《はがね》がきらめいた。頬をおおう多数のにきびは、開いた傷口のように赤く染まって見える。全身の筋肉という筋肉はクロスボウの弦《つる》のようにぴんと張りつめていた。

「父は黒竜側で戦ったんだ」とサー・グレンドンはいった。

（またこれか）ダンクは心の中で鼻を鳴らした。（赤か、黒か）

この問いかけは無思慮にしていいものじゃない。かならず揉めごとを招く。

ダンクは口をはさんだ。

「まあまあ。サー・カイルとて、父上を侮辱するつもりはなかったはずだ」

「むろんだとも」サー・カイルはうなずいた。「もはや古い話だよ、赤竜と黒竜の確執はな。そんなむかしのことで、いま諍《いさか》いを起こす意味などない。ここにいるのはみんな、草臥しの兄弟同士だ」

サー・グレンドンは〈猫〉のことばを吟味し、侮辱されたのかどうか見きわめようとしているようだったが、ややあって、こういった。

「デイモン・ブラックファイアは叛徒などではない。老王が宝剣を与えた相手はデイモンのほうだった。妾腹《しょうふく》の生まれではあるが、デイモンの中にこそ王の資質を見いだしていたんだ、老王はな。さもなくばなぜ、正嫡《せいちゃく》のデイロンではなく、デイモンの手に宝剣〈黒き炎《ブラックファイア》〉を委《ゆだ》ねるはずがある。老王は王国もデイモンに譲るつもりでいた。それもこれも、デイモンのほうが人物としてすぐれていたからにほかならない」

気まずい沈黙が降りた。ダンクの耳には、薪の爆ぜる音までも聞きとれた。首筋を小虫が言っている。ぴしゃりとたたき、エッグに目を向けた。こんどは口をつぐんでいてくれればいいが……。

「〈赤草が原〉の合戦があったとき、おれはほんの小僧っ子だった」だれも口をきかないと見て、ダンクはいった。「ただし、おれが従士を務めていた騎士は、その合戦では赤竜側で参陣していたし、のちには黒竜側で戦った者に仕えもした。どちらの陣営にも、勇敢な者はいたということだ」

「勇敢な者か……」〈猫のカイル〉がおうむがえしにいったが、声にはあまり力がなかった。

「英雄だ」サー・グレンドン・ボールが楯をかかげ、紋章が描かれている面を一同に向けた。闇夜の黒い紋地にひとつ、赤と黄で彩色した火の玉が燃えている。「おれは英雄の血を引く者なんだ」

「じゃあ、あの――〈火の玉《ファイアボール》〉の子息？」エッグが驚いた声を出した。

サー・グレンドンが笑顔を見せたのは、このときがはじめてだった。

〈猫のサー・カイル〉はまじまじとサー・グレンドンを見つめて、

「いかにしてそんなことが？　あんた、いくつだね？　クェンティン・ボールは死んだはず――」

「――おれが生まれる前にな」サー・グレンドンがあとを受けた。「ただし、おれの中に、父は生きている」

そこで、研ぎあげた剣を音高く鞘に収めて、

「白亜城でみなにそれを知らしめてやろう。おれがドラゴンの卵を申し受けるそのときに」

　あけて翌日、途中まではサー・カイルが予想したとおりの形になった。ネッドの渡し船は、渡し待ちの者全員を乗せるだけの大きさがなく、草臥しの騎士たちよりも先に、コステイン公とショーニー公、およびその随員たちを渡すことになったのである。両家を全員渡すには数往復必要で、一往復するには一時間以上かかる。湖岸がぬかるんでいるため、馬と馬車は泥地上に敷きつめた厚板の道を通っていくほかなく、渡し船に乗りこむのに時間がかかるし、湖の向こう岸でも下船に時間を要するからだ。それがいっそう長びいたのは、どちらが先に湖を渡るかで、両公が怒鳴り合いをはじめたせいだった。ショーニー公のほうが年長だが、コステイン公のほうが家格は高い。

　ダンクとしては、ひたすら待ち、暑さにうだっているほかに、できることはなかった。

「ぼくの長靴《ちょうか》さえ使わせてくれれば、先に渡ることができるのに」エッグがいった。

「渡ることはできる」とダンクは答えた。「が、使わない。コステイン公もショーニー公も、おれたちより先に着いていたんだぞ。だいいち、向こうはご領主さまだ」

　エッグがむすっとした顔でいった。

「だけど、元謀叛人《むほんにん》だし」

　ダンクは眉をひそめ、少年を見おろした。

「どういう意味だ？」

「あのふたり、黒竜側だったんですよ。ショーニー公は本人が、コスティン公は父親が叛徒でした。兄のエイモンといっしょに、よく学匠《メイスター》メラクィンの緑のテーブルで、色つきの兵隊人形と小さな旗を使って〈赤草が原〉の合戦を再現したんですけど。コスティン家の紋章は四分割の左上と右下の区画が黒の紋地に銀の聖杯、ほかの二区画が金の紋地に黒の薔薇《バラ》で、この紋章の旗はディモン勢主力の左側にありました。ショーニー公のほうは、主力の右側で〈鋼の剣《ビタースティール》〉といっしょにいましたが、会戦後まもなく深傷《ふかで》を負って、危うく死んでしまうところでした」

「何年もむかしの古びた歴史だ。かたや、あのふたりはいまここにいる。だろう？　ということは、ふたりともひざを折って、デイロン王の赦《ゆる》しを得たということだ」

「それはそうですけど、でも——」

ダンクは少年の唇をつまみ、黙らせた。

「口をつぐめ」

エッグは黙りこんだ。

コスティン公一行につづき、ショーニー公の随員の最後の一団を満載した渡し船が湖岸を離れると、こんどはスモールウッド公と公妃が随員を連れて到着したため、そのぶんさらに待ち時間が延びた。

草臥しの連帯が宵を越さなかったことは、一目瞭然だった。性狷介《せいけんかい》でむすっとしたサー・グレンドンは単独での行動を好む。〈猫のカイル〉は、このままでは渡し船に乗るのが昼になると判断して、ひとり一行を離れ、多少は顔がつながっているというスモールウッド公のもとへ赴き、渡し船に便乗させてくれるようご機嫌をとった。サー・メイナード・プラムは、待ち時間のあいだ、旅籠の女将とずっとうわさ話をして過ごしていた。

「あの男にはなるべく近づかないようにしろ」ダンクはエッグに警告した。あのプラムなる男、どうも剣呑《けんのん》な空気をただよわせている。「確証はないが、あれは盗賊騎士かもしれん」

そう警告したことで、エッグはかえって、サー・メイナードに興味を持ったようだった。

「盗賊騎士の実物って見たことがないんですけど。ドラゴンの卵を盗むつもりかな？」

「バターウェル公も、卵は厳重に保管しているだろうさ」いいながら、蚋《ブヨ》に咬《か》まれた首筋を掻く。「ただ、披露宴で展示したりはするかもしれん。できることなら、ひと目見てみたいものだ」

「ぼくのを見せてもいいですけど、あれは夏の城館《サマーホール》にあるので」

「おまえの……？　おまえの、ドラゴンの卵？」ダンクは眉根を寄せて少年を見おろした。この子、冗談をいっているんだろうか。「その卵、どこからきたものだ？」

「ドラゴンが産んだんですよ。ぼくの揺り籠に入れてあったんです」

「また耳に拳固を食らいたいのか。ドラゴンなんて、もういないだろうが」

「ドラゴンはいないけど、卵はあります。最後のドラゴンが産んだ卵が、五個あるんです。ドラゴンストーン城にいけば、もっとありますよ。〈双竜の舞踏〉より前の占い卵だけど。兄たちも全員、ひとつずつ持ってます。エリオンの卵は金と銀でできているようで、全体に炎のような条紋が走ってるやつ。ぼくのは白と緑で、渦巻き模様つきの」

「おまえ専用の、ドラゴンの卵……」

（揺り籠に入れてあったとはな）すっかりエッグに慣れているせいか、この子がエイゴンであり、プリンスであることを、ついつい忘れてしまう。（そりゃまあ、プリンスなんだから、揺り籠にドラゴンの卵を入れもするだろうさ）

「いいか、その卵のこと、人に聞かれていそうな場所では絶対にいうなよ」

「ぼく、そんなに馬鹿じゃないですよ」そこでエッグは、ふと声をひそめて、「いつの日か、ドラゴンはきっとよみがえります。正夢を見る兄のデイロンだってそういう夢を見てるし、エイリス王も予言にその一節を見てるんです。孵《かえ》るのはぼくのドラゴンかもしれない。そうなったら、すごいだろうなあ」

「そうかな？」ダンクは懐疑的だった。

だが、エッグは微塵《みじん》も疑ってなどいないようすで、

「エイモンとぼくは、孵るのが自分たちの卵だといいなっていつもいってたんです。だって、卵が孵ったら、そのドラゴンの背に乗って大空を飛びまわれるんですよ。初代エイゴン王と姉妹たちがそうしていたように」

「そうだな。それにおれも〈王の楯《キングズガード》〉の総帥になれるというもんだ——王国じゅうの騎士がみんな死んでしまえばな。しかし、卵がそんなにも貴重なものなら、なぜバターウェル公は馬上槍試合の優勝者にくれてやったりするんだ？」

「王国じゅうに、自分がどれだけ裕福かをひけらかしたいんじゃないかな」

「かもしれんが」

ダンクはふたたび首筋を掻きながら、肩ごしにサー・グレンドン・ボールを眺めやった。渡し船を待ちながら、若者は馬の腹帯《はるび》を締めている。

（あの馬では役にたつまい）

サー・グレンドンの馬は脊柱《せきちゅう》のまがった去勢馬で、体格も小さく、年老いている。

「なあ、エッグ、あの男の父親について、なにを知っている？　〈火の玉《ファイアボール》〉と呼ばれていたわけは？」

「頭に血が昇りやすかったのと、赤毛のためでした。〈火の玉《ファイアボール》〉ことサー・クェンティン・ボールは、赤の王城で武術師範を務めていた人物なんです。父も伯父たちも、みんなサー・クェンティンから教えを受けました。高貴な庶子たちもです。エイゴン王から〈王の楯《キングズガード》〉に取り立てると約束されたので、夫人を沈黙の修道女《シスター》にして席があくのを待っていたけれど、やっと席があいたときには、エイゴン王は亡くなっていて、代わって即位したデイロン王は、その空席にサー・ウィレム・ワイルドを任命してしまいました。父がいうには、デイモン・ブラックファイアを指嗾《しそう》して王位簒奪《さんだつ》戦争に踏みきらせたのは、〈鋼の剣〉と同じくらい、〈火の玉〉の存在も大きかったとか。デイモン捕縛のため、デイロン王が〈王の楯《キングズガード》〉を差し向けたときも、デイモン救出の立役者は〈火の玉〉でした。のちに、ラニスポートの城門でレフォード公を討ち果たし、〈灰色の獅子〉を逃げ帰らせ、磐城《ロック》の中に閉じこもらせたのも、やはり〈火の玉〉です。マンダー河の渡し場では、ペンローズ女公の子息たちをひとりずつ斬殺《ざんさつ》しました。最年少の子息だけを殺さずにおいたのは、女公に対する気づかいであったといわれています」

「騎士道精神あふれる人物だったようだな」いまの話から、そこまではダンクも認めざるをえなかった。「サー・クェンティンも〈赤草が原〉の合戦で討たれたのか？」

「討たれたのはその前です。水を飲もうと、たまたま小川のそばで下馬したとき、どこかの弓兵にのどを射貫《いぬ》かれたんです。射かけたのは名もない兵で、どこのだれなのかもわかっていません」

「名もなき兵というやつは、脅威になりうるんだ、貴族や英雄たちが討つべき対象になったときにはな」おりしも、渡し船がゆっくりと湖を這い進んでくるのが見えた。「お、やっときたか」

「のろくさいですね。やっぱり白亜城へいくんですか？」

「いっていけない理由があるのか？　ドラゴンの卵も見てみたいしな」ダンクはほほえんだ。

「おれが馬上槍試合で優勝したら、おれたちふたりともドラゴンの卵を持つことになるぞ」

　エッグが疑わしげな視線を向けてきた。

「どうした？　なぜそんな目でおれを見る？」

「正直にいいたいとこですけどね」と、少年はまじめくさって答えた。「口をつぐむことを学ばなきゃいけないそうなので」

草臥《くさぶ》しの騎士たちは大広間の下座に着席させられた。公壇よりも扉に近い位置だ。

白亜《はくあ》城は、城としては新築といえるほど新しい。建てられたのはほんの四十年前で、築城したのは現城主の祖父だった。この近辺の庶民は白亜城のことをミルクハウスと呼んでいる。城壁、天守、塔と、すべてが白亜の化粧石で被《おお》われているからである。この白石は、谷間《ヴェイル》で切りだしたのち、莫大な費用を投じて山々を越え、はるばる運んでこられたものだ。屋内の床や柱はすべて、金色《こんじき》の条紋が走る乳白大理石造り。屋根はすべて、ウィアウッドの骨白《こっぱく》の幹から切りだした板材で葺《ふ》いてある。建築資材だけでもどれほどの費用がかかったものか、ダンクには見当もつかなかった。

もっとも、大広間の広さは、ダンクがこれまでに見てきた巨城のそれほどではなかったが。

（すくなくとも、屋根の下には通してくれたわけだ）とダンクは思った。

ダンクがすわったのは、長いベンチの上、サー・メイナード・プラムと〈猫のカイル〉のあいだの席だった。招かれたわけでもないのに、三人は即座に歓迎されて、披露宴の会場に通された。婚礼の日、騎士に対する歓待を断わるのは不吉なこととされているからだ。

ただし、若きサー・グレンドンだけは、そう簡単に通してはもらえなかった。

「〈火の玉〉に息子はおらん」

バターウェル公の家令が声高にそう断わるのを、ダンクは耳にしている。若者は激昂《げっこう》した口調で反論した。サー・モーガン・ダンスタブルという名が何度か口にされるのも聞こえた。

しかし、家令は頑として受けいれようとしない。業をにやしたサー・グレンドンが剣の柄《つか》に手をかける。たちまち、十人ほどの衛兵が槍を手に現われ、つかのま、流血沙汰になるかに見えた。そうならずにすんだのは、カービー・ピムという大柄な金髪の騎士が割って入ったおかげだった。距離があったのではっきりとは聞きとれなかったが、ピムは家令の肩に腕をまわし、笑いながら、耳元になにかを囁きかけた。家令は眉をひそめ、サー・グレンドンになにごとかをいった。若者の顔が暗赤色に染まるのが見えた。

（いまにも泣きだしそうな表情をしている）と、そのときダンクは思った。（でなければ、いまにもだれかを殺しそうな表情というべきか）

若き騎士がとうとう大広間に入ることを認められたのは、そのあとのことだった。

いっぽうで、エッグはあわれにも、門前払いの憂き目に遭った。

「大広間は諸公と騎士だけが使われるところです」ダンクが少年を連れて大広間に入ろうとしたとき、召使いのひとりに制された。「従士、馬丁、兵士は、内郭《うちぐるわ》にテーブルを用意してありますので」

（よくがまんしたな。ほんとうの身分をほのめかしさえすれば、公壇上にクッションつきの席を用意してもらえたのに）

ほかの従士たちの顔つきは、どうにも気にいらないものだった。何人か、エッグと同い齢くらいの従士もいるが、大半はもっと年上の、年季の入った戦士で、ずいぶん前に、騎士になるよりも騎士に仕える道を選んだふしがある。

（そもそも、選ぶことができたとしての話だがな）

騎士になるためには、騎士道精神と武術の腕だけでは足りない。馬、剣、鎧《よろい》も必要なのであって、それらをそろえるには金がかかる。

「くれぐれも、ことばには気をつけろよ」従士の一団に残していくとき、ダンクはエッグに忠告した。「ほかの従士たちは大人だ。えらそうな口をきこうものなら、きっとひどい目に遭わされる。おとなしくすわって、食って、人の話に耳をそばだてていろ。なにか役にたつことを小耳にはさむかもしれないからな」

ダンク自身は、大広間で灼熱の太陽からさえぎられるだけでもありがたかった。しかも、目の前にはワインカップが置かれているし、たらふく食える。いかに草臥しの騎士といえど、三十分も嚙みつづけないと嚥《の》みこめないような食いものばかりでは、さすがに飽きてしまう。こんなにも下座の席では、料理も豪勢とはいかないが、不満はなかった。下座の料理でも、ダンクにとっては十二分なのだ。

しかし、老士いわく、〝農夫にとっては誇らしいものも、貴族にとっては恥でしかない〟。

「おれの席がこんな下座であっていいはずがない」とサー・グレンドン・ボールが使用人に食ってかかる声が聞こえた。若者は饗宴《きょうえん》のために、まっとうな胴衣《ダブレット》を身につけてきていた。古着のようだが、仕立てはちゃんとしており、袖口と襟まわりには金糸のレースが施され、胸にはボール家の紋章――白地に赤い山形の帯を描き、その帯に白い皿を三つ配した紋章が刺繍されている。「わが父がだれか、知っているか？」

「さぞ気高い騎士にして、偉大な領主さまであられたのでしょうな」と召使いは答えた。

「しかし、ここにおられるみなさまは大半がそういう方です。席におつきになるのがおいやでしたら、どうぞお引きとりを。わたしのほうは、どちらでもかまいません」

最終的に、サー・グレンドンは不機嫌ながらも、ダンクたちとともに下座にすわることになった。

騎士たちがつぎつぎとベンチへつくにつれ、細長い白亜の大広間は人であふれんばかりになった。ダンクが予想していたよりもずっと人数が多い。外見からして、招待客のなかには、かなり遠方からきた者もいるようだ。ダンクもエッグも、これほど多数の領主や騎士が顔を合わせる場所にくるのは、アッシュフォード牧草地以来だった。これではだれが現われるか、わかったものではない。

（樹々の下で眠る草臥しの暮らしをつづけておくべきだったな。このなかに、だれかおれを見知っている者がいるとしたら……）

給仕のひとりが各々の客の前に黒パンの塊を置いていった。おかげでダンクは、いっとき、心配ごとを棚上げにすることができた。ほっとしつつ、黒パンを上下に割り、皿にするため、下半分をくりぬく。上半分は食べてしまった。饐《す》えて固くなっていたが、塩漬けの乾し肉と比べたら、まるでカスタードだ。すくなくとも、嚙める固さにするため、エールやミルクや水にひたす必要はない。

「サー・ダンカンよ、あんた、熱い注目を浴びてるようだぞ」サー・メイナード・プラムがいった。おりしも目の前をヴィアウェル公とその側近たちが通りかかり、大広間の公壇上の名誉ある席に歩いていこうとしていた。「公壇の上の娘っ子たち、あんたから目が離せないらしいぜ。賭けてもいい、あんたほど大きな人間を見たことがないんだ。こうしてすわっていても、この大広間にいるどの人間より、あんた、頭半分は高いからな」

ダンクは背中を丸めた。じろじろと見られるのには慣れている。だが、だからといって、見られるのが好きなわけではない。

「まあ、見させておくさ」

「公壇のすぐ手前にすわっているのは、〈老特牛《こというし》〉どのだ」サー・メイナードがつづけた。「あれも大男と呼ばれているが、あのご仁でいちばんでっかいのは腹のようだな。あの横にならんだら、あんたのほうがはるかに大きいぞ」

「まことに」そばでベンチにすわっている男がいった。顔色が悪く、陰気な感じの、灰色と緑色の服に身を包んだ男だった。弧を描く細い眉の下の小さな目は小ずるそうで、目と目の間隔はせまい。後退しかけた頭髪を補うかのように、口の周囲をきちんと刈った黒い顎鬚で縁どってある。「このような場では、その体軀《たいく》ひとつとっても、おぬしはひときわ手ごわい競技者のひとりと目されよう」

「〈ブラッケンの荒馬〉もくるかもしれんとか」ベンチのやや離れた席から別の男がいった。

「それはなかろうな」緑色と灰色の男が答えた。「今回、ここで開かれるのは、城主どのの婚礼を祝う小規模な馬上槍試合だ。夜具の中で突進するのを祝して、郭で突進するわけさ。

オソウ・ブラッケンほどの者がわざわざ出向いてくることはあるまい」

〈猫のカイル〉がワインをぐびりと飲んで、

「賭けてもいいが、われらがバターウェル公も試合には出まい。木陰の貴賓席から、自分が贔屓《ひいき》する強者《チャンピオン》たちに声援を送るだけだろう」

「城主どのは、その強者どもが敗れる場面を目《ま》のあたりにするはずだ」サー・グレンドン・ボールが大口をたたいた。「最後には、おれに卵を託すことになる」

「このサー・グレンドン・ボールは〈火の玉《ファイアボール》〉のご子息でな」サー・カイルが緑色と灰色の騎士にいった。「失礼ながら騎士どの、お名前をうかがう栄誉を賜わってもよろしいか？」

「サー・ユーサー・アンダーリーフ。名のある人物の息子ではない」

アンダーリーフの緑色と灰色の服は、生地が上等で清潔、手入れもいきとどいていたが、仕立ては簡素だった。マントを留めているのは蝸牛《カタツムリ》を象《かたど》った銀の細工だ。アンダーリーフは語をついで、

「おぬしの騎槍《ランス》がその舌と同じほども鋭いなら、サー・グレンドン、そこな巨漢のご仁とも勝負することになろうな」

カップにワインがつがれるのをよそに、サー・グレンドンはちらとダンクに目を向けた。

「戦うことになれば、その男が敗れる。いくら体軀が大きかろうと関係ない」

ダンクは給仕が自分のカップにワインを満たすのを見ながら、

「おれは騎槍よりも剣のほうが得意なんだ」と打ち明けた。「戦斧《せんぷ》のほうが、もっと得意だ。

今回、模擬合戦《メレー》はあるのかな？」

ダンクの体軀と腕力は模擬合戦でこそ真価を発揮する。実力を存分に振るえる。しかし、馬上槍試合となると、別の技倆《ぎりょう》が必要になってくる。

「模擬合戦？　婚礼の場で、混戦をか？」サー・カイルが啞然《あぜん》とした声を出した。「それはないな」

サー・メイナードがくっくっと笑って、

「婚姻も混戦も変わらんよ。結婚した男なら、だれもがそういう」

サー・ユーサー・アンダーリーフものどの奥で笑った。

「気の毒だが、催されるのは馬上槍試合だけだ。だが、バターウェル公が約束したところによると、優勝者にはドラゴンの卵が与えられるほか、決勝戦で敗れた競技者にドラゴン金貨三十枚、準決勝で敗れた騎士にもそれぞれ十枚が与えられるという」

（金貨十枚か。悪くないな）

金貨が十枚あれば、乗用馬を一頭買える。そうなったら、サンダーに乗るのは戦いのときだけで、日頃の負担を軽くしてやれる。また、金貨が十枚あれば、エッグにも板金鎧一領をそろえてやれるし、ダンクの紋章である〝楡《ニレ》の大樹と流れ星〟を縫い取りした、まっとうな騎士の天幕もあつらえられる。

（金貨十枚あれば、鵞鳥《ガチョウ》のロースト、ハム、それに鳩のパイだって食える）

「試合に勝った者は、奪った武具の買い戻し金も手に入るしな」サー・ユーサーが黒パンをほじくり、皿に仕立てながら先をつづけた。「それに、試合結果を賭ける胴元が立つという話も出ているんだ。バターウェル公はリスクを冒すのが好きではないが、招待客のなかには気前よく賭ける者もいよう」

公の名前が出たとたん、それが合図ででもあったかのように、吟遊楽師たちがならぶ高い桟《さ》敷《じき》からファンファーレが鳴り響き、アンブローズ・バターウェルそのひとが大広間に入場してきた。ダンクもほかの者たちといっしょに起立した。バターウェル公は新妻と腕を組み、ミア産の華麗な模様が織りこまれた絨緞《じゅうたん》の上を公壇へ歩いていく。新婦はまだ十五で初花《はつはな》を咲かせたばかり、新郎の城主は五十で妻をなくしたばかり。新婦はピンクで、新郎は灰色だ。新婦のほうは、バターウェル家の紋章に合わせて、緑と白と黄の波線模様をあしらった長いマントを肩にとめ、うしろに引きずっている。そのおそろしく暑そうで重たそうな見た目に、あんなものを着てよくがまんができるものだなとダンクは思った。バターウェル公もやはり、暑くて重たそうな装いに身を包んでいる。その下あごはたるみ、亜麻色の髪はだいぶ薄い。

花嫁の父親は、若い息子の手を引き、娘のすぐうしろを歩いていた。〈関門橋《クロッシング》〉の領主、フレイ公である。フレイ公は細身で、青と灰色の優美な服を着用していた。跡継ぎのほうはあごのない四歳の少年で、鼻水をたらしている。両者の背後には、コスティン公とリスリー公が、それぞれの公妃とならんでつづいていた。公妃はどちらも、バターウェル公と最初の夫人の娘だ。さらにそのうしろにはフレイ公の娘たちが、それぞれの夫とともに歩いていた。そこからあとにつづくのは、血縁者ではない招待客たちで、ゴーモン・ピーク公を筆頭に、スモールウッド公とショーニー公、それよりも下位の諸公や、土地持ちの騎士たちだった。そのなかには、〈弦楽器《フィドル》弾きのジョン〉とアリン・コクショーの姿もあった。宴《うたげ》はまだ正式には始まっていないが、アリン公は少々聞こし召しているようだ。

全員がゆっくりと歩いて公壇上の各席につくと、高みのテーブルは下のベンチ席と同じく、ぎゅうづめの状態となった。テーブルの中央には、オーク材を金色に塗った、一対の立派な椅子が用意されている。バターウェル公と花嫁は、その椅子の上、ふかふかした羽毛入りのクッションに腰をおろした。ほかの者たちがすわるのは、肘かけに精緻な彫刻が施された、背もたれの高い椅子だ。公壇のうしろの壁には、梁《はり》から吊るされる形で、二枚の巨大な旗がかけられている。一枚はフレイ家の旗——灰色の紋地に青で描いた双塔の旗で、もう一枚はバターウェル家の、緑、白、黄の波線を描いた旗だった。

乾杯の音頭はフレイ公が取った。

「王に！」

まずひとこと、フレイ公はそういった。サー・グレンドンが酒杯をフィンガーボウル上にかかげる。ダンクも酒杯をかかげて、それにカチンと触れ合わせ、つぎにサー・ユーサーやほかの者たちとも同じようにした。全員が酒杯をかたむける。

「われらが仁愛深きバターウェル公に」とフレイ公はつづけた。「〈厳父〉が公に、長寿と多くの息子を授けてくださいますように」

一同、ふたたび酒杯をあおる。

「バターウェル公妃、乙女たる花嫁、わが愛しき娘に。〈慈母〉の慈悲により、つぎつぎと子宝に恵まれることを祈って」フレイ公は娘にほほえみかけた。「今年じゅうには孫の顔を見たいところだな。双子《ツインズ》を産んでくれるならもっといい。今夜は励めよ、バターをせっ《ウェル》せと掻きまわすのだぞ、愛娘《まなむすめ》や」

大広間に笑い声があがり、梁の走る天井にこだました。客たちは三たび、酒杯をあおった。赤ワインはこのうえなく芳醇だった。

ここでまた、フレイ公がいった。

「〈王の手〉ブリンデン・リヴァーズ公に。〈老嫗《ろうう》〉の角灯が、あの方を叡智《えいち》へと導きますように」

フレイ公は高々とゴブレットをかかげ、ワインを飲んだ。バターウェル公と花嫁をはじめ、公壇上のほかの者たちも同じようにした。だが、下座側では、サー・グレンドンがカップをひっくり返し、中身を床に捨てた。

「あたら上等なワインを、もったいない」メイナード・プラムがいった。

「身内殺しに捧げる酒杯はない」サー・グレンドンは応じた。「〈血斑鴉《けつぱんガラス》〉は妖術使いで、妾腹《しょうふく》だ」

「妾腹ではあるが」サー・ユーサーがおだやかな口調で指摘した。「公の父君である老王は、いまわのきわに嫡出子として認知なさっただろう」

そして、長々と酒杯をかたむけた。大広間に集《つど》った者たちは、サー・メイナードのほか、多くが同じようにした。しかし、それに迫るほど多くの者が、酒杯をかかげず、テーブルにもどすか、ボールと同じようにカップをひっくり返すかした。ダンクは手にした酒杯を下に降ろさずにおいた。カップにはなみなみとワインがつがれたままになっている。

〝〈血斑鴉〉に目の数いくつ？〟と謎かけにいう。〝目の数ぜんぶで、千と一〟

その後も乾杯はつづいた。音頭はフレイ公が取る場合もあったし、ほかの者が取る場合もあった。バターウェル公の主君であるまだ幼年のタリー公にも酒杯が捧げられた。ただし、当のタリー公は都合が悪いとのことで、出席を見送っていたが。ハイガーデン城の城主で、〈長き棘《とげ》〉ことレオ・タイレルに対しても、健康を祈って乾杯がなされた。うわさでは長く伏せっているそうだ。さらに、死せる勇者たちを偲《しの》んでも献杯が行なわれた。

（そうだな）とダンクは思った。（そのためなら進んで酒杯を捧げよう）

最後に音頭を取ったのは〈フィドル弾きのサー・ジョン〉だった。

「わが勇敢な兄たちに！　わたしは知っている。今宵、兄たちがほほえんでいることを！」

あすの馬上槍試合を控えて、ダンクはあまり酒を飲みたくなかったのだが、乾杯のたびにカップがすばやく満たされてしまう。それに、のどが渇いてもいた。

〝ワインをつがれたカップやエールで満たされた角杯《つのさかずき》はな、けっして断わるでないぞ〟と、かつてサー・アーランにいわれたことがある。〝つぎにありつけるのは、一年後かもしれんでな〟

（まあ、新郎新婦に乾杯しないのは非礼というものだし）とダンクは自分に言い聞かせた。

（見知らぬ者たちがうようよしている場所で王と〈王の手〉に乾杯しないのは、危険というものだ）

さいわいなことに、〈フィドル弾き〉の音頭が乾杯の締めくくりとなった。ここでバターウェル公が重々しく立ちあがり、わざわざ足を運んでくれた訪問客らに謝意を述べ、あすは立派な馬上槍試合を開いてみせると約束した。

「それでは、宴をはじめるとしよう！」

公壇のテーブル上に、まずは哺乳《ほにゅう》仔豚の丸焼きが供された。つづいて、ローストしてから羽毛で飾った孔雀《クジャク》と、砕いたアーモンドの衣をつけて揚げた、大きな川梭魚《カワカマス》が。もちろん、下座のほうには、そんな豪勢な料理は出てこない。仔豚の丸焼きの代わりに出てきたのは、塩漬け豚の乾し肉をアーモンド・ミルクにひたしてもどし、胡椒をたっぷりまぶして焼いたものだった。孔雀のローストの代わりは肥育鶏のローストで、皮はパリッと旨そうな狐色に焼きあがり、内側には玉葱、香草、茸、焼き栗のスタッフィングが詰めてあった。川梭魚の代わりは鱈《タラ》で、白いほぐし身をコクのある茶色のソースで和《あ》えてから、パイ皮で包んである。ソースがどういう類《たぐ》いのものかは、ダンクにはよくわからなかった。ほかに出された料理は、豌豆豆《エンドウマメ》のかゆ《ポリッジ》、蕪《カブ》のバターソテー、蜂蜜をたらした茹で人参や、〈茶色の楯のベニス〉にも負けないほど強烈なにおいをただよわせた、熟成の進んだ白黴《しろカビ》チーズなどだった。ダンクはもりもり食べたが、そのあいだも、郭に残してきたエッグのことがずっと気になっていた。あの子はちゃんと食べているだろうか。万一に備えて、肥育鶏の半身をマントのポケットにすべりこませた。パンの小さな塊をいくつかと、くさいチーズ少々もだ。

　食事中は、笛やフィドルの陽気な調べが大広間を満たす中、座はあすの馬上槍試合の話で持ちきりになった。

「三叉鉾河《トライデント》の、緑の支流《フォーク》流域だと、とくに武名高きは、サー・フランクリン・フレイだな」

ユーサー・アンダーリーフがいった。この地域の英雄にはくわしいようだ。「それ、公壇の上にいるあのご仁、花嫁の叔父がそうだ。ルーカス・ネイランドは魔女の沼地《ハグズ・マイア》からきた男で、これもけっして侮れん。〈鋏み割りの蟹爪岬《クラッククロー・ポイント》〉からきたサー・モーティマー・ボッグズもだ。以上の猛者《もさ》を除けば、あすの試合は、大家《たいけ》おかかえの騎士たちと、地域の英雄たちの勝負に終始するだろう。ずぬけているのは、カービー・ピムと〈緑のガルトリー〉か。とはいえ、このふたりといえども、バターウェル公の義理の息子、〈黒のトム〉ことトマード・ヘドルにはかなうまい。これがかなりの強者《つわもの》で、主君バターウェル公の長女を獲得したときには、試合で他の求婚者を三人殺している。一度、キャスタリーの磐城《・ロック》の城主を落馬させたこともある」

「ほほう、若きタイボルト公をかい？」サー・メイナードがたずねた。

「ちがう、〈灰色の獅子〉老のほうだ。春に亡くなった、あのご老」

〈春の疫病大流行〉で死亡したことを指すとき、人は〝春に亡くなった〟という表現を使う。

（あのご仁、春に亡くなっていたのか）

〈春の疫〉では何千何万もが命を落とした。そのなかには、王とふたりの若きプリンスをも含む。

「サー・ビューフォード・ブルワーも侮れんぞ」〈猫のカイル〉がいった。「なにせあの〈老特牛《こというし》〉どの、〈赤草が原〉の合戦で四十人も殺しておるでな」

「しかし、年々、その合戦で殺したと称する人数は増えるいっぽうだ」サー・メイナードがいった。「ブルワーの時代は終わったよ。見ろ、あの姿。六十過ぎて、からだがなまりはて、脂肪の塊になっている。右の目は見えないに等しい」

「優勝者を予想して、大広間を見まわす必要はないぞ」ふいに、ダンクの背後で声がいった。「優勝するのはこのおれだ。刮目《かつもく》して待て、諸君」

ダンクはふりかえった。そこに〈フィドル弾きのサー・ジョン〉が立ち、薄く笑いながら一同を見おろしていた。白いシルクの胴衣《ダブレット》の袖からは、赤いサテンの長い縁飾りがたれて、その先端はひざ下まで届いている。重い銀鎖の首飾りには、環のひとつひとつに大きな暗い紫水晶《アメジスト》が埋めこんであった。こうして見ると、暗い目の色が紫水晶に似ているようでもある。

（この首飾りひとつで、おれの持ちものすべてを購《あがな》えるな）とダンクは思った。

頬をワインで赤く染め、にきびを赤く色づかせて、サー・グレンドンがいった。

「何者だ？　ずいぶんと大言壮語を吐いてくれるが」

「おれは〈フィドル弾きのジョン〉と呼ばれている」

「楽師か、戦士か、どっちだ？」

「たまたま、騎槍でもフィドル用の弓でも美しい音色を奏でられるので、この名があるんだ。

婚礼の儀に吟遊詩人はつきもの、馬上槍試合には謎の騎士がつきもの。さて、こちらの席に混ぜてもらってもよろしいか？　バターウェル公も親切に公壇に席を用意してくれはしたが、ふくよかで血色よき貴婦人たちや老人たちといるより、わが輩《ともがら》である草臥しの騎士たちといっしょにいたほうが楽しいというものだ」そこで〈フィドル弾き〉はダンクの肩をぽんとたたいて、「すまんが、すこし詰めて、場所をあけてくれるか、サー・ダンカン」

ダンクはできるだけ場所を詰めながら、「あいにく、もう料理が残っていなくてね」といった。

「かまわんかまわん。バターウェル公の厨房の場所は知っている。しかしワインなら、まだすこしはあるだろう？」

〈フィドル弾き〉はオレンジとライムの芳香をただよわせていた。ほのかに香るのは東方の奇妙な香料のようだ。たぶん肉豆蔻《ナツメグ》だろう。むろん断言はできない。そもそも自分ごときが、ナツメグのなにを知っているというのか。

「おまえの大言壮語は耳ざわりだ」サー・グレンドン・ボールがいった。

「そうか？　だったら、赦しを乞わねばならないな。〈火の玉《ファイアボール》〉のご子息どのに無礼を働く気は毛頭なかったんだがね」

サー・グレンドンは驚き顔になった。

「おれがだれだか知っているのか？」

「父親の息子だろう。だといいがな」

「お！」〈猫のサー・カイル〉がいった。「ウェディング・パイが運ばれてきたぞ」

厨房の者が六人、大広間の入口を通り、幅の広い台車にパイを載せて押してきた。パイはばかでかく、表面は香ばしい狐色に焼きあがっている。中からは騒々しい音が響いており、さまざまなさえずりや鳴き声に混じって、なにかがパイ生地にぶつかるような音もしていた。バターウェル公と公妃が、剣を手に公壇を降りてきて、パイを迎えた。ふたりで剣を手に持ち、パイを半分に切り分ける。たちまち、中から五十羽の鳥がいっせいに飛びだしてきて、大広間を飛びまわりだした。これまでダンクが参列したことのある披露宴で、ウェディング・パイに大量に詰めてある鳥といえば、鳩や雀だった。だが、このパイに詰めてあったのは、青懸巣《アオカケス》に雲雀《ヒバリ》、大型種と小型種の鳩、真似鶫《マネシツグミ》、小夜啼鳥《サヨナキドリ》、小さな茶色い雀、大きな赤い鸚鵡《オウム》などだった。

「鳥はぜんぶで二十一種か」サー・カイルがいった。

「鳥の糞も二十一種だな」これはサー・メイナードだ。

「貴殿には詩心というものがないのかね」

「あんたの肩にも糞が落ちてるぞ」

「パイに鳥を詰めるとなると、これこそ正しいありかたなんだ」サー・カイルが糞をぬぐいとり、鼻を鳴らしながら解説した。「結婚を祝うパイだからな。そして、現実の結婚には、さまざまなことがらがつきまとう。喜びと悲しみ、苦しみと楽しみ、情愛と情欲と忠誠――。それゆえに、さまざまな種類の鳥を入れておくのが正しいやりかたなのだよ。新婦が新郎にどのような恵みをもたらすのかは、だれにもわからんしな」

「もたらすのは女陰《にょいん》だろ」メイナード・プラムがいった。「それ以外、結婚になんの意味があるというんだ」

　ダンクはテーブルに手をつき、立ちあがった。

「ちょっと外の空気を吸ってくる」ほんとうは尿意をもよおしたからだが、こんなお上品な連中の前では、こういう言い方をしたほうが無難に思えたのだ。「しばし、失礼」

「早々にもどってこいよ」〈フィドル弾き〉がいった。「そろそろ投げ物曲芸師《ジャグラー》が出てくるころだ。床入りの儀式も見のがす手はないぞ」

　屋外に出るなり、夜風の洗礼を受けた。巨大なけものの舌でなめられたような感じだった。踏み固められた郭の地面が、足の下で揺れているようだ。それとも自分のほうがふらついているのか。

　馬上槍試合の会場は外郭《そとぐるわ》中央に設けられていた。城壁の手前には木造で三階層の観覧席が建ててある。バターウェル公と高貴な招待客たちは、城壁の陰で陽射しから護られながら、クッションのきいた椅子にすわり、試合を観覧できるわけだ。試合場の両端には何張りものの天幕が立ててあった。騎士たちはあそこで鎧を身につけることになる。試合用の騎槍《ランス》を立てかける槍架《そうか》もできあがっていた。おりしも、一陣の風が吹いてきて、しばしあちこちの旗をはためかせ、それとともに、走路を区切る木柵に塗られた白い水漆喰《しっくい》のにおいも運んできた。おもむろに内郭《うちぐるわ》を探して歩きだす。エッグを見つけだし、試合の管理者を見つけさせ、サー

・ダンカンの名前を登録させなくてはならない。それは従士の務めなのだ。

もっとも、白亜の壁というのがもの珍しかったので、ダンクは城内を見物しながら内郭に向かった。いつのまにか犬舎に近づいていたらしく、猟犬たちがダンクのにおいを嗅《か》ぎつけ、盛んに吠えだした。

（おれののどを咬み裂きたいのか……そうでなければ、おれのマントに入れてある肥育鶏を食いたいのか、どっちかだな）

そこで折り返し、きた道をたどるうちに、聖堂《セプト》の前を通りかかった。いきなり、ひとりの女が息も絶えだえに笑いながら物陰から飛びだしてきて、すぐ目の前を走りすぎていった。その背後からは、頭の禿げた騎士が懸命に追いかけてくる。だが、騎士が何度もこけるため、とうとう女は引き返してきて、騎士が立ちあがるのに手を貸した。

（いますぐセプトにすべりこんで、〈七神〉に祈ろうか——最初に戦う相手が、あの騎士でありますようにと）いいや、そんな願いごとをするのは不敬というものだ。（いまのおれに必要なのは用を足す場所であって、祈る場所じゃない）

ほど近くに茂みがあった。奥は白亜の階段の下になっている。あそこでやってしまおう。手さぐりしながら、茂みの陰にまわりこみ、半ズボンのひもをほどく。膀胱《ぼうこう》が破裂しそうになっていた。放尿はいつはてるともなくつづいた。

そのとき——上のほうで扉が開く音がした。足音が階段を降りてくる。長靴の裏が石段をこする音……。

「――貴公が見せたのは絵に描いた餅にすぎん。〈鋼の剣《ビタースティール》〉がいなければ……」

「〈鋼の剣〉など知ったことか」聞き覚えのある声がいった。「妾腹《めかけばら》は信用できん。いくらあの男でもだ。幾度か戦勝してみせれば、あの男もいそいそと海を渡ってくるだろう」

（これはピーク公だ）ダンクは息を殺し……小便もこらえた。

「勝利するとはいうが、いうはやすしで、実戦ではそうそう簡単に勝てるものではないぞ」

こちらの声はピークの声より低く、深い響きをともなっていた。怒っているようでもある。

「血の代わりに乳が流れる軟弱な老公は、あの若いのが旗標《はたじるし》になるだろうと期待している。ほかのみんなもだ。しかし、いくらことば巧みであろうが、人を引きつける魅力があろうが、それだけでは足りん」

「ドラゴンがいるとなれば話がちがってくる。御曹子は、あの卵がきっと孵《かえ》るといわれた。夢に見られたそうだ。かつて兄上たちが死ぬところを夢に見られたのと同じように。生きたドラゴンさえいれば、必要なだけの武力はたやすく揃う」

「夢に見たからといって、ドラゴンが孵る保証はあるまい。いっておくがな、〈血斑鴉〉は断じて夢になど頼りはせぬ。われらに必要なのは戦士だ。夢見る者ではない。そもそもあの若いの、ほんとうに父親の息子なのか？」

「いいから、約束どおり、貴公は自分の役割をまっとうし、御曹子の件はこちらにまかせておけ。わが一党にバターウェルの金力とフレイの武力が加われば、ハレンの巨城《ホール》も同調する。ブラッケン家もだ。オソウ・ブラッケンならば、この勢いに抗しえぬことは……」

ふたりが遠ざかるにつれて、話し声は聞こえなくなっていった。ダンクの小便がふたたび流れだす。ようやく放尿がおわると、一物を振り、半ズボンのひもを締めた。

「父親の息子か……」とつぶやく。

だれのことだろう？　〈火の玉《ファイアボール》〉の息子のことか？

階段の下から出たとき、例のふたりは内郭のずっと遠くまで離れ去っていた。大声で呼びかけて、ふりかえった顔を見てやろうか。だが、さすがにそれは思いとどまった。こちらはひとりだし、武器もない。おまけにほろ酔いかげんとくる。

（いや、ほろ酔い程度ではすまないな）

眉をひそめたまま、その場に立ちつくして、しばし考えた。それから、大広間に向かって歩きだした。

大広間に入ると、最後の料理が供され、余興がはじまっていた。フレイ公の娘のひとりがハイハープを持ちだして、『ふたりの心臓はひとつのごとくに搏《う》つ』を演奏してみせたが、これはかなり下手くそだった。つぎにジャグラーたちが登場し、火のついた松明《たいまつ》をしばらく交互に投げ合った。そのあとは宙返り曲芸師《タンブラー》が出てきて、空中でたてつづけに何度も側転を披露した。フレイ公の甥が「熊だ、熊だ、麗しの乙女！」と歌いだすと、サー・カービー・ピムが木の匙でテーブルをたたいて拍子をとりはじめ、ほかの招待客たちも歌に加わって、大広間じゅうに「熊だ！　熊だ！　黒くて茶色で毛むくじゃら！」の大合唱が響きわたった。

キャスウェル公はテーブルにつっぷし、ワインだまりに顔をつけている。ヴィアウェル公の夫人が急にさめざめと泣きだしたが、どうして泣いているのかはだれにもわからない。

　そのあいだにもずっと、絶えることなくワインが供されつづけた。芳醇なアーバー島産の赤ワインに代わって出されたのは、地元産のヴィンテージだった。すくなくとも〈フィドル弾き〉の話によれば、そうだ。もっともダンクには、両者のちがいなど皆目わからないが。ほどなく香料入りワイン《ヒポクラス》も出された。これはもう、一杯試してみないわけにはいかない。

（つぎにありつけるのは、一年後かもしれないからな）

　まわりの席では、草臥しの騎士たちがこれまでに知った女たちのことを語りあっていた。こうして酔っぱらっていると、みんな気のいい男たちだ。気がつくとダンクは、タンセルはどうしているだろうと考えていた。レディ・ローアンがどこにいるのかはわかっているので――いまごろは冷濠城《ひやぼり》でベッドに横たわり、そのとなりにはサー・ユースタス老が寝ていて、口髭をふるわせながら、いびきをかいているのだろう――考えないことにした。

（タンセルもレディも、おれのことを考えるときがあるんだろうか）

　そのとき、鬱々《うつうつ》とした思いは乱暴に断ち切られた。車輪つきの木豚《もくぶた》の腹部から、からだに派手な色を塗りたくったこびとの一団が飛びだしてきて、バターウェル公の道化を追いかけだしたのである。あちこちのテーブルのあいだをぬいながら道化を追いまわし、膨らませた豚の膀胱でひっぱたくたびに、ブッと放屁《ほうひ》のような音がする。それはここ何年かでダンクが見た、もっとも可笑《おか》しい芸であり、ほかのみんなといっしょに、腹をかかえて大笑いした。

フレイ公の息子は興が乗るあまり、こびとたちに加わって、ひとりから奪った膀胱で婚礼の招待客たちをたたきはじめた。その子があげる笑い声――かんだかいしゃっくりのような、ヒッヒッヒッという異様な笑い声は、かつてダンクが耳にしたなかで、もっとも癇《かん》にさわる笑い声だったので、ひざの上に腹を乗せて尻をひっぱたくか、井戸に放りこんでやりたいという気持ちが強烈にこみあげてきた。それも腹の底からだ。

（あの膀胱でおれをぶったら、ほんとうにそうしてやる）

あごのないクソガキが喚《わめ》きながらそばを通りすぎたあと、サー・メイナードがいった。

「この結婚の立役者はな、あのぼっちゃまなんだぜ」

「どういうことだ？」〈フィドル弾き〉がきき、空のワインカップを横に差しだした。

通りかかった給仕がすかさずワインをつぐ。

サー・メイナードは公壇に顔を向けた。花嫁が花婿に桜桃《チェリー》を食べさせているところだった。

「あのスコーンにバターを塗るのは、城主どのがはじめてじゃないんだよ。うわさによると、花嫁は双子城《ツインズ》で、厨房の下働きに花を散らされたそうだ。その後も夜な夜な厨房を訪ねては、その下働きと密会をしてたんだが、ある晩のこと、花嫁の弟、つまり、あそこで膀胱を振りまわしてるクソガキが、そうっと姉のあとをつけていった。そして、姉と下働きがひとつになって睦《むつ》みあってるのを見たとたん、金切り声を張りあげたんだ。たちまち料理人や衛兵が駆けつけてきた。見ると、公女《ミレディ》さまと下働きが、ふだん料理人がパン生地を延ばすのに使う大理石板の上で絡みあって、真っ白になってるじゃないか。どちらも産まれてきた日と同じように、一糸もまとわず、頭から足の先まで粉まみれのありさまで」

（そんなこと、ほんとうにあったはずがない）とダンクは思った。

　バターウェル公は広大な所領を持ち、圧倒的財力を誇る。かくも富裕な人物が、どうして厨房の下働きに花を散らされた娘などと結婚したあげく、結婚を祝う試合の優勝者に対し、褒美としてドラゴンの卵などを下賜《かし》しなければならないんだ？　〈関門橋《クロッシング》〉のフレイ家は、けっしてバターウェル家よりも家格が高いわけではない。所有しているのが牝牛ではなく、関門橋というだけで、ほかにちがいはない。

（まあ、貴族のすることだ。ふつうの人間に連中を理解できるはずもない）

　ダンクは木の実を食べ食べ、小用を足しているときに漏れ聞いたあの会話の意味を考えた。

（酔っぱらい《ドランク》のダンク、おまえが聞いたあれを、なんだと思ってるんだ？）

　ヒポクラスをもう一杯飲んだ。最初の一杯がじつに旨かったからだ。ついで、テーブルの上で腕を組み、そこに頭を乗せ、目をつむった。大広間にただよう煙から目を休めるため、ほんのすこしだけ、目をつむるつもりだった。


　つぎに目をあけたときには、招待客の半数が立ちあがり、声をそろえて叫んでいた。

「床入りだ！　床入りだ！」

　狂騒的な大騒ぎに、ダンクはいやでも目を覚まさざるをえなかった。ついいましがたまで、〈背が高すぎのタンセル〉と〈紅後家蜘蛛《べにごけぐも》〉が出てくるという、心地よい夢を見ていたのに。

「床入りだ！　床入りだ！」

　同じ唱和が延々とくりかえされている。ダンクはつっぷしていたテーブルから身を起こし、目をこすった。

　サー・フランクリン・フレイが花嫁を両腕に抱き、テーブルのあいだの通路を歩いてくるところだった。両人のまわりを、老人と若者とを問わず、男たちが取りかこみ、いっしょになって歩いている。公壇上のテーブルでは、貴婦人たちがバターウェル公に群がっていた。ヴィアウェル公妃は悲しみから覚めたらしく、城主を椅子から立ちあがらせようとしている。そのかたわらで、城主の娘のひとりが父親の長靴《ちょうか》のひもをほどき、フレイ家の女のひとりは城主の上着を剥ごうとしていた。バターウェル公は女たちを押しのけようとしてはいるが、あまりうまくいっていない。ただし――公は笑っていた。酔っぱらってるんだ、とダンクは思った。それに、サー・フランクリンもしこたま酔っている……いまにも花嫁を取り落としそうなほどに。ようやく、なにが起きているかがわかりかけてきたとき、〈フィドル弾きのジョン〉がむりやりダンクを立ちあがらせて、

「この男だ！」と叫んだ。「この巨人に花嫁を運ばせろ！」

　それから先はあれよあれよという間に事態が進み、気がついたときには、身をくねらせる花嫁を両腕に抱いて塔の階段を昇っていた。どうやって倒れずにいられたのかは、自分でもよくわからない。若い花嫁が身をくねらせているのは、まわりにひしめく男たちが、花嫁に粉をまぶせだの、よくこねてやれよだの、野卑な冗談を飛ばしながら、しきりに花嫁衣装を

引っぱっては、脱がせようとしているからだろう。例のこびとたちも騒ぎに加わっていた。ダンクの脚の周囲に群がって声高に叫び、けたけた笑いながら、あの豚の膀胱袋をダンクのふくらはぎにたたきつけてくる。ダンクとしては、こびとを踏んづけて転ばないようにするだけでせいいっぱいだった。

バターウェル公の寝室がどこにあるのかは知らなかったが、ほかの男たちに押しやられ、つつかれていくうちに、どうにか寝室にたどりついた。この時点でもう、顔を真っ赤にして笑っている花嫁は、ほぼ全裸になっていた。残っている衣類は、寝室まで昇ってくるまでのあいだ奇跡的にも脱がされずにすんだ、左脚の長靴下だけだ。ダンクも顔が真っ赤になっている。酔ったまま重労働しているせいもあるが、それだけではない。

興奮していることは、だれかに股間を見られたら一目瞭然だっただろう。だが、さいわい、周囲の目は花嫁だけに注がれていた。バターウェル公妃はちっともタンセルに似ていない。しかし、ほぼ全裸で身をくねらせる娘を腕に抱いているうちに、人形遣いの娘のことが思い浮かんできた。

(みんなに〈背が高すぎのタンセル〉と呼ばれるが、おれにとっては高すぎない女《ひと》だった)

もういちどタンセルに巡り合う機会があるだろうか。かつては何夜か、これはタンセルのことを夢に見た結果だな、と思える晩もあった。

(しっかりしろ、うつけ《ランク》。おまえはタンセルが自分を好いているという夢を見ただけだ)

室内にまで入ってみると、バターウェル公の寝室は大きくて豪奢《ごうしゃ》だった。床にはミア産の絨緞が敷きつめてあり、部屋の各所や隅には百本もの芳香蠟燭《ろうそく》が灯《とも》されている。扉の横には、黄金と宝石を象嵌《ぞうがん》した、一領の板金鎧が立てられていた。塔の外壁をなす石壁の内側を削りだした壁龕《へきがん》には、専用の厠《かわや》まである。ここで小用を足すと、細い坑をつたって、小水が塔の下まで落ちていく仕組みらしい。

　やっとのことで、ダンクは花嫁を新婚夫婦のベッドに横たえさせた。たちまち、こびとのひとりが花嫁の横に飛び乗って、片方の乳房をわしづかみにし、揉みしだきだした。花嫁が苦痛の声をあげる。男たちがどっと笑った。ダンクはそのこびとの襟首をつかんで持ちあげ、ム＝レディから引っぺがし、寝室の外にたたきだすべく、扉のほうへ運びだした。

　ドラゴンの卵を見たのは、その途中でのことだった。

　大理石の台座の上の、黒いベルベットのクッション上に、バターウェル公は卵を安置していたのである。鶏の卵よりずっと大きいが、想像していたほど大きくはない。表面は細かい赤の鱗《うろこ》でおおわれており、ランプや蠟燭の光を浴びて、宝石のようにきらきらと光り輝いている。ダンクはこびとを放りだすと、卵を手にとった。すこしでいいから感触をたしかめてみたかったからだ。卵は予想よりも重かった。

（人の頭にたたきつけたくらいでは、割れそうにないな）

　指に触れる鱗はすべすべしていた。じっと見つめたまま、卵をひっくり返す。その動きに合わせて、卵の表面が、深く豊かな赤いきらめきを放った。

（〝血と炎〟か）

しかし、その表面には、黄金の小斑も鏤《ちりば》められていた。闇夜を思わせる漆黒の螺旋《らせん》模様も走っている。

「――そこのおまえ！　なんのつもりだ？」

見ると、知らない騎士が自分をにらみつけていた。大きな男だ。石炭のように黒い顎鬚をたくわえて、顔のあちこちには腫れ物がある。だが、見た目よりもダンクを驚かせたのは、その声だった。怒りをにじませた、深く響くこの険しい声は――。

（この男だ。小便をしていたとき、ピークと話をしていたのは、この男だ）

騎士はつづけた。

「そいつをもどせ。脂じみた指で城主どのの宝物《ほうもつ》に触れるな。もどさぬのなら、〈七神〉にかけて、その指をなくすことになるぞ」

騎士はダンクほどには酔っていない。ここはこの騎士のいうとおりにしたほうが身のためだろう。卵をそうっとクッションにもどし、袖で指をぬぐう。

「いや、その、悪気はなかったんだ」

（うつけ《ランク》のダンク、鈍なること城壁のごとし）

そして、黒い顎鬚の男を押しのけるようにしてそばを通りぬけ、扉の外に出た。

階段吹きぬけは浮かれ騒ぐ声であふれていた。歓喜の叫び、けらけらという娘の笑い声。女たちがバターウェル公を花嫁の褥《しとね》に導いてこようとしているらしい。公の一行と鉢合わせしたくなかったので、ダンクは階段を降りるかわりに、階上へ昇った。すこし昇っただけで屋上に出た。頭上には満天の星がまたたいており、まわりのいたるところで、月光を浴びた白亜城の壁が白く玲瓏《れいろう》の輝きを放っていた。

　ワインでふらふらしていたので、胸壁にもたれかかる。

（これは……吐くかもしれんな）

　なぜ自分はドラゴンの卵に手を触れたりしたんだろう。タンセルの人形芝居を思いだす。あの木彫のドラゴンこそは、アッシュフォードの揉めごとの発端だった。あのときのことを思いだすと、いつものように気がとがめ、胸が痛む。

（三人の立派な人物が死んだ。草臥しの騎士ごときの手足を救うために）とてもではないが、帳尻が合わない。あの件とは、折り合いがつけられた例《ためし》がなかった。（あの一件から教訓を学んだらどうだ、ランク？　おまえのようなやからが関わっていいものじゃないんだぞ——ドラゴンにも、ドラゴンの卵にも）

「……おお、まるで雪でできているようだな」背後から声がかかった。

　ダンクはふりかえった。うしろには〈フィドル弾きのジョン〉が立っていた。シルク地の金襴《きんらん》の服に身を包み、ほほえみを浮かべている。

「なにが雪でできているですって？」

「この城だよ。白亜が月光に照らされて雪のようだ。地峡《ネック》より北にいったことはあるかい、サー・ダンカン？　あちらでは真夏でさえ雪が降るそうだぞ。〈壁〉を見たことは？」

「ありません、ム＝ロード」（なぜ〈壁〉の話などする？）「しかし、北部はわれわれの、エッグとおれの目的地です。北へ――ウィンターフェル城へいこうとしてるんです」

「できれば同行したいものだな。きみならおれに道を示してくれそうだ」

「道？」ダンクは眉をひそめた。「〈王の道〉をまっすぐ北上すればいいだけのことですよ。道からはずれさえしなければ、迷うことはない」

〈フィドル弾き〉は笑った。

「そのとおりだろうが……しかし、人がいかにたやすく道を踏みはずすか知ったら、きっときみは驚くぞ」〈フィドル弾き〉は胸壁に歩みより、白亜城を見わたした。「北部の連中は野蛮な民族であるといわれる。北部の森には狼がうようよしているという」

「ム＝ロード？　塔の上まで、なにをしに？」

「アリンのやつがおれを探していたのでね、見つかりたくなかったのさ。アリンという男は、酔っぱらうとめんどうくさいんだ。きみが恐怖の寝室から脱け出すところを見かけたので、これ幸いと脱け出して、あとを追いかけてきたんだよ。ワインを過ごしたのは認める。だが、はだかのバターウェル公を見ても平気なほどには酔っていない」そこで〈フィドル弾き〉は、ダンクに謎めいた微笑を向けた。「きみの夢を見たんだ、サー・ダンカン。きみと出会ったあのときよりも前にね。それゆえ、街道できみを見たときは、ひと目できみだとわかった。まるで旧友に再会したような思いだったな」

　ダンクはひどく奇妙な感覚をいだいた。ずっと前にも、まったく同じことをいわれたからである。

（〝きみの夢を見た〟とあのひとはいった。〝わたしの夢はきみたちの夢とはちがうんだ、サー・ダンカン。わたしの夢は現実になるんだよ〟と）

「おれの夢を見た？」ワインで鼻にかかった声で、ダンクはいった。「どんな夢です？」

「その夢ではな。きみは頭から足まで白一色に身を包み、広い肩から、長い純白のマントをなびかせていた。きみは白き剣――〈王の楯《キングズガード》〉の誓約の剣の一員、七王国全土で最高の騎士だった。そしてきみは、自分の王を護り、その王に仕え、王を喜ばせること――それだけのために生きていた」ダンクの肩に手をかけて、「きみも同じ夢を見たことがあるはずだな。いや、見たことは知っているんだ」

見たことはあった。それは事実だ。

（あれは、そう、老士がはじめて剣を握らせてくれたときのことだった）

「〈王の楯《キングズガード》〉の一員になる――それはどんな男の子も憧れる夢です」

「ただし、長じてほんとうに純白のマントを着られる男の子は、一世代のうちで七人だけだがね。そのひとりになれると思うと、わくわくしないか？」

「このおれが？」ダンクは肩をすくめ、肩を揉みはじめていた相手の手からそっと逃れた。

「さあ、どうだろう」

〈王の楯《キングズガード》〉の騎士は死ぬまで王に仕え、妻を娶《めと》らず、土地を持たないことを誓う。

（いつの日か、またタンセルに会えるかもしれない。先に、妻をもらい、息子たちを儲けることも充分に考えられる）

「おれがどんな夢を見ようと、それでどうこうなるわけじゃなし。人を〈王の楯《キングズガード》〉の騎士にできるのは、王だけなんですから」

「きみを〈王の楯《キングズガード》〉に加えるためには、おれが〈玉座〉につかねばならないようだな。そうなったら、フィドルの弾き方を教えてやりたいところだ」

「酔っぱらってるんですね」

（〝黒い鴉が黒い使い鴉にいった、こいつめ、おまえは真っ黒だ〟。同じだな。おれも同じく酔っぱらってる）

「おう、心地よく酔っているぞ。ワインはあらゆることを可能にしてくれるものだ、サー・ダンカン。白ずくめのきみは神々しく見えるはずだが、白がお気に召さないというのなら、貴族にしてやろうか？」

　ダンクはあからさまに笑った。

「いやいや、そいつは、〝大きな青い翼を生やして大空を飛びたい〟というのと変わらない。それもこれも、見果てぬ夢です」

「韜晦《とうかい》じみたことをいう。真《まこと》の騎士は、上意をはぐらかしたりしないものだぞ」〈フィドル弾き〉は傷ついたような声を出した。「ドラゴンが孵《かえ》るさまを見るときは、おれのことばをもっと真剣に受けとってもらいたいな」

「ドラゴンが孵る？　生きたドラゴンが？　どこで？　ここで？」

「夢に見た。この白亜の城、きみ、卵から孵るドラゴン、すべてを夢に見た。かつて、わが兄たちが死んで横たわる姿を夢に見たときと同様に。あの夢を見たのは、兄たちが十二歳、おれが七歳のときだった。兄たちはおれを笑ったが、結局、死んだ。いまのおれは二十二歳。そして、自分の見た夢をおれは信じる」

ダンクはかつての馬上槍試合の前夜を思いだしていた。あの晩、春の霧雨が降る中、もうひとりのプリンスと歩いたときのことだ。

〝夢に見たのは、きみと――死んだドラゴンだ〟と、あのとき、エッグの兄君、ディロンはそういった。〝これがまた、とてつもなく巨大な怪物でな。広げた翼は、この牧草地を蔽《おお》いつくせるほどに大きい。その怪物が、きみの上にのしかかっている。しかし、きみは生きていて、ドラゴンは死んでいた〟

そのことばのとおりに、あわれベイラー太子は亡くなった。だが、夢というのは不確実な地盤だ。その上にはとても建物など建てられない。

「それはまあ、お好きに、ム＝ロード」ダンクは〈フィドル弾き〉にいった。「それでは、わたしはこれで失礼します」

「どこへいく気だ？」

「ベッドへ、眠るために。もう犬みたいだ《べろんべろん》」

「だったら、おれの犬になれ。今宵は約束に満ちている。いっしょに吠えて、神々を目覚めさせようじゃないか」

「おれになにを望むんです？」

「わが剣になることをだよ。おれの直臣《じきしん》として取り立てたい。高い地位につけてもやろう。わが夢はうそをつかないんだ、サー・ダンカン。きみはかならずや、白いマントをまとう。そしておれは、きっとドラゴンの卵を手に入れる。そう決まっているのさ、夢ではっきりと見たんだから。おそらく、その卵は孵るだろう。さもなくば……」

そのとき、背後の階段に通じる扉が荒々しく開いた。

「ここにおられます、閣下」

ふたりの兵士が屋上に出てきた。そのうしろには、ゴーモン・ピーク公の姿があった。

「ゴーミー」〈フィドル弾き〉は酒で少々ろれつのまわらない声でたずねた。「どうした？おれの寝室でなにをしてる？」

「ここは屋上だ。すっかりできあがりおって」ゴーモン公が鋭い動きで合図した。ふたりの兵士が進み出てきた。「ベッドにいく手伝いをさせてもらう。あすは馬上槍試合に出るのだ、それを忘れるな。カービー・ピムは危険な敵になりそうだぞ」

「おれとしては、ここにいるサー・ダンカンと仕合《しあ》ったほうがいいな」

ピーク公はダンクにひややかな目を向けた。

「あとでそういう機会があったらな。とにかく、最初の相手は、籤《くじ》の結果、サー・カービー・ピムと決まっているんだ」

「だったら、ピムはかならず負ける！　ほかの連中もみんな負ける！　謎の騎士は挑戦者を片端から薙《な》ぎ倒し、通ったあとに驚異の渦を残していくんだ」兵士のひとりが、〈フィドル弾き〉の腕をとった。階段のほうへ引っぱっていかれながら、〈フィドル弾き〉はダンクに呼びかけた。「サー・ダンカン、どうやら、お別れせねばならんらしい」

やがて屋上にはゴーモン・ピーク公だけが残り、ダンクに向かって唸るような声でいった。

「草臥しの騎士よ——母親から教わらなかったのか、ドラゴンのあぎとに手をつっこんではならぬと」

「あいにく、母は知らないものでね、ム＝ロード」

「それで説明がつく。ここでどんな約束をされた？」

「貴族の地位を。白いマントを。大きな青い翼を」

「こんどはわしの約束を聞け。ここであったことを、ひとことでも口外してみろ、その腹に突きたててやる——長さ一メートルの冷たい鋼《はがね》をな」

頭をはっきりさせようとして、ダンクは首をふった。それが悪かったのか、いきなり身をふたつに折り、げーっと吐いた。

嘔吐《おうと》物《ぶつ》の一部がピークの長靴《ちょうか》にかかった。ピークは毒づいて、

「草臥しの騎士というやからは、これだから！」と、見さげはてたように叫んだ。「ここはきさまらごときのくるところではない。まともな騎士が、招かれもせぬのにのこのこやってくるものか。それなのに、きさまら草臥しのクズどもときたら……」

「どこからも望まれることなく、どこにでも現われる。それが草臥しの騎士というものです、ム＝ロード」

ワインのせいで気が大きくなっていたらしい。そうでなかったら、けっしてこんなことはいわなかっただろう。手の甲で口をぬぐう。

「わしがいったことば、くれぐれも肝に銘じておけよ。さもなくば、まずい立場に置かれることになるぞ」

ピーク公は足を振って、長靴についたゲロを飛ばした。それを最後に、公は立ち去った。

ダンクはふたたび胸壁にもたれかかった。あのふたりのうち、いっそういかれているのは、どっちだろう。ゴーモン公か、〈フィドル弾き〉か。

千鳥足で大広間にもどってみると、仲間うちではメイナード・プラムだけが居残っていて、こんなことをたずねてきた。

「なああ、花嫁の下着を剝がしたとき、乳首に厨房の小麦粉がついてたか?」

ダンクはかぶりをふった。それから、もう一杯ワインをついで口に含み、酒はもう充分と結論した。

バターウェル公の召使いたちは、諸公と淑女たちの部屋を天守の中に、各随員のベッドを営舎に用意していた。そのほかの客は、地下室の藁布団《わらぶとん》で寝るか、西の城壁のそばに各自の天幕を立てて地べたに寝るか、好きなほうを選ぶようにと指示された。ダンクが石の聖堂《ストーニィ・セプト》の町で購入した地味な帆布の小天幕は、ごくささやかなものでしかなかったが、それでも雨と陽光をしのぐ役には立つ。

　隣人たちのなかにはまだ起きている者もいるようだった。天幕のシルクの壁が、夜闇の中、色のついた角灯のごとく、ぼうっと光っていたからである。向日葵《ヒマワリ》の図を鏤《ちりば》めた青い天幕の中からは笑い声が聞こえていた。白と紫の縞柄の天幕からは、房事にいそしむ音が聞こえた。

エッグは他の天幕からやや離れた場所にダンクの小天幕を立てていた。騾馬《ラバ》のメイスターと二頭の馬は、足縄をつけられて付近に立っている。ダンクの武器と具足は、西の城壁の前にきちんと積んであった。小天幕に足を踏み入れる。従士は脚を組んで蠟燭のそばにすわり、その光で頭をつやつやと光らせながら、背中を丸めて本を読んでいた。顔はよく見えない。

「蠟燭の灯で本を読むと、目が見えなくなるぞ」

　本を読むという行為は、ダンクにはいまもってなお不可思議なことだが、少年はことあるごとに字の読み方を教えようとする。

「蠟燭の灯がないと、字が見えないでしょ？」

「また耳に拳固を食らいたいのか？　それはなんの本だ？」

開かれたページには多彩に彩色された絵がいくつも載っていた。小さな紋章の絵の周囲は文字で埋めつくされている。

「紋章学の本ですよ」

「〈フィドル弾き〉の紋章探しか？　それなら見つかりっこないぞ。草臥しの騎士の紋章は、その手の本には載ってないんだ。載ってるのは、諸公と名のある騎士の紋章だけだから」

「あのひとの紋章を探してたんじゃなくって。郭でいくつか気になる紋章を見かけたんで、たしかめてたんです。サンダーランド公がきてますね。青と緑の太い横波線が交互にならぶ紋地に、白い貴婦人の顔が三つ描かれた紋章がありました」

「三姉妹諸島の領主が？　ほんとうか？」三姉妹諸島とは、東の〈白浪湾〉にある諸島だ。司祭《セプトン》たちが〝あの諸島は悪徳と強欲にまみれている〟というのをダンクは聞いたことがある。そのなかでも、スイートシスター島にある町シスタートンは、ウェスタロス全土でひときわ悪名《あくみょう》高い密輸屋たちの巣窟だという。「ずいぶん遠くからきたものだな。バターウェル公の花嫁の親戚なんだろうか」

「ちがいます」

「だったら、饗宴を目あてにきたのか？　三姉妹諸島では、もっぱら魚を食うんだろう？　魚ばかり食ってると飽きがくるのにな。ところでおまえ、しっかり食ってきたか？　食ってないといけないから、肥育鶏の半身に、パンとチーズをすこし持ってきてやったぞ」

ダンクはそういって、マントのポケットをあさった。

「ぼくたちに出たのは、肋肉《バラにく》でした」ページに鼻をくっつけんばかりにして本を持ちあげ、エッグは答えた。「それより――サンダーランド公って、黒竜側で戦った人間なんですよ」

「サー・ユースタス老みたいにか？　あれはそう悪い人物じゃなかっただろう」

「ええ、でも……」

「そんなことよりな、ドラゴンの卵を見てきたぞ」ダンクは持ってきた食べものを、堅焼きパンと塩漬けビーフの乾し肉の袋にしまいこんだ。「全体に赤い卵だった。〈血斑鴉《けっぱんガラス》〉公もドラゴンの卵を持ってるのか？」

　エッグは本を下に降ろした。

「どうして〈血斑鴉〉が持ってるはずがあるんです？　あんな生まれの卑しい男が」

〈血斑鴉〉は妾腹の生まれだが、父親はもちろんのこと、母親も由緒正しい家の貴婦人だ。

ダンクはさらに、階段の下で漏れ聞いた男たちのやりとりを話そうとしかけたが……そこで、エッグの顔が腫れていることに気がついた。

「どうしたんだ、その唇」

「ちょっと、その、喧嘩になっちゃって」

「見せてみろ」

「すこし血が出ただけですよ。ワインを染ませた布で軽くぬぐっておいたし」

「だれと喧嘩した？」

「ほかの従士たちとです。だって、あいつら――」

「ほかの従士たちがなんといったかはどうでもいい。おれはおまえになんといった？」

「口をつぐんでいろ、揉めごとを起こすなって」少年は切れた唇に手をあてた。「だけど、あいつら、父上のことを身内殺しっていうんだもん」

（それは事実だ、エッグ。意図して殺したとは思わないがな）そういうことは聞き流せと、ダンクは日ごろから口をすっぱくしてエッグにいっている。（おまえは真実を知ってるんだ。

それだけで満足しろ）

こういう話は何度も耳にしてきた。居酒屋で、安酒場で、林の中で野宿するさいの焚火のそばで、いやというほど耳にしてきた。アッシュフォードの牧草地でプリンス・メイカーが振るった鉄棍《てっこん》を受け、メイカーの長兄、〈槍砕きのベイラー〉が死んだことは、王国じゅう、知らぬ者とてない。陰謀説が囁かれるのも無理ない出来事ではある。

　ダンクはいった。

「プリンス・メイカーがおまえの父親と知っていたら、だれもおまえの面前でそんなことをいいはしない」（陰ではいろいろというだろう。だが、おまえの面前では絶対にいわない）

「それで、口をつぐんでいるかわりに、おまえはほかの従士たちになんといったんだ？」

　エッグは顔を赤らめた。

「ベイラー太子が亡くなったのは事故だったんだぞって。でも、プリンス・メイカーは兄のベイラーを愛してたといったら、サー・アダムの従士が、愛するあまり死なせたんだよなといって、サー・マラーの従士は、このぶんだとエイリス王のことも同じように愛するんじゃないかというもんだから……殴っちゃったんです。思いっきり」

「おまえも思いっきり殴ってやらんといかんようだな。腫れた唇には腫れた耳がふさわしい。おまえの父上がここにいたら、やはりそうしただろう。あのプリンス・メイカーが、おまえみたいな小僧っ子に護ってもらう必要があるとでも思うのか？　おまえをおれのもとへ送りだすにあたって、父君《ちちぎみ》はなんといった？」

「あなたの従士として誠実に仕えろ、いかなる仕事にも困難にも怯《ひる》むなって」

「ほかには？」

「王法にしたがい、騎士の掟にしたがい、あなたにしたがえと」

「ほかには？」

「つねに髪を剃るか、染めるかしていろ」不承不承のていで、少年はつづけた。「だれにもほんとうの名を明かすな」

　ダンクはうなずいた。

「で、相手の従士は、どれくらいワインを飲んでたんだ？」

「飲んでいたのは強いエールです」

「原因はそれか。強いエールは口をすべらせやすくする。ことばは風のごとしだぞ、エッグ。どこ吹く風と聞き流せ」

「風のごときことばも、それはあるけれど」とにかく頑固なのが、この少年の特徴なのだ。「謀叛《むほん》を語らうことばだってあります。この馬上槍試合に集まってるのは、元謀叛人ばかりなんです」

「おいおい、全員がそうだというのか？」ダンクはかぶりをふった。「たとえそのとおりであっても、あの叛乱はずいぶん前のことじゃないか。黒のドラゴンは討たれて、叛乱軍側で戦った者は、みんな国外に逃げるか、赦免されるかした。それに、全員が全員、元謀叛人というわけでもないだろう。バターウェル公の息子らは、両方の陣営に分かれて戦ったんだ」

「それはつまり、バターウェル公が、半分は謀叛人だったということです」

「十六年も前の話だ」

ワインの心地よい酔いはすっかり覚めてしまった。腹がたったせいで、もうしらふに近い。

ダンクはつづけた。

「あすの試合の管理者は、バターウェル公の家令だ。名前はコズグローヴという。いますぐ家令を探しだして、おれの名前を登録してこい。いいや、待った……おれの名前は出すな」

これほどおおぜいの諸公が集まっている以上は、アッシュフォード牧草地の〈長身のサー・ダンカン〉を記憶している者もいるかもしれない。「おれのことは、〈吊るし首の騎士〉として登録しろ」

一般庶民は、馬上槍試合に謎の騎士が登場すれば大喜びするだろう。

エッグは腫れた唇をなでた。

「〈吊るし首の騎士〉、ですか？」

「正体を隠すためだ」

「わかりました、でも……」

「いいから、さっさといけ、いわれたとおりにしろ。今夜はもう充分すぎるほど本を読んだだろう」

ダンクはそういって、親指と人差し指で蠟燭の芯をつまみ、すっと火を消した。

　あくる朝、ぎらぎらと強烈な陽射しを放って、朝陽が昇った。

　城の白亜の石壁《いしかべ》が熱せられ、陽炎《かげろう》が立ち昇っている。空気中には熱く灼《や》けた地面と、踏みしだかれた草のにおいが充満していた。風はそよとも吹かず、天守や門楼の上に立てられた緑と白と黄の旗は、みなだらんとたれている。

　サンダーは妙に興奮していた。こんなサンダーにはめったにお目にかかれない。エッグが腹帯《はるび》を締めるあいだ、牡の軍馬はしきりに頸を左右に振っていた。エッグに向かって大きな四角い歯を剝《む》きだすことまでした。

（暑いからかな）とダンクは思った。（人間にも馬にも暑すぎる）

　軍馬というやつは気性が荒くて、もっとも落ちついているときでさえ過激な反応をする。

（この暑さだ、〈慈母〉でさえ、いらだつにちがいない）

　外郭《そとぐるわ》の中央では、同じ騎士同士の新たな懸け合いがはじまっていた。サー・ハーバートが駆るのは金毛の軽軍馬で、黒い馬衣《うまぎぬ》には、赤と白の蛇が絡みあうペイジ家の紋章が描かれている。対するサー・フランクリンが駆るのは栗毛の馬で、シルク仕立ての灰色の馬衣には、フレイ家の双子の塔の紋章があしらわれていた。両者が激突すると同時に、赤と白の騎槍《ランス》はまっぷたつに折れ、青の騎槍は粉々に砕け散ったが、双方とも落馬してはいない。観覧席の招待客と城壁上の衛兵から、いちおう歓声があがりはしたが、なんとも熱気を感じさせない歓声で、それもすぐに途切れた。

（こう暑くては、歓声をあげるのもつらいな）そう思いながら、ダンクは額の汗をぬぐった。

（馬上槍試合をするのはもっとつらい）

それに、二日酔いで頭ががんがん疼《うず》いている。

（こんどの試合とそのつぎの試合に勝てば、それで充分だ）

試合場ではふたりの騎士が、それぞれの走路の端に達して馬首《ばしゅ》をめぐらし、折れた騎槍を投げ捨てた。騎槍が折れるのは、これで四度めだ。

（多すぎる。一度で片をつけてくれ）

間にあわなくなるぎりぎりのところまで待ってから、ダンクはようやく鎧を着用したが、すでに下着は汗で濡れそぼり、肌にへばりついている。さすがに兜はまだかぶっていない。

（同じ濡れるにしても、汗よりひどいものもあるがな）

思いだされるのは、ガレアス船《白き淑女》での戦いのことだった。舷側《げんそく》からわらわらと這いあがってくる鉄人《くろがねびと》どもを相手に戦いつづけ、その日の終わりまでには、ダンクは全身、返り血でべとべとになっていたのである。

新たな騎槍を手にしたペイジとフレイは、五たび馬腹《ばふく》に拍車を当てた。鉄蹄《てってい》がひび割れた地面を蹴るたびに、乾いた土が後方へと蹴りあげられる。騎槍同士がぶつかり、へし折れる音が頭に響いた。

（ゆうべは飲みすぎたし、食いすぎた）

花嫁をかかえて塔の階段を昇ったことと、屋上で〈フィドル弾きのジョン〉やピーク公と会ったことはぼんやりと憶えている。

（屋上なんかで、おれはなにをしてたんだ？）たしか、ドラゴンの話をしたような。でなければ、ドラゴンの卵の話か、それとは別に、ほかにもなにかを。だが……。

どよめきがあがり、ダンクの物思いを打ち破った。半分は歓喜の、半分は嘆きのどよめきだった。見ると金毛の馬が乗り手を失い、速足で走路の端へ駆けていく。サー・ハーバート・ペイジは地に転がっており、弱々しくもがいていた。

（あと二試合でおれの番だ）

サー・ユーサーを早々に落馬させられれば、いちはやくこの鎧を脱いで冷たい飲みものを飲み、休憩できる。そのつぎの番がまわってくるまで、すくなくとも一時間はあるだろう。

バターウェル公の太った紋章官が観覧席の最上段にあがり、つぎの出場者を呼びだした。

「〈不敵なるサー・アーグレイヴ〉――ナニーの町出身の騎士にして、白亜城城主、バターウェル公の家士。対しまするは、サー・グレンドン・フラワーズ――〈猫柳《ネコヤナギ》の騎士〉。双方、位置につき、武勇を示されよ」

観覧席で笑いのさざ波が湧き起こった。

サー・アーグレイヴは痩せぎすで、いかにも食えない感じの、年季の入った城住みの騎士だった。着こんだ灰色の鎧はへこみだらけで、馬にも馬衣をつけていない。この手の騎士は前にも見たことがある。古木の根のようにタフで自分のなすべきことを知りつくした、油断ならない相手だ。対戦相手のサー・グレンドンはいまだ若く、乗っているのは脊柱《せきちゅう》曲がりの去勢馬で、重たい長めの鎖帷子《ホーバーク》と、面頰《めんぽお》のない鉄の半球形兜しか身につけていない。左腕を革帯に通した楯には、父親ゆずりの火の玉の紋章が描かれていた。

（せめて胸当てと、顔をおおう兜くらいはつけないとまずい）とダンクは思った。（あんな軽装では、頭か胸に一撃食らったら即死しかねないぞ）

サー・グレンドンは紹介のされかたに憤ったと見えて、乗馬に円を描かせ、同じところをぐるぐる走らせながら、観覧席の最上段に向かって怒鳴った。

「おれはグレンドン・ボールだ、グレンドン・フラワーズではない！　侮辱すればただではおかんぞ、紋章官。警告しておく、おれは英雄の血を引く者だ」

紋章官には相手にするそぶりが見えなかったが、若き騎士の抗議は、観覧席にいっそうの笑いを呼び起こした。

「観覧席の者たちはなぜ笑う？」ダンクは疑問を声に出した。「あの男、庶子なのか？」

フラワーズとは、河間平野《リーチ》では、高貴な血筋の片親を持つ庶子に与えられる姓なのである。

「それにあの、〈猫柳の騎士〉というのはなんだ？」

「すぐに調べられますよ」エッグがいった。

「いや、いい。おれたちには関係のないことだ。それより、おれの兜の用意は？」

サー・アーグレイヴとサー・グレンドンが、バターウェル公と公妃の面前まで馬を進め、騎槍の先を下げてあいさつをした。バターウェル公が花嫁にからだをかたむけて、耳もとになにごとかを囁く。花嫁がくすくす笑いだした。

「できてます」とエッグは答えた。

エッグはいつものとおり、へなへなの帽子をかぶっている。これは目の色を隠すためと、つるつるに剃った頭を陽射しから保護するためだ。ダンクはこの帽子をネタにしてエッグをからかうのが好きだったが、いまばかりは、自分にもこんな帽子があればいいのにと思った。

(こんなに強烈な陽射しのもとでは、鉄の兜よりも麦わら帽子のほうがずっといい)

目の上にたれてきた髪をかきあげ、両手で大兜を持ち、頭の上からかぶる。緒《ひも》を頸《くび》当てに結んだ。兜の内側には古い汗のにおいが染みついていた。首と肩に、大兜の重みがずしりとのしかかる。頭は昨夜のワインでずきずき疼いたままだ。

「ねえ」エッグがいった。「出場を思いとどまるんなら、まだ間にあいますよ。サンダーと鎧兜を失うことになったら……」

(騎士としては終わりだな)

「なぜおれが負けるという前提なんだ」ダンクは不機嫌な声をだした。その間にも、サー・アーグレイヴとサー・グレンドンは、走路の反対端に向かって乗馬を進めていく。「まるでおれが〈笑う嵐〉と対戦するみたいじゃないか。この試合場に、おれを苦戦させられそうな騎士がいるのか?」

「ほぼ全員がそうです」

「あとで耳に拳固だぞ。対戦するサー・ユーサーはな、十は年上で、おれの半分の背丈しかないんだ」

サー・アーグレイヴが面頰を閉じた。サー・グレンドンには閉じるべき面頰がない。

「だって、アッシュフォードの牧草地以来、馬上槍試合に出たことないじゃないですか」

(ほんとうに生意気なやつだな)

「訓練はしてるだろうが」

たしかに、本来あるべき形で、きちんとした訓練を積んできたわけではない。とはいえ、可能なとき、可能な場所で、サンダーを駆って槍的《やりまと》や環的《わまと》を突く練習はしていた。ときどき、エッグに指示して樹に登らせ、拾った壊れ楯や桶板を適度な高さの大枝にぶらさげさせて、それを突く練習もしている。

「だけど、騎槍よりも剣のほうが得意でしょ？　戦斧《せんぷ》か鉄棍《てっこん》を持たせたら、あなたの怪力にかなう人間なんてほとんどいないんだから」

一面の真理を突かれただけに、ダンクはいっそう腹が立った。

「剣と鉄棍の戦いなんて、ここではやらないだろう？」

〈火の玉《ファイアボール》〉の息子と〈不敵なるサー・アーグレイヴ〉が、双方から突進を開始した。

「いいから、おれの楯を取ってこい」

エッグは渋い顔をしたが、とにもかくにも、楯を取りにいった。

走路上では、サー・アーグレイヴの騎槍の槍先がサー・グレンドンの楯を突いた。しかし、斜めに当たってしまい、火の玉の絵を抉《えぐ》っただけで逸《そ》らされる形となった。いっぽう、サー・グレンドンの騎槍の先端は相手の胸当てのどまんなかをとらえた。すさまじい力が加わり、相手の馬の腹帯《はるび》がぶち切れ、鞍もろとも、サー・アーグレイヴはもんどりうって落馬した。

ダンクはわれ知らず、感動をおぼえた。

（これは……大口をたたくだけのことはある。槍試合の腕は本物だ）

サー・グレンドンに対する嘲笑が、あれでやんでくれるだろうか。

喇叭《ラッパ》が吹き鳴らされた。あまり大きな音なので、二日酔いの頭にひどく響く。ふたたび、紋章官が観覧席の最上段にあがり、つぎの出場者を呼びだしにかかった。

「キャスウェル家のサー・ジョフリー――ビターブリッジ城の城主にして〈浅瀬〉の守護者。対しまするは〈霧深き湿原の猫のサー・カイル〉。双方、位置につき、武勇を示されよ」

サー・カイルの鎧は上等のものだったが、古くて摩耗しており、へこみだらけ、傷だらけだった。

「〈慈母〉のまあ、なんと慈悲深いことか」試合場へ向かう途中、サー・カイルがダンクとエッグにいった。「やつがれの対戦相手が、わざわざ会いにきた当人、キャスウェル公とはなあ」

けさの試合場でダンクよりも二日酔いのひどい者がいるとしたら、それはキャスウェル公だろう。昨夜の饗宴では、酔いつぶれるほど飲んでしまったのだ。

「あれほど飲んだ翌日というのに、馬に乗っていられるだけでもたいしたものだ」ダンクはいった。「しかしあれなら、あんたの勝ちは固かろう」

「いやいや」サー・カイルは、おだやかな笑みを浮かべてみせた。「鉢に入れたクリームを嘗めたい猫というものはな、いつのどを鳴らして甘えるべきか、いつ爪を見せるべきかを、ちゃんと心得ているものさ、サー・ダンカン。キャスウェル公の槍先がわが楯をかすりでもしたら、やつがれは即座に転げ落ちる。そのあと、敗者として馬と鎧を差しだしにいくさい、公の武勇を誉めちぎり、最初に剣をお持たせしたとき以来、いかに武術の腕をあげられたか誉めたたえる。そうすれば、公はやつがれのことを思いだし、この日のうちにも、ふたたびビターブリッジ城の一騎士として、キャスウェル家の家士に迎えてくれるという寸法だ」

　名誉もなにもあったもんじゃないな──ダンクはもうすこしでそういいそうになったが、そこはぐっとこらえた。サー・カイルはべつに、名誉よりも暖炉のそばのあたたかい場所を優先した最初の草臥しの騎士というわけではないのだ。

「なるほど」ダンクはもごもごと答えた。「武運を祈る。いいや、武運がないことを祈る、というべきかな」

　ジョフリー・キャスウェル公は、二十《はたち》のひょろりとした若者だった。それでも、ああして甲冑《かっちゅう》を着こんでいると、酔いつぶれてワインだまりにつっぷしていた昨夜とくらべ、格段に凛々《りり》しく見える。楯の表には、長弓《ロングボウ》を引き絞る、黄色い半人半馬《セントーア》の絵が描かれていた。同じ意匠は、乗馬にかぶせた白いシルクの馬衣にも刺繍されているし、大兜の上で輝く金細工の頭立《ずだて》にも、やはり同じ半人半馬が象《かたど》られている。

（半人半馬の紋章を背負う人間があんな馬の乗り方をしていてはだめだな）サー・カイルの騎槍の腕は知らないが、あの馬のまたがりようから察するところ、キャスウェル公は大きく

咳をしただけでも、たちまち落馬してしまいそうだ。（〈猫〉どのとしては、勢いよく懸けちがうだけでいい）

エッグがサンダーの手綱をとっている。ダンクは片脚をふりあげ、固い鞍の上に用心深くまたがった。鞍にすわって出番を待つうちに、おおぜいの目が自分に注がれるのを感じた。

（あの図体のでかい草臥しの騎士、どれほど強いのかと、みんな興味津々なんだろう）

ダンク自身、それは気になるところだった。まあ、もうじきわかる。

〈霧深き湿原の猫のサー・カイル〉は、いったとおりのことを実行に移した。走路を駆けていくあいだ、キャスウェル公の騎槍はふらつきっぱなしだったが、サー・カイルもまともに狙う気はない。どちらの馬速も速足より多少はましな程度だ。だが、ジョフリー公の槍先がたまたま肩に触れるや、〈猫〉はここぞとばかり落馬した。草臥しの騎士が地に転がるのを見ながら、ダンクは思った。

（猫という猫は、高いところから落ちても足から鮮やかに着地すると思っていたが……）

キャスウェル公の槍は無傷のままだ。走路の端までたどりつき、馬首をめぐらしたとき、キャスウェル公はまるで〈長き棘のレオ〉や〈笑う嵐〉でも落馬させたかのように、騎槍を何度も何度も高々と突きあげてみせた。〈猫〉は兜を脱ぎ、自分の馬を追いかけていく。

「おれの楯を」ダンクはエッグにうながした。

少年が楯を差しだした。楯裏の革帯に左腕を通して、持ち手をぐっと握りしめる。凧形の楯は重量があるため安心感もあったが、縦に長いので取りまわしが悪い。吊るし首にされた男の絵を見ると、あらためて不安をかきたてられた。

（やはり不吉な紋章だな）

なるべく早い機会に楯の絵を描きなおさせよう。

（〈戦士〉が乱れなき疾走と、すみやかな勝利をお与えくださいますように）

　心の中でそう祈ったとき、バターウェル公の紋章官が観覧席の最上段にあがり、つぎなる出場者の名を高らかに呼ばわった。

「サー・ユーサー・アンダーリーフ。対しまするは〈吊るし首の騎士〉。双方、位置につき、武勇を示されよ」

「どうか気をつけて」ダンクに試合用の騎槍を差しだしながら、エッグがいった。先細りになった木製の槍は、長さが三メートル半あり、先端には握りこぶしの形状の、丸みを帯びた鉄の槍先が取りつけてある。「ほかの従士たちがいうには、サー・ユーサーは槍試合巧者《やりじあいこうしゃ》だそうです。それに、かなり敏捷だとも」

「敏捷だ？」ダンクは鼻を鳴らした。「あの楯に描いてあるのは蝸牛《カタツムリ》だぞ。どうして敏捷に動くはずがある？」

　かかとの拍車をサンダーの腹に軽く当てる。軍馬がゆっくりと前に進みだした。ダンクは騎槍をまっすぐ上に立てた。

（一勝すれば、これまでよりはましな旅ができる。二勝すれば、三回戦で負けたときに払う資金が確保できて、一勝めで得た買い戻し金は手元に残る。この顔ぶれなら、二勝するのも、

夢のまた夢というほどではなさそうだ）

すくなくとも、籤《くじ》運はよかった。〈老特牛《ことい うし》〉やサー・カービー・ピムほか、地元の英雄と対戦する可能性もあったのだから。もしかすると、貴族が一回戦めで草臥しの騎士に敗れて不面目をこうむる心配がないよう、試合管理者が籤の結果を細工して、草臥しの騎士同士が当たるようにしむけたのではないか――と、そんな気さえする。

（だが、それはどうでもいい。一度にひとりの敵のことだけ考えろ――それが老士の教えだ。いま考えるべきは、サー・ユーサーのことのみ）

双方、観覧席にそって走路を進んでいき、バターウェル公と公妃の前で馬をとめた。新郎新婦は、城壁が落とす影の中、クッションのきいた椅子に腰をかけている。そのとなりにはフレイ公もすわっていて、鼻をたらした息子を片ひざに乗せ、ゆすってあやしていた。何人もの侍女が一列にならび、主賓たちを扇であおいでいるが、バターウェル公のダマスク織の上着には腋の下に汗のしみができているし、公妃の髪も汗で頭にべっとりへばりついている。いかにも暑そうなうえに、退屈で居心地が悪そうにしていた公妃だが、ダンクに目を向けたとたん、蠱惑《こわく》的に乳房をつきだしてみせた。大兜の中で、ダンクは顔を赤らめた。ともあれ、公妃に向けて騎槍の先端を下げ、公にも下げてみせる。サー・ユーサーも同じようにした。バターウェル公が、両者の健闘を祈ると告げた。公妃はぺろっと舌を出してみせた。

さあ、いよいよだ。ダンクは速足でサンダーを走路の南端に進めた。八十メートル離れた北端では、対戦相手も位置につこうとしている。サー・ユーサーの葦毛《あしげ》の牡馬は、サンダーよりも小柄だが、齢が若く、意気も盛んだ。サー・ユーサー自身は、銀色の鎖帷子《くさりかたびら》の上から、緑色の琺瑯《ほうろう》を引いた板金鎧を着こんでいた。かぶっているのは面頬《めんぼお》の先が尖った犬面兜《バシネット》で、丸い頭頂部からうしろへは、緑色と灰色のシルクの吹き流しをたなびかせている。楯表には、これも緑色の紋地に、銀の蝸牛が描いてあった。

（いい鎧、いい馬だ。落馬させれば、ちょっとした買い戻し金が手に入るぞ）

その瞬間、試合開始の喇叭《ラッパ》が吹き鳴らされた。

サンダーが緩駆《ゆるが》けで走りだす。ダンクは右手に持った騎槍を左に振りむけ、槍先をすこし下げた。馬の頸の上を斜めに交差させて、彼我の走路を隔てる木柵の上に突きだす格好だ。左半身は楯で護られている。おもむろに前のめりになり、両脚で馬腹《ばふく》をぐっと締めつけた。サンダーは緩駆けのまま走路を進んでいく。

（おれたちはひとつ。人、馬、槍は一体、血と木と鉄でできた、ひとつのけもの）

サー・ユーサーの葦毛は、鉄蹄でもうもうたる土煙を蹴たてながら、猛然と突進してきた。彼我の距離が四十メートルに縮まったところで、ダンクはサンダーに拍車をかけ、速駆けに移行し、騎槍の尖端をぴたりと銀色の蝸牛にすえた。ぎらつく太陽、土ぼこり、熱波、城、バターウェル公とその花嫁、〈フィドル弾き〉とサー・メイナード、騎士たち、従士たち、馬丁たち、庶民——なにもかもが意識から消えうせた。残ったのは唯一、対戦相手のみだ。もういちど拍車をかける。サンダーがいっそう速度をあげ、猛然と突き進みだした。蝸牛がすさまじい勢いで近づいてくる。葦毛の長い脚が大地を蹴るたびに、ぐんぐん大きくなってくる……が、それより早く、サー・ユーサーの騎槍の先端についた鉄のこぶしがものすごい勢いで急迫してきた。

（おれの楯は丈夫だ、おれの楯は衝撃を受けきれる。意識を集中するのは蝸牛だけでいい。蝸牛を突け、そうすればおれの勝ちだ）

残り十メートルになったとき、だしぬけに、サー・ユーサーが騎槍の先端を上に向けた。

ガーンという金属音が響きわたった。ダンクの騎槍が敵をとらえたのだ。腕から肩にかけ、衝撃が走りぬける。が、槍先が目標を突くところは見えなかった。つぎの瞬間、ユーサーの鉄の槍先が眼前に迫り、人馬一体の体重と勢いをすべて乗せ、大兜の目穴と目穴のあいだを強烈に突いた——。

気がつくと仰向けの格好で横たわり、半円筒形の天井を見あげていた。つかのま、そこがどこかわからなかった。どうやってここへきたのかもだ。頭の中では声がこだましている。いくつもの顔が目の前を通りすぎていった。サー・アーラン老、〈背が高すぎのタンセル〉、〈茶色の楯のベニス〉、〈紅後家蜘蛛《べにごけぐも》〉、〈槍砕きのベイラー〉に、〈赫奕《かくやく》のプリンス〉ことエリオン、狂える悲しきヴェイス女公。ついで、馬上槍試合での光景が一気によみがえってきた。熱波、蝸牛、ぐんぐん迫ってくる鉄のこぶし。呻き声をあげて片ひじをつき、半身を起こす。その動きで、猛烈に頭が痛んだ。頭がガンガン鳴っている。頭全体が、ばかでかい戦鼓《せんこ》となり、激しくたたかれているかのようだ。

すくなくとも、目は両方ともちゃんと見えているようだった。頭に穴があいているような印象もない。この点でもほっとした。この場所はどうやら地下蔵らしい。ワインやエールの樽が壁際にずらりとならんでいる。

（とにもかくにも、ここは涼しい。それに、酒がすぐそばにある）

口中に血の味がした。それに気づいたとたん、慄然《りつぜん》とした。もしも舌を嚙みきっていたら、うつけなうえに、口まできけなくなってしまう。

「おはよう」とつぶやいてみた。声が出るかどうかをたしかめるためだ。

声は出せたが、出てきたのはしわがれた声だった。自分のことばが天井に反響し、こだました。手をついて上体を起こし、立ちあがろうとする。それだけの動作で、たちまち天井がぐるぐるまわりだした。

「ゆっくり、ゆっくりとな」すぐそばから、震えぎみの声がいった。

ついで、腰の曲がった老人がベッドのそばに現われた。全身をおおうローブは、長い髪と同じく、灰色をしている。首のまわりには、多彩な金属をつづった学匠《メイスター》の学鎖をかけていた。顔は老齢によるしわだらけだ。大きな鷲鼻の両脇には深いしわがいくつも刻まれている。

「じっとしていることじゃて。ひとまず、目を見せなさい」

老人が親指と人差し指でダンクの左目を大きく開き、覗きこむ。右目にも同じことをした。

「頭が痛い」とダンクはいった。

メイスターは鼻を鳴らして、

「頸が肩の上に乗っているだけ、ありがたいと思うことじゃな。さ、これですこしは痛みが治まる。飲みなさい」

　異臭のする薬液を一滴残さず飲み干して、吐きだすまいと努めた。ついで、手の甲で口をぬぐいながら、ダンクはメイスターにたずねた。

「試合ですが……教えてください。どうなっています？」

「あの野蛮で愚かなぶちかましあいにつきものの惨事なら、あいもかわらず起きておるよ。棒っきれで相手を馬上から突き落としあう愚行につきものの惨事がな。スモールウッド公の甥っ子は手首を折り、サー・エデン・リスリーは片脚が折れた。馬の下敷きになったのじゃ。いまのところ人死には出ておらん。ただし、あんたの命だけは危ないと危惧《きぐ》しておったぞ」

「おれは……落馬させられたんですか？」

　いまなお頭の中にウールが詰まっているような感じがしていた。そうでなければ、こんな愚問は発しなかっただろう。問いを口にした瞬間、ダンクはしまったと思った。

「いちばん高い胸壁をも揺るがす地響きを立ててな。あんたに大金を賭けていた者たちは、さぞ狼狽《ろうばい》したことじゃろうて。あんたの従士、すっかり動転してたな。わしが追いださねば、いまもそこにすわってやきもきしておったはずじゃ。しかし、子供がいても邪魔なだけゆえ、あの子には役目を思いださせてやった」

　はて、その役目というのはなんだろう。エッグだけでなく、自分にも思いださせてもらう必要があった。

「役目？」

「あんたの馬じゃよ。武器と具足も。取りあげられる前に、ひとまず確保しておけといっておいた」

「ああ……」それでやっと、ダンクは思いだした。

あれは有能な従士だ。自分になにを求められているかがよくわかっている。

（だが、回収した老士の剣も、〈鋼《はがね》のペイト〉が鍛えた具足も、もうおれのものじゃない）

「友だちの〈フィドル弾き〉もあんたを心配して訪ねてきた。できるかぎりの手をつくして診《み》てやってくれ、といっておったよ。まあ、あの男も追いだしてしまったがの」

「倒れてからどのくらいです？　おれはいつから手当してしてもらっていました？」

ダンクは利き手を曲げ伸ばしした。指は五本とも、ちゃんと動く。

（とはいうものの、頭が痛い。そういえば、サー・アーランにはいつもいわれていたな——頭を使わないからそういうことになるんだ、と）

「四時間じゃな、日時計によると」

四時間なら、そこまで悲観することはない。試合で突き落とされて四十年間眠りつづけ、ようやく目が覚めたときにはすっかり老いてしなびていた、という話も聞いたことがある。

「サー・ユーサーが二回戦に勝ったかどうか、知っていますか？」

蝸牛《カタツムリ》の騎士は優勝したかもしれない。全試合で最強の相手に敗れたのだ、とおのれに言い聞かせられれば、敗北による胸の痛みも多少はやわらぐ。

「あの男かね？　おお、勝ったとも。花嫁の従兄弟《いとこ》どのの、将来有望な若き騎槍使い、サー・アダム・フレイを相手に、みごと勝ってのけたよ。じゃが、サー・アダムの落馬を見て、公妃が失神してな。自室へかつぎこまれる騒ぎとなった」

意を決してダンクは立ちあがった。くらりときたが、メイスターがすかさず支えてくれた。

「おれの服はどこに？　いかなくては。早く……いかなくては……」

「思いだせんのなら、いっておくが、そんなに急いでいく必要など、もうどこにもないぞ」

メイスターはいらだたしげなしぐさをした。「忠告しておく。こってりした食べものや強い酒は控えるように。目のあいだに打撃を食らわんよう、以後は気をつけなさい……もっとも、騎士というやからが道理に耳を貸さんことは、とうのむかしに学習ずみじゃ。さ、とっとと出ていくがいい、手当てをせねばならん馬鹿どもは、ほかに何人もかかえておるでな」

屋外に出ると、一羽の鷹が大きく弧を描き、抜けるような青空を舞っているのが見えた。あの鷹がうらやましかった。東のほうには若干の雨雲が湧いていて、ダンクの気分のようにどんよりとたれこめている。鉄鎚《てっつい》を鉄床《かなとこ》に打ちつけるような、強烈な陽射しに頭を殴りつけられながら、試合場へ向かった。足の下で大地が揺れ動いているようだ。それともこれは、自分がふらついているだけなのか。屋外に出る前、地下室から上にあがる階段を昇っていたときも、二度、倒れそうになった。

（エッグのことばに耳を貸すべきだったな）

外郭《そとぐるわ》をゆっくりと横切って、見物の人垣の外をまわりこんでいく。試合場では、あの顔がぽっちゃりしたアリン・コクショー公が、従士ふたりに左右からからだを支えられ、片脚を引きずって歩いていた。ついいましがた、若きグレンドン・ボールと対戦して敗れたところなのだ。三人めの従士は兜をかかえてそのあとを歩いていた。頭《ず》立《だて》の誇らしげな三本の羽根飾りは折れている。

「〈フィドル弾きのサー・ジョン〉」おりしも、紋章官が呼ばわった。「対しまするはフレイ家のサー・フランクリン——双子城の騎士にして〈関門橋〉領主の家士。双方、位置につき、武勇を示されよ」

ダンクには見物の後方に立って眺めていることしかできなかった。

馬衣《うまぎぬ》を翻《ひるがえ》し、速足で颯爽《さっそう》と登場したのは、〈フィドル弾き〉の大柄な黒馬だ。シルクの青い馬衣には、金色の剣とフィドルが鏤《ちりば》めてある。〈フィドル弾き〉の胸当てには、馬衣と同じ色調の青い琺瑯が引いてあった。それは膝当て、肘当て、脛《すね》当て、頸《くび》当ても変わらない。板金鎧の下に着こんだ環帷子《リングメイル》には、金鍍《きんと》金《きん》が施されている。それに対して、対戦相手のサー・フランクリンは、流れるような銀色の鬣《たてがみ》を持つ連銭葦毛《れんせんあしげ》の馬にまたがっていた。具足は馬体と同じ色で、馬衣には体毛と同じ灰色のシルクが、甲冑には鬣と同じつややかな銀色の板金鎧が採用されている。そして、楯にも、長い外衣《サーコート》にも、馬衣にも、すべてにフレイ家の双子の塔の紋章があしらってあった。

試合がはじまった。ふたりの懸け合いは何度も何度も行なわれた。ダンクは立ったままで試合を眺めていたが、目にはなにも入ってこなかった。

（うつけ《ランク》のダンク、鈍なること城壁のごとし）そう自分を叱りつける。（サー・ユーサーは、楯にのろくさい蝸牛《カタツムリ》の紋章をつけていたんだぞ。そんな相手に、どうやったら負けられるというんだ）


　そのとき、見物からいっせいに歓声があがった。はっと気がついて見ると、フランクリン・フレイが落馬していた。〈フィドル弾き〉は馬を降り、地面に伏す対戦相手に手を貸して立ちあがらせようとしている。

（あれで一歩、ドラゴンの卵に近づいたわけだ）とダンクは思った。（それに引き替え……おれはいま、どこにいる？）


　試合場から離れて歩きだす。やがて裏門に近づいたとき、ゆうべの饗宴で座をにぎわせたこびとの一団が出発の準備をしているのに出くわした。車輪つきの木豚《もくぶた》のほかには、もっとあたりまえの形をした馬車もあり、その二台を小型馬《ポニー》につなごうとしている。人数は全部で六人、いずれも小柄で、独特のからだつきをしていた。なかには子供も混じっているのかもしれないが、みんなひどく背が低いので、見分けがつかない。外光のもとで見ると、馬革の半ズボンや粗織り《ラフスパン》のフードがついたマントを着ているせいもあり、こびとたちには道化服を着ていたときの陽気さが感じられなかった。

「やあ」礼を失しないようにと、ダンクは話しかけた。「これから出発か？　東のほうには雲が湧いているぞ。雨が降るかもしれない」

返事はなく、いちばん醜いこびとにぎろりとにらまれた。ほかに反応を示す者はいない。

（こいつはゆうべ、おれがバターウェル公妃からひっぺがしたやつか？）

間近にいると、そのこびとは厠《かわや》のようなにおいをただよわせていた。その悪臭に辟易《へきえき》して、ダンクは足を速めた。

ミルクハウスの郭の横断には、エッグとともにドーンの砂漠を横断したときと同じほども長い時間がかかったように感じられた。移動中は壁のそばを離れないように努め、ときどき壁にもたれかかって休んだ。首を横に曲げるたびに、世界がぐらりと回転するような感じがした。

（水だ）と思った。（水を飲まなくては。でないと倒れてしまう）

通りかかった馬丁にたずね、いちばん手近の井戸の場所を教えてもらった。そこにいってみると、〈猫のカイル〉がいて、サー・メイナード・プラムと静かに話をしていた。サー・カイルは意気消沈したようすでうなだれていたが、ダンクが近づいていくと、顔をあげた。

「サー・ダンカンか？　死んだと聞いたぞ。あるいは、死にかけていると」

ダンクはこめかみをさすりながら、

「死んでいたほうがましだったよ」と答えた。

「わかる、わかる」といって、サー・カイルは嘆息した。「キャスウェル公な、やつがれのことを憶えてはおらなんだよ。木で最初の剣を削りだしたのはやつがれだといったところ、狂人を見るような目つきで見られてな。ビターブリッジ城には、おまえみたいにふがいないふるまいをする騎士など置いておく余地はない、といわれてしもうた」

〈猫〉は乾いた笑い声をあげ、語をついだ。

「そのうえ、武器と具足を取りあげられる始末。乗馬もだ。はてさて、どうしたものやら」

ダンクは返答に窮した。自由騎兵といえども、乗馬はいる。傭兵働きをするには、武器が欠かせない。

「あらためて馬を見つければいい」井戸の底から水の入った桶を引きあげながら、ダンクはいった。「七王国には馬がたくさんいる。武器のほうは、別の領主に仕官して、下げ渡してもらえばいい」

桶の水を両手ですくい、顔を近づけてごくごくと飲む。

「別の領主か。そうだな。なあ、存じ寄りの領主はおらんかね？　やつがれは貴殿ほど若くないし、力もないし、大きくもない。大男にはどこでも需要があるものだ。たとえばバターウェル公も大柄な騎士をそろえたがる。トム・ヘドルを見てみるがいい。あの男の槍試合を見たか？　仕《し》合《あ》った相手はかならず突き落としてしまう。まあ、大柄ではないが、その点は〈火の玉〉の若いのもおんなじか。〈フィドル弾き〉もそうだ。やつがれを落馬させたのが〈フィドル弾き〉であったらな。あの若いの、勝っても武具や馬を取りあげようとせんのだ。ドラゴンの卵以外、なにもいらないというんだよ。卵と……倒した相手との友情以外にはな。まさに騎士道の華のような男ではないか」

メイナード・プラムが笑った。

「そこは騎士道のフィドルというべきだろうぜ。あの若いのな、フィドルで感動の嵐を招くついでに、別の嵐も起こそうとしているらしいぞ。嵐がこないうちに、みんな早くここから退散したほうがいい」

「武具や馬を取らない？」ダンクはいった。「それはまた、気前のいいことだな」

「気前のいいふるまいができるのは、財布が金貨でうなっているときにかぎられる」サー・メイナードがいった。「その含みを察するだけの頭があるなら、サー・ダンカン、いまのを教訓にしろ。出ていくにはまだ手遅れじゃない」

「出ていくって……どこへ？」

サー・メイナードは肩をすくめた。

「どこにでも。ウィンターフェル城、夏の城館《サマーホール》、影に触れるアッシャイ――。どこでもいい。ここでさえなければな。取られた馬と武具をくすねて、とっとと裏門から出ていけ。だれも気づきはしないさ。〈蝸牛《カタツムリ》〉はつぎの試合のことで頭がいっぱいだし、ほかの者たちの目は試合に釘づけになっている」

鼓動半分のあいだ、ダンクはその誘惑に駆られた。武具一式と馬があるかぎり、ひとまず騎士の体面は保てる。武具と馬がなければ、もはや物乞いと変わらない。

（図体の大きな物乞いもいたものだが、それでも物乞いだ）しかし、武具はもはや、サー・ユーサーのもの。サンダーもだ。（盗っ人になるくらいなら、物乞いでいたほうがいい）

ダンクは〈蚤の溜まり場〉で生まれて、〈鼬《イタチ》〉、レイフ、〈焼き菓子《プディング》〉たちと悪さをしてまわった。そんな暮らしから救いだしてくれたのが、老士、サー・アーランだった。サー・メイナードの勧めに対し、銅貨の樹《ペニーツリー》のサー・アーランならなんと答えたかはわかっている。サー・アーランはもう、この世にはいない。だから、老士に代わって、ダンクはこう答えた。

「草臥しの騎士といえども、名誉はある」

「名誉のうちに死ぬのと、汚名にまみれて生きるのと、どっちがいい？　ああ、いや、いい、みなまでいうな。おまえさんがなんというかはわかってる。いいからあの子を連れて逃げろ、〈吊るし首の騎士〉。おまえさんの運命が、あの楯絵と同じ結末を迎えないうちに」

　ダンクはいらだった。

「なんであんたにおれの運命がわかる？　夢でも見たのか？　〈フィドル弾きのジョン〉のように？　エッグのなにを知っている？」

「卵《エッグ》というのは、フライパンに近よるべきじゃないことを心得てるもんなんだ」とプラムは答えた。「白亜城というところは、あの子がいていい場所じゃない」

「あんたの槍試合はどんな結果だった？」

「ああ、おれは試合に出なかったのさ、なにかと凶兆だらけだったんで。なあ、ドラゴンの卵を手に入れるのはだれになると思う？」

（おれではない）とダンクは思った。

「〈七神〉のみぞ知る。おれにはわからない」

「いいから、思うところをいってみな。おまえさんにゃふたつの目がある。そうだろう」

ダンクはしばし考えこんだ。

「〈フィドル弾き〉か？」

「よくできました。その理由を説明してみる気はあるかい？」

「おれはただ……そんな気がしただけだ」

「おれもだよ」とメイナード・プラムはいった。「悪い予感がするぜ。〈フィドル弾き〉の行く手に立ちはだかる——そんな賢くないまねをするやつは、騎士だろうと従士だろうと、ろくな目に遭わないぞ」

エッグは天幕の外でサンダーにブラシをかけていたが、その目はどこか遠くを眺めているようだった。

（そうとう心配をかけてしまったようだな）

「そのくらいで充分だろう」ダンクはしゃがみこみ、声をかけた。「あんまりブラシをかけすぎると、おまえの頭と同じで、つるつるになってしまうぞ」

「サー・ダンカン？」エッグは向きなおった。手からブラシが落ちる。「わかってたんだ、ぼく！　あんな間抜けな蝸牛なんかに殺されるはずがないって！」

いうなり、飛びついてきて、ぎゅうっと首筋に抱きついた。

ダンクは少年のへなへな帽子を取ると、自分の頭にかぶせた。

「メイスターから聞いたよ。おれの鎧を確保しておいてくれたんだってな」

　エッグはむっとした顔で帽子を取りもどしながら、

「鎖帷子は砂で磨いて、脛当て、頸当て、胸当て、みんな磨いておきました。だけど大兜は、サー・ユーサーの槍先が当たったところがひび割れて、大きくへこんじゃってて。武具師のところへ持っていって、打ちなおしてもらわなきゃ」

「打ちなおしはサー・ユーサーにまかせよう。武具はもう、あの男の持ちものなんだから」

（馬もない、剣もない、鎧もない。もしかすると、あのこびとの一座が仲間に入れてくれるだろうか。さぞや滑稽な見ものだろうな——膨らました豚の膀胱を振って、六人のこびとが巨人をたたきまわすというのは）

「サンダーもあの男のものだしな。さて、いくか。あの男のところに馬と武具一式を持っていって、試合での武運を祈ると伝えよう」

「いますぐに？　サンダーの身請けは？」

「なにと引き替えに身請けするんだ、エッグ？　石ころと羊の糞でか？」

「考えてたんだけど、このさい、お金を借りれば——」

　ダンクは最後までいわせなかった。

「このおれにそれほどの大金を貸してくれるやつはいないよ、エッグ。だれが貸してくれるはずがある？　おれは図体がでかいだけのでくのぼうだ。自分では騎士を名乗っていたが、どこかの蝸牛に棒きれで頭をつつかれたヘボでしかない」

「だったら」エッグは譲らなかった。「あなたはレインに乗ってってください。ぼくはまたメイスターに乗ります。いっしょに夏の城館《サマーホール》へいきましょう。父の家士として仕えればいい。あそこの厩には馬がたくさんいるから。軍馬と乗用馬を一頭ずつ、気にいったものを選んでもらって」

エッグの気持ちはありがたいが、このまますごすごサマーホールへいくわけにはいかない。こんなありさまではだめだ。一文なしにおちぶれて、剣の腕で役にたとうにも、その剣すらなくては話にならない。

「なあ、エッグ」とダンクはいった。「おまえの気持ちはうれしいよ。それでもな、父上のテーブルのおこぼれをちょうだいしたくはない。厩《ステーブル》のおこぼれもだ。やはり、そろそろ別れる潮時がきたのかもしれないな」

ダンクひとりならば、いつでもラニスポートやオールドタウンの〈都市の守人《シティ・ウォッチ》〉に入れるだろう。ああいう組織では、からだの大きい人間は歓迎される。

（ラニスポートからキングズ・ランディングにいたるまで、ありとあらゆる旅籠の梁に頭をぶつけてきたこのおれだ。そろそろこの巨体で少々の金を儲けてもいいころだろう。こぶを儲けるのではなく）

だが、守人《もりうど》に従士はつかない。

「おれが教えられることはひととおり教えた。たいして多くはなかったけどな。これからはちゃんとした武術師範について、きちんと修業をつけてもらえ。騎槍のどっち側を持ったらいいのかをちゃんと心得ている、老功の大物騎士にな」

「ちゃんとした武術師範なんていりません」エッグはいった。「ぼくはね、あなたについていきたいんです。このさいだから、やっぱりあれを使って――」

「だめだ。それだけはだめだ。その先はいってくれるな。さあ、もう武具をまとめてくれ。これからサー・ユーサーのもとへ出向いて敬意を表する。つらいことは先延ばしにするほどつらくなるからな」

エッグは地面を蹴った。その頭は、大きな麦わら帽子の鍔《つば》と同じくらい大きくうなだれている。それでも、エッグはいった。

「はい……わかりました。いうとおりにします」

サー・ユーサーの天幕はごく簡素な外見で、灰褐色の帆布を支柱で支えて大きな箱形にし、地中に打ちこんだ杭に麻縄を結わえて固定したものだった。中央支柱の上には、長い灰色の三角旗がたれており、支柱の上端には銀の蝸牛《カタツムリ》が飾ってある。装飾といえるものはそれだけだった。

「ここで待て」

ダンクはエッグに指示した。少年はサンダーの手綱を取っている。大きな栗毛の軍馬には、買って間もない中古の楯も含めて、ダンクの武具一式が積んであった。

（〈吊るし首の騎士〉か。みじめな〝謎の騎士〟もいたもんだ）

「長くはかからない」

頭を低くして腰をかがめ、天幕の垂れ布をくぐる。

天幕の中は、外見からは想像もつかないほどの豪華さだった。床にはミア産の色鮮やかな平織り毛氈《もうせん》が敷いてある。一画には装飾の凝った架台テーブルが置いてあり、その周囲には将几《しょうぎ》がならべてあった。羽布団の上には柔らかなクッションが置いてあるし、鉄の火鉢では香が馨《かぐわ》しい芳香を放って燃えている。

サー・ユーサーはテーブルについていた。テーブルの端にはワインの細口瓶、目の前には金貨と銀貨が積んである。どうやら従士と貨幣を勘定しているようだ。従士はダンクとほぼ同年の、不器用な感じの男だった。〈蝸牛《カタツムリ》〉は——ダンクはいつしか、この男のことをこう呼ぶようになっていた——ときどき貨幣を噛んでは、脇に取りのけていた。

「まだまだ教えることは多いようだな、ウィル」サー・ユーサーが従士にいうのが聞こえた。「この一枚は抉《えぐ》り痕があるし、こっちの一枚は削られている。では、これはどうだ？」

サー・ユーサーは手のひらの上で、一枚の金貨をくるくるとまわした。

「貨幣は受けとる前に、ようく見ることだ。さあ、これを見てどう思うかいってみろ」

ドラゴン金貨が手からはじかれ、回転しながら宙を飛んだ。ウィルは受けとろうとしたが、指に当たって跳ね、床に落ちた。その金貨を探すため、床にひざをつき、手さぐりしだす。ようやく拾いあげると、手のひらの上で二度ひっくり返し、しげしげと表面を見つめてから、いった。

「まっとうな金貨です、ム＝ロード。片面にはドラゴンが、片面には王の横顔が浮き彫りになってますから」

ここでサー・ユーサー・アンダーリーフは、ダンクにちらと目をやって、

「〈吊るし首の騎士〉。そうか、歩けるようになったか。死んだのかどうか、気になっていたところだ。すまんが、わしの従士にドラゴン金貨の性質を教えてやってくれんか？　ウィル、サー・ダンカンにその金貨をお渡ししろ」

ダンクとしては、受けとるほかなかった。

（おれを落馬させただけでは飽きたらず、あごで使う気か？）

眉をひそめながら、金貨を手のひらに載せて重さを測り、両面をたしかめ、噛んでみる。

「金貨だな。抉られても削られてもいない。重さも正常だ。おれだってこれなら受けとると思う。なにがいけないんだ？」

「王だよ」

ダンクはあらためて、しげしげと金貨を見た。金貨に刻印された顔は若くて整っており、きちんと髭を剃っている。金貨に刻印されたエイリス王は顎鬚《あごひげ》を生やしているし、エイゴン下劣王も同様だ。両王にはさまれたデイロン王はきれいに髭を剃っていたが、しかしこれは、デイロン王の顔ではない。といって、エイゴン下劣王より前の時代のものにしては磨耗していなかった。ダンクは眉をひそめ、顔の下の文字に目をこらした。

（四文字だ）

これまでに見たほかのドラゴン金貨でも、この文字は何度も見てきた。〝デイロン〟、と

そこにはあるはずだ。だが、デイロン有徳王《うとくおう》の顔なら知っている。これはデイロン王の顔とちがう。じっと文字を見つめるうちに、三番めの文字がどこかおかしいことに気がついた。

　これは……。

「デイモン」思わず声が出た。「ここにはデイモンとある。デイモンという王はいなかった。ただし――」

「――デイモン・ブラックファイアなる僭王ならいたな。謀叛《むほん》の期間中、あの僭王は自分の金貨も造幣させていたのだよ」

「でも、金貨は金貨ですよ」ウィルは異論を唱えた。「同じ金なら、ほかのドラゴン金貨と同じ価値があるはずでしょう、ム＝ロード」

〈蝸牛〉は従士の頭の横をごつんと殴った。

「この阿呆めが。たしかにこれは金貨ではある。しかし、謀叛人の金貨だ。叛逆者の金貨だ。こんな金貨を持つこと自体、叛逆行為だし、それを使うのは倍も叛逆的だぞ。こんなものはただちに鋳つぶしてしまわねばならん」もういちど拳固を食らわせた。「おまえはしばらく、席をはずせ。わしはそこのご立派な騎士どのとすこし話がある」

　ウィルはぐずぐずせず、そそくさと天幕を出ていった。

「すわるがいい、よかったら」サー・ユーサーは丁重にいった。「ワインでもどうだね？」

　自分の天幕の中にいるアンダーリーフは、昨夜の饗宴のときとはまるっきり別人に見えた。

（そういえば、蝸牛は殻の中に身を潜めるんだったな）

「ありがたいが、遠慮しておこう」金貨をピンとはじき、サー・ユーサーに返す。

(謀叛人の金貨。ブラックファイアの金貨。エッグはいっていたな——〝この馬上槍試合に集まってるのは、元謀叛人ばかり〟だと。なのにおれは、耳を貸そうともしなかった)

これはあとで、謝っておかねばならない。

「カップ半分ならどうだ」アンダーリーフはなおも勧めた。「すこしくらい引っかけないとつらそうな声だぞ」

カップ二杯にワインをつぎ、片方をダンクに手わたした。甲冑を脱いだサー・ユーサーは、騎士というよりも商人に見えた。

「たぶん、馬と武具の件で訪ねてきたのだろうな」

「そのとおり」ダンクはワインをすすった。すこし飲めば頭の疼《うず》きがとまるかもしれない。

「馬を連れてきた。武具一式も積んである。受けとってくれ。おれの敬意といっしょに」

サー・ユーサーは笑みを浮かべた。

「そういう態度を見るにつけ、堂々の騎士道を歩んできたのだろうといわざるをえんな」

この〝堂々の〟というのは、〝みじめな〟の意味の皮肉だろうか。

「お誉めにあずかって恐縮だが——」

「やあれやれ、どうやら、わしのことばを勘ちがいしたらしい。はなはだぶしつけながら、どなたから騎士に叙されたか、たずねてもよいか?」

「銅貨の樹《ペニーツリー》のサー・アーランだ。〈蚤の溜まり場〉で豚を追いまわしていて見いだされた。

前の従士が〈赤草が原〉の戦いで死んで、乗馬の世話と鎖帷子の手入れをする者が要るとのことで。いっしょにきて身のまわりのことをすれば、剣と騎槍の振るい方や、馬の乗り方を教えてやるといわれて、くっついていったのがはじまりだった」

「泣かせる話だ——わしなら豚の件《くだり》は黙っておくがな。それで、そのサー・アーランはどうなった？」

「亡くなった。おれが埋葬した」

「なるほど。銅貨の樹《ペニーツリー》の村には連れていったのか？」

「どこにあるか知らないんだ」ダンクは老士の出身地、ペニーツリーを訪ねたことがない。そもそもサー・アーランは、ダンクが〈蚤の溜まり場〉のことを話したがらないのと同じく、出身地のことを話したがらなかった。「とある丘の西の斜面に埋めてきた。夕陽が沈むのが見えるように。老士は入日を眺めるのが好きだったので」

将几《しょうぎ》がダンクの体重を受け、いまにもひしゃげそうなきしみをあげた。

サー・ユーサーは将几の上ですわりなおした。

「甲冑なら間にあっている。おぬしのものより上等な馬もある。くたびれた老馬、へこんだ板金鎧、錆だらけの鎖帷子——わしがそんなものをほしがる理由がどこにある？」

「板金鎧と兜は、〈鋼《はがね》のペイト〉という鍛冶が鍛えた逸品だ」すこしむっとして、ダンクは答えた。「手入れはエッグがきちんと行なっていた。鎖帷子には錆ひとつない。鋼は上質で頑丈だ」

「頑丈だが重い。それに、ふつうの体格の者には大きすぎて使えんよ。おぬしは並はずれた巨体の持ち主だからな、〈長身のサー・ダンカン〉。馬についていえば、乗るには齢をとりすぎているし、食うには筋張りすぎている」

「たしかに、サンダーもむかしほど若くはない」そこはダンクも譲った。「それに、指摘のとおり、おれの鎧が大きいのも事実ではある。それなら、売り払ってしまえばいいだろう？ラニスポートなり、キングズ・ランディングなりには、うなるほど鍛冶がいる。喜んで引きとってくれるはずだ」

「ただし、本来の価値の十分の一程度でな」とサー・ユーサーはいった。「結局、融かして鉄の塊にしてしまうのだ、話にならん。わしがほしいのは美しい銀貨——古びた鉄ではなく、この国の貨幣だ。そこでだな——おぬし、武具と馬を買い戻したい気持ちはあるか、ないか、どっちだ？」

ダンクは眉根を寄せて、両手で持ったワインのカップをゆっくりと回転させた。カップは銀無垢《ぎんむく》だ。縁のまわりには一列、小さな金色の蝸牛が象嵌《ぞうがん》されている。ワインもまた金色で、舌に豊かな味をもたらした。

「思いだけで願いがかなうのなら……買い戻したくはある。喜んで。しかし——」

「——牡鹿銀貨二枚、角突き合わせて戦わせるだけの持ち合わせもないか」

「しばし……しばし馬と武具を貸してくれるなら、あとで買い戻し金を払おう。金《カネ》がたまりしだい、すぐ払う」

〈蝸牛〉はおもしろがっているような顔になった。

「どこでそれだけの金を見つける気だ？」

「どこかの領主に傭われてもいいし、ほかにもいろいろ……」こんなことばを搾りだすのは慚愧《ざんき》に堪《た》えなかった。自分が物乞いになったような気持ちだった。「返済には何年もかかるかもしれないが、かならず支払いはする。ここに誓う」

「なににかけて？　かけるものは、騎士としての名誉だけしかあるまい？」

　ダンクは顔を赤らめた。

「一筆入れてもいい」

「紙きれ一枚に、草臥しの騎士の署名か」サー・ユーサーはあきれたように目を上に向けてみせた。「尻を拭くのには使えるかもしれん。しかし、それ以上の価値はない」

「そういうあんただって、草臥しの騎士だろうが」

「こんどはわしを侮辱するか？　たしかにわしは、気の向くまま、行きたいところへ赴き、自分以外にはだれにも仕えん。が……もう何年も草の臥所《ふしど》に横たわったことはない。旅籠のほうがはるかに快適だからだよ。わしは馬上槍試合専門の騎士なのさ――それも、おぬしが出会ったなかで最高の」

「最高の？」傲慢な物言いに、ダンクはむっとした。「〈笑う嵐〉はそうはいわないだろう。〈長き棘のレオ〉もだ。〈ブラッケンの荒馬〉も。アッシュフォードの牧草地では、だれも蝸牛のことなど口にしなかった。なのになぜ、馬上槍試合の名高い優勝者《チャンピオン》を標榜する？」

「わしがひとことでも優勝者《チャンピオン》などといったか？　優勝して得られるのは名誉のみ。優勝するくらいなら、瘡掻《かさか》きにでもなったほうがまだいい。謹んでご遠慮申しあげよう。つぎの試合でもわしは勝つ。だが、最終戦では落馬する。バターウェル公は、準優勝の騎士にドラゴン金貨三十枚を出すそうな。その額なら、十二分に満足がいく。かてて加えて、買い戻し金がたっぷり手に入るし、わしに金を賭けた者たちからの配当も入る」

　サー・ユーサーはそういって、テーブル上の銀貨と金貨の山を指し示した。

「おぬしは見るからに身体頑健、体軀も非常に大きい。阿呆どもはいつでも体軀の大きさに圧倒される。馬上槍試合では、大きさは関係ないというのに。おかげでウィルは、賭け率を三対一まで持っていくことができた。わしが勝てば賭け金の三倍の儲けだ。ショーニー公にいたっては、賭け率五対一で賭けてくれたほどだよ。あの阿呆め」

　サー・ユーサーは銀貨の一枚を立て、長い指ではじいて、くるくると回転させた。

「つぎに落馬するのは〈老特牛《こというし》〉、そのつぎは〈猫柳の騎士〉。そうなることはもう決まっているんだ。もしもあの若いのがそこまで勝ち残れたらだがな。人は感傷から、あのふたりの騎士に賭けるだろう。わしの勝ちに賭ける率は圧倒的に低くなると見る。庶民というやつは、おらが村の英雄さまが大好きなのさ」

「サー・グレンドンは英雄の血を引いている」

「おうよ、そうであってほしいものだ。英雄の血というだけでも、賭け率が二対一になってくれる。娼婦の血では、賭け率の差が小さくなっていかん。サー・グレンドンは、ことあるごとに父なる人の名を口にしているが、母親のことはけっして口にしない。そこに気づいているか？　それには大きな理由がある。あれは非戦闘従軍者が産んだ子なのさ。母親の名はジェニーという。〈一ペンス銅貨《ペニー》のジェニー〉と呼ばれていたそうだ。〈赤草が原〉の合戦まではな。合戦前夜は、あまりたくさんの男と寝たので、以後は〈赤草が原のジェニー〉と呼ばれるようになったと聞いた。〈火の玉《ファイアボール》〉とても、それより前にジェニーを抱いてはいただろう。とはいえ、抱いた男はほかに百人もいた。われらが友、グレンドン・ボールどのは、少々思いこみが激しすぎるのではないかね。そもそもあの男、赤毛ですらないではないか」

（英雄の血だ）とダンクは思った。

「だが、騎士を名乗っている」

「ああ、騎士なのは本当だとも。あの若いのとその妹は売春宿で育った。〈猫柳亭〉という売春宿でな。〈ペニー・ジェニー〉が死んだあとは、ほかの娼婦たちがふたりの面倒を見て、母親がでっちあげた作り話をあの若いのにあれこれ吹きこんだらしい。それには、あれが〈火の玉〉の子だとする話も含まれる。戦いの訓練は、近くに住んでいた年老いた従士が、エールや揚代《あげだい》を奢られて施した。ただ、いかんせん従士なので、小さな私生児どのを騎士にすることはできん。ところが、半年前のこと、騎士の一団がたまたまその売春宿を利用したさい、サー・モーガン・ダンスタブルという男が、酔いにまかせてサー・グレンドンの妹を所望したと思え。この妹というのが、偶然、まだ乙女だったのだがな、サー・モーガンには乙女の花散らし代を払うだけの持ち合わせがない。そこで、取り引きが行なわれた。サー・

モーガンは〈猫柳亭〉にて、二十人の証人を前に、娘の兄を騎士に叙する。そののち、娘がサー・モーガンを上階に連れていき、初花を摘ませる。かくして騎士さまの誕生とござい」

どんな騎士も、人を騎士に叙することができる。サー・アーランの従士時代、ほかの騎士たちが、情実、脅迫、銀貨ひと袋などで騎士の地位を手に入れたという話は耳にしていたが、妹の初花摘み代で騎士位を買ったという話は、さすがに聞いたことがなかった。

「それは作り話だろう」口が勝手に動いていた。「事実のはずがない」

「こいつはカービー・ピムから聞いた話だよ。本人も現場にいて騎士叙位の証人のひとりを務めたそうだ」サー・ユーサーは肩をすくめた。「英雄の息子か、娼婦の息子か、その両方かもしらんが、いずれにしても、わしと対戦すれば、あの若いのは負ける」

「籤《くじ》でほかの相手に当たるかもしれないじゃないか」

サー・ユーサーは片眉を吊りあげた。

「試合管理者のコズグローヴはこのうえなく金《カネ》に汚い男でな。請けあおう、このつぎわしと当たるのは〈老特牛《ことい うし》〉、そのつぎに当たるのはあの若いのだ。ひとつ賭けてみるか？」

「賭けるものなど、なにも残っていない」

絡繰《からく》りを知って、ダンクはひどく落ちこんだ。〈蝸牛〉が管理者を買収し、思いどおりに組みあわせを決めていたとわかったことも衝撃的だったが、もっと衝撃的なのは、この男が自分に白羽の矢を立てた、ということだった。それはすなわち、自分がそれだけ与《くみ》しやすい相手だと思われたことを意味する。

　ダンクは立ちあがった。

「いうべきことはすべていった。馬と剣はあんたのものだ。具足もぜんぶだ」

〈蝸牛〉は両手の指先同士を触れ合わせて、とがり屋根の形にした。

「たぶん、ほかにも方法があるぞ。おぬしにはなんの才能もないというわけではない。あの落馬ぶり、あれはじつにみごとだった」にんまりと笑ったサー・ユーサーの唇は、ワインで濡れ濡れと光っていた。「馬と武具は貸し出してやってもいい。わしの仕事を受けてくれるならな」

「仕事？」意味がわからなかった。「どういう仕事だ？　あんたには従士がいるだろうが。どこかの城の駐屯兵にでもさせたいのか？」

「わしが城を持っていたなら、それもありかもしれんがな。正直にいうと、持つなら上宿のほうがいい。城は維持に金がかかりすぎる。そうではないさ、わしがおぬしに求める仕事というのは、よそで行なう馬上槍試合につきあってほしいということだ。なに、二十回も対戦してくれればいい。簡単だろう？　おぬしにはわしの儲けの十分の一を渡す。以後は頭ではなく、胸を突くことも約束しよう」

「いっしょに旅をして、ほうぼうで落馬してまわれというのか？」

　サー・ユーサーは愉快そうに笑った。

「おぬしのような巨漢は絶好の仕込みになる。楯に蝸牛を描いた猫背の老騎士が大男を落馬させるとはだれも思わんからな」あごをなでた。「ならば、おぬしには新しい武具がいるか。

その〝吊るし首の男〟はなかなか不気味だが、しかし……吊るされているというのがどうもよろしくない。敗北して死んでいるだろう？　それより、もっと恐ろしげなほうがいいな。熊の頭あたりはどうだ？　あるいは髑髏《どくろ》か。髑髏を三つならべれば、ますます雰囲気が出るだろう。槍に貫かれた赤子でもいい。髪はもっと長く伸ばして、顎鬚《あごひげ》も蓄えてだな、もっと荒々しく、乱髪乱鬢《らんびん》にする。小規模な馬上槍試合は、おぬしが知っている以上にあちこちで催されているのだよ。おぬしと組んだ場合の賭け率ならば、ドラゴンの卵くらい、たちまち買えるほどの上がりが期待できよう――」

「――おれが使いものにならなくなるまでにはか？　おれは武具こそ失ったが、名誉までもなくしてはいない。サンダーと武具は差しだすが、それだけだ」

「実《じつ》のともなわぬ誇りは物乞いへの早道。わしといっしょに興行せぬなら、待っているのは茨の旅路だぞ。すくなくともわしは、馬上槍試合の要諦《ようてい》をひとつふたつは伝授してやれる。いまのところ、おぬしはなにひとつ知らぬありさまだ」

「おれを阿呆呼ばわりするのか。おれを愚弄して笑う気か」

「すでに物笑いの種にはしてやったさ。ともあれ、阿呆でさえ、食わねばならん」

　この男の顔面にこぶしをたたきつけて、薄笑いを消してやりたかった。

「楯に蝸牛の絵など描いていて平気な理由が、よくわかった。おまえは真《まこと》の騎士ではない」

「掛け値なしに愚物のせりふだな、それは。おぬし、自分がどれほど危険な立場に置かれているのかわからんほど状況が見えておらんのか？」

サー・ユーサーはカップを脇にどけ、語をついだ。

「なぜわしがわざわざ頭を突いたかわかるか？」

立ちあがり、ダンクの胸の中心を軽くつついて、

「槍先は胸にあてたほうが、落馬させるのはたやすい。頭のほうが標的としては小さいし、落馬させるほどの打撃を与えるのはもっとむずかしくなる。ただし……当て方しだいでは、致命傷を与えうる。わしはな、おぬしの頭を狙うように頼まれたのだ。金をもらってな」

「金をもらって？」ダンクは驚き、身をのけぞらせた。「どういう意味だ？」

「前金として金貨六枚。おぬしが死ねば、もう四枚の約束だった。とはいえ、騎士ひとりの命をもらうには、端《はし》た金《がね》でしかない。そのことに感謝するんだな。もっと大きな額だったら、わしは騎槍の先端を、おぬしの大兜の目穴に突き刺していたところだぞ」

ダンクはふたたび、頭がくらくらしてきた。

（だれが金を払ってまでおれを殺そうとする？　この白亜城では、おれはだれにも危害など加えていないのに）

ダンクをそれほど憎む者がいるとしたら、エッグの兄のエリオンだけだが、あの〈赫奕《かくやく》のプリンス〉は〈狭い海〉の向こうへ追いやられている。

「金を払ったのはだれだ？」ダンクはたずねた。

「日の出とともにどこかの従者が金貨を持ってきた。試合管理者が組み合わせを張りだしてまもなくのことだった。顔をフードで隠していたよ。あるじの名もいわなかった」

「しかし……なぜ？」

「理由などたずねはせん」サー・ユーサーはふたたびカップを満たした。「おぬし、自分で承知しているよりたくさんの敵をかかえているようだな、サー・ダンカン。ま、むりもない。この国が窮状を迎えることになった諸悪の根源は、おぬしだという者もいるのだから」

　冷たい手で、いきなり心臓をわしづかみにされたような気分だった。

「それはどういう意味だ」

〈蝸牛〉は肩をすくめて、

「わしはアッシュフォード牧草地にいなかったが、馬上槍試合はわが生業《なりわい》。メイスターらが星々の運行を観測するように、遠くの試合にもこまめに目配りをしている。とある草臥しの騎士が原因で、アッシュフォード牧草地にて七尽くしの審判が行なわれ、その結果として、〈槍砕きのベイラー〉が弟のメイカーの手にかかって死んだことも承知しているぞ」サー・ユーサーはそういって将几にすわり、脚を伸ばした。「ベイラー太子はみんなから愛されていた。〈赫奕のプリンス〉には友人が何人もいる——エリオンが国を出ざるをえなくなった原因をけっして忘れない友人たちがな。わしの申し出をよく考えることだ。蝸牛は通り道に粘液の筋を残していくが、多少の粘液が人の害になることはない……それに対して、竜との舞踏を試みるなら、焼かれる覚悟をしておかねばなるまいぞ」

〈蝸牛〉の天幕から外に出たとき、空は以前よりも暗さを増していた。東の暗雲は前よりも大きく、黒くなり、太陽は西にぐっと傾いて、郭に長い影を落としている。屋外では従士のウィルがサンダーの脚を調べていた。

「エッグはどこだ？」ダンクはウィルにたずねた。

「あのツルピカの子かい？　おれが知るわけないだろ。どこかへ走っていっちまったよ」

（サンダーに別れを告げるのが耐えられなかったんだな）とダンクは思った。（おそらく、本がある天幕のところへもどったんだろう）

ところが、天幕にはいなかった。本はそのまま、エッグの寝袋の横にきちんと積みあげてあったものの、少年の姿は影も形もない。なにかあったにちがいない。いやな予感がした。ダンクにことわりもなくどこかへいってしまうというのは、およそエッグらしくない行動だ。

一メートルほどとなりの、縞柄の天幕の外で、半白の兵士がふたり、エールを飲んでいた。

「……ちきしょうめ、あんな軍《いくさ》ぁ、二度とごめんだぜ」片方がつぶやいた。「朝陽が昇ったときゃあよ、草は緑だったんだ、なのに……」

そこで、もうひとりにひじでこづかれて、その兵士はことばを切り――ようやくダンクに気がついた。

「なんだい？」

「おれの従士を見なかったか？　エッグと呼ばれているんだが」

兵士は耳の下の、半白の不精髭をぼりぼりと掻いて、

「ああ、あいつか。おれより髪がなくて、どうにも口のへらないガキな。ほかの小僧どもに

すこしどつかれてたが、ありゃあゆうべのことだ。以来、見かけてないぜ」

「あんたが怖くて、逃げちまったんじゃねえの？」もうひとりがいった。

　ダンクはその兵士をじろりとにらんでから、

「もどってきたら、ここでおれを待つようにと伝えてくれ」とたのんだ。

「あいよ、伝えとく」

（試合を見にいっただけかもしれない）

　急いで槍試合の会場に向かった。途中、厩の前を通りかかったとき、サー・グレンドン・ボールを見かけた。みごとな栗毛の軍馬にブラシをかけていた。

「エッグを見なかったか？」ダンクは声をかけた。

「ついいましがた、そこを駆けていった」サー・グレンドンはポケットから人参を取りだし、栗毛の馬に食わせた。「おれの新しい馬だ、気にいったか？　コステイン公が従士を使いによこして、この栗毛を買い戻すといってきたんだが、金を払う必要はないと断わった。この馬、おれのものにして取っておく」

「コステイン公はおもしろく思わないぞ」

「コステイン公はな、おまえには楯に火の玉を描く資格がないなどとぬかしやがったんだ。描くなら猫柳の木立ちこそふさわしいとな。あんなやつ、クソくらえだ」

　ダンクは苦笑を浮かべた。ダンクもこの男と同じテーブルにつき、〈赫奕《かくやく》のプリンス〉やサー・ステッフォン・フォソウェイの同類が提供する食事を苦汁混じりに嚥《の》みこんでいる。

それだけに、この狷介《けんかい》な若い騎士には親近感をおぼえた。

（もしかすると、おれの母親だって娼婦だったのかもしれないしな）

「馬は何頭、獲得した？」

サー・グレンドンは肩をすくめてみせた。

「数えきれないほどだ。モーティマー・ボッグズはまだ自分の馬を差しだしてない。売女《ばいた》の産んだ私生児を乗せさせるくらいなら、食ってしまったほうがましだとかほざきやがって。鎧は差しだしたが、金鎚でさんざんにたたいて送りつけてきた。おかげで穴だらけだ。まあ、鋳潰せば地金にはなる」サー・グレンドンは怒っているというよりも、むしろ悲しげだった。

「むかし、厩があったんだ、おれが育った、その……宿屋のそばにな。子供のころはそこで働いていた。馬の持ち主が忙しいときには、こっそりと馬を乗りまわしていたもんだ。馬は小さいころから得意だった。去勢馬、女用の小型乗用馬、乗用馬、荷馬車馬、農耕馬、軍馬、ぜんぶ乗った。ドーンの砂漠馬にもだ。自前の騎槍の造り方は知り合いのじいさんが教えてくれた。自分がどれだけ槍試合に長《た》けているかを見せつけたら、世間はおれが親父の息子と認めてくれる——そう思っていたが、そんなことはなかったな。連勝したいまでさえ、あの連中、絶対におれを認めようとしない」

「なかにはそんなやからもいる。おまえがどれだけ業績をあげても、あの手合いは一顧だにしない。しかし……そういう連中ばかりとはかぎらないさ。ちゃんと認めてくれる人だっている」ダンクはすこし考えた。「槍試合がぜんぶおわったら、エッグとおれは北へ向かう。

ウィンターフェル城に仕えて、スターク家のもと、鉄人《くろがねびと》との戦いに身を投じるつもりだ。よかったら、いっしょにこないか」

〝北部は独自の世界じゃからなあ〟と、サー・アーランはつねづねそういっていた。北部の人間なら、〈ペニー・ジェニー〉や〈猫柳の騎士〉などの話に興味すら持たないだろう。

(北部にいけばだれにも笑われない。北部の人間は、剣の腕を通じてのみおまえを評価し、存在価値でのみおまえを判断する)

サー・グレンドンは疑わしげな視線を向けてきた。

「どうしておれが北にいかねばならんのだ？　逃げだす必要がある——隠れる必要があるとでもいうのか？」

「そうじゃない。おれはただ……剣が一本ではなく二本のほうが心丈夫だと思っただけさ。街道はもう、むかしほど安全ではないからな」

「たしかにそうだが」若者は不承不承のていで認めた。「しかし父は、かつて〈王の楯《キングズガード》〉に席を用意されていた人間だ。おれはいずれ、父の夢を代わりに果たし、白いマントをまとうつもりでいる」

(おまえが白いマントをまとえる可能性は、おれがまとえるのと同じ程度しかないよ)もうすこしでそういいそうになった。(おまえは非戦闘従軍者の子、おれは〈蚤の溜まり場〉のどぶから這いずり出てきた子。おまえやおれの類いに、王が名誉を与えることはない)

とはいえ、こんな真実を告げたところで、サー・グレンドンは認めたがるまい。だから、かわりにダンクはこういった。

「では、せっせと武芸の腕を磨くことだな」

　そういいおいて、ダンクは歩きだした。ところが、一メートルといかないうちに、サー・グレンドンの声が追いかけてきた。

「サー・ダンカン、待ってくれ。いまみたいな……きつい言い方をするべきじゃなかった。騎士たるもの、礼儀正しくなくてはならない、と母によくいわれたんだが」若者はいったん口を閉じた。ことばを探しているようだった。「前の試合のあと、ピーク公が訪ねてきてな。星嶺《せいれい》城の家士として迎えるというんだ。なんでも、もうじき、ウェスタロスがこの一世代のあいだ経験したことのない大嵐が吹き荒れようとしている、だから剣とそれを振るう猛者《もさ》が必要だ、命令を忠実に守る忠義者が必要だ、と」

　とても信じがたい申し出だった。ゴーモン・ピークは草臥しの騎士を露骨に蔑視している。街道でも屋上でもそうだった。あのときの態度を考えれば、この申し出は気前がよすぎる。

「ピークも立派な領主かもしれないが」ダンクは用心深い言い方をした。「その……信用の置ける人間ではなさそうに見える。おれの目にはな」

「たしかに」サー・グレンドンは赤面した。「じっさい、代償を求められたよ。家士として迎えるが、そのまえに……忠誠心を見せろと。つぎの試合で、公の友人〈フィドル弾き〉と対戦するよう手配するから、かならず負けることを誓えというんだ」

　これには納得がいった。本来なら衝撃を受けてもいいところなのに、やはりそうかという思いがあった。

「それで、なんと答えた？」

「どんな事情があろうと〈フィドル弾き〉に負けることはできない、すでに、もっと優れた騎士たちを落馬させているんだ、だからきょうのうちに、あのドラゴンの卵はおれのものになるだろう、と」グレンドン・ボールは力なく笑った。「むろん、それは公が期待していた答えじゃなかった。公はおれを愚か者と呼んで、せいぜい背中に気をつけるんだな、と捨てぜりふを吐いた。〈フィドル弾き〉には味方がおおぜいいるが、おまえにはひとりもいまい、ともいっていたよ」

ダンクは若者の肩に手をかけ、ぐっと力をこめた。

「ひとりはいるさ、ここにな。いや、ふたりだ、エッグを見つけたら」

若者はダンクの目を見つめ、こくりとうなずいた。

「いいものだな……いまだ真《まこと》の騎士がいると知るのは」

試合見物の観衆をかきわけてエッグを探していたとき、はじめて〈黒のトム〉ことサー・トマード・ヘドルの顔をまともに見た。がっしりとして肩幅が広く、樽のような胸を持つ、バターウェル公の義理の息子は、革鎧の上から漆黒の甲冑を身につけていた。かぶっている装飾的な黒兜は、なにかの魔物の顔を模したものだろう、鱗のほかに、あぎとからたらした涎《よだれ》の浮き彫りが彫られている。乗馬はサンダーより手の幅三つぶんは高く、十二キロ以上も重そうな怪物馬だった。馬体には環帷子の馬鎧を着せてある。あれだけの量の鉄をまとっていると、さすがに速度が出ないため、ヘドルは〝普通駆け足〟で走路上に馬を駆っていたが、だからといって、サー・クラレンス・チャールトンを落馬させるのに手間どりはしなかった。チャールトンが担架に乗せられ、走路からかつぎだされていくかたわらで、ヘドルは魔物の黒兜を脱いだ。顔は横に大きく、頭は禿げあがっており、顎鬚は黒く、角張った形に刈っている。頬と首には、毒々しいほど赤い腫れ物が点々と見えた。

あの顔は知っている。バターウェル公の寝室でドラゴンの卵を手にしたとき、唸るような声で警告してきたあの騎士だ。そして……ピーク公と深く響く声で話していたあの騎士でもある。

あのとき聞いたさまざまなことばが、断片的によみがえってきた。

〝貴公が見せたのは絵に描いた餅にすぎん……あの若いの、ほんとうに父親の息子なのか？……〈鋼の剣《ビタースティール》〉が……必要なのは戦士だ……血の代わりに乳が流れる軟弱な老公は、あの若いのが旗標になるだろうと期待している……あの若いの、ほんとうに父親の息子なのか？……いっておくがな、〈血斑鴉〉は断じて夢になど頼りはせぬ……あの若いの、ほんとうに父親の息子なのか？〟

ダンクは観覧席を眺めやった。エッグが事情を説明して、貴人のあいだのしかるべき席にすわってはいないかと思ったのだ。少年の姿はどこにもなかった。が、それはバターウェル公とフレイ公についても同様だった。新妻はいまも貴賓席にすわり、退屈で早く引きあげたそうなようすをしている。しかし、両公の姿はない。

（妙だな）とダンクは思った。

　ここはバターウェル公の城であり、これは公の結婚を祝う催しだ。フレイ公は貴賓であり、花嫁の父親でもある。この馬上槍試合は両家の名誉をたたえるものだというのに……肝心のふたりはどこへいった？

「サー・ユーサー・アンダーリーフ」紋章官が大声で呼ばわった。おりしも、太陽が雲堤の陰に入り、ダンクの顔は影におおわれた。「対しまするはブルワー家のサー・シオモア――またの名を〈老特牛《こというし》〉、黒冠城の騎士。双方、位置につき、武勇を示されよ」

　鮮血の色をした甲冑を一縮《いっしゅく》し、兜から黒い牡牛の角を生やした〈老特牛《こというし》〉は、見るからに恐ろしげな装いをしていたが、その格好で馬にまたがるには、筋骨たくましい従士の助けを借りなければならなかった。それに、しじゅう首を左右に振っているところを見ると、サー・メイナードがいったとおり、右目が見えないのだろう。それでも、老公が走路にいかつい姿を見せると、観衆から大歓声が湧きあがった。

　いっぽう、〈蝸牛《カタツムリ》〉に対しては、たいして歓声があがらなかった。これは本人のもくろみどおりだ。

　最初の懸け合いでは、両騎士ともに、槍先を斜めに当てただけにおわった。二度めの懸け合いでは、〈老特牛《こというし》〉が相手の楯に槍先を当てて、みごと槍を折ったのに対し、〈蝸牛〉のほうは槍先を当てそこねた。三度めも同様の結果におわったが、今回、サー・ユーサーは、落馬するかのように大きくのけぞってみせた。

（あれは演技だな）とダンクは気づいた。（つぎの試合のために、自分に賭ける者がいなくなって、賭け率がいっそう有利になるよう、下準備をしているんだ）

　周囲を見まわすと、従士のウィルがせっせと歩きまわり、あるじのために賭け金を集めている。それを見て、遅ればせながら、〈蝸牛〉に賭けておけばよかったことに気がついた。賭けていれば、多少とも懐を潤《うるお》せたろうに。

（うつけのダンク《ランク》、鈍なること城壁のごとしだ）

〈老特牛《こというし》〉は五度めの懸け合いにおいて、横ざまに落馬した。〈蝸牛〉の槍先が器用に楯をすりぬけて、胸を突いたのだ。落馬のさい、片足が鐙《あぶみ》に引っかかり、〈老特牛《こというし》〉はそのまま引きずられつづけた。ブルワー家の者たちがようやく馬をとめたときには、四十メートルも引きずられたあとだった。負傷者をメイスターのもとへ運んでいくため、またしても担架が持ちこまれた。おりしも降りだした雨が、運ばれていくサー・シオモア・ブルワーの外衣《サーコート》をぽつぽつと濡らしはじめる。ダンクはそのようすを無表情に眺めていた。気が気でないのは、エッグの安否だ。

（正体不明のおれの敵が、エッグに魔手を伸ばしていたらどうする？）けっしてありえない話ではなかった。（あの子はなにひとつ悪くないんだ。だれかがおれに含むところがあるとしても、意趣を晴らすべき相手はおれであって、あの子ではない）

ダンクが見つけたとき、〈フィドル弾きのサー・ジョン〉は、つぎの試合に備えて甲冑をつけている最中だった。手伝っているのは三人の従士で、鎧の締め金を締めたり馬に馬衣をつけたりしている。そのあいだ、アリン・コクショー公はずっとそばにすわって、ワインの水割りを飲んでいた。落馬して打ち身ができているせいか、いかにも不機嫌そうに見える。ダンクの姿に気がつくなり、アリン公は胸にワインがたれるのもかまわず、愕然とした声を出した。

「お、おまえ――なぜ平気で歩いていられる？　〈蝸牛〉の槍を顔面に食らったのに」

「〈鋼《はがね》のペイト〉の兜はとても丈夫でしてね、ム＝ロード。それに、おれの頭は石のように硬い。サー・アーランによくそういわれたものです」

〈フィドル弾き〉が笑った。

「アリンのことは気にしないでくれ。〈火の玉〉の庶子に馬から落とされて、ふっくらした尻を地べたにつけてからというもの、草臥しの騎士はみんな憎むことにしたらしい」

「あんな卑しいにきび面の若僧めが、クェンティン・ボールの息子のはずがない」アリン・コクショーがいきまいた。「あんなやつ、試合に出してやるべきじゃなかったんだ。これがおれの結婚だったら、増上慢《ぞうじょうまん》の大口をたたいた廉《かど》で鞭打たせていたところだぞ」

「どんな乙女がおまえと結婚するというんだ？」サー・ジョンが問いかけた。「それにな、ボールの大口よりも、おまえの泣きごとのほうが聞き苦しい。ところで、サー・ダンカン、きみはたまたま、〈緑のガルトリー〉の友人だったりはしないか？　つぎの試合では、あの人物を馬から落とすことになるが、友人ならきみに悪いからな」

　この宣言どおり、〈フィドル弾き〉の勝ちは動かないだろう、とダンクは思った。

「いや、あの人物の知り合いではありません、ム＝ロード」

「それはよかった。ワインでもどうだい？　パンとオリーブもあるぞ？」

「いえ、ひとつききたいことがあって、それを教えてくれるだけでけっこうです」

「ひとつといわず、ききたいことにはいくらでも答えるさ。わが天幕へ入ろう」〈フィドル弾き〉はダンクのために垂れ布を持ちあげてくれた。「おっと、おまえはだめだ、アリン。おまえはオリーブがなくても平気だろうが」

　天幕に入ると、〈フィドル弾き〉はダンクに向きなおった。

「サー・ユーサーに殺されていないことはわかっていた。おれの夢が先を見誤った例《ためし》はないからな。蝸牛《カタツムリ》の騎士はじきにおれとも対戦することになる。あの男を落馬させたら、きみの武器と鎧を返すよう、申し入れてやろう。きみの軍馬もだ。もっともきみには、もっといい乗馬がふさわしい。おれからの贈り物として、受けとってくれないか？」

「おれは……いや……それは受けとれません」もらうべき理由などないのに、こんなことをいわれると、居心地が悪くてしかたない。「人の好意を無下にするやつだ、と思われるかもしれませんが……」

「借りを作るのがいやなら、いまの話は忘れてくれ。しかし、受けてくれるのなら、代金はいらない。おれがほしいのはきみの友情なんだ。だいいち、乗馬がなかったら、どうやってわが騎士のひとりになれるはずがある？」

　そういいながら、サー・ジョンは自在継手《つぎて》の籠手《こて》をはめ、指を曲げ伸ばしした。

「ききたいのは、わたしの従士のことです。どこにいるのかわからないんです」

「女の子とどこかにしけこんでるんじゃないか？」

「エッグはまだ女の子を追いかける齢ではありません、ム＝ロード。おれにことわらずに、どこかへいくこともしない。たとえおれが死にかけていても、このからだが冷たくなるまで、つきっきりで見まもっているような子なんです。あの子の馬もまだ郭にある。騾馬《ラバ》もです」

「きみさえよければ、手の者に探しにいかせてもいいが」

（手の者……）ダンクはその響きが気にいらなかった。（謀叛人《むほんにん》だらけの馬上槍試合……）

「それは——草臥しの騎士のせりふではありませんね」

「ああ、ちがうとも」〈フィドル弾き〉は若者らしく、屈託のない、魅力にあふれた笑みを浮かべてみせた。「しかしそれは、はじめからわかっていたことだろう？　街道で出会ったときから、おれのことをずっとム＝ロードと呼んでいたじゃないか。それはなぜだ？」

「あなたのしゃべりかたが貴公子らしかったからですよ。身なりも。ふるまいもです」

（うつけ《ランク》のダンク、鈍なること城壁のごとし）

「そういえば、ゆうべ、屋上でなにかいっていましたね……」

「酒が入ると口が軽くなっていけない。しかし、屋上での話はすべて本気だぞ。おれたちは一蓮托生《いちれんたくしょう》なんだ、きみとおれとはな。おれの夢はうそをつかない」

「あなたの夢はうそをつかないかもしれないが……あなた自身はうそをつく。ジョンは本名ではない。そうでしょう？」

「そのとおりだよ」〈フィドル弾き〉の目がいたずらっぽくきらめいた。

（エッグと同じ目だ）

「――そのお方の本名はすぐに明かされる。知る必要のある人間に対してはな」第三の声がいった。ゴーモン・ピーク公が渋面を作り、天幕の中にすべりこんできたところだった。

「草臥しの騎士よ、警告しておくが――」

「おいおい、やめろ、ゴーミー」〈フィドル弾き〉がいった。「サー・ダンカンはわれらの仲間だ。いまはそうでなくとも、いずれ仲間になる。いっただろう、彼の夢を見たと」

　天幕の外で、紋章官の喇叭《ラッパ》が鳴り響いた。〈フィドル弾き〉は入口に顔を向けた。

「出番だ。呼ばれている。すまんがいったん失礼させてもらうぞ、サー・ダンカン。〈緑のガルトリー〉を落馬させてきたら、また話をつづけよう」

「ご武運を」とダンクはいった。

　これは形ばかりの礼儀だ。彼の場合、武運などいらないのだから。

　サー・ジョンが出ていったあとも、ゴーモン公は残った。

「サー・ジョンの夢は、われらみなに死をもたらしかねん」

「サー・ガルトリーの買収にはいくら使ったんです？」気がつくと、ダンクはそうたずねていた。「銀貨で間にあいましたか？　それとも、金貨を要求されましたか？」

「だれかが裏工作をばらしたと見えるな」ピークは将几《しょうぎ》にどっかと腰をおろした。「外には十余人を控えさせている。ひと声かければ、すぐにでも天幕になだれこんでくる手はずだ。このさい、おまえの喉頸《のどくび》を掻き切っておくべきだろうが……」

「なぜそうしないんです」

「殿下がいい顔をなさらぬからだ」

殿下。わかってはいても、ダンクは腹に一発、鉄拳を食らったような衝撃をおぼえた。

(やはり、もうひとりの黒いドラゴンか。またしてもブラックファイアの叛乱を起こそうというのか。じきに第二の〈赤草が原〉の合戦が起きてしまう。〝朝陽が昇ったときゃあよ、草は緑だったんだ〟――血で赤く染まる前は)

「なにゆえに、この結婚を機に？」

「バターウェル公はベッドを温める若い新妻をほしがっていたし、フレイ公は傷物にされた娘の嫁ぎ先を求めていた。両者の婚礼の儀は、同心の諸公が一堂に会する格好の口実となる。招待された者のほとんどは、かつては黒竜の側に立って戦った者たちだ。そうではない客も、〈血斑鴉〉の支配を憤る理由のある者か、それぞれの理由で不平や野望をいだく者ばかり。われらの多くは、叛乱後の忠誠を誓うあかしとして、キングズ・ランディングへ息子や娘を差しださせられていたが、人質の大半は〈春の疫病大流行〉で非業の死をとげた。われらの手はもはや縛られてはおらぬ。ゆえに、いまこそ宿願を果たす好機。エイリスは腰抜けだ。本の虫で、戦士ではない。庶民はエイリスをよく知らぬし、好意をいだいてもおらぬ。王派諸公が王にいだく不快感は、その比ではない。エイリスの父王も軟弱ではあった。その点はたしかだが、玉座が脅かされたとき、王を護って戦う息子たちがいた。ベイラーとメイカー——鉄鎚《てっつい》と鉄床《かなとこ》だ。しかし、〈槍砕きのベイラー〉はもはやこの世にはおらず、プリンス・メイカーは夏の城館《サマーホール》に蟄居《ちっきょ》して世をすね、王と〈王の手〉に不満をかこっている」

（たしかにそうだな）とダンクは思った。（そしていま、どこかの馬鹿な草臥しの騎士が、プリンス・メイカー気にいりの息子を敵の手に渡してしまった。プリンスを夏の城館《サマーホール》の中に封じておくうえで、これ以上の妙手があるだろうか）

「まだ〈血斑鴉〉がいる。あれはけっして軟弱な人物ではない」

「いかにも」ピーク公は認めた。「とはいえ、妖術師を愛する人間などおりはせぬ。そして身内殺しは、神々から見ても人間から見ても、忌むべき存在でしかない。ほんのすこしでも弱さや敗北の兆しが見えたなら、いま〈血斑鴉〉についている者たちは、夏の雪のごとくに融けて消える。そして、若が見た夢が現実のものとなるのであれば、この白亜城において、一頭の生けるドラゴンが誕生し……」

　ダンクは相手に代わって、その先をいいおえた。

「……〈玉座〉はあなたのものになる」

「若のだ。わしは卑しきしもべにすぎん」ゴーモン・ピーク公は立ちあがった。「この城を出ようとするな。出ようとすれば、われらを裏切る意志あるものと見なし、その命でもって償ってもらう。われらはいまや、引き返せぬところまで踏みこんでしまったのだ」

鉛色の空から雨が篠《しの》つくなか、〈フィドル弾きのジョン〉と〈緑のサー・ガルトリー〉は走路の両端に達し、それぞれに新たな騎槍を受けとった。婚礼の儀に招かれた客の一部は、雨を避けるために頭からマントをかぶり、大広間へ避難していきつつある。

サー・ガルトリーがまたがっているのは牡の白馬だ。はげしい雨に打たれて、兜の頭立と馬の頸当ての羽根飾りはうなだれてしまっている。マントは四角い布を何枚も接《は》ぎ合わせて作ったもので、一枚一枚の布の色は緑だが、各々の色合いは微妙に異なっていた。脛《すね》当てと籠手《こて》には黄金が象嵌《ぞうがん》されており、きらきらと輝いている。楯には青みを帯びた緑紋地の上に、翡翠《ヒスイ》色の星が九つ、鏤《ちりば》めてあった。顎鬚《あごひげ》までもが緑色に染めてあるが、あれは〈狭い海〉の向こうにある自由都市、タイロシュの住民が好む様式だ。

サー・ガルトリーと〈フィドル弾き〉が、騎槍を相手に突きつけて懸けちがうこと、九度。そのたびに、緑のパッチワークの騎士と〝黄金の剣とフィドル〟の若き騎士は、ともに槍を折ってきた。八度めの懸け合いがなされるころには、もはや地面がぬかるみはじめており、双方の大柄な軍馬はあちこちの水たまりを踏んで、泥を跳ね散らしながら走路を疾駆した。九度めの懸け合いで、〈フィドル弾き〉は鞍から転落しかけたが、あわや落馬するまぎわ、どうにか体勢を立てなおした。

「みごとだ！」笑いながら、〈フィドル弾き〉は相手に向かって叫んだ。「もうすこしで、落とされるところだったぞ！」

「こんどこそ落としてやる！」雨の中、緑の騎士が叫び返す。

「それはどうかな？」

いうなり、〈フィドル弾き〉は折れた騎槍を投げ捨てた。従士が即座に新しい騎槍を渡す。つぎの懸け合いが最後の勝負となった。サー・ガルトリーの槍が〈フィドル弾き〉の楯に当たりそこねて逸れたのに対し、サー・ジョンの槍先は緑の騎士の胸当てを的確にとらえ、鞍から突き落としたのである。茶色の水しぶきを盛大に跳ねあげて、緑の騎士が地に落ちた。その瞬間、東の彼方で雷光が閃《ひらめ》くのが見えた。

観覧席からは諸公や淑女がみるみる減っていく。見物の庶民たちも雨宿りのできる場所を求めて去りだした。

「見ろ、あのあわてふためきよう」アリン・コクショーがそばにやってきて、つぶやいた。「ほんのすこし雨粒がかかった程度で、大身《たいしん》の貴族どもが雨を避けられる場所に駆けこんでいく。本物の嵐がきた日には、どうする気だ」

（本物の嵐か）アリン公は天気の話をしているのではない。それはダンクにもわかった。（この男、なにが目的だ？　急におれとなかよくする気になったのか？）

紋章官がふたたび最上段にあがった。

「サー・トマード・ヘドル——〈黒のトム〉こと、白亜城の騎士、バターウェル公の家士」

紋章官が名を呼ばわったそのとき、遠い雷鳴が轟《とどろ》いた。「対しまするは、サー・ユーサー・アンダーリーフ。双方、位置につき、武勇を示されよ」

ダンクはサー・ユーサーを眺めやり、その顔の薄笑いが渋面に変わるようすをとらえた。もうすこし遅ければ、その変化を見そこねていたところだった。

（買収で指定したのと対戦相手がちがうんだな）

試合管理者が裏切ったのか？　しかし、なぜ裏切った？

（だれかが手をまわしたにちがいない。それは試合管理者であるコズグローヴが、ユーサー・アンダーリーフよりも尊重するだれかだ）

ダンクはしばし、それが何者の差し金かを考えた。

（その何者かは、ユーサーに優勝する気などはないことを知らなかった）そこまではすぐにわかった。（だからユーサーを脅威と見なした。〈黒のトム〉こと、黒い鎧と黒い魔物兜のトマード・ヘドルにユーサーを排除させて、決勝戦で〈フィドル弾き〉と当たらないようにするために）

ヘドルがピーク公の陰謀の一味であることはわかっている。〈フィドル弾き〉との対戦となれば、わざと負けることは確実だ。だとしたら、排除すべき相手はあとひとりだけ……。

だしぬけに、ピーク公が血相を変え、マントを背後にはためかせつつ、ぬかるんだ走路を横切っていき、足早に階段を駆け昇り、紋章官が呼びだしに使う最上段にあがると、大声で叫んだ。

「裏切り者が出た！　〈血斑鴉〉がこの中に間者をまぎれこませている！　ドラゴンの卵が盗まれた！」

まだ馬上にあった〈フィドル弾きのサー・ジョン〉が、すばやく馬首《ばしゅ》をめぐらした。

「おれの卵が？　どうしてそんなことが？　バターウェル公は昼夜を分かたず、寝室の前に見張りを立てていたはずだぞ」

「殺された！」ピーク公が大声で答えた。「しかし、死ぬ前に、見張りはある男の名を口にした」

（まさか……おれの名を出す気か？）とダンクは思った。

昨夜、バターウェル公妃を公のベッドまでかかえていったあと、ダンクがドラゴンの卵を手にとるところは、十数人が目撃している。

ゴーモン公は犯人を糾弾するようにして、すっと指をつきつけた。

「その男はあそこに立っている。娼婦の息子だ。つかまえろ！」

指さされた先——試合場のはずれに立っていたのは、サー・グレンドン・ボールだった。

けげんな表情で顔をあげた若者は、はじめのうち、わけがわからないという顔をしていたが、四方から兵士が殺到してくるのを見るや、ダンクには信じられないほどのすばやさで長剣を抜こうとした。が、なかばまで抜いたところで、最初の兵士が若者のうしろから飛びつき、喉頸《のどくび》に腕をかけた。ボールは兵士の腕をふりはらったが、そのときにはもう、別のふたりが飛びかかっていた。そのままふたりは、勢いに乗ってボールを押し倒し、ぬかるんだ地面に押さえつけた。そこへさらに、ほかの兵士たちが群がってきて、叫びながら若者を蹴りつけだした。

（ああなっていたのは、おれだったかもしれない）とダンクは気づいた。

アッシュフォードのあの日――手と足を斬り落とすといわれたあの日と同じく、無力感に襲われた。

そのとき、アリン・コクショーにぐいとうしろへ引っぱられた。

「おまえの従士を見つけたければ、あいつの件には関わるな」

ダンクはアリンに向きなおった。

「どういう意味だ？」

「あの子の居場所は知っている」

「どこだ？」いまは意味ありげなやりとりを交わしている気分ではない。

試合場の反対端で、サー・グレンドンが乱暴に引ったてられている。鎖帷子と半球形兜をつけたふたりの兵士に、左右からがっちり腕を押さえられた状態だ。若者はからだじゅうが泥にまみれ、頬ににじむ血が雨で洗われていた。

（英雄の血が……）とダンクは思った。

おりしも、〈黒のトム〉が若者の前に馬を寄せ、そこで下馬し、険しい声で詰問した。

「卵はどこだ」

口から血をしたたらせて、ボールはいった。

「なぜおれが卵など盗まねばならん？　盗まなくても勝ちとれたのだぞ」

（そうだ）とダンクは思った。（つまりボールに勝ちとらせるわけにはいかなかったんだ）

鎖手袋をはめたこぶしで、〈黒のトム〉がボールを殴りつけた。

「そやつの鞍袋を探せ」ピーク公が命じた。「なにかでくるんだドラゴンの卵が隠してあるはずだ。賭けてもいい」

ダンクのそばで、アリン公が声を低めた。

「あれはあのとおりになる。いっしょにこい。従士を見つけたいのならな。あっちに注目が集まっているいまが絶好の機会だ」

それだけいうと、返事も待たず、すたすたと歩きだした。

ダンクとしては、あとを追いかけていかざるをえなかった。大股の三歩で追いつき、横にならんで歩きだす。

「エッグになにか危害を加えでもしたら――」

「おれに稚児《ちご》趣味はない。こっちだ。さ、とっとと歩け」

拱道《アーチ》を通りぬけ、泥だらけの階段を降り、建物の角をまわりこむ。雨が降りしきるなか、水たまりの水を跳ねながら、ダンクはそのあとを追った。壁際から離れず、影に身を潜めるようにして歩いていくうちに、とうとうふたりは、周囲を建物の壁で囲まれた中庭に出た。敷きつめてあるのは、なめらかですべりやすい石畳だ。建物の壁と壁のあいだにはわずかな隙間しかない。上のほうには窓があったが、いずれも閉じられて、鎧戸を閉められている。中庭のまんなかには井戸があり、低い石積みの井筒《いづつ》で円形に囲われていた。

（さびしい場所だな）とダンクは思った。

　あまり好ましい雰囲気ではない。古い本能が頭をもたげてきて、剣の柄《つか》に手を伸ばす。が、そこで剣は〈蝸牛《カタツムリ》〉に差しだしてきたことを思いだした。そのとたん、腰に短剣の切っ先が突きつけられるのを感じた。本来なら剣帯《けんたい》があるはずの、すぐ上の部分にだ。

「ふりむいてみろ、腎臓を抉《えぐ》りだしてバターウェルの料理人たちに渡してやる。火を通して、饗宴に出すようにといってな」

　短剣の尖端は、ダンクの胴着《ジャーキン》の背中にぐっと押しつけられている。

「井戸まで歩け。急な動きはするな」

（もしもおまえがエッグをあの井戸の中に放りこんでいたなら——そんなおもちゃみたいな小さい短剣で身を護れると思うなよ）

　ダンクはゆっくりと前に進んだ。腹の中にだんだんと怒りが膨れあがってくる。

　ふいに、背中の刃《やいば》が消えた。

「もうふりむいて、おれの顔を見てもいいぞ、草臥しの騎士」

　ダンクはふりむき、たずねた。

「これはドラゴンの卵に関わることか？」

「ちがう。ドラゴンそのものに関わることだ。おれが指を咥《くわ》えておまえが若を盗むところを見ていると思ったか？」アリン公の顔が歪《ゆが》んだ。「あの蝸牛《カタツムリ》野郎の大口を信じたおれが馬鹿だった。あんな下種《げす》ごときにおまえを殺せるはずがない。やつに渡した金貨は取りもどしてやる——一枚残らずな」

（若を——盗む？　こんなぽっちゃりとしてゆるんだ顔の、香水をただよわせているような貴公子が、おれの正体不明の敵だったというのか？）

笑うべきか泣くべきか、判断がつきかねた。ともあれ、ダンクはいった。

「サー・ユーサーは金貨ぶんの仕事をした。おれの頭が硬かった——それだけのことだ」

「らしいな。うしろにさがれ」

ダンクは一歩あとずさった。

「もう一歩。まだだ。もう一歩さがれ」

さらに一歩あとずさったとき、脚が井筒にぶつかった。積み石がひざ裏にあたっている。

「井戸に向きなおれ。少々水浴びしてもらうが、いいな？　どうせもうずぶ濡れなんだし」

「おれは泳げないんだがな」

ダンクは片手を井筒にかけた。石は濡れている。積み石のひとつが、手のひらに押されてぐらついた。

「情けないやつめ。さあ、井戸に飛びこむんだ。それとも、この短剣で刺して突き落としてやらないといけないのか？」

ダンクは井戸の中を覗きこんだ。雨粒が波紋を作っている。水面は五、六メートルも下だ。井戸の内壁はぬるぬるする苔でおおわれていた。

「あんたに危害を加えたことはないはずだ」

「なかったし、これから先は、加えたくても加えられなくなる。デイモンはおれのものだ。

デイモンの〈王の楯《キングズガード》〉を率いるのはこのおれなんだ。きさまなどに白のマントを着る資格はない」

「資格があるといった憶えはないぞ」

（デイモンか……）その名はダンクの頭の中でこだました。（ジョンではなく、デイモン。父の名をとって。まさに、うつけ《ランク》のダンク、鈍なること城壁のごとしだな）

ダンクはつづけた。

「デイモン・ブラックファイアには七人の息子がいた。うちふたりは〈赤草が原〉の合戦で死んだ。これは双子で、名前は……」

「エイモンとエイゴン。どうしようもなく馬鹿な乱暴者だったさ。おまえと同じだ。小さいころは、おれもデイモンもよくあいつらにいじめられた。〈鋼の剣《ビタースティール》〉がデイモンを連れて国外へ逃げたとき、おれは泣いたよ。ふたたび泣いたのは、ピーク公からデイモンが帰ってくると聞かされたときだ。だが、街道できさまを見たとたん、デイモンはおれという存在を忘れてしまった」アリン・コクショーは、いまにも斬りつけそうなようすで短剣を振った。「さあ、無傷のまま井戸に飛びこむか、血だらけで井戸に突き落とされるか、どっちだ？」

ダンクはぐらつく井筒の石をぐっとつかんだ。はずれない。思ったよりくっついている。もたもたしているうちに、とうとうアリン公がしびれを切らし、突きかかってきた。急いで右に身をひねり、短剣をかわそうとしたが、完全によけきることはできず、切っ先は左腕の肩付近を鋭く斬り裂いた。そこでついに、石が井筒からはずれた。

はずれた石を思いきりアリン公の口にたたきこむ。歯がへし折れた感触があった。

「そんなに井戸が好きか?」

ダンクはそういって、もういちど石でアリン公の口を殴りつけた。それから石を放りだし、短剣を持った手の手首をむずとつかんで、思いきりねじりあげた。骨が折れる感触とともに、短剣が音を立てて石畳に落ちた。

「なら、お先へどうぞ」

脇にどき、アリン公の腕をひねって、井戸の上につきだす。腰に片脚をあてがい、どんと蹴りつけた。アリン公は頭から井戸に落下していった。ボチャンという水音が響いた。

「――さすがだな」

急に背後から声をかけられ、ダンクは鋭く向きなおった。降りしきる雨ごしに、フードをかぶった男が立っているのが見えた。フードのそばには白い目のようなものも見える。男が歩みよってきた。ある程度近くまできてやっと、フードで陰になっていた顔が見知った形に定まった。サー・メイナード・プラムだった。白い目のようなものは、肩でマントを留めた月長石の留め具だったのだ。

井戸の底では、アリン公がバチャバチャと水を跳ね、大声で助けを呼んでいる。

「人殺し！　だれか助けてくれ！」

「あの男、おれを殺そうとしたんだ」ダンクはいった。

「それでその血の説明がつくな」

「血？」自分のからだを見おろした。肩からひじにかけて、左腕が真っ赤に染まり、上着が血でべっとりと肌にへばりついていた。「おお……」

いつ倒れたのかは憶えていない。気がつくと石畳の上に横たわり、雨に顔を打たれていた。井戸の底からはいまだにアリン公が助けを呼ぶ声が聞こえているが、水を跳ねる音はだいぶ弱々しい。

「その腕——止血帯をあてないとな」サー・メイナードがダンクのからだの下に腕をすべりこませてきた。「自力で起きあがってくれ。おれの力じゃ、あんたの巨体を持ちあげられん。さ、立って」

ダンクはどうにか立ちあがった。

「アリン公は？　あのままでは溺れてしまう」

「死んだところで、だれも残念には思わんさ。とりわけ、〈フィドル弾き〉はな」

「そんな名前じゃない」あえぎながら、ダンクはいった。失血と痛みでひどく蒼ざめている。「あの男は〈フィドル弾き〉なんかじゃないんだ」

「そのとおりだよ。あの若いのはな、ブラックファイア家のデイモン——デイモン二世だ。すくなくとも、〈鉄の玉座〉につくことがあれば、そう名乗るだろう。自分たちの戴く王は、勇敢だが頭のからっぽなやつがいい——そう思っている貴族がどれほど多いかを知ったら、あんた、きっと驚くぜ。デイモンは若くて颯爽《さっそう》として、馬を駆る姿も凛々しいしな」

井戸からの声は、もうほとんど聞こえない程度になっていた。

「アリン公に縄をたらしてやらなくてもいいのか？」

「助けたところで、どうせ処刑されるんだ。助けなくたっていいさ。あんたに飲ませようとした美酒は、自分で飲んでもらうとしよう。さあ、おれにもたれかかるといい」

プラムはダンクに肩を貸して、中庭を歩きだした。間近から見ると、サー・メイナードの容貌には、どこか奇妙なところがあった。じっと凝視すればするほど、その造作がぼやけてくるようなのだ。

「憶えてるよな、逃げろといったこと？　なのにあんたは、命を惜しまず、名誉を惜しんだ。名誉の死はご立派で気高いものだが、かかっている命が自分のものじゃない場合はどうする。やっぱり同じようにしたかい？」

「だれの命が？」

井戸の中から、最後に一度、パシャッという音がした。

「エッグか？　エッグのことなのか？」プラムの腕をぐっとつかんだ。「どこにいる？」

「神々のもとに。なぜそんなことになったのか、あんたにはわかってるよな？」

心がひときわ、ずきりと痛み、腕の痛みを忘れさせた。呻くようにして、ダンクはいった。

「あいつ、長靴《ちょうか》を使おうとしたのか」

「うむ。あの子は例の指輪をメイスター・ローサーに見せた。メイスターはあの子を連れてバターウェルのところへ見せにいった。指輪を見たとたん、あの男、誇張ぬきでチビったにちがいない。そして、自分はつく側をまちがえたんじゃないのか、〈血斑鴉〉はこの陰謀をどこまで知っているんだろうかと冷や汗を流しはじめた。どこまで知っているか？　答えはこうさ――〝全貌を〟」

　プラムはそういって、のどの奥でくっくっと笑った。

「あんた……何者だ？」

「味方だよ」メイナード・プラムは答えた。「おまえさんのことはな、ずうっと見まもっていたんだ、この毒蛇の巣窟でどうするつもりなのかといぶかりながら。ともあれ――手当てするまで、しばらく黙ってろ」

　ふたりは影の中を選んで移動し、ダンクの小さな天幕にたどりついた。天幕の中に入ると、サー・メイナードは竈《かまど》で火を焚き、鉄の鉢をワインで満たして火にかけた。

「すっぱりと斬れてるぶん、外傷のたちは悪くない。すくなくとも、利き腕じゃないしな」

血に濡れそぼる上着の袖を切り裂き、ダンクの傷口を見つめて、メイナードはそういった。

「傷は骨に達してはいないようだ。しかし、煮沸したワインでしっかり消毒しといたほうがいい。へたをすると、左腕をなくすはめになるかもしれん」

「腕なんてどうなってもいい」腹の中が異様にうごめいていた。いまにも吐きそうな感じがする。「エッグが死んでしまったとなれば――」

「――まちがいなく、あんたの責任だわな。あの子をこんな叛徒の巣窟になんぞ近づけちゃいけなかったのさ。だが待った。あの子が死んだなんて、おれはひとこともいってないぞ。神々のもとにいる――そういっただけだ。ああ、清潔なリネンはあるか？　シルクは？」

「上着がある。ドーンで手に入れた上等の上着が。じゃあ、どういう意味なんだ？　神々のもとにいるというのは？」

「いま話す。まずは腕の手当てが優先だ」

　ワインはすぐに湯気を立てはじめた。サー・メイナードはダンクの上等なシルクの上着を探しあて、疑わしげににおいを嗅ぐと、短剣を取りだし、切り裂きはじめた。やめてくれと叫びそうになるのを、必死にこらえる。

「アンブローズ・バターウェルは、およそ〝腹をくくる〟という表現とは縁のない男でな」切ったシルクを三枚、ワインに放りこみながら、サー・メイナードはいった。「はじめからこの陰謀には疑念を持ってたんだ。その疑念は、あの若いのが宝剣を持っていないと知った時点で増幅された。そのうえ、けさになって、ドラゴンの卵が消えた。それといっしょに、なけなしの勇気の最後の一滴が消えてしまったわけさ」

「サー・グレンドンは卵を盗んでなんかいない。一日じゅう郭にいて、試合に出ているか、ほかの試合を見るかしていたんだから」

「にもかかわらず、ピークはあの若いのの鞍袋に卵を見つけるだろうぜ」ワインが沸騰していた。革手袋をはめて、プラムは警告した。「いいか、悲鳴をあげたくても、がまんだぞ」

　ついで、沸騰するワインからシルクの布を取りだし、それで傷口をぬぐいはじめた。

　ダンクは悲鳴をあげなかった。歯を食いしばり、舌を嚙み、痣《あざ》が残るほど強く太腿を殴りつけたが、けっして悲鳴はあげなかった。サー・メイナードは、上等の上着の残りを使って繃帯《ほうたい》がわりにし、左腕に巻きつけて、ぎゅっと縛った。

「気分はどうだ？」手当てがすむと、メイナードはたずねた。

「最悪だよ」ダンクは身ぶるいした。「それで――エッグはどこに？」

「神々のもとに。いっただろう」

ダンクは怪我をしていない利き手を伸ばし、プラムののどをぐっとつかんだ。

「もったいぶらずに、さっさといえ。ほのめかしとウインクにはうんざりだ。どこにいけばあの子が見つかるか教えろ。さもないと、そのろくでもない首をへし折ってやる――たとえ味方であろうとなかろうと」

「聖堂《セプト》だよ。ああ、いくなら武器を帯びていくことだな」サー・メイナードはそういって、にやりと笑った。「そのくらい、あんたの頭でもわかるだろう？　ダンク？」


先にサー・ユーサー・アンダーリーフの天幕に立ち寄った。

天幕内に入ると、ウィルの姿しかなかった。従士は洗い桶にかがみこみ、あるじの下着を洗濯しているところだった。ダンクを見て、ウィルはいった。

「またあんたかい？　サー・ユーサーは宴にいっちまったぜ。なんの用？」

「おれの剣と楯をよこせ」

「買い戻し金は？」

「ない」

「だったら、なんであんたの武具を返さなきゃならねんだ？」

「必要だからだ」

「理由になってねえじゃん」

「なら、おれを押しとどめてみろ。邪魔すれば殺す」

ウィルは慄然とした顔になった。

「あ、あそこにあるよ」


ダンクは城内聖堂《セプト》の外で足をとめた。

（どうか手遅れではありませんように）

剣帯《けんたい》はいつものように腰につけ、しっかり締めてある。吊るし首を描いた楯は左手に縛りつけておいた。負傷した腕に重くのしかかり、一歩歩くごとに、苦痛の波が全身に広がっていく。だれかになでられただけでも悲鳴をあげてしまいそうだ。

意を決して、怪我をしていない利き手を使い、両開きの扉を押しあける。

セプトの中は薄暗く、ひっそりしていた。屋内を照らしている光源は、〈七神〉の祭壇で燃える蠟燭《ろうそく》のみだ。いちばんたくさん蠟燭が燃えているのは〈戦士〉の祭壇だった。まさに馬上槍試合が行なわれている当日だから、これは当然だろう。あまたの騎士が、試合に出場するのに先だって、力と勇気をお与えくださいと祈りを捧げにきたのである。影に包まれた〈異客《まれびと》〉の祭壇には、蠟燭が一本だけ燃えていた。〈慈母〉と〈厳父〉の祭壇には各数十本、

〈鍛冶〉と〈乙女〉の祭壇はもうすこしすくない。〈老嫗《ろうう》〉の祭壇で光を放つ角灯の下では、アンブローズ・バターウェル公がひざまずき、こうべを低くたれ、叡智を求めて、声もなく祈りを捧げていた。

　バターウェル公はひとりだけではなかった。公に向かってダンクが歩きはじめたとたん、行く手にふたりの衛兵が立ちはだかったのである。どちらも半球形兜をかぶり、顔に険しい表情を浮かべている。鎖帷子の上から着ているサーコートは、バターウェル家の紋章を取り入れた、緑、白、黄、三色の、太い波形の横縞で染めてあった。

「お待ちを」片方がいった。「立入はご無用に」

「――いいんだよ、だいじょうぶ。そのひとが探しにくることはいってあったでしょ」

　エッグの声だった。

　エッグが影の中から、〈厳父〉の祭壇のもとに歩み出てきた。剃った頭が何本もの蠟燭の光を浴び、光沢を放っている。ダンクはもうすこしで少年に駆けより、かかえあげ、喜びの声をあげて、ぎゅっと抱きしめそうになったが、エッグの声には、それを思いとどまらせるなにかがあった。

（怯えているというよりも、怒っているようだな。こんなにも真剣な顔をしたエッグは見たことがない。それに、バターウェル公はひざまずいて祈っている。なにかがおかしい）

　そのバターウェル公が、ふいに立ちあがった。蠟燭の薄暗い光のもとでも、肌からは血の気が引き、脂汗を流していることがわかる。

「通してやれ」バターウェル公が衛兵たちに命じた。ふたりが両脇にどくと、公はダンクを差し招いた。「この子にはいっさいの危害を加えておらん。お父君《ちちぎみ》のことはよく知っている。わしが〈王の手〉を務めていた当時、交流があったのでな。プリンス・メイカーには、この一件、わしの発案ではない旨、知っておいてもらわねばならん」

「かならず伝わるでしょう」ダンクは請けあった。

（ここでなにが起こってるんだ？）

「ピークだよ。この企みは、すべてあの男の発案によるものだ。〈七神〉に誓ってまちがいない」バターウェル公は片手を祭壇についた。「これがうそなら、神々よ、この身を懲らしたまえ。だれを招いて、だれを除外するかを指示したのもピークだ。あの若い僭王を連れてきたのもな。謀叛《むほん》になど、わしは加担したくなかった。それだけは信じてもらわねばならん。たしかに、わしを引きずりこんだ張本人は、うちの家士だ。〈黒のトム〉こと、トマード・ヘドルだ。それは否定せん。あれは長女の娘婿ではあるが、うそはつくまい。あれもまた、この企みの一翼を担っているのだ」

「でも、あの男、あなたがかかえている一番の勇士《チャンピオン》でしょう」エッグがいった。「あの男が加担している以上、あなたも責任をまぬがれません」

（いいすぎるな）ダンクは大声で制したかった。（舌鋒が鋭すぎれば、おれたちは殺されてしまう）

　しかし、バターウェル公は打ちひしがれたようすで、力なく抗弁した。

「殿下、殿下はおわかりになっておられぬ。ヘドルはこの城の守兵を指揮しているのです」

「あなたに忠実な兵だって、多少はいるでしょうに」とエッグ。

「セプトに連れてきている衛兵たちは忠実です」バターウェル公は答えた。「ほかに、もうすこしは。たしかにわたしはふがいない人間です、それは認めましょう。ですが、謀叛には加担していない。フレイもわたしも、当初からピーク公の僭王には懐疑的だったのですよ。それに僭王は、宝剣を携えてはいない！　あの男がほんとうに父親の息子であるのならば、〈鋼の剣《ビタースティール》〉は〈黒き炎《ブラックファイア》〉を持たせていたはずだ。それにあの、ドラゴンが孵《かえ》るうんぬん……あれについては、いかれている。いかれているし、愚かしい」

　バターウェル公は袖で顔の汗をぬぐった。

「おまけにあの者たちはわしの卵を盗んだ。わが祖父が忠勤への褒賞として王より賜わりし、ドラゴンの卵をです。けさ目覚めたときは、卵はたしかに、寝室の台座の上にありました。衛兵たちも、そのとき以降、だれも寝室を出入りしていないと証言しています。衛兵たちがあのピーク公に買収されているかどうか、それはわかりませんが、いずれにしても、卵は消えてしまった。持っているのはピーク公たちにちがいない。さもなくば……」

（……卵が孵ったということになる）とダンクは思った。

　生きたドラゴンがふたたびウェスタロスの地に出現すれば、貴族も庶民も、だれであれ、それを御するプリンスのもとに集《つど》うだろう。

「ム＝ロード」とダンクはいった。「わたしの……わたしの、その、従士、と話をしたいのですが。許可していただけますか」

「ご随意に」

　バターウェル公はふたたびひざまずき、祈りはじめた。ダンクはエッグを脇に引っぱっていき、片ひざをついて、正面から従士の顔を見すえた。

「おまえの耳に思いっきり拳固を食らわせて、その顔がずっとうしろ向きになるようにしてやりたいところだよ。おまえは一生、自分の通った道を見て過ごすことになるんだ」

「拳固をもらってもしかたないところですよね」エッグには赤面するだけの慎みがあった。「ごめんなさい。ぼくはただ、父のもとに使い鴉を送ろうと思っただけなんです……」

（おれが騎士でいられるよう、手をまわしてもらおうとしたのか。気持ちはありがたいが）

　ダンクは祈るバターウェルをふりかえった。

「あの男になにをした？」

「脅しました」

「ああ、そいつは見ればわかる。あのようすだと、夜が明けるころには、両のひざに胼胝《たこ》ができているだろう」

「ほかにどうしていいのかわからなかったんです。メイスターに父の印章指輪を見せたら、すぐにあのふたりのところへ連れていかれたので」

「あのふたり？」

「バターウェル公とフレイ公です。衛兵たちもいっしょにいました。なにか大騒ぎになっていて。だれかがドラゴンの卵を盗んだとかで」

「おまえが盗んだのではないんだな？」

　エッグはかぶりをふった。

「盗んでません。それで、メイスターがバターウェル公にぼくの指輪を見せたとき、これも騒ぎになるなと気がついて。卵を盗んだのも自分だって、よほどはったりをきかせようかと思ったんだけど、だれも信じないだろうから、それは思いとどまりました。そのさいに思いだしたのが、あるとき父がいっていたことばです。かつて〈血斑鴉〉は、〝脅されるよりも脅したほうがいい〟といったとか。そこで、バターウェル公たちにこういってやったんです——ぼくは父のいいつけで、当地の動向を探るためこの城へきた、父はいま、軍勢を率いてここへ急いでいる最中だ、ぼくを解放し、この謀叛を中止しろ、さもないと、あなたがたの首が飛ぶぞって」そこで、決まりが悪そうにほほえんだ。「思ったよりも、効き目があったみたいですね」

　少年の両肩をつかみ、歯がガチガチ鳴るほど揺すぶってやりたかった。

（これはゲームじゃないんだぞ）状況が状況でなければ、そう怒鳴りつけていただろう。

（これはな、生きるか死ぬかの真剣な駆け引きなんだ）

「フレイ公もその話を聞いていたのか？」

「はい。聞くなりその場で、バターウェル公に〝幸せな結婚生活をな〟というと、ただちに双子城へ引き返す旨、宣言しました。バターウェル公が祈りを捧げるといって、ぼくたちをここに連れてきたのは、その直後のことです」

（フレイは逃げることもできる）とダンクは思った。（しかし、この城の城主であるバターウェルには逃げるすべがない。だが、遠からず、なぜプリンス・メイカーの軍勢はまだ到着していないのかと、けげんに思いはじめるだろう）

「おまえがこの城にいることをピーク公に知られたら……」

　まさにその瞬間——派手な音とともに、セプトの両開きの玄関扉が勢いよく内側へ開いた。ダンクが顔をふりむけると、戸口に〈黒のトム〉こと、あのトマード・ヘドルが立っていた。鎖帷子と黒の板金鎧に身を固めている。顔に浮かべているのは悪鬼の形相だ。濡れそぼったマントからは滝のように雨水をしたたらせ、足元には早くも水たまりができていた。うしろには、槍や戦斧《せんぷ》などで武装した兵士十余名をしたがえている。おりしも、背後の空にかっと稲妻がほとばしり、背景を青と白に染めあげ、セプト内部の白い敷石にくっきりとした影を刻んだ。同時に、湿った風が吹きこんできて、セプト内の蠟燭という蠟燭の火がゆらめいた。

（七つの凄惨な地獄よ《なんということだ》）ダンクの頭に浮かんだことばは、ただそれだけだった。

　それ以上、なにかを考えるひまもなく、〈黒のトム〉がいった。

「小僧はあそこだ。連れていけ」

　バターウェル公が立ちあがった。

「よせ。やめろ。この少年に乱暴を働いてはならん。トマード——これはいったい、なんのまねだ？」

トマード・ヘドルの顔が侮蔑に歪んだ。

「この城の者とて、みながみな、血の代わりに乳が流れているわけではないのですぞ、閣下。その子は渡してもらいます」

「おまえはわかっておらんのだ」バターウェルの声は裏返り、わなないていた。「わがこと破れり。フレイ公はすでに逃亡した。ほかの諸公もあとにつづこう。プリンス・メイカーが軍勢を引き連れて迫っておるのだから」

「ならばなおのこと、その子を人質にとらねばなりますまい」

「だめだ、ならん。ピーク公と僭王には加担せぬぞ。わしは戦わぬ」

〈黒のトム〉は冷《ひ》ややかな目で主君を一瞥して、

「腰抜けが」と、吐き捨てるようにいった。「ならば、好きにせい。戦わねば死ぬだけだ」

そこで、エッグにすっと指をつきつけ、配下の兵たちにいった。

「最初に血を流させた者に、銀貨一枚」

「やめろ、やめんか！」バターウェルは自分がセプトに連れてきた衛兵たちに顔を向けた。

「とめろ、みなの者。どうした、わしのことばが聞こえんのか。城主命令だ。あの者どもをとめよ」

だが、衛兵たちは困惑しはてて、動こうとしない。それはヘドルが連れてきた兵士たちも同様だった。どちらにしたがっていいか、途方に暮れているのだ。

「ちっ。おれみずから手を下さねばならんか」

いうなり、〈黒のトム〉は長剣をすらりと引き抜いた。

ダンクも長剣を抜きながら、指示を出した。

「おれのうしろにまわれ、エッグ」

「双方とも、剣を収めよ！」バターウェルが金切り声を発した。「セプトで流血沙汰など、もってのほかだ！　サー・トマード、こちらの騎士はプリンスの誓約の楯を務めるほどの方、おまえごときのかなう相手ではない。殺されるぞ！」

「落馬しておれの上に落ちてくれれば、殺せもしよう」〈黒のトム〉は歯を剝《む》きだし、凄絶《せいぜつ》な笑みを浮かべた。「槍試合のていたらくは見た。きさまになにができる」

「あいにくと、おれは剣のほうが得意でな」

ヘドルは鼻を鳴らしてそれに応え、いきなり斬りかかってきた。

ダンクはエッグを乱暴に後方へ押しやり、敵を迎え討つべく面と向かった。第一撃は楯で受ける。が、楯に剣身が食いこむほど強烈な斬撃《ざんげき》を受けて、繃帯を巻いた左腕全体に激痛が走りぬけた。返礼に、ヘドルの頭めがけて斬りつける。〈黒のトム〉は敏捷に身をひねってかわし、第二撃を放ってきた。あやういところで楯をかかげ、かろうじて斬撃をしのいだ。松材の破片が飛び散っていく。ヘドルは哄笑《こうしょう》しながら、つぎつぎに攻撃をくりだしてきた。低く、高く、また低く。ダンクはそのすべてを楯で防いだが、一撃食らうたびに激痛が走り、じりじりとうしろに押されていった。

「やっつけろ！」エッグの声援が飛んだ。「やっつけろ、やっつけろ、敵は目の前だ！」

口中に血の味が広がっていく。さらに悪いことに、左腕の傷がまた開いた。意識が朦朧《もうろう》としだす。〈黒のトム〉の剣は長い凧形の楯から木片を飛び散らせつづけている。

(オークよ鉄よ、この身を護れ、さなくばおれは死んじまう、地獄の底までまっさかさま)

この楯がオーク材ではなく、松材であることに気づいたのは、そう思ってからのことだ。

そのとき、背中がどん、と勢いよく祭壇にぶつかり、ダンクは体勢を崩して床に片ひざをついた。ここから先はもう、あとずさりようがない。

「きさまなど、騎士ではない」〈黒のトム〉がいった。「その目ににじんでいるのは涙か、うすのろ?」

(涙だよ、激痛のな)

脚にぐっと力をこめ、勢いよくからだを押しあげて、楯を敵のからだにたたきつけた。

〈黒のトム〉がうしろによろめいた。それでもまだ、体勢を崩してはいない。ダンクは追い討ちをかけ、さらに楯をたたきつけた。体軀と膂力《りょりょく》にものをいわせて、何度も何度もたたきつけるうちに、とうとうヘドルをセプトの中央にまで押しもどすことができた。ここで楯を横にやり、右手の長剣で斬りつけた。ヘドルが悲鳴をあげる。剣尖《けんせん》がウールごと、腿の肉をざっくり斬り裂いたのである。向こうも長剣で斬りつけてきたが、もはやでたらめな振りになっており、まるで技巧がともなっていない。ダンクは楯で再度、斬撃を受けとめてから、全体重をかけて長剣を振りおろした。

〈黒のトム〉が一歩あとずさり、恐怖にかっと目を見開いて〈異客〉の祭壇の下を凝視した。

床の上に転がっているのは、斬り落とされたヘドルの前腕だった。

「き、きさま」あえぐように、ヘドルがつぶやいた。「きさま、きさま……」

「いっただろうが」ダンクはそういって、ヘドルの喉頸《のどくび》に剣尖を突き立てた。「おれは剣のほうが得意だと」

〈黒のトム〉の死体から血の海が広がっていくのを見て、戸口の兵士のうち、ふたりが雨の中へ駆けだしていった。ほかの兵士たちは武器を握りしめ、どうするべきかと途方にくれているのだろう、不安の目をダンクに向けつつ、城主が口を開くのを待っている。

「これは……これはまずいことになった」やっとのことで、バターウェルが絞りだすようにいった。それから、ダンクとエッグに顔を向けて、「ただちに白亜城から脱出せねばならん。あのふたりがことの顛末をゴーモン・ピーク公に告げないうちに。ピーク公が誼《よしみ》を通じている招待客の数はわしの客より多い。裏門は北の城壁にある。そこから脱け出そう……きなさい、急がねば」

ダンクはパチンと剣を鞘に収めた。

「エッグ、バターウェル公についていけ」それから、少年の肩に腕をまわして、小さな声で囁きかけた。「必要以上に長くあの男のそばにとどまるな。レインに乗って、早々に別れろ。バターウェルがまたもや変節しないうちにな。向かう先は乙女の池《メイドンプール》の町がいい。キングズ・ランディングよりも近い」

「あなたはどうするんです？」

「おれのことは気にするな」

「ぼくはあなたの従士なんですよ」

「そうだ」とダンクはいった。「だからこそ、おれの言いつけをまもれ。さもないと、耳に拳固だぞ」


　大広間からは、一団の人間が出ていこうとしていた。フードを引きかぶり、戸口でしばし足をとめているのは、大雨の中へ飛びだしていく覚悟を固めるためだろう。そのなかには、〈老特牛《こというし》〉もいたし、いまも一杯機嫌の、ひょろりとしたキャスウェル公もいた。両人とも、ダンクからは距離を置こうとしている。サー・モーティマー・ボッグズは興味津々の視線を向けてきたが、声はかけないほうがよさそうだと判断したらしい。だが、サー・ユーサー・アンダーリーフは、そういった配慮をいっさい見せることなく、平然と声をかけてきた。

「遅いおでましだな。いまごろきても、ろくな食いものは残ってないぞ」手袋をはめながら、サー・ユーサーはそういった。「それに、また剣を帯びているようだな」

「買い戻し金はあとで払う。あんたが気にしているのが、金のことだけならな」ずたずたになった楯はセプトに残してきた。肩にマントをかけているのは、左腕の傷と血を隠すためだ。

「ただし、おれが死ねば払いようがない。その場合、死体から身ぐるみ剝いでくれ」

　サー・ユーサーは笑った。

「はてさて、この鼻をくすぐるのは、勇敢さのにおいか、愚かさのにおいか、どちらだ？　両方とも似たにおいなので、区別がつかんわい。しかし、わしの申し出を受けるのは、まだ手遅れではないぞ」

「とうに手遅れなんだよ、あんたが思っているよりもな」

ダンクはアンダーリーフの返事を待たず、押しのけるようにして横を通りぬけ、両開きの扉の中へ入った。大広間にはエールと煙と濡れたウールのにおいが充満していた。上の桟敷では、数人の楽師が静かに演奏している。公壇上のテーブルから笑い声があがり、大広間に響いた。サー・カービー・ピムとサー・ルーカス・ネイランドのふたりが飲みくらべをしているのだ。同じ公壇上の席では、ピーク公が切迫したようすでコステイン公と話をしていた。アンブローズ・バターウェルの新妻は、ひとりだけぽつんと公座に放置されている。

下座にはサー・カイルの姿があった。バターウェル公のエールを飲んで、せっせと憂さを流しこんでいる。パンをくりぬいた皿には、昨夜の残り物で作った濃厚なシチューが盛ってあった。

（ごった煮《ボウル・オ・ブラウン》か）

キングズ・ランディングのシチュー屋では、あの手の料理をそう呼んでいたものだ。サー・カイルはもう腹いっぱいになっていたのだろう、手つかずのシチューはすっかり冷めきり、茶色い中身の上に薄い脂の膜ができていた。

ダンクはベンチに歩みより、〈猫のカイル〉のとなりにすわった。

「サー・カイル」

〈猫〉は軽く会釈した。

「サー・ダンカン。エールでもどうかね？」

「いや、いい」いまはなにより、酒は控えなくてはならない。

「どうした、体調でも悪いか？　こんなことといっては失礼だが、顔色が――」

（――ましさ、この気分よりはな）

「グレンドン・ボールはどうなった？」

「地下室に連れていかれたよ」そういって、サー・カイルはかぶりをふった。「娼婦の子であろうと、なんであろうと、盗みをするような若者には見えなんだがなあ」

「盗んではいない」

サー・カイルは目を細め、ダンクを見つめた。

「その腕……いったいなにが……」

「短剣だ」ダンクは顔をしかめ、公壇を見あげた。

きょうのうちに二度、あやうく殺されかけた。たいていの人間は、それで懲りるはずだ。

だが……。

（うつけのダンク《ランク》、鈍なること城壁のごとし）

すっくと立ちあがり、公壇に呼びかけた。

「殿下」

ベンチで付近にすわっていた数人がスプーンを置き、会話をやめ、ダンクに顔を向けた。

「殿下」ダンクはもういちど、いっそう大きな声でくりかえした。ついで、ミア産の絨緞を踏みながら、公壇に向かって歩きだした。「デイモン殿下」

いまや大広間の半分はしんとしている。みずからを〈フィドル弾き〉と名乗る若い男は、公壇の上でダンクに笑顔を向けた。宴用の衣装だろう、いまは紫色の上着を身につけている。

（紫か。ああいう色の服を着ていると、目の色も紺青《こんじょう》色ではなく、紫に見える）

〈フィドル弾き〉はいった。

「サー・ダンカン。宴にきてくれてうれしい。が、おれになんの用だ？　なにを求める？」

「正義を」とダンクはいった。「グレンドン・ボールに対する公正な処置を」

その名は壁に反響し、鼓動半分のあいだ、大広間のすべての男、女、少年が化石したかに思えた。

そこでコスティン公が、こぶしでどん！　とテーブルを殴りつけ、叫んだ。

「あの者にふさわしい処置は死だ、公正もくそもあるものか」

十数人の口から、そうだそうだ、と賛同する声があがった。サー・ハーバート・ペイジにいたっては、こう言い放った。

「あれは妾腹《めかけばら》だぞ。妾腹というのは、みんな泥棒か、もっと悪いものだ。血は争えぬ」

つかのま、ダンクは絶望した。

（だれも味方にはならないか……）

そのとき、〈猫のサー・カイル〉がのたのたと立ちあがり、すこしふらつきながら、こういった。

「あの若いのは妾腹かもしれん。それでも、〈火の玉《ファイアボール》〉の子だ。まさにサー・ハーバートのいうとおり、血は争えぬのです」

デイモンが眉をひそめた。

「〈火の玉〉をだれより高く買っているのはこのおれだ。あの紛《まが》い物の騎士が〈火の玉〉の子とは信じがたい。あの男はドラゴンの卵を盗み、そのさい三人もの忠実な衛兵を殺したのだぞ」

「サー・グレンドンはなにも盗んでいないし、だれも殺してはいません」ダンクはいった。

「三人の衛兵が殺されたのなら、真犯人を探すべきです。わたしと同様、殿下もごぞんじのはずでしょう。サー・グレンドンが一日じゅう郭にいて、つぎつぎに槍試合をこなしていたことは」

「それはそうだ」デイモンはうなずいた。「その点、じつはおれも気になっていた。しかしドラゴンの卵は、たしかにあの者の荷物から見つかったのだぞ」

「ほんとうにそうでしょうか？　ではいま、どこにあります？」

ここでゴーモン・ピーク公が、冷酷かつ傲慢な眼差しでダンクを見すえて、ゆらりと立ちあがった。

「安全な場所だ。厳重に保管してある。それがおまえとなんの関係がある？」

「それならば、ここに持ってきていただきたい。もういちどこの目で見てみたいのですよ、ム＝ロード。昨夜はほんのひと目しか拝めなかったものでね」

　ピーク公は目に剣呑な光をたたえ、

「殿下」とデイモンに話しかけた。「そういえば、この草臥しの騎士め、招かれもせぬのに、サー・グレンドンと白亜城へやってきました。この者ども、ぐるではありますまいか」

　それを無視して、ダンクはつづけた。

「殿下。ピーク公はサー・グレンドンの荷物中にドラゴンの卵を見つけたと宣《のたま》うが、それは公が自分でそこに置いたものにちがいありません。持ってこられるものなら、ここに持ってきてみればよろしい。殿下ご自身が検分してみられることです。賭けてもいい、それは色を塗った石でしかないはずだ」

　唐突に、大広間が混沌に陥った。百人もがいっせいにしゃべりだし、十人以上もの騎士がいっせいに椅子を蹴って立ちあがる。デイモン自身は、盗人の汚名を着せられたときのサー・グレンドンと同じように、齢相応の反応を見せ、途方に暮れているようだった。

「酔っぱらっているのか、わが友よ？」

（酔っぱらっているんなら、どんなにいいことか）

「血なら多少は失いましたが」ダンクは答えた。「正気までは失っていませんとも。サー・グレンドンは濡《ぬ》れ衣《ぎぬ》を着せられたのです」

「なんのためにだ？」眉根を寄せて、デイモンはたずねた。「きみのいうように、ボールはなにひとつ悪事を働いていないとしよう。だが、ピーク公が色を塗った石をボールの荷物に仕込み、ボールが盗んだように見せかける理由は？　なんのためにそんなことをする？」

「あなたの優勝を確実にするためですよ。そのために、ボールを排除しようとしたのです。ピーク公はあなたが対戦したほかの相手を、金や優遇の約束で買収していました。ところがボールは、買収に応じませんでした」

〈フィドル弾き〉の顔が朱を注いだようになった。

「そんな……ばかな」

「事実です。サー・グレンドンをここに呼んで、ご自分できいてみてはどうです」

「きこうではないか。ピーク公、あの庶子をただちにこの場へ。それから、ドラゴンの卵もここへ持ってくるように。じっくりと検分したい」

ゴーモン・ピークはダンクを見やり、取って食いそうな視線を注いできた。

「殿下、あの庶子の若僧は、ただいま訊問中です。あと二、三時間もすれば自供を引きだせましょう。どうぞご安心を」

「訊問ということばを、ム＝ロードは〝拷問〟の意味で使っておられるようだ」とダンクはいった。「あと二、三時間もあれば、サー・グレンドンは、殿下の父上やふたりの兄上をも殺したと自供することでしょう」

「もうたくさんだ！」ピーク公の顔はほとんど紫に染まっていた。「あとひとことでも口をきいてみろ、その舌を引き抜いてやる」

「〝この〟、〝うそつき〟――さあ、これでふたことだ」

「そのふたことを、おまえはずっと悔いることになるぞ」ピークは手の者に命じた。「この不埒者《ふらちもの》を地下牢に連れていき、鎖につなげ」

「――待て」デイモンの声は、危険なほどに静かだった。「おれはことの真相を知りたい。サンダーランド、ヴィアウェル、スモールウッド。各々、手勢を連れて地下牢に赴き、サー・グレンドンを見つけだせ。見つけたら、ただちにここへ連れてこい。構えて危害を加えぬように。邪魔立てしようとする者あらば、王命である旨を告げよ」

「御意」ヴィアウェル公が答えた。

「この一件、父が裁いたであろうように裁く」〈フィドル弾き〉はそう宣言した。「サー・グレンドンは重罪を犯した廉《かど》で告発された。騎士である以上、かの者には武術でみずからの潔白を証明する権利がある。馬上槍試合にておれみずから立ち合い、有罪か無罪か、神々に判定していただこうではないか」

（英雄の血にせよ、娼婦の血にせよ）ヴィアウェル公の配下ふたりが、はだかにされたサー・グレンドンを目の前に横たえさせたとき、ダンクは思った。（前よりずいぶん血を失ったようだな）

若者はひどい拷問を受けていた。顔は痣《あざ》だらけで腫れあがり、歯は何本か折られ、何本か抜かれて、右の目からは血を流している。胸のあちこちが赤くただれているのは、灼き金を当てられたあとだ。

「もうだいじょうぶだぞ」サー・カイルが低い声でいった。「この場には草臥しの騎士しかおらんでな。われらが安全無害のともがらであることは、神々がよく知っておられる」

デイモンの計らいで、ダンクたちにはメイスター専用の区画があてがわれていた。サー・グレンドンが負った傷を徹底的に手当てしたうえで、馬上槍試合に出られるようにせよとの指示も出ている。顔と手の血をぬぐっているとき、左手の爪が三枚も剝がされていることにダンクは気づいた。ほかの傷もだが、なによりも心配なのはこの傷だ。

「騎槍《ランス》を持てるか？」

「騎槍？」しゃべろうとしたサー・グレンドンの口から、血と唾液がたれた。「指はぜんぶそろっているか？」

「十本ともある。ただし、爪は七枚しかない」

サー・グレンドンはうなずき、いった。

「〈黒のトム〉のやつ、おれの指を斬り落とそうとしていたんだが、そこで呼びだされて、どこかへいってしまった。おれが戦う相手は、やつか？」

「ちがう。あの男なら、おれが殺した」

それを聞いて、サー・グレンドンはにやりと笑った。

「いずれはだれかが殺さねばならなかった男だからな」

「おまえが仕合《しあ》う相手は〈フィドル弾き〉だ。しかし、あの男のほんとうの名は――」

「――デイモンだろう。わかっている。やつらから聞かされた。黒のドラゴンだな」サー・グレンドンは笑った。「おれの父は黒いドラゴンのために死んだ。おれとてデイモンの下についていただろう。それも、喜んで。デイモンのために戦い、デイモンのために敵を殺し、デイモンのために死んだにちがいない。しかし、こんどばかりは、デイモンのために負けてやることはできん」

サー・グレンドンは横を向き、折れた歯をぺっと吐きだして、語をついだ。

「ワインを一杯、もらえるか」

「サー・カイル。ワインの革袋を」

若者は長々と革袋をかたむけ、ごくごくとワインを飲んでから、口をぬぐった。

「見てくれ、このおれを。女子《おなご》のように震えている」

「まだ馬に乗れるか？」眉をひそめて、ダンクはきいた。

「からだを拭くのを手伝ってくれ。それと、わが楯と騎槍と鞍を持ってきてほしい」サー・グレンドンは答えた。「そして、おれになにができるのかを、しっかりと見ていてくれ」

　試合を行なえるほど雨が収まるころには、おおむね夜が明けかけていた。外郭は泥の沼と化しており、百本の松明《たいまつ》が放つ光を受けて濡れ濡れと光っている。試合場の外にたちこめる灰色の濃霧は、幽鬼のような指を伸ばして白亜の壁を這い登り、城壁上の胸壁をつかもうとしていた。婚儀の招待客の多くは、待ち時間のあいだに姿を消していたが、いまなお残っている者たちは、ふたたび観覧席にあがり、芯まで雨で濡れた松材の厚板に腰をすえている。そのなかで、すわってはいない者たちもいた。騎士でもあるゴーモン・ピーク公と、それを囲むようにして立つ、下位の貴族や主持《しゅうも》ちの騎士たちだ。

ダンクがサー・アーラン老の従士を務めていた当時から、まだ二、三年しかたっていない。従士の仕事はよく憶えている。まずサー・グレンドンに、体格にぴったりと合ってはいない鎧をつけさせ、留め金を締めてから、兜の緒《ひも》を頸当てに結びつけた。ついで、馬に乗るのを手伝い、楯を持たせた。これまでの試合で、楯の板には深い抉《えぐ》られ痕が幾条もついていたが、燃える火の玉の意匠はまだ消えてはいない。

（こうして見ると、エッグと同い齢くらいに見えるな）とダンクは思った。（怯えた子供だ。だが、腹をくくった子供でもある）

栗毛の牝馬は馬衣《うまぎぬ》をつけておらず、乗り手同様、ピリピリしていた。

（本来なら、自分の馬に乗って戦うべきなんだろう。たぶん、この牝馬のほうが血統もよく、脚も速い。しかし、騎兵というものは、気心の知れた馬に乗るのがいちばんいい。そして、この馬のことを、サー・グレンドンはよく知らない）

「騎槍がいる」サー・グレンドンがいった。「軍用《いくさ》の騎槍だ」

ダンクは槍架に歩み寄った。軍用の騎槍は、今大会でも使われてきた槍試合用の騎槍より短く、重い。長さは二メートル半、梣《トネリコ》材でできていて、先端に鋭利な鉄の槍先がかぶせてある。ダンクは一本を選び、槍架から抜きとると、槍全体に手をすべらせ、ひび割れがないことをたしかめた。

　試合場の向こう端では、デイモンの従士のひとりが、やはり軍用《いくさ》の騎槍を差しだしていた。いまのデイモンはもう、〝フィドル弾き〟ではない。打ちまたがった軍馬の馬衣には、剣とフィドルの紋章ではなく、ブラックファイア家の紋章、赤地に黒の三頭《みつくび》ドラゴンが描かれている。髪を染める黒い染料を洗い落としたプリンスの髪は、いまや白銀と黄金の滝となって襟にまで流れ落ち、松明の光を受けて黄金の延べ板のようにきらきらと輝いていた。

（エッグも髪を伸ばせば、あんなふうに見えるんだろうな）とダンクは思った。

　髪を伸ばしたエッグというのは、なかなか想像しにくい。とはいえ、いつの日にか、目《ま》のあたりにするときがくるだろう。それまでふたりとも、生きていられればだが。

　紋章官が例によって最上段にあがり、双方を紹介した。

「庶子、サー・グレンドン――窃盗および殺人の廉《かど》で告発を受け、身命を賭して身の潔白を証明すべく、ここに出場。相対しまするは、ブラックファイア家のデイモン、その名の二世、アンダル人・ロイン人・〈最初の人々〉の正統の王にして七王国の統治者、王土の守護者。庶子グレンドンに対する告発の正当性を証明すべく、ここに出場するものなり」

　そのとき――アッシュフォード牧草地以来の年月が一瞬にして消えうせ、ダンクはまたも現地に引きもどされていた。思いだされるのは、ダンクの命を救うため、当人を含む七人の騎士が審判に臨むまぎわ、〈槍砕きのベイラー〉が一同にいったことばだ。ダンクは軍用の騎槍をもどし、となりの槍架から槍試合用の騎槍を取った。こちらの長さは三メートル半、すらりと長く、エレガントな形をしている。

「こいつを使え」と、サー・グレンドンにいった。「アッシュフォードで七尽くしの審判を戦ったさい、おれたちも試合用の騎槍で臨んだ」

「〈フィドル弾き〉は軍用を選んだ。向こうはおれを殺す気だ」

「そのまえに、槍先が当たらねばどうしようもない。おまえが狙いあやまたず目標を突けば、先方の槍先はおまえに届かん」

「そうかな」

「そうだ」

結局、サー・グレンドンはひったくるようにして騎槍を受けとると、馬首を返し、速足で走路に馬を進めながら、ダンクにいった。

「では——おれたち双方に、〈七神〉のご加護がありますように」

おりしも、東の彼方でほんのりと東雲《しののめ》色に染まりだした明け空に、稲妻が白くたばしった。

その刹那、デイモンは牡馬の腹に黄金の拍車を当てて、雷霆《らいてい》のように勢いよく飛びだした。軍用の騎槍をまっすぐつきだし、凶悪な鉄の槍先を前方に向けている。サー・グレンドンは左腕の楯をかかげ、デイモンに馳せ向かった。長さで勝る騎槍を横に振り、牝馬の頸の上へ斜めに交差させ、若き僭王の胸にぴたりと狙いを定める。双方の馬蹄は後方へ勢いよく泥を跳ね散らしている。周囲の松明がいっそう明るく燃えあがったかに見えたそのとき、二騎は懸けちがった。

ダンクは思わず目を閉じた。ベキッという音が響く。そして叫び声。どすんという音。

「まさか！」ピーク公ののどから、悲鳴にも似た叫び声がほとばしった。「こんな、こんな、まさか！」

　鼓動半分のあいだ、ダンクはピーク公に同情をおぼえそうになった。目を開く。乗り手を失った漆黒の牡馬は、馬足《ばそく》をゆるめ、速足で駆けてくるところだ。ダンクは走路に飛びだし、手綱をつかんで、その馬を押しとどめた。走路の向こう端で、サー・グレンドン・ボールが牝馬の馬首を返し、折れた騎槍を高々とかかげるのが見えた。何人もが走路に駆けていく。〈フィドル弾き〉のもとへ、泥水だまりの中で俯《うつぶ》せになり、ぴくりとも動かないプリンスのもとへと向かっているのだ。みんなが助け起こしたとき、プリンスのからだはすっかり泥にまみれていた。

「茶色いドラゴンだ！」だれかが叫んだ。

　郭じゅうで笑い声が湧き起こった。おりしも、朝陽が顔を出し、白亜城の壁を輝かせだす。ほどなく、サー・グレンドン・ボールがこちら側までもどってきたので、ダンクとサー・カイルは下馬するのに手を貸した。

　それからわずか鼓動数回ぶんののち——突如として、喇叭《ラッパ》の音が高々と響きわたった。城壁上の見張りたちが鳴らしているのは、警報の喇叭だ。

　城壁の外に、立ち昇る朝靄《あさもや》をついて、忽然と軍勢が出現したのである。

　愕然としながら、ダンクはサー・カイルにいった。

「どうやら……エッグはうそをついてはいなかった形になったな」

討伐軍の陣容は多彩をきわめた。乙女の池《メイドンプール》の町からはムートン公が、〈使い鴉の木〉城館からはブラックウッド公が、ダスケンデールの町からはダークリン公が、それぞれに軍勢を仕立ててきていた。キングズ・ランディングを取りまく王家直轄領からは、ヘイフォード家、ロズビー家、ストークワース家、マッシー家が派遣されてきている。王に直属する誓約の剣たちも、〈王の楯《キングズガード》〉のうちの三人の白騎士に率いられてきていた。さらにその支援として、〈血斑鴉〉に直属の、白いウィアウッド製長弓《ロングボウ》を装備した〈鴉の歯〉部隊が三百騎。狂えるダネル・ロストンみずからも、鉄の手袋のようにぴったりとからだに合った漆黒の甲冑を身にまとい、長い赤毛を風になびかせて、ハレンの巨城《ホール》の取り憑かれた塔群から軍勢を引き連れてきているのが見てとれた。

　昇りゆく朝陽のもとで、五百本の騎槍の槍先と、それに十倍する槍の穂先が輝いている。夜明け前の薄闇の中で灰色にくすんでいた各家の旌旗《せいき》は、日の出にともない、五十種類もの絢爛《けんらん》たる色彩を持って生まれ変わろうとしていた。どの軍勢を見ても、各貴族の旗標《はたじるし》の上に翻《ひるがえ》っているのは、王家と王族を示す二種類の竜旗だ。それぞれに、闇夜を思わせる直黒《ひたぐろ》の紋地は同じだが、そこに描かれているのは、かたやターガリエン王家・エイリス一世王の、炎の如く赤い巨大な三頭《みつくび》ドラゴンであり、かたや純白の翼を持って真紅の炎を吐く、一頭の荒ぶる白きドラゴンだった。

（結局、メイカー本人はこなかったか）

　おびただしい旗標を見て、ダンクにはそれとわかった。夏の城館《サマーホール》のプリンスの旗は紋地を十字で分割し、それぞれの象限にひとつずつ、ぜんぶで四つの三頭ドラゴンを描いたものだ。それは故デイロン二世王の、四番めの子息であることを示す紋章だった。いっぽう、単一の白竜をあしらった竜旗は、現〈王の手〉、ブリンデン・リヴァーズがきていることを示している。

〈血斑鴉〉みずから、白亜城へ出向いてきたのだ。

　第一次ブラックファイアの乱は、屍山血河《しざんけつが》と栄光のうちに、〈赤草が原〉の合戦で終焉を迎えた。

　第二次ブラックファイアの乱は、腰砕けと不完全燃焼のうちに、白亜城で終焉を迎えた。

「大軍に包囲されて怯《ひる》むわれらではない」城を取り囲む鉄の包囲陣の環を見たあとで、若きデイモンは城壁に駆けあがり、城に残る者たちに呼びかけた。「われらの大義こそは正義、かくなるうえは包囲網を突破し、ひたすら駆けに駆けてキングズ・ランディングを急襲してくれん！　突撃喇叭を吹き鳴らせ！」

　だが、城壁前に集められた騎士、諸公、兵士たちは、低い声でぼそぼそと囁きあうばかり。なかには、少数だが、そっと城壁の前から離れていく者もいる。厩へ馬を引きだしにいく者、裏門から出て投降しようと考えている者、抜け穴を通って脱出できないかと考えている者、思いはさまざまだ。決定的だったのは、デイモンが剣を抜き、頭上に高々とかかげたとき、全員がはっきりとそれを目《ま》のあたりにしたことだった。その剣は、〈黒き炎《ブラックファイア》〉ではなかったのである。

「この日、みなで出陣し、新たな〈赤草が原〉の合戦を敢行しようぞ！」僭王は呼びかけた。

「くそくらえだ、フィドル弾きの若僧！」半白の従士が叫び返す。「おれは死にたかねえ」

最終的に、第二のデイモン・ブラックファイアは単騎で城の外へ出撃していき、討伐軍の前で馬をとめ、〈血斑鴉〉公に一騎《いっき》相《あい》の勝負を挑んだ。

「いざいざ、われと立ち合え、〈血斑鴉〉！　あるいは腰抜けのエイリスよ！　そのほか、おまえの指名するどんな代理闘士《チャンピオン》でもかまわぬ」

勝負を受けて立つかわりに、〈血斑鴉〉公は軍兵《ぐんぴょう》にデイモンを包囲させ、馬から引きずりおろさせたうえで、黄金の足枷《あしかせ》をはめさせた。デイモンが高々と掲げていった旗標は泥地に突きたてられ、火をかけられた。旗標の炎は長いあいだ消えることなく、ねじくれた黒煙の柱を立ち昇らせつづけた。その柱は、十キロ、二十キロ先の遠方からでも見えたという。

その日、唯一、血が流されたのは、ヴィアウェル公に仕えている男が、自分はむかしから〈血斑鴉〉の目のひとつだった、もうじきたっぷり褒賞がもらえるぞ、とうそぶいたときのことだった。

「月がめぐるころには、おれは娼婦を抱いて、ドーンの赤ワインを飲んでるぜ」

この発言が報告された直後、男はコスティン公の騎士のひとりに喉頸《のどくび》を裂かれた。

「それを飲め」男が自分の血で溺れるのを見ながら、騎士はいった。「ドーンのワインではないが、色だけは赤い」

ほかに目だったのは、悄然とした投降者たちが無言で縦列をなし、足どりも重く白亜城の大手門を通りぬけ、光る武器の山に自分の武器を放りだしては、順次縄で縛りあげられて、〈血斑鴉〉公の処断を待つために連行されていく光景だった。ダンクもほかの者たちと――〈猫のサー・カイル〉や、サー・グレンドン・ボールとともに城の外へ出た。行動をともにしようと、出る前にサー・メイナードも探したが、プラムは夜のうちに、いずこかへ融けて消えてしまっていた。

ほかの虜《とりこ》たちといっしょにいるところを、〈王の楯《キングズガード》〉の騎士サー・ローランド・クレイクホールに見つけられたのは、午後も遅くなってからのことだった。

「サー・ダンカン！　いったいいままでどこに隠れていたんだ？　リヴァーズ公が何時間も探しておられたのだぞ。よかったら、いっしょにきてくれ」

ダンクは横にならんで歩きだした。強い風が吹くたびに、クレイクホールの長いマントがうしろにたなびく。その白さたるや、白い月光に照らされた雪原のようだ。その光景は、〈フィドル弾き〉が口にしたことばを――あの塔の屋上で口にしたことばを思いださせた。

〝その夢ではな。きみは頭から足まで白一色に身を包み、広い肩から、長い純白のマントをなびかせていた。きみは白き剣――〈王の楯《キングズガード》〉の誓約の剣の一員、七王国全土で最高の騎士だった〟

ダンクは苦笑した。

(そうだな。そしてドラゴンが孵《かえ》るはずのあの卵は、石の卵だった。白騎士の夢も眉唾だ)

〈王の手〉の天幕は、白亜城から一キロ弱離れたところの、大きく枝を広げた楡《ニレ》の樹の下に立っていた。付近では十頭ほどの牝牛が草を食んでいる。

(王は起《た》っては倒れるが)とダンクは思った。(牝牛と庶民にしてみれば、押しなべて世はこともなし――)

これは老士がよく口にしていたことばだ。

草の上にすわらされた投降者たちの前を通るさい、ダンクはサー・ローランドにたずねた。

「あの者たち、どうなるんです?」

「キングズ・ランディングまで延々と歩いていかされる。審判を受けるためだ。騎士と兵士たちは軽い処罰ですむと見ていい。主君の命にしたがっただけなのだから」

「では、諸公は?」

「一部の者は赦免されるだろう。知っていることを包み隠さず話し、以後の忠誠を誓うため、息子か娘をひとり、人質に差しだせば。〈赤草が原〉ののち赦免を受けた諸公については、そうぬるい処分ではすむまい。よくて投獄か、権利を剝奪されるか。最悪、首を刎《は》ねられるだろうな」

〈血斑鴉〉はすでに斬首《ざんしゅ》をはじめていた。公の天幕の前まできたとき、ダンクはそれをありありと目のあたりにした。斬り落とされたゴーモン・ピークと、〈黒のトム〉ことトマード

・ヘドルの首が、槍に突き刺されて、天幕入口の両脇に立ててあったのである。刺した槍の根元には、それぞれの楯が見せしめのように置いてあった。

(暗橙色《あんとうしょく》の紋地に黒の城三つ。銅貨の樹《ペニーツリー》のロジャーを殺した男)

命の火が消えてもなお、ゴーモン公の目は冷たくて、燧石《ひうちいし》のようだった。ダンクは片手を伸ばし、公のまぶたを閉じさせてやった。

「なんのためにそんなことをする？」見張りのひとりがたずねた。「どうせすぐに鴉どもが目玉をほじくるんだぞ」

「それだけの借りがあるんだよ」

気の毒だが、ロジャーは合戦で死んだ。それがために、キングズ・ランディングの路地で豚を追いかけていたダンクは、老士に見いだされることになったのだ。

(とうのむかしに死んだ老王が、一本の剣をひとりの息子に渡さずに、別の息子にわたした――それがすべての発端だった。そしていま、おれはこうしてここに立っているというのに、ロジャーは墓で眠っている)

「〈王の手〉どのがお待ちだぞ」サー・ローランド・クレイクホールがうながした。

ダンクは白騎士の前を通り、天幕の中に入った。そこには、ブリンデン・リヴァーズ公が――王の庶子にして妖術師でもある〈王の手〉がいた。

〈王の手〉の前にはエッグが立っていた。湯浴みをすませ、いかにも王の甥らしい、立派な服を身につけている。そばに置かれた将几《しょうぎ》には、ワインのカップを片手に、あのフレイ公がすわっていた。ひざの上では、例の跡継ぎの異常な幼児が、落ちつきなく、しきりに動いている。バターウェル公もそこにいたが……ひとり床にひざまずき、蒼白になってがたがたと震えていた。

「叛逆者が臆病者であると判明したからといって、叛逆の罪自体が軽くなるわけではない」

リヴァーズ公がしゃべっていた。「貴公の泣きごとはもう充分に聞いたが、アンブローズ公、十にひとつの誠《まこと》しか感じられぬ。それゆえ、財産の十分の一だけ、残すことを許そう。妻も手元に置いてよい。せいぜい楽しむことだな」

「では、白亜城は？」震える声で、バターウェルはたずねた。

「〈鉄の玉座〉が接収し、すべてを破壊する。石という石をひとつ残らず取り除き、更地にしたうえで、塩を撒く。二十年もすれば、あの城が存在したこと自体、だれもが忘れているだろう。老いた愚者と若い反体制分子は、いまでもなお〈赤草が原〉に巡礼し、デイモン・ブラックファイアが倒れた場所に花を植えていく。白亜城が黒竜の新たな記念碑となるのを見過ごすわけにはいかん」リヴァーズ公は手を横に薙《な》いだ。「では、早々に去れ、蜚蠊《ゴキブリ》よ」

「〈王の手〉どのは寛大であらせられます……」

バターウェルはふらふらと外に出ていった。気落ちするあまり、目の前を通りすぎても、ダンクに気づきもしなかった。

「貴公も出ていかれよ、フレイ公」リヴァーズが命じた。「話の続きは、あとでまた」

「仰せのままに」フレイは息子の手を引き、天幕を出ていった。

ここでやっと、〈王の手〉はダンクに顔を向けた。

ダンクの記憶にあるよりも老けている。しわが刻まれ、顔つきは険しい。が、肌は依然として白骨のように白く、頬から首にかけては、赤ワインのしみを思わせる、醜悪な暗紅色の母《ぼ》斑《はん》があった。人によっては、これが鴉の形に見えるそうだ。長靴《ちょうか》は漆黒で、上着は真紅。その上から鈍色《にびいろ》のマントをまとい、手の形をした鉄の留め具で留めている。肩にまでたれた長髪は直毛で白い。片目にかかるようにたらしているのは、〈赤草が原〉で〈鋼の剣《ビタースティール》〉に片目を抉《えぐ》られ、ぽっかりとあいた眼窩を隠すためだ。残っている目の虹彩は、鮮血のように赤かった。

（〈血斑鴉〉に目の数いくつ？　目の数ぜんぶで、千と一）

「プリンス・メイカーが息子を一介の草臥しの騎士に託し、従士とする以上は、それなりの理由があったのだろうが」と〈血斑鴉〉はいった。「よもや謀《む》叛《ほん》を企む叛徒の巣窟へ息子を潜入させるための方便であった――とはさすがに考えにくい。毒蛇どもの巣窟にわが又甥《またおい》がいた裏には、いかなる事情があったのか？　腑抜け公《バターバット》は、貴公がプリンス・メイカーの命を得て白亜城に送りこまれ、謎の騎士を装って謀叛を嗅ぎだそうとしたと説明したが。それはほんとうか？」

ダンクは片ひざをついた。

「ちがいます、ム＝ロード。いや、まるっきりちがうわけではないのですが、ム＝ロード。プリンス・メイカーの軍勢がくるという件は、エッグがそういっただけで。エッグ、つまりその、エイゴンが……プリンス・エイゴンが、ということですが……そこの部分は本当です。しかし、ぜんぶがぜんぶ、本当なわけではありません」

「ふうむ。すると、そのほうらふたり、王位を簒奪せんとする今回の陰謀を、白亜城にきてはじめて知り、自分たちだけで企てをくじこうと決めた――と、そういうことか？」

「それもまたちがいます。わたしたちはただ……うかと巻きこまれてしまった、というのが本当のところです」

　エッグが腕組みをした。

「だけど、サー・ダンカンとぼくは、事態をほとんど収めてました。あなたが軍勢を連れて現われる前に」

「それは助力があったからです、ム＝ロード」ダンクは付言した。

「草臥しの騎士たちか」

「そうです、ム＝ロード。〈猫のサー・カイル〉に、サー・メイナード・プラム。それから、サー・グレンドン・ボールも。〈フィドル弾き〉を……僭王を落馬させたのは、そのボールでした」

「うむ、その話、すでに五十人もの口から聞かされている。〈猫柳のご落胤《らくいん》〉だな。娼婦と叛逆者のあいだに生まれた子供の」

「英雄の血を引く者です」とエッグがいった。「虜囚のひとりとして拘束されているなら、見つけて解放してやらないと。それに、褒賞も与えてやらなきゃいけません」

「〈王の手〉に指図するとは、おまえは何様のつもりだ？」

　エッグはすこしも怯《ひる》まずに答えた。

「何様かは知ってるでしょう、大叔父どの」

「貴公の従士の、なんと不遜なことよ」リヴァーズ公はダンクにいった。「この者の性根、たたきなおしてやったほうがよいぞ」

「試みてはきました、ム＝ロード。しかしながら、この従士はプリンスですので」

「この者はな――」と〈血斑鴉〉はいった。「――ドラゴンなのだ。立つがよい、騎士よ」

　ダンクは立ちあがった。

「ターガリエンの血統には、きたるべき未来を夢に見る者がたびたび現われてきた。竜王の征服よりずっと前からだ」〈血斑鴉〉はつづけた。「ゆえに、ときとして、未来視の天稟《てんぴん》に恵まれたブラックファイアのような者が現われても驚くには値せぬ。デイモンは白亜城にてドラゴンが生まれる夢を見た。それは事実、そのとおりになった。ただし、あの愚か者は、ドラゴンの色を読みちがえていた」

　ダンクはエッグを見つめた。

（あの指輪――父親の印章指輪。あれはいまエッグの指にはめてある。長靴《ちょうか》の爪先の隙間に隠してあるのではなく）

　リヴァーズ公がエッグにいった。

「このさい、おまえには有無をいわさず、キングズ・ランディングに連れていくべきだとは思う。そして、宮廷に住まわせる。わが……賓客として」

「そんなことをしたら、父が黙っていませんよ」

「わかっている。プリンス・メイカーは、なかなかに……性《せい》狷介《けんかい》なお人だからな。おそらく、おまえの身柄は、夏の城館《サマーホール》に送り返すのがいちばんよいのだろう」

「ぼくの居場所はサー・ダンカンのそばです。だって、サー・ダンカンの従士なんだから」

「まったく、〈七神〉よ、この両名を救いたまえ——。かまわぬ、好きにしろ。もういってよいぞ」

「そうします」とエッグは答えた。「ただ、すこし金子《きんす》を用立ててもらいたいんです。サー・ダンカンは蝸牛《カタツムリ》の騎士に対して、馬と武具の買い戻し金を払わないといけないので」

〈血斑鴉〉は苦笑した。

「キングズ・ランディングで会った、あのはにかみがちの子供が、変われば変わるものだな。仰せのままに、わがプリンス。主計官に申しつけておこう。好きなだけ金貨を持っていくがいい。ただし、度を越さぬ範囲にしておけよ」

「貸しにしておいてください」ダンクはいった。「あとでかならずお返しします」

「返すのはたやすかろう——貴公が槍試合のしかたを学びさえすればな」

　リヴァーズ公は手ぶりでもう退出せよとうながすと、巻いてあった一枚の羊皮紙を広げ、羽根ペンで名前を記しはじめた。

（死なすべき者の名を書いているんだ）

ダンクはそれに気づき、〈血斑鴉〉にいった。

「ム＝ロード――天幕の外には首が晒《さら》してありますが。もしや……〈フィドル弾き〉の……デイモンの……首も刎《は》ねるおつもりでしょうか」

〈血斑鴉〉は羊皮紙から顔をあげた。

「それはエイリス王がお決めになることだが……デイモンには弟が四人いる。妹たちもいる。あの美《び》丈夫《じょうぶ》の首を刎ねるのは愚かの極み。母親は嘆き、友人らはおれを身内殺しと痛罵《つうば》し、〈鋼の剣《ビタースティール》〉はデイモンの弟ヘイゴンを僭王にすえんと画策するだろう。死なせてしまえばデイモンは英雄になる。逆に、生かしておけば、わが異腹の兄弟《ビタースティール》の覇道にとって障害となる。ブラックファイア二世が生き恥をさらしているうちは、おいそれと三世を立てられぬ道理だ。それに、ああいう高貴な虜囚を飼っておけば、われらが王宮を飾る花ともなり、エイリス王陛下の慈悲と寛容の生きた証拠となろう」

「ぼくもひとつ、疑問があるんですが」エッグがいった。

「おまえの父君がなぜああも熱心におまえを追いだしたがっていたか、やっとわかりかけてきたぞ。これ以上、なにをきくことがあるというのだ、又甥よ？」

「ドラゴンの卵を盗みだしたのは何者です？　寝室の扉の外には見張りたちが立っていたのでしょう？　階段のところにも、さらにもう何人かが。見とがめられずにバターウェル公の寝室に出入りするなんて、だれにもできなかったはずです」

リヴァーズ公は薄く笑った。

「察するに、何者かが厠《かわや》の用便坑を這いあがったのではないかな。塔の下から延々と」

「用便坑なんてせますぎて、だれにも登れませんよ」

「大人にはむりだろう。しかし、子供なら登れるのではないか？」

「子供でないとしても、こびとなら——」ダンクは思わず口走ってしまった。

（〈血斑鴉〉に目の数いくつ？　目の数ぜんぶで、千と一。

その目のひとつが、こびとの演芸一座に潜りこんでいないと、だれにいえる？）

## 終わり……ただし、始まりの

われらが草臥しの騎士と従士には、まだまだ何年にもおよぶ旅と苦難が待ち受けている。南はドーンから北は〈壁〉にいたるまで、それは七王国をくまなく訪ねる旅だ。さらには、〈狭い海〉を越えて、東の大陸エッソスの〈戦乱の地〉や、絢爛《けんらん》たる各自由都市をも訪ねることになるだろう。

その過程で、ふたりはさまざまな領主、騎士、妖術師、たくさんの麗《うるわ》しい乙女や貴婦人と出会い、ふたりの名を忘れられぬものにして、ウェスタロスの年代記に刻んでいく。

しかし、それはまたのお娯《たの》しみ、これから語られていくべき物語である。

乞うご期待。

ジョージ・R・R・マーティン
サンタフェにて
二〇一五年五月

# 解説

評論家 堺 三保

騎士道華やかなりし、とは言えないものの、それなりに穏やかな平和に彩られた時代。特定の主を持たず、諸国を遍歴して城から城へと渡り歩き、あちこちの城主に仕えて暮らす、いわゆる「草臥《くさぶ》しの騎士」ダンクは、とある小さな町で従士志願の少年、エッグと出会う。二人は、不思議な縁から共に旅をすることとなり、行く先々でさまざまな冒険を繰り広げるようになる。その果てに、大いなる運命が待っていることも知らぬまま。

ただし、この物語の舞台は中世ヨーロッパではない。ダンクらの時代から百年の後、空位となった国王の座を巡って、諸公がお互い争う〈氷と炎の歌〉の世界、我々の住む地球とはまったく異世界にある「七王国」なのだ……。

というわけで本書は、ジョージ・R・R・マーティンの大ベストセラー異世界ファンタジイ〈氷と炎の歌〉の番外篇となる中篇三本を集めた作品集 *A Knight of the Seven Kingdoms*

（2015）の全訳である。

　山のような登場人物たちと複雑きわまるストーリー展開で、善悪の境など判然としない重厚長大な人間ドラマを描く正篇と違って、本書に収められた連作は、一人の実直な騎士の遍歴を描いたストレートな冒険譚だ。また、正篇とは時代が離れており、単独で読んでも全く問題ない。このため、〈氷と炎の歌〉のファンはもちろん、正篇各巻の鈍器のような分厚さに恐れをなして、正篇は未読だという方でも、十二分に楽しめる作りとなっている。

　また、正篇と違って魔法や怪物といった超自然的な要素が全くといっていいほど登場しないため、我々の世界の「中世騎士物語」とほぼ取り替え可能なのも大きな特徴で、異世界ファンタジイが苦手だという方でも大丈夫な、まさに入門書的な作りとなっている。

　逆に言うと、本書を読んでこの作品世界が気に入った皆さんには、ぜひともシリーズ正篇にも挑戦していただきたい。そこには、濃密で充実した読書体験が待っているからだ。

　ではこのあたりで、収録されている各話について少し触れておこう。

○**「草臥《くさぶ》しの騎士」**“The Hedge Knight”

　初出はロバート・シルヴァーバーグ編纂のアンソロジー、*Legends*（1998）（『伝説は永遠《とわ》に—ファンタジイの殿堂』ハヤカワ文庫ＦＴ）。

　ダンクとエッグの出会いを描いた記念すべき第一話。ダンクが、亡くなった師匠を埋葬し、彼の代わりに馬上槍試合に参加しようとするくだりは、数年後に公開されたブライアン・ヘルゲランド監督、ヒース・レジャー主演の歴史アクション映画『ROCK YOU!』（十四世紀のイングランドが舞台）の導入部そっくりで、この作品が異世界ファンタジイでありながらも限りなく現実に近いセットアップをしていることがよくわかる（というか、『ROCK YOU!』のスタッフは先に本篇を読んだのではないだろうかという疑惑が（笑））。

クライマックスの、七対七の対決に挑まざるを得なくなったダンクの下に、義を感じて騎士たちが集まるくだりは、まさに「中世騎士物語」の醍醐味に溢れた、血湧き肉躍る屈指の名場面だ。

○「**誓約の剣**」"The Sworn Sword"

初出はシルヴァーバーグ編纂のアンソロジー、*Legends II*（2003）。領地が隣り合う城主同士の争いに巻き込まれたダンクとエッグの姿を描く第二話。争いの直接の原因が、水の奪い合いであるところが、これまたリアルな歴史ものらしさに溢れていて興味深い。

また、愚直なまでに騎士としての道を貫こうとするダンクの行動が、結果的に彼を窮地に追い込んでいってしまう点が、一作目よりさらに明確に描かれているあたりもおもしろい（続く三作目はもっとひどい）。彼は、本人が繰り返し心の中で言うように、お世辞にも賢いとは言えない。その、主人公にあるまじき愚鈍さに読者はいらいらさせられるが、一方で毎回それが最終的には彼の魅力となって見えるあたりに、人間くさい弱点の多いキャラクターを見事に作り上げる、マーティンの筆力が感じ取れる。

### ○「**謎の騎士**《ミステリ・ナイト》」“The Mystery Knight”

初出はマーティンとガードナー・ドゾワが編纂したアンソロジー、*Warriors*（2010）。

ひょんなことから、とある城主の婚礼の祝宴に参加することとなってしまったダンクとエッグが、その裏に隠された大陰謀に巻き込まれてしまうという、本書の最後を飾るにふさわしいスケールの一篇。

一作目に続いて騎士たちが多数登場、それぞれに個性溢れる姿を見せてくれるところが楽しい。そして、そんな騎士たちの一人を救うため、侠気を見せるダンクの姿が実にすがすがしい。

その一方で、二作目のある種とぼけたエンディングと違い、少しばかり寒々とした余韻を残す結末もこれまた良し。

ちなみに、本連作はすべてコミカライズされている。機会があればこちらのほうも、日本語で読んでみたいものである。

また、本連作は、最後にマーティンが書いているとおり、まだまだ続くらしい。

作者ブログ二〇一五年三月のエントリーによると、*Dangerous Women* に載るはずだった書きかけの第四話“The She-Wolves of Winterfell”「ウィンターフェル城の女狼たち」（これを含めて、以降は原題もすべて仮題）のほかに、多少とも構想ができている〈ダンク&エッグ〉ものは、つぎの五篇。

“The Village Hero”「村の英雄」（河川地帯が舞台）
“The Sellsword”「傭兵」
“The Champion”「代理闘士」
“The Kingsguard”「〈王の楯〉」
“The Lord Commander”「総帥」

この先、ダンクとエッグの二人の前にどんな冒険が待ちかまえているのか、我々読者としてはとても楽しみではあるのだが、これまでの発表ペースを考えると、新作が読めるまで、かなりの時間がかかりそうだ。

その一方で楽しみなニュースもある。二〇一九年、ついに現在アメリカの大手ケーブルテレビ局ＨＢＯで放送が完結した「ゲーム・オブ・スローンズ」（〈氷と炎の歌〉のテレビドラマ化）の後を受け、スピンオフとして *House of the Dragon* というドラマシリーズが現在製作進行中なのだが、これが「ゲーム・オブ・スローンズ」の時代から三百年前の世界を舞台に、ターガリエン家の人々を描く内容になっている。ベースとなっているのは二〇一八年

に出版された *Fire & Blood*（早川書房刊行予定）とのこと。この本は二〇一四年に出版された *The World of Ice & Fire* に続くウェスタロス世界の解説書で、*The World of Ice & Fire* がウェスタロス世界全体の歴史を扱っているのに対して、*Fire & Blood* はターガリエン家の歴史に特化して記されているのが特徴となっている。新ドラマもこれら未訳の解説書も、今後の日本での紹介が楽しみでしかたがない。

　マーティンは現在、ずっと予告より出版が遅れたままになっている〈氷と炎の歌〉第六部 *The Winds of Winter* の執筆に専念しており、*House of the Dragon* の製作には関わっているものの、脚本は書かないとのこと。

　また、映像化と言えば、マーティンのファンにとってはもう一つ楽しみな情報がある。彼が友人の作家たちと一九八七年からずっと書き継いできたシェアードワールド小説〈ワイルド・カード〉シリーズの、テレビドラマ化が進行中なのだ。〈ワイルド・カード〉は、第二次大戦直後、異星人が地球を訪れ、恐るべきウィルスを散布したことで、超能力を持った超人たちが多数誕生、我々の世界とはまったく異なる歴史を歩むこととなった世界を舞台に、超能力者同士が善と悪とに分かれて戦う姿を描いた、改変歴史ＳＦと超能力ＳＦとをハイブリッドしたような作品で、アメリカン・コミックスのスーパーヒーローたちが、現実に存在したらどうなるかをできる限りリアルに考察しているところが特徴だ。

　この作品の映像化は、八〇年代から取り沙汰されていたが、マーティン自身が〈氷と炎の歌〉で大人気作家となったことと、スーパーヒーローものコミックスの映像化が次々にヒットしていることから、ついに企画が現実に進行し始めたということらしい。配信サービス会社のhuluが映像化権を取得、なんと並行して二つのシリーズの製作が進行中とのこと。一方で原作のほうも通巻二七冊を数え、今も続刊中で、最新刊 *Knaves Over Queens*（2018）では舞台をイギリスに移し、イギリス人作家たちを中心に執筆が行われていて、世界的な広がりを見せつつある。

いや、一番我々が期待しているのはもちろん、〈氷と炎の歌〉の続巻の刊行と完結なのだが（すでに完結した「ゲーム・オブ・スローンズ」とはかなり異なる展開が待ちかまえているという説もあり、ファンとしてはやきもきするばかりだ）。ともあれ、正篇の続きを待ち望む読者諸兄の渇きを、本書が少しでも癒やしてくれることを願いつつ筆を擱《お》きたい。

二〇一九年十二月

## ■〈氷と炎の歌〉A Song of Ice and Fire シリーズ主要作品リスト

［長篇］

1 *A Game of Thrones*（1996）『七王国の玉座〔改訂新版〕』上下巻　岡部宏之訳／ハヤカワ文庫ＳＦ

2 *A Clash of Kings*（1999）『王狼たちの戦旗〔改訂新版〕』上下巻　岡部宏之訳／ハヤカワ文庫ＳＦ

3 *A Storm of Swords*（2000）『剣嵐の大地』全三巻　岡部宏之訳／ハヤカワ文庫ＳＦ

4 *A Feast for Crows*（2005）『乱鴉《らんあ》の饗宴』上下巻　酒井昭伸訳／ハヤカワ文庫ＳＦ

5 *A Dance with Dragons*（2011）『竜との舞踏』全三巻　酒井昭伸訳／ハヤカワ文庫ＳＦ

6 *The Winds of Winter*　未刊

7 *A Dream of Spring*　未刊

［短篇集］

*A Knight of the Seven Kingdoms*（2015）『七王国の騎士』酒井昭伸訳／ハヤカワ文庫ＳＦ

※本書

［解説書］

*The World of Ice & Fire: The Untold History of Westeros and the Game of Thrones*（2014）ジョージ・R・R・マーティン、エリオ・ガルシア、リンダ・アントンソン著　※ウェスタロス世界の解説書

*Fire & Blood*（2018／早川書房刊行予定）ジョージ・R・R・マーティン著　※ターガリエン家の解説書

［ドラマガイドブック］

*GAME OF THRONES: A Guide to Westeros and Beyond: The Complete Series*（2019）『ゲーム・オブ・スローンズ：コンプリート・シリーズ　公式ブック　〜ウェスタロスとその向こうへ〜』マイルズ・マクナット著・酒井昭伸訳・堺三保監修／早川書房

本書は、早川書房から単行本として二〇一六年十二月に刊行されたものです。

訳者略歴　1956年生，1980年早稲田大学政治経済学部卒，英米文学翻訳家　訳書『竜との舞踏』マーティン，〈ハイペリオン四部作〉シモンズ，『ジュラシック・パーク』クライトン（以上早川書房刊）他多数

HM=Hayakawa Mystery
SF=Science Fiction
JA=Japanese Author
NV=Novel
NF=Nonfiction
FT=Fantasy

氷と炎の歌
# 七王国《しちおうこく》の騎士《きし》

〈SF2266〉

二〇二〇年一月二十日　印刷
二〇二〇年一月二十五日　発行

（定価はカバーに表示してあります）

著者　ジョージ・R・R・マーティン
訳者　酒《さか》井《い》昭《あき》伸《のぶ》
発行者　早川浩
発行所　株式会社早川書房

郵便番号　一〇一 - 〇〇四六
東京都千代田区神田多町二ノ二
電話　〇三 - 三二五二 - 三一一一
振替　〇〇一六〇 - 三 - 四七七九九
https://www.hayakawa-online.co.jp

乱丁・落丁本は小社制作部宛お送り下さい。
送料小社負担にてお取りかえいたします。

印刷・精文堂印刷株式会社　製本・株式会社川島製本所
Printed and bound in Japan
ISBN978-4-15-012266-9 C0197

本書のコピー、スキャン、デジタル化等の無断複製は著作権法上の例外を除き禁じられています。

本書は活字が大きく読みやすい〈トールサイズ〉です。